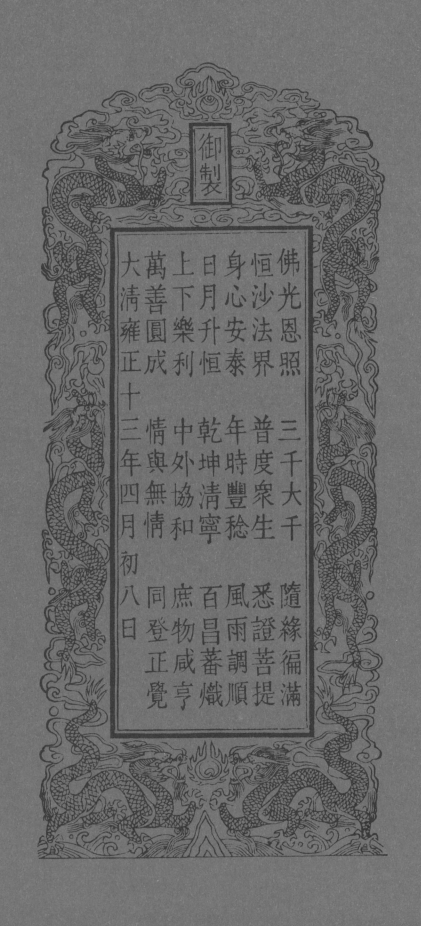

御製

佛光恩照　三千大千　隨緣徧滿
恒沙法界　普度衆生　悉證菩提
身心安泰　年時豐稔　風雨調順
日月升恒　乾坤清寧　百昌蕃熾
上下樂利　中外協和　庶物咸亨
萬善圓成　情與無情　同登正覺
大清雍正十三年四月初八日

第六九册　小乘律（三）

十誦律

姚秦三藏弗若多羅共三藏鳩摩羅什譯

清刻龍藏佛説法變相圖

十誦律卷第四十三

姚秦三藏弗若多羅共三藏鳩摩羅什譯

第七誦之一

尼律不共八波羅夷第五事 凡四事

佛在舍衛國爾時舍衛國中王園精舍有比丘尼名周那難陀年少端正有鹿子居士兒亦年少端正是男子於周那難陀比丘尼深生漏心是比丘尼於是男子亦生漏心是鹿子兒如是思惟若我語是比丘尼作是事者身自得罪王當治我惡名流布四方身壞命歿當墮地獄比丘尼亦如是思惟若我語是男子作是事者身自得罪而令他得罪惡名流布四方諸比丘比丘尼以法治我諸天善神不復守護我身壞命歿當墮地獄是比丘尼常憶念是男子不得從意故生病羸瘦在

房內臥斷威儀不能行來是男子聞是比丘尼得病受苦惱在房內臥不能行來聞已作是念是比丘尼更無有病但以念我故致是羸瘦受諸苦惱我何不往是比丘尼所不說是事亦能除病作是念已即往王園比丘尼精舍到已問諸比丘尼言周那難陀比丘尼爲在何處答言在某房內病臥受苦惱斷威儀不能行來是男子即往到比丘尼房中摩觸抱捉作是言汝病小差不可忍不苦惱不增長耶答言病不差不可忍苦惱增長爾時比丘尼口出惡不淨語作是言此是我分他不愛念我我便愛念他是中有比丘尼少欲知足行頭陀聞是事心不喜呵責言云何名比丘尼有漏心聽漏心男子摩觸抱捉種種因緣呵已向佛廣說佛以是事集二部僧佛知故問周那難陀比丘尼汝實作是事不答言實作世尊佛以種種因緣呵責云何名比丘尼有漏心聽漏心男子摩觸抱捉種種因緣呵已語諸比丘以十利故與比丘尼結戒攝僧故極好攝故僧安樂住故折伏高心人故有慚愧者得安樂故不信者得淨信故已信者增長信故遮今世惱漏故斷後世惡趣故梵行久住故從今是戒應如是說若比丘尼有漏心聽漏心男子髮際以下至腕膝以上却衣順摩逆摩牽推案掐抱上抱下是比丘尼得波羅夷不共住漏心者於是人邊生愛結深厚男子漏心亦如是男者謂人男能作婬事波羅夷者是罪弊惡深重退墮不如是故名波羅夷不共住者諸比丘尼不與此比丘尼共作法事謂白羯磨白二羯磨白四

羯磨説戒自恣作十三比丘尼羯磨是中犯者有八種若比丘尼生漏心聽漏心男子卻衣順摩面犯波羅夷若摩咽若胷脅脊腹齊大小便處髀乃至膝如是順摩逆摩牽推案搯亦如是髮際以上腕以前膝以下卻衣摩觸偷蘭遮若比丘尼有漏心聽漏心男子卻衣從地抱著机上波羅夷從机上著獨坐牀上從獨坐牀上著大牀上從大牀上著轝上從轝上著車上從車上著馬上從馬上著象上從象上著堂上皆波羅夷又比丘尼有漏心聽漏心男子卻衣從堂上抱著象上從象上著馬上從馬上著車上從車上著轝上從轝上著大牀上從大牀上著獨坐牀上從獨坐牀上著机上從机上著地上皆波羅夷若髮際以上腕以前膝以下聽卻衣抱轝上下偷蘭遮若比丘尼有漏心聽漏心男子合衣順摩面偷蘭遮若咽若胷脅脊腹齊大小便處髀膝得偷蘭遮如順摩逆摩牽推案搯亦如是合衣摩觸髮際以上腕以前膝以下突吉羅又比丘尼有漏心聽漏心男子合衣抱從地著机上偷蘭遮從机上著獨坐牀上從獨坐牀上著大牀上從大牀上著轝上從轝上著車上從車上著馬上從馬上著象上從象上著堂上皆偷蘭遮又比丘尼有漏心聽漏心男子合衣抱從堂上著象上從象上著馬上從馬上著車上從車上著轝上從轝上著大牀上從大牀上著獨坐牀上從獨坐牀上著机上從机上著地上皆偷蘭遮若髮際以上腕以前膝以下聽合衣抱轝上下突吉羅不犯者若父想兄弟想兒子想若水漂若

火燒若刀矟弓杖若欲墮坑若值惡獸難惡鬼難不犯一切無著心不犯第五事竟

佛在王舍城爾時助調達比丘尼聽六羣比丘捉手捉衣共立共語共期入屏覆處待男子來舉身如白衣女爾時有比丘尼少欲知足行頭陀聞是事心不喜種種因緣呵責言云何名比丘尼有漏心聽漏心男子捉手捉衣共立共語共期入屏覆處待男子來舉身如白衣女種種因緣呵已向佛廣說佛以是事集二部僧知而故問助調達比丘尼汝實作是事不答言實作世尊佛以種種因緣呵責云何名比丘尼有漏心聽漏心男子捉手捉衣共立共語共期入屏覆處待男子來舉身如白衣女種種因緣呵已語諸比丘以十利故與比丘尼結戒從今是戒應如是說若比丘尼有漏心聽漏心男子捉手捉衣共立共語共期入屏覆處待男子來舉身如白衣女以是八事亦貪著相是比丘尼犯波羅夷不應共住漏心者於是人邊生愛結深厚男子漏心亦如是男者謂人男能作婬事捉手者從腕前名爲手捉衣者捉襯身衣共立者可說不淨語處共語者可說不淨語處共期者可作惡處入屏覆處者若壁覆障草蓆覆障衣幔覆障處待男子來者可作惡處舉身如白衣女者若捉若抱不逆男子意如白衣女用是八事亦貪著相犯波羅夷波羅夷者是罪弊惡深重退墮不如若比丘尼犯是罪者不名沙門尼非釋女失比丘尼法不共住者諸比丘尼不共作法事謂白羯磨白二羯磨白四羯磨說戒自恣立十三比丘尼羯磨

是中犯者若比丘尼有漏心聽漏心男子捉手偷蘭遮聽捉衣偷蘭遮若共立偷蘭遮若共語偷蘭遮若共期偷蘭遮若入屏覆處偷蘭遮待男子來偷蘭遮身與男子如白衣女偷蘭遮若具作八事犯波羅夷第六事竟

佛在王舍城爾時有二比丘尼是姊妹姊名彌多羅妹名彌帝隸彌多羅比丘尼作不淨行犯婬欲彌帝隸比丘尼善好不犯婬欲彌多羅比丘尼後時反戒作白衣諸比丘尼往語彌帝隸比丘尼言汝姊反戒作白衣爲好不答言我亦先知是比丘尼犯如是如是不淨行我但不欲自舉不欲向僧說或有人言云何名比丘尼自汙姊是中有比丘尼少欲知足行頭陀聞是事心不喜種種因緣呵責言云何名比丘尼知他比丘尼有麤罪覆藏種種因緣呵已向佛廣說佛以是事集二部僧知而故問彌帝隸比丘尼汝實作是事不答言實作世尊佛以種種因緣呵責云何名比丘尼知比丘尼犯麤罪覆藏種種因緣呵已語諸比丘以十利故與比丘尼結戒從今是戒應如是說若比丘尼知比丘尼犯麤罪覆藏乃至一夜是比丘尼知彼比丘尼若退若住若滅若去後作是言我亦先知是比丘尼犯如是如是不淨行但不欲自舉不欲向僧說或有人言云何名比丘尼自汙姊是比丘尼犯波羅夷不應共住知者若自知若從他聞若罪比丘尼自說麤罪者若波羅夷若僧伽婆尸沙復次一切罪皆名爲麤但分別五種罪故二種名麤一夜者從日沒至地未了是名夜彼比丘尼退者退失比丘尼法住

者住白衣法中滅者如法如毗尼如佛教與滅擯羯磨去者入外道去然後作是言我先知是比丘尼犯如是如是不淨行我不欲自舉不欲向僧說或有人言云何妹自汙姊是比丘尼犯波羅夷不應共住波羅夷者是罪弊惡深重退墮不如若比丘尼作是罪非沙門尼非釋女失比丘尼法不共住者諸比丘尼不共作法事謂白羯磨白二羯磨白四羯磨說戒自恣立十三比丘尼羯磨是中犯者若比丘尼見餘比丘尼地了時犯波羅夷罪是比丘尼波羅夷中生波羅夷想竟日覆藏他罪至地了時犯波羅夷若是比丘尼僧與作不見擯不作擯惡邪不除擯狂心亂心病壞心爾時覆藏不犯若僧與是比丘尼解擯若苦痛止還得本心是時覆藏他罪至地了時犯波羅夷若比丘尼見餘比丘尼地了已日出時日出已中前日中日昳晡時日沒時日沒已初夜初分初夜中分初夜後分中夜初分中夜中分中夜後分後夜初分後夜中分後夜後分覆藏他罪至地了時犯波羅夷是波羅夷中生波羅夷想覆藏他罪至地了時犯波羅夷若是比丘尼僧與作不見擯不作擯惡邪不除擯狂心亂心病壞心爾時覆藏不犯若僧與是比丘尼解擯若苦痛止還得本心爾時覆藏他罪至地了時犯波羅夷若比丘尼見餘比丘尼地了時犯波羅夷於波羅夷中謂波羅夷謂僧伽婆尸沙謂波逸提謂波羅提提舍尼謂突吉羅是比丘尼於波羅夷中生僧伽婆尸沙想覆藏他罪至地了時犯波羅夷又比丘尼日出時日出已中

前日中日昳晡時日沒日沒已初夜初分初夜中分初夜後分中夜初分中夜中分中夜後分後夜初分後夜中分後夜後分見比丘尼犯波羅夷是波羅夷中謂僧伽婆尸沙謂波逸提謂波羅提提舍尼謂突吉羅於波羅夷中生僧伽婆尸沙想覆藏他罪至地了時犯波羅夷生波逸提想生波羅提提舍尼想突吉羅想亦如是若僧與是比丘尼作不見擯不作擯惡邪不除擯狂心亂心病壞心爾時覆藏不犯若僧與是比丘尼解擯若苦痛止還得本心爾時覆藏他罪至地了時犯波羅夷若比丘尼見餘比丘尼地了時犯波羅夷罪於波羅夷中生疑爲波羅夷爲非波羅夷後時斷疑於波羅夷中生波羅夷想覆藏他罪至地了時犯波羅夷又比丘尼日出時日出已中前日中日昳晡時日沒日沒已初夜初分初夜中分初夜後分中夜初分中夜中分中夜後分後夜初分後夜中分後夜後分見比丘尼犯波羅夷於波羅夷中生疑爲波羅夷非波羅夷後時斷疑於波羅夷中生波羅夷想覆藏他罪至地了時犯波羅夷若僧與是比丘尼作不見擯不作擯惡邪不除擯若是比丘尼狂心亂心病壞心爾時覆藏不犯若僧與是比丘尼解擯若苦痛止還得本心爾時覆藏他罪至地了時犯波羅夷若比丘尼見餘比丘尼地了時犯波羅夷於波羅夷中生疑爲波羅夷爲僧伽婆尸沙爲波羅夷爲波逸提爲波羅夷爲波羅提提舍尼爲波羅夷爲突吉羅後時斷疑於波羅夷中生波羅夷想覆藏他罪至地了時犯波羅夷

又比丘尼日出時日出已中前日中日昳晡時日沒時日沒已初夜初分初夜中分初夜後分中夜初分中夜中分中夜後分後夜初分後夜中分後夜後分見比丘尼犯波羅夷罪於波羅夷中生疑爲波羅夷爲僧伽婆尸沙爲波羅夷爲波逸提爲波羅夷爲波羅提提舍尼爲波羅夷爲突吉羅後時斷疑於波羅夷中生波羅夷想覆藏他罪至地了時犯波羅夷若僧與是比丘尼作不見擯不作擯惡邪不除擯若狂心亂心病壞心爾時覆藏不犯波羅夷若僧與是比丘尼解擯若苦痛止還得本心爾時覆藏他罪至地了時犯波羅夷若比丘尼見餘比丘尼地了時犯波羅夷於波羅夷中生疑爲波羅夷爲僧伽婆尸沙爲波逸提爲波羅提提舍尼爲突吉羅後時斷疑於波羅夷中生僧伽婆尸沙想覆藏他罪至地了時犯波羅夷又比丘尼日出時日出已中前日中日昳晡時日沒日沒已初夜初分初夜中分初夜後分中夜初分中夜中分中夜後分後夜初分後夜中分後夜後分見餘比丘尼犯波羅夷於波羅夷中生疑爲波羅夷爲僧伽婆尸沙爲波羅夷爲波逸提爲波羅夷爲波羅提提舍尼爲波羅夷爲突吉羅後時斷疑於波羅夷中生僧伽婆尸沙想覆藏他罪至地了時犯波羅夷若僧與是比丘尼作不見擯不作擯惡邪不除擯若狂心亂心病壞心爾時覆藏不犯若僧與是比丘尼解擯若苦痛止還得本心爾時覆藏他罪至地了時犯波羅夷若比丘尼見餘比丘尼地了時犯波羅夷於波羅夷中生疑爲

波羅夷爲僧伽婆尸沙爲波逸提爲波羅提提舍尼爲突吉羅後時斷疑於波羅夷中生波逸提想覆藏他罪至地了時犯波羅夷又比丘尼日出時日出巳中前日中日昳晡時日没日没巳初夜初分初夜中分初夜後分中夜初分中夜中分中夜後分後夜初分後夜中分後夜後分見比丘尼犯波羅夷於波羅夷中生疑爲波羅夷爲僧伽婆尸沙爲波逸提爲波羅提提舍尼爲突吉羅後時斷疑於波羅夷中生波逸提想覆藏他罪至地了時犯波羅夷若僧與是比丘尼作不見擯不作擯惡邪不除擯若狂心亂心病壞心爾時覆藏不犯波羅夷若僧與是比丘尼解擯若苦痛止還得本心爾時覆藏他罪至地了時犯波羅夷若比丘尼地了時見他比丘尼犯

波羅夷於波羅夷中生疑爲波羅夷爲僧伽婆尸沙爲波逸提爲波羅提提舍尼爲突吉羅後時斷疑於波羅夷中生波羅提提舍尼想覆藏他罪至地了時犯波羅夷又比丘尼日出時日出巳中前日中日昳晡時日没日没巳初夜初分初夜中分初夜後分中夜初分中夜中分中夜後分後夜初分後夜中分後夜後分見比丘尼犯波羅夷於波羅夷中生疑爲波羅夷爲僧伽婆尸沙爲波逸提爲波羅提提舍尼爲突吉羅後時斷疑於波羅夷中生波羅提提舍尼想覆藏他罪至地了時犯波羅夷若僧與是比丘尼作不見擯不作擯惡邪不除擯若是比丘尼狂心亂心病壞心爾時覆藏不犯若僧與是比丘尼解擯若苦痛止還得本心爾時覆藏他罪至地了

時犯波羅夷若比丘尼地了時見他比丘尼犯波羅夷於波羅夷中生疑爲波羅夷爲僧伽婆尸沙爲波逸提爲波羅提提舍尼爲突吉羅後時斷疑於波羅夷中生突吉羅想覆藏他罪至地了時犯波羅夷又比丘尼日出時日出巳中前日中日昳晡時日没日没巳初夜初分初夜中分初夜後分中夜初分中夜中分中夜後分後夜初分後夜中分後夜後分見比丘尼犯波羅夷於波羅夷中生疑爲波羅夷爲僧伽婆尸沙爲波逸提爲波羅提提舍尼爲突吉羅後時斷疑於波羅夷中生突吉羅想覆藏他罪至地了時犯波羅夷若僧與是比丘尼作不見擯不作擯惡邪不除擯若是比丘尼狂心亂心病壞心爾時覆藏不犯波羅夷若僧與是比丘尼解擯若苦痛止還得本心爾時覆藏他罪至地了時犯波羅夷第七事竟

佛在倶舍彌國爾時衆僧一心和合與迦留羅提舍比丘作不見擯是迦留羅提舍比丘有姊妹比丘尼七人一偷羅難陀尼二周那難陀尼三提舍尼四優波提舍尼五提舍域多尼六提舍波羅那尼七提舍羅叉多尼是諸比丘尼聞迦留羅提舍僧與作不見擯往問迦留羅提舍言僧實與汝作不見擯耶答言實作是諸比丘尼言汝莫下意輭語折伏我等當供養汝財物衣鉢戸鉤時藥夜分藥七日藥盡形藥若讀經誦經問疑我等教汝汝何故折伏是中有比丘尼少欲知足行頭陀聞是事呵責言云何名比丘尼知比丘一心和合僧作不見擯獨一無二無伴無侶不

休不息隨順行諸比丘尼如是呵已向佛廣說佛以是事集二部僧知而故問是諸比丘尼汝等實作是事不答言實作世尊佛以種種因緣呵責云何名比丘尼知比丘一心和合僧如法作不見擯獨一無二無伴無侶不休不息隨順行種種因緣呵已語諸比丘以十利故與比丘尼結戒從今是戒應如是說若比丘尼知是比丘一心和合僧如法作不見擯獨一無二無伴無侶不休不息隨順行諸比丘尼應如是諫是比丘尼是比丘一心和合僧作不見擯獨一無二無伴無侶不休不息汝莫隨順行是比丘尼諸比丘尼如是諫時堅持是事不捨者諸比丘尼應第二第三諫令捨是事第二第三諫時若捨是事善若不捨者是比丘尼犯波羅夷不共住知者若自知若從他聞若彼罪比丘自說如法者如法如毗尼如佛教擯獨一無二無伴無侶者一切擯比丘獨一無二無伴無侶不休者不下意不折伏不息者不捨惡邪見隨順者有二種與財與法諸比丘尼應語是擯比丘汝應折伏下意向大僧汝若不折伏下意者諸比丘尼僧當作不禮拜不共語不供養羯磨若是比丘折伏下意者善若不折伏悔過者諸比丘尼應當一心和合與是比丘作不禮拜不共語不供養羯磨羯磨法者一心和合比丘尼僧一比丘尼唱言大德尼僧聽某甲比丘一心和合僧作不見擯獨一無二無伴無侶不休不息若僧時到僧忍聽與某甲比丘作不禮拜不共語不供養羯磨是名白如是白四羯磨僧與某甲比丘作不禮拜不

共語不供養羯磨竟僧忍默然故是事如是持比丘尼僧亦應如是語是比丘尼是比丘一心和合僧作不見擯獨一無二無伴無侶不休不息汝等莫隨順助行是比丘尼諸比丘尼如是諫時堅持是事不捨者諸比丘尼應第二第三諫令捨是事第二第三諫時捨是事善若不捨者是比丘尼犯波羅夷不共住波羅夷者是罪弊惡深重退墮不如若比丘尼犯是事者不名沙門尼非釋種女失比丘尼法不共住者諸比丘尼不共作法事謂白羯磨白二羯磨白四羯磨說戒自恣立十三比丘尼羯磨是中犯者若比丘尼僧未作不禮拜不共語不供養羯磨爾時比丘尼教是比丘經若是偈說偈偈突吉羅若是章說章章突吉羅若是別句說句句突吉羅若擯比丘教比丘尼讀誦經若比丘尼受偈說偈偈突吉羅若受章說章章突吉羅若受別句說句句突吉羅若比丘尼與財供養與鉢突吉羅與衣突吉羅與戶鉤時藥夜分藥七日藥盡形藥皆突吉羅若擯比丘與比丘尼財供養若與衣鉢比丘尼受者皆突吉羅若與戶鉤時藥夜分藥七日藥盡形藥比丘尼受者皆突吉羅若比丘尼僧作不禮拜不共語不供養羯磨竟爾時比丘尼教比丘讀誦經若是偈說偈偈偷蘭遮若章說章章偷蘭遮若別句說句句偷蘭遮若擯比丘教比丘尼讀誦經若是偈說偈偈偷蘭遮若章說章章偷蘭遮若別句說句句偷蘭遮若比丘尼與擯比丘財供養若與鉢偷蘭遮若與衣偷蘭遮若與戶鉤時藥皆偷蘭遮夜分藥七日藥

盡形藥皆偷蘭遮若擯比丘與比丘尼財供養若與鉢比丘尼受者偷蘭遮若與衣戸鉤時藥夜分藥七日藥盡形藥比丘尼受者皆偷蘭遮諸比丘尼先應輭語教是隨助比丘尼言汝莫佐助擯比丘莫隨順行若輭語時捨者應教令作衆多突吉羅衆多偷蘭遮悔過出罪若輭語不捨者應與白四羯磨約勑約勑法者一心和合比丘尼僧一比丘尼唱言大德尼僧聽某甲比丘一心和合僧與作不見擯獨一無二無伴無侶不休不息某甲比丘尼隨助已輭語約勑不捨若僧時到僧忍聽今僧約勑某甲比丘尼是比丘一心和合僧與作不見擯獨一無二無伴無侶不休不息汝等比丘尼莫隨順行是名白如是白四羯磨僧約勑某甲比丘尼竟僧忍默然故是事如是持如佛先說是說比丘尼應約勑乃至三教令捨是事者是名約勑是名爲教是名約勑教若輭語約勑不捨者未犯若初說未竟說竟第二說說未竟說竟第三說說未竟若非法別衆非法和合衆似法別衆似法和合衆若如法別衆若異法異律佛教若約勑不捨者未犯若如法如律如佛教三約勑竟不捨者是比丘尼犯波羅夷（八波羅夷竟）

十七僧殘中第四事（凡十三事）

佛在舍衞國爾時有比丘尼名施越年少端正有一賈客見已生漏心作是念諸比丘尼王所守護不得强爲不淨事我當請供養所須作是念已便到是比丘尼所言汝所須物若飲食衣服卧具湯藥所須我當相給比丘尼言當受汝請是比丘尼後時所須飲食衣

服卧具湯藥薪草燈燭皆從索取賈客知比丘尼心轉柔輭便語比丘尼言作婬事來比丘尼言莫作是語我是持戒斷婬欲人賈客瞋言小婢汝若持戒斷婬欲者何故受我衣食供養即便强捉比丘尼比丘尼高聲大喚即時多人來集問言何故大喚賈客言是比丘尼受我衣食不隨我意諸居士語比丘尼汝受他物何故不隨他意比丘尼言我不爲婬欲故受彼財物是賈客自來請我作是言汝所須衣食湯藥薪草燈燭自恣相給我不知以何心故與我諸居士言是賈客爲是汝父親里母親里耶比丘尼言不是諸居士言若非汝父母親又非賢者不求福德何故不知與汝財物與汝衣時爲婬欲事諸居士呵責言諸比丘尼自言善好有功德如婬女法取他財物是中有比丘尼少欲知足行頭陀聞是事心不喜向佛廣說佛以是事集二部僧知而故問施越比丘尼汝實作是事不答言實作世尊佛以種種因緣呵責言云何名比丘尼有漏心從漏心男子自手取食種種因緣呵已語諸比丘以十利故與比丘尼結戒從今是戒應如是說若比丘尼有漏心從漏心男子自手取食是法初犯僧伽婆尸沙可悔過漏心者於是人邊愛結深厚男子漏心亦如是男子者謂人男能作婬事食者五佉陀尼五蒲闍尼五似食五佉陀尼者根食莖食葉食華食果食五蒲闍尼者飯麨糒魚肉五似食者糜粟穬麥莠子加師食僧伽婆尸沙者是罪屬僧僧中有殘因僧前悔過得除滅故名僧伽婆尸沙是中犯者若比丘尼

有漏心自手從漏心男子手取根食得僧伽婆尸沙若取莖葉華果飯麨糒魚肉糜粟穬麥莠子加師食皆僧伽婆尸沙若有居士因是比丘尼故與比丘尼僧作食偏與所愛比丘尼多食比丘尼受者偷蘭遮第四事竟

佛在王舍城爾時有比丘尼往語施越比丘尼言若汝無漏心男子有漏心但從自手取食噉若隨意用於汝何所能是中有比丘尼少欲知足行頭陀聞是事心不喜種種因緣呵責言云何名比丘尼語他比丘尼言汝無漏心男子有漏心但從自手取食噉若隨意用於汝何所能種種因緣呵責已向佛廣說佛以是事集二部僧知而故問是比丘尼汝實作是事不答言實作世尊佛以種種因緣呵責是比丘尼言云何名比丘尼勸他比丘尼言汝無漏心從漏心男子自手取食噉若隨意用於汝何所能種種因緣呵已語諸比丘以十利故與比丘尼結戒從今是戒應如是說若比丘尼言若汝無漏心從漏心男子自手取食噉若隨意用於汝何所能是法初犯僧伽婆尸沙可悔過僧伽婆尸沙者是罪屬僧僧中有殘因僧前悔過除滅是名僧伽婆尸沙是中犯者若比丘尼語比丘尼言汝無漏心從漏心男子自手取食噉若隨意於汝何所能僧伽婆尸沙若比丘尼語比丘尼言若汝無漏心漏心男子與汝食但取噉隨意用於汝何所能僧伽婆尸沙若比丘尼語比丘尼言若汝有漏心漏心男子於汝何所能汝莫從彼自手取食噉莫隨意用偷蘭遮若比丘尼語比丘尼言若汝無漏心男子有

渴心於汝何所能但莫自手取食噉莫隨意用偷蘭遮第五事竟

十誦律卷第四十三

音釋

腕烏貫切臂腕也 掐苦甲切捻也 齎音齊與臍同 机舉履切案屬 矟色角切矛屬 昳晡昳徒結切日側也晡奔模切日加申時也 輭乳兗切柔軟也 麨尺沼切乾糧也 糒蒲拜切乾糗也 𪎊古猛切𪎊麥也 莠云九切稂莠也

十誦律卷第四十四

姚秦三藏弗若多羅共三藏鳩摩羅什譯

十七僧殘中第四事之餘

佛在舍衛國爾時有比丘尼名跋陀是加毗羅婆羅門女跋陀比丘尼有姊死往問訊姊夫因爲説法遂至日沒比丘尼作是念我若還精舍恐道中有賊即住居士舍是居士思惟此比丘尼不還去者必欲得反戒我當求令代其姊處作是念已語比丘尼言我舍多有財物珍寶汝姊所有手脚頭面莊嚴具悉在我若更取餘人作婦則不能好看我兒兒亦不愛樂汝若欲反戒者作我兒毋汝看我兒如兒我兒等看汝如毋比丘尼作是念若我違逆是語者或强逼我何不默然即默然坐居士心念謂欲反戒但以姊新死故默然中夜復作是語後夜復作是語地了時是比丘尼從急惱處得脱還至精舍向諸比丘尼廣説是事是中有比丘尼少欲知足行頭陀聞是事心不喜種種因縁呵責言云何名比丘尼一身獨宿種種因縁呵已向佛廣説佛以是事集二部僧知而故問跋陀比丘尼汝實作是事不答言實作世尊佛以種種因縁呵責言云何名比丘尼一身獨宿種種因縁呵已語諸比丘以十利故與比丘尼結戒從今是戒應如是説若比丘尼一身獨宿乃至一夜是法初犯僧伽婆尸沙可悔過夜者從日沒至地未了是中間名夜僧伽婆尸沙者是罪屬僧僧中有殘因僧前悔過除滅是名僧伽婆尸沙是中犯者若比丘尼日沒時一身獨宿至地了時犯僧伽婆尸沙日沒已初

夜初分初夜中分初夜後分中夜初分中夜中分中夜後分後夜初分後夜中分後夜後分亦如是又比丘尼地了時一身獨宿乃至明日地了時犯僧伽婆尸沙若共行比丘尼若反戒若死若入外道若八難中隨有一一難起不犯第六事竟

佛在舍衛國爾時有比丘尼名偷羅難陀多知多識喜入出諸家是比丘尼早起著衣入一家出一家出一家復入一家晡時來還大疲極僧房中卧自言脚痛腨痛脊痛背痛語諸比丘尼與我按摩諸比丘尼言善女從何處來答言入某家出某家出某家復入某家問言汝爲佛事僧事耶答言不爲諸比丘尼言若不爲佛事僧事去者何以故爲作是行得大疲極是中有比丘尼少欲知足行頭陀聞是事心不喜種種因緣呵責言云何名比丘尼晝日一身獨行種種因緣呵已向佛廣説佛以是事集二部僧知而故問偷羅難陀比丘尼汝實作是事不答言實作世尊佛以種種因緣呵責云何名比丘尼晝日一身蜀行到白衣家種種因緣呵已語諸比丘以十利故與比丘尼結戒從今是戒應如是説若比丘尼若夜若晝一身獨行到白衣家是法初犯僧伽婆尸沙可悔過晝日者從地了至日未没是中間名晝日是中犯者若比丘尼一身獨行地了時去至日没時來犯僧伽婆尸沙日出時日出已中前日中日昳晡時日没時去日没已來還皆僧伽婆尸沙若共行比丘尼若反戒若死若入外道若八難中隨有一一難起不犯第七事竟

佛在舍衛國偷羅難陀比丘尼喜見男子故晨朝至城門下立看男子出入誰好誰醜見一男子出端正生著心問言汝欲何去答言詣某聚落偷羅難陀言我共汝去居士言隨意是比丘尼於道中共居士戲笑語言大喚居士有因緣故入聚落是比丘尼無事於聚落外立待居士居士又入第二聚落比丘尼亦復在外立待居士居士又入第三聚落是比丘尼晡時來還僧房中卧語諸比丘尼言我大疲極脚痛腨痛膝痛脅痛背痛與我按摩諸比丘尼言汝從何來答言我從聚落至一聚落來問汝爲佛事僧事耶答言不爲諸比丘尼言若不爲佛事僧事去者何故爲作是行得大疲極是中有比丘尼少欲知足行頭陀聞是事心不喜種種因緣呵責言云何名比丘尼獨一身至餘聚落種種因緣呵已向佛廣説佛以是事集二部僧知而故問偷羅難陀比丘尼汝實作是事不答言實作世尊佛以種種因緣呵責言云何名比丘尼獨一身往餘聚落種種因緣呵責已語諸比丘從今是戒應如是説若比丘尼若夜若晝一身獨行往餘聚落初犯僧伽婆尸沙可悔過行者有二種水道行陸道行是中犯者若比丘尼陸道一人獨行往餘聚落僧伽婆尸沙中道還偷蘭遮若無聚落空地乃至一拘盧舍僧伽婆尸沙中道還偷蘭遮水道亦如是若共行比丘尼若反戒若死若入外道若八難中隨有一一難起不犯事竟第八

佛在舍衛國爾時諸比丘尼遊行憍薩羅國向舍衛國道中至河岸上住言誰能先入水

看深淺是中有比丘尼名脩目佉勳健多力出婆羅門家作是言我能先入即便入水渡到彼岸水尋瀑漲不能得還獨彼岸宿夜有賊來剝衣躶形是中有比丘尼少欲知足行頭陀聞是事心不喜種種因緣呵責云何名比丘尼獨彼岸宿種種因緣呵已向佛廣說佛以是事集二部僧知而故問脩目佉比丘尼汝實作是事不答言實作世尊佛以種種因緣呵責云何名比丘尼獨彼岸宿種種因緣呵已語諸比丘從今是戒應如是說若比丘尼若夜若晝若異聚落若異界若渡河彼岸一身獨宿是法初犯僧伽婆尸沙可悔過河者有二種一者脫衣得渡二者不脫衣得渡有兩岸中有水來去處隨岸中流是名爲河是中犯者若比丘尼獨一身脫衣渡河僧伽婆尸沙中道還偷蘭遮若二比丘尼共渡河一渡一還渡者僧伽婆尸沙還者偷蘭遮若比丘尼脫衣渡池水渡去偷蘭遮中道還者突吉羅若二比丘尼共渡池水一渡一還渡者偷蘭遮還者突吉羅若比丘尼褰衣渡河渡者偷蘭遮中道還突吉羅若二比丘尼褰衣渡河一渡一還渡者偷蘭遮還者突吉羅若比丘尼褰衣獨渡池渡者突吉羅中道還者亦突吉羅若二比丘尼褰衣渡池水一渡一還渡者突吉羅還者亦突吉羅若從橋梁船渡不犯若共渡比丘尼若反戒若死若入外道若八難中隨有一一難起不犯[第九事竟]

佛在舍衛國爾時諸比丘近婆祇陀城起僧坊是中漸漸多有居士家圍繞有象鳴馬鳴大小男女音聲故妨諸比丘讀經坐禪行道

是中有居士名安闍那有威德多饒財寶人民田宅硨磲碼碯種種富貴相貌成就諸比丘教令餘處起僧房居士即於安闍那林中起僧房諸比丘捨近城僧坊入安闍那林僧坊中住諸比丘尼遊行憍薩羅國向舍衛國次到婆衹陀城故僧坊中宿見其中牀榻臥具瓮器釜鑊種種備具清淨可住諸比丘尼往語比丘言諸大德已捨此僧坊者我等當於中住諸比丘言隨意是僧坊主死後諸兒分財物是僧房亦在分中一兒得此僧坊者往語比丘尼言汝等出去諸比丘尼言何故使我等出耶答言我分得此僧坊比丘尼言我不從汝得我從諸比丘得若諸比丘使我出者我當出不隨汝語是中有比丘尼名偷目佉是婆羅門種中出家懃健多力作强語共諍居士兒不忍瞋故便打比丘尼是比丘尼即詣衆官言某甲兒打我衆官問言何故打汝比丘尼即廣說上事衆官言諸沙門釋子不應失是僧坊何以故公與兒奪兒與公奪事不得爾衆官遣人召是兒來問言汝打比丘尼不答言實打衆官案法律檢校打出家人應得何罪律言隨所用身分即應截之衆官問言汝以何物打答言手打又問何手答言右手即截右手爾時惡名流布諸沙門釋女言人截他手一人語二人二人語三人如是展轉滿婆衹陀城是中有比丘尼少欲知足行頭陀聞是事心不喜種種因緣呵責云何名比丘尼言人令截他手種種因緣呵已向佛廣說佛以是事集二部僧知而故問偷目佉比丘尼汝實作是事不答言實作世

尊佛以種種因緣呵責言云何名比丘尼言人令截他手種種因緣呵已語諸比丘以十利故與諸比丘尼結戒從今是戒應如是說若比丘尼詣王若官人若婆羅門若居士所恃勢言人者是法初犯僧伽婆尸沙可悔過王者刹利種受王位水澆頭是名爲王刹利水澆頭若婆羅門若居士若女人受王職亦名爲王水澆頭官人者食官廪田宅婆羅門者婆羅門種中生居士者除王除官人除婆羅門餘不出家人名爲居士恃勢言人者依他勢力喜鬬諍相言僧伽婆尸沙者是罪屬僧僧中有殘因僧前悔過除滅是名僧伽婆尸沙是中犯者若比丘尼詣王若衆官婆羅門居士恃勢力言人者僧伽婆尸沙若斷事時在斷事人前瞋恨呵罵本所打人者僧伽婆尸沙若向餘人呵罵本所打人者偷蘭遮若屏處瞋罵不言者不犯第十事竟

佛在舍衛國爾時波斯匿王有千鬬將半刹利種半婆羅門種一部名伊舍羅一部名達多摩那波斯匿王有小國反叛約勑千鬬將令往伐之即往伐破還白王言我等得勝願王常勝王聞心歡喜悦汝欲何願我當與汝鬬將白言我婦有罪不隨我意聽六日與死飲至七日以牛舌刀破裂其身王言與汝此願爾時一刹利將婦不隨夫意欲六日與死飲至七日以牛舌刀裂破其身是婦多有親里力勢來遮不聽與諸飲諸鬬將法一人有事餘者盡助刹利衆集已强與死飲待至七日以牛舌刀裂破其身作兩分時有比丘尼名斯那是摩那居士女常是家出入早起著

衣入是家見諸刹利婦澡浴莊嚴身著好衣服瓔珞是刹利婦獨著垢衣不莊嚴身愁憂而坐比丘尼問言餘婦皆莊嚴好衣汝何故獨著垢衣又不莊嚴愁憂而坐答言汝不聞耶問言何等答言我不隨夫意令受六日死飲至七日當以牛舌刀裂破我身作兩分汝能將我去不我去誰當覺者答言能比丘尼即袈裟覆此婦將走詣尼僧坊中出家後日諸刹利衆集以牛舌刀欲殺衆人言喚此婦來即入舍覓不見求覓不得刹利衆言誰常出入是家答言有斯那比丘尼常出入我家或能將去刹利衆即往圍繞王園比丘尼僧房刹利婦出家未久諸比丘尼欲遮刹利衆是衆中有年少刹利不知罪福作是言一切比丘尼皆應以牛舌刀破裂作兩分有長老刹利言比丘尼是王所守護我等不宜橫作惡事或能不可汝等小待我先白王王有所勅當隨王教諸比丘尼即詣末利夫人廣說上事夫人即向王說王先知故於殿上坐諸刹利往詣王所拜言大王常勝王言我先與汝願汝今當與我願刹利衆言隨大王所願當與王言是刹利婦今已出家便是更生非刹利婦刹利衆言今隨王意當放去王即使語比丘尼諸善女是事不是汝等知是賊女應死知王不聽刹利不聽如是女人不應與出家諸刹利若破汝等作兩分者我當云何佛聞是事必當與汝等結戒若比丘尼知是賊女決斷隨死衆人皆知王及刹利不聽不得度作弟子是中有比丘尼少欲知足行頭陀聞是事心不喜向佛廣說佛以是事集二

部僧知而故問斯那比丘尼汝實作是事不答言實作世尊佛以種種因緣呵責言云何名比丘尼知賊女決斷墮死度作弟子種種因緣呵已語諸比丘以十利故與比丘尼結戒從今是戒應如是說若比丘尼知賊女決斷墮死衆人皆知王及剎利衆不聽度作弟子是法初犯僧伽婆尸沙可悔過知者若自知若從他聞若賊女自說賊者有二種一者偷奪財物二者偷身墮死者作罪應死衆人知者多人所知見聞不聽者王不聽剎利衆不聽者二部不聽活僧伽婆尸沙者是罪屬僧僧中有殘因僧前悔過除滅是名僧伽婆尸沙是中犯者若和尚尼知阿闍梨尼知比丘尼僧知和尚尼犯僧伽婆尸沙阿闍梨尼偷蘭遮僧犯突吉羅若和尚尼知阿闍梨尼知僧不知和尚尼犯僧伽婆尸沙阿闍梨尼偷蘭遮僧不犯和尚尼知阿闍梨尼及僧不知和尚尼犯僧伽婆尸沙阿闍梨尼及僧不犯若都不知都不犯第十一事竟

佛在俱舍彌國爾時長老車匿毋作比丘尼名憂婆和妹作比丘尼名闡提闡提爲人惡性作不善行常惱諸比丘尼諸比丘尼欲爲闡提作擯羯磨是憂婆和是衆僧斷事人於僧中遮不得作羯磨後時憂婆和餘行不在諸比丘尼言我等今與闡提比丘尼作擯羯磨有比丘尼言憂婆和或能中間遮更有比丘尼言憂婆和已餘處去多知識卒未得還諸比丘尼即打揵椎集尼僧與闡提作羯磨竟明日衆人聞闡提比丘尼被擯憂婆和比丘尼還到其妹所共相問訊闡提言莫共我

語問言何故答言諸比丘尼羯磨擯我憂婆和念言是事不是我作僧斷事人不在便强作擯今我不能問諸比丘尼不取欲出界外當與解擯時憂婆和不問諸比丘尼不取欲即出界外爲闡提解擯是中有比丘尼少欲知足行頭陀聞是事心不喜種種因緣呵責云何名比丘尼知尼僧如法和合作羯磨擯比丘尼不問比丘尼僧不取諸比丘尼欲出界外與他解擯種種因緣呵已向佛廣說佛以是事集二部僧知而故問憂婆和比丘尼汝實作是事不答言實作世尊佛以種種因緣呵責云何名比丘尼知比丘尼僧如法作擯不問比丘尼僧亦不取欲出界外與比丘尼解擯種種因緣呵已語諸比丘以十利故與比丘尼結戒從今是戒應如是說若比丘尼知比丘尼一心和合僧作不見擯不問比丘尼僧亦不取欲出界外與他解擯是法初犯僧伽婆尸沙可悔過知者若自知若從他聞若彼自說如法者如法如毗尼如佛教擯不問比丘尼僧者不以是事白比丘尼僧不取欲者乃至不取四人欲出界外者衆僧離外壁外障外解擯者若自解若使他令解僧伽婆尸沙者是罪屬僧僧中有殘因僧前悔過除滅是名僧伽婆尸沙是中犯者若和尚尼知作羯磨人知僧知和尚尼犯僧伽婆尸沙羯磨人犯偷蘭遮僧犯突吉羅若和尚尼知羯磨人知僧不知和尚尼犯僧伽婆尸沙羯磨人犯偷蘭遮僧不犯若和尚尼知羯磨人不知僧不知和尚尼犯僧伽婆尸沙羯磨人及僧不犯若一切不知不犯第十二事竟

十七事中鬬第十三事

佛在舍衛國爾時有比丘尼名曰迦羅本是外道善鬬諍相言是比丘尼共餘比丘尼鬬諍時作是言我捨佛捨法捨僧捨戒非但沙門釋子知道更有餘沙門婆羅門有慚愧善好樂持戒我當從彼脩梵行是中有比丘尼少欲知足行頭陀聞是事心不喜呵責言云何名比丘尼鬬諍時作是言我捨佛捨法捨僧捨戒不但沙門釋子知道更有餘沙門婆羅門有慚愧善好樂持戒我當從彼修梵行種種因緣呵已向佛廣說佛以是事集二部僧知而故問迦羅比丘尼汝實作是事不答言實作世尊佛以種種因緣呵責言云何名比丘尼共鬬諍時作是言我捨佛捨法捨僧捨戒不但沙門釋子知道更有餘沙門婆羅門有慚愧善好樂持戒我當從彼修行梵行種種因緣呵已語諸比丘以十利故與比丘尼結戒從今是戒應如是說若比丘尼共比丘尼鬬諍時作是言我捨佛捨法捨僧捨戒非但沙門釋子知道更有餘沙門婆羅門有慚愧善好樂持戒者我當從彼修梵行諸比丘尼應諫是比丘尼言汝莫共諸比丘尼鬬諍時作是言我捨佛捨法捨僧捨戒非但沙門釋子知道更有餘沙門婆羅門有慚愧善好樂持戒我當從彼修梵行汝應佛法中樂修梵行當捨離自不樂心是比丘尼諸比丘尼如是諫時堅持是事不捨者諸比丘尼應第二第三諫令捨是事若是比丘尼第二第三諫時捨者善若不捨者是法乃至三諫僧伽婆尸沙可悔過僧伽婆尸沙者是罪屬僧

僧中有殘因僧前悔過除滅是名僧伽婆尸沙是中犯者若比丘尼言我捨佛偷蘭遮若言捨法偷蘭遮若言捨僧若言捨戒皆偷蘭遮若言非但沙門釋子知道更有餘沙門婆羅門有慚愧善好樂持戒我當從彼修梵行呵衆僧故得波逸提諸比丘尼先應輭語約勅爾時捨者應教四偷蘭遮一波逸提悔過出罪若輭語不捨者應白四羯磨約勅約勅法者僧一心和合一比丘尼應唱言大德尼僧聽是迦羅比丘尼先是外道今共諸比丘尼鬭諍時作如是言我捨佛捨法捨僧捨戒非但沙門釋子知道更有餘沙門婆羅門有慚愧善好樂持戒我當從彼修學梵行已輭語約勅不捨惡邪若僧時到僧忍聽今僧約勅迦羅比丘尼汝莫共諸比丘尼鬭諍時作是言我捨佛捨法捨僧捨戒非但沙門釋子知道更有餘沙門婆羅門有慚愧善好樂持戒我當從彼修梵行是名白如是白四羯磨僧約勅某甲比丘尼竟僧忍默然故是事如是持如佛先說是比丘尼諸比丘尼應約勅乃至三諫令捨是事者是名爲約勅是名爲教是名約勅教若輭語約勅不捨者未犯初說說未竟說竟第二說說未竟說竟第三說說未竟非法別衆非法和合衆似法別衆似法和合衆如法別衆異法異律異佛教若約勅不捨者未犯若如法如律如佛教三約勅不捨者是比丘尼犯僧伽婆尸沙第十四事竟

佛在舍衛國爾時迦羅比丘尼喜鬭諍相言時作是言諸比丘尼僧隨愛行隨瞋行隨怖行隨癡行是中有比丘尼少欲知足行頭陀

聞是事心不喜種種因緣呵責言云何名比丘尼共鬭諍時作是言諸比丘尼僧隨愛行隨瞋行隨怖行隨癡行種種因緣呵已向佛廣説佛以是事集二部僧知而故問迦羅比丘尼言汝實作是事不答言實作世尊佛以種種因緣呵責言云何名比丘尼共鬭諍時作是言諸比丘尼僧隨愛行隨瞋行隨怖行隨癡行種種因緣呵已語諸比丘以十利故與諸比丘尼結戒從今是戒應如是説若比丘尼共比丘尼鬭諍時作是言比丘尼僧隨愛行隨瞋行隨怖行隨癡行是比丘尼諸比丘尼應如是諫汝莫共諸比丘尼鬭諍時作是言比丘尼僧隨愛行隨瞋行隨怖行隨癡行何以故比丘尼僧不隨愛行不隨瞋行不隨怖行不隨癡行汝比丘尼捨是隨愛語隨瞋語隨怖語隨癡語是比丘尼諸比丘尼如是諫時堅持是事不捨者諸比丘尼應第二第三諫令捨是事若第二第三諫時捨是事者善若不捨者是比丘尼乃至三諫僧伽婆尸沙可悔過僧伽婆尸沙者是罪屬僧僧中有殘因僧前悔過除滅是名僧伽婆尸沙是中犯者若比丘尼作是言比丘尼僧隨愛行偷蘭遮隨瞋行偷蘭遮隨怖行偷蘭遮隨癡行偷蘭遮諸比丘尼先應輭語約勑爾時捨者應教作四偷蘭遮悔過出罪若輭語不捨者應白四羯磨約勑約勑法者一心和合僧一比丘尼應僧中唱言大德尼僧聽迦羅比丘尼先是外道今共諸比丘尼鬭諍時作是言諸比丘尼隨愛行隨瞋行隨怖行隨癡行已輭語約勑不捨若僧時到僧忍聽今僧約

敕迦羅比丘尼汝莫共諸比丘尼鬬諍時作是言諸比丘尼隨愛行隨瞋行隨怖行隨癡行是名白如是白四羯磨僧約敕迦羅比丘尼竟僧忍默然故是事如是持如佛先說是比丘尼諸比丘尼應約敕乃至三諫令捨是事者是名爲約敕是名爲教是名約敕教若輭語教敕不捨者未犯初說說未竟說竟第二說說未竟說竟第三說說未竟非法別衆非法和合衆似法別衆似法和合衆如法別衆異法異律異佛教若約敕不捨者未犯若如法如毗尼如佛教三約敕不捨者是比丘尼犯僧伽婆尸沙第十五事竟

佛在舍衛國爾時有二比丘尼一名達磨二名曇彌同心共作惡業有惡名聲常惱比丘尼僧互相覆罪是中有比丘尼少欲知足行頭陀聞是事心不喜種種因緣呵責言云何名比丘尼同心共作惡業有惡名聲常惱比丘尼僧互相覆罪種種因緣呵已向佛廣說佛以是事集二部僧知而故問達磨曇彌比丘尼汝實作是事不答言實作世尊佛以種種因緣呵責云何名比丘尼同心共作惡業有惡名聲常惱比丘尼僧互相覆罪種種因緣呵已語諸比丘以十利故與比丘尼結戒從今是戒應如是說若二比丘尼同心共作惡業有惡名聲常惱比丘尼僧互相覆罪是二比丘尼諸比丘尼應如是諫汝等莫共同心共作惡業有惡名聲常惱比丘尼僧互相覆罪汝等各遠離行若汝等遠離行者佛法得增長汝等捨是隨順惡行諸比丘尼如是諫時是二比丘尼堅持是事不捨者諸比丘

尼應第二第三諫令捨是事第二第三諫時捨者善若不捨者是法乃至三諫僧伽婆尸沙可悔過二比丘尼作惡業者作邪惡事身口惡業有惡名聲者四方聞知惱比丘尼僧者乃至惱四比丘尼互相覆罪者共作不清淨事各相覆藏不令人知僧伽婆尸沙者是罪屬僧僧中有殘因僧前悔過除滅是名僧伽婆尸沙是中犯者若二比丘尼同心共作不善因緣偷蘭遮有惡名聲偷蘭遮惱比丘尼僧偷蘭遮互相覆罪偷蘭遮諸比丘尼先應輭語教捨是事若捨者應教作四偷蘭遮悔過出罪若輭語不捨者應白四羯磨約勑羯磨法者一心和合僧一比丘尼僧中唱言大德尼僧聽是二比丘尼達磨曇彌同心作惡業有惡名聲常惱衆僧互相覆罪已輭語約勑不捨若僧時到僧忍聽今僧約勑是二比丘尼汝等莫同心作惡業有惡名聲常惱比丘尼僧互相覆罪是名白如是白四羯磨僧約勑竟僧忍默然故是事如是持如佛先說是比丘尼諸比丘尼應約勑乃至三諫令捨是事者是名爲約勑是名爲教是名約勑教若輭語約勑不捨者未犯初說說未竟說竟第二說說未竟說竟第三說說未竟非法別衆非法和合衆似法別衆似法和合衆如法別衆異法異律異佛教若約勑不捨者未犯若如法如毗尼如佛教三約勑不捨者是比丘尼僧伽婆尸沙第十六事竟

佛在王舍城爾時助調達諸比丘尼往語達磨曇彌二比丘尼作是言汝等莫別離行當同心行若汝等別離行者不得增長同心行

者便得增長比丘尼僧中亦有如汝等者僧以瞋故教汝別離行是中有比丘尼少欲知足行頭陀聞是事心不喜種種因緣呵責言云何名比丘尼往語達磨曇彌比丘尼言汝等莫別離行當同心行若別離行者不得增長同心行者便得增長比丘尼僧中亦有如汝等者僧以瞋故教汝別離行種種因緣呵已向佛廣說佛以是事集二部僧知而故問助調達比丘尼汝實作是事不答言實作世尊佛以種種因緣呵責言云何名比丘尼往語達磨曇彌比丘尼言汝等莫別離行當同心行若別離行者不得增長同心行者便得增長比丘尼僧中亦有如汝等者僧以瞋故教汝別離行種種因緣呵已語諸比丘以十利故與比丘尼結戒從今是戒應如是說若比丘尼教二比丘尼言汝等莫別離行當同心行別離行者不得增長同心行者便得增長比丘尼僧中亦有如汝等者僧以瞋故教汝別離行諸比丘尼應如是諫是比丘尼汝莫教二比丘尼作是言汝等莫別離行當同心行別離行者不得增長同心行者便得增長比丘尼僧中亦有如汝等者僧以瞋故教汝別離行汝當捨是勸邪行事諸比丘尼如是諫時是比丘尼堅持是事不捨者諸比丘尼應第二第三諫令捨是事第二第三諫時捨者善若不捨者是法乃至三諫僧伽婆尸沙可悔過僧伽婆尸沙者是罪屬僧僧中有殘因僧前悔過除滅是名僧伽婆尸沙是中犯者若比丘尼勸二比丘尼言汝等莫別離行偷蘭遮當同心行偷蘭遮若言別離行者

不得增長偷蘭遮同心行者便得增長偷蘭遮若言比丘尼僧中亦有如汝等者僧瞋故教汝別離行呵責比丘尼僧故波逸提諸比丘尼先應軟語教捨者應教作四偷蘭遮一波逸提悔過出罪若軟語不捨者應白四羯磨約勑羯磨法者一心和合僧一比丘尼僧中唱言大德尼僧聽是某甲比丘尼教某甲二比丘尼作是言汝等莫別離行當同心行別離行者不得增長同心行者便得增長比丘尼僧中亦有如汝等者但僧瞋故教汝別離行已軟語約勑不捨若僧時到僧忍聽今僧約勑某甲比丘尼汝莫教某甲二比丘尼作是言汝莫別離行當同心行別離行者不得增長同心行者便得增長僧中亦有如汝等者僧以瞋故教汝別離行汝當捨是勸邪行事是名白如是白四羯磨僧與某甲比丘尼約勑竟僧忍默然故是事如是持如佛先說是比丘尼諸比丘尼乃至三諫令捨是事者是名爲約勑是名爲教是名爲約勑教若軟語約勑不捨者未犯初說說未竟說竟第二說說未竟說竟第三說說未竟非法別衆非法和合衆似法別衆似法和合衆如法別衆異法異律異佛教若約勑不捨者未犯若如法如律如佛教三約勑不捨者是比丘尼犯僧伽婆尸沙事竟第十七

十誦律卷第四十四

音釋

勦鋤交切輕捷也　騍魯果切赤體也　褰丘虔切摳衣也　硨磲硨昌遮切磲求於切硨磲石次玉也又大貝也　碼碯碼母下切碯乃老切碼碯石次玉也　釜鑊釜奉甫切鑊戶郭切釜鑊並鑊屬　闡提梵語具云一闡提此云信不具闡齒善切　犍椎梵語也此云磬又云鐘隨有无木銅鐵鳴者皆曰犍椎犍巨寒切椎音槌

十誦律卷第四十五

姚秦三藏弗若多羅共三藏鳩摩羅什譯

第七誦之二

尼律不共三十事中第十九八事闕第十

佛在王舍城爾時有助調達比丘尼多畜鉢破壞不用是中有比丘尼少欲知足行頭陀聞是事心不喜種種因緣呵責言云何名比丘尼多畜鉢破壞不用種種因緣呵已向佛廣說佛以是事集二部僧知而故問助調達比丘尼汝實作是事不答言實作世尊佛以種種因緣呵責言云何名比丘尼多畜鉢破壞不用種種因緣呵已語諸比丘以十利故與比丘尼結戒從今是戒應如是說若比丘尼畜長鉢乃至一夜過是畜者尼薩耆波逸提一夜者從日没至地未了是中間名一夜鉢者有三種上中下上鉢者受三鉢他飯一鉢他羹餘可食物半羹是名爲上鉢下鉢者受一鉢他飯半鉢他羹餘可食物半羹是名下鉢上下中間是名中鉢若過上減下不名鉢尼薩耆波逸提者是鉢應捨波逸提罪應悔過是中犯者若比丘尼畜長鉢過一夜者尼薩耆波逸提第十九事竟

佛在舍衛國爾時有善比丘尼是舊助調達比丘尼是客是住處得布施衣安居僧應分舊比丘尼言是夏末後月是住處受迦絺那衣此是時衣安居僧應分助調達比丘尼言汝等不善知雖夏末月受迦絺那衣此是非時衣現前僧應分爾時助調達比丘尼時衣作非時衣分是中有比丘尼少欲知足行頭陀聞是事心不喜種種因緣呵責言云何名比

丘尼時衣作非時衣分種種因緣呵已向佛廣說佛以是事集二部僧知而故問助調達比丘尼汝實作是事不答言實作世尊佛以種種因緣呵責言云何名比丘尼時衣作非時衣分種種因緣呵已語諸比丘以十利故與比丘尼結戒從今是戒應如是說若比丘尼時衣作非時衣分尼薩耆波夜提尼薩耆波夜提者是衣應捨波逸提罪應悔過是中犯者若比丘尼時衣作非時衣分者隨分時隨得爾所尼薩耆波逸提第二十事竟

佛在王舍城爾時助調達比丘尼是舊有善比丘尼是客是中僧得布施衣現前僧應分客比丘尼言此非夏末月是住處不受迦絺那衣是衣應現前僧分助調達比丘尼言雖非夏末月不受迦絺那衣然此是時衣此安居僧應分爾時助調達比丘尼非時衣作時衣分是中有比丘尼少欲知足行頭陀聞是事心不喜種種因緣呵責言云何名比丘尼非時衣作時衣分種種因緣呵已向佛廣說佛以是事集二部僧知而故問助調達比丘尼汝實作是事不答言實作世尊佛以種種因緣呵責云何名比丘尼非時衣作時衣分種種因緣呵已語諸比丘以十利故與比丘尼結戒從今是戒應如是說若比丘尼非時衣作時衣分尼薩耆波逸提尼薩耆波逸提者是衣應捨波逸提罪應悔過是中犯者若比丘尼非時衣作時衣分尼薩耆波逸提隨分時隨得爾所尼薩耆波逸提第二十一事竟

佛在舍衛國爾時偷蘭難陀比丘尼有弟子名施越沙善好有功德偷蘭難陀與是弟子

一割截衣著詣祇洹是比丘尼與跋難陀知舊相識跋難陀見是比丘尼來於是衣中心生貪著是比丘尼頭面禮足一面坐跋難陀言善女汝衣好可愛比丘尼言實好跋難陀言可以施我比丘尼言我不得與跋難陀言我當以衣與汝貿比丘尼言不能跋難陀是大法師辯才能善說法即爲說種種微妙法令比丘尼生歡喜心持割截衣與跋難陀跋難陀即與一可可衣比丘尼著是衣入比丘尼精舍和尚尼問言汝衣所在答言與他貿易爲與誰貿答言與跋難陀和尚尼言跋難陀欺誑誘汝弟子言若誑若誘已與貿竟和尚尼言是衣價大汝今所著者價直甚少弟子言大價小價我已貿竟和尚尼言可還取汝若不得者終身驅汝出是弟子畏盡形驅出故即往索衣言本衣還我我還汝本衣跋難陀言我已貿竟不還汝衣施越沙言汝誑我誘我答言若誑若誘我已貿竟終不相還施越沙言若不還我割截衣者和尚尼盡形驅我答言若驅以不驅我已貿竟是中有比丘尼少欲知足行頭陀聞是事心不喜呵責施越沙言云何名比丘尼與比丘貿衣還悔言我還汝衣汝還我衣種種因緣呵已向佛廣說佛以是事集二部僧知而故問施越沙比丘尼汝實作是事不答言實作世尊佛以種種因緣呵責云何名比丘尼與比丘貿衣還悔言我還汝衣汝還我衣種種因緣呵已語諸比丘以十利故與比丘尼結戒從今是戒應如是說若比丘尼與比丘貿衣後到比丘所作是言我還汝衣汝還我衣尼薩耆波

逸提尼薩耆波逸提者是衣應捨波逸提罪應悔過是中犯者若比丘尼與比丘貿衣後到比丘所作是言我還汝衣汝還我衣尼薩耆波逸提若比丘尼後到比丘所言汝衣還屬汝我衣雖非我許但與我來突吉羅第二十二事竟

佛在舍衛國爾時衆多居士居士婦爲偷蘭難陀比丘尼故各各辦衣價作是言我等以是衣價買如是如是衣與偷蘭難陀偷蘭難陀聞已問諸居士實爾不答言實爾問言是衣何似答言如是如是比丘尼言善好我等比丘尼貧窮汝等不能常有施心若不能各各辦者可共作如是一衣如是衣與我諸居士言爾諸居士先辦衣價更出再三倍價衣與比丘尼竟瞋呵責言諸比丘尼不知時不知量若施者不知量受者應知量我等先所辦物更再三倍出我等不是失利供養是難滿難養無猒足人是中有比丘尼少欲知足行頭陀聞是事心不喜向佛廣說佛以是事集二部僧知而故問偷蘭難陀比丘尼汝實作是事不答言實作世尊佛以種種因緣呵責云何名比丘尼衆多非親里居士居士婦作同意種種因緣呵已語諸比丘以十利故與比丘尼結戒從今是戒應如是說若爲比丘尼故衆多非親里居士居士婦各各辦衣價作是言我等持是衣價各各買如是如是衣與某甲比丘尼是比丘尼先不請後到衆多居士居士婦所作是言汝等以是衣價共買如是如是一衣與我爲好故是比丘尼得衣者尼薩耆波逸提爲比丘尼者爲偷蘭難

陀非親里者親里名父母兄弟乃至七世因緣除是名非親里居士居士婦者白衣男名居士白衣女名居士婦衣者白麻衣赤麻衣芻摩衣翅夷羅衣欽婆羅衣劫貝衣憍施耶衣衣價者金銀硨磲碼碯乃至米穀如是如是衣者如是價如是色如是量與某甲比丘尼者與偷蘭難陀先不請者衆多居士居士婦先不言汝有所須來至我家取同心者信是居士隨我所索不瞋故衆多居士共買如是如是一衣與我爲好者難滿難養無猒足故若得是衣尼薩耆波逸提尼薩耆波逸提者是衣應捨波逸提罪應悔過是中犯者有三種價色量價者若比丘尼到衆多居士所言汝等共買一錢直衣與我若得衣者三種犯尼薩耆波逸提三種者若言與我一錢直衣若言衆共合若言合買一衣若不得突吉羅若言二錢三錢乃至百錢直得衣者三種犯尼薩耆波逸提三種者若言百錢直若言衆共合若言共買一衣不得者突吉羅是名價色者若比丘尼語居士言與我青衣得者三種犯尼薩耆波逸提三種者若言青若言衆共合若共買一衣不得者突吉羅黃赤白黑赤麻白麻芻摩翅夷羅憍施耶衣欽婆羅劫貝衣得衣者三種犯尼薩耆波逸提三種者若言劫貝若言衆共合若言共買一衣不得者突吉羅是名色量者若比丘尼言與我四肘衣得衣者三種犯尼薩耆波逸提三種者若言與我四肘衣若言衆共合若言共買一衣不得者突吉羅若言五肘六肘乃至十八肘衣得衣者三種犯尼薩耆波逸提三種

者若言十八肘若言衆共合若言共買一衣不得者突吉羅若比丘尼乞異衣得異衣若乞青衣得黄突吉羅若乞青得赤白黑白麻赤麻芻摩衣翅夷羅衣憍施耶衣欽婆羅衣劫貝衣皆突吉羅如是等索異得異者突吉羅若從親里索若自恣請若不索自與不犯第二十三事竟

佛在王舍城爾時助調達比丘尼自爲身故乞金銀諸居士問言汝出家人用金銀爲汝比丘尼法政應乞羹飯燈燭薪草諸比丘尼言汝等居士無所知若乞飲食燈燭薪草者乞名雖多所得利少若乞金銀者乞名少所得利多諸居士瞋呵責言諸比丘尼自言善好有功德自爲乞金銀如王夫人大臣婦是中有比丘尼少欲知足行頭陀聞是事心不喜種種因緣呵責言云何名比丘尼從居士自爲乞金銀種種因緣呵已向佛廣說佛以是事集二部僧知而故問助調達比丘尼言汝實作是事不答言實作世尊佛以種種因緣呵責言云何名比丘尼自爲身乞金銀種種因緣呵已語諸比丘以十利故與比丘尼結戒從今是戒應如是說若比丘尼自爲身乞金銀者尼薩耆波逸提尼薩耆波逸提者是金銀應捨波逸提罪應悔過是中犯者若比丘尼自爲乞金銀得尼薩耆波逸提隨乞隨得爾所尼薩耆波逸提若爲佛圖乞若爲僧乞若不乞自與不犯第二十四事竟

佛在舍衛國爾時有比丘尼名施越多知多識能多得酥油蜜石蜜有一賈客見是比丘尼即請言若汝所須酥油蜜石蜜者到我舍

取比丘尼即受請有一時施越比丘尼到賈客舍作是言我須酥即與酥便言我不須酥當與我油復與油又言我須蜜復與蜜又言我須石蜜復與石蜜又言我不用石蜜還與我酥賈客言善女汝欲覓我何等過適與是便言不須更與餘者又言不須汝謂我獨施汝耶多人待我以汝故妨爾所人諸居士聞是事呵責言諸比丘尼自言善好有功德乞是適與便言不須如王夫人大臣婦是中有比丘尼少欲知足行頭陀聞是事心不喜種種因緣呵責言云何名比丘尼乞是適與便言我不須更索餘物種種因緣呵已向佛廣說佛以是事集二部僧知而故問施越比丘尼汝實作是事不答言實作世尊佛以種種因緣呵責言云何名比丘尼乞是與是便言不須更索餘物種種因緣呵已語諸比丘以十利故與比丘尼結戒從今是戒應如是說若比丘尼乞是已更索餘者尼薩耆波逸提尼薩耆波逸提者是物應捨波逸提罪應悔過是中犯者若比丘尼乞酥適與酥便言不須酥我須油蜜石蜜尼薩耆波逸提若乞油與油便言我不須油與我蜜石蜜酥尼薩耆波逸提若比丘尼乞蜜與蜜便言我不須蜜與我石蜜酥油尼薩耆波逸提若比丘尼乞石蜜與石蜜便言不須石蜜與我酥油尼薩耆波逸提所乞者未受更取餘者尼薩耆波逸提第二十五事竟

佛在舍衛國爾時諸比丘尼乞財物欲作尼僧坊諸居士問言汝用作何等答言作比丘尼僧坊有信婆羅門居士多與財物是比丘

尼得財物已值世饑儉比丘尼作是思惟今時儉世宜自活命若我活者後當作比丘尼僧坊即於儉世食是物盡饑儉世過豐樂時至諸比丘尼復行乞物欲作僧坊諸居士問言用作何等答言作比丘尼僧坊諸居士言我等先所施物今何所在答言我先乞財物已值世饑儉我等作是思惟如今饑儉宜自活命我若活者後當作僧坊我等饑儉時食此物盡諸居士呵責言諸比丘尼自言善好有功德爲異事乞作異事用如王夫人大臣婦是中有比丘尼少欲知足行頭陀聞是事心不喜種種因緣呵責云何名比丘尼異乞異用種種因緣呵已向佛廣説佛以是事集二部僧知而故問是比丘尼汝實作是事不答言實作世尊佛以種種因緣呵責言云何名比丘尼異乞異用種種因緣呵已語諸比丘以十利故與比丘尼結戒從今是戒應如是説若比丘尼爲僧事乞作餘事用尼薩耆波逸提尼薩耆波逸提者是物應捨波逸提罪應悔過是中犯者若比丘尼爲僧事乞作餘事用隨用隨得爾所尼薩耆波逸提第二十六事竟

佛在舍衛國爾時諸比丘尼行乞財物欲自作房諸居士問言用作何等答言欲自作房有婆羅門居士信者多與財物諸比丘尼得財物已值世饑儉作是思惟今世饑儉宜自活命若我活者後當作房即於儉世食是物盡饑儉世過豐樂時至諸比丘尼復行乞欲自作房諸居士問言欲作何等答言欲自作房舍居士言我先所與財物今何所在答言

我等先得財物於饑儉世作是思惟如今儉世宜自活命若我等活者後當起房舍我等於饑儉時食此物盡諸居士呵責言諸比丘尼自言善好有功德自爲是事乞作餘事用如王夫人大臣婦是中有比丘尼少欲知足行頭陀聞是事心不喜種種因緣呵責言云何名比丘尼異乞異用如王夫人大臣婦種種因緣呵已向佛廣說佛以是事集二部僧知而故問是比丘尼汝實作是事不答言實作世尊佛以種種因緣呵責言云何名比丘尼異乞異用種種因緣呵已語諸比丘以十利故與比丘尼結戒從今是戒應如是說若比丘尼自爲是事乞作餘事用尼薩耆波逸提尼薩耆波逸提者是物應捨波逸提罪應悔過是中犯者若比丘尼自爲是事乞作餘事用尼薩耆波逸提隨用時隨得尼薩耆波逸提第二十七事竟

佛在舍衛國爾時諸比丘尼行乞欲爲多人作房舍諸居士問言欲作何等答言爲多人起房舍諸婆羅門居士有信者多與財物比丘尼得財物已值世饑儉作是思惟今世饑儉宜自活命若我活者後當爲多人作房即於儉世食是物盡饑儉世過豐樂時至諸比丘尼復行乞財物諸居士問言欲作何等答言欲作多人房舍諸居士言我等先所施物今何所在答言我等先所乞財物已值世饑儉作是思惟如今饑儉時宜自活命若我活者後當作多人房舍我等於饑儉時食是物盡諸居士呵責言諸比丘尼自言善好有功德異乞異用如王夫人大臣婦是中有比丘

尼少欲知足行頭陀聞是事心不喜種種因緣呵責言云何名比丘尼異乞異用種種因緣呵已向佛廣說佛以是事集二部僧知而故問是比丘尼汝實作是事不答言實作世尊佛以種種因緣呵責是比丘尼云何名比丘尼異乞異用種種因緣呵已語諸比丘以十利故與比丘尼結戒從今是戒應如是說若比丘尼爲多人是事乞作餘事用尼薩耆波逸提尼薩耆波逸提者是物應捨波逸提罪應悔過是中犯者若比丘尼爲多人是事乞作餘事用尼薩耆波逸提隨用時隨得爾所尼薩耆波逸提第二十八事竟

佛在舍衛國爾時有比丘尼名達摩提那於冬八夜寒風破竹時著單薄衣行乞食有賈客見是比丘尼往語諸鬪將言汝得富樂皆由達摩提那比丘尼因緣汝等不能各各與比丘尼作厚衣耶是比丘尼今冬八夜寒風破竹時著單衣行乞食汝等若不能各各作一衣與者當共合作一衣與賈客令其發憍慢心故皆言當共作與即喚比丘尼言汝須何衣隨汝意與是比丘尼言我須五百錢直衣時諸鬪將隨意買與是比丘尼著貴價衣行乞食諸居士呵責言諸比丘尼自言善好有功德著貴價衣行乞食如王夫人大臣婦是中有比丘尼少欲知足行頭陀聞是事心不喜呵責言云何名比丘尼著貴價衣行乞食種種因緣呵已向佛廣說佛以是事集二部僧知而故問達摩提那比丘尼汝實作是事不答言實作世尊佛以種種因緣呵責云何名比丘尼著貴價衣行乞食種種因緣呵

已語諸比丘以十利故與比丘尼結戒從今是戒應如是說若比丘尼欲乞重衣乃至直四錢應乞若過是乞者尼薩耆波逸提錢者謂大錢乃至直十六小錢尼薩耆波逸提者是衣應捨波逸提罪應悔過是中犯者若比丘尼乞過四錢重衣尼薩耆波逸提隨乞隨得爾所尼薩耆波夜提第二十九事竟

佛在舍衛國爾時冬寒過至熱時達摩提那比丘尼著重衣頭面流汗眼闇而行乞食有一賈客見已即往語諸鬬將言聚落主汝等得富樂者皆由達摩提那比丘尼因緣汝等不能各各與作輕衣耶是比丘尼令熱時著重衣頭面流汗眼闇而行乞食汝等若不能各各作輕衣與者當共合作一衣與賈客令諸鬬將發憍慢心皆言當共作與即喚比丘尼來問言汝須何衣隨汝意與答言我須二百五十錢直衣時諸鬬將隨意買與是比丘尼著是衣行乞食諸居士呵責言諸比丘尼自言善好有功德著貴價輕衣行乞食如王夫人大臣婦是中有比丘尼少欲知足行頭陀聞是事心不喜種種因緣呵責言云何名比丘尼著貴價輕衣行乞食種種因緣呵已向佛廣說佛以是事集二部僧知而故問是比丘尼汝實作是事不答言實作世尊佛以種種因緣呵責言云何名比丘尼著貴價輕衣行乞食種種因緣呵已語諸比丘以十利故與比丘尼結戒從今是戒應如是說若比丘尼欲乞輕衣應乃至直二錢半過是乞者尼薩耆波逸提錢者謂大錢乃至直十六小錢尼薩耆波逸提者是衣應捨波逸提罪應

悔過是中犯者若比丘尼乞過二錢半輕衣尼薩耆波逸提隨乞隨得爾所尼薩耆波逸提第三十事竟

一百七十八波逸提法内七十二共一百六不共

佛在舍衛國爾時有守蒜園人名阿耆達多是人蒜菜茂盛請諸比丘尼言須蒜者來取時式叉摩尼沙彌尼一年來拔蒜至二三年蒜園不成即捨蒜園去不能復種更有居士於故處種蒜諸式叉摩尼沙彌尼以本意故復來拔蒜是園主作是念誰偷我蒜我當伺捕是居士即於屏處伺看見諸式叉摩尼沙彌尼拔蒜居士言莫取我蒜答言舍衛城阿耆達多居士請我取蒜何豫汝事是居士言本田主以汝等因緣故捨田而去今我於中種蒜汝等莫取諸式叉摩尼沙彌尼羞作是言我等不知自今以後不敢復取諸居士皆呵責言諸比丘尼自言善好有功德噉蒜如白衣女是中有比丘尼少欲知足行頭陀聞是事心不喜種種因緣呵責言云何名比丘尼噉蒜如白衣女種種因緣呵已向佛廣說佛以是事集二部僧知而故問是比丘尼汝實作是事不答言實作世尊佛以種種因緣呵責言云何名比丘尼噉蒜如白衣女種種因緣呵已語諸比丘以十利故與比丘尼結戒從今是戒應如是說若比丘尼噉生蒜熟蒜波逸提波逸提者燒煮覆障若不悔過能障礙道是中犯者若比丘尼噉生蒜波逸提噉熟蒜波夜提若噉蒜子波逸提若噉莖葉波逸提若噉蒜皮蒜鬚突吉羅若治病若塗瘡不犯第七十二事竟

佛在舍衛國爾時偷蘭難陀比丘尼使人剃
大小便處毛諸比丘尼問言汝作何等答言
剃大小便處毛爲好故是中有比丘尼少欲
知足行頭陀聞是事心不喜種種因緣呵責
言云何名比丘尼使人剃大小便處毛種種
因緣呵已向佛廣說佛以是事集二部僧知
而故問偷蘭難陀汝實作是事不答言實作
世尊佛以種種因緣呵責言云何名比丘尼
使人剃大小便處毛種種因緣呵已語諸比
丘以十利故與比丘尼結戒從今是戒應如
是說若比丘尼剃大小便處毛波逸提波逸
提者燒煑覆障若不悔過能障礙道是中犯
者若比丘尼剃大便處毛波逸提剃小便處
毛波逸提除二處剃餘處毛突吉羅（第七十三事竟）
佛在舍衛國爾時偷蘭難陀比丘尼以指刺
女根中諸比丘尼問言汝作何等答言受細
滑故是中有比丘尼少欲知足行頭陀聞是
事心不喜呵責言云何名比丘尼以指刺女
根中受細滑故種種因緣呵已向佛廣說佛
以是事集二部僧知而故問偷蘭難陀汝實
作是事不答言實作世尊佛以種種因緣呵
責云何名比丘尼以指刺女根中爲細滑故
種種因緣呵已語諸比丘以十利故與比丘
尼結戒從今是戒應如是說若比丘尼以指
刺女根中波逸提波逸提者燒煑覆障若不
悔過能障礙道是中犯者若比丘尼以指刺
女根中波逸提隨著隨得爾所波逸提一時
有比丘尼久不洗女根故臰爛諸比丘尼以
是事白佛佛以是事集二部僧讚戒讚持戒
讚戒讚持戒已語諸比丘從今是戒應如是

說若比丘尼以指刺女根中除洗時波逸提是中犯者若比丘尼不洗以指刺女根中波逸提隨著隨得爾所波逸提又時比丘尼洗因緣故以指深刺女根中諸比丘尼以是事白佛佛以是事集二部僧語諸比丘從今是戒應如是說若比丘尼洗時以指刺女根中過二指節波逸提是中犯者若比丘尼以指刺女根中洗時過二指節波逸提隨著隨得爾所波逸提第七十四事竟

佛在舍衛國爾時偷蘭難陀比丘尼以掌拍女根諸比丘尼問言汝作何等答言欲使肥好是中有比丘尼少欲知足行頭陀聞是事心不喜種種因緣呵責言云何名比丘尼以手掌拍女根欲使肥好種種因緣呵已向佛廣說佛以是事集二部僧知而故問偷蘭難陀汝實作是事不答言實作世尊佛以種種因緣呵責云何名比丘尼以手掌拍女根欲使肥好種種因緣呵已語諸比丘以十利故與比丘尼結戒從今是戒應如是說若比丘尼以掌拍女根波逸提掌者有二種手掌脚掌波夜提者燒煑覆障若不悔過能障礙道是中犯者若比丘尼以手掌拍女根波逸提若以脚掌拍亦波夜提除手脚掌以餘物拍突吉羅第七十五事竟

佛在舍衛國爾時有二比丘尼一名羅吒二名波羅吒本出貴家是二比丘尼早起行至諸親里知識檀越家得好飲食噉皆言不美問言誰作此食主人答言廚士所作比丘尼言何以作無氣味食主人問言汝能作不比丘尼言能若有好日欲作節會若欲詣水上

便來語我我當爲汝作飲食後時主人好日至欲入園中便喚比丘尼是比丘尼來爲作飲食是家中有客作食人護厨到門下立見有熟食來出問言誰煑是食主人答言有二比丘尼一名羅吒二名波羅吒煑是食客作食人瞋言是失比丘尼法燒比丘尼法奪我生活業是中有比丘尼少欲知足行頭陀聞是事心不喜向佛廣說佛以是事集二部僧知而故問二比丘尼汝實作是事不答言實作世尊佛以種種因緣呵責言云何名比丘尼煑生物作食種種因緣呵已語諸比丘以十利故與比丘尼結戒從今是戒應如是說若比丘尼煑生物作食波逸提波逸提者燒煑覆障若不悔過能障礙道是中犯者若比丘尼煑生物作食波逸提隨煑隨得爾所波逸提不犯者若重煑若有急因緣以火淨者煑不犯第七十六事竟

佛在舍衛國爾時有一居士以無常因緣故失財物田宅家人死盡唯有夫婦二人居士作是念諸福德樂人無衰惱者無過沙門釋子我何不詣彼求出家夫即詣祇洹作比丘婦詣王園精舍作比丘尼是比丘得食時持食詣比丘尼精舍是比丘尼先爲辦槃醬菜果瓜待比丘來時此比丘持食詣比丘尼精舍坐食此比丘尼起與醬菜並說本居家時事比丘瞋不忍故即以手中飯擲比丘尼面比丘尼瞋故以熱羹澆比丘頭不淨可羞是中有比丘尼少欲知足行頭陀聞是事心不喜呵責言云何名比丘尼比丘食時在前立侍種種因緣呵已向佛廣說佛以是事集二

部僧知而故問是比丘尼汝實作是事不答言實作世尊佛以種種因緣呵責云何名比丘尼比丘食時在前立侍種種因緣呵已語諸比丘以十利故與比丘尼結戒從今是戒應如是說若比丘尼比丘食時在前立侍波逸提波逸提者燒煑覆障若不悔過能障礙道是中犯者若比丘尼比丘食時在前立侍波夜提隨立隨得爾所波逸提若與比丘食已還坐若餘處去不犯第七十七事竟

佛在舍衛國爾時偷蘭難陀比丘尼擲大小便墻外是僧坊近大巷時波斯匿王大臣名摩尼著淨衣服從是巷過屎墮頭上是大臣爾時爲王所責有知相婆羅門隨大臣後行婆羅門言汝疾洗頭還到王所此是吉相必得大利大臣即洗頭詣王所王歡喜還復本職諸比丘尼聞偷蘭難陀比丘尼以屎溺擲墻外墮波斯匿王大臣頭上汙大臣頭故王與本職是摩尼大臣兇惡無慈知當與我等作何苦惱事以是思惟怖畏故除老病比丘尼餘皆走去爾時摩尼大臣作是念我得本職者皆由比丘尼僧房因緣故我當往安慰諸比丘尼是摩尼大臣即往比丘尼僧房見諸比丘尼少問諸老病比丘尼言是中比丘尼僧何以故少比丘尼言汝不知耶答言不知比丘尼言偷蘭難陀比丘尼以屎溺擲墻外波斯匿王大臣摩尼從此巷過墮其頭上王與本職是人兇惡無慈諸比丘尼作是思惟知當與我等作何等苦惱事如是思惟怖畏故諸比丘尼皆悉走去我等老病無力故不能去是大臣言波斯匿王大臣摩尼者即

我身是汝等莫怖畏我與汝等飲食薪草燈燭衣服及無畏施是中有比丘尼少欲知足行頭陀聞是事心不喜種種因緣呵責言云何名比丘尼以屎溺擲墻外種種因緣呵已向佛廣説佛以是事集二部僧知而故問偷蘭難陀比丘尼汝實作是事不答言實作世尊佛以種種因緣呵責言云何名比丘尼以屎溺擲墻外種種因緣呵已語諸比丘以十利故與比丘尼結戒從今是戒應如是説若比丘尼以屎溺擲墻外波逸提波逸提者燒煑覆障若不悔過能障礙道是中犯者若比丘尼以屎溺擲墻外波夜提隨擲隨得爾所波夜提若二比丘尼共大小便一器中一人舉授一人擲墻外舉者突吉羅擲者波夜提若比丘尼若以手擲波夜提若以草土裹擲墻外者突吉羅罪第七十八事竟

佛在舍衛國爾時王園精舍比丘尼僧房門前有好生草多有雜人在中集坐看諸比丘尼出入時形相輕笑言汝看是比丘尼睞眼是眼爛是短鼻是瘻是白是黑是好是醜諸比丘尼聞是語心不喜作是念諸人集此中者皆由生草茂盛好故若無草者不於中住諸比丘尼集諸屎尿棄著草上草即臰爛乾死諸居士呵責言諸比丘尼不吉弊女餘無屏廁耶於此淨茂草處著大小便是中有比丘尼少欲知足行頭陀聞是事心不喜向佛廣説佛以是事集二部僧知而故問是比丘尼汝等實作是事不答言實作世尊佛以種種因緣呵責言云何名比丘尼棄屎尿生草上種種因緣呵已語諸比丘以十利故與比

丘尼結戒從今是戒應如是說若比丘尼棄屎尿著生草上波逸提波逸提者燒煮覆障若不悔過能障礙道是中犯者若比丘尼棄屎尿生草上波夜提隨棄隨得爾所波逸提第七十九事竟

佛在王舍城爾時助調達比丘尼獨與六羣比丘屏處共立共語是中有比丘尼少欲知足行頭陀聞是事心不喜種種因緣呵責云何名比丘尼獨與一比丘屏處共立共語種種因緣呵已向佛廣說佛以是事集二部僧知而故問助調達比丘尼汝實作是事不答言實作世尊佛以種種因緣呵責言云何名比丘尼獨與一比丘屏處共立共語種種因緣呵已語諸比丘以十利故與比丘尼結戒從今是戒應如是說若比丘尼獨與一比丘屏處共立共語波夜提獨者一比丘尼一比丘更無第三人屏處者若壁障若衣障籬障共立者可疑處共語者可疑處波夜提者燒煮覆障若不悔過能障礙道是中犯者若比丘尼獨與一比丘屏處共立共語波夜提隨共立共語隨得爾所波夜提第八十事竟

佛在王舍城爾時助調達比丘尼獨與六羣比丘露地共立共語是中有比丘尼少欲知足行頭陀聞是事心不喜種種因緣呵責言云何名比丘尼獨與一比丘露地共立共語種種因緣呵已向佛廣說佛以是事集二部僧知而故問助調達比丘尼汝實作是事不答言實作世尊佛以種種因緣呵責云何名比丘尼獨與一比丘露地共立共語種種因緣呵已語諸比丘以十利故與比丘尼結戒

從今是戒應如是說若比丘尼獨與一比丘露地共立共語波夜提獨者一比丘尼一比丘更無第三人露地者無壁障無衣障無籬障共立者可疑處共語者可疑處波逸提者燒煮覆障若不悔過能障礙道是中犯者若比丘尼獨與一比丘露地共立共語波逸提隨共立共語隨得爾所波逸提（第八十一事竟）

佛在王舍城爾時助調達比丘尼獨與一白衣男子屏處共立共語是中有比丘尼少欲知足行頭陀聞是事心不喜種種因緣呵責言云何名比丘尼獨與一白衣男子屏處共立共語種種因緣呵已向佛廣說佛以是事集二部僧知而故問助調達比丘尼汝實作是事不答言實作世尊佛以種種因緣呵責云何名比丘尼獨與一白衣男子屏處共立共語種種因緣呵已語諸比丘以十利故與比丘尼結戒從今是戒應如是說若比丘尼獨與一白衣男子屏處共立共語波夜提獨者一比丘尼一白衣男子更無第三人屏處者若壁障若籬障若衣障共立者可疑處共語者可疑處波逸提者燒煮覆障若不悔過能障礙道是中犯者若比丘尼獨與一白衣男子屏處共立共語波夜提隨共立共語隨得爾所波逸提（第八十二事竟）

佛在王舍城爾時助調達比丘尼獨與一白衣男子露地共立共語諸居士呵責言看此等爲是婦爲是私通是中有比丘尼少欲知足行頭陀聞是事心不喜種種因緣呵責云何名比丘尼獨與一白衣男子露地共立共語種種因緣呵已向佛廣說佛以是事集二

部僧知而故問助調達比丘尼汝實作是事不答言實作世尊佛以種種因緣呵責言云何名比丘尼獨與一白衣男子露地共立共語種種因緣呵已語諸比丘以十利故與比丘尼結戒從今是戒應如是說若比丘尼獨與一白衣男子露地共立共語波逸提共立者可疑處共語者可疑處波夜提者燒煑覆障若不悔過能障礙道是中犯者若比丘尼獨與一白衣男子露地共立共語波逸提隨共立共語隨得爾所波逸提第八十三事竟

佛在舍衛國爾時王園比丘尼僧房中有客作人日暮雨墮故入助調達比丘尼房中時助調達比丘尼有大式叉摩尼是客作人先不與期夜中摩觸式叉摩尼式叉摩尼大喚多比丘尼集問言何故式叉摩尼言然燈問言何故但然燈來即然燈來見偷蘭難陀比丘尼於闇中共男子坐是中有比丘尼少欲知足行頭陀聞是事種種因緣呵責云何名比丘尼闇中無燈共男子坐種種因緣呵責已向佛廣說佛以是事集二部僧知而故問汝實作是事不答言實作世尊佛以種種因緣呵責言云何名比丘尼闇中無燈共白衣男子坐種種因緣呵已語諸比丘以十利故與比丘尼結戒從今是戒應如是說若比丘尼闇中無燈與男子共立共坐波逸提波逸提者燒煑覆障若不悔過能障礙道是中犯者若比丘尼闇中無燈與男子共立共坐波夜提隨共立共坐隨得爾所波逸提第八十四事竟

佛在舍衛國爾時偷蘭難陀比丘尼以樹膠作男根繫著腳跟後著女根中爾時失火燒

比丘尼房舍偷蘭難陀比丘尼忘不解却走出房外語諸居士言是中失火以水澆滅有一賈客見偷蘭難陀有如是事語餘人言汝等看是比丘尼有如是好莊嚴具是中有比丘尼少欲知足行頭陀聞是事心不喜向佛廣說佛以是事集二部僧知而故問汝實作是事不答言實作世尊佛以種種因緣呵責言云何名比丘尼作男根著女根中種種因緣呵已語諸比丘以十利故與比丘尼結戒從今是戒應如是說若比丘尼作男根著女根中波逸提波逸提者燒煑覆障若不悔過能障礙道是中犯者若比丘尼以樹膠作男根著女根中波夜提若韋囊若脚指若肉臠若藕根若羅菔根若蕪菁根若瓜若瓠若梨著女根中皆波夜提作時突吉羅若著他女根中突吉羅第八十五事竟

佛在舍衛國爾時偷蘭難陀比丘尼惡性喜瞋諸善比丘尼不喜共住誹一無智比丘尼言汝來共我住諸所須物我當與汝是比丘尼答言可爾偷蘭難陀比丘尼喜出入他家多知多識天雨墮時早起至他家從一家復至一家日沒衣被皆濕如阿羅鳥還入房舍作是言我脚痛腨痛脅痛背痛無智比丘尼言汝從何來答言我從某家出復至某家汝爲佛事僧事耶答言不爲若不爲佛事僧事何以雨中去諸白衣多事尚不於雨中出行汝不善汝何以於雨中去偷蘭難陀比丘尼言汝是我和尚阿闍梨耶何以教我我前喚汝時欲使汝教我耶汝速出去是比丘尼老病無力偷蘭難陀比丘尼强挽出垂死是中

有比丘尼少欲知足行頭陀聞是事心不喜種種因緣呵責云何名比丘尼自喚他比丘尼言善女來共我住諸所須物我當與汝後瞋擯出種種因緣呵已向佛廣說佛以是事集二部僧知而故問偷蘭難陀比丘尼汝實作是事不答言實作世尊佛以種種因緣呵責言云何名比丘尼自喚他比丘尼言善女來共我住諸所須物我當與汝後瞋擯出種種因緣呵已語諸比丘以十利故與比丘尼結戒從今是戒應如是說若比丘尼語比丘尼言善女來共我房中住後瞋不喜若自擯出若使人擯出作如是言汝遠滅去莫此中住以是因緣無異者波夜提波夜提者燒煑覆障若不悔過能障礙道是中犯者若比丘尼瞋不喜若自擯若使他擯皆波逸提不能擯出突吉羅隨自擯出隨使他擯隨得爾所波夜提不能出者突吉羅第八十六事竟

佛在王舍城爾時助調達二比丘尼共一牀臥作種種不清淨事是中有比丘尼少欲知足行頭陀聞是事心不喜種種因緣呵責言云何名比丘尼二人共一牀臥作種種不淨事種種因緣呵已向佛廣說佛以是事集二部僧知而故問助調達比丘尼汝等實作是事不答言實作世尊佛以種種因緣呵責言云何名比丘尼二人共牀臥作種種不淨事種種因緣呵已語諸比丘以十利故與比丘尼結戒從今是戒應如是說若二比丘尼共一牀臥波夜提波夜提者燒煑覆障若不悔過能障礙道是中犯者若二比丘尼共一牀臥波夜提隨共臥隨得爾所波夜提不犯者

若一人臥一人坐不犯第八十七事竟
佛在王舍城爾時助調達二比丘尼共一敷臥作種種不淨事是中有比丘尼少欲知足行頭陀聞是事心不喜種種因緣呵責言云何名比丘尼共一敷臥種種因緣呵已向佛廣說佛以是事集二部僧知而故問助調達比丘尼汝實作是事不答言實作世尊佛以種種因緣呵責言云何名比丘尼共一敷臥種種因緣呵已語諸比丘以十利故與比丘尼結戒從今是戒應如是說共二比丘尼共一敷臥波夜提波夜提者燒煮覆障若不悔過能障礙道是中犯者若二比丘尼共一敷臥波夜提隨共臥隨得爾所波夜提不犯者各各有別蓐不犯第八十八事竟
佛在王舍城爾時助調達二比丘尼共一衣覆臥作種種不淨事是中有比丘尼少欲知足行頭陀聞是事心不喜種種因緣呵責言云何名比丘尼二人共一衣覆臥種種因緣呵已向佛廣說佛以是事集二部僧知而故問助調達比丘尼汝等實作是事不答言實作世尊佛以種種因緣呵責言云何名比丘尼共一衣覆臥種種因緣呵已語諸比丘以十利故與比丘尼結戒從今是戒應如是說若二比丘尼共一衣覆臥波夜提波夜提者燒煮覆障若不悔過能障礙道是中犯者若二比丘尼共一衣覆臥波夜提隨共臥隨得爾所波夜提不犯者若各各別有襯身衣不犯第八十九事竟
佛在王舍城爾時助調達比丘尼入檀越舍獨與六羣比丘共立共語竊語遣共行比丘

尼去是中有比丘尼少欲知足行頭陀聞是事心不喜種種因緣呵責云何名比丘尼入白衣舍獨與一比丘共立共語竊語種種因緣呵已向佛廣說佛以是事集二部僧知而故問助調達比丘尼汝實作是事不答言實作世尊佛以種種因緣呵責言云何名比丘尼入白衣舍獨與一比丘共立共語竊語種種因緣呵已語諸比丘以十利故與比丘尼結戒從今是戒應如是說若比丘尼入白衣舍獨與一比丘共立共語竊語遣共行比丘尼去求閑便故波逸提波逸提者燒煑覆障若不悔過能障礙道是中犯者若比丘尼入白衣舍獨與一比丘共立突吉羅共語突吉羅共竊語突吉羅求閑便故遣共行比丘尼離聞處去波逸提不離聞處突吉羅第九十事竟

佛在王舍城爾時助調達比丘尼入白衣舍獨與白衣男子共立共語竊語遣共行比丘尼去求閑便故是中有比丘尼少欲知足行頭陀聞是事心不喜種種因緣呵責言云何名比丘尼入白衣舍獨與一白衣男子共立共語竊語遣共行比丘尼去種種因緣呵已向佛廣說佛以是事集二部僧知而故問是比丘尼汝實作是事不答言實作世尊佛以種種因緣呵責言云何名比丘尼入白衣舍獨與一白衣男子共立共語竊語遣共行比丘尼去種種因緣呵已語諸比丘以十利故與比丘尼結戒從今是戒應如是說若比丘尼入白衣舍獨與一白衣男子共立共語竊語遣共行比丘尼去求獨語故波夜提波夜提者燒煑覆障若不悔過能障礙道是中犯

者若比丘尼入白衣舍獨與一男子共立突吉羅共語突吉羅共竊語突吉羅求獨語故遣共行比丘尼離聞處去波夜提不離聞處突吉羅第九十一事竟

佛在舍衛國爾時迦羅比丘尼本是外道共諸比丘尼鬬諍相瞋自打身啼是中有比丘尼少欲知足行頭陀聞是事心不喜種種因緣呵責言云何名比丘尼共比丘尼鬬諍相瞋自打身啼種種因緣呵已向佛廣說佛以是事集二部僧知而故問迦羅比丘尼汝實作是事不答言實作世尊佛以種種因緣呵責云何名比丘尼共比丘尼鬬諍相瞋自打身啼種種因緣呵已語諸比丘以十利故與比丘尼結戒從今是戒應如是說若比丘尼共比丘尼鬬諍相瞋自打身啼者波夜提波夜提者燒煑覆障若不悔過能障礙道是中犯者若比丘尼共諸比丘尼鬬諍相瞋自打身啼波夜提若自打身不啼得突吉羅隨打身啼隨得爾所波夜提第九十二事竟

十誦律卷第四十五

音釋

長鉢 長直亮切餘也鉢北末切血也　絺 丑知切　貿 莫候切易也　誑 居況切詐也　誘 以九切導引也　蒜 蘇貫切辛菜也　伺 相吏切偵候也　臭 尺救切腐氣也　爛 郎旰切腐爛也　屎 失指切　溺 奴弔切與尿同　睞 落代切目童子不止也　癭 幺郢切頸瘤也　膠 居爻切胒黏也　跟 古痕切足踵也　臠 力轉切塊切肉也　羅菔 菔鼻墨切即蘿蔔也　蕪菁 菁咨盈切蕪菁菜名　瓠 胡故切匏也　拽 羊列切拖也

十誦律卷第四十六

姚秦三藏弗若多羅共三藏鳩摩羅什譯

第七誦之三

尼律不共單提共十八事

佛在舍衛國爾時迦羅比丘尼本是外道共諸比丘尼鬪諍時自作法呪泥犂呪若汝謗我是事者令汝不得四念處四正勤四如意足五根五力七覺八道令汝世世墮地獄畜生餓鬼若我有是事者令我不得四念處四正勤四如意足五根五力七覺八道當世世墮地獄畜生餓鬼是中有比丘尼少欲知足行頭陀聞是事心不喜種種因緣呵責言云何名比丘尼共比丘尼鬪諍時作法呪泥犂呪種種因緣呵已向佛廣說佛以是事集二部僧知而故問迦羅比丘尼汝實作是事不答言實作世尊佛以種種因緣呵責云何名比丘尼共比丘尼鬪諍時作法呪泥犂呪種種因緣呵已語諸比丘以十利故與比丘尼結戒從今是戒應如是說若比丘尼共比丘尼鬪諍時作法呪泥犂呪波逸提波逸提者燒煑覆障若不悔過能障礙道是中犯者若比丘尼共比丘尼鬪諍時作法呪泥犂呪作是言若汝以此事謗我者令汝不得四念處波逸提不得四正勤四如意足五根五力七覺八道皆波逸提若言汝當世世墮地獄波逸提墮畜生餓鬼皆波逸提若言我有是事者令我不得四念處四正勤四如意足五根五力七覺八道皆波逸提若言我世世墮地獄畜生餓鬼皆波逸提隨作是語隨得爾所波逸提第九十三事竟

佛在舍衛國爾時偷蘭難陀比丘尼有共行弟子名施越沙善好樂持戒喜忘師教令舉物著異處餘處求須是物時覓不能得又時偷蘭難陀比丘尼從聚落還弟子施越沙往迎欲代持衣鉢却身不與施越沙即瞋語諸比丘尼言我不偷奪和尚尼不信我諸比丘尼言云何不信師行來還我於道中迎欲代持鉢却身不與我欲代持衣又却身不與諸比丘尼往語偷蘭難陀比丘尼言汝弟子善好持戒何故不信答言我云何不信諸比丘尼言汝弟子欲代汝持鉢却身不與欲代汝持衣又却身不與偷蘭難陀比丘尼言我非不信是人喜忘舉物異處便餘處覓若須物時覓不能得是故不與是中有比丘尼少欲知足行頭陀聞是事心不喜種種因緣呵責云何名比丘尼不審諦看物便嫌恨種種因緣呵已向佛廣說佛以是事集二部僧知而故問施越沙比丘尼汝實作是事不答言實作世尊佛以種種因緣呵責云何名比丘尼不審諦看物便嫌恨種種因緣呵已語諸比丘以十利故與比丘尼結戒從今是戒應如是說若比丘尼不審諦看物便嫌恨波逸提波逸提者燒煑覆障若不悔過能障礙道是中犯者若比丘尼不審諦看物便嫌恨波逸提隨嫌恨隨得爾所波逸提第九十四事竟

佛在王舍城與多比丘僧王舍城安居舍利弗目連阿那律難提金毗羅等是諸大弟子皆共佛安居爾時諸比丘尼夏中遊行到他國土行時殺諸生草小蟲諸居士瞋呵責言佛與大衆舍利弗目連阿那律難提金毗羅

等王舍城安居是諸比丘尼自言善好有功德夏中遊行諸國殺諸生草小蟲是中有比丘尼少欲知足行頭陀聞是事心不喜種種因緣呵責言云何名比丘尼夏中遊行諸國殺諸生草小蟲種種因緣呵已向佛廣說佛以是事集二部僧知而故問諸比丘尼汝實作是事不答言實作世尊佛以種種因緣可責言云何名比丘尼夏中遊行諸國殺諸生草小蟲佛以種種因緣呵已語諸比丘以十利故與比丘尼結戒從今是戒應如是說若比丘尼夏中無因緣遊行他國波逸提波逸提者燒煮覆障若不悔過能障礙道是中犯者若比丘尼夏中無因緣遊行他國波逸提隨遊行隨得爾所波逸提第九十五事竟

佛在王舍城自恣竟二月遊行他國舍利弗目連阿那律難提金毗羅等諸大弟子皆從佛遊行他國是諸比丘尼住不去諸居士呵責言佛王舍城自恣竟二月遊行他國與大弟子舍利弗目連阿那律難提金毗羅等遊行諸比丘尼不去不善小女不欲出是房舍是中有比丘尼少欲知足行頭陀聞是事心不喜向佛廣說佛以是事集二部僧知而故問諸比丘尼汝等實爾不答言實爾世尊佛以種種因緣呵責云何名比丘尼自恣竟不遊行餘處一宿種種因緣呵已語諸比丘以十利故與比丘尼結戒從今是戒應如是說若比丘尼自恣竟不遊行餘處一宿波逸提波逸提者燒煮覆障若不悔過能障礙道是中犯者若比丘尼自恣竟不遊行餘處一宿波逸提隨不去隨得爾所波逸提第九十六事竟

佛在舍衛國爾時憍薩羅國主波斯匿王有小國反王集四種兵象兵馬兵車兵步兵集四兵已王自往伐諸比丘尼從憍薩羅國遊行向舍衛國道中見是軍是比丘尼衆中有長老知法比丘尼言我等小避諸年少比丘尼言何故避去波斯匿王信佛法王子祇陀居士給孤獨尼師達多富羅那等皆信佛法誰能遮我等者但當直去語已直去爲前軍人所剥脱裸形諸比丘尼白王言前軍人剥脱我等王言此兵衆我悉供給聚落金銀稟賞爾乃鬪耳今奪汝衣不可還得今國土內有兵衆汝等何以遊行若佛聞者必當與汝結戒國內疑處畏處不應遊行是中有比丘尼少欲知足行頭陀聞是事心不喜向佛廣説佛以是事集二部僧知而故問諸比丘尼汝實作是事不答言實作世尊佛以種種因縁呵責言云何名比丘尼國內疑處畏處遊行種種因縁呵已語諸比丘以十利故與比丘尼結戒從今是戒應如是説若比丘尼國內疑處畏處遊行波逸提波逸提者燒煑覆障若不悔過能障礙道是中犯者若比丘尼國內疑處畏處遊行波逸提隨遊行隨得波逸提第九十七事竟

佛在王舍城爾時阿闍世王國界邊有小國反集四種兵象兵馬兵車兵步兵集四兵已王自往伐諸比丘尼從跋耆國向王舍城道中見王軍是中有長老比丘尼知法遥見軍來言我等避去諸年少不知法比丘尼言何若是阿闍世王信佛法阿婆跋陀童子耆婆童子阿盧耶皆信敬佛法我等但當直去語

已直去爲前行軍人剥脱裸形諸比丘尼白王言前行軍人剥脱我等王言此諸兵衆我悉供給聚落金銀廩賞爾乃鬪耳今奪汝等衣不可還得令國外疑處畏處汝等何以遊行若佛聞是事必當與汝結戒諸比丘尼國外疑處畏處不應遊行是中有比丘尼少欲知足行頭陀聞是事心不喜向佛廣說佛以是事集二部僧知而故問諸比丘尼汝實作是事不答言實作世尊佛以種種因緣呵責言云何名比丘尼國外疑處畏處遊行種種因緣呵已語諸比丘以十利故與比丘尼結戒從今是戒應如是說若比丘尼國外疑處畏處遊行波逸提波逸提者燒煑覆障若不悔過能障礙道是中犯者若比丘尼國外疑處畏處遊行波逸提隨遊行隨得爾所波逸提第九十八事竟

佛在舍衛國爾時迦羅比丘尼本是外道喜行遊觀是比丘尼早起到天祠中妓樂舍論法舍出家舍看畫彩舍諸居士呵責言諸比丘尼自言善好有功德故往看畫舍如外道女是中有比丘尼少欲知足行頭陀聞是事心不喜向佛廣說佛以是事集二部僧知而故問迦羅比丘尼汝實作是事不答言實作世尊佛以種種因緣呵責言云何名比丘尼故往看畫舍種種因緣呵已語諸比丘以十利故與比丘尼結戒從今是戒應如是說若比丘尼故往看畫舍波逸提波逸提者燒煑覆障若不悔過能障礙道是中犯者若比丘尼故往看畫舍能得見者波逸提不得見者突吉羅若從下至高處能得見者波逸提不

得見者突吉羅若從高至下能得見者波逸提不能得見者突吉羅若不故往道由中過者不犯第九十九事竟

佛在王舍城爾時助調達比丘尼舊住有善好比丘尼是客時舊比丘尼往迎與持衣鉢共相問訊與湯洗脚與油塗足與好牀榻客比丘尼言然燈舊比丘尼言欲作何等客比丘尼言初夜當坐禪誦經唄呪願舊比丘尼言汝等行路疲極但當卧作是語已即便自卧客比丘尼作是念我等云何初夜不坐禪不誦經唄不呪願便卧即然燈坐禪誦經唄呪願竟欲卧助調達比丘尼聞聲已覺問言善女汝作何等答言我等坐禪誦經唄呪願竟欲卧舊比丘尼言善女睡無果無報佛讚不睡眠呵責睡眠今我等覺不卧不睡眠即展一脚坐善比丘尼思惟我等云何於燈明中卧舊比丘尼於中夜分坐禪誦經唄呪願至後夜分便卧客比丘尼作是思惟我等云何後夜分卧客比丘尼道路疲極竟夜不得卧故身體不安是中有比丘尼少欲知足行頭陀聞是事心不喜呵責言云何名比丘尼先住者惱後住者種種因緣呵已向佛廣說佛以是事集二部僧知而故問是比丘尼汝實作是事不答言實作世尊佛以種種因緣呵責言云何名比丘尼先住惱後住者佛以種種因緣呵已語諸比丘以十利故與比丘尼結戒從今是戒應如是説若比丘尼先住惱後住者波逸提波逸提者燒煮覆障若不悔過能障礙道是中犯者若比丘尼先住惱後住者波逸提隨惱隨得爾所波逸提第一百事

竟

佛在舍衛國爾時諸善比丘尼是舊助調達比丘尼是客舊比丘尼見客比丘尼來出迎問訊代擔衣鉢與湯洗脚以油塗足與牀卧具舊比丘尼言善女然燈客比丘尼言莫然燈我道路疲極不得坐禪誦經唄呪願我等欲卧舊比丘尼思惟我等云何初夜不坐禪不誦經唄不呪願便卧即起然燈坐禪誦經唄呪願已欲卧客比丘尼聞是聲覺作是言善女欲作何等答言我等坐禪竟欲卧客比丘尼言睡眠無果無報佛讃歎不睡眠法呵責睡眠我等覺今不睡即然燈坐禪舊比丘尼思惟我等云何燈明中卧客比丘尼中夜分坐禪竟至後夜分便卧舊比丘尼思惟我等云何後夜分卧以是故竟夜不卧身不安隱是中有比丘尼少欲知足行頭陀聞是事心不喜種種因縁呵責言云何名比丘尼後住惱前住者種種因縁呵已向佛廣説佛以是事集二部僧知而故問客比丘尼汝實作是事不答言實作世尊佛以種種因縁呵責言云何名比丘尼後住惱前住比丘尼種種因縁呵已語諸比丘以十利故與比丘尼結戒從今是戒應如是説若比丘尼後住惱先住者波逸提波逸提者燒煮覆障若不悔過能障礙道是中犯者若比丘尼後住惱先住者波逸提隨惱隨得爾所波逸提第一百一事竟

佛在舍衛國爾時偷蘭難陀比丘尼有共活比丘尼病苦偷蘭難陀比丘尼棄到餘聚落恐須供給看病人故諸比丘尼往到病比丘尼所言偷蘭難陀所有作事汝悉與作汝今

病苦何不看汝病比丘尼言偷蘭難陀比丘尼當能供給我耶恐須看我故棄捨我去是中有比丘尼少欲知足行頭陀聞是事心不喜種種因緣呵責言云何名比丘尼共活比丘尼病苦棄至餘聚落種種因緣呵已向佛廣說佛以是事集二部僧知而故問偷蘭難陀汝實作是事不答言實作世尊佛以種種因緣呵責言云何名比丘尼共活比丘尼病苦棄至餘聚落種種因緣呵已語諸比丘以十利故與比丘尼結戒從今是戒應如是說若比丘尼共活比丘尼病苦不供給波逸提波逸提者燒煮覆障若不悔過能障礙道是中犯者若比丘尼共活比丘尼病苦不供給波逸提隨不供給隨得爾所波逸提第一百二事竟

佛在舍衛國爾時長老大迦葉中前著衣持鉢入一居士家爲乞食故時所立處有居士婦遥見大迦葉即起出迎偷蘭難陀先在其舍遥見大迦葉不起是居士婦以手接足頭面禮長老摩訶迦葉已洗手取鉢盛滿飯以羹澆上與大迦葉持去居士婦到偷蘭難陀所言汝知是長老大迦葉是佛大弟子天人所敬良祐福田汝若起迎者有何惡事偷蘭難陀言大迦葉本是外道婆羅門汝所貴敬非我所尊居士婦瞋呵責言諸比丘尼自言善好有功德見比丘來不起如外道女是中有比丘尼少欲知足行頭陀聞是事心不喜向佛廣說佛以是事集二部僧知而故問汝實作是事不答言實作世尊佛以種種因緣呵責言云何名比丘尼見比丘來不起種種因緣呵已語諸比丘以十利故與比丘尼結

戒從今是戒應如是說若比丘尼見比丘來不起波逸提波逸提者燒煑覆障若不悔過能障礙道是中犯者若比丘尼見比丘來不起波逸提隨不起隨得爾所波逸提第一百三事竟

佛在舍衛國爾時長老迦留陀夷常出入一家中前著衣持鉢到其舍有比丘尼名瘦瞿曇彌先在是家遥見迦留陀夷來即起出迎入示坐處共相問訊頭面禮足前叉手立迦留陀夷爲說法久是比丘尼迷悶眼闇倒地居士婦即以水灑面還得本心居士婦言汝何所患苦何所憂愁答言我無病無憂愁但久立住故迷悶倒地諸比丘尼以是事白佛佛以是事集二部僧種種因縁讃戒讃持戒讃戒讃持戒已語諸比丘以十利故與比丘尼結戒從今是戒應如是說若比丘尼不問比丘便坐者波逸提波逸提者燒煑覆障若不悔過能障礙道是中犯者若比丘尼不問比丘輒坐者波逸提隨不問坐隨得爾所波逸提第一百四事竟

佛在舍衛國爾時諸比丘尼欲遊行他國白王言我等欲遊行他國王當爲我約勑諸國莫令人民遮道惱我王即遣使約勑四方莫惱諸比丘尼供給所須飲食燈燭諸比丘尼遊行次到無僧坊聚落至一居士家欲宿語居士言汝出舍去我於中宿居士言善女我在自舍教我何去比丘尼重言汝但出去汝欲惱我欺我耶汝若不去者我有官力令汝得惱居士作是思惟諸比丘尼爲王所護有官力勢或當惱我作是念已怖畏即出是居士老瘦無力於冬寒時出舍垂死諸居士呵

責言云何諸比丘尼自言善好有功德不問主人便敷卧處如王夫人大臣婦是中有比丘尼少欲知足行頭陀聞是事心不喜向佛廣説佛以是事集二部僧知而故問汝實作是事不答言實作世尊佛以種種因縁呵責言云何名比丘尼不問主人便敷卧具種種因縁呵已語諸比丘以十利故與比丘尼結戒從今是戒應如是説若比丘尼不問主人便敷卧具若使人敷波逸提波逸提者燒煑覆障若不悔過能障礙道是中犯者若比丘尼不問主人若自敷卧具波逸提若使人敷波逸提隨不問自敷使人敷隨得爾所波逸提第一百五事竟

佛在舍衛國爾時諸比丘尼欲共諸比丘等作是言汝等五歲不依止他我等亦如是汝等十歲畜弟子我等亦爾有何差别是中有比丘尼少欲知足行頭陀聞是事心不喜種種因縁呵責向佛廣説佛以是事集二部僧知而故問諸比丘尼汝等實作是事不答言實作世尊佛以種種因縁呵責言云何名比丘尼輕大衆種種因縁呵已語諸比丘從今聽諸比丘尼受大戒滿六歲不依止他不滿六歲依止他十二歲得畜衆以十利故與比丘尼結戒從今是戒應如是説若比丘尼不滿十二歲畜衆者波逸提波逸提者燒煑覆障若不悔過能障礙道是中犯者若比丘尼不滿十二歲畜衆者波夜提隨畜隨得爾所波逸提第一百六事竟

佛在舍衛國爾時偷蘭難陀比丘尼滿十二歲欲畜衆語諸比丘尼我受大戒滿十二歲

今欲畜衆當作何等諸比丘尼以是事白佛佛言汝等當爲偷蘭難陀比丘尼作畜衆羯磨若更有如是比丘尼亦應與作畜衆羯磨畜衆羯磨法者一心和合比丘尼僧偷蘭難陀比丘尼應從坐起偏袒右肩脱革屣胡跪合掌作如是言大德尼僧聽我偷蘭難陀比丘尼受大戒滿十二歲欲畜衆今從僧乞畜衆羯磨僧爲我偷蘭難陀比丘尼作畜衆羯磨僧憐愍故第二第三亦如是乞爾時一比丘尼應僧中唱言大德尼僧聽是偷蘭難陀比丘尼受大戒滿十二歲欲畜衆是偷蘭難陀比丘尼從僧中乞畜衆羯磨若僧時到僧忍聽僧今與偷蘭難陀比丘尼作畜衆羯磨是名白如是白四羯磨僧與偷蘭難陀比丘尼作畜衆羯磨竟僧忍默然故是事如是持

以十利故與比丘尼結戒從今是戒應如是説若比丘尼滿十二歲未作畜衆羯磨畜衆者波逸提波逸提者燒煮覆障若不悔過能障礙道是中犯者若比丘尼滿十二歲未作畜衆羯磨畜衆者波逸提隨畜隨得爾所波逸提第一百七事竟

佛在舍衛國爾時偷蘭難陀比丘尼畜不滿十二歲已嫁女作衆是中有比丘尼少欲知足行頭陀聞是事心不喜種種因縁呵責言云何名比丘尼畜未滿十二歲已嫁女作衆種種因縁呵已向佛廣説佛以是事集二部僧知而故問偷蘭難陀比丘尼汝實作是事不答言實作世尊佛以種種因縁呵責言云何名比丘尼畜未滿十二歲已嫁女作衆種種因縁呵已語諸比丘以十利故與比丘尼

結戒從今是戒應如是說若比丘尼畜未滿十二歲已嫁女作衆波逸提波逸提者燒煮覆障若不悔過能障礙道是中犯者若比丘尼畜未滿十二歲已嫁女作衆波逸提隨畜隨得波逸提第一百八事竟

佛在舍衛國爾時偷蘭難陀比丘尼滿十二歲已嫁女未作屬和尚尼羯磨便畜作衆是中有比丘尼少欲知足行頭陀聞是事心不喜種種因緣呵責云何名比丘尼滿十二歲已嫁女未作屬和尚尼羯磨便畜作衆種種因緣呵已向佛廣說佛以是事集二部僧知而故問汝實作是事不答言實作世尊佛以種種因緣呵責言云何名比丘尼滿十二歲已嫁女未作屬和尚尼羯磨便畜作衆種種因緣呵已語諸比丘以十利故與比丘尼結戒從今是戒應如是說若比丘尼滿十二歲已嫁女未作屬和尚尼羯磨便畜作衆波逸提波逸提者燒煮覆障若不悔過能障礙道是中犯者若比丘尼滿十二歲已嫁女未作屬和尚尼羯磨便畜作衆波逸提隨畜隨得爾所波逸提第一百九事竟

佛在舍衛國爾時偷蘭難陀比丘尼畜衆不教誡不爲說法弟子白言和尚何以不教化我不爲說法答言我不教化汝不爲說法弟子以是事向諸比丘尼說諸比丘尼以是事向佛廣說佛以是事集二部僧知而故問偷蘭難陀比丘尼汝實作是事不答言實作世尊佛以種種因緣呵責言云何名比丘尼畜衆不教化不爲說法種種因緣呵已語諸比丘尼汝等爲偷蘭難陀作止羯磨若更有如

是者亦應與作止羯磨作止羯磨法者一心和合僧一比丘尼僧中唱言大德尼僧聽偷蘭難陀比丘尼畜弟子不教化不爲説法若僧時到僧忍聽僧與偷蘭難陀作止羯磨汝偷蘭難陀莫復畜衆是名白如是白二羯磨僧與偷蘭難陀作止畜衆羯磨竟僧忍默然故是事如是持以十利故與比丘尼結戒從今是戒應如是説若比丘尼僧與作止羯磨畜衆者波逸提波逸提者燒煮覆障若不悔過能障礙道是中犯者若比丘尼僧與作止羯磨畜衆者波逸提隨畜隨得波逸提第一百一十事竟

十誦律卷第四十六

十誦律卷第四十七

姚秦三藏弗若多羅共三藏鳩摩羅什譯

第七誦之三之餘

六法壇文共十六事

佛在舍衛國爾時舍衛城有居士婦名和羅呵大富多財田宅種種富相成就是居士婦以無常因緣故財物失盡家人分散唯一身在是居士婦有娠以憂愁失親里財物夫壻故身自消瘦兒胎小縮作是念我腹中兒若死若爛又作是念諸福德樂人無過沙門釋子我當是中出家作比丘尼便往詣王園精舍作比丘尼是人出家歡樂肥故腹漸漸大諸比丘尼驅出僧坊汝犯婬人莫住此間答言我出家來不作婬欲先在家時有娠諸比丘尼以是事向佛廣説佛語諸比丘尼汝莫説是比丘尼是事是比丘尼非破梵行先白衣時有娠從今聽沙彌尼二歲學六法可知有娠無娠受六法者若沙彌尼初來應教次第頭面人人禮僧足禮僧足已次應乞和尚尼戒師應教言我沙彌尼某甲求尊爲和尚尼尊爲我作和尚尼故僧當與我二歲學戒第二亦應言我沙彌尼某甲求尊爲和尚尼尊爲我作和尚尼故僧當與我二歲學戒第三亦應言我沙彌尼某甲求尊爲和尚尼尊爲我作和尚尼故僧當與我二歲學戒一比丘尼應問和尚尼能爲某甲作和尚尼不若言能即應將至界場内著眼見處離聞處爾時應問僧和合不僧一心和合當作僧事是和尚尼某甲沙彌尼某甲僧當與二歲學戒第二亦應言僧一心和合當作僧事是和

尚尼某甲沙彌尼某甲僧當與二歲學戒第三亦應言僧一心和合當作僧事是和尚尼某甲沙彌尼某甲僧當與二歲學戒若僧一心和合者應喚沙彌尼來教一一禮比丘尼僧足頭面禮足已次應教令從僧乞二歲學戒作是言我沙彌尼某甲因和尚尼某甲從僧乞二歲學戒因和尚尼某甲僧當與我二歲學戒和尚尼某甲憐愍故第二亦應言我沙彌尼某甲因和尚尼某甲從僧乞二歲學戒因和尚尼某甲僧當與我二歲學戒和尚尼某甲憐愍故第三亦應言我沙彌尼某甲因和尚尼某甲從僧乞二歲學戒因和尚尼某甲僧當與我二歲學戒和尚尼某甲憐愍故即時戒師應僧中唱言大德尼僧聽是沙彌尼某甲因和尚尼某甲從僧乞二歲學戒和尚尼某甲若僧時到僧忍聽僧與沙彌尼某甲二歲學戒和尚尼某甲如是白大德尼僧聽是沙彌尼某甲從僧乞二歲學戒和尚尼某甲僧今與沙彌尼某甲二歲學戒和尚尼某甲誰諸尼僧忍與沙彌尼某甲二歲學戒和尚尼某甲者默然若不忍者說是名初羯磨第二更說大德尼僧聽是沙彌尼某甲從僧乞二歲學戒和尚尼某甲僧今與沙彌尼某甲二歲學戒和尚尼某甲誰諸尼僧忍與沙彌尼某甲二歲學戒和尚尼某甲者默然若不忍者說是名第二羯磨第三更說大德尼僧聽是沙彌尼某甲從僧乞二歲學戒和尚尼某甲僧今與沙彌尼某甲二歲學戒和尚尼某甲誰諸尼僧忍與沙彌尼某甲二歲學戒和尚尼某甲者默然若不忍者說是

名第三羯磨僧已與沙彌尼某甲二歲學戒竟僧忍黙然故是事如是持

即時爲説式叉摩尼六法汝式叉摩尼聽佛世尊多陀阿伽度阿羅訶三藐三佛陀是知者見者説式叉摩尼六法汝式叉摩尼盡形壽行佛世尊種種因縁呵欲欲想欲欲覺欲熱佛説斷欲除欲想滅欲熱若式叉摩尼入式叉摩尼法不捨戒戒羸不出相隨心法受婬欲乃至共畜生是非式叉摩尼非沙門尼非釋女失式叉摩尼法是事盡形不應作若能持者當言能佛世尊以種種因縁呵責偷奪讚歎不偷奪乃至一條縷一寸納一渧油不與不應取是中佛制極少至五錢若五錢直若式叉摩尼隨所偷事若王捉若打若縛若擯出若作是言汝賊汝小兒汝癡汝墮官罪若式叉摩尼如是偷奪者非式叉摩尼非沙門尼非釋女失式叉摩尼法是事盡形不應作若能持者當言能佛世尊種種因縁呵責殺生讚歎離殺乃至蟻子尚不應故奪命何況於人若式叉摩尼故自手奪人命若與刀若教死歎死作是言咄人用惡活爲死勝生隨是人意種種因縁教死歎死若作憂多殺作頭多殺作攎作網作撥若作毗陀羅若作似毗陀羅若斷氣殺若墮胎殺若按腹殺若推著火中水中從高推下若遣使道中殺若毋腹中初受二根身根命根哥羅邏中生惡心方便令奪命若以是因縁死者是非式叉摩尼非沙門尼非釋女失式叉摩尼法是事盡形不應作若能持者當言能佛種種因縁呵責妄語讚歎不妄語乃至戲笑尚不

應妄語何況故妄語若式叉摩尼不知不見過人法自言我如是知如是見我是阿羅漢向阿羅漢我是阿那含向阿那含若斯陀含向斯陀含若須陀洹向須陀洹若得初禪第二禪第三禪第四禪若得慈悲喜捨無量心若得無色空處定識處定無所有處定非想非非想處定若得不淨觀阿那般那念諸天來到我所諸龍夜叉薜荔伽毗舍闍鳩槃茶羅刹來到我所彼問我我答彼我問彼彼答我若式叉摩尼如是妄語者非式叉摩尼非沙門尼非釋女失式叉摩尼法是事盡形不應作若能持者當言能佛種種因緣呵欲欲想欲欲覺欲熱佛說斷欲除欲想滅欲熱若式叉摩尼有漏心聽漏心男子邊髮際至腕膝已上裸身受細滑若順身摩若逆摩若推若牽若從下抱著上若從上抱著下若捺瘡是非式叉摩尼非沙門尼非釋女失式叉摩尼法若犯者可更受是中盡形不應作汝能持不若能持當言能佛種種因緣呵欲欲想欲欲覺欲熱讚歎斷欲除欲想滅欲熱若式叉摩尼漏心聽漏心男子邊若受捉手若捉衣若共立若共語若共期若入屏處若待男子若自身與如在家女法以此八事自身與是非式叉摩尼非沙門尼非釋女失式叉摩尼法若犯可更受是中盡形不應作汝能持不若能當言能汝某甲聽僧已與汝學式叉摩尼受持六法名式叉摩尼汝得具滿和尚尼具滿阿闍梨尼具滿比丘尼僧得具滿行處得具滿國土得轉輪王願汝今已滿當恭敬三寶佛寶法寶僧寶和尚尼阿闍梨

尼恭敬上中下座當勤三學善戒學善定學善慧學當修三脫門空無相無作當勤三業坐禪誦經勸化作福行是諸法開涅槃門得須陀洹果斯陀含果阿那含果阿羅漢果如蓮華在水中日日增長開敷汝亦如是增長道法後當受具足戒

釋師子法中　已獲難得戒　無難時難得
已得勿使空　頭面禮僧足　右繞歡喜去

以十利故與比丘尼結戒從今是戒應如是說若比丘尼弟子不二歲學六法畜爲衆者波逸提波逸提者燒煮覆障若不悔過能障礙道是中犯者若比丘尼弟子不二歲學六法便畜爲衆波逸提隨畜隨得波逸提（第一百一十一事竟）

佛在舍衛國爾時偷蘭難陀比丘尼弟子二歲學六法未作屬和尚尼羯磨便畜爲衆是中有比丘尼少欲知足行頭陀聞是事心不喜種種因緣呵責言云何名比丘尼弟子二歲學六法未作屬和尚尼羯磨便畜爲衆種種因緣呵已向佛廣說佛以是事集二部僧知而故問偷蘭難陀比丘尼汝實作是事不答言實作世尊佛以種種因緣呵責云何名比丘尼爲弟子二歲學六法未作屬和尚尼羯磨便畜爲衆種種因緣呵已語諸比丘以十利故與比丘尼結戒從今是戒應如是說若比丘尼弟子二歲學六法未作屬和尚尼羯磨便畜爲衆波逸提波逸提者燒煮覆障若不悔過能障礙道是中犯者若比丘尼弟子二歲學六法者未作屬和尚尼羯磨便畜爲衆波逸提隨畜隨得波逸提（第一百一十二事竟）

佛在舍衛國爾時諸比丘尼爲畜衆故受勤苦爲浣衣染衣割截簪縫諸弟子受大戒竟捨和尚尼去諸比丘尼聞是事呵責言是不吉弊女我爲汝作衣浣衣染衣割截簪縫受大辛苦受大戒已便捨我去種種因縁呵已向佛廣説佛以是事集二部僧語諸比丘從今聽比丘尼二歳隨逐和尚尼以十利故與比丘尼結戒從今是戒應如是説若比丘尼受大戒已不二歳隨和尚尼波逸提波逸提者燒煑覆障若不悔過能障礙道是中犯者若比丘尼受大戒已不二歳隨和尚尼波逸提隨不隨逐和尚尼隨得波逸提第一百一十三事竟

佛在舍衛國爾時偷蘭難陀比丘尼畜衆不與財法諸弟子言和尚尼何不與我等財法偷蘭難陀比丘尼言我不與汝等財法諸弟子言若不以財法與我等者當餘處去偷蘭難陀言佛結戒汝等應二歳隨逐我若餘處去得波逸提罪是中有比丘尼少欲知足行頭陀聞是事心不喜種種因縁呵責言云何名比丘尼畜弟子不與財法種種因縁呵已向佛廣説佛以是事集二部僧知而故問汝實作是事不答言實作世尊佛以種種因縁呵責云何名比丘尼畜弟子不與財法種種因縁呵已語諸比丘以十利故與比丘尼結戒從今是戒應如是説若比丘尼畜弟子不與財法波逸提波逸提者燒煑覆障若不悔過能障礙道是中犯者若比丘尼畜衆不與財法波逸提隨不與隨得波逸提第一百一十四事竟

佛在舍衛國爾時偷蘭難陀比丘尼畜婬女爲衆是婬女比丘尼中前著衣持鉢入舍衛

城乞食是中有居士作是言我曾共是比丘尼作如是如是事此比丘尼聞是事心不喜向諸比丘尼說諸比丘尼以是事向佛廣說佛以是事集二部僧知而故問偷蘭難陀比丘尼汝實作是事不答言實作世尊佛以種種因緣呵責言云何名比丘尼畜婬女爲衆種種因緣呵已語諸比丘尼從今不應畜婬女爲衆畜者突吉羅若有因緣畜者應將遠本處五由延若六由延以十利故與比丘尼結戒從今是戒應如是說若比丘尼畜婬女爲衆不遠本處五六由延波逸提波逸提者燒煑覆障若不悔過能障礙道是中犯者若比丘尼畜婬女爲衆不遠本處五六由延波逸提隨不遠去隨得波逸提第一百一十五事竟

佛在舍衛國爾時偷蘭難陀比丘尼畜未滿二十歲童女爲衆是中有比丘尼少欲知足行頭陀聞是事心不喜種種因緣呵責云何名比丘尼畜未滿二十歲童女爲衆種種因緣呵已向佛廣說佛以是事集二部僧知而故問偷蘭難陀比丘尼汝實作是事不答言實作世尊佛以種種因緣呵責云何名比丘尼畜未滿二十歲童女爲衆種種因緣呵已語諸比丘以十利故與比丘尼結戒從今是戒應如是說若比丘尼畜未滿二十歲童女爲衆波逸提波逸提者燒煑覆障若不悔過能障礙道是中犯者若比丘尼畜未滿二十歲童女爲衆波逸提隨畜隨得波逸提第一百一十六事竟

佛在舍衛國爾時偷蘭難陀比丘尼未作屬和尚尼羯磨畜二十歲童女爲衆是中有比

丘尼少欲知足行頭陀聞是事心不喜種種因緣呵責云何名比丘尼未作屬和尚尼羯磨畜二十歲童女爲衆種種因緣呵已向佛廣説佛以是事集二部僧知而故問偷蘭難陀比丘尼汝實作是事不答言實作世尊佛以種種因緣呵責云何名比丘尼未作屬和尚尼羯磨畜滿二十歲童女爲衆種種因緣呵已語諸比丘以十利故與比丘尼結戒從今是戒應如是説若比丘尼滿二十歲童女未作屬和尚尼羯磨畜爲衆者波逸提波逸提者燒煮覆障若不悔過能障礙道是中犯者若比丘尼未作屬和尚尼羯磨畜滿二十歲童女爲衆波逸提隨畜隨得波逸提第一百一十七事竟

佛在舍衛國爾時偷蘭難陀比丘尼畜孝女爲衆是孝女比丘尼不誦經不問答不坐禪諸比丘尼問言汝何以不讀誦經問答坐禪答言諸善女我父死毋死兄死弟死姊妹兒女死夫壻死故憂愁云何能讀誦經問答坐禪是中有比丘尼少欲知足行頭陀聞是事心不喜種種因緣呵責云何名比丘尼畜孝女爲衆種種因緣呵已向佛廣説佛以是事集二部僧知而故問偷蘭難陀比丘尼汝實作是事不答言實作世尊佛以種種因緣呵責言云何名比丘尼畜孝女爲衆種種因緣呵已語諸比丘以十利故與比丘尼結戒從今是戒應如是説若比丘尼畜孝女爲衆波逸提波逸提者燒煮覆障若不悔過能障礙道是中犯者若比丘尼畜孝女爲衆波逸提隨畜隨得波逸提第一百一十八事竟

佛在舍衛國爾時偷蘭難陀比丘尼畜有男女自隨女人爲衆是比丘尼中前著衣持鉢男女前後圍繞共行乞食諸居士共相謂言汝知不諸沙門釋子作婬欲人共比丘尼僧坊中生兒女是中有比丘尼少欲知足行頭陀聞是事心不喜種種因緣呵責言云何名比丘尼畜將男女自隨女人爲衆種種因緣呵責已向佛廣説佛以是事集二部僧知而故問偷蘭難陀比丘尼汝實作是事不荅言實作世尊佛以種種因緣呵責云何名比丘尼畜將男女自隨女人爲衆種種因緣呵已語諸比丘以十利故與比丘尼結戒從今是戒應如是説若比丘尼畜有男女自隨女人爲衆波逸提波逸提者燒煑覆障若不悔過能障礙道是中犯者若比丘尼畜有男女自隨女人爲衆波逸提隨畜隨得波逸提第一百一十九事竟

佛在舍衛國爾時偷蘭難陀比丘尼畜惡性女人爲衆是中有比丘尼少欲知足行頭陀聞是事心不喜種種因緣呵責言云何名比丘尼畜惡性女爲衆種種因緣呵已向佛廣説佛以是事集二部僧知而故問偷蘭難陀比丘尼汝實作是事不荅言實作世尊佛以種種因緣呵責云何名比丘尼畜惡性女人爲衆種種因緣呵已語諸比丘以十利故與比丘尼結戒從今是戒應如是説若比丘尼畜惡性女人爲衆波逸提波逸提者燒煑覆障若不悔過能障礙道是中犯者若比丘尼畜惡性女人爲衆波逸提隨畜隨得波逸提第一百二十事竟

佛在舍衛國爾時偷蘭難陀比丘尼滿二十歲童女不二歲學六法畜爲衆是中有比丘尼少欲知足行頭陀聞是事心不喜種種因緣呵責言云何名比丘尼滿二十歲童女不二歲學六法畜爲衆種種因緣呵已向佛廣説佛以是事集二部僧知而故問偷蘭難陀比丘尼汝實作是事不答言實作世尊佛以種種因緣呵責云何名比丘尼滿二十歲童女不二歲學六法畜爲衆種種因緣呵已語諸比丘以十利故與比丘尼結戒從今是戒應如是説若比丘尼滿二十歲童女不二歲學六法畜爲衆波逸提波逸提者燒煮覆障若不悔過能障礙道是中犯者若比丘尼滿二十歲童女不二歲學六法畜爲衆者波逸提隨畜隨得波逸提爾時諸比丘尼不知云何爲六法佛言共四波羅夷及髮際至腕膝以上受八事示貪著相是名六法第一百二十一事竟

佛在舍衛國爾時偷蘭難陀比丘尼滿二十歲童女二歲學六法不作屬和尚尼羯磨畜爲衆是中有比丘尼少欲知足行頭陀聞是事心不喜種種因緣呵責云何名比丘尼滿二十歲童女二歲學六法不作屬和尚尼羯磨畜爲衆種種因緣呵責已向佛廣説佛以是事集二部僧知而故問偷蘭難陀比丘尼汝實作是事不答言實作世尊佛以種種因緣呵責云何名比丘尼滿二十歲童女二歲學六法不作屬和尚尼羯磨便畜爲衆種種因緣呵已語諸比丘以十利故與比丘尼結戒從今是戒應如是説若比丘尼滿二十歲童女二歲學六法不作屬和尚尼羯磨便畜

爲衆波逸提波逸提者燒煑覆障若不悔過能障礙道是中犯者若比丘尼滿二十歲童女二歲學六法不作屬和尚尼羯磨便畜爲衆波逸提隨畜隨得波逸提第一百二十二事竟

佛在王舍城爾時助調達比丘尼常入出他家有居士婦言汝度我出家比丘尼言汝與我鉢我當度汝與我衣戶鉤時藥時分藥七日藥盡形藥我當度汝出家居士婦言汝等客作度人耶是比丘尼言爾他日諸善比丘尼至是居士舍居士婦問言汝等實客作度人耶善比丘尼言誰作是語居士婦言我語助調達比丘尼汝當度我出家便語我言與我鉢來我當度汝與我衣戶鉤時藥時分藥七日藥盡形藥我當度汝是中有比丘尼少欲知足行頭陀聞是事心不喜呵責言云何名比丘尼作是言汝與我鉢與我衣戶鉤時藥時分藥七日藥盡形藥我當度汝種種因緣呵已向佛廣說佛以是事集二部僧知而故問助調達比丘尼汝實作是事不答言實作世尊佛以種種因緣呵責云何名比丘尼作是言汝與我鉢衣戶鉤時藥時分藥七日藥盡形藥我當度汝佛種種因緣呵已語諸比丘以十利故與比丘尼結戒從今是戒應如是說若比丘尼作是言若汝與我衣鉢戶鉤時藥時分藥七日藥盡形藥我當度汝波逸提波逸提者燒煑覆障若不悔過能障礙道是中犯者若比丘尼作是言汝與我鉢衣戶鉤時藥時分藥七日藥盡形藥我當度汝皆波逸提隨作是語隨得波逸提第一百二十三事竟

佛在舍衛國爾時舍衛國居士有婦不隨夫

教以手脚打驅出自舍有比丘尼常入出是家婦往至比丘尼所是居士到餘聚落作是念我婦將無走去耶還舍覔不得居士念言我婦必往至比丘尼精舍居士復作是念置使在彼令調伏後當將還是婦五六日住已語所知識比丘尼善女何不度我答言汝壻尚在云何度汝婦言夫不用我若須我者應當自來亦當遣使比丘尼即度令出家是居士聞婦出家瞋恚語婦師言汝惡比丘尼賊比丘尼汝破我家何故破汝家答言奪我婦作比丘尼比丘尼言此是汝婦汝便將去諸居士呵責言諸比丘尼自言善好有功德主不聽便度他婦如王夫人大臣婦是中有比丘尼少欲知足行頭陀聞是事心不喜種種因緣呵責言云何名比丘尼主不聽便度他婦種種因緣呵已向佛廣說佛以是事集二部僧知而故問是比丘尼汝實作是事不答言實作世尊佛以種種因緣呵責云何名比丘尼主不聽便畜爲衆種種因緣呵責已語諸比丘以十利故與比丘尼結戒從今是戒應如是說若比丘尼女人主不聽畜爲衆者波逸提主不聽者有三種若未嫁女父母不聽若已嫁未至夫家者爾時兩邊不聽若已至夫家夫主不聽波逸提波逸提者燒煑覆障若不悔過能障礙道是中犯者若比丘尼夫主不聽便度波逸提隨不聽度隨得波逸提第一百二十四事竟

佛在王舍城爾時助調達比丘尼有大式叉摩尼可受大戒拖越沙比丘尼見是大式叉摩尼即便語言汝何不受大戒答言助調達

比丘尼兇惡喜鬬我不欲從彼受大戒汝若與我作和尚尼者我當受大戒施越沙言汝二歲學六法我當畜汝爲衆是大式叉摩尼二歲學六法已語施越沙言汝語我二歲學六法我當畜汝爲衆我已二歲學六法汝當畜我施越沙言我不畜汝何以故是助調達比丘尼兇惡喜鬬諍自能傷他亦能教人作以是故我不畜汝又言汝若不能畜我何以教我二歲學六法若汝先不語我者我不二歲學六法是中有比丘尼少欲知足行頭陀聞是事種種因緣呵責言云何名比丘尼語他言汝二歲學六法我當畜汝後便不畜種種因緣呵已向佛廣說佛以是事集二部僧知而故問是比丘尼汝實作是事不答言實作世尊佛以種種因緣呵責言云何名比丘尼語他言汝二歲學六法我當畜汝後便不畜種種因緣呵已語諸比丘以十利故與比丘尼結戒從今是戒應如是說若比丘尼語他言汝二歲學六法後當畜汝若不畜者波逸提波逸提者燒煑覆障若不悔過能障礙道是中犯者若比丘尼語他言汝二歲學六法我當畜汝後便不畜者波逸提隨不畜隨得波逸提第一百二十五事竟

佛在舍衛國爾時偷蘭難陀比丘尼歲歲度弟子語諸弟子言我所入處汝等皆隨我入若我有所得者汝亦當得偷蘭難陀比丘尼一時著衣持鉢行乞食入一家得滿鉢去次弟子入又得滿鉢去第二第三亦復次入居士不能復與即閉門作是言誰能與是諸不吉比丘尼食是中有比丘尼少欲知足行頭

陀聞是事心不喜向佛廣說佛以是事集二部僧知而故問汝實作是事不答言實作世尊佛以種種因緣呵責偷蘭難陀比丘尼云何名比丘尼歲歲度弟子種種因緣呵已語諸比丘以十利故與比丘尼結戒從今是戒應如是說若比丘尼歲歲度弟子者波逸提波逸提者燒煑覆障若不悔過能障礙道是中犯者若比丘尼歲歲度弟子者波逸提隨歲歲度隨得波逸提不犯者若隔歲度一若二歲度一者不犯第一百二十六事竟

十誦律卷第四十七

音釋

縷朧主切線也　渧丁歷切點滴也　摾其亮切與弶同施罟於道曰弶　邏朗可切　薜荔薜蒲細切荔郎計切　朁緇深切

十誦律卷第四十八

姚秦三藏弗若多羅共三藏鳩摩羅什譯

第七誦之四

比丘尼壇文

佛在舍衞國爾時有迦毗羅女作比丘尼名跋陀有式叉摩尼可受大戒爾時阿難常爲比丘尼差十比丘衆與受大戒時阿難中前著衣持鉢入舍衞城乞食跋陀比丘尼遥見阿難舍衞城乞食往到其所頭面禮足一面住白言大德阿難我有式叉摩尼可受大戒願差十比丘衆阿難問言比丘尼僧作乞屬和尚尼羯磨未答言已作何時作耶答言昨日作阿難即默然受跋陀比丘尼知阿難受已頭面禮足而去阿難乞食食已還到祇洹持戶鉤遊行從一房至一房佛遥見阿難持戶鉤從房至房遊行佛知故問阿難汝何故持戶鉤遊行從房至房阿難白言世尊跋陀比丘尼有式叉摩尼可受大戒語我差十比丘衆我今欲差是故持戶鉤遊行諸房佛問阿難諸比丘尼作乞屬和尚尼羯磨未答言已作何時作耶答言昨日作佛知故問阿難諸比丘尼用宿作乞屬和尚尼羯磨欲畜衆耶答言用宿作世尊佛以是事集二部僧知而故問跋陀比丘尼汝實作是事不答言實作世尊佛以種種因緣呵責云何名比丘尼用宿作乞屬和尚尼羯磨畜衆種種因緣呵已語諸比丘以十利故與比丘尼結戒從今是戒應如是説若比丘尼宿作乞屬和尚尼羯磨畜衆者波逸提波逸提者燒煮覆障若不悔過能障礙道是中犯者若比丘尼用宿

作乞屬和尚尼羯磨畜衆者波逸提隨畜隨得波逸提佛雖如是聽受大戒法諸比丘尼不知云何受佛言受具足法者比丘尼初來將式叉摩尼入尼僧中教令人人頭面禮僧足竟尼羯磨師應教受衣鉢問此衣是汝有不答言是應教効我語我某甲是衣僧伽梨若干條受割截衣持第二是衣僧伽梨若干條受割截衣持第三是衣僧伽梨若干條受割截衣持次問此衣是汝有不答言是我某甲是衣鬱多羅僧七條受兩長一短割截衣持第二是衣鬱多羅僧七條受兩長一短割截衣持第三是衣鬱多羅僧七條受兩長一短割截衣持次問此衣是汝有不答言是我某甲是衣安陀會五條受一長一短割截衣持第二是衣安陀會五條受一長一短割截衣持第三是衣安陀會五條受一長一短割截衣持若僧伽梨縵是僧伽梨縵衣受持若鬱多羅僧縵是鬱多羅僧縵衣受持若安陀會縵是安陀會縵衣受持次教言此衣覆肩衣受長四肘廣二肘半是覆肩衣持第二此衣覆肩衣受長四肘廣二肘半是覆肩衣持第三此衣覆肩衣受長四肘廣二肘半是衣覆肩衣持次教此衣厥脩羅受長四肘廣二肘半此衣厥脩羅衣持第二此衣厥脩羅受長四肘廣二肘半此衣厥脩羅衣持第三此衣厥脩羅受長四肘廣二肘半此衣厥脩羅衣持次問言此鉢多羅是汝有不答言是應教言我某甲此鉢多羅應量受長用故第二此鉢多羅應量受長用故第三此鉢多羅應量受長用故受衣鉢已次教令乞和尚尼我

其甲式叉摩尼求尊爲和尚尼願尊爲我作和尚尼我某甲因尊和尚尼故僧當與我作乞屬和尚尼羯磨憐愍故第二我某甲求尊爲和尚尼願尊爲我作和尚尼我某甲因尊和尚尼故僧當與我作乞屬和尚尼羯磨憐愍故第三我某甲求尊爲和尚尼願尊爲我作和尚尼我某甲因尊和尚尼故僧當爲我乞屬和尚尼羯磨憐愍故應問和尚尼能不若言能應教著見處離聞處即時尼羯磨師應僧中如是唱誰能爲某甲作教師若有一比丘尼言我能佛言是比丘尼有五法不應令作教師何等五隨愛教隨瞋教隨怖教隨癡教不知教不教若成就五法應作教師何等五法不隨愛教不隨瞋教不隨怖教不隨癡教知教不教即時應唱言大德尼僧聽是

式叉摩尼某甲從和尚尼某甲欲受具足戒比丘尼某甲能爲作教師教某甲故若僧時到僧忍聽比丘尼某甲爲教師教某甲故如是白大德尼僧聽是某甲式叉摩尼從和尚尼某甲欲受具足戒某甲能作教師教某甲誰諸尼僧忍立某甲爲教師教某甲者默然誰不忍便說僧已立某甲爲教師教某甲竟僧忍默然故是事如是持（已被羯磨者應往教王衣服右膝著地合掌而問也）汝某甲聽今是至誠時實語時後尼僧中亦如是問汝若實者當言實若不實當言不實我今問汝汝是人不是女不非是非人不非畜生不非是不能女人不女根上有毛不不枯壞不無帶下病不非偏不非二道合不女根不小不非是不能産不非是無乳不非是

一乳不非是恒月水不非無月忌不非婢不非客作不非買得不非破壞得不非兵婦不非吏婦不非犯官罪不不負他物不女人有如是等病癩病癰疽病痟盡病顛狂病長熱病無如是等病不父母夫主在不父母夫主聽出家不五衣鉢具不汝字何等和尚尼字誰答言我字某甲和尚尼名某甲尼教師問竟應白僧是式叉摩尼某甲我已問竟尼羯磨師應言若清淨者將來更一一禮尼僧足已次教乞屬和尚尼羯磨羯磨法者我某甲從和尚尼某甲欲受具足戒我今從僧乞屬和尚尼羯磨和尚尼某甲僧當與我屬和尚尼羯磨和尚尼某甲憐愍故第二我某甲從和尚尼某甲欲受具足戒我今從僧乞屬和尚尼羯磨和尚尼某甲僧當與我作乞屬和尚尼羯磨和尚尼某甲憐愍故第三我某甲從和尚尼某甲欲受具足戒我今從僧乞屬和尚尼羯磨和尚尼某甲僧當與我某甲作乞屬和尚尼羯磨和尚尼某甲憐愍故

尼羯磨師應僧中作如是唱大德尼僧聽是某甲從某甲和尚尼欲受具足戒是某甲從僧乞屬和尚尼羯磨和尚尼某甲若僧時到僧忍聽我今僧中問某甲遮道法如是白應作是言汝某甲聽今是至誠時實語時我今僧中問汝若實言實若不實當言不實汝是女不是人不非是非人不非畜生不非是不能女不女根上有毛不不枯壞不無帶下病不非偏不非二道合不女根不小不非是不能産不非是無乳不非是一乳不非恒有月水不非無月忌不非婢不非客作不非買得不非破壞得不非兵婦不非吏婦不非犯官

事不不負他物不女人有如是等病癩病癰疽病瘠盡病顛狂病長熱病無有如是等病不父母夫主在不父母夫主聽出家不五衣鉢具不汝名何等和尚尼字誰應答言我名某甲和尚尼名某甲頗有未問者不若未問者我當更問若已問者應黙然即語言汝某甲黙然是中尼羯磨師僧中唱大德尼僧聽某甲式叉摩尼從和尚尼某甲欲受具足戒是某甲從僧乞屬和尚尼羯磨和尚尼某甲某甲自說清淨無遮道法五衣鉢具某甲和尚尼某甲若僧時到僧忍聽僧與某甲爲作乞屬和尚尼羯磨和尚尼某甲如是白

大德尼僧聽某甲式叉摩尼從和尚尼某甲欲受具戒是某甲從僧乞屬和尚尼羯磨和尚尼某甲某甲自說清淨無遮道法五衣鉢具和尚尼某甲僧當與某甲作屬和尚尼羯磨和尚尼某甲誰諸尼僧忍某甲作屬和尚尼羯磨和尚尼某甲者黙然不忍者便說是初羯磨竟第二大德尼僧聽某甲式叉摩尼從和尚尼某甲欲受具足戒是某甲從僧乞屬和尚尼羯磨和尚尼某甲某甲自說清淨無遮道法五衣鉢具和尚尼某甲僧當與某甲作屬和尚尼羯磨和尚尼某甲誰諸尼僧忍某甲作屬和尚尼羯磨和尚尼某甲者黙然不忍者說是第二羯磨說竟第三大德尼僧聽某甲式叉摩尼從和尚尼某甲欲受具足戒是某甲從僧乞屬和尚尼羯磨和尚尼某甲某甲自說清淨無遮道法五衣鉢具和尚尼某甲僧當與某甲作屬和尚尼羯磨和尚尼某甲誰諸尼僧忍某甲作屬和尚尼羯

磨和尚尼某甲者默然不忍者説是第三羯磨説竟

僧已爲某甲作屬和尚尼羯磨和尚尼名某甲僧忍默然故是事如是持比丘尼衆應在是羯磨竟即將至大僧寺中比丘尼寺中作二部僧和合與受具戒也

將至大僧中一一禮僧足應教從僧乞受具足戒我某甲從和尚尼某甲欲受具足戒今從僧乞受具足戒法和尚尼名某甲僧當濟度我與我受具足戒憐愍故第二我某甲從和尚尼某甲欲受具足戒我今從僧中乞受具足戒法和尚尼名某甲僧當濟度我與我受具足戒憐愍故第三我某甲從和尚尼某甲欲受具足戒我今從僧中乞受具足戒法和尚尼名某甲僧當濟度我與我受具足戒憐愍故一比丘應僧中唱言大德僧聽是某甲從和尚尼某甲欲受具足戒今從衆僧中乞受具足戒和尚尼名某甲若僧時到僧忍聽我當僧中問某甲六法如是白應語彼言汝某甲聽今是至誠時實語時我今僧中問汝實者當言實不實者當言不實汝某甲清淨不汝從出家來順行出家法不二歲學六法不比丘尼僧作本事不比丘尼僧和合已作乞屬和尚尼羯磨不五衣鉢具不汝字誰和尚尼字誰答言我名某甲和尚尼名某甲頗有未問者不若未問者我當更問已問者汝默然大德僧聽某甲從和尚尼某甲欲受具足戒某甲今從僧乞受具足戒和尚尼某甲某甲自説清淨順行出家法已二歲學六法比丘尼僧已作本事竟比丘尼僧和合已作屬和尚尼羯磨五衣鉢具某甲和尚尼某

甲若僧時到僧忍聽與某甲受具足戒某甲和尚尼某甲如是白大德僧聽某甲從和尚尼某甲欲受具足戒今從僧乞受具足戒和尚尼某甲某甲自說清淨順行出家法已二歲學六法比丘尼僧已作本事竟比丘尼僧和合已作屬和尚尼羯磨五衣鉢具某甲和尚尼某甲僧當與某甲受具足戒和尚尼某甲誰諸長老忍某甲受具足戒和尚尼某甲者默然誰不忍者便說是初羯磨說竟第二大德僧聽某甲從和尚尼某甲欲受具足戒今從僧乞受具足戒和尚尼某甲某甲自說清淨順行出家法已二歲學六法比丘尼僧已作本事竟比丘尼僧和合已作屬和尚尼羯磨五衣鉢具某甲和尚尼某甲僧當與某甲受具足戒和尚尼某甲誰諸長老忍某甲受具足戒和尚尼某甲默然誰不忍者便說是第二羯磨說竟第三大德僧聽某甲從和尚尼某甲欲受具足戒今從僧乞受具足戒和尚尼某甲某甲自說清淨順行出家法已二歲學六法比丘尼僧已作本事竟比丘尼僧和合已作屬和尚尼羯磨五衣鉢具某甲和尚尼某甲僧當與某甲受具足戒和尚尼某甲誰諸長老忍某甲受具足戒和尚尼某甲者默然誰不忍者便說是第三羯磨說竟僧已與某甲受具足戒竟和尚尼名某甲僧忍默然故是事如是持應教言若人問汝幾歲應答言無歲何時節隨時應答若春若夏若冬若閏無閏皆應隨實答是事汝盡形應憶念即應爲說三依止法汝某甲聽佛世尊多陀阿伽度阿羅訶三藐三佛陀是知者見

者説受大戒比丘尼三依止法比丘尼依是法得出家受戒比丘尼法何等三一者依糞掃衣比丘尼依是得出家受戒行比丘尼法若更得盈長衣所謂赤麻衣白麻衣芻麻衣翅夷羅衣繒衣欽跋羅衣劫貝衣如是清淨衣皆是盈長衣得是中汝能盡形依糞掃衣能持不若能當言能二者依乞食比丘尼出家受戒行比丘尼法若更得盈長施食若根食故作食齋日食月一日食十六日食衆僧食別房食請食若僧若別請如是等清淨諸食皆名盈長得是中盡形依乞食能持不若能當言能三者依腐棄藥比丘尼出家受戒行比丘尼法若更得盈長施酥油蜜石蜜四種淨脂熊脂驢脂豬脂鱣脂五種根藥舍梨薑赤附子波提鞞沙菖蒲根五種果藥訶梨勒阿摩勒鞞醯勒胡椒蓽茇羅五種鹽紫鹽赤鹽白鹽黑鹽鹵樓鹽五種湯華湯葉湯根湯莖湯果湯五種樹膠興渠膠薩闍賴膠底夜膠底夜波提膠夜和那膠如是等諸餘清淨藥是盈長得故當依腐爛藥汝盡形能持不若能當言能次應説八墮法汝某甲聽佛世尊多陀阿伽度阿羅訶三藐三佛陀是知者見者説是受具足戒比丘尼依止八墮法若比丘尼於八墮法中隨所犯一一法非比丘尼非沙門尼非釋女失滅比丘尼法如截多羅樹頭畢竟不生不復增長比丘尼亦如是八墮法中隨所犯者非比丘尼非沙門尼非釋女失滅比丘尼法佛世尊種種因緣呵責欲欲想欲欲覺欲熱佛讚歎斷欲除欲想滅欲熱若比丘尼同入比丘尼戒法不捨

戒戒羸不出相隨心受婬欲乃至共畜生是非比丘尼非沙門尼非釋女失滅比丘尼法是事盡形不應作若能持者當言能佛種種因緣呵責偷奪法讚歎不偷奪法乃至一條線一寸納一渧油尚不應偷奪是中佛制極少乃至五錢若五錢直若比丘尼隨所偷事若王捉若打若縛若擯出作是言汝賊汝小兒汝癡汝墮官罪若比丘尼如是偷奪者非比丘尼非沙門尼非釋女失滅比丘尼法是事盡形不應作若能持者當言能佛種種因緣呵責殺生讚歎不殺生乃至蟻子尚不應故奪命何況於人若比丘尼自手故奪人命若與刀若教死歎死作是言咄人用惡活爲死勝生隨彼心樂死種種因緣教死歎死若作憂多殺若作頭多殺作弶作網作撥若作毗陀羅若作似毗陀羅若斷氣殺若墮胎殺若按腹殺若推著火中水中若從高推下若使道中死若毋腹中初受二根身根命根哥羅邏中生惡心方便令奪命若以是因緣死者是非比丘尼非沙門尼非釋女失滅比丘尼法是事盡形不應作若能持者當言能佛種種因緣呵責妄語種種因緣讚歎不妄語是中乃至戲笑尚不應妄語何況故妄語若比丘尼不知不見過人法自言我如是知如是見我是阿羅漢向阿羅漢若阿那含向阿那含若斯陀含向斯陀含若須陀洹向須陀洹若得初禪第二禪第三禪第四禪若得慈悲喜捨無量心若得無色虛空定識處定無所有處定非想非非想處定若得不淨觀阿那般那念諸天來至我所諸龍夜叉薜荔伽

毗舍闍鳩槃茶羅剎來到我所彼問我我答彼我問彼彼答我若比丘尼如是妄語者非比丘尼非沙門尼非釋女失滅比丘尼法是事盡形不應作若能持者當言能佛以種種因緣呵欲欲想欲欲覺欲熱佛說斷欲除欲想滅欲熱若比丘尼有漏心聽漏心男子髮際至腕膝已上却衣順摩逆摩抱捉牽推舉上舉下捺瘡者非比丘尼非沙門尼非釋女失滅比丘尼法是事盡形不應作若能者當言能佛種種因緣呵欲欲想欲欲覺欲熱佛說斷欲除欲想滅欲熱若比丘尼有漏心聽漏心男子捉手捉衣共立共語共期入屏覆處待男子來自身往就如白衣女以此八事示貪著相是非比丘尼非沙門尼非釋女失滅比丘尼法是事盡形不應作若能持者當言能佛種種因緣呵責惡知識惡伴黨讚歎善知識善伴黨若比丘尼知他比丘尼犯重罪覆藏乃至一夜是比丘尼知彼比丘尼若退若住若失若遠去後作是言我先知是比丘尼有如是如是事不欲自向人說不欲向僧說不欲令人知作是言云何妹自汙姊是非比丘尼非沙門尼非釋女失滅比丘尼法是事盡形不應作若能持者當言能佛種種因緣呵責惡知識惡伴黨讚歎善伴黨善知識若比丘尼知比丘一心和合僧作不見擯獨一無二無伴無侶不休不息隨順相助諸比丘尼應語是比丘尼言僧一心和合作不見擯是比丘獨一無二無伴無侶不休不息汝莫隨順若是比丘尼諸比丘尼如是諫時堅持是事者諸比丘尼應第一第三諫

令捨是事故第二第三諫時捨者善不捨者是非比丘尼非沙門尼非釋女失滅比丘尼法是事盡形不應作若能持者當言能應語言汝從今應善輭心易教化隨順師教汝某甲已受大戒竟好和尚尼好阿闍梨尼好衆僧好僧坊好檀越好行處好國土轉輪聖王所願尚不能得滿汝今得滿汝應恭敬三寶佛寶法寶僧寶應學三學善戒學善心學善慧學修三脫門空無相無願勤行三業坐禪誦經佐助衆事汝勤行是法者得開須陀洹果門斯陀含果門阿那含果門阿羅漢果門如青赤白蓮華在水中日日增長汝諸善根亦日日增長餘殘戒法和尚阿闍梨漸漸爲汝廣說即說偈言

汝得受具足　深知於佛法　普善眞微妙
廣大珍寶聚　天王釋所願　轉輪王所願
閻羅王所願　汝今已得滿　常當勤精進
修習諸善法　勤修行三業　當開甘露門
於一切法中　得無障礙慧　如華日增長
汝善根亦爾　餘殘諸戒法　佛世尊所說
和尚阿闍梨　當爲汝廣說　頭面禮僧足
右繞歡喜去第一百二十七事竟

佛在舍衛國爾時舍衛城諸居士婦向阿耆羅河洗浴先有比丘尼裸形河中洗浴諸居士婦呵責言不吉弊女麤身大腹垂乳何用作比丘尼爲何不反戒作婦是中有比丘尼少欲知足行頭陀聞是事心不喜以是事向佛廣說佛以是事集二部僧知而故問是比丘尼汝實作是事不答言實作世尊佛以種種因緣呵責言云何名比丘尼裸形露處洗

種種因緣呵責已語諸比丘從今聽比丘尼畜浴衣著露地洗爾時諸比丘尼知佛聽畜浴衣便廣長作是中有比丘尼少欲知足行頭陀聞是事心不喜種種因緣呵責云何名比丘尼知佛聽畜浴衣便廣長大作種種因緣呵已向佛廣說佛以是事集二部僧知而故問諸比丘尼汝實作是事不答言實作世尊佛以種種因緣呵責言云何名比丘尼知我聽畜浴衣便廣長大作種種因緣呵已語諸比丘以十利故與比丘尼結戒從今是戒應如是說若比丘尼欲作浴衣當應量作量者長五脩伽陀搩手廣二搩手半過是作者波逸提波逸提者燒煑覆障若不悔過能障礙道是中犯者若比丘尼欲作浴衣若過長量不過廣量波逸提若過廣量不過長量波逸提隨過長廣量隨得波逸提第一百二十八事竟

佛在王舍城爾時有助調達比丘尼數數易衣服是時有比丘尼少欲知足行頭陀聞是事心不喜種種因緣呵責云何名比丘尼數數易衣服種種因緣呵已向佛廣說佛以是事集二部僧知而故問助調達比丘尼汝實作是事不答言實作世尊佛以種種因緣呵責云何名比丘尼數數易衣服種種因緣呵已語諸比丘以十利故與比丘尼結戒從今是戒應如是說若比丘尼數數易衣服波逸提波逸提者燒煑覆障若不悔過能障礙道是中犯者若比丘尼數數易衣服波逸提隨易隨得波逸提第一百二十九事竟

佛在舍衛國爾時偷蘭難陀比丘尼有弟子名施越沙善好樂持戒但喜忘施越沙擿故

衣不自縫不使人縫所擿衣散在異處是中有比丘尼少欲知足行頭陀聞是事心不喜呵責云何名比丘尼擿故衣不自縫不使人縫散在異處種種因緣呵已向佛廣說佛以是事集二部僧知而故問施越沙比丘尼汝實作是事不答言實作世尊佛以種種因緣呵責云何名比丘尼擿故衣不自縫不使人縫散在異處種種因緣呵已語諸比丘從今聽諸比丘尼作衣極久五夜應還受以十利故與比丘尼結戒從今是戒應如是說若比丘尼作衣極久乃至五夜過是成者波逸提波逸提者燒煑覆障若不悔過能障礙道是中犯者若比丘尼作衣時過五夜波逸提隨過隨得波逸提第一百三十事竟

十誦律卷第四十八

音釋

痟思邀切渴疾也 鱣張連切黃魚也 鱘 鞞醯鞞駢迷切醯馨夷切 蓽茇蓽壁吉切茇比末切 鹵龍五切鹹鹵也 弶其亮切施罟於道也 摖陟格切手度物也 擿他歷切挑擿也

十誦律卷第四十九

姚秦三藏弗若多羅共三藏鳩摩羅什譯

比丘尼壇文之餘

佛在王舍城爾時助調達比丘尼多畜衣不分別何者是所受僧伽梨何者是所受鬱多羅僧何者是所受安陀會何者是所受覆肩衣何者所受俱脩羅諸比丘尼問助調達比丘尼何者是汝所受僧伽梨鬱多羅僧安陀會覆肩衣俱脩羅答言小住我問和尚尼問阿闍梨尼問共活尼即往問言何者我所受僧伽梨鬱多羅僧安陀會覆右肩衣俱脩羅諸人答言我不知不憶疑何者是汝所受非所受是中有比丘尼少欲知足行頭陀聞是事心不喜種種因緣呵責言云何名比丘尼多畜衣不知何者是所受僧伽梨鬱多羅僧安陀會覆肩衣俱脩羅種種因緣呵已向佛廣說佛以是事集二部僧知而故問助調達比丘尼言汝實作是事不答言實作世尊佛以種種因緣呵責云何名比丘尼多畜衣不知何者是所受僧伽梨鬱多羅僧安陀會覆肩衣俱脩羅種種因緣呵已語比丘從今比丘尼五夜應看五衣以十利故與比丘尼結戒從今是戒應如是說若比丘尼五夜不看五衣波逸提波逸提者燒煑覆障若不悔過能障礙道是中犯者若比丘尼五夜不看五衣波逸提隨不看隨得波逸提第一百三十一事竟

佛在王舍城爾時助調達比丘尼常入出諸家諸居士婦言與我少許衣段守護小兒故是比丘尼即脫衣與後諸善比丘尼復到是家諸居士婦言與我少許衣段守護小兒故

善比丘尼言汝等倒語白衣應與出家人衣而反從我索我等受他信施云何壞他供養居士婦言汝等慳惜前有比丘尼來我索小叚便脫衣與我是中有比丘尼少欲知足行頭陀聞是事心不喜種種因緣呵責云何名比丘尼以衣與白衣種種因緣呵已向佛廣說佛以是事集二部僧知而故問助調達比丘尼汝實作是事不答言實作世尊佛以種種因緣呵責云何名比丘尼以衣與白衣種種因緣呵已語諸比丘以十利故與比丘尼結戒從今是戒應如是說若比丘尼以衣與白衣波逸提波逸提者燒煮覆障若不悔過能障礙道是中犯者若比丘尼以衣與白衣波逸提隨與隨得波逸提第一百三十二事竟

佛在舍衛國爾時偷蘭難陀比丘尼月病休止浣病衣已淨不欲起去妨餘有月病比丘尼不得處故諸比丘尼苦惱是中有比丘尼少欲知足行頭陀聞是事心不喜種種因緣呵責云何名比丘尼月病休止浣病衣已淨不欲起去種種因緣呵已向佛廣說佛以是事集二部僧知而故問偷蘭難陀比丘尼汝實作是事不答言實作世尊佛以種種因緣呵責言云何名比丘尼月病休止得浣衣竟不欲起去種種因緣呵已語諸比丘以十利故與比丘尼結戒從今是戒應如是說若比丘尼月病休止浣衣已淨不起去者波逸提波逸提者燒煮覆障若不悔過能障礙道是中犯者若比丘尼月病休止浣衣已淨不起去者波逸提隨不起隨得波逸提第一百三十三事竟

佛在舍衛國爾時有一居士欲與比丘尼僧

衣偷蘭難陀比丘尼常入出是家聞已往問言汝實欲與比丘尼僧衣耶答言實爾偷蘭難陀言比丘尼僧多有衣停舉畜腐爛不能用汝今有事且出城更自思惟以是因緣故是衣竟不與比丘尼僧是中有比丘尼少欲知足行頭陀聞是事心不喜種種因緣呵責言云何名比丘尼居士欲與比丘尼僧衣遮令不與種種因緣呵責已向佛廣說佛以是事集二部僧知而故問偷蘭難陀比丘尼汝實作是事不答言實作世尊佛以種種因緣呵責言云何名比丘尼居士欲與比丘尼僧衣遮令不與種種因緣呵已語諸比丘以十利故與比丘尼結戒從今是戒應如是說若比丘尼遮與僧衣波逸提波逸提者燒煑覆障若不悔過能障礙道是中犯者若比丘尼遮與僧衣波逸提隨遮隨得波逸提第一百三十四事竟

佛在舍衛國爾時偷蘭難陀比丘尼所望得衣弱便受迦絺那衣後時打揵椎捨迦絺那衣偷蘭難陀比丘尼不欲來遣比丘尼喚言僧欲捨迦絺那衣汝來答言不去問何故不去偷蘭難陀言我所望衣未得是中有比丘尼少欲知足行頭陀聞是事心不喜種種因緣呵責言云何名比丘尼所望得衣弱而受迦絺那衣種種因緣呵已向佛廣說佛以是事集二部僧知而故問偷蘭難陀比丘尼汝實作是事不答言實作世尊佛以種種因緣呵責云何名比丘尼所望得衣弱而受迦絺那衣種種因緣呵已語諸比丘以十利故與比丘尼結戒從今是戒應如是說若比丘尼

所望得衣弱而受迦絺那衣波逸提波逸提者燒煮覆障若不悔過能障礙道是中犯者若比丘尼所望得衣弱而受迦絺那衣波逸提隨所望得衣弱隨受隨得波逸提第一百三十五事竟

佛在舍衛國爾時諸比丘尼僧打揵椎欲捨迦絺那衣優婆和比丘尼作僧斷事人不欲到僧中遣比丘尼喚言善女來比丘尼僧欲捨迦絺那衣瞋言我是僧斷事人何故不問我而打揵椎我不能去即以是因緣故不成捨迦絺那衣是中有比丘尼少欲知足行頭陀聞是事心不喜種種因緣呵責言云何名比丘尼僧欲捨迦絺那衣不隨順從種種因緣呵已向佛廣說佛以是事集二部僧知而故問優婆和比丘尼汝實作是事不答言實作世尊佛以種種因緣呵責云何名比丘尼僧捨迦絺那衣不隨順種種因緣呵已語諸比丘以十利故與比丘尼結戒從今是戒應如是說若比丘尼僧捨迦絺那衣時不隨者波逸提波逸提者燒煮覆障若不悔過能障礙道是中犯者若比丘尼僧捨迦絺那衣時不隨者波逸提隨不隨順隨得波逸提第一百三十六事竟

佛在舍衛國爾時比丘尼僧打揵椎和合欲分衣優婆和比丘尼僧斷事人不往僧中遣使喚言僧已和合欲分衣汝來答言不往汝速去是事非法不正邪事隨欲隨瞋隨怖隨癡我是僧斷事人云何離我分衣是故不去以是因緣故僧不得分衣是中有比丘尼少欲知足行頭陀聞是事心不喜種種因緣呵

責云何名比丘尼僧分衣不隨順種種因緣呵已向佛廣說佛以是事集二部僧知而故問優婆和比丘尼汝實作是事不答言實作世尊佛以種種因緣呵責言云何名比丘尼僧分衣不隨順種種因緣呵責已語諸比丘以十利故與比丘尼結戒從今是戒應如是說若比丘尼僧分衣時不隨者波逸提波逸提者燒煑覆障若不悔過能障礙道是中犯者若比丘尼僧分衣時不隨者波逸提隨不隨得波逸提（第一百三十七事竟）

佛在舍衛國爾時比丘尼僧打揵椎和合欲斷事優婆和比丘尼不往遣使喚言僧已和合欲斷事汝來答言汝速去我思惟是事非法不正隨愛隨瞋隨怖隨癡是故不去以是因緣故僧不成斷事是中有比丘尼少欲知足行頭陀聞是事心不喜種種因緣呵責言云何名比丘尼僧斷事不隨順種種呵已向佛廣說佛以是事集二部僧知而故問優婆和比丘尼汝實作是事不答言實作世尊佛以種種因緣呵責云何名比丘尼僧斷事不隨順種種因緣呵已語諸比丘以十利故與比丘尼結戒從今是戒應如是說若比丘尼僧斷事時不隨順者波逸提波逸提者燒煑覆障若不悔過能障礙道是中犯者若比丘尼僧斷事時不隨順者波逸提隨不隨順隨得波逸提（第一百三十八事竟）

佛在舍衛國爾時偷蘭難陀比丘尼不囑他房舍遊行聚落中後失火燒僧坊諸比丘尼各各自出衣鉢共相謂言出偷蘭難陀比丘尼衣鉢有比丘尼言偷蘭難陀惡性喜瞋失

言不失燒言不燒都不與出火燒物盡是中有比丘尼少欲知足行頭陀聞是事心不喜種種因緣呵責云何名比丘尼不囑他房舍遊行聚落中種種因緣呵已向佛廣說佛以是事集二部僧知而故問偷蘭難陀比丘尼汝實作是事不答言實作世尊佛以種種因緣呵責云何名比丘尼不囑他房舍遊行聚落中種種因緣呵已語諸比丘以十利故與比丘尼結戒從今是戒應如是說若比丘尼不囑他房舍至聚落中波逸提波逸提者燒煑覆障若不悔過能障礙道是中犯者若比丘尼不以房舍囑他至聚落中波逸提隨不囑隨得波逸提 第一百三十九事竟

佛在舍衛國爾時有迦羅比丘尼先是外道棄捨經律阿毗曇讀誦種種呪術是中有比丘尼少欲知足行頭陀聞是事心不喜種種因緣呵責云何名比丘尼棄捨經律阿毗曇讀誦種種呪術種種因緣呵已向佛廣說佛以是事集二部僧知而故問迦羅比丘尼汝實作是事不答言實作世尊佛以種種因緣呵責云何名比丘尼棄捨經律阿毗曇讀誦種種呪術種種因緣呵已語諸比丘以十利故與比丘尼結戒從今是戒應如是說若比丘尼讀誦種種呪術波逸提波逸提者燒煑覆障若不悔過能障礙道是中犯者若比丘尼讀誦種種呪術若是偈說偈偈波逸提若是章說章章波逸提若別句說句句波逸提不犯者若讀誦治齒呪腹痛呪治毒呪若爲守護安隱不犯 第一百四十事竟

佛在舍衛國爾時迦羅比丘尼先是外道棄

捨經律阿毗曇教白衣兒讀誦種種呪術是中有比丘尼少欲知足行頭陀聞是事心不喜種種因緣呵責言云何名比丘尼棄捨經律阿毗曇教白衣讀誦種種呪術種種因緣呵責已向佛廣說佛以是事集二部僧知而故問迦羅比丘尼汝實作是事不答言實作世尊佛以種種因緣呵責言云何名比丘尼棄捨經律阿毗曇教白衣讀誦種種呪術種種因緣呵已語諸比丘以十利故與比丘尼結戒從今是戒應如是說若比丘尼教白衣讀誦種種呪術波逸提波逸提者燒煑覆障若不悔過能障礙道是中犯者若比丘尼教白衣讀誦種種呪術若是偈說偈偈波逸提若是章說章章波逸提若别句說句句波逸提不犯者教讀誦治齒呪腹痛呪治毒呪若爲守護安隱故不犯第一百四十一事竟

佛在舍衛國爾時助調達比丘尼常入出他家到他家中居士婦言善女汝掃灑敷牀榻然火煑食下食是比丘尼即隨所教更有善比丘尼來到是家居士婦言善女汝掃灑敷牀榻然火煑食下食答言我是汝婢供養汝耶今汝等坐使我執作居士婦言汝惡性憍慢助調達比丘尼來隨我語作是中有比丘尼少欲知足行頭陀聞是事心不喜種種因緣呵責云何名比丘尼與白衣掃灑敷牀榻然火煑食下食種種因緣呵已向佛廣說佛以是事集二部僧知而故問助調達比丘尼汝實作是事不答言實作世尊佛以種種因緣呵責云何名比丘尼與白衣作種種因緣呵已語諸比丘以十利故與比丘尼結戒從

今是戒應如是說若比丘尼與白衣作波逸提波逸提者燒煑覆障若不悔過能障礙道是中犯者若比丘尼白衣使掃地掃者波逸提若使灑地敷牀榻然火煑食煑羹下食作者波逸提若隨語閉門突吉羅第一百四十二事竟

佛在舍衛國爾時舍衛國節日諸居士辦種種好飲食出城至園中但有諸新婦在家偷蘭難陀比丘尼與一家知識早起著衣持鉢入是家新婦畏壻來若壻父母來於中門外與敷坐共相問訊便坐諸新婦頭面禮比丘尼足現前而坐比丘尼即爲說法經久閉目便唄新婦恐壻來見若壻父母來故即便起去第二第三新婦亦復如是比丘尼開眼看見前無人在心生慚愧捨坐處去是家近大巷有諸弊惡人入門見其坐牀四顧無人便偷持去諸新婦不聞比丘尼聲共相謂言往看在不咸言不在坐牀在不答言不在作是念比丘尼必持至僧坊中遣使索言還我牀來是比丘尼羞瞋故不復至是家是居士後於市中見人賣牀即還奪取遣使語比丘尼言已得先牀汝可還來是中有比丘尼少欲知足行頭陀聞是事心不喜種種因緣呵責言云何名比丘尼坐白衣牀不付囑主便去種種因緣呵已向佛廣說佛以是事集二部僧知而故問偷蘭難陀比丘尼汝實作是事不答言實作世尊佛以種種因緣呵責云何名比丘尼坐白衣牀不還付主便去種種因緣呵已語諸比丘以十利故與比丘尼結戒從今是戒應如是說若比丘尼坐白衣牀不還付主便去波逸提波逸提者燒煑覆障若

不悔過能障礙道是中犯者若比丘尼坐白衣牀不還付主便去波逸提隨不付去隨得波逸提第一百四十三事竟

佛在舍衛國爾時舍衛國有一大臣淨潔自喜好出他過語其婦言諸比丘尼不淨著弊棄衣莫聽坐我牀上婦答言爾言已便去偷蘭難陀常入出是家中前著衣持鉢往到其家居士婦言我丈夫淨潔自喜好出他過是語我言諸比丘尼不淨著弊棄衣莫聽坐我牀上偷蘭難陀比丘尼即便瞋言速去汝等姓勝我耶家勝我耶若我不作比丘尼者汝等當供給我即高褰衣坐其牀上諸居士呵責言諸比丘尼自言善好有功德不問主人坐他牀上如王夫人如大臣婦是中有比丘尼少欲知足行頭陀聞是事心不喜向佛廣說佛以是事集二部僧知而故問偷蘭難陀比丘尼汝實作是事不答言實作世尊佛以種種因緣呵責言云何名比丘尼不問主人坐他牀上種種呵已語諸比丘以十利故與比丘尼結戒從今是戒應如是說若比丘尼不問主人坐他牀上波逸提波逸提者燒煮覆障若不悔過能障礙道是中犯者若比丘尼不問主人坐他牀上波逸提隨不問坐隨得波逸提第一百四十四事竟

佛在舍衛國爾時舍衛國節日諸居士辦種種好飲食欲出城詣園林中諸白衣婦洗浴以香塗身莊嚴頭面治目塗髮著新好衣內外莊嚴具足助調達比丘尼入是家見居士婦問言汝洗浴以香塗身莊嚴頭面治目塗髮著新好衣內外莊嚴具足欲作何等答言

欲詣園林中遊戲語比丘尼言善女汝能去不答言能去問言汝欲乘乘爲當步去比丘尼言我等爲是婢供養汝耶云何當步居士婦言汝能上乘不比丘尼言汝等尚能我何以不能是中有婦女着夫壻着夫壻父母者便鬧車前後有無壻及父母者鬧車而去諸比丘尼無所畏故鬧車大語戲共相隨去諸居士呵責言諸比丘尼自言善好有功德乘車行如王夫人大臣婦是中有比丘尼少欲知足行頭陀聞是事心不喜向佛廣説佛以是事集二部僧知而故問助調達比丘尼汝實作是事不答言實作世尊佛以種種因緣呵責云何名比丘尼乘乘種種因緣呵已語諸比丘以十利故與比丘尼結戒從今是戒應如是説若比丘尼無病乘乘波逸提波逸提者燒煑覆障若不悔過能障礙道是中犯者若比丘尼無病乘乘波逸提隨無病乘乘隨得波逸提若病不犯第一百四十五事竟

佛在舍衛國爾時舍衛城王園精舍諸比丘尼在中庭講堂內土埵上有立作者有紡者有擘治者有抖擻者有作縈者有纏手者爾時衆多鬬將到王園精舍見諸比丘尼種種作作是言若王聞者諸麤氀細氀雜色氀欽婆羅如是等物一時多辦是中有比丘尼少欲知足行頭陀聞是事心不喜向佛廣説佛以是事集二部僧知而故問諸比丘尼汝實作是事不答言實作世尊佛以種種因緣呵責言云何名比丘尼紡作種種因緣呵已語諸比丘以十利故與比丘尼結戒從今是戒應如是説若比丘尼紡績波逸提波逸提者

燒煑覆障若不悔過能障礙道是中犯者若比丘尼紡績波逸提若縈若績若擘若抖擻若纏手皆波逸提隨動手隨得波逸提方便欲作突吉羅若還合縷一轉一突吉羅若爲縫衣繩線乃至六兩不犯第一百四十六事竟

佛在舍衛國爾時偷蘭難陀比丘尼得他質錢腰絡著市中行有鈴聲出諸居士聞已呵責言諸比丘尼自言善好有功德著腰絡行市中如王夫人如大臣婦是中有比丘尼少欲知足行頭陀聞是事心不喜向佛廣說佛以是事集二部僧知而故問偷蘭難陀比丘尼汝實作是事不答言實作世尊佛以種種因緣呵責言云何名比丘尼著腰絡種種因緣呵已語諸比丘以十利故與比丘尼結戒從今是戒應如是說若比丘尼著腰絡波逸提波逸提者燒煑覆障若不悔過能障礙道是中犯者若比丘尼著腰絡波逸提若作突吉羅若治突吉羅若與他著突吉羅第一百四十七事竟

佛在王舍城爾時助調達比丘尼捉蓋入他舍諸居士呵責言諸比丘尼自言善好有功德捉蓋入他家如王夫人如大臣婦是中有比丘尼少欲知足行頭陀聞是事心不喜向佛廣說佛以是事集二部僧知而故問助調達比丘尼汝實作是事不答言實作世尊佛以種種因緣呵已語諸比丘以十利故與比丘尼結戒從今是戒應如是說若比丘尼捉蓋入白衣舍波逸提波逸提者燒煑覆障若不悔過能障礙道是中犯者若比丘尼捉蓋入白衣舍波逸提隨捉隨得波逸提若倒蓋

入不犯第一百四十八事竟

佛在舍衛國爾時有比丘尼名修闍多端正姝好人所喜見有一長者兒名鬱多羅舊相識共語共事是兒住憍薩羅國鉢多羅聚落是比丘尼爲兒故離有比丘住處安居是中有比丘尼少欲知足行頭陀聞是事心不喜種種因緣呵責言云何名比丘尼離有比丘住處安居種種因緣呵已向佛廣説佛以是事集二部僧知而故問修闍多汝實作是事不答言實作世尊佛以種種因緣呵責言云何名比丘尼離有比丘住處安居種種呵已語諸比丘以十利故與比丘尼結戒從今是戒應如是説若比丘尼離有比丘住處安居波逸提波逸提者燒煑覆障若不悔過能障礙道是中犯者若比丘尼離有比丘住處安居波逸提隨離隨得波逸提第一百四十九事竟

佛在王舍城爾時助調達比丘尼安居竟不於二部僧中求三事自恣説見聞疑罪是中有比丘尼少欲知足行頭陀聞是事心不喜種種因緣呵責言云何名比丘尼安居竟不於二部僧中求三事自恣説見聞疑罪種種因緣呵已向佛廣説佛以是事集二部僧知而故問助調達比丘尼汝實作是事不答言實作世尊佛以種種因緣呵責言云何名比丘尼安居竟不於二部僧中求三事自恣説見聞疑罪種種因緣呵已語諸比丘以十利故與比丘尼結戒從今是戒應如是説若比丘尼安居竟不於二部僧中求三事自恣説見聞疑波逸提波逸提者燒煑覆障若不悔過能障礙道是中犯者若比丘尼安居竟不

於二部僧中求三事自恣說見聞疑罪波逸提隨不求事自恣說隨得波逸提第一百五十事竟

佛在王舍城爾時助調達比丘尼半月半月不往僧中求教戒是中有比丘尼少欲知足行頭陀聞是事心不喜種種因緣呵責言云何名比丘尼半月半月不往僧中求教戒種種因緣呵已向佛廣說佛以是事集二部僧知而故問助調達比丘尼汝實作是事不答言實作世尊佛以種種因緣呵責言云何名比丘尼半月半月不往僧中求教戒種種因緣呵已語諸比丘以十利故與比丘尼結戒從今是戒應如是說若比丘尼半月半月不往僧中求教戒波逸提者燒煑覆障若不悔過能障礙道是中犯者若比丘尼半月不往僧中求教戒波逸提隨不求隨得波逸提第一百五十一事竟

佛在王舍城爾時助調達比丘尼無病不往受教戒是中有比丘尼少欲知足行頭陀聞是事心不喜種種因緣呵責言云何名比丘尼無病不往受教戒種種因緣呵已向佛廣說佛以是事集二部僧知而故問助調達比丘尼汝實作是事不答言實作世尊佛以種種因緣呵責言云何名比丘尼無病不往受教戒種種因緣呵已語諸比丘以十利故與比丘尼結戒從今是戒應如是說若比丘尼無病不往僧中受教戒波逸提波逸提者燒煑覆障若不悔過能障礙道是中犯者若比丘尼無病不往受教戒波逸提隨無病不往受教戒隨得波逸提若病不犯第一百五十二事竟

十誦律卷第四十九

音釋

紡敷罔切績紡也 擘博厄切分擘也 縈娟營切收卷也 纏澄延切束絡也 氎達協切毛布也

十誦律卷第五十

姚秦三藏弗若多羅共三藏鳩摩羅什譯

第七誦之五

尼律不共之餘

佛在俱舍彌國爾時迦留羅提舍比丘命終有姊妹比丘尼七人名偷蘭難陀尼周那難陀尼提舍尼優波提舍尼提舍城多尼提婆羅那尼提舍叉多尼是諸比丘尼有大勢力集薪木材燒是比丘身收骨起塔爾時有一比丘名迦陀從和耆國遊行向維耶離道中見是塔問是誰塔答迦留羅提舍比丘塔又言此凡夫何用起塔即壞是塔敷繩牀坐上偷蘭難陀尼聞迦陀比丘破其兄塔敷牀坐上聞已瞋恚語諸妹言各持鍼線來縫是比丘著牀是僧房近道時優波離過聞如是事即往語是比丘言汝在此中坐者諸比丘尼正爾當來縫汝著牀答言若縫我著牀者我從此晃身得脫優波離言汝雖脫晃身諸比丘尼當得大罪是比丘即入禪定令身不現優波離即出去諸比丘尼入共相謂言是比丘在不即看不見手摸繩牀看猶覺有暖作是言必是本剃毛人優波離教使走去是中有比丘尼少欲知足行頭陀聞是事心不喜種種因緣呵責言云何名比丘尼有比丘住處外門不問便入種種因緣呵已向佛廣說佛以是事集二部僧知而故問偷蘭難陀比丘尼汝實作是事不答言實作世尊佛以種種因緣呵責云何名比丘尼有比丘住處外門不問便入種種因緣呵已語諸比丘以十利故與比丘尼結戒從今是戒應如是說

若比丘尼有比丘住處外門不問便入波逸提波逸提者燒煮覆障若不悔過能障礙道是中犯者若比丘尼有比丘住處外門不問便入波逸提隨不問入隨得波逸提第一百五十三事竟

佛在舍衛國爾時佛不在比丘尼僧前結同戒在比丘僧前結同戒已語諸比丘汝等向比丘尼僧說佛即入房坐禪諸比丘共相謂言佛結同戒教我等向比丘尼僧說誰能爲諸比丘尼僧說又念長老跋提比丘有福德威力名聞流布是長老跋提比丘能往詣王園精舍爲比丘尼僧說同戒諸比丘即往是比丘所言佛爲我等結同戒語我等言汝等向比丘尼僧說即入房坐禪我等作是思惟誰能爲比丘尼僧說同戒又作是念長老跋提比丘有福德威力名聞流布必能爲說汝能爲王園精舍比丘尼僧說同戒不長老跋提默然受之諸比丘即頭面禮跋提足右繞而去是夜過已跋提比丘著衣持鉢共後行比丘入舍衛城乞食食後到王園比丘尼精舍諸比丘尼遥見長老跋提比丘來即起與敷牀榻坐處有辦水者有辦草者跋提到已洗脚就座坐已令集比丘尼僧集已語言諸善女佛結同戒我及汝等應共受持是中有長老善好比丘尼皆言善好偷蘭難陀比丘尼喑嗌不受是中有比丘尼少欲知足行頭陀聞是事心不喜種種因緣呵責云何名比丘尼喑嗌向比丘種種因緣呵已向佛廣說佛以是事集二部僧知而故問是比丘尼汝實作是事不答言實作世尊佛以種種因緣

呵責言云何名比丘尼喑嗌向比丘種種因緣呵已語諸比丘以十利故與比丘尼結戒從今是戒應如是說若比丘尼喑嗌向比丘波逸提波逸提者燒煮覆障若不悔過能障礙道是中犯者若比丘尼喑嗌向比丘波逸提隨喑嗌向比丘隨得波逸提第一百五十四事竟

佛在舍衛國爾時迦羅比丘尼本是外道喜鬬諍瞋恚共諸比丘尼鬬諍惡口恐他作是言其王是我相識是我檀越其大臣鬬將居士是我相識檀越當用是力治汝諸比丘尼恐怖是中有比丘尼少欲知足行頭陀聞是事心不喜種種因緣呵責言云何名比丘尼共他鬬諍惡口恐他作是言其王是我相識是我檀越其大臣鬬將居士是我相識檀越當用是力治汝令諸比丘尼恐怖種種因緣呵已向佛廣說佛以是事集二部僧知而故問汝實作是事不答言實作世尊佛以種種因緣呵責云何名比丘尼共他鬬諍惡口恐他作是言其王與我相識是我檀越其大臣鬬將居士與我相識檀越當用是力治汝令諸比丘尼恐怖種種因緣呵已語諸比丘以十利故與比丘尼結戒從今是戒應如是說若比丘尼共比丘尼鬬諍惡口恐怖他波逸提波逸提者燒煮覆障若不悔過能障礙道是中犯者若比丘尼共比丘尼鬬諍惡口恐怖他言其王是我知識當以王力治汝波逸提大臣力鬬將力居士力治汝皆波逸提隨作是語隨得波逸提第一百五十五事竟

佛在舍衛國爾時偷蘭難陀比丘尼喜入出他家早起行詣諸家中庭立大門中立廚下

立是中若有沙門婆羅門來爲乞食故來偷蘭難陀比丘尼語言食未辦若言主人不在如是從家至家遮諸乞食人諸乞食人不得食故呵責言是不吉弊女慳惜他家故令我等不得食是中有比丘尼少欲知足行頭陀聞是事心不喜向佛廣說佛以是事集二部僧知而故問偷蘭難陀比丘尼汝實作是事不答言實作世尊佛以種種因緣呵責言云何名比丘尼護惜他家種種因緣呵已語諸比丘以十利故與比丘尼結戒從今是戒應如是說若比丘尼護惜他家波逸提波逸提者燒煑覆障若不悔過能障礙道是中犯者比丘尼護惜白衣家波逸提隨護惜隨得波逸提第一百五十六事竟

佛在迦維羅衛國爾時摩訶南釋請佛及二部僧明日食佛默然受知佛默然受已頭面禮足右繞而去還家通夜辦種種多美飯食早起敷坐處遣使白佛時到食具已辦唯聖知時佛與二部僧入已皆坐知佛坐已自手行水自與種種多美飲食自恣滿足爾時助調達比丘尼滿鉢中飯以羹澆上在前不噉四向顧視摩訶南釋作是念我當徧看誰少誰不少誰食誰不食見助調達比丘尼滿鉢羹飯在前不食語言善女何故不食答言我先已食何故取飯答言汝便持去摩訶南釋善好不嫌諸居士隨摩訶南釋者作是言摩訶南釋供給衆僧如事大家諸比丘尼現前呵辱佛遥見比丘尼所作聞諸居士呵責食後到僧坊中集二部僧種種因緣呵責助調達比丘尼摩訶南釋供給衆僧如事大家云

何現前毀辱種種呵已語諸比丘從今聽諸比丘尼數數食何以故女人喜數數食故以十利故與比丘尼結戒從今是戒應如是說若比丘尼受請都不食者波逸提波逸提者燒煑覆障若不悔過能障礙道是中犯者若比丘尼受請乃至不食一口波逸提隨受請不食隨得波逸提（第一百五十七事竟）

佛在釋氏國是中有比丘尼名結髮作法師善能說法見一年少比丘無深智慧即問難阿毗曇事是比丘不能隨順問答是比丘尼出自貢高語諸比丘尼言我今問一比丘阿毗曇事不能隨順答我是中有比丘尼少欲知足行頭陀聞是事心不喜種種因緣呵責云何名比丘尼比丘不聽問經律阿毗曇事種種因緣呵已向佛廣說佛以是事集二部僧知而故問結髮比丘尼汝實作是事不答言實作世尊佛以種種因緣呵責云何名比丘尼比丘不聽問經律阿毗曇事種種因緣呵已語諸比丘以十利故與比丘尼結戒從今是戒應如是說若比丘尼比丘不聽問經律阿毗曇事便問波逸提波逸提者燒煑覆障若不悔過能障礙道是中犯者若比丘尼比丘不聽問難經律阿毗曇中事若以偈問偈偈波逸提若以章問章章波逸提若別句問句句波逸提（第一百五十八事竟）

佛在王舍城爾時助調達比丘尼裸形露地洗浴諸居士見不喜呵責言諸比丘尼自言善好有功德裸形露地洗浴如婬女是中有比丘尼少欲知足行頭陀聞是事心不喜向佛廣說佛以是事集二部僧知而故問助調

達比丘尼汝實作是事不答言實作世尊佛以種種因緣呵責云何名比丘尼躶形露地洗浴種種因緣呵已語諸比丘以十利故與比丘尼結戒從今是戒應如是說若比丘尼躶形露地洗浴波夜提波夜提者燒煑覆障若不悔過能障礙道是中犯者若比丘尼躶形露地洗浴波逸提隨躶形露地洗浴隨得波夜提第一百五十九事竟

佛在王舍城爾時助調達比丘尼著白衣嚴身具諸居士呵責言諸比丘尼自言善好有功德著白衣嚴身具如王夫人大臣婦是中有比丘尼少欲知足行頭陀聞是事心不喜向佛廣說佛以是事集二部僧知而故問助調達比丘尼汝實作是事不答言實作世尊佛以種種因緣呵責云何名比丘尼著白衣嚴身具種種因緣呵已語諸比丘以十利故與比丘尼結戒從今是戒應如是說若比丘尼著白衣嚴身具波逸提波逸提者燒煑覆障若不悔過能障礙道是中犯者若比丘尼著白衣嚴身具波逸提隨著隨得波逸提第一百六十事竟

佛在王舍城爾時助調達比丘尼故往觀聽歌舞妓樂看莊嚴妓兒諸居士呵責言諸比丘尼自言善好有功德故往觀聽歌舞妓樂莊嚴妓兒如王夫人大臣婦是中有比丘尼少欲知足行頭陀聞是事心不喜向佛廣說佛以是事集二部僧知而故問是比丘尼汝實作是事不答言實作世尊佛以種種因緣呵責云何名比丘尼故往觀聽歌舞妓樂莊嚴妓兒種種因緣呵已語諸比丘以十利故

與比丘尼結戒從今是戒應如是說若比丘尼故往觀聽歌舞妓樂莊嚴妓兒波逸提波逸提者燒煑覆障若不悔過能障礙道是中犯者若比丘尼故往觀聽歌舞妓樂莊嚴妓兒得見者波逸提不得見者突吉羅若從下至高得見波逸提不得見突吉羅若從高至下得見波逸提不得見突吉羅不犯者不故往道由中過不犯第一百六十一事竟

佛在舍衛國爾時偷蘭難陀比丘尼兩道中間生癰即喚白衣解看還繫是中有比丘尼少欲知足行頭陀聞是事心不喜種種因緣呵責言云何名比丘尼屏處有瘡令白衣解看還繫種種因緣呵已向佛廣說佛以是事集二部僧知而故問偷蘭難陀比丘尼汝實作是事不答言實作世尊佛以種種因緣呵責云何名比丘尼屏處有瘡使白衣解看還繫種種因緣呵已語諸比丘以十利故與比丘尼結戒從今是戒應如是說若比丘尼有瘡使白衣解繫者波夜提瘡有三種一者癰瘡等自生二者物傷三者中風堅癖癖有三種冷癖熱癖風癖若比丘尼自能繫不能解應自繫令他解若自能解應自解不能繫令他繫是中犯者若比丘尼令白衣繫而不解波逸提若令解不繫波逸提隨得繫解隨得波逸提第一百六十二事竟

佛在舍衛國爾時脩闍陀比丘尼年少端正與鬱多羅長者兒相識共事是比丘尼共行坐起言語說俗事是中有比丘尼少欲知足行頭陀聞是事心不喜種種因緣呵責言云何名比丘尼共男子行說俗事種種因緣呵

已向佛廣說佛以是事集二部僧知而故問脩闍陀比丘尼汝實作是事不答言實作世尊佛以種種因緣呵責云何名比丘尼與男子共行說俗事種種因緣呵已語諸比丘以十利故與比丘尼結戒從今是戒應如是說若比丘尼與男子共行說俗事波逸提波逸提者燒煑覆障若不悔過能障礙道是中犯者若比丘尼與男子共行說俗事波逸提隨共行說俗事隨得波逸提（第一百六十三事竟）

佛在王舍城爾時助調達比丘尼以好香揩身復以塗香胡麻屑胡麻滓揩身是中有比丘尼少欲知足行頭陀聞是事心不喜種種因緣呵責言云何名比丘尼以香揩身以塗香胡麻屑胡麻滓揩身種種因緣呵已向佛廣說佛以是事集二部僧知而故問助調達比丘尼汝實作是事不答言實作世尊佛以種種因緣呵責云何名比丘尼以塗香胡麻屑胡麻滓揩身種種因緣呵已語諸比丘以十利故與比丘尼結戒從今是戒應如是說若比丘尼以塗香胡麻屑胡麻滓揩身波逸提波逸提者燒煑覆障若不悔過能障礙道是中犯者若比丘尼以香揩身波逸提若以塗香胡麻屑胡麻滓揩身皆波逸提隨用揩身隨得波逸提（第一百六十四事竟）

佛在王舍城爾時助調達比丘尼不自以香塗身使式叉摩尼沙彌尼以香塗身復以香揩身胡麻屑胡麻滓揩身是中有比丘尼少欲知足行頭陀聞是事心不喜種種因緣呵責云何名比丘尼使式叉摩尼沙彌尼以香塗身復以香揩身胡麻屑胡麻滓揩身種種

因緣呵已向佛廣説佛以是事集二部僧知而故問助調達比丘尼汝實作是事不答言實作世尊佛以種種因緣呵責云何名比丘尼使式叉摩尼沙彌尼白衣女以香塗身復以香揩身胡麻屑胡麻滓揩身種種因緣呵已語諸比丘以十利故與比丘尼結戒從今是戒應如是説若比丘尼使人以香塗身復以香揩身胡麻屑胡麻滓揩身波逸提波逸提者燒煑覆障若不悔過能障礙道是中犯者若比丘尼使人以香揩身波逸提若使人以香塗身波逸提胡麻屑胡麻滓揩身皆波逸提隨使人揩隨得波逸提第一百六十五事竟

佛在舍衞國爾時偷蘭難陀比丘尼著頭光在婬女門中立諸婆羅門居士來欲近之即以脚蹴蹋作是言汝欲共我作婬欲耶諸居士呵責言諸比丘尼自言善好有功德著頭光在婬女門中立見諸人來近以脚蹴蹋是中有比丘尼少欲知足行頭陀聞是事心不喜向佛廣説佛以是事集二部僧知而故問偷蘭難陀比丘尼汝實作是事不答言實作世尊佛以種種因緣呵責云何名比丘尼著頭光在婬女門中立種種呵已語諸比丘以十利故與比丘尼結戒從今是戒應如是説若比丘尼著頭光波逸提波逸提者燒煑覆障若不悔過能障礙道是中犯者若比丘尼著頭光波逸提若作突吉羅若治故光突吉羅若與他著突吉羅第一百六十六事竟

佛在王舍城爾時助調達比丘尼有大式叉摩尼年少端正可愛欲受大戒有弊惡人見生貪著心作是念比丘尼爲王所守護不得

强奪諸比丘尼法應從比丘受大戒若是式叉摩尼出受戒時我當捉取将去是式叉摩尼出受大戒是弊惡人强捉將去是中有比丘尼少欲知足行頭陀聞是事心不喜種種因緣呵責言云何名比丘尼不語僧坊中比丘尼出遠門去種種因緣呵已向佛廣說佛以是事集二部僧種種因緣呵責言云何名比丘尼不語僧坊中比丘尼出遠門去種種呵已語諸比丘以十利故與比丘尼結戒從今是戒應如是說若比丘尼不語餘比丘尼出遠門去波逸提波逸提者燒煑覆障若不悔過能障礙道是中犯者若比丘尼從比丘尼僧坊中不語餘比丘尼出遠門去波逸提隨不語出門隨得波逸提（第一百六十七事竟）

佛在王舍城爾時助調達比丘尼以刷刷頭諸居士呵責言諸比丘尼自言善好有功德以刷刷頭如白衣女是中有比丘尼少欲知足行頭陀聞是事心不喜向佛廣說佛以是事集二部僧知而故問助調達比丘尼汝實作是事不答言實作世尊佛以種種因緣呵責云何名比丘尼以刷刷頭種種因緣呵已語諸比丘以十利故與比丘尼結戒從今是戒應如是說若比丘尼以刷刷頭波逸提波逸提者燒煑覆障若不悔過能障礙道是中犯者若比丘尼以刷刷頭波逸提隨刷隨得波逸提（第一百六十八事竟）

佛在王舍城爾時助調達比丘尼使他刷頭諸居士呵責言善女汝等出家何用刷頭爲是中有比丘尼少欲知足行頭陀聞是事心不喜種種因緣呵責云何名比丘尼使他刷

頭種種呵已向佛廣説佛以是事集二部僧知而故問助調達比丘尼汝實作是事不答言實作世尊佛以種種因縁呵責言云何名比丘尼使他刷頭種種因縁呵已語諸比丘以十利故與比丘尼結戒從今是戒應如是説若比丘尼使他刷頭波逸提波逸提者燒煑覆障若不悔過能障礙道是中犯者若比丘尼使他刷頭波逸提隨使他刷頭隨得波逸提第一百六十九事竟

佛在王舍城爾時助調達比丘尼以梳梳頭是中有比丘尼少欲知足行頭陀聞是事心不喜向佛廣説佛以是事集二部僧知而故問助調達比丘尼汝實作是事不答言實作世尊佛以種種因縁呵責云何名比丘尼以梳梳頭種種因縁呵已語諸比丘以十利故與比丘尼結戒從今是戒應如是説若比丘尼以梳梳頭波逸提波逸提者燒煑覆障若不悔過能障礙道是中犯者若比丘尼以梳梳頭波逸提隨梳隨得波逸提第一百七十事竟

佛在舍衛國爾時助調達比丘尼使他梳頭是中有比丘尼少欲知足行頭陀聞是事心不喜向佛廣説佛以是事集二部僧知而故問助調達比丘尼汝實作是事不答言實作世尊佛以種種因縁呵責云何名比丘尼使他梳頭種種因縁呵已語諸比丘以十利故與比丘尼結戒從今是戒應如是説若比丘尼使他梳頭波逸提波逸提者燒煑覆障若不悔過能障礙道是中犯者若比丘尼使他梳頭波逸提隨使他梳頭隨得波逸提第一百七十一事竟

佛在王舍城爾時助調達比丘尼編頭髮諸居士呵責言汝比丘尼出家人何用編頭髮是中有比丘尼少欲知足行頭陀聞是事心不喜向佛廣説佛以是事集二部僧知而故問助調達比丘尼汝實作是事不答言實作世尊佛以種種因緣呵責云何名比丘尼編頭髮種種因緣呵已語諸比丘以十利故與比丘尼結戒從今是戒應如是説若比丘尼編頭髮波逸提波逸提者燒煮覆障若不悔過能障礙道是中犯者若比丘尼編頭髮波逸提隨編隨得波逸提（第一百七十二事竟）

佛在王舍城爾時助調達比丘尼使他編頭髮是中有比丘尼少欲知足行頭陀聞是事心不喜向佛廣説佛以是事集二部僧知而故問助調達比丘尼汝實作是事不答言實作世尊佛以種種因緣呵責云何名比丘尼使他編頭髮種種因緣呵已語諸比丘以十利故與比丘尼結戒從今是戒應如是説若比丘尼使他編頭髮波逸提波逸提者燒煮覆障若不悔過能障礙道是中犯者若比丘尼使他編頭髮波逸提隨使他編頭髮隨得波逸提（第一百七十三事竟）

佛在舍衛國爾時王園比丘尼精舍門前有好草地淨潔故多人衆集是中多有弊惡人見諸比丘尼出入時便形相説其過罪共相謂言是睞眼是爛眼是瘦是黑是白是好是醜是有威德是無威德諸比丘尼聞是事心不喜作是念諸人集此者以是好草故我等何不壞是草耶即大小便其上草即乾死諸居士呵責言不吉弊女更無餘行處耶淨草

中大小便是中有比丘尼少欲知足行頭陀聞是事心不喜向佛廣說佛以是事集二部僧知而故問諸比丘尼汝實作是事不答言實作世尊佛以種種因緣呵責云何名比丘尼生草上大小便種種因緣呵已語諸比丘以十利故與比丘尼結戒從今是戒應如是說若比丘尼生草上大小便波逸提波逸提者燒煮覆障若不悔過能障礙道是中犯者若比丘尼生草上大小便波逸提隨生草上大小便隨得波逸提第一百七十四事竟

佛在舍衛國爾時偷蘭難陀比丘尼故出精是中有比丘尼少欲知足行頭陀聞是事心不喜種種因緣呵責言云何名比丘尼故出精種種因緣呵已向佛廣說佛以是事集二部僧知而故問偷蘭難陀比丘尼汝實作是事不答言實作世尊佛以種種因緣呵責云何名比丘尼故出精種種因緣呵已語諸比丘以十利故與比丘尼結戒從今是戒應如是說若比丘尼故出精波逸提波逸提者燒煮覆障若不悔過能障礙道是中犯者若比丘尼故出精波逸提隨故出精隨得波逸提

佛在舍衛國爾時諸比丘尼夢中失精覺已作是念佛結戒不聽我等故出精今夢中失精我當云何是事白佛佛以是事集二部僧種種因緣讚戒讚持戒讚戒讚持戒已語諸比丘尼從今是戒應如是說若比丘尼故出精除夢中波逸提第一百七十五事竟

佛在舍衛國爾時迦留陀夷與掘多比丘尼相識知舊共語共事時迦留陀夷二月遊行他國掘多比丘尼聞已心不喜迦留陀夷二

月遊行還到舍衛國掘多比丘尼聞巳洗浴莊嚴面目香油塗髮著輕染衣到迦留陀夷所頭面禮足在前而坐時迦留陀夷生染著心諦視其面比丘尼亦生染心視比丘面比丘尼作是念此視我面必生染著我何不在前起行時迦留陀夷但著泥洹僧共行來往欲心動發畏犯戒故不敢相觸諦相視面便失不淨離急熱巳即還本坐掘多比丘尼知失不淨語迦留陀夷持是衣來我當與浣即脫衣與比丘尼持是衣小却一面挨衣取汁分作二分一分飲之一分著女根中即時有福德人來受母胎是比丘尼腹漸漸大諸比丘尼言汝是犯婬欲人驅出僧坊是比丘尼言我不作婬自說如上因緣諸比丘尼不知云何以是事向佛廣說佛以是事集二部僧知而故問是比丘尼汝實作是事不答言實作世尊佛語諸比丘尼汝等莫說是比丘尼此事以如是因緣故得娠佛以種種因緣呵責云何名比丘尼飲精種種因緣呵巳語諸比丘以十利故與比丘尼結戒從今是戒應如是說若比丘尼飲精波逸提波逸提者燒煑覆障若不悔過能障礙道是中犯者若比丘尼飲男子精波逸提隨飲隨得波逸提第一百七十六事竟

佛在王舍城爾時助調達比丘尼男子洗處浴諸居士呵責言諸比丘尼自言善好有功德在男子洗處浴如婬女是中有比丘尼少欲知足行頭陀聞是事心不喜向佛廣說佛以是事集二部僧知而故問助調達比丘尼汝實作是事不答言實作世尊佛以種種因

緣呵責言云何名比丘尼在男子洗處浴種種因緣呵已語諸比丘以十利故與比丘尼結戒從今是戒應如是說若比丘尼男子洗處浴波逸提波逸提者燒煮覆障若不悔過能障礙道是中犯者若比丘尼男子洗處浴波逸提隨男子洗處浴隨得波逸提第一百七十七事竟

佛在王舍城爾時助調達比丘尼喜門中立諸居士呵責言諸比丘尼自言善好有功德在門中立如婬女是中有比丘尼少欲知足行頭陀聞是事心不喜向佛廣說佛以是事集二部僧知而故問助調達比丘尼汝實作是事不答言實作世尊佛以種種因緣呵責云何名比丘尼喜門中立種種因緣呵已語諸比丘以十利故與比丘尼結戒從今是戒應如是說若比丘尼在門中立波逸提波逸提者燒煮覆障若不悔過能障礙道是中犯者若比丘尼在門中立波逸提隨門中立隨得波逸提第一百七十八波逸提竟

八波羅提提舍尼法

佛在釋氏國爾時釋摩南請佛及二部僧明日食佛默然受知佛默然受已頭面禮佛足右繞而去還家通夜辦種種多美飲食煮藥草乳汁早起敷坐處遣使白佛食具已辦唯聖知時佛及二部僧往入其舍就座而坐釋摩南見佛及二部僧坐已自手行水自下飯與藥草乳汁澆上爾時助調達比丘尼盛滿鉢飯以藥草乳汁澆上著前不食四向顧視釋摩南作是念我當偏看誰少誰不少誰食誰不食見助調達比丘尼置鉢在前不食問

言何故不食答言汝有未煎乳不有者當食答言是藥草乳汁美好可食若有未煎乳者當以相與又問汝有酪生酥熟酥油魚肉脯者我當得食語言藥草乳汁可並食若有酪生酥熟酥油魚肉脯當以相與助調達比丘尼言汝請佛及僧汝若無力能隨意與者何故請佛及僧耶若餘人請者當隨意與是熟乳何處無有釋摩南善好聞是語不瞋餘隨從釋摩南者瞋言諸比丘尼自言善好有功德是釋摩南供給衆僧如事大家云何現前呵辱佛見助調達比丘尼作是事聞諸居士呵責食後以是事集二部僧種種因緣呵責助調達比丘尼云何名比丘尼釋摩南供給衆僧如事大家云何現前呵辱種種因緣呵已語諸比丘以十利故與比丘尼結戒從今是戒應如是說若比丘尼無病自爲索乳是比丘尼應詣比丘尼前說是事作是言諸善女我墮可呵法不隨順道可悔過我今悔過是名初波羅提提舍尼法是中犯者若比丘尼無病自爲索乳得者波羅提提舍尼不得者突吉羅爲病是索得者不犯若從親里索若先請若不索自與不犯一事竟酪生酥熟酥油魚肉脯亦如是是名八波羅提提舍尼法不共戒都竟共戒如比丘中廣說

比丘尼八敬法

比丘尼布薩日到寺中隨意請一比丘受教誡法比丘尼僧要當自和合僧差一比丘尼來受教誡要須伴共來到已頭面禮教誡比丘足問訊應如是語比丘尼僧和合頭面禮和合比丘僧足乞半月教誡法所勑教誡法

我當受持比丘應語比丘尼言釋迦牟尼佛多陀阿伽度阿羅訶三藐三佛陀知者見者是比丘尼說半月八敬法何等八敬一者百歲比丘尼見新受具戒比丘應一心謙敬禮足二者比丘尼應從比丘僧乞受具戒三者比丘尼犯僧殘罪應從二部僧乞半月摩那埵法四者無比丘住處比丘尼不得安居五者比丘尼安居竟應從一部僧中自恣求見聞疑罪六者比丘尼半月從僧受八敬法七者比丘尼語比丘言聽我問修多羅毗尼阿毗曇若比丘聽者應問不聽者不得問八者比丘尼不得說比丘見聞疑罪是爲八一比丘尼受是八敬法布薩日應白比丘尼僧中說是八敬法布薩竟至明日是先受八敬法比丘尼應還來禮是教誡比丘足比丘尼僧和合頭面禮和合比丘僧足比丘尼僧和合布薩竟次說比丘法僧和合說戒時是教誡比丘尼比丘若聞說戒比丘言僧今和合先作何事是受教誡比丘尼比丘應至上座所偏袒右肩胡跪合掌比丘尼僧和合頭面禮和合比丘僧足乞半月教誡法所勑教誡法我當都受上座應語和合比丘尼僧不須作教誡羯磨是比丘還語比丘尼衆僧語汝和合比丘尼僧教誡比丘尼羯磨佛已捨凡教誡比丘尼比丘不得出界外若出界外得突吉羅

十誦律卷第五十

音釋

摸末各切捫摸也喑嗌喑於禁切嗌乙戒切癖匹亦切偏癖疾也滓壯士切拭滓也蹴蹋蹴子六切躡也蹋達合切踐也刷數滑切刷器也脯匪父切乾肉也

十誦律卷第五十一

姚秦三藏弗若多羅共三藏鳩摩羅什譯

增一法第八誦之一

佛在舍衛國長老優波離問佛若男子作女人威儀女人相女人服作女人形制已如男子法受戒得戒不佛言得戒衆僧得罪又問若女人作男子威儀男子相男子服作男子形制已如女人法受戒得戒不佛言得戒衆僧得罪又問若未度出家便與受大戒得戒不佛言得戒衆僧得罪爾時六羣比丘誘他弟子與法與食諸上座呵責言云何得教化弟子如法六羣比丘便誘將去與法與食諸比丘不知云何是事白佛佛言從今不得誘他弟子與法與食若誘者得突吉羅又問若比丘不欲反戒便語他言汝與我作和尚爲受和尚耶反戒耶佛言不也是戲語佛知故問阿難小兒能食上驅烏不答言能世尊佛言從今聽沙彌能驅烏乃至七歲得作沙彌爾時瓶沙王以六歲一閏諸比丘不知云何是事白佛佛言應隨王法時王瓶沙一歲作六月小諸比丘不知云何是事白佛佛言應隨王法春初月大二月小三月大四月小夏初月大二月小三月大四月小冬初月大二月小三月大四月小又問若非比丘住處說戒是說戒不佛言若比丘尼說戒者是說戒又問得戒沙彌說戒是說戒不佛言不名說戒得聽說戒受歲不得足數說戒受歲及餘羯磨頗有比丘在地與空中清淨不佛言不得在空中與地清淨不佛言不得二俱在空中得與清淨不佛言不得界內得與界外清

淨不佛言不得界外得與界内清淨不佛言不得合界者得共界内者得又問在地得與空中清淨説戒不佛言不得空中得與地清淨説戒不佛言不得又問二俱在空中得與清淨布薩不佛言不得界内得與界外清淨説戒不佛言不得界外得與界内清淨説戒不佛言不得若合界者得共在界内者得又問在地得與空中欲不佛言不得空中得與地欲不佛言不得二俱在空中得與欲不佛言不得界内得與界外欲不佛言不得界外得與界内欲不佛言不得合界者得共在界内者得又問在地得與空中欲羯磨不佛言不得空中得與地欲羯磨不佛言不得二俱在空中得與欲羯磨不佛言不得界内得與界外欲羯磨不佛言不得界外得與界内欲羯磨不佛言不得合界者得共在界内者得又問在地得與空中欲不佛言不得在空中得與地欲不佛言不得二俱在空中得與欲不佛言不得界内得與界外欲不佛言不得界外得與界内欲不佛言不得合界者得共在界内者得又問在地得與空中欲結界不佛言不得空中得與地欲結界不佛言不得二俱在空中得與欲結界不佛言不得界内與界外欲結界不佛言不得界外與界内欲結界不佛言不得合界者得共在界内者得又問若不捨先界得廣界狹界不佛言不得又問得並結界不佛言周帀説内相外相者得又問頗有結界不隨羯磨捨耶佛言有若牆壍内又問比丘在樹上得結界不佛言若羯磨時衆數滿者得又問若僧破得結界羯

磨不佛言如法者結界得又問過去佛法幾時住世佛言隨清淨比丘不壞法說戒時名法住世又問未來佛法幾時住世佛言隨清淨比丘不壞法說戒時名法住世又問今世尊法幾時住世佛言隨清淨比丘不壞法說戒時名法住世又問若比丘聚落中初造僧坊齊幾許作界佛言隨聚落隨聚落界齊行來處又問若比丘阿練若處初造僧坊齊幾許作界佛言各面一拘盧舍一拘盧舍此內諸比丘皆共一處布薩作羯磨不得別衆說戒羯磨別作者得罪又問法滅時結界名結界不佛言不名結界法滅時一切結界一切受戒一切戒一切羯磨皆滅又問若作羯磨比丘死餘比丘不知界相得捨界不佛言得捨又問比丘山上作僧坊山下十拘盧舍得安居不佛言得又問何處與安居物佛言安居處應與又問比丘山下作僧坊山上十拘盧舍得安居不佛言得何處應與安居物佛言隨安居處與又問僧破作二分若一分中有比丘出界至地了時是名破安居不失衣得自違言罪不佛言不破安居不失衣但得自違言罪又問何處受七日法佛言界內受從誰受佛言從五衆受比丘比丘尼式叉摩尼沙彌沙彌尼又問心念得受七日法不佛言不得除五種人所謂阿練若獨住人遠行人長病人飢餓時親里邊住人又問有外道親里遣使喚比丘大德來今祠摩醯首羅天揵陀天摩尼跋陀天得破安居去不佛言得去爲彼清淨故又問若比丘誦阿含不通利欲更誦利欲問欲更從他受得破安居去不

佛言得又問若未能得者求得未解者求解未證者求證故得破安居去不佛言得去比丘白佛用何皮作革屣如先說又問云何名坐皮上佛言身著者名爲坐又問云何名卧皮上佛言脅著者名爲卧云何名著佛言從足至𮠐是名爲著又問師子皮肉血筋得噉不佛言一切不得噉又問黑鹿皮肉血筋得噉不佛言除皮餘者得噉又問佛先説不得噉生肉血若病餘藥不能治者得噉不佛言得噉若餘藥能治瘥者不得噉噉者偷蘭遮有比丘病痔徃語耆域言治我此病耆域言應刀割比丘言佛不聽刀割是事白佛佛言以指爪掐掐時不能斷佛言用葦竹箭竹割割又不能斷是事白佛佛言應屏處刀割瓶沙王命終時諸比丘互相謂言瓶沙王命終我等將不犯内宿耶佛言比丘汝謂瓶沙王死故内宿耶阿闍世王代處故不名内宿有比丘爲沙彌淨人擔食共道行食時淨人持食與比丘比丘不食將非舉宿食耶諸比丘不知云何是事白佛佛言爲他擔者無犯又問不割截衣得受不佛言得受又問得著入聚落不佛言不得云何應割截佛言長五肘廣三肘有衣不滿五肘佛言聽畜三種衣上中下上者長五肘廣三肘下者長四肘廣二肘半此二中間名爲中以繩繫泥洹僧故破佛言應作拘脩羅著有輭體比丘揩腨傷破是事白佛佛言下開五寸許又問比丘應受拘脩羅不佛言不應受得壞所受衣作拘脩羅憍薩羅國有人施僧衣諸比丘不知云何分是事白佛佛言分作四分三分與比丘一

分與沙彌憍薩羅國有一比丘死不知云何分衣鉢是事白佛佛言分作四分三分與比丘一分與沙彌新作祇洹竟多有比丘集千二百五十人諸居士見大衆集施比丘僧衣諸比丘不受佛未聽我等受僧施衣是事白佛佛言得受施僧衣有人施比丘尼僧衣諸比丘尼不受佛未聽我等受比丘尼僧施衣是事白佛佛言聽受比丘尼僧施衣有人施二部僧衣是二部僧不受佛未聽我等受二部僧衣是事白佛佛言聽受二部僧衣不知云何分是事白佛佛言作四分三分與比丘比丘尼一分與式叉摩尼沙彌沙彌尼有居士見大衆集施比丘僧衣居士心念一比丘與我等唱說者善諸比丘以是事白佛佛言聽唱唱者在地不得遠聞佛言聽在堙上堙上亦不遠聞佛言應在高處令遠處得見亦聞有諸居士見大衆集施衣作是念聽我安衣架上入僧者善是事白佛佛言聽有居士見大衆集施僧衣作是念聽一人讃歎僧者善是事白佛佛言聽讃歎讃歎者作是言僧持戒具足念具足三昧具足智慧具足解脫具足度知見具足學無學俱解脫向果得果是中有未得道者疑不受分我非學無學非俱解脫非向果得果故不應受分是事白佛佛言應受若持戒與僧和合求解脫離生死向泥洹不求後生行三業坐禪誦經佐助衆事如是行者得清淨受分

爾時世尊與五百阿羅漢入首波城到長者蛆毗揵擎舍受食已到阿耨大池上食鹿子毋聞今日世尊與五百阿羅漢入首波城詣

長者蛆毗揵拏舍受食已到阿耨大池上食聞已生信淨心往到佛所頭面禮足在一面坐已白佛言世尊今日與五百阿羅漢入首波城詣蛆毗揵拏舍受食已至阿耨大池上食世尊我今請佛及別請五百阿羅漢明日食佛默然受知佛默然受已頭面作禮右遶而去到舍竟夜辦種種多美飲食晨朝敷坐處阿難與佛迎食分時鹿子母先喚阿難入舍已閉門往白佛時到飲食已辦佛自知時時五百阿羅漢各以神力從窻孔入者或從空中下或從地出者有座上坐者鹿子母見僧坐已閉門自手行食時阿難先自食已送佛食分往到佛所行水授食佛食已行澡水攝鉢攝鉢已阿難白佛言世尊今日鹿子母別請五百阿羅漢食佛知故問阿難僧中請一比丘不答言無佛言是鹿子母無智不善不僧中請一人佛語阿難鹿子母若僧中請一人者因是後身得大功德得大果報得大利益一切遠近遍聞佛語僧中請一人得大福勝別請五百阿羅漢有信婆羅門居士與僧作小食中食怛鉢那作是念佛聽請一人讚歎僧者善是事白佛佛言聽讚歎讚歎者作是言持戒具足念具足三昧具足智慧具足解脫具足度知見具足學無學具足俱解脫向果得果是中有未得道者心疑不受我非學無學非俱解脫非向果得果故不食是事白佛佛言聽食若持戒與僧和合求解脫離生死向泥洹不求後生行三業坐禪誦經佐助衆事如是行者得清淨受食又問若僧受迦絺那衣時有比丘在中不名受耶佛言

有如雜誦中說頗有比丘受迦絺那衣時不在中得名受耶佛言有如雜誦中說頗有比丘捨迦絺那衣時在中不名捨耶佛言有如雜誦中說頗有比丘不捨迦絺那衣得名捨耶佛言有如雜誦中說又問得戒沙彌得遮他不佛言不得又問得受囑授遮他不佛言不得又問得遮羯磨不佛言不得又問白衣得遮不佛言不得又問沙彌得遮不佛言不得又問非比丘外道不見擯不作擯惡邪不除擯不共住種種不共住自言犯重罪本白衣汙比丘尼不能男破內外道殺父母殺阿羅漢破僧惡心出佛身血如是等人得遮不佛言不得又問若在地空中空中在地二俱在空中界外界內界內界外不到僧中不白衆僧破戒人心念欲遮得遮不佛言不得又問得戒沙彌得說羯磨不佛言不得如先說先犯重罪人賊詐作比丘本白衣時破戒人若先言我破戒後作羯磨得名羯磨不佛言不得若先作羯磨後言我破戒得名羯磨不佛言得又問頗有受戒時作羯磨受戒已捨羯磨耶佛言有捨何羯磨答言大戒羯磨頗有受戒人作羯磨不受大戒人捨耶佛言有云何有答言我是白衣即捨一切羯磨頗有擯人心悔下意界外與捨擯得捨不佛言得捨諸比丘得罪又問犯何罪與苦切羯磨佛言鬬諍又問犯何罪作依止羯磨佛言數數犯戒又問犯何罪作驅出羯磨佛言汙他家又問犯何罪作下意羯磨佛言罵白衣又問若比丘罵比丘得作下意羯磨不佛言得作若罵比丘尼式叉摩尼沙彌沙彌尼得作下

意羯磨不佛言得作若比丘尼罵比丘尼得作下意羯磨不佛言得作若罵式叉摩尼沙彌沙彌尼比丘得作下意羯磨不佛言得作若式叉摩尼罵式叉摩尼得作下意羯磨不佛言得作若罵沙彌沙彌尼比丘比丘尼得作下意羯磨不佛言得作若沙彌罵沙彌得作下意羯磨不佛言得作若罵沙彌沙彌尼比丘比丘尼式叉摩尼得作下意羯磨不佛言得作若沙彌尼罵沙彌尼得作下意羯磨不佛言得作若罵比丘比丘尼式叉摩尼沙彌得作下意羯磨不佛言得作又問沙彌自言作婬與滅擯不佛言與滅擯又問頗有比丘滅五歲盡形不依止他不得罪耶佛言有若比丘未滿五歲便死若盡形和尚邊住又問頗有比丘犯僧伽婆尸沙不相似罪犯故出精一夜覆藏犯故觸女身二夜覆藏犯惡口三夜覆藏犯讚已身供養四夜覆藏犯媒嫁五夜覆藏五夜別住六夜摩那埵得與出罪羯磨不佛言得又問如佛所說犯相似罪不相似罪云何名相似佛言波羅夷波羅夷相似僧伽婆尸沙僧伽婆尸沙相似波夜提波夜提相似波羅提提舍尼波羅提提舍尼相似突吉羅突吉羅相似是名犯相似云何不相似波羅夷與僧伽婆尸沙波夜提波羅提提舍尼突吉羅不相似僧伽婆尸沙與波夜提波羅提提舍尼突吉羅波羅夷不相似波夜提與波羅提提舍尼突吉羅波羅夷僧伽婆尸沙不相似波羅提提舍尼與突吉羅波羅夷僧伽婆尸沙波逸提不相似突吉羅與波羅夷僧伽婆尸沙波逸提波羅提提舍

尼不相似又問如佛說有犯可量犯不可量云何可量犯佛言可得說數云何不可量犯佛言不可說數又問如佛說犯覆藏犯不覆藏云何犯覆藏佛言須臾頃不發露云何名不覆藏須臾頃不覆藏佛語優波離有一種犯性各各異波羅夷性各各異僧伽婆尸沙性各各異波逸提性各各異波羅提提舍尼性各各異突吉羅性各各異諸比丘與他別住已遣使掃餘房舍處處出入多人見佛言與他別住已應使掃住處房內不得遣使掃餘房舍時在屏處住客比丘來不見佛言不應在屏處住客比丘來時應見爾時自喚客比丘喚已擾亂佛言不得喚他但語令知有客比丘去便走逐佛言如常行法不應走逐時逐出界佛言不應出界若前人出界自齊界住從今語汝等別住法應掃灑佛塔塗地布薩處亦應掃灑塗地食處亦應掃灑塗地次第敷牀座應辦洗脚水淨水瓶常用水瓶盛滿水應語客比丘應拭富羅拭脚一切別住法應作不應屏處住不應現處住又問得別住已得與他作別住摩那埵本日治出罪不佛言不得又問得戒沙彌得與他作別住摩那埵本日治出罪不佛言不得又問得就別住人邊行別住不佛言不得又問得就戒沙彌行別住摩那埵不佛言不得又問得與別住人欲清淨受歲出罪不佛言不得又問得與得戒沙彌清淨欲受歲出罪不佛言不得又問得受別住人清淨欲受歲出罪不佛言不得又問得受得戒沙彌清淨欲受歲出罪不佛言是大比丘故得受又問用何物

作戶紐佛言以銅鐵木羊毛芻摩劫貝龍鬚麻披披草皮等作又問用何物作絡佛言以羊毛芻摩劫貝龍鬚麻披披草皮等作又問用何物作禪帶佛言用羊毛芻摩劫貝龍鬚麻披披草等作又問用何物作雀目佛言用木竹作爾時瓶沙王請佛及僧百歲供養所供給人少信作食不如法諸比丘求食時惱亂多人見是王信心清淨問諸比丘惱亂耶答言惱亂王言我亦知大德惱亂我當供給田宅具足隨意諸比丘言佛不聽我等受田宅是事白佛佛言聽受又居士祇洹中作房舍已供養衣食卧具醫藥是房主比丘後日往到居士舍索所須到已就坐問訊時居士婦禮足在前坐即爲種種説法善輭説法辯才説法以如是説妙法居士婦聞法已信心清淨白言大德此衣爲大德故施僧坊內僧男女兒婦等亦施僧坊內僧是比丘作是念我正須一衣今此衣多不知云何以是事白佛廣説佛言若居士作僧房若爲一比丘施僧坊內僧者坊內僧應共分時阿羅毗僧坊壞佛見已知而故問阿難此坊何以壞阿難答言六羣比丘所護故無人敢治佛言是六羣比丘房舍壞不能治者應與他治餘人得已少治便止若著一團泥一把草塗少地少塞壁孔少治土埵佛言少治者不應與多治者與又盡形與佛言不應盡形與不應少時與若壞房舍者六歲與若新房舍十二歲與阿羅毗巧匠比丘日日從他索作具諸居士言大德何不自作答言佛不聽畜是事白佛佛言應畜作具阿羅毗新作僧坊時有半月

客作人或一月或一歲作木作若天雨時索食薪草燈比丘與時心疑畏罪不與若不與便不作諸比丘不知云何是事白佛佛言若知早晚喚來便作者應與有比丘著新染衣天雨時露地洗脚汙衣失色斑駁如白癩病是事白佛佛言應作舍作已不覆故雨時漏佛言應覆覆已脊上漏佛言應厚覆脊上王舍城大僧坊常多有客比丘來初夜中夜後夜來時上座比丘驅下座起擾亂諸比丘不知云何是事白佛佛言若打揵椎唱時然燈分臥具敷臥具見星宿出時著禪鎮頭上若上座來不應驅起若驅起者突吉羅又下座在上座處坐上座呵責云何下座坐上座處是事白佛佛言下座不得坐上座處若坐者突吉羅下座比丘應看坐處看臘數應可坐處坐阿羅毗上座初夜坐禪中夜還房時弟子送上座去後下座比丘沙彌從地起或從板上起就牀上臥上座還來次第驅去不肯與起鬬諍諸比丘不知云何是事白佛佛言若中夜敷臥具竟不得次第起他若起他者突吉羅六羣比丘大小便處取水處隨上座次第驅起惱亂有比丘得惱諸比丘不知云何是事白佛佛言從今大小便處取水處不得次第驅起驅起者突吉羅六羣比丘洗脚處次第驅他起惱亂諸比丘不知云何是事白佛佛言從今洗脚處他已著水不得次第驅他起僧拭脚物有比丘先取浣挼展拭富羅時六羣比丘次第奪取他不與鬬諍諸比丘不知云何是事白佛佛言前取者用後來者應待用竟衆僧煮粥釜杓匕有比丘已取

洗六羣比丘次第奪取他不與鬬諍諸比丘不知云何是事白佛佛言先取者用後來者應待用竟僧有木料木盂有比丘取洗欲用六羣比丘次第奪取他不與鬬諍諸比丘不知云何是事白佛佛言先取者用後來者應待竟僧有鉢瓶子盂子揵瓷有比丘已取澡豆洗用六羣比丘次第奪取他不與鬬諍諸比丘不知云何是事白佛佛言先取者用後來者應待竟僧有剃刀鑷截甲刀有比丘先取磨用六羣比丘次第奪取他不與鬬諍諸比丘不知云何是事白佛佛言先取者用後來者應待竟僧有衣牀拼衣繩鍼刀木錐指沓有比丘先取張衣綴衣縫衣六羣比丘次第奪取破裂壞衣他不與鬬諍諸比丘不知云何是事白佛佛言不應與先取者用後來者應待竟從今如是種種事不得次第奪他取若奪取者突吉羅

爾時長老畢陵伽婆蹉患眼痛往到醫所醫教言應灌鼻答言佛不聽灌鼻是事白佛佛言聽灌鼻時或以指著或以物著流入眼更增痛是事白佛佛言應作灌鼻筒大不可用又小作亦不可用是事白佛佛言莫大作莫小作可受一波羅半波羅許僧有香爐香奩鍼筒有比丘先取用六羣比丘次第奪取他不與鬬諍諸比丘不知云何是事白佛佛言先取者用後來者待竟爾時六羣比丘浴室中相謂言是揩其甲是揩其甲諸比丘不知云何是事白佛佛言浴室中不得言揩其甲揩其甲犯者突吉羅有比丘共白衣浴室中洗有下座比丘沙彌揩上座是白衣共相謂

言但指是耶更作如是如是事諸比丘聞已心不喜是事白佛佛言從今不得共白衣共浴室中洗犯者突吉羅有優婆塞病欲入浴室中洗佛言應白比丘已入洗時白比丘比丘不聽佛言諸比丘若知是優婆塞善好無口過者聽入有比丘浴室中指白衣佛言浴室中不得指白衣犯者突吉羅阿羅毗國分卧具多有客比丘暮來卧具少諸比丘不知云何是事白佛佛言隨上座次與不得者與草葉各敷敷具各著襯身衣六羣比丘以浮石指身毛落佛言不得以浮石指身犯者突吉羅維耶離菴羅樹國有好果黄色在地佛見是已知而故問阿難諸比丘何不噉此果阿難言世尊佛先結戒四種物僧不應分三人二人一人亦不應分僧坊地房舍僧園林僧卧具佛言果應分分時一人取二人三人分有多得者有不得者時共鬪諍佛言果不應分使淨人作五種淨已受噉有比丘共比丘鬪是比丘後更共餘比丘鬪即捉是耳作證失聲大喚多有比丘來問何故大喚答言是比丘打我問言實打不答言我不打但捉耳作證是比丘先共我鬪欲謗我故喚佛言從今不得捉他耳作證犯者突吉羅若有如是事應語傍人言是比丘罵我打我時六羣比丘誘他弟子諸上座呵責言我等云何得教化弟子如法是六羣比丘便誘將去佛言從今日不得誘他弟子犯者突吉羅有諸比丘捨僧坊去作是言我不復還是處是名捨界不佛言捨又問用何物作錐佛言用銅鐵作又問用何物作刀佛言用銅鐵作又問用

何物作熨斗佛言以銅鐵泥作又問用何物作甕佛言用銅鐵泥木作又問用何物作釜佛言用銅鐵泥作又問用何物作澡豆如先說憍薩羅國父子共出家父語子言何不與我衣食答言俱共出家無物可與諸比丘不知云何是事白佛佛言有者應與無者不得強索爾時六羣比丘有大沙彌隱處毛生小違逆師意師即剥衣躶身可羞人所不喜是事白佛佛言不應以小事折伏沙彌若折伏時應留一衣諸比丘不能得簁藥物佛言應作簁藥器給孤獨居士施僧蓐諸比丘言佛未聽我受是事白佛佛言僧得受一人亦受又問佛先說牀脚下安高八指枝云何牀脚下著八指枝佛言若牀脚減八指者應著木枝有比丘先取價與他藥吐下是人即死有比丘謂言汝犯波羅夷何以故答言先取價與他下藥是比丘心疑將不犯波羅夷耶是事白佛佛知故問汝以何心與答言憐愍故與佛言無罪佛言從今不得先取價與他藥犯者突吉羅

有比丘從憍薩羅共賈客向舍衛國時賊來劫賈客裁得活命是賈客爲賊所剥裁得活命已諸比丘捨他衣取心疑將不犯波羅夷耶是事白佛佛言無罪憍薩羅國有天祠舍有塚以白汙灑有諸比丘從憍薩羅國遊行向舍衛右遶此塚左遶祠舍時天祠主言大德何以右遶塚左遶天祠答言我謂是佛塔聲聞塔諸比丘不知云何是事白佛佛言若塚若天祠不必右遶亦不必左遶但隨道行有比丘飢餓時至親里家四五日住已言我

欲還去何故去如先說六羣比丘授無鉢人戒是六羣常與十七羣共諍六羣次守僧坊十七羣次與迎食往語六羣弟子言取鉢來與汝迎食答言無鉢語言汝無鉢受戒耶答言爾又言汝是大勢力人無鉢受戒是比丘聞是事心不喜是事白佛佛言從今不得授無鉢人戒犯者突吉羅有二比丘共鬬一比丘畫他鉢作字著婬女門前時有識字婆羅門居士入是舍見鉢有字作是言比丘亦入是舍比丘聞是語心不喜是事白佛佛言從今不得鉢上作字若鉢上作字者突吉羅如鉢一切餘物亦爾不犯者作幟有外道信心欲出家往到比丘所言大德與我出家問言有鉢無答言無鉢我等不得與無鉢人出家聞是語已還去斷出家因緣諸比丘不知云何是事白佛佛言不得先問鉢度出家已求鉢給孤獨居士施僧被諸比丘不受佛未聽我受是事白佛佛言僧得受一人亦受有居士兒出家是居士得病語諸親里我若死後財物與我兒語已命終此兒後還家看坐已共相問訊諸親里言汝父臨死時作是言我死後財物與兒比丘答言佛未聽我受死後布施是比丘不知云何是事白佛佛言我先為比丘故說不為白衣應隨意取有比丘二月遊行與六羣比丘知識即以衣寄六羣比丘六羣比丘問言何去答言我欲二月遊行如先說

爾時助調達比丘尼語白衣言我共汝作婚姻諸居士言汝是出家人云何共我作婚姻諸比丘尼不知云何是事白佛佛言從今比

丘尼不得語白衣共婚姻若語者突吉羅有一比丘先與居士衣價是比丘後命終諸比丘不知云何是事白佛佛言應索物取與僧分有比丘先取他衣未與價是比丘後命終是居士到比丘所言大德是比丘先取我衣未與我價諸比丘答言是比丘生時何不來索諸比丘不知云何是事白佛佛言若是衣故在者應還若無者應責衣鉢還六羣比丘與白衣作議仲取髮取華諸白衣呵責言汝等出家人何用此議仲用取髮取華爲諸比丘聞是事白佛佛言從今不得作議仲截髮取華犯者突吉羅六羣比丘與一比丘作善知識是比丘寄一比丘鉢與六羣比丘是鉢中道破是比丘見六羣時作是念我若不疾語者或多索價便言某甲比丘寄我鉢與汝是鉢中道破六羣言是汝鉢不破破我鉢汝償我來是比丘不知云何是事白佛佛言若好心捉破者不應從債償有比丘用未熏鉢食放地剝落垢生是事白佛佛言應熏時比丘取鉢放地四邊著牛屎燒時破是事白佛佛言應作熏鉢爐作已放地燒燒時融壞是事白佛佛言先下著灰著灰已汙鉢是事白佛佛言應以石支石支時不周帀遮爐風入故皺起是事白佛佛言應周帀好遮給孤獨居士往到佛所頭面作禮一面坐已白佛言世尊若世尊遊行人間教化時我恒渴仰欲見佛願世尊與我少物使得供養佛即與髮指甲汝供養是即白佛言世尊聽我以髮爪起塔佛言聽起又言佛聽我以赤色黑色白色塗壁佛言聽以赤色黑色白色塗壁又言

佛聽我畫塔者善佛言除男女合像餘者聽畫又人作蓋供養無安蓋處佛言聽打橛安時塔戶無扉牛鹿獼猴狗等入是事白佛佛言應作戶扉佛聽我戶前施欄楯者善佛言聽汝作欄楯佛聽我周帀作欄楯者善是事白佛佛言聽汝作周帀欄楯是中無著華處是事白佛佛言聽作安華物著華已器滿佛言應施曲橛亦滿佛言應周帀懸繩時居士作是念佛聽我作摩尼珠鬘新華鬘者善佛言聽作摩尼珠鬘新華鬘作是言佛聽我作龕者善佛言聽作龕又言佛聽我龕中作塔者善佛言聽龕中起塔佛聽我施龕門者善是事白佛佛言聽施龕門佛聽我覆龕中塔者善佛言聽覆龕中塔佛聽我出舍伏頭者善佛言聽出舍伏頭佛聽我安櫨栱者善佛言聽作安櫨栱佛聽我施柱作塔者善佛言聽施柱作塔佛聽我以彩色赭土白灰莊嚴塔柱者善佛言聽彩色赭土白灰莊嚴柱佛聽我畫柱上塔上者善佛言除男女合像餘者聽畫作爾時給孤獨居士信心清淨往到佛所頭面作禮一面坐已白佛言世尊如佛身像不應作願佛聽我作菩薩侍像者善佛言聽作菩薩像又作是言佛本在家時引旛在前願佛聽我作引旛在前者善佛言聽作引旛在前佛聽我塔前作高埰安師子者善佛言聽作高埰安師子佛聽師子四邊作欄楯者善佛言聽汝師子四邊安欄楯佛聽我以銅作師子者善是事白佛佛言聽汝銅作師子佛聽我銅師子上繫旛者善是事白佛佛言聽汝銅師子上繫旛佛聽我以香華燈

妓樂供養者善是事白佛佛言聽汝香華燈妓樂供養佛聽我以香華油塗塔地者善是事白佛佛言聽香華油塗塔地佛聽我作安華埰者善佛言聽汝作安華埰佛聽我作安燈處者善佛言聽汝作安燈處佛聽我作團堂者善佛言聽汝作團堂佛聽我堂上安木懸旛者善佛言聽汝堂上安木懸旛爾時給孤獨居士親里相識舉物人莊嚴男女盤桉上著華香瓔珞遣至居士家居士見已作是念此物在前行者善是事白佛佛言聽汝盤桉上著華香瓔珞在前行佛聽我作香爐在前行者善佛言聽汝香爐在前行有諸外道生嫉妬心見已呵責言如送死人是居士作是念佛聽我像前作妓樂者善是事白佛佛言聽作妓樂

爾時給孤獨居士信心清淨作是念以何方便得集大衆供給衣食往白佛言願佛聽我集大衆食者善佛言聽集大衆食作是言佛聽我供養塔時與大衆食者善是事白佛佛言聽供養塔時與大衆食佛聽我作般闍于瑟會者善是事白佛佛言聽作般闍于瑟會佛聽作六歲會者善是事白佛佛言聽作六歲會佛聽我正月十六日至二月十五日作會者善是事白佛佛言聽作佛聽我寺中作會者善是事白佛佛言聽汝寺中作會時諸比丘不次第入不次第坐不次第食不次第起不次第去有前入者有行食時入者有食時入者有食竟入者佛言應唱時至唱時至聲不遠聞是事白佛佛言應打揵椎打揵椎已亦不遠聞是事白佛佛言應打鼓打時在

地打鼓亦不遠聞是事白佛佛言在垜上打垜上打時亦不遠聞佛言應在高處打使遠處得聞見時大衆集多人來看與供養塔物與四方僧物與食物與應分物諸比丘不知何者是塔物何者四方僧物何者食物何者應分物是事白佛佛言與物時使一比丘在彼立看知分別是塔物四方僧物食物應分物長老優波離問佛言世尊是四種物塔物四方僧物食物應分物得錯互用不佛言不得佛語優波離塔物者不得與四方僧不得作食不得分四方僧物者不得作食不得分不得作塔作食物者不得分不得作塔不得與四方僧應分物者隨僧用

十誦律卷第五十一

音釋

塹 七豔切坑也　瘥 楚懈切病瘉也　痔 直里切後病也　掐 苦洽切爪刺也

蛆 七余切　絺 丑知切　擯 必刃切斥也　數數 並所角切頻頻也

垜 徒果切　駁 北角切色不純也　捩 良傑切紾也　匕 卑履切匙也

拼 悑耕切　奩 力鹽切香匣也　簁 所皆切除麤取細也　蓐 而欲切薦也

橛 其月切杙也　櫨栱 櫨龍都切枅也栱居竦切栱枓也　赭 章也切赤色也

十誦律卷第五十二

姚秦三藏弗若多羅共三藏鳩摩羅什譯

增一法第八誦之二

一法初

說一語竟名爲捨戒云何說一語名爲捨戒謂言捨佛說是一語名爲捨戒如是法僧和尚阿闍梨同和尚阿闍梨比丘比丘尼式叉摩尼沙彌沙彌尼知我是白衣我是沙彌我非比丘我是外道非沙門非釋子我不受汝法說是一語名爲捨戒若比丘多知識有力勢所可說者人皆信用衆所知識能供給僧非法說法法說非法非毗尼說毗尼毗尼說非毗尼犯說不犯不犯說犯重說輕輕說重無殘說有殘殘說無殘非常所行事說是常所行事常所行事說非常所行事非說言說說言非說是人得大罪若比丘多知識有勢力所可說者人皆信用衆所識知能供給僧非法說非法法說法非毗尼說非毗尼毗尼說毗尼犯說犯非犯說非犯重說重輕說輕無殘說無殘殘說殘非常所行事說非常所行事是常所行事說是常所行事非說言非說說言是說是人得大功德若比丘多知識有力勢所可說者人皆信用衆所識知能供給僧非法說法法說非法乃至說言非說非說言說是人不能自利亦不利他不能益多人不能憐愍衆生不能利益安樂天人若比丘多知識有力勢所可說者人皆信用衆所識知能供給僧非法說非法法說法乃至非說言非說說言是說是人能自利益亦能利他能益多人憐愍衆生利安天人若比丘多

知識有力勢所可說者人皆信用衆所知識能供給衆僧非法說法法說非法乃至非說言說說言非說是人有罪有犯有悔心惱所作皆生悔心非清淨非解脫損減不增長自羞退没人所輕毁造諸罪業若比丘多知識有力勢所可說者人皆信用衆所知識能供給僧非法說非法法說法乃至非說言非說說言說是人無罪無犯無悔無惱所作不惱清淨解脫不損減得增長自身所作人所讃歎造諸善業如來出世現毗尼法不一時說戒漸漸說如來出世現毗尼法不一時破漸漸破有比丘多知識有力勢所可說者人皆信用衆所識知能供給僧於如來所現毗尼法中更生異想於文字中更作相似文句遮法覆法不隨順法所說不了是邊人下賤人無益於世無男子行若比丘多知識有力勢所可說者人皆信用衆所識知能供給僧於如來所現毗尼法中不生異想於文字中不作相似文句不遮法不覆法隨順法所說明了是非邊人非下賤人非無利益有男子行

佛在釋迦國大愛道往到佛所在一面立已白佛言世尊願久壽一劫住世以是因緣故佛語大愛道不應如是讃歎如來汝所讃歎者非好讃歎不應以是讃歎如來是非讃如來法有一法令法滅忘没破僧故有一法法不滅不忘不没和合僧故有一法法滅忘没鬬故法滅忘没如是共諍相罵相言故法滅忘没有一法法不滅不忘不没不鬬故法不滅不忘不没如是不共諍不相罵不相言故法不滅不忘不没有一法法滅忘没貪故法

滅忘沒如是無厭多欲不知足惡欲惡見故法滅忘沒有一法法不滅不忘不沒不貪故法不滅不忘不沒如是有厭少欲知足不惡欲不惡見故法不滅不忘不沒隨何方有比丘鬬共諍相罵相言如是方不應聞何況憶念有如是鬬諍相罵相言過故隨何方有比丘鬬諍相罵相言更不應念何況往到多有鬬諍相罵相言過故隨何方有比丘不鬬不諍不相罵不相言如是方應聞何況不憶念無是鬬諍相罵相言過故隨何方有比丘不鬬不諍不相罵不相言如是方應更憶念何況不往無如是鬬諍相罵相言過故隨何方有比丘鬬諍相罵相言實知是處捨三法受三法捨三法者捨遮欲覺捨遮瞋覺捨遮嫉妬覺是名捨三法受三法者受欲覺受瞋覺受嫉妬覺是名受三法多有是鬬諍相罵相言過故隨何方有比丘不鬬諍不相罵不相言實知是處捨三法受三法捨三法者捨欲覺捨瞋覺捨嫉妬覺受三法者受遮欲覺受遮瞋覺受遮嫉妬覺無是鬬諍相罵相言過故隨何方有比丘鬬諍相罵相言實知彼處捨三法受三法捨三法者捨遮欲想捨遮瞋想捨遮嫉妬想是名捨三法受三法者受欲想受瞋想受嫉妬想是名受三法有是諸過鬬諍相罵相言故隨何方有比丘不鬬不共諍不相罵不相言實知彼處捨三法受三法捨三法者捨欲想捨瞋想捨嫉妬想是名捨三法受三法者受遮欲想受遮瞋想受遮嫉妬想是名受三法無是鬬諍相罵相言過故隨何方有比丘鬬共諍相罵相言實知是處

捨三法受三法捨三法者捨遮欲界捨遮瞋界捨遮嫉妬界是名捨三法受三法者受欲界受瞋界受嫉妬界是名受三法有是比丘鬬諍相罵相言過故隨何方有比丘不鬬諍不相罵不相言實知是處捨三法受三法捨三法者捨欲界捨瞋界捨嫉妬界是名捨三法受三法者受遮欲界受遮瞋界受遮嫉妬界是名受三法無是鬬諍相罵相言過故法一竟

二法初

有二法無智犯罪不自見過不悔是罪有二法有智犯罪見過見過已能悔是罪有二犯輕犯重犯更有二犯有殘無殘更有二犯可向他悔過可自心悔過有二衆法衆非法衆復有二衆濁衆清淨衆有二法故僧名苦住不樂住數數犯不隨順教隨順惡法有二無智應悔不悔不應悔便悔有二智應悔便悔不應悔不悔有二無智有犯有覆藏有二智不犯不覆藏無智覆藏者有二果地獄餓鬼有智不覆藏者有二果人天佛言我有所說不信受故便覆藏覆藏者不得離生老病死憂悲苦惱我有所說能信受者是名不覆藏不覆藏者得離生老病死憂悲苦惱有二善知犯知悔過有二清淨戒清淨見清淨有二非法見非法法見法法見非法有二法見非法見非法法見法有二毗尼貪欲毗尼瞋恚毗尼有二毗尼比丘毗尼比丘尼毗尼有二毗尼遍毗尼不遍毗尼有二法多知識人有過非法作法法作非法是名有過有二法多知識人無過非法作非法法作法是名無過有

二法斷事人有過非法作法斷法作非法斷是名有過有二種斷事無過非法作非法斷法作法斷是名無過有二種說有過非法說法法說非法是名有過有二說無過非法說非法法說法是名無過有二法教化人有過非法作法教法作非法教是名有過有二法教化人無過非法作非法教法作法教是名無過有二法法滅忘沒有比丘疑法疑毗尼是名二法法滅忘沒有二法法不滅不忘不沒不疑法不疑毗尼是名二法法不滅不忘不沒有二法法滅忘沒有比丘教他非法教他非毗尼是名二法法滅忘沒有二法法不滅不忘不沒如法教如毗尼教是名二法法不滅不忘不沒有二事故佛斷別衆食利益檀越不令惡人得力清淨衆得安樂有二事故世尊作苦切羯磨令惡人不得力清淨人得力如是依止羯磨驅出羯磨下意羯磨不見擯不作擯惡邪不除擯別住摩那埵本日治出罪令惡人不得力清淨人得力有二法鬬諍非法言法法言非法是名二法鬬諍相罵相言不止種種相言不用毗尼法僧破僧惱僧別僧異有二法不鬬諍非法言非法法言法如是不鬬諍不相罵不相言止不種種相言用毗尼法僧不破僧不惱僧不別僧不異有二事故世尊教作和上現得清淨持戒後得安樂梵行久住如是阿闍梨共行弟子近行弟子沙彌教戒毗尼波羅提木叉說波羅提木叉遮波羅提木叉自恣自恣人遮自恣證他罪令他憶罪羈繫羯磨共要羯磨聽羯磨聽白羯磨皆現前得清淨持戒後得安

樂梵行久住有二事故世尊說現前毗尼現得清淨持戒後得安樂梵行久住如是憶念毗尼不癡毗尼自言毗尼覔罪相毗尼多覔毗尼布草毗尼是亦現得清淨持戒後得安樂梵行久住有二事故世尊說苦切羯磨現得清淨持戒後得安樂梵行久住如是依止羯磨驅出羯磨下意羯磨不見擯不作擯惡邪不除擯别住摩那埵本日治出罪羯磨是亦現得清淨持戒後得安樂梵行久住有二謗佛非法言法法言非法有二不謗佛非法言非法法言法有二出佛過非法言法法言非法有二不出佛過非法言非法法言法有二不隨佛語非法言法法言非法有二隨佛語非法言非法法言法有二不隨毗尼非法言法法言非法有二隨毗尼非法言非法法言法有二罪非法言法法言非法有二無罪非法言非法法言法有二棄自作棄所須和合僧如法棄所須有二不棄自不作棄所須和合僧如法不棄所須有二不共住自作不共住和合僧如法與不共住有二共住自作共住和合僧如法與共住有二不共住有過自作不共住和合僧如法與不共住有二共住無過自作共住和合僧如法與共住有二損自作損和合僧如法與損有二不損自作不損和合僧如法不與損有二狂人與癡羯磨有念者有不念者有二本先狂有二呪狂有二藥狂有二心狂有二苦痛狂有二白法護世間有慚有愧若是二白法慚愧不護世間者則不分别父母兄弟姊妹兒女親里則破人法如牛羊雞狗野干鳥獸若是二白法

慚愧在世間者則分別父母兄弟姊妹兒女親里不破人法非如牛羊雞狗野干鳥獸無是慚愧有白法者終無是處心無白法但有生死無有解脫有是慚愧白法在心即得清淨則不生死度生死岸更不受有二法竟

三法初

有三羯磨攝諸羯磨謂白羯磨白二羯磨白四羯磨有三人必墮惡趣地獄中何等三若人以無根波羅夷謗清淨梵行比丘是名初人必墮地獄有人生惡邪見作是言諸欲中無罪以是故是人深作放逸自恣五欲是第二人必墮地獄有人出家作比丘犯戒内爛流出非沙門自言沙門非梵行自言梵行是第三人必墮地獄爾時世尊欲明了此事而說偈言

妄語墮地獄　及餘作重罪　是惡不善人
後俱受罪報　夫人生世間　斧在口中生
以是自斬身　斯由作惡言　應呵而讚歎
應讚歎而呵　口過故得衰　衰故不受樂
如掩失財物　是衰爲鮮少　惡口向善人
是衰重於彼　尼羅浮地獄　其數有十萬
阿浮陀地獄　三十六及五　惡心作惡言
輕毀聖人故　壽終必當墮　如是地獄中

有三種諍罪見諍罪聞諍罪疑諍罪有三法毗尼中歌如哭法毗尼中露齒笑如狂法毗尼中掉臂舞如小兒法如來有三種不護無能知無能見如來身行清淨無不清淨是如來不護無能知無能見如來口業意業清淨無不清淨是如來不護無能知無能見世間有三大賊無能及者久壽作大罪人無能捉

何等三有人野住有險處住有強力住云何野住謂草林棘中云何險處住謂山險水曲中云何強力住謂手脚力是名三法世間大賊久壽作大罪人無能捉如是三事有惡比丘久壽作大罪久住僧不能擯有野住山險住強力住野住者破戒內爛流出非沙門自言沙門非梵行自言梵行是名野住山險住者邪見不如實說如是見如是語無施無果無善惡報無父母世間無阿羅漢無須陀洹無斯陀含無阿那含無今世無後世無得證法是名山險住強力住者依語力依廣解力是名強力住是名三法有惡比丘久壽作大罪僧不能疾擯有三法名大賊久壽作大罪人不能疾捉野住險處住多有財物云何名野住如先說云何名險處如先說云何名多有財物大有田宅人民財寶是人作是念若有道我者我當與財物是名多有財物是名三法大賊久壽作大罪人不能疾捉如是三法有惡比丘久壽作大罪僧不能疾擯野住險住依物住云何野住如先說云何險住如先說云何依物住若多得施物衣被飲食卧具醫藥種種諸物作是念若有道我者我與是物是名依物住是名三法有惡比丘久壽作大罪僧不能疾擯復有三法名大賊久壽作大罪人不能疾捉依野住依險處住依力住云何依野住如先說云何依險住如先說云何依力住若依王若依王等故作是念有道我者此人助我是名依力住是爲三法大賊久壽作大罪人不能捉如是三法有惡比丘久壽作大罪僧不能疾擯依野住依險住

依力住云何依野住如先說云何依險住如先說云何依力住若比丘依誦修多羅者誦毗尼者誦阿毗曇者作是念有人道我者此人助我是名三法有惡比丘久壽作大罪僧不能㾮擯世間有三大賊何等三一者作百人主故百人恭敬圍繞二百三百四百五百人主故五百人恭敬圍繞入城聚落穿踰牆壁斷道偷奪破城殺人是名初大賊二者有比丘用四方僧園林中竹木根莖枝葉華果財物飲食賣以自活若與白衣知識是名第二賊三者有比丘爲飲食供養故空無過人聖法故作妄語自說言得若與百人乃至五百人恭敬圍繞入城聚落受他供養小食中食是第三大賊是中百人賊主二百三百四百五百人主恭敬圍繞入城聚落穿踰牆壁斷道偷奪破城殺人此名小賊若有比丘用四方僧園林中竹木根莖枝葉華果財物飲食賣以自活若與知識白衣是亦小賊佛言是第三賊於天人世間魔界梵世沙門婆羅門天人衆中最是大賊謂爲飲食故空無過人聖法故作妄語自說言得若與百人至五百人恭敬圍繞入城聚落受他供養小食中食是名大賊佛說偈言

比丘未得道　自說言得道　天人中大賊
極惡破戒人　是癡人身壞　當墮地獄中

二法竟

四法初

有四種和尚有和尚與法不與食有和尚與食不與法有和尚與法與食有和尚不與法不與食是中與法不與食者應住是和尚邊

與食不與法者不應住與法與食者如是應盡形住不與法不與食者不應問晝夜應捨去阿闍梨亦如是有四種人數數犯戒數數悔過一者無羞二者輕戒三者無怖畏心四者愚癡是名四種人數數犯戒數數悔過世間有四種人見犯罪生怖畏何等四若有人著黒衣奔頭往多人所作是言我作惡不善可羞隨衆人所喜我當作之時彼衆人呵責驅出有智人見已作是言是人著黒衣奔頭往多人所作是言我作惡不善可羞隨衆人所喜我當作之作惡業故衆呵驅棄我當自勅亦教餘人莫作如是惡業如是有比丘於波羅提提舍尼中生怖畏心應如是知未犯者不犯若已犯者疾如法悔過是名初人見罪怖畏有人著黒衣奔頭捉棒著肩上往多人所作是言我作惡罪不善可羞隨衆所喜我當作之時彼衆人即取其棒打已驅出有智人見作是言是人作惡不善故得大罪我當自勅亦教餘人莫作如是惡業如是有比丘於波夜提中生怖畏心如是惡業如是有比丘於波逸提知未犯者不犯若已犯者疾悔過是名第二見罪怖畏有人著黒衣奔頭捉鐵碓著肩上往多人所作是言我作惡不善隨衆所喜我當作之時彼衆人即以鐵碓打之利刀恐之驅出城西門著於塹中有智人見已作是言是人作惡業故得大罪我當自勅亦教餘人莫作如是惡如是有比丘於僧伽婆尸沙中生怖畏心應如是知未犯者不犯若已犯者疾應悔過是名第三見罪怖畏有如捕賊帥捕得實賊反縛兩手打鼓徇

行出南城門坐著標下便截其首有智人見已作是言是人作惡業故得大罪我當自勑亦教餘人莫作如是惡業如是有比丘於波羅夷中生怖畏心應如是知未犯者終不敢犯是名第四見罪怖畏有四種羯磨非法別眾非法和合眾有法別眾有法和合眾是中非法別眾羯磨者是不名作羯磨非法和合眾羯磨者亦不名作羯磨有法別眾羯磨者亦不名作羯磨有法和合眾羯磨者是名作羯磨非法別眾作羯磨者是羯磨非法別眾應遮應置非法和合眾作羯磨者是羯磨非法和合眾應遮應置有法別眾作羯磨者是羯磨有法別眾應遮應置有法和合眾作羯磨者是羯磨有法和合眾不應遮不應置非法別眾作羯磨者是非法別眾羯磨莫作不名作不好不名好應遮應置非法和合眾作羯磨者是羯磨非法和合眾莫作不名作不好不名好應遮應置有法別眾作羯磨者是羯磨有法別眾莫作不名作不好不名好應遮應置有法和合眾作羯磨者是羯磨有法和合眾是應作名作是好名好不應遮不應置有四種人一者麤人二者濁人三者中間人四者上人如是僧中有四種斷事人有僧斷事人無羞不善議不善文句有僧斷事人無羞善議善文句有僧斷事人有羞善議不善文句有僧斷事人有羞不善議善文句若僧斷事人無羞不善議不善文句者是名麤人若僧斷事人無羞善議善文句者是名濁人若僧斷事人有羞不善議不善文句者是名中間人若僧斷事人有羞善議善文句者

是名上人若僧斷事人無羞不善議不善文句者無人親近若僧斷事人無羞善議善文句者有人親近若僧斷事人有羞不善議不善文句者無人親近若僧斷事人有羞善議善文句者有人親近若僧斷事人無羞不善議不善文句者是名不可共語若僧斷事人無羞善議善文句者是可共語若僧斷事人有羞不善議不善文句者是不可共語若僧斷事人有羞善議善文句者是可共語若僧斷事人無羞不善議不善文句者如是斷事人可嫌可訶應擯不好人迷亂愁憂生悔恨心何以故如是斷事人僧中未起諍事便起已起事不可滅若僧斷事人無羞善議善文句者如是斷事人可嫌可訶應擯是不好人迷亂愁憂生悔恨心何以故如是斷事人僧中未起諍事便起已起事不可滅若僧斷事人有羞不善義不善文句者如是斷事者應教義教文句若僧斷事人有羞善義善文句是斷事者應讃歎稱善何以故是人來僧中斷事時未起諍者不起已起者滅有四種義有義非法分別他不檢究檢究不受有義非法不分別他檢究檢究受有義如法分別他不檢究檢究不受有義如法不分別他檢究檢究受是中義非法分別他不檢究檢究不受是名三過如非法者是過如分別他者是過如不檢究檢究不受者是二過是中有義非法不分別他檢究檢究受是一過如非法者是過如不分別他者是非過如檢究檢究受是非過是中義如法分別他不檢究檢究不受是二過如法者是非過如分別他者是

過如不檢究檢究不受是過是中義如法不分別他檢究檢究受是皆非過如法者是非過如不分別他者是非過如檢究檢究受者是非過有四行闥利吒比丘不能滅諍愛瞋怖癡是名四行闥利吒比丘不能滅諍有四行闥利吒比丘能滅諍不愛不怖不瞋不癡是名四行闥利吒比丘能滅諍有四行闥利吒比丘不善觀義不善取義不應讃便讃應讃而不讃不應敬而敬應敬而不敬有四行闥利吒比丘善觀義善取義不應讃不讃應讃而讃不應敬不敬應敬而敬是名四行闥利吒比丘能滅諍有四行闥利吒比丘不善觀義不善取義以力勢語不從他乞聽便出他罪先有嫌心悔心有見嫌見悔自用意是名四行不能滅諍有四行闥利吒比丘能滅諍善觀義善取義不以力勢從他乞聽先無嫌心悔心無見嫌見悔不自用意是名四行能滅諍有四行闥利吒比丘有罪愛瞋怖癡故有罪過有四行闥利吒比丘無罪不愛不瞋不怖不癡故無罪過有四行闥利吒比丘有罪過不善觀義不善取義不應讃而讃應讃不讃不應清淨令清淨清淨不令清淨是名四行有罪過有四無罪過善觀義善取義不應讃不讃應讃而讃不清淨不與清淨應清淨與清淨是名四行無罪過有四行闥利吒比丘有罪過不善觀義不善取義以力勢不乞聽先有嫌悔心有見嫌見悔自用意是名四行有過有四行闥利吒比丘無過善觀義善取義不以力勢從他乞聽先無嫌悔心無見嫌見悔不自用意是四無過四法竟

十誦律卷第五十二

十誦律卷第五十三

姚秦三藏弗若多羅共三藏鳩摩羅什譯

五法初

佛在釋迦國大愛道比丘尼往詣佛所頭面作禮一面立白佛言善哉世尊願略說法非法毗尼非毘尼令我知是法是毗尼是佛法佛言瞿曇彌若知是法隨欲不隨無欲隨過不隨無過隨增長不隨不增長一向不轉隨煩惱不離大愛道汝定知是非法非毗尼非佛法瞿曇彌若知是法不隨欲隨無欲不隨過隨無過隨不增長不隨增長不隨煩惱大愛道汝定知是法是毗尼是佛法爾時瞿曇彌比丘尼往詣佛所頭面作禮在一面立白佛言善哉世尊願略說法非法毗尼非毗尼令我知是法是毗尼是佛法佛言瞿曇彌汝若知是法隨貪不隨無貪隨無厭不隨厭隨多欲不隨少欲隨難滿不隨不難滿隨難養不隨不難養瞿曇彌汝定知是非法非毗尼非佛法瞿曇彌汝知是法隨無貪不隨貪隨少欲不隨多欲隨有厭不隨無厭隨不難滿不隨難滿隨不難養不隨難養瞿曇彌汝定知是法是毗尼是佛法

爾時長老優波離往詣佛所頭面作禮在一面坐白佛言世尊有幾法正法滅亡沒佛言優波離有五法正法滅亡沒何等五有比丘無欲是名一鈍根是名二雖誦義句不能正受亦不能令他解了是名三不能令受者有恭敬威儀有說法者不能如法教是名四鬬諍相言不在阿練若處亦不愛敬阿練若處優波離是名五法令正法滅亡沒有五法正

法不滅不亡不沒有欲利根能誦義句能正受能爲人解說能令受者有威儀恭敬有說法者能如法教無鬪諍相言在阿練若處愛敬阿練若處是名五法正法不滅不亡不沒優波離更有五法正法滅亡沒何等五有比丘不隨法教隨非法教不隨忍法隨不忍法不敬上座無有威儀上座不以法教授上座說法時愁惱令後衆生不得受學修多羅毗尼阿毗曇上座命終已後比丘放逸習非法失諸善法是名五法正法滅亡沒佛語優波離更有五法正法不滅不亡不沒有比丘隨法教不隨非法教隨忍不隨不忍敬上座有威儀上座能以法教說法時不愁惱令後衆生得受學修多羅毗尼阿毗曇上座命終已後比丘不放逸習善法是名五法正法不滅不亡不沒

長老難提往詣佛所頭面作禮在一面坐白佛言世尊正法滅像法時有幾非法在世佛言難提正法滅像法時有五非法在世何等五佛言正法滅像法時有比丘心得小止便謂已得聖法是名初非法在世難提正法滅像法時白衣生天或有出家者墮惡道中是名第二非法在世難提正法滅像法時有人捨世間業出家破戒是名第三非法在世難提正法滅像法時有破戒者多人佐助有持戒者無人佐助是名第四非法在世難提正法滅像法時無不被罵者乃至阿羅漢亦被罵是名五非法在世更有比丘重問此事佛即以是事語諸比丘

佛告優波離當來有五怖畏今者未有應知

是事求方便滅何等五後有比丘不修身不修戒不修心不修智是不修身戒心智已度他出家受戒不能合修身修戒修心修智自不調伏復度他出家受戒是亦不能修身修戒修心修智是法中過毗尼中過毗尼中過法中過優波離是名當來初怖畏令未有應知是事求方便滅優波離後有比丘不修身不修戒不修心不修智是不修身戒心智已與他依止畜沙彌不能令修身修戒修心修智是不調伏復與他依止畜沙彌不能令修身修戒修心修智是法中過毗尼中過毗尼中過是法中過優波離是名第二第三怖畏應知是事求方便滅優波離後有比丘不修身不修戒不修心不修智是不修身戒心智已與淨人沙彌相近住不知三相掘地斷草用水溉灌是法中過毗尼中過毗尼中過是法中過優波離是名第四怖畏令未有當來有應知是事求方便滅優波離後有比丘不修身不修戒不修心不修智是不修身戒心智已共誦修多羅毗尼阿毗曇以前後著中以中著前後現見不知白法犯非犯是法過毗尼過毗尼過法過優波離是名第五怖畏令未有當來有應知是事求方便滅佛語優波離更有五怖畏令未有當來有應知是事求方便滅何等五優波離當來比丘不修身不修戒不修心不修智是不修身戒心智已無欲鈍根雖誦句義不能正受優波離是初怖畏令未有當來有應如是事求方便滅優波離當來有比丘不修身不修戒不修心不修智是不修身戒心智已與比丘尼相近或

犯大事捨戒還俗優波離是第二怖畏今未有當來有應知是事求方便滅優波離當來有比丘不修身不修戒不修心不修智是不修身戒心智已如來所說甚深修多羅空無相無願十二因緣諸深要法不能信樂受持雖受不能通利如是說時無憐愍心無愛樂心好作文頌莊嚴章句樂世俗法隨世所欲有信樂心說俗事時有愛樂心是故如來所說甚深修多羅空無相無願十二因緣諸深法滅優波離是第三怖畏今未有當來有應知是事求方便滅優波離當來有比丘不修身不修戒不修心不修智是不修身戒心智已爲衣食故捨阿練若處捨林樹下入聚落中爲衣食故多所求覓求覓時擾亂優波離是第四第五怖畏今未有當來有應知是事求方便滅爾時有迦羅比丘喜往不可行處與他共語大童女寡婦婦婬女比丘尼佛言比丘有五不應行處何等五童女寡婦婦婬女比丘尼更有五不應行處何等五賊家旃陀羅家酤酒家婬女家屠兒家若比丘往五不應行處與他共語令人生疑謂非梵行童女寡婦婦婬女比丘尼是名五不應行處令人生疑謂非梵行復有五事不應行處與他共語令人生疑謂作惡法賊家旃陀羅家屠兒家婬女家酤酒家是名五不應行處令他生疑謂作惡法有五惡法應知惡比丘如小兒不能善語無男子行所謂欲瞋怖癡不消供養是五法故名惡比丘如小兒癡不能善語無男子行如是惡比丘尼惡式叉摩尼惡沙彌惡沙彌尼皆如是小兒癡不善語無男

子行欲瞋怖癡不消供養有五法惡比丘有罪過欲瞋怖癡不消供養是名五法惡比丘有罪有過如是惡比丘尼惡式叉摩尼惡沙彌惡沙彌尼欲瞋怖癡不消供養故有罪有過有五非毗尼何等五犯波羅夷僧伽婆尸沙波夜提波羅提提舍尼突吉羅是名五非毗尼有五毗尼不犯波羅夷僧伽婆尸沙波夜提波羅提提舍尼突吉羅是名五毗尼有五塵坌不受得噉食塵水塵衣塵穀塵一切塵是名五塵坌不須更受得噉有五種受手來手受衣裓來衣裓受篋來篋受器來器受汙賊國放地受是名五受更有五受身身受身身相觸受身身並受身並相觸受汙賊國放地受是名五受有五非法自言何等五以王怖自言以賊怖自言以斷事人怖自言以惡獸怖自言誣已自言是名五非法自言有五如法自言非王怖自言非賊怖自言非斷事人怖自言非惡獸怖自言非誣已自言是名五如法自言有五非法見過何謂五向別住人不共住人非受具戒衆犯無殘事不見是事悔過是名五非法見過有五如法見過不向別住人不向不共住人不向未受具戒衆犯有殘事見是事悔過是名五如法見過有五種阿闍梨出家阿闍梨教授阿闍梨羯磨阿闍梨依止阿闍梨受法阿闍梨是名五種阿闍梨有五種弟子出家弟子教授弟子羯磨弟子依止弟子受法弟子是名五弟子應好恭敬五阿闍梨若不恭敬者有罪過有五種布薩說戒經布薩心念布薩獨在住處布薩清淨布薩自恣布薩是名五種布薩有

諸比丘不乞聽舉他罪令憶念是比丘嫌是事白佛佛言從今先不乞聽不得舉他罪令憶念若舉令憶念者突吉羅罪是罪人於僧中無恭敬心無恭敬語佛言若來者應教住五法中教從座起偏袒著衣脫革屣右膝著地合掌在前有舉罪者無恭敬佛言應教住五法中教從座起偏袒右肩脫革屣右膝著地合掌在前諸比丘不知云何乞聽佛言有五事乞聽應語彼言我今語汝示汝舉汝令汝憶念汝聽我諸比丘不知云何與聽是事白佛佛言有五事與聽應言語我示我舉我令我憶念聽汝是名五又現前不知云何與聽佛言有五種與汝云何舉我見耶聞耶疑耶身犯口犯更有五種現前與聽汝舉我波羅夷僧伽婆尸沙波夜提波羅提提舍尼突吉羅耶更有五種現前與聽汝與我犯惡口突吉羅耶犯偷蘭遮突吉羅耶犯毗尼突吉羅耶犯衆學法耶犯威儀耶更有五法現前應與聽汝舉我何事有殘犯無殘犯有殘無殘犯聚落中犯阿練若處犯如是現前語已生怖畏佛言有五事現前應安慰莫怖莫驚莫覆藏莫走莫羣黨莫不犯言犯莫羣黨已犯言不犯更有五事應安慰我不兇暴說不受不具足事亦不直受不受不定說我當三問汝如是安慰時彼作異種語佛言應以五事檢究問是事更以異事答當記識若默然當記識汝惱他有所犯不見過當作不見擯見罪不悔當作不作擯不捨惡邪見惡邪見不捨已當作不捨惡邪見擯更有五法應檢究應苦切作苦切應依止作依止應驅出作

驅出應下意作下意應覓罪相作覓罪相如是優波離是名乞聽安慰有羞無羞人來時應知乞聽應知與乞聽又非法者不應助如法者應助優波離我見比丘舉他非實不以實非時不以時麤惡不以輭善有瞋無慈無益利不以益利若比丘不實舉他有是五事應教令生悔若不實舉他無實有悔是事應置非時不以時麤惡不以輭善有瞋無慈無益不以益利優波離是比丘以非實舉他有五事應教令生悔優波離是名五事不實舉他應斷彼非實舉者有五事不應悔非實不以實非時不以時惡不以善瞋不以慈無益不以益利優波離彼非實舉者有五是不應悔優波離我見比丘舉他實非不實時非不時善非不善慈非不慈益非不益是名五實舉比丘不生悔優波離彼實舉者有五事應悔是實非不實時非不時善非不善慈非不慈益非不益是名五彼實舉者應悔有五非法語非實不以實非時不以時非善不以善非慈不以慈非益不以益有五如法語實非不實時非不時善非不善慈非不慈益非不益有五嫌呵責不責問約勑教責者有所責謂莫婬莫偷莫殺生莫身相觸莫殺草莫過中食莫飲酒是名責不責者不婬不偷不殺生不身相觸不殺草不過中食不飲酒問者問言婬耶盜耶殺耶身相觸耶過中食殺草飲酒耶約勑者若婬墮地獄餓鬼畜生中若偷殺生若身相觸殺草過中食飲酒生地獄餓鬼畜生中教者言不應婬不應偷不應殺生不應身相觸不應過中食不應殺草不應

飲酒更有五嫌呵責不責問現他過激列他責不責問如先說現他過者我不婬他婬隨語得突吉羅我不偷不殺不身相觸不殺草不過中食不飲酒他飲酒隨語得突吉羅是名現他過激列者激列言我不婬不偷不殺生不身相觸不殺草不過中食不飲酒是名激列有五調伏苦切依止驅出下意不見擯有五舉事見舉聞舉疑舉身犯口犯復有五舉事犯波羅夷僧伽婆尸沙波夜提波羅提提舍尼突吉羅復有五舉事惡口突吉羅偷蘭遮突吉羅毗尼突吉羅衆學法突吉羅威儀突吉羅持律者有五益利何等五戒身牢固無能教若說戒經時無所畏難能斷他疑能立正法持律復有五利知犯知不犯知輕知重善廣誦戒持律有五利知出家法知羯磨知威儀知依止知障道法知不障道法有五事鬪利吒比丘不能滅諍非法言法法言非法非毗尼言毗尼毗尼言非毗尼犯言不犯是名五事鬪利吒比丘不能滅諍有五事鬪利吒比丘能滅諍非法言非法法言法非毗尼言非毗尼毗尼言毗尼犯言犯復有五鬪利吒比丘不能滅諍不犯言犯犯言不犯輕言重重言輕有殘言無殘是名五事鬪利吒比丘不能滅諍復有五鬪利吒比丘能滅諍犯言犯不犯言不犯輕言輕重言重殘言殘是名五鬪利吒比丘能滅諍復有五鬪利吒比丘不能滅諍有殘言無殘無殘言有殘常所行事言非常所行事非常所行事言是常所行事鬪諍相言是名五事不能滅諍復有五事鬪利吒比丘能滅諍有殘言有殘無

殘言無殘常所行事言是常所行事非常所行事言非常所行事不鬬諍相言是名五事能滅諍復有五闥利吒比丘不能滅諍不通利毗尼不能分別相似句義不能善説戒不能令有疑者親近不能比丘法是名五事闥利吒比丘不能滅諍復有五闥利吒比丘能滅諍通利毗尼能分別相似句義善説戒能令有疑者親近能立正法是名五事闥利吒比丘能滅諍復有五闥利吒比丘不能滅諍破戒破見不能如法求滅諍事不能通經與阿毗曇相應不能分別句義相應是名五事闥利吒比丘不能滅諍復有五闥利吒比丘能滅諍不破戒不破見能求滅諍事能通經與阿毗曇相應能分別句義相應是名五事闥利吒比丘能滅諍復有五闥利吒比丘不能滅諍不能和合衆不能取二衆意不能止二諍不能斷罪所受法不能次第説是名五闥利吒比丘不能滅諍復有五闥利吒比丘能滅諍能和合衆能取二衆意能止二諍能斷罪所受經法能次第説是名五闥利吒比丘能滅諍復有五闥利吒比丘不能滅諍不善取滅諍事不能善知諍起因緣不能善和諍不能善滅諍不能滅已令更不起是名五闥利吒比丘不能滅諍復有五闥利吒比丘能滅諍善取滅諍事善知諍起因緣能善和諍能善滅諍滅已更不令起是名五闥利吒比丘能滅諍復有五闥利吒比丘不能滅諍愛瞋怖癡不能善滅諍是名五闥利吒比丘不能滅諍復有五闥利吒比丘能滅諍不愛不瞋不怖不癡能善滅諍是名五闥利吒比

丘能滅諍復有五闥利吒比丘不能滅諍不能分別相似句義不應讃而讃應讃而不讃不應清淨令清淨應清淨不令清淨是名五闥利吒比丘不能滅諍復有五闥利吒比丘能滅諍能分別相似句義不應讃不讃應讃而讃不應清淨不令清淨應清淨令清淨是名五闥利吒比丘能滅諍復有五闥利吒比丘不能滅諍不能善分別句義僧中恃力而說不從他乞聽便舉他罪於他有嫌悔過已故有嫌見有嫌說他事不能止諍是名五闥利吒比丘不能滅諍復有五闥利吒比丘能滅諍善知分別句義不恃力說乞聽而舉於他無嫌悔過已無嫌見能滅諍是名五闥利吒比丘能滅諍知食人有五事先未差不應差若差應置愛瞋怖癡不知得不得是名五知食人先未差不應差已差應置復有五事知食人先未差應差若已差不應置無愛無瞋怖癡知得不得是名五應差知食人復有五事知食人未差不應差已差不應約勑愛瞋怖癡不知得不得是名五復有五知食人未差應差已差應約勑不愛瞋怖癡知得不得是名五應差知食人復有五不應差已差應滅愛瞋怖癡不知得不得是名五復有五知食人未差應差已差不應滅不愛瞋怖癡知得不得是名五應差不應滅如是應滅如是不應滅如是應呵如是不應呵如是應舉如是不應舉如是應毀如是不應毀如是迷亂如是不迷亂如是應嫌如是不應嫌生疑悔無疑悔有犯無犯有事無事有惱無惱惱他不惱他變異不變異熱不熱愛語不愛語

有損無損羞賢聖賢聖所讃向惡道不向惡道趣地獄趣天上生死久遠生死不久遠住生死入泥洹如差知食人十三人亦如是有五事諍難滅不求僧斷不順佛語不如法白二衆諍心不息所犯不求清淨是名五諍難滅復有五諍易滅求僧斷順佛語如法白二衆諍心息所犯求清諍是名五諍易滅有五事不應取諍諍心不息依恃官勢依恃白衣依有勢力者不依僧不依闥利吒比丘是名五不應取諍有五事應取諍諍心息不恃官勢不恃白衣不恃有力勢者依僧依闥利吒比丘是名五應取諍優波離闥利吒比丘取諍時有五事自觀觀他已應取諍先來戒清淨多聞廣知經法僧中多有持修妬路毗尼摩多羅伽者有說佛法處能取僧中多有上座闥利吒比丘中座比丘下座比丘二衆和合如法分別僧中多有持戒者乃至不破小戒依修多羅善求覓除滅二諍利益安樂衆生憐愍世間生人天因緣是名自觀觀他有五事諍難滅共諍比丘依恃官恃白衣恃白衣故惱上座與白衣衣食不與法不如法求諍是名五諍難滅有五事諍易滅不恃官不恃白衣不惱僧與白衣法不與衣食如法求諍是名五諍易滅復有五事諍難滅二衆以力取諍不善取諍不善取滅諍事不善取滅諍義諍比丘不敬上座中座下座比丘是名五諍難滅有五事諍易滅二衆不以力取諍善取滅諍事善取滅諍義諍比丘恭敬上座闥利吒比丘中座比丘下座比丘是名五諍易滅復有五事不應取諍依官恃白衣恃白

衣惱僧與白衣衣食不與法不如法求諍是名五不應取諍有五事應取諍不恃官不恃白衣不惱僧與白衣法不與衣食如法求諍是名五應取諍復有五事不應取諍二衆以力諍不善取諍不善取滅諍事不善取滅諍義不敬上中下座是名五不應取諍復有五事應取諍二衆不以力取諍善取諍善取滅諍事善取滅諍義恭敬上座闥利吒比丘中座下座比丘是名五事應取諍復有五事闥利吒比丘不能滅諍不善誦毗尼不能說相似句義諍比丘執所犯事如鉤鎖不滿五歲依止他不解十直是名五闥利吒比丘不能滅諍復有五闥利吒比丘能滅諍善誦毗尼能分別相似句義不執所犯滿五歲不依止他解十直是名五闥利吒比丘能滅諍佛語優波離闥利吒比丘取諍時應以五事觀此中誰先來清淨持戒誰多聞智慧善誦阿含誰於師如法誰信佛法僧誰不輕佛戒是名五闥利吒比丘應以此五事善觀諍者又優波離有諍比丘到闥利吒比丘邊求斷諍相言時是闥利吒比丘以此五事觀已取諍誰先來持戒清淨誰多聞誦阿含誰有可貴事先不與闥利吒比丘有嫌耶能取滅諍如佛法毗尼滅是名優波離有諍比丘相言時闥利吒比丘以五事觀

十誦律卷第五十三

音釋

掘其月切穿也　漑古代切澆灌也　坌蒲悶切塵塕也　噉徒濫切食也

裓古得切衣前襟也　篋詰叶切箱屬　屣所綺切履屬　闥他達切

十誦律卷第五十四

姚秦三藏弗若多羅共三藏鳩摩羅什譯

增一法第八誦之三

初十法中五法之餘

有五事羣黨能於僧中起諍如是起諍多有惱亂減損天人有諍比丘以非法約勑有羣黨說輕讀誦修多羅比丘遮說戒者助鬬諍相言是名五事有羣黨僧中起諍如是起諍多有惱亂減損天人有五事不羣黨僧中不起諍如是不起諍不惱亂增益天人有諍比丘如法約勑不羣黨說敬誦修多羅者不遮說戒者不助鬬諍相言是名五非羣黨不起諍如是不起諍故不惱亂增益天人有五舉事者有羞不能次第答若上座問時不能次第答若問時怖問異答異恃羣黨輕上座非法言法法言非法是名五舉事者羞不能次第答有五舉事者爲他所難能次第答若上座問時能次第答問時不怖問答不異不恃羣黨不輕上座非法言非法法言法是名五法爲人所難能次第答有五事舉事人羞不能次第答不善知句義先有嫌取二諍根本若白衣沙彌諍根本使他比丘舉不知修多羅句義若說不定不知比丘三事所住見聞疑處是名五舉事人不能次第答有五法舉事比丘爲人所難能次第答知句義先無嫌不取二諍根本不求白衣沙彌諍根本不使他比丘舉知修多羅句義說定知比丘三事所住見聞疑處是名五法舉事比丘爲人所難能次第答有五種成羯磨現前成與欲成同見成從有信優婆塞聞成作羯磨竟默然

已成有五法共要若乞聽已不舉他是事應隨處說共要此事應彼處說共要此事應隨處說共要隨汝所犯事我樂示汝出過已如惡馬難調拔橛合轠驅去佛語優波離求義比丘從他聞義時有五事應善分別義是實非實時非時似義不似義是義起鬭諍相言僧破僧惱僧別僧異於是義不起鬭諍相言僧不破不惱不別不異優波離是名求義比丘從他聞義時以五事善分別義比丘有五事能使僧不生清淨謂說佛法僧戒過不隨威儀是名五事能使僧生不清淨有五事能使僧生清淨謂不說佛法僧戒過隨威儀是名五事能使僧生清淨有五事闥利吒比丘不能滅諍不如根本說趣說因他說所說不與句義相應以不相應句義說有五事闥利吒比丘能滅諍如根本說不趣說不因他說所說與句義相應不以不相應句義說是名五法闥利吒比丘能滅諍復有五法闥利吒比丘不能滅諍不籌量受他所說受他不具足語受他趣語受他不定語不三重問是名五法闥利吒比丘不能滅諍有五事貴比丘能滅諍籌量受他語受具足語不受趣語不受不定語三重問是名五事貴比丘能滅諍復有五事貴比丘不能滅諍自說不能了義亦不解他所說不能令他解所說重說擾亂忘失句義不知修多羅句義是名五事貴比丘不能滅諍復有五事貴比丘能滅諍自說能了解他所說所說能令他解不重說不失句義不失修多羅句義是名五貴比丘能滅諍復有五事貴比丘不能滅諍不差自說事

未成便先說不知和合衆所說惱他重說擾亂是名五事貴比丘不能滅諍有五事貴比丘能滅諍差而說事成便說知和合衆所說不惱他不重說是名五事貴比丘能滅諍復有五法成就貴比丘持律者不差自說若是上座若上座等若是說戒人若說戒人等觀羣黨有力勢若白僧若欲呵上座是名五法貴比丘持律不差得自說有五法貴比丘持律得自說若諍比丘破戒輕戒無威儀如小兒無智不廣知毗尼樂作非法無羞無羞羣黨是名五法闥利吒比丘持律有五法成就不差得說上座比丘五事應訶若破戒輕戒無威儀如小兒無智不廣知毗尼樂於非法非法羣黨是名上座有五事應呵上座比丘復有五事應呵若上座惡邪見惡邪見故生倒見樂非法非時說非實說於正法中趣有所說無羞無羞羣黨是名上座有五事應呵優波離僧中斷事比丘若欲到僧中斷事時應先住五法然後往到僧中應恭敬恭敬入脫革屣不覆右肩不覆頭又應恭敬恭敬入脫革屣不覆右肩不現胸又應恭敬恭敬入脫革屣不覆右肩不反抄衣又應恭敬恭敬入脫革屣不覆右肩不得披衣令兩向又應恭敬恭敬入慚愧毀譽不異善心慈心憐愍心不說世間事在座坐時應生善心不僧中無恭敬心佛語優波離如是僧中斷事時有鬬諍者是斷事比丘應囑授已從座起去若善說者應默然住優波離僧中斷事比丘應在自坐處說法若自說若勸他說言比丘汝說法有五大賊劫賊盜賊詐取賊抵謾賊受

寄賊有五種取他物劫取盜取詐取抵謾取法取是名五取有五種人不應與聽無羞人無所畏人先有嫌人少智人欲捨比丘法人有五種施無福施女人施戲具施畫男女合像施酒施非法語是名五無福施復有五無福施器仗施刀施毒藥施惡牛施教他作如是施是名五無福施有五布薩如先說有五種自說阿羅漢得罪不狂心說不亂心說不苦痛說非實向未受大戒人說非增上慢說是名五自說阿羅漢得罪復有五自說阿羅漢無罪狂心說亂心說苦痛說實得向大戒人說增上慢說是名五自說阿羅漢無罪復有五自說阿羅漢得罪不狂不亂不苦痛不實向未受大戒人說無所畏說是名五自說阿羅漢得罪復有五自說阿羅漢無罪狂說亂說苦痛說實得向受大戒人說不無畏說是名五自說阿羅漢無罪復有五不自說阿羅漢得罪作相異相異威儀先教他說以他名說是名五不自說阿羅漢得罪復有五不自說阿羅漢無罪不作相不作異相不異威儀先不教他說不以他名說是名五不自說阿羅漢無罪復有五不自說阿羅漢得罪作相作異相異威儀先教他說先教他屏處說是名五不自說阿羅漢得罪復有五不自說阿羅漢無罪不作相不作異相不異威儀不教他說不先教他屏處說是名五不自說阿羅漢無罪喜忘比丘往白衣家數數犯五事犯非時入家獨與女人屏處有食家與女人坐數數食無淨人與女人說法是名五喜忘比丘入白衣家數數犯有五種折伏不使作

不共語不看視不教授不聽有所作是名五種折伏有五相似世尊相似法相似僧相似戒相似闥利吒比丘相似是名五相似復有五不相似世尊不相似法不相似僧不相似戒不相似貴比丘不相似是名五不相似有五事犯僧伽婆尸沙人女有命取女人相生欲心欲作非梵行觸小便處是名五事犯僧伽婆尸沙復有五種犯僧伽婆尸沙女人女人想人人想生欲心欲作非梵行觸小便處身身相觸是名五種犯僧伽婆尸沙有五人賊世間希有何等五一者作百人主二百三百四百五百人主如先說是名初大賊復有大賊用四方僧物如先說是名第二大賊復有大賊爲飲食故妄語如先說是名第三大賊復有大賊破戒弊惡內爛流出非沙門自言沙門非梵行自言梵行是名第四大賊復有大賊若有佛所說若聲聞所說仙人所說諸天所說化人所說從彼聞已自言我說有人言是持戒人得須陀洹答言實爾或默然受是名第五大賊因食生五罪若噉若食若索若取若擔出界去是名因食生五罪因威儀生五罪來時去時住時坐時大小便時是名五因威儀生罪因人生五罪女人不能男人二根人外道人不受大戒人是名五因人生罪復有五因人生罪若切人依止人驅出人下意人覓罪相人是名五因人生罪復有五因人生罪不見擯人不作擯人惡邪不除擯人別住人不共住人是名五因人生罪復有五因人生罪別住人別住竟人滅擯人賊住人汙比丘尼人是名五因人生罪復有五

種人不應與聽別住人別住竟人摩那埵人摩那埵竟人滅擯人是名五不應與聽復有五人不應與聽苦切人依止人驅出人下意人覓罪相人是名不應與聽復有五種人不應與聽不見擯人不作擯人惡邪不除擯人別住人不共住人是名五不應與聽復有五種人不應與聽無羞人無所畏人先有嫌人少智人恐怖人是名五人不應與聽不應共要不應與聽遮說戒不應與聽遮自恣不應與聽遮教誡如是五種人若與聽若共要若聽遮說戒若聽遮自恣若聽遮教誡得罪佛語優波離比丘欲舉他時應自住五法然後舉他身清淨口清淨先來清淨多聞廣知通利阿含不至惡聚落優波離先自住是五法然後舉他優波離何故先自住五法若後有比丘言汝身不清淨云何舉他先自淨身然後舉他身不清淨如是口不清淨先來不清淨寡聞不通利阿含至惡聚落如是等應先自淨然後舉他優波離是名五先自淨然後舉他有五法成就不應差守物不知得處不知價不知受不知數喜忘是名五法不應差守物有五事應差守物知得處知價知受知數不喜忘是名五法應差有五事不應差守衣不知得處不知價不知受不知數喜忘是名五不應差守衣有五事應差守衣知得處知價知受知數不喜忘是名五法應差守衣有五事不應差分衣不識衣不識衣色不知價不知數不知與不與是名五法不應差分衣有五法成就應差分衣識衣識衣色知價知數知與不與是名五法成就應差分衣復

有五法成就不應差分衣愛瞋怖癡不知分不分是名五法成就不應差分衣有五法成就應差分衣無愛瞋怖癡知分不分是名五法成就應差分衣有五布薩難王難賊難若王等難人難惡獸難是名五布薩難有五種移布薩從阿練若處至僧坊從僧坊至阿練若處若王勑賊勑若僧破爲和合是名五移布薩有破戒比丘數至他家有五過教他非法教他非毗尼教他至惡威儀邊教他邪見教聽非法是名五破戒比丘數至他家有五過有不破戒比丘至他家有五益利以法教以毗尼教教至善威儀邊教正見教徃聽正法是名五不破戒比丘至他家有五利復有五破戒比丘至他家有五過教身業不善口業不善教近惡知識教邪見教徃聽非法是名五破戒比丘至他家有五過有不破戒比丘至他家有五益利教身善口善近善知識教正見教聽正法是名不破戒比丘至他家有五益利比丘有五不可行處童女寡婦婦婬女比丘尼是名五比丘至不可行處復有五比丘至不可行處童女寡婦婬女外道不能男是名五比丘至不可行處復有五比丘至不可行處有五過僧能與作苦切羯磨童女寡婦婦婬女比丘尼是名五如苦切依止驅出下意覓罪相亦如是復有五比丘至不可行處僧能與作苦切羯磨童女寡婦婬女外道不能男是名五如苦切依止驅出下意覓罪相亦如是復有五比丘至不可行處僧不與捨苦切羯磨童女寡婦婦婬女比丘尼是名五如苦切依止驅出下意覓罪相亦如

是復有五比丘至不可行處僧不與捨苦切羯磨童女寡婦婬女外道不能男是名五僧不與捨苦切羯磨如苦切依止驅出下意寬罪相亦如是復有五僧不生清淨心說佛過如先說復有五僧生清淨心不說佛過如先說復有五不相似如先說有五法相似亦如先說有五事應折伏共行弟子於和尚無愛無敬無慚無愧樂不應行處是名五應折伏共行弟子復有五事應折伏共行弟子於和尚無愛無敬無慚無愧不與和尚法衣食是名五應折伏共行弟子復次共行弟子有五事和尚不折伏得罪無愛無敬無慚無愧樂不應行處是名五事和尚不折伏共行弟子和尚得罪復有五事共行弟子和尚不折伏和尚得罪無愛無敬無慚無愧不與和尚法衣食是名五和尚不折伏共行弟子和尚得罪有五事和尚不應受共行弟子悔過於和尚無愛無敬無慚無愧樂不應行處是名五和尚不應受共行弟子悔過復有五事不應受悔過於和尚無愛無敬無慚無愧不與和尚法衣食是名五和尚不應與共行弟子悔過有五事和尚受共行弟子悔過得罪無愛無敬無慚無愧樂不應行處是名五和尚受共行弟子悔過得罪復有五和尚受共行弟子悔過得罪無愛無敬無慚無愧不與和尚法衣食是名五法和尚受共行弟子悔過得罪有五事和尚不應折伏共行弟子於和尚有愛有敬有慚有愧樂行處是名五法和尚不應折伏共行弟子復有五事不應折伏共行弟子於和尚有愛有敬有慚有愧與和尚

法與衣食是名五和尚不應折伏共行弟子復有五事和尚折伏共行弟子有過罪有愛有敬有慚有愧樂應行處是名五折伏共行弟子得罪復有五和尚折伏共行弟子得罪有愛有敬有慚有愧與和尚法衣食是名五和尚折伏共行弟子得罪有五事應受共行弟子悔過於和尚有愛有敬有慚有愧樂應行處是名五應受共行弟子悔過復有五應受共行弟子悔過有愛有敬有慚有愧與和尚法衣食是名五應受共行弟子悔過有五事和尚受共行弟子悔過無罪於和尚有愛有敬有慚有愧樂應行處是名五和尚受共行弟子悔過無罪復有五和尚受共行弟子悔過無罪於和尚有愛有敬有慚有愧與和尚法衣食是名五和尚與共行弟子悔過無罪有五種人不應爲說毗尼試問無疑問不爲悔所犯問詰問不受語問是名五種人不應爲說有五種人應爲說毗尼不試問有疑問爲悔所犯問不詰問受語問是五種人應爲說毗尼有五事鬬利吒比丘不能滅諍恃力勢語無畏難語怖語驚語不利根語是名五鬬利吒比丘不能滅諍有五事鬬利吒比丘能滅諍不恃力語有所畏語不怖語不驚語利根語是名五鬬利吒比丘能滅諍復有五事鬬利吒比丘不能滅諍大語不相善語疾語改易語不與法相應語是名五鬬利吒比丘不能滅諍有五事鬬利吒比丘能滅諍不大語相善語不疾語不改易語與法相應語是名五事鬬利吒比丘能滅諍復有五事鬬利吒比丘不能滅諍語喜忘不審諦語惡

性語瞋語試語是名五事闥利吒比丘不能滅諍有五事闥利吒比丘能滅諍語不喜忘審諦語不惡性語不瞋語不試語是名五闥利吒比丘能滅諍復有五事闥利吒比丘不能滅諍毀呰語過截語譏刺語不唱善語出過語是名五闥利吒比丘不能滅諍有五事闥利吒比丘能滅諍不毀呰語不過截語不譏刺語唱善語不出過語是名五闥利吒比丘能滅諍復有五事闥利吒比丘不能滅諍不具足語覆藏語竊語渾雜語被呵折語是名五事闥利吒比丘不能滅諍有五事闥利吒比丘能滅諍具足語不覆藏語不竊語不渾雜語不被呵折語是名五闥利吒比丘能滅諍復有五事闥利吒比丘不能滅諍不實語詭語改易語非時語失期語是名五闥利吒比丘不能滅諍有五事闥利吒比丘能滅諍實語不詭語不改易語不非時語不失期語是名五闥利吒比丘能滅諍復有五事闥利吒比丘不能滅諍欲舉他語舉他語輕他語呵責語有嫌語是名五闥利吒比丘不能滅諍有五事闥利吒比丘能滅諍不欲舉他語不舉他語不輕他語不呵責語無嫌語是名五闥利吒比丘能滅諍復有五事闥利吒比丘不能滅諍破衆語欲破衆語破義語樂破語求名語是名五闥利吒比丘不能滅諍有五事闥利吒比丘能滅諍不破衆語不欲破衆語不破義語不樂破語不求名語是名五闥利吒比丘能滅諍復有五事闥利吒比丘不能滅諍愛語瞋語怖語癡語人不信受語是名五闥利吒比丘不能滅諍有五事闥

利吒比丘能滅諍不愛語不瞋語不怖語不癡語人信受語是名五闥利吒比丘能滅諍復有五事闥利吒比丘不能滅諍不恭敬語不恭敬入語著革屣語覆右肩語覆頭語是名五闥利吒比丘不能滅諍有五事闥利吒比丘能滅諍恭敬語恭敬入語脫革屣語不覆右肩語不覆頭語是名五闥利吒比丘能滅諍復有五事闥利吒比丘不能滅諍不通利修多羅語不通利毗尼語不善諍義語不善知諍起因緣語不善知滅諍義語是名五闥利吒比丘不能滅諍有五事闥利吒比丘能滅諍善修多羅義語善毗尼義語善諍義語善知諍起因緣語善滅諍義語是名五闥利吒比丘能滅諍復有五事闥利吒比丘不能滅諍身力語口力語非修多羅語非法語非毗尼語是名五闥利吒比丘不能滅諍有五事闥利吒比丘能滅諍不身力語不口力語如修多羅語如法語如毗尼語是名五闥利吒比丘能滅諍復有五事闥利吒比丘不能滅諍不被勸語不被差語不白衆語不觀察語無畏難語是名五闥利吒比丘不能滅諍有五事闥利吒比丘能滅諍被勸語被差語白衆語觀察語不無畏語是名五闥利吒比丘能滅諍復有五事闥利吒比丘不能滅諍慰恤語受慰恤語籌量語爲利語取他意語是名五闥利吒比丘不能滅諍有五事闥利吒比丘能滅諍不慰恤語不受慰恤語不籌量語不爲利語不取他意語是名五闥利吒比丘能滅諍復有五事闥利吒比丘不能滅諍不善義語不善句語應先語便後語應

後說便先說應說此語便說彼語是名五闥利吒比丘不能滅諍有五事闥利吒比丘能滅諍善義語善句語應先先語應後後語應說此語說此語是名五闥利吒比丘能滅諍復有五闥利吒比丘不能滅諍少智少誦阿含不通達阿含不受學阿含不知阿含句義是名五闥利吒比丘不能滅諍有五闥利吒比丘能滅諍不少智多誦阿含通達阿含受學阿含知阿含句義是名五闥利吒比丘能滅諍復有五闥利吒比丘不能滅諍爲鬪語爲破語爲相持語爲相言語爲諍語是名五闥利吒比丘不能滅諍有五闥利吒比丘能滅諍不爲鬪語不爲破語不爲相持語不爲相言語不爲諍語是名五闥利吒比丘能滅諍有五闥利吒比丘不能滅諍違誓語不問語不三問語不識言者語不識諍者語是名五闥利吒比丘不能滅諍有五事闥利吒比丘能滅諍不違誓語問語三問語識言者語識諍者語是名五闥利吒比丘能滅諍復有五事闥利吒比丘不能滅諍忘阿含語失文句語漏失阿含語不通利阿含語不恭敬受阿含語是名五闥利吒比丘不能滅諍有五闥利吒比丘能滅諍不忘阿含語不失文句語不漏失阿含語通利阿含語恭敬受阿含語是名五闥利吒比丘能滅諍復有五闥利吒比丘不能滅諍重說衆語持衆語異語爲利語求他語是名五闥利吒比丘不能滅諍有五事闥利吒比丘能滅諍不重說衆語不持衆語不異語不爲利語不求他語是名五闥利吒比丘能滅諍復有五事闥利吒比丘

不能滅諍衆說悔過便說其罪令不瞋者瞋瞋者不止所說如風人不信受所說義不合毗沙耶經是名五鬪利吒比丘不能滅諍有五事鬪利吒比丘能滅諍衆說悔過不說其罪令不瞋者不起瞋瞋者能止所言信受所說義合毗沙耶經是名五鬪利吒比丘能滅諍佛語優波離若下座比丘向上座悔過時應先住五法向上座悔過從座起偏袒著衣脫革屣右膝著地以兩手捉上座足如是三說如悔過與欲清淨受歲出罪亦如是有五法舉事者不能舉他身不清淨口不清淨少智不通利阿含樂不可行處是名五舉事者不能舉他身不清淨口不清淨多智不通利阿含樂不可行處復有五事舉事者能舉他身清淨口清淨多智通利阿含不樂不可行處是名五法能舉他身清淨口清淨通利阿含多智不樂不可行處有五事十歲比丘應畜大戒弟子受大戒若十歲若過十歲持戒有智能斷弟子疑能破弟子邪惡見復有五事十歲比丘應畜大戒弟子能教持戒能教毗尼教阿毗曇若弟子在他方不樂能自將來若因他將來若病能自看若使他看復有五事十歲比丘應畜大戒弟子有信有戒有施多聞智慧又能令弟子入信隨信住信戒施聞慧能令入能令隨住是名五復有五事十歲比丘應畜大戒弟子自住無學戒無學定無學慧無學解脫無學解脫知見能教弟子住是無學戒定慧解脫解脫知見是名五法十歲比丘應畜大戒弟子若十歲比丘無是五法畜大戒弟子有罪若十歲比丘有是

五法應與他依止若十歲比丘無是五法與他依止有罪若有是五法應畜沙彌若十歲比丘無是五法畜沙彌有罪竟五法

六法初

有六諍本一者瞋恨不語二者惡性欲害三者貪嫉四者諂曲五者無慚愧六者惡欲邪見是名六諍本有六教法應隨不應逆和尚教阿闍梨教衆僧教王教若王等教闥利吒比丘教是名六教不應逆有六羯磨白羯磨白二羯磨白四羯磨僧羯磨闥利吒比丘羯磨說戒羯磨是名六羯磨有六學增上戒增上意增上智增上威儀增上毗尼增上波羅提木叉是名六學有六請僧請衆人請人請鉢請衣請食請是名六請有六不具足戒不具足見不具足命不具足威儀不具足自不具足他不具足是名六不具足有六具足戒具足見具足命具足威儀具足自具足他具足是名六具足時長老優波離往到佛所頭面禮足在一面立已白佛言善哉世尊願略說法要令我知是法是毗尼是佛教佛語優波離若法隨欲不隨無欲隨和合不隨不和合隨過不隨無過隨增長不隨不增長隨往來不隨不往來隨煩惱不隨無煩惱汝知是非法非毗尼非佛教又優波離有法隨無欲不隨欲隨不和合不隨和合隨無過不隨過隨不增長不隨增長隨不往來不隨往來隨非煩惱不隨煩惱汝知是法是毗尼是佛教長老阿那律往到佛所頭面作禮白佛言善哉世尊願略說法令我知是法是毗尼是佛教佛言善哉若法隨貪不隨無貪隨無厭不

隨厭隨多欲不隨少欲隨不知足不隨知足隨惡見不隨不惡見阿那律汝知是非法非毗尼非佛教阿那律若法隨無貪不隨貪隨厭不隨無厭隨少欲不隨多欲隨知足不隨不知足隨不惡見不隨惡見汝知是法是毗尼是佛教如優波離所問大愛道亦如是問如長老阿那律所問雞舍瞿曇彌亦如是問有六現前僧現前衆人現前和尚現前阿闍梨現前戒現前是名六現前有六取劫取盜取詐取受寄取抵謾取如法取是名六取有六和攝法以修身慈勸梵行者尊重敬愛思惟攝取發起精進向一泥洹口慈意慈亦復如是如法得施衣鉢餘物施諸梵行尊重敬愛思惟攝取發起精進向一泥洹護戒不缺不犯不退清淨滿足爲佛所歎能盡受持勸諸梵行尊重敬愛思惟攝取發起精進向一泥洹所得正見能出正要勸諸梵行尊重敬愛思惟攝取發起精進向一泥洹是名六和攝法六法竟

七法初

有七財信財戒財聞財施財慧財慚財愧財是名七財有七力信力精進力慚力愧力念力定力慧力是名七力有七止諍現前止自言止憶念止不癡止覓罪相止多覓罪止布草止是名七止諍有七衣麻衣沙羣衣芻摩衣憍施耶衣翅夷羅衣欽婆羅衣劫貝衣是名七衣有七內衆比丘比丘尼式叉摩尼沙彌沙彌尼優婆塞優婆夷是名七內衆有七法令正法滅亡没無信懈怠無慚無愧喜忘無定少智是名七法令正法滅亡没有七非

正法不敬法不敬義不敬時不知足不自敬不敬衆不分別人是名七有七正法敬法敬義敬時知足自敬敬衆分別人是名七正法持律有七德能持佛內藏能善斷諍以持戒故在外道頂住以持律故無能詰者以持律故不諂問他於衆中說戒無所畏能斷有疑能令正法久住是名持律七德有七大持律毗婆尸佛式佛尸棄佛俱留孫佛俱那含牟尼佛迦葉佛釋迦牟尼佛是名七大持律七法竟

八法初

有八衆利利衆婆羅門衆居士衆沙門衆比丘衆比丘尼衆優婆塞衆優婆夷衆是名八衆有八法能證泥洹果正見正志正語正業正命正方便正念正定是名八法能證泥洹果有八施界得施依止得施制限得施因緣得施僧得施現前得施安居得施指示得施是名八施因八事捨迦絺那衣三衣足時衣成時去時聞時失衣時發心不還時過齊限時共僧捨時是因名八事捨迦絺那衣有八種衣不應畜木衣多羅衣波羅舍衣竹衣葉衣文若衣波波衣欽婆羅衣是名八種衣不應畜有八隨世法利衰毀譽稱譏苦樂是名隨世八法有八種難王難賊難火難水難惡獸難龍難人難非人難是名八難有比丘行別住時捨戒捨已還受還受已白諸比丘我行別住中捨戒已還受我當云何諸比丘以是事白佛佛語諸比丘本已行別住即以是行別住更不應與如捨戒自言我沙彌不見擯不作擯惡邪不除擯亦爾若別住竟捨戒

捨已還受戒受戒已白諸比丘我別住竟捨戒已更受戒我當云何諸比丘以是事白佛佛語諸比丘本已行別住竟應教求摩那埵如捨戒自言我是沙彌不見擯不作擯惡邪不除擯亦爾有比丘行摩那埵時捨戒捨已還受戒受戒已語諸比丘我行摩那埵中捨戒還受戒我當云何諸比丘以是事白佛佛言即本行摩那埵更不須與如捨戒自言我是沙彌不見擯不作擯惡邪不除擯亦爾若行摩那埵竟捨戒捨戒已還受戒受戒已白諸比丘我行摩那埵竟捨戒捨已還受戒我當云何諸比丘以是事白佛佛言本已行摩那埵竟應教求出罪羯磨如捨戒自言我是沙彌不見擯不作擯惡邪不除擯亦爾八法竟

九法初

有九惱是人已侵損我當侵損我今侵損我於彼生惱是人已利益我怨家當復利益今復利益於彼生惱是人已侵損我知識當復侵損今復侵損於彼生惱是名九惱有九捨惱是人已侵損我當侵損我今侵損我云何令彼不侵損我而利益我當於彼捨惱心是人已利益我怨家當復利益今復利益云何令彼不利益我怨家當捨彼惱心是人已侵損我知識當復侵損今復侵損云何令彼不侵損我知識當於彼捨惱心是名九捨惱九法竟

十法初

有十事令正法滅亡沒非法言法法言非法非毗尼言毗尼毗尼言非毗尼非犯言犯犯言非犯輕言重重言輕無殘言殘殘言無殘

是名十事令正法滅亡没有十事不令正法滅亡没非法言非法法言法非毗尼言非毗尼毗尼言毗尼非犯言非犯犯言犯無殘言無殘殘言殘輕言輕重言重是名十事不令正法滅亡没有十法名上座有所住處無畏無能遮者有長老息煩惱多知識有名聞能令他生淨心辯才具足無能勝者無有滯礙義趣明了聞者信受善能安詳入他家能爲白衣說深妙法分别諍道勸令行施齋戒令他捨惡從善自具四諦現法安樂無有所乏是名上座十法爲迴鳩羅比丘成就十法僧不應差不知諍根本來往處不知諍不善分别諍不能知諍起因緣不能知諍義不善滅諍不能令諍滅已更不起戒不清淨不能多聞少智是名十爲迴鳩羅比丘僧不應差爲迴鳩羅比丘有十事僧應差知諍來往處根本善知諍能分别諍知諍起因緣知諍義善滅諍滅諍已更不令起持戒清淨多聞多智是名十爲迴鳩羅比丘僧應差

佛在娑伽國那梨槃聚落是中有優婆塞以信樂清淨心作一房舍别與長老羅云長老羅云受已二月遊行彼優婆塞聞長老羅云受舍已二月遊行便持此舍施四方僧長老羅云二月遊行還到所住處聞是優婆塞以是房施四方僧聞已往到佛所頭面作禮白佛言世尊我在那梨槃聚落中住有優婆塞以信樂清淨心作一房舍别施我我受已二月遊行遊行還聞是優婆塞以是房施四方僧世尊我今云何佛語羅云汝往語優婆塞言我將不犯汝耶汝見我非沙門非沙門行

耶作身口過耶長老羅云受佛語已從座起禮佛足右遶而去還自住處過是夜已著衣持鉢入那梨槃聚落行乞食食已洗鉢往是優婆塞家是優婆塞遥見長老羅云來見已著衣在一面立叉手合掌向長老羅云作是言善來長老羅云久不來羅云何以故來可就座坐時長老羅云即就座坐是優婆塞頭面禮足在一面坐已長老羅云語優婆塞我將不犯汝耶汝見我非沙門非沙門行耶作身口過耶答言大德不犯我我亦不見汝非沙門非沙門行作身口過時長老羅云爲種種説法示教利喜已從座起去往到佛所頭面禮足在一面坐以是事向佛廣説佛以是事集比丘僧語諸比丘言有十非法施十非法受十非法用何等十已施一僧轉與餘僧是名非法施非法受非法用若已施一比丘尼僧轉與餘比丘尼僧是名非法施非法受非法用若已施三比丘轉與餘三比丘是名非法施非法受非法用若轉與二比丘若與一比丘若與僧是名非法施非法受非法用若已施二比丘轉與餘二比丘是名非法施非法受非法用若轉與一比丘若與僧若與三人是名非法施非法受非法用若已施一比丘轉施餘一比丘是名非法施非法受非法用若轉施僧若施三人二人是名非法施非法受非法用若已施三沙彌轉施餘三沙彌是名非法施非法受非法用若轉施二沙彌一沙彌若施僧是名非法施非法受非法用若已施二沙彌轉與餘二沙彌是名非法施非法受非法用若轉施一沙彌若施僧若

施三人是名非法施非法受非法用若巳施一沙彌轉施餘一沙彌是名非法施非法受非法用若轉與僧若施三人若施二人是名非法施非法受非法用若巳施三比丘尼轉施餘三比丘尼若轉施二比丘尼一比丘尼若施僧是名非法施非法受非法用若巳施二比丘尼轉施餘二比丘尼是名非法施非法受非法用若轉施一比丘尼若與僧若施三人是名非法施非法受非法用若巳施一比丘尼轉施餘一比丘尼是名非法施非法受非法用若轉施僧若施三人若二人是名非法施非法受非法用若巳施三式叉摩尼轉施餘三式叉摩尼是名非法施非法受非法用若轉施二式叉摩尼一式叉摩尼若施僧是名非法施非法受非法用若巳施二式叉摩尼轉施餘二式叉摩尼是名非法施非法受非法用若轉施一式叉摩尼若僧若施三人是名非法施非法受非法用若巳施一式叉摩尼轉施餘一式叉摩尼是名非法施非法受非法用若施僧若施三人若二人是名非法施非法受非法用若巳施三沙彌尼轉施餘三沙彌尼是名非法施非法受非法用若轉施二沙彌尼若一若僧是名非法施非法受非法用若巳施二沙彌尼轉施餘二沙彌尼是名非法施非法受非法用若轉施一沙彌尼若僧若施三人是名非法施非法受非法用若巳施一沙彌尼轉施餘一沙彌尼是名非法施非法受非法用若轉施僧若三人若二人是名非法施非法受非法用若巳施三畜生轉施餘三畜生是名非法施非

法受非法用若施二畜生若一畜生是名非法施非法受非法用若已施二畜生轉施餘一畜生是名非法施非法受非法用若轉施一畜生若三畜生是名非法施非法受非法用若已施一畜生轉施一畜生是名非法施非法受非法用若轉施三若二是名非法施非法受非法用若已施比丘僧轉施比丘尼僧是名非法施非法受非法用若已施比丘尼僧轉施比丘僧是名非法施非法受非法用若僧破爲二部已施此一部轉施彼一部是名非法施非法受非法用若已施彼一部轉施此一部是名非法施非法受非法用前施是施後施非施如王爲地主檀越是房舍卧具主但得看視不得奪一與一十法竟

後十法中一法初

有二羯磨攝一切羯磨白羯磨白二羯磨白四羯磨有一破法墮惡道何等一所謂破僧有一犯墮惡道從身作謂出佛身血有一犯墮惡道從口作謂謗佛有一犯墮惡道所謂意念作別衆有一犯墮惡道謂兩舌教他破僧有一犯詰問墮惡道謂僧詰問非法非法想非法見故破僧非法作法想非法見故破僧非法法想疑破僧有一犯墮惡道從殺生起謂殺阿羅漢又一犯墮惡道從盜起偷佛物又一犯墮惡道從婬起謂婬羅漢比丘尼又一犯墮惡道從妄語起謂自說得過人法一法竟

二法初

有二犯不善犯無記犯又二犯身犯口犯又二犯方便犯非方便犯又二犯調戲犯不調

戲犯又二犯有同犯不同犯又二事同輕重又二事同有殘無殘又二不同輕重又二不同有殘無殘又二不同若向他悔若自悔又二犯有限犯無限犯又二犯處犯方犯又二犯可數犯不可數犯又二犯有出時犯欲出犯又二犯入犯欲入犯又二犯起犯欲起犯又二犯時犯非時犯又二犯墮犯不墮犯又二犯偷蘭遮犯白衣相應犯又二犯重破犯不重破犯又二犯有殘犯無殘犯又二犯輕犯重犯又二犯被舉犯舉者犯又二犯向他悔犯自悔犯又二犯戒中犯非戒中犯又二犯白犯不白犯又二犯暫犯盡形犯又二犯有過犯無過犯比丘尼有二同犯輕犯重犯又二同犯殘犯無殘犯又二不同輕重又二不同有殘無殘又二不同向他悔自悔又二犯出界犯欲出界犯又二犯自稱歎犯不自稱歎犯又二犯起犯坐犯又二犯眠犯不眠犯又二犯語犯默然犯又二犯故犯不故犯有二癡無知癡放逸癡有二覆無知覆放逸覆有二人應與別住有二人應與摩那埵有二人應與本日治有二人應與出罪所謂比丘非比丘受大戒非受大戒者又二僧中斷事者有被差不被差又二斷事者被羯磨不被羯磨羯磨者有二功德謂得衆意能無畏斷事又二斷事者有羞無羞又二斷事者有私無私若以非法有私若如法無私又二斷事者若自聞若從他聞又二斷事者若自驅若教他驅又二斷事者諍不諍又二斷事者通利阿含不通利阿含又二斷事者善分別阿含不善分別阿含又二斷事者了語不了

語又二斷事者善語不善語又二斷事者詰問不詰問又二斷事者急性不急性又二斷事者自知不自知又二斷事者知量不知量又二斷事者隨衆不隨衆又二斷事者自譽不自譽又二斷事者能止不能止又二斷事者輭語麤語又二斷事者持戒不持戒有可呵不可呵應舉不應舉應敬不應敬亦爾又二無智戒犯見犯又二智戒不犯見不犯又二犯戒犯見犯又二不犯戒具見具又二種呵比丘非比丘受戒不受戒又二苦切有罰羯磨若僧和合與又二依止有罰若僧和合與又二驅出有罰羯磨若僧驅出又二下意有罰羯磨若僧與下意又二人應別住又二人應與摩那埵又二人應與本日治又二人應與出罪謂比丘非比丘受戒非受戒有二清淨悔過發露罪名又二清淨白不白若悔過若發露若僧諍應還付僧若與三人二人一人若僧諍僧應受三人二人一人亦應受若僧諍僧應滅三人二人一人亦應滅又二非法檢校非法作法檢校法作非法檢校又二如法檢校非法作非法檢校法作法檢校又二禁罰不使作不教他竟二法

三法初

有三毗尼貪欲毗尼瞋恚毗尼愚癡毗尼有三非毗尼非貪欲毗尼非瞋恚毗尼非愚癡毗尼有三羯磨白羯磨白二羯磨白四羯磨有三應屏處大便小便嚼楊枝有三犯貪欲犯瞋恚犯愚癡犯有三共住犯者不犯者自說者有三別住犯者不犯者自說者有三世所供養謂如來至眞等正覺漏盡阿羅漢轉

輪聖王有三華供養有三香供養有三妓樂供養有三旛供養有三蓋供養有三繒供養有三世所尊敬謂如來至眞等正覺漏盡阿羅漢轉輪聖王有三同意上中下上同意者應上中下同意中同意者不應上同意應中下同意下同意者應下同意不應上中同意上同意者作上中下同意好中同意者作中下同意好若作上同意者不好下同意者作下同意好若作上中同意者不好上同意者應作上中下同意取中同意者應作中下同意取不應上同意取下同意者應下同意取不應上中同意取有三知知犯知不犯知制戒三法竟

四法初

有四諍鬬諍無根諍犯罪諍常所行諍有四藥時藥時分藥七日藥盡形藥有四衆剎利衆婆羅門衆居士衆沙門衆復有四衆比丘衆比丘尼衆優婆塞衆優婆夷衆復有四衆四天王衆忉利天衆魔衆梵天王衆復有四衆被教衆不被教衆濁衆清淨衆有四悲一憐愍二利益三不惱害四住正法有四止貪欲止瞋恚止愚癡止邪見止有四事故如來設教犯不犯輕重有四事故如來制戒爲利益爲處爲時爲人有四調伏苦切依止驅出下意有四藥應觀有淨藥雜不淨不淨雜淨淨雜淨不淨雜不淨有四事鬬諍事無根諍事犯罪諍事常所行諍事復有四事苦切依止驅出下意有四事不見擯不作擯惡邪不除擯覓罪相擯有四事若呵若罵若異語若默然如來以四境界故制戒神足境界智境

界法境界人境界四法竟

十誦律卷第五十四

音釋

韁居良切紲也　牴謾牴典禮切與抵同謾謨官切欺也　詰去吉切問也　翅矢利切　屐奇逆切木屐也　繒疾陵切帛也

十誦律卷第五十五

姚秦三藏弗若多羅共三藏鳩摩羅什譯

增一法第八誦之四

後十法中五法初

有五事故僧與下意說佛過法過僧過戒過作非威儀復有五事僧與作下意罵比丘道說比丘出比丘過處處說他過使他不得施不得住處復有五事僧與下意罵白衣道說白衣出白衣過處處說他過使白衣不得利失住處復有五事僧與下意比丘兩舌鬬他以比丘向比丘兩舌以白衣向白衣兩舌以比丘向白衣兩舌以白衣向比丘兩舌作世間法罵有五事形相生種作犯病復有五事形相生相作多煩惱作世間法罵有五種皮不應畜師子皮虎皮豹皮獺皮猫皮有五種皮不應畜象皮馬皮狗皮野干皮黑鹿皮有五種糞掃衣不應畜火燒衣牛嚼衣鼠嚙衣初嫁衣産衣有五事比丘語不應受無義語非法語非毗尼語無憐愍語非教勅語有五自說阿羅漢如先說佛語優波離比丘欲入僧應住五法中如先說有五事犯僧伽婆尸沙如先說有五處分界處分施處分道徑行處分戒處分見處分有五純色不應畜純赤純青純鬱純色純黃藍色純曼提咤色有五種大色不應畜穹伽色黚蛇色盧耶那色嵯梨多色呵梨陀羅色有五事闥利吒比丘不能滅諍不見言見不聞言聞不憶言憶不知言知非法言法是名五事闥利吒比丘不能滅諍復有五事闥利吒比丘能滅諍見言見聞言聞憶言憶知言知法言法是名五闥利

吒比丘能滅諍復有五事闥利吒比丘不能滅諍隨愛瞋怖癡非法言法是名五事闥利吒比丘不能滅諍復有五事闥利吒比丘能滅諍不隨愛瞋怖癡法言法是名五闥利吒比丘能滅諍復有五事闥利吒比丘有犯不見言見不聞言聞不憶言憶不知言知非法言法是名五闥利吒比丘有犯有五事闥利吒比丘無犯見言見聞言聞憶言憶知言知法言法是名五事闥利吒比丘無犯復有五事闥利吒比丘有犯隨愛隨瞋隨怖隨癡非法言法是名五事闥利吒比丘有犯復有五事闥利吒比丘無犯不隨愛瞋怖癡法言法是名五闥利吒比丘無犯有五事闥利吒比丘不能滅諍不善知諍不善知諍住處不善分別諍不知滅諍因緣不知滅諍已更起因緣是名五闥利吒比丘不能滅諍復有五事闥利吒比丘能滅諍善知諍善知諍住處善分別諍善知滅諍因緣善知滅諍已更不復起因緣是名五闥利吒比丘能滅諍復有五事闥利吒比丘不能滅諍不善知修多羅不善知毗尼不善知諍不善知諍住處不善分別諍是名五闥利吒比丘不能滅諍有五事闥利吒比丘能滅諍善修多羅善毗尼善知諍善知諍住處善分別諍是名五闥利吒比丘能滅諍有五事五歲比丘不依止他知犯知不犯知輕知重廣誦利戒是名五五歲比丘不依止他有五同意取若親厚若活在若現前若取已當語令知取已彼必歡喜是名五同意取有五事故如來按行諸房舍爲斷比丘俗語故以牀卧具不料理者爲料理故

已料理好安隱故看病比丘故未制戒欲制故是名五事如來按行房舍有五事如來知而故問爲起因緣故爲制戒故爲分别義句故與修多羅文句相似故爲後衆生令自解故是名五事如來知而故問經行有五利益勤健有力不病消食意得堅固是名經行五利復有經行五利益能行故解勞故除風故消冷熱病故意得堅固是名經行五利有五非法發露向别住人不共住人未受大戒衆無殘事不見是事發露是名五非法發露有五如法發露不向别住人不向不共住人不向未受大戒衆以有殘事見是事發露是名五事如法發露有五事非法作苦切羯磨非法非毗尼應遮應置無事不現前作無舉者不令他憶不三問作是名五事作非法苦切羯磨有五如法作苦切羯磨是法是毗尼不應遮不應置有事現前作有舉者令他憶念三問作是名五如法與苦切有五事名善好鬬利吒比丘見言見聞言聞憶言憶知言知法言法是名五善好鬬利吒比丘有五事名好鬬利吒比丘不隨愛瞋怖癡法言法是名五好鬬利吒比丘有五事名好鬬利吒比丘善分别取事無過者不説有過者説過不清淨邊生不清淨清淨邊生清淨法言法是名五好鬬利吒比丘有五事名好鬬利吒比丘善分别事不恃力僧中斷事得聽已舉他事無偏私受悔過無偏私見他過無偏私説他過法言法是名五好鬬利吒比丘有五事名好鬬利吒比丘善取諍善知諍處善分别諍善知諍滅已更不起法言法是名五好鬬利

吒比丘有五事名好闥利吒比丘善知修多羅善知毗尼善知諍善知諍處法言法是名五好闥利吒比丘復有五事名好闥利吒比丘受戒滿十歲若過十歲若持戒若多聞善如法斷自疑他疑善能斷自他惡邪見是名五好闥利吒比丘有五事名好闥利吒比丘善能令他住戒善教毗尼阿毗曇弟子若入他方不樂能將來能看病教他看是名五好闥利吒比丘有五事名好闥利吒比丘能令他有信有持戒有多聞有施有智是名五好闥利吒比丘復有五事名好闥利吒比丘若自住無學戒無學定無學知無學解脫解脫知見亦能令他住無學戒定慧解脫解脫知見是名五好闥利吒比丘復有五事名好闥利吒比丘知犯知不犯知輕知重廣通利戒是名五好闥利吒比丘有五事名好闥利吒比丘知出家知羯磨知教授知依止知障道不障道是名五好闥利吒比丘五法竟

六法如先說

七法如先說

八法初

不應畜八種鉢金鉢銀鉢瑠璃鉢玻瓈鉢銅鉢白鑞鉢木鉢石鉢是名八種鉢不應畜餘如先說

九法初

佛語優波離一比丘不能破僧二三四乃至九比丘清淨同見者能破一比丘尼一式叉摩尼一沙彌一沙彌尼一出家一出家尼不能破僧二三乃至九亦不能破優波離若有九比丘清淨同見者能破僧有九犯犯波羅

夷犯僧伽婆尸沙犯波逸提犯波羅提提舍尼犯突吉羅犯惡口突吉羅犯偷蘭遮突吉羅犯毗尼突吉羅犯威儀突吉羅是名九犯有九退戒退見退命退威儀退自退他退知識退資生物退生死退是名九退有九不退戒不退見不退命不退威儀不退自不退他不退知識不退資生物不退生死不退是名九不退佛語優波離鬪利吒比丘若斷諍時應以九事觀被言者觀諍者觀威儀觀來往處觀親里觀知識觀身口行觀先來觀云何相言應聽他語應從他聞是名九應觀言者諍者何等九事觀被言者觀鬪不鬪觀諍不諍觀相持不相持觀相言不相言觀犯戒觀犯見觀犯命觀言語觀從他聞是名九應觀被言者爾時長老優波離往到佛所頭面作禮在一面立善哉世尊願略說法令我知是法是毗尼是佛教佛語優波離若法隨欲不隨無欲隨瞋不隨無瞋隨嫉妬不隨無嫉妬隨往來不隨不往來隨增長不隨不增長隨鬪不隨無鬪隨諍不隨無諍隨相持不隨不相持隨相言不隨不相言優波離汝定知是非法非毗尼非佛教優波離若法隨無欲不隨欲隨無瞋不隨瞋隨無嫉妬不隨嫉妬隨不往來不隨往來隨不增長不隨增長隨不鬪不隨鬪隨不諍不隨諍隨不相持不隨相持隨不相言不隨相言汝定知是法是毗尼是佛教爾時長老阿那律往到佛所頭面作禮在一面坐白佛言善哉世尊願略說法令我知是法是毗尼是佛教佛語阿那律若法隨貪不隨無貪隨無厭不隨厭隨多欲不隨

少欲隨不知足不隨知足隨難滿不隨易滿隨放逸不隨不放逸隨非法不隨法隨背法不隨不背法隨世俗語不隨毗尼語佛語阿那律汝定知是非法非毗尼非佛教阿那律若法隨無貪不隨貪隨厭不隨無厭隨少欲不隨多欲隨知足不隨不知足隨易滿不隨難滿隨不放逸不隨放逸隨法不隨非法隨順法不隨背法隨毗尼語不隨俗語汝定知是法是毗尼是佛教如長老優波離所問大愛道亦如是問如長老阿那律所問瘦瞿曇彌亦如是問有九依止若善男子依止信心捨不善取善者是名捨不善取善戒聞施智亦爾是名善男子依止信心捨不善取善是人住是五法已應更證四法法忍隨忍樂忍棄捨忍是名九依止有外道名婆呵樹和往

到佛所問訊在一面坐已白佛言瞿曇先在優樓頻螺國尼連禪河邊在一迦和羅樹下得阿耨多羅三藐三菩提不久我時彼處從瞿曇聞漏盡阿羅漢不還生死不作五事不故殺生不盜不婬不故妄語不飲酒我從瞿曇聞說是語即便信受佛言我先已說今亦復說漏盡阿羅漢不還生死不作九事不故殺生不盜不婬不故妄語不飲酒不隨愛瞋怖癡是名九事有外道名沙陀往到佛所問訊在一面坐已白佛言瞿曇先在優樓頻螺國尼連禪河邊在一迦和羅樹下得阿耨多羅三藐三菩提不久我時彼處從瞿曇聞漏盡阿羅漢不還生死不作五事不故殺生不盜不婬不故妄語不飲酒我從瞿曇聞說是語即便信受佛言我先已說今亦復說漏盡

阿羅漢不還生死不作九事不故殺生不盜不婬不故妄語不飲酒不來還不起邪見見常法觀生死無常是名九事有九惱無利無益惱我不安隱我餘如先說九法竟

十法初

有十利攝僧故僧一心故僧安樂住故折伏高心故不信者令得信故已信者令增長故慚愧者令得安樂故遮今世惱漏故斷後世漏故佛法久住故是名十利有十語隨修多羅語毗尼語阿毗曇語和尚語阿闍梨語戒語衣語鉢語食語藥語是名十語有十願修多羅願毗尼願阿毗曇願和尚願阿闍梨願戒願衣願鉢願食願藥願是名十願有十羯磨白羯磨白二羯磨白四羯磨僧羯磨闥利吒比丘羯磨戒羯磨非法羯磨如法羯磨別衆羯磨和合衆羯磨是名十羯磨有十治苦切依止驅出下意不見擯不作擯惡邪不除擯別住摩那埵本日治是名十治有十罰苦切依止驅出下意不見擯不作擯惡邪不除擯別住摩那埵本日治是名十罰有十遮受戒法殺父殺母殺阿羅漢出佛身血本犯重罪賊住比丘本白衣不能男汙比丘尼越濟人是名十遮受戒法有十難王難賊難火難水難惡獸難龍難人難非人難命難梵行難是名十難有十非毗尼謂十不善業有十毗尼謂十善業復有十非毗尼謂十邪有十毗尼謂無學十直有十無志別住者別住竟行摩那埵行摩那埵竟苦切依止驅出下意不見擯不作擯是名十無志有十非法遮說戒非波羅夷不出波羅夷事不輕呵僧不出

輕呵僧事不捨戒不出捨戒事隨順如法僧事不破戒不破見不破威儀不見不聞不疑是名十非法遮說戒何等十如法遮犯波羅夷出波羅夷事輕呵僧出輕呵僧事捨戒出捨戒事不隨順如法僧事破戒破見破威儀見聞疑是名十如法遮說戒爾時佛在婆伽那梨槃國是中有一優婆塞有信樂心造一房舍別施長老羅云如先說有十利故如來結戒攝僧故僧一心故僧安樂故折伏高心故不信者令信故已信者令增長故慚愧者得安隱住故遮今世惱漏故斷後世漏故佛法久住故如來制戒制修多羅制毗尼制阿毗曇誦修多羅誦毗尼誦阿毗曇持修多羅持毗尼持阿毗曇持修多羅者持毗尼者持阿毗曇者攝修多羅攝毗尼攝阿毗曇和尚阿闍梨共行弟子近行弟子沙彌教威儀毗尼說毗尼者波羅提木叉說波羅提木叉者遮波羅提木叉遮波羅提木叉者受自恣受自恣者遮受自恣遮受自恣者與欲與欲者受欲受欲者持欲持欲者說欲說欲者取欲取欲者與清淨與清淨者受清淨受清淨者持清淨持清淨者說清淨說清淨者取清淨取清淨者與欲清淨與欲清淨者受欲清淨受欲清淨者持欲清淨持欲清淨者說欲清淨說欲清淨者取欲清淨取欲清淨者與自恣與自恣者受自恣受自恣者持自恣持自恣者說自恣說自恣者取自恣取自恣者依止依止者與依止與依止者受依止受依止者捨依止捨依止者折伏驅出同意悔過受悔過者白羯磨白二羯磨白四羯磨苦切羯

磨依止羯磨驅出羯磨下意羯磨不見擯不作擯惡邪不除擯別住摩那埵本日治出罪覓罪相舉他令憶念共惡羯磨羈繫羯磨乞聽羯磨聽白羯磨不調伏者令調伏皆以十利故十法竟

增十一相初

有所犯事應言白應言不白答言犯應言白又犯應言色應言非色答言犯應言色又犯應言可見不可見答言應言可見又犯應言根數非根數答言應言根數又犯應言有漏非漏答言應言有漏又犯應言有爲無爲答言應言有爲又犯應言世間出世間答言應言世間又犯應言陰攝非陰攝答言應言陰攝又犯應言界攝非界攝答言應言界攝又犯應言受不受答言應言受又犯應言四大造非四大造答言四大造又犯應言想非想答言應言想又犯應言亂心非亂心答言應言亂心又犯應言染不染答言有染有不染者故犯佛結戒不染者不故犯戒又犯應言雜不雜答言應言雜又犯應言有欲無欲答言有欲又犯應言有著無著答言有著又犯應言有對無對答言有對又犯應言心非心答言有心又犯應言有報無報答言有報又犯應言業非業答言業又犯應言外入內入答言內入又犯應言過去未來現在答言有過去未來現在過去者若所犯事已向他發露悔過是名過去未來者未犯必當犯者是名未來現在者現前所犯是名現在又犯應言善不善無記答言不善無記不善者故犯佛結戒是名不善無記者不故犯戒是名

無記又犯應言欲界色界無色界答言犯應言欲界又犯應言學無學答言非學非無學又犯應言見諦斷思惟斷答言思惟斷頗有作是事犯即作是事非犯耶佛言有若比丘不受迦絺那衣畜長衣數數食別衆食不白入聚落不著僧伽梨入聚落是名犯若比丘受迦絺那衣畜長衣數數食別衆食不白入聚落不著僧伽梨入聚落是名非犯是名作是事犯即作是事非犯有作羯磨者有犯有作羯磨者非犯云何作羯磨者有犯作羯磨者非犯若比丘與比丘作不見擯不作擯惡邪不除擯是比丘自見罪向他說若界外與捨羯磨即與共事共住教授有餘比丘作是言僧與是比丘不見擯不作擯惡邪不除擯莫與是比丘共事共住教授答言是人見罪巳與捨羯磨問言何處捨答言界外又言是不善捨若比丘與比丘不見擯不作擯惡邪不除擯若自見罪向他說界內與捨共事共住教授有比丘言僧與是比丘不見擯不作擯惡邪不除擯莫與是比丘共事共住教授答言是罪巳捨問言何處捨答言界內又言善捨如是作羯磨者有犯如是作羯磨者非犯有知犯有不知犯知犯者知五種犯體是名知犯不知犯者不知五種犯體是名不知犯是人雖不知亦名爲犯有自知犯有罪有他知犯有罪自知犯有罪者若知五種犯體是名自知犯有罪他知犯有罪者若可信優婆塞證知是名他知犯有罪有憶犯不憶犯憶犯者憶五種犯體是名憶犯不憶犯者不憶五種犯體是名不憶犯有現前犯不現前

犯現前犯者現有所犯是名現前犯不現前犯者若未犯必當犯是名不現前犯有犯事不共住有犯事種種不共住有種種不共住非不共住若不見擯不作擯惡邪不除擯狂心亂心苦痛心是名有犯事不共住有犯事種種不共住有種種不共住非不共住有作羯磨不共住有作羯磨種種不共住有種種不共住非不共住若不見擯不作擯惡邪不除擯狂心亂心苦痛心是名作羯磨不共住作羯磨種種不共住有種種不共住非不共住有知不共住有知種種不共住有種種不共住非不共住若不見擯不作擯惡邪不除擯狂心亂心苦痛心是名有知不共住有知種種不共住有種種不共住非不共住不知不共住不知種種不共住有種種不共住非

不共住若不見擯不作擯惡邪不除擯狂心亂心苦痛心是名不知不共住不知種種不共住有種種不共住非不共住有自說不共住有自說種種不共住有種種不共住非不共住若不見擯不作擯惡邪不除擯狂心亂心苦痛心是名自說不共住自說種種不共住有種種不共住非不共住有他說不共住有他說種種不共住有種種不共住非不共住若不見擯不作擯惡邪不除擯狂心亂心苦痛心是名他說不共住他說種種不共住有種種不共住非不共住有憶不共住有憶種種不共住有種種不共住非不共住若不見擯不作擯惡邪不除擯狂心亂心苦痛心是名有憶不共住有憶種種不共住有種種不共住非不共住有不憶不共住有不憶種

種不共住有種種不共住非不共住若不見擯不作擯惡邪不除擯狂心亂心苦痛心是名不憶不共住不憶種種不共住有種種不共住非不共住有現前不共住有現前種種不共住有種種不共住非不共住若不見擯不作擯惡邪不除擯狂心亂心苦痛心是名現前不共住現前種種不共住有種種不共住非不共住有不現前不共住有不現前種種不共住有種種不共住非不共住若不見擯不作擯惡邪不除擯狂心亂心苦痛心是名不現前不共住不現前種種不共住有種種不共住非不共住有犯僧與作羯磨三人二人一人云何有犯僧與作羯磨三人二人一人若比丘與比丘作不見擯不作擯惡邪不除擯狂心亂心苦痛心犯是事僧與作羯磨即是事三人二人一人有知者僧與作羯磨三人二人一人云何知僧與作羯磨三人二人一人若比丘與比丘作不見擯不作擯惡邪不除擯狂心亂心苦痛心是名知者僧與作羯磨即是事三人二人一人有不知者僧與作羯磨三人二人一人云何不知者僧與作羯磨三人二人一人若比丘與比丘不見擯不作擯惡邪不除擯狂心亂心苦痛心是名不知者僧與作羯磨即是事三人二人一人有自說僧與作羯磨三人二人一人云何自說僧與作羯磨三人二人一人若比丘與比丘作不見擯不作擯惡邪不除擯狂心亂心苦痛心是名自說僧與作羯磨即是事三人二人一人有不自說僧與作羯磨三人二人一人云何不自說僧與作羯磨三人二

人一人若比丘與比丘不見擯不作擯惡邪不除擯狂心亂心苦痛心是名不自說僧與作羯磨即是事三人二人一人有憶者僧與作羯磨三人二人一人云何憶者僧與作羯磨三人二人一人若比丘與比丘作不見擯不作擯惡邪不除擯狂心亂心苦痛心是名憶者僧與作羯磨即是事三人二人一人有不憶僧與作羯磨三人二人一人云何不憶僧與作羯磨三人二人一人若比丘與比丘不見擯不作擯惡邪不除擯狂心亂心苦痛心是名不憶者僧與作羯磨即是事三人二人一人有現前僧與作羯磨三人二人一人云何現前僧與作羯磨三人二人一人若比丘與比丘不見擯不作擯惡邪不除擯狂心亂心苦痛心是名現前僧與作羯磨即是事三人二人一人有不現前僧與作羯磨三人二人一人云何不現前僧與作羯磨三人二人一人若比丘與比丘不見擯不作擯惡邪不除擯狂心亂心苦痛心是名不現前僧與作羯磨即是事三人二人一人有四調伏羯磨苦切依止驅出下意頗有從是事自說破僧未受戒不應受已受者應滅即是事自說破僧未受戒者與受已受者不應滅耶佛言有若非法非法想作法見破僧未受戒者不應受已受者應滅若法想破僧未受戒者應受已受者不應滅頗有從是事自言賊住比丘未受戒者不應受已受者應滅即是事自言賊住比丘未受戒者應受已受者不應滅耶佛言有若再三聽布薩是人未受戒者不應受已受者應滅若一布薩或聽或不聽未

受者應受已受者不應滅頗有是事汙比丘尼未受者不應受已受者應滅即是事汙比丘尼未受戒者應受已受者不應滅耶佛言有若以婬汙比丘尼未受戒者不應受已受者應滅若以身相觸汙比丘尼未受戒者應受已受者不應滅頗有是事自言我殺父母未受戒者不應受已受者應滅即是事自言我殺父母未受者應受已受者不應滅耶佛言有若知是父母無有異想不誤殺未受者不應受已受者應滅若不知有異想誤殺父母未受戒者應受已受者不應滅爾時長老優波離問佛言世尊頗有善心殺父母得波羅夷并逆罪耶不善心殺父母無記心殺父母耶佛語優波離有善心殺父母得波羅夷并逆罪不善心殺無記心殺云何善心殺若母病

受苦惱殺令離苦是名善心殺母得波羅夷并逆罪云何不善心殺母若爲利殺是名不善心殺母得波羅夷并逆罪云何無記心殺母若作方便已自眠時母死是名無記心殺母得波羅夷并逆罪又問頗有善心殺母犯波羅夷是逆罪有善心殺母不犯波羅夷非逆罪耶佛言有善心殺母犯波羅夷是逆罪有善心殺母非波羅夷非逆罪云何善心殺母犯波羅夷是逆罪云何無心殺母非波羅夷非逆罪耶若母病受苦惱斷其命是名犯波羅夷是逆罪若母病與飯與粥與羹食已命終是名善心殺非波羅夷非逆罪優波離如是善心殺母得波羅夷并逆罪如是無波羅夷無逆罪又問頗不善心殺母犯波羅夷是逆罪不善心殺母非波羅夷非逆罪耶佛

言有不善心殺母犯波羅夷是逆罪有不善心殺母非波羅夷非逆罪云何不善心殺母犯波羅夷逆罪不善心殺母非波羅夷非逆罪若爲利斷母命是名不善心殺母犯波羅夷并逆罪若爲殺畜生故施檝母墮死者非波羅夷非逆罪優波離是名不善心殺母犯波羅夷并逆罪如是不善心殺母非波羅夷非逆罪又問頗無記心殺母犯波羅夷并逆罪無記心殺母非波羅夷非逆罪耶佛言有無記心殺母犯波羅夷并逆罪有無記心殺母不犯波羅夷不得逆罪云何無記心殺母犯波羅夷并逆罪云何無記心殺母不犯波羅夷非逆罪若作方便欲殺母自眠時母死是名犯波羅夷是逆罪若射壁樹誤射母殺不犯波羅夷非逆罪優波離如是無記心殺母犯波羅夷是逆罪如是無記心殺母不犯波羅夷非逆罪優波離殺父殺阿羅漢亦如是頗有共事比丘不入僧中亦不與欲在界內作一切羯磨不犯耶佛言有如來至眞等正覺是我先語目連汝等從今日自說波羅提木叉我更不來說波羅提木叉頗有比丘不聽五種說戒得作布薩耶佛言有若比丘獨處布薩者是如佛言未受大戒人前不應說戒頗有未受大戒人前得說戒不犯耶佛言有我先說除却波斯匿王眷屬獨爲王說令心清淨故長老優波離問佛爲善心犯爲不善心犯爲無記心犯耶佛言有善心犯有不善心犯有無記心犯善心犯者若新受戒比丘不知戒自手拔塔前草自治經行處草自採華是名善心犯不善心犯者故犯佛結

戒是名不善心犯無記心犯者不故犯戒長老優波離問佛阿羅漢爲善心犯爲不善心犯爲無記心犯耶佛言優波離若阿羅漢有所犯者皆無記心世尊云何阿羅漢有所犯是無記心佛言若阿羅漢心不憶有長衣數數食別衆食不白入聚落不著僧伽梨入聚落若睡時他持著高廣牀上若睡時他持著女人牀上若未睡時未受大戒人出房睡眠時未受大戒人入房覺已即悔過優波離是名阿羅漢所犯皆是無記心若僧破是僧惱若僧惱是僧破耶有僧破非僧惱有僧惱非僧破有僧破是僧惱有非僧破非僧惱僧破非僧惱者若僧破不取不觀十四破僧事是名僧破非僧惱僧惱非僧破者若取觀十四破僧事而僧不破是名僧惱非僧破僧破僧惱者若僧破取觀十四破僧事是名僧破僧惱非僧破非僧惱者除上事有僧破非僧諍有僧諍非僧破有僧破僧諍有非僧破非僧諍僧破非僧諍者若僧破事不異得施不異界不異是名僧破非僧諍僧諍非僧破者若僧事異得施異界異而不破是名僧諍非僧破僧破僧諍者若僧破事異得施異界異是名僧破僧諍非僧破非僧諍者除上事有僧破非僧別有僧別作僧破有僧破亦僧別有非僧破非僧別僧破非僧別者若僧破事不異界不異得施不異是名僧破非僧別僧別非僧破者若僧事異界異得施異而不破是名僧別非僧破僧破僧別者若僧破事異界異得施異是名僧破僧別非僧破非僧別者除上事若破僧是一劫壽一劫壽是破僧耶

有破僧非一劫壽一劫壽非破僧有破僧是一劫壽有非破僧非一劫壽破僧非一劫壽者若法想破僧名破僧非一劫壽一劫壽非破僧者伊羅龍王摩那斯龍王迦留伽羅龍王難陀龍王跋難陀龍王迦毗羅龍王阿攝波羅龍王閻羅王梵迦夷天是名一劫壽非破僧破僧是一劫壽者如調達是名破僧是一劫壽非破僧非一劫壽者除上事若破僧是一劫報一劫報是破僧耶有破僧非一劫報有一劫報非破僧有破僧是一劫報有非破僧非一劫報破僧非一劫報者若法想破僧是名破僧非一劫報一劫報非破僧者如伊羅龍王摩那斯龍王迦留伽羅難陀跋難陀迦毗羅阿攝波羅閻羅王是名一劫報非破僧破僧是一劫報者如調達是名破僧一劫報非破僧非一劫報者除上事若破僧是邪見邪見是破僧耶有破僧非邪見有邪見非破僧破僧是邪見有非破僧非邪見破僧非邪見者以法想破僧是名破僧非邪見邪見非破僧者六師是名邪見非破僧破僧是邪見者調達是非破僧非邪見者除上事若破僧是無明無明是破僧耶有破僧非無明有無明非破僧有破僧是無明有非破僧非無明破僧非無明者以法想破僧是破僧非無明無明非破僧者殺父母殺阿羅漢惡心出佛身血是名無明非破僧破僧是無明者調達是名破僧是無明非破僧非無明者除上事爾時長老優波離白佛言世尊爲比丘能起破僧事耶爲比丘尼式叉摩尼沙彌沙彌尼能起破僧事耶佛言比丘能起破僧事

非比丘尼式叉摩尼沙彌沙彌尼能起破僧事又問破僧犯何罪佛言犯偷蘭遮又問破僧罪云何悔佛言偷蘭遮悔若受事者是不共住不共住者是受事耶有受事非不共住有不共住非受事有不共住是受事有非受事非不共住受事非不共住者受持五法不犯波羅夷是名受事非不共住不共住非受事者於四波羅夷中隨有所犯不受五法是名不共住非受事受事是不共住者受五法四波羅夷中隨有所犯是名受事是不共住非受事非不共住者除上事有不共住是種種不共住有種種不共住非不共住謂不見擯不作擯惡邪不除擯狂心亂心苦痛心若呵責是折伏折伏亦是呵責云何是羯磨云何羯磨事若犯是羯磨因起事處亦是羯磨悔過是羯磨事云何是迦絺那云何受迦絺那云何捨迦絺那佛語優波離名字是迦絺那衣能起九心是受迦絺那有八事名捨迦絺那有非比丘犯比丘得脫有比丘犯非比丘得脫非比丘犯比丘得悅者若比丘尼犯不同僧伽婆尸沙轉根作比丘得滅是罪是名非比丘犯比丘得脫比丘犯非比丘得脫者若比丘不同犯僧伽婆尸沙轉根作比丘尼得滅是罪如是比丘滅如是非比丘滅有不知犯知悔有知犯不知悔過不知犯知悔者如睡比丘他持著高牀上持著女人牀上未受大戒人出時睡後還來入覺已悔過是名不知犯知悔知犯不知悔者若比丘犯僧伽婆尸沙作出罪羯磨時闇白已睡至羯磨竟是名知犯不知悔有睡犯覺悔有覺犯睡

悔睡犯覺悔者若比丘睡時他持著高牀上女人牀上未受大戒人出時睡後還來入是名睡犯覺悔覺犯睡悔者若比丘犯僧伽婆尸沙作出罪羯磨時鬧白已睡是名覺犯睡悔頗有比丘說一方便犯三波羅夷耶佛言有若比丘與比丘共要言汝見我偷某甲重物斷其甲人命知我得阿羅漢是名說一方便犯三波羅夷頗有比丘尼說一方便犯四波羅夷耶佛言有若比丘尼與比丘尼共作要言汝見我取某甲重物見我斷某甲人命知我助不見擯比丘知我得阿羅漢是名說一方便犯四波羅夷頗有比丘在一處坐犯五種戒體耶佛言有若落飲食犯突吉羅學家中自手取食犯波羅提提舍尼無淨人爲女人說法過五六語犯波逸提向女人說惡語犯僧伽婆尸沙說得過人法犯波羅夷頗有比丘以一方便犯百千罪若過是耶佛言有若比丘在大衆中坐以一把小豆一把大豆一把沙散大衆上隨粒墮他上犯爾所罪頗有比丘盜心取他重物不犯波羅夷耶佛言有若衣鉢在地拽去未離本處犯偷蘭遮頗有盜三錢犯波羅夷耶佛言有錢貴時頗有少取犯少取不犯耶佛言有若少取黑羊毛不犯少取下羊毛犯頗有多取犯多取不犯耶佛言有若多取黑羊毛過量者犯多取下羊毛不犯頗如量作衣有犯不犯耶佛言有如佛衣量作衣者犯自如量作者不犯頗染衣有犯染衣不犯耶佛言有若比丘得新衣不以三種染有犯以三種染不犯頗從是事未入初禪犯僧伽婆尸沙即是事入初禪

犯僧伽婆尸沙耶佛言有若比丘使比丘作房舍語已入初禪入已他與成房舍犯僧伽婆尸沙頗有從是事木入第二第三第四禪犯僧伽婆尸沙即是事乃至入第四禪有犯耶佛言有若比丘使比丘作房舍語已乃至入第四禪入已他與成房舍犯僧伽婆尸沙頗有比丘尼無所犯乃至突吉羅非比丘尼耶佛言有轉根者是頗有比丘無所犯乃至衆學法非比丘耶佛言有轉根者是頗有比丘獨入房犯四波羅夷耶佛言有如優波離中說頗有比丘在房中衣邊破安居失衣自違言耶佛言有如先說頗有比丘斷比丘命非父非阿羅漢犯波羅夷是逆罪耶佛言有若母出家受戒轉根者是頗有比丘尼斷比丘尼命非母非阿羅漢犯波羅夷是逆罪耶佛言有若父出家受戒轉根者是頗有比丘尼因他說犯波羅夷耶佛言有若比丘尼隨順被擯比丘三諫不止者是頗有比丘因他說犯僧伽婆尸沙耶佛言有若比丘欲破僧隨順破僧汙他家戾語三諫不止者是頗有比丘因他犯波逸提耶佛言有若比丘惡見三諫不止者是頗有因他說犯波羅提提舍尼耶佛言有若比丘尼在白衣家指示與比丘食不呵而食者是頗有因他說犯突吉羅耶佛言有若比丘說戒中三問清淨時不向他發露者是如佛說比丘尼若捨戒更不得受戒頗有比丘尼捨戒更與受戒不犯耶佛言有若比丘尼捨戒已轉根作男子與受戒者不犯頗有身口無犯非比丘尼耶佛言有若比丘尼覆藏比丘尼重罪乃至地了犯波

羅夷頗有比丘犯四種罪不悔不發露不犯耶佛言有轉根者是頗有比丘尼犯五種罪不悔過不發露不犯耶佛言有轉根者是頗有比丘斷人命不犯波羅夷耶佛言有誤殺者是頗有比丘尼不行婬彼犯罪耶佛言有若比丘尼見彼比丘尼行婬覆藏乃至地了者是又問頗從是事犯波羅夷即是事犯僧伽婆尸沙耶佛言有若比丘尼犯身相觸是波羅夷若比丘犯身相觸是僧伽婆尸沙又問頗有從是事犯波羅夷即是事犯波逸提耶佛言有比丘尼見比丘尼惡罪覆藏一夜犯波羅夷比丘覆藏犯波逸提頗有從是事犯波羅夷即是事犯突吉羅耶佛言有比丘尼隨順被擯比丘三諫不止犯波羅夷比丘隨順犯突吉羅頗有從是事犯僧伽婆尸沙即是事犯波羅夷耶佛言有比丘犯身相觸是僧伽婆尸沙比丘尼身相觸是波羅夷頗有從是事犯僧伽婆尸沙即是事犯波逸提耶佛言有比丘故出精僧伽婆尸沙比丘尼故出精波逸提頗有從是事犯波逸提即是事犯僧伽婆尸沙耶佛言有比丘尼故出精波逸提比丘故出精僧伽婆尸沙頗有從是事犯波逸提即是事犯波羅提提舍尼耶佛言有比丘索美食波逸提比丘尼索美食波羅提提舍尼頗有從是事犯波逸提即是事犯突吉羅耶佛言有比丘尼生草葉上大小便波逸提比丘突吉羅頗有從是事犯波羅提提舍尼即是事犯波逸提耶佛言有若比丘尼索美食波羅提提舍尼比丘波逸提頗有從是事犯波羅提提舍尼即是事犯突吉

羅耶佛言有比丘學家中自手取食波羅提提舍尼比丘尼突吉羅頗有從是事犯突吉羅即是事犯波逸提耶佛言有比丘生草葉上大小便突吉羅比丘尼波逸提頗有從是事犯突吉羅即是事犯波羅提提舍尼耶佛言有若比丘尼學家中自手取食突吉羅比丘波羅提提舍尼頗有從是事犯無殘即是事犯有殘耶佛言有比丘尼犯不同四波羅夷者是無殘比丘是有殘頗有從是事犯波羅夷即是事不犯波羅夷耶佛言有若比丘尼身觸男子者犯波羅夷比丘身相觸女人非波羅夷比丘尼覆藏他犯是波羅夷比丘覆藏他犯非波羅夷比丘尼隨順被擯比丘犯波羅夷比丘隨順非波羅夷頗有從是事犯僧伽婆尸沙即是事不犯耶佛言有若比丘犯身相觸是僧伽婆尸沙比丘尼非僧伽婆尸沙比丘故出精犯僧伽婆尸沙比丘尼故出精非僧伽婆尸沙比丘尼恃勢言人犯僧伽婆尸沙比丘恃勢言人非僧伽婆尸沙頗有從是事犯波逸提即是事不犯波逸提若比丘尼故出精犯波逸提比丘故出精非波逸提比丘索美食犯波逸提比丘尼索美食非波逸提比丘尼生草上大小便犯波逸提比丘生草上大小便非波逸提頗有從是事犯波羅提提舍尼即是事不犯波羅提提舍尼耶佛言有若比丘學家中自手取食犯波羅提提舍尼比丘尼非波羅提提舍尼比丘尼自索美食犯波羅提提舍尼比丘自索美食非波羅提提舍尼頗有是事犯突吉羅即是事不犯突吉羅耶佛言有若比丘生草

葉上大小便犯突吉羅比丘尼生草葉上大小便非突吉羅頗有得脫時犯犯時得脫耶佛言有若比丘犯僧伽婆尸沙作出罪羯磨時著革屣覆兩肩襆頭殺草木指畫地是名得脫時犯犯時得脫者若比丘汙他家時轉根是名犯時得脫頗有捨有結耶佛言有若捨界時結聚落界若去者爲何所去佛言界爾時長老優波離問佛若論毗尼時從何處求佛言應從比丘比丘尼中求七法八法增一中求同不同中求若無根可轉不入佛法不取滅終不取滅爲是誰耶佛言化人是若殺化人得何罪佛言得偷蘭遮應以何悔過佛言作偷蘭遮悔過

十誦律卷第五十五

音釋

獺他達切水狗也 欝紆勿切 咤陟駕切 黔巨炎切 勦健勦鋤交切輕捷也健渠建切有力也 鑞力盍切錫也 羈居宜切縶也 摾其亮切施呂於道也 襆房玉切吧也

十誦律卷第五十六

姚秦三藏弗若多羅共三藏鳩摩羅什譯

第九誦之一

四波羅夷法中問婬事第一

佛在毗耶離國長老優波離往詣佛所頭面禮足於一面坐問佛言若比丘呪術自作畜生形行婬得波羅夷不佛言若自憶念我是比丘得波羅夷若不憶念得偷蘭遮又問若三比丘呪術俱作畜生形共行婬得波羅夷不佛言若自憶念我是比丘得波羅夷若不憶念得偷蘭遮又問如佛所說與非人女行婬得波羅夷云何是非人女答可得捉者是又問口中行婬齊何處得波羅夷答節過齒得波羅夷又問女人身作兩段比丘還續行婬得波羅夷不答言得又問女人頭斷口中行婬得波羅夷不答言得又問女人頭斷於大小便道行婬得波羅夷不答言得又問餘身處作孔於中行婬得波羅夷不答言不得得偷蘭遮若出精得僧伽婆尸沙又問若齒外脣裏行婬得何罪答言偷蘭遮若出精得僧伽婆尸沙又問如佛所說三道中行婬得波羅夷頗有比丘三道中行婬不得波羅夷耶答言若不觸四邊若屈得偷蘭遮若出精得僧伽婆尸沙又問如佛所說女人命終形體不壞行婬得波羅夷云何名形壞答若女根爛若墮若乾若蟲噉是處行婬不得波羅夷得偷蘭遮若出精得僧伽婆尸沙又問云何命終形體不壞答女根不爛不墮不乾不蟲噉是中行婬得波羅夷又問如佛所說若死女人身體不壞共行婬得波羅夷云何死

女人身壞答若女根爛若墮若乾若脹若蟲嚙是中行婬不得波羅夷得偷蘭遮若出精僧伽婆尸沙又問云何死女人名不壞答若女根不爛不墮不乾不脹不蟲嚙是中行婬得波羅夷又問若於熟豬肉中行婬得波羅夷不答不得得偷蘭遮若出精僧伽婆尸沙又問有比丘獨入空舍得波羅夷不答曰有如藍婆那比丘弱脊比丘是又問若女人身破裂比丘還合共行婬得波羅夷不答不得波羅夷得偷蘭遮若出精僧伽婆尸沙又問如佛所說若比丘裹男根於三道中行婬得波羅夷頗有裹而入不得波羅夷耶答曰有以厚衣厚皮木皮若竹篳葉裹如是行婬不得波羅夷得偷蘭遮若出精得僧伽婆尸沙又問頗有比丘行婬不得波羅夷耶答若先破戒若賊住若先來白衣又問頗有不受大戒人行婬得波羅夷耶答曰有學沙彌是也

問盜事第二

佛在王舍城優波離問佛若比丘於二部衆各八十人身在衆數中若口語若取籌得何罪佛言得偷蘭遮若言我在數中故妄語得波夜提云何得波羅夷答若物從他手入已手得波羅夷又問有比丘非錢非衣物不覆藏取以盜心移置異處得波羅夷不答得擕蒲以盜心轉齒是又問若比丘到賊所語賊言去來我知物處而實不知得何罪答故妄語得波夜提知賊不能得彼物不應說故得突吉羅若示是物得五錢若直五錢物入手中得波羅夷又問若比丘過關邏應輸稅物而不輸稅得何罪答得波羅夷若賈客語比

丘與我過是物比丘與過若稅物直五錢以上得波羅夷若賈客到關邏語比丘言與我過是稅物直當與比丘半比丘若過是稅物直乃至五錢若直五錢得波羅夷若賈客到關語比丘言與我過是物稅直盡與汝比丘若過是稅物乃至五錢若直五錢得波羅夷若賈客到關應輸稅物比丘示異道令過斷官稅物是稅物乃至五錢若直五錢得波羅夷若賈客應輸稅物未到關比丘示異道令過是稅物乃至五錢若直五錢斷官稅物故得偷蘭遮又問頗有比丘過關應輸稅物乃至五錢若直五錢不得波羅夷耶答曰有若餘人著衣囊中若針筒中是比丘不知無罪若持物飛過關無罪難數物擔過關偷蘭遮不可數物擔過波羅夷非關處過偷蘭遮關處過波羅夷又問六種取他物若切取輕慢取以他名字取觝突取受寄取出息取是六種取中何等取得波羅夷答除出息取餘取得波羅夷若具足取波羅夷不具足取偷蘭遮又問若盜佛舍利得何罪答偷蘭遮若尊敬心作是念佛亦我師清淨心取無罪又問若盜經卷得何罪答隨計直犯若不直五錢偷蘭遮又問若盜塔寺精舍中供養具得波羅夷不答是物若有守護隨計直犯若不直五錢偷蘭遮又問常入出檀越家比丘語婦言汝夫與我爾所物得何罪答若詐稱夫語故妄語得波夜提若得物直五錢已上入手得波羅夷若減五錢偷蘭遮又問若暗處有衣四比丘以盜心俱取得波羅夷不佛言不得得偷蘭遮若分割取直五錢以上得波羅

夷若不直五錢偷蘭遮若橛上有衣物以盗心取離本處波羅夷若選擇時得偷蘭遮若選擇巳取乃至五錢若直五錢物波羅夷若并橛持去得偷蘭遮問何時得波羅夷答若離橛時得波羅夷若衣物在架上比丘盗心取離本處得波羅夷若選擇時得偷蘭遮選擇巳乃至取五錢若直五錢物得波羅夷若并架持去得偷蘭遮問何時得波羅夷答言若離架時得波羅夷若比丘語餘比丘言汝知某甲居士有重物不比丘言知是比丘語言汝盗取來彼比丘隨教取離本處得波羅夷若不隨教取者偷蘭遮取者得波羅夷問頗有比丘取不具足物得波羅夷耶答曰有若取不具足物價直五錢得波羅夷又問頗有比丘重物以盗心處處移轉不犯波羅夷耶答曰有若比丘持和尚阿闍梨衣囊移上著下移下著上一一重物以盗心若疑惑是耶非耶若取是者波羅夷是彼所有耶非彼所有耶若取是彼所有波羅夷又問如佛所說若比丘盗心取他物乃至五錢若直五錢物得波羅夷云何是五錢答若一銅錢直十六小銅錢者是未受大戒人盗心取是物未受大戒人離本處得突吉羅未受大戒人盗心取是物受大戒時離本處得突吉羅未受大戒人盗心取是物受大戒人離本處得波羅夷受大戒時盗心取是物受大戒時離本處得突吉羅受大戒時盗心取是物受大戒竟離本處得波羅夷受大戒人盗心取是物受大戒人離本處得波羅夷受大戒人盗心取是物非大戒人離本處得偷蘭遮問如佛

所說有二種盜取地一相言取二標相取若相言得勝取得波羅夷不得勝取偷蘭遮若不勝已更作相若所得地乃至直五錢得波羅夷房舍亦如是若比丘摇樹落果若一時墮隨計直犯問若比丘取西拘耶尼人物齊幾許得波羅夷答計彼物價直五錢已上得波羅夷弗于逮亦如是問若取鬱單越物齊幾許得波羅夷答彼國人無我無所屬故無罪問若比丘取鐵器銅器隨計直犯問頗比丘盜三錢得波羅夷耶答曰得若錢貴時是問頗比丘盜五錢不犯波羅夷耶答曰有若錢賤時是若比丘先以盜心斫衣架後生自心得偷蘭遮若先以自心斫衣架後生盜心得波羅夷又問若比丘破穀倉取穀云何得罪答隨時取隨計直犯問頗有比丘取多物不犯波羅夷耶答有若取衆未分物是若盜木器應隨計直犯問頗比丘盜金鬘不犯波羅夷耶答曰有取非人金鬘是又復若金鬘不直五錢亦是若比丘盜水應隨計直犯若決渠盜水應隨計直犯問頗比丘持戒清淨畏罪不與取千錢不得波羅夷耶答曰有若生已物想若同意取若暫取用若知是物無所屬若狂若心亂若病荒錯無罪若居士有千錢在一處比丘以盜心方便取居士言是我物持與汝比丘聞是語已若取得偷蘭遮問頗比丘取五錢離本處不犯波羅夷耶答曰有若一時取一錢離本處若二若三若四不一時取五錢不犯有比丘盜心取他物自心覆藏得偷蘭遮自心取他物他心覆藏得波羅夷又問若諸人有五寶若似五寶藏在

地中若比丘以呪術力若藥草力若破壞若變色破他利故得何罪答得偷蘭遮若比丘檀越請僧食次未至自言我應去故妄語得波夜提若遣使若與信若遣跡得突吉羅若是食隨計直犯復問若比丘取他不中用錢得何罪答是錢應隨計直犯問頗比丘曳他重物離本處不得波羅夷耶答曰有他人若衣鉢若衣物在地曳去不出界得偷蘭遮若居士衣在比丘所比丘盜心方便作相言是我衣故妄語得波夜提作方便居士來語比丘言此是我衣許汝欲得者當相與知居士捨已取得偷蘭遮若比丘治銅作金色過闍得偷蘭遮若問更有物不實有物而言無故妄語得波夜提若比丘貸他物舐言不貸故妄語得波夜提若先用盡後斷當斷當已得

波羅夷若先斷當後離本處離本處時得波羅夷若比丘受他寄物若主問舐言不受故妄語得波夜提若先用盡後斷當斷當已得波羅夷若先斷當後離本處離本處時得波羅夷若比丘取錢直應計是錢若取似錢亦應隨計直犯問頗比丘取多物不得波羅夷耶答曰有物雖多不直五錢是未受大戒作盜方便未受大戒人離本處得突吉羅未受具戒人作盜方便受具戒時離本處突吉羅未受大戒人作盜方便受大戒人離本處得波羅夷受大戒時作盜方便受大戒時離本處得突吉羅受大戒時作盜方便受大戒已離本處得波羅夷受大戒人作盜方便受大戒人離本處得波羅夷受大戒人作盜方便非大戒人離本處得偷蘭遮若諸人有象馬

牛羊驢騾駱駝如是等畜生利益人民若比丘快心故若截其足若壞餘身分若放令去得偷蘭遮若諸人有象馬牛羊驢騾駱駝如是等畜生利益人民比丘快心故解放令去得偷蘭遮若比丘爲盜方便變形作比丘尼比丘尼離本處波羅夷若比丘尼爲盜方便變形作比丘比丘離本處得波羅夷問頗比丘盜他重物不得波羅夷耶答曰有先破戒若賊住若先來白衣是問頗有不受大戒人盜他重物得波羅夷耶答曰有與學沙彌是

問殺事第三

優波離問佛若比丘以呪術變身作畜生形奪人命得波羅夷不答若自憶念我是比丘得波羅夷若不憶念偷蘭遮問頗有比丘殺母得大福不得罪耶答曰有愛名爲母若殺得大福不得罪也問頗有比丘殺父得大福不得罪耶答曰有有漏名父若殺得大福不得罪也問若比丘作方便欲殺母而殺非母得波羅夷并逆罪耶答曰不得得偷蘭遮問若比丘作方便欲殺非母而自殺母得波羅夷并逆罪耶答曰不得得偷蘭遮若比丘作方便欲殺人而殺非人得偷蘭遮若比丘作方便欲殺非人而殺人得突吉羅問若比丘作方便欲殺阿羅漢而殺非阿羅漢得波羅夷并逆罪耶答曰不得得偷蘭遮問若比丘作方便欲殺非阿羅漢而殺阿羅漢得波羅夷并逆罪耶答曰不得得偷蘭遮問若比丘實是羅漢比丘謂非羅漢生惡心殺得波羅夷并逆罪耶答曰得波羅夷亦得逆罪問若比丘實非羅漢比丘謂是羅漢生惡心殺得

波羅夷并逆罪耶答得波羅夷不得逆罪問有一女人棄加羅羅一女人還取用後生子何者是母答先者是也問比丘殺何母得波羅夷并五逆罪耶答殺先母得波羅夷并逆罪問若是子欲出家應問何母答應問後者問頗比丘墮人胎不犯波羅夷耶答曰有若人懷畜生是頗比丘墮畜生胎犯波羅夷耶答曰有若畜生懷人是問若比丘殺父母方便作殺因緣作巳自投深坑得波羅夷并逆罪耶答言若父母先死比丘後死得波羅夷并逆罪若比丘先死父母後死得偷蘭遮問頗比丘欲殺父母方便作殺因緣作巳持刀自殺得波羅夷并逆罪耶答若父母先死比丘後死得波羅夷并逆罪若比丘先死父母後死得偷蘭遮問頗比丘殺父母不得波羅夷并逆罪耶答有若比丘病父母來問訊比丘經行倒父母上父母若死比丘無罪復有比丘病若父母扶將歸家比丘蹴蹶倒父母上父母若死比丘無罪若比丘欲殺父母心生疑是父母非若心定知是父母殺得波羅夷并逆罪若生疑是人非人若心定知是人殺得波羅夷若人捉賊欲將殺賊得走去若以官力若聚落力追逐是賊比丘逆道來追者問比丘言汝見賊不是比丘先於賊有惡心瞋恨心語言我見在是處以是因緣令賊失命比丘得波羅夷若人將衆多賊欲殺是賊得走去若以官力若聚落力追逐是比丘逆道來追者問比丘言汝見賊不是賊中或一人是比丘所瞋恨者比丘言我見在是處若得殺非所瞋者偷蘭遮問若比丘作非母

想殺毋得波羅夷并逆罪耶答得波羅夷并逆罪問若比丘作毋想殺非毋得波羅夷并逆罪耶答得波羅夷不得逆罪問若比丘非人想惡心殺人得波羅夷不答得波羅夷問若比丘作人想惡心殺非人得波羅夷不答不得得偷蘭遮問頗比丘奪人命不得波羅夷耶答曰有自殺身無罪若比丘戲笑打他若死得突吉羅未受大戒人作殺人方便未受大戒人奪人命得突吉羅未受大戒人作殺人方便受大戒時奪命得突吉羅未受大戒人作殺人方便受大戒人奪命得波羅夷受大戒時作殺人方便受大戒時奪命得突吉羅受大戒時作殺人方便受大戒已奪命得波羅夷受大戒人作殺人方便受大戒人奪命得波羅夷受大戒人作殺人方便非大戒人奪命得偷蘭遮問頗比丘殺人不得波羅夷耶答曰有若先破戒若賊住若先來白衣是問頗有不受大戒人殺人得波羅夷耶答曰有與學沙彌是也

問妄語事第四

優波離問佛言世尊大妄語邊云何得輕重罪答比丘言我於須陀洹斯陀含阿那含阿羅漢退失功德未得而言失得偷蘭遮若言我得果得波羅夷問若比丘言我得須陀洹斯陀含阿那含阿羅漢果有人急問便言我非得何罪答得偷蘭遮問若比丘言我退失阿羅漢果阿那含果得何罪答若不得而言退失得偷蘭遮若自言我有下果失上果得波羅夷問比丘言我是學人有人急問云何學人比丘答言我多聞利根讀誦通利若坐

禪無勝我者比丘法應學一切善法是故我是學人得何罪答得偷蘭遮若言我得無漏學法故名學人得波羅夷問若比丘言我是無學人有人急問云何無學比丘答言我不復學多聞利根讀誦通利及坐禪是故我是無學人得何罪答得偷蘭遮若言我不復學無漏法是故名無學人得波羅夷問若比丘言我無所有若人急問云何無所有比丘言我無衣鉢無戶鈎無時無時分無七日無盡形藥是故名無所有得何罪答得偷蘭遮若言我無貪欲瞋恚愚癡是故名無所有得波羅夷問若比丘言我是末後身有人急問云何名末後身比丘言我於過去無數生死身此爲末後是故言末後身得何罪答得偷蘭遮若言我身分盡更不受後身是故名末後

身得波羅夷問比丘語比丘言汝當稱我爲須陀洹斯陀含阿那含阿羅漢若問已便言我非須陀洹斯陀含阿那含阿羅漢得何罪答言得偷蘭遮若人問一比丘言誰道汝是須陀洹斯陀含阿那含阿羅漢比丘言誰作是語我非須陀洹斯陀含阿那含阿羅漢得何罪答得偷蘭遮問若比丘言我耆闍崛山中須陀洹果毗婆羅婆山中斯陀含果薩婆娑羅頗羅山中阿那含果薩鉢那求訶山中阿羅漢果若問汝何因緣說耆闍崛山中須陀洹果比丘便言我在耆闍崛山中讀誦思惟精進求覓須陀洹果作如是語得何罪答得偷蘭遮乃至阿羅漢果亦如是若言我在耆闍崛山中得須陀洹果乃至薩鉢那求訶山中得阿羅漢果作如是語得波羅夷問若

他問比丘言汝得果不比丘爾時手中有菴婆果薝婆果婆羅頭果緊頭果那梨羅果因是故言我得果作如是語應得何罪答言得偷蘭遮問若比丘言某甲檀越舍入出比丘是須陀洹斯陀含阿那含阿羅漢若問何者是答言我是我亦非須陀洹斯陀含阿那含阿羅漢作如是語應得何罪答得偷蘭遮問若比丘言某甲檀越舍入坐受水飲食已隨意而出是須陀洹斯陀含阿那含阿羅漢若問誰是答言我是我非須陀洹斯陀含阿那含阿羅漢作如是語應得何罪答得偷蘭遮問若比丘言某甲檀越舍敷莊嚴坐處若得須陀洹斯陀含阿那含阿羅漢是人得坐是座我次得坐座我亦非須陀洹斯陀含阿那含阿羅漢作如是語應得何罪答得偷蘭遮

問若人問比丘言汝衣被飲食卧具湯藥資生之具從何處得比丘言某甲檀越舍其有此物檀越言若得須陀洹斯陀含阿那含阿羅漢者便取是物我取是物我亦非須陀洹斯陀含阿那含阿羅漢作如是語應得何罪答得偷蘭遮問若比丘言我無有不活畏無惡名畏無死畏無惡趣畏無大衆畏若言我不畏是五畏應得何罪答得偷蘭遮若言我斷是五畏得波羅夷問若比丘言我盡結使欲縛蓋纏若問言云何盡答言我過去結使欲縛蓋纏敗壞盡應得何罪答言得偷蘭遮若言斷結使欲縛蓋纏盡得波羅夷問若比丘言聖弟子所應得我得是事若人問言汝得何物若言我得讀誦通利問難若坐禪精進不怠故名我得是事應得何罪答得偷蘭

遮若說得聖弟子法得波羅夷問若比丘說我修習五根五力七覺意若人問言云何修習便言我讀誦通利問難坐禪修習不怠故名修習應得何罪答得偷蘭遮若言我得五根五力七覺意得波羅夷問頗有比丘虛妄說聖法不得波羅夷耶答曰有比丘欲說須陀洹果誤說斯陀含果欲說斯陀含果誤說阿那含果欲說阿那含果誤說阿羅漢果是問比丘若言我今日不入世間禪定若人問言昨日云何若言昨日亦不入作如是語應得何罪答言得偷蘭遮若說禪法得波羅夷問若比丘言我是大師若人問言云何大師若言我爲人說法教化作大師事故名大師應得何罪答得偷蘭遮若說大師法得波羅夷問若比丘言我是佛若人問言云何名佛若言我覺三不善根十不善道不應作故名爲佛應得何罪答得偷蘭遮若說佛法得波羅夷問若比丘言我是毗婆尸佛弟子若人問言云何毗婆尸佛弟子便言若人歸命釋迦文佛是人亦歸命毗婆尸佛尸棄佛維葉佛拘留孫佛拘那含牟尼佛迦葉佛如是等一切諸佛作如是語應得何罪答得偷蘭遮若說宿命神通得波羅夷問若比丘言我喜須陀洹斯陀含阿那含阿羅漢果若人問汝得是道耶答我不得須陀洹斯陀含阿那含阿羅漢果作如是語應得何罪答曰得偷蘭遮問若人問比丘言汝得果耶爾時比丘手中有菴羅果波那薩果閻浮果那利者陀果因是故說得果應得何罪答得偷蘭遮若說果事波羅夷問若比丘自作書言我是須陀

洹斯陀含阿那含阿羅漢果作如是語已語比丘言此書說我得果我非須陀洹斯陀含阿那含阿羅漢果作如是語者應得何罪答得偷蘭遮問頗比丘虛妄說我得聖法不得波羅夷耶答曰有若先破戒若賊住先來白衣是問頗有不受大戒虛妄說我得聖法得波羅夷耶答有與學沙彌是問頗一比丘獨入空房一時得四波羅夷耶答曰有婬欲者如藍婆羅及弱脊盜者先作盜方便已入舍殺者亦先作殺因緣已入舍妄語者自唱言阿羅漢在此房中是也問四波羅夷竟

問十三事

佛在舍衛國優波離問佛言世尊如佛所說故出精得僧伽婆尸沙若比丘睡眠中捺覺已出精得何罪佛言若覺已不動無罪若動得偷蘭遮若覺時捺睡眠已出得偷蘭遮若比丘捉瘡捺瘡故捺出精得僧伽婆尸沙若比丘捉瘡捺瘡欲出精心懷悔休得偷蘭遮若比丘捉瘡捺瘡欲受細滑心還悔休得偷蘭遮未受大戒人捺未受大戒人出精得突吉羅未受大戒人捺受大戒時出突吉羅未受大戒人捺受大戒人出精得僧伽婆尸沙受大戒時捺受大戒時出得突吉羅受大戒時捺受大戒已出得僧伽婆尸沙受大戒人捺受大戒人出得僧伽婆尸沙受大戒人捺非大戒人出得偷蘭遮問若比丘作僧伽婆尸沙罪不憶日月應從何日來治答從受大戒來治問齊何名出精答從瘡出問頗非比丘作罪比丘得脫耶頗比丘作罪非比丘得脫耶頗是人作罪即是人得脫耶答曰有非

比丘作罪比丘得脫者若比丘尼得不共比丘僧伽婆尸沙罪是比丘尼轉根作比丘即時得脫是名非比丘作罪比丘得脫比丘作罪非比丘得脫者若比丘得不共比丘尼僧伽婆尸沙罪是比丘轉根作比丘尼即時得脫是名比丘作罪非比丘得脫是人作罪即是人得脫者若比丘作罪僧伽婆尸沙如法治滅若比丘尼僧伽婆尸沙如法治滅是名是人作罪即是人得脫諸比丘眠中拊覺已出若覺已不動無罪若動得偷蘭遮問頗比丘故出精不得僧伽婆尸沙耶答曰有若未結戒作是四人本白衣拊一比丘出精是比丘得偷蘭遮問頗比丘故出精不得僧伽婆尸沙耶答曰有若先破戒若賊住是問頗有不受大戒人故出精得僧伽婆尸沙耶答曰有與學沙彌是也問如佛所說摩觸女人身得僧伽婆尸沙頗比丘摩觸女人身不得僧伽婆尸沙耶答曰有若女人身根壞比丘摩觸得偷蘭遮若比丘身根壞摩觸女人得偷蘭遮若比丘與女人期疑是不是若是摩觸得僧伽婆尸沙疑是人非人若是人女摩觸得僧伽婆尸沙若比丘以爪以齒以毛以瘡以無肉骨摩觸女人身得偷蘭遮若比丘以身摩觸女人爪齒毛瘡無肉骨得偷蘭遮若比丘愛一女人而摩觸餘女人身得偷蘭遮若摩觸二根女身得偷蘭遮若摩觸不能女人身得偷蘭遮若比丘不能男摩觸女人身得偷蘭遮若比丘摩觸男子身得偷蘭遮若比丘摩觸女人身是女人即時轉根作男子比丘摩觸男子得偷蘭遮若比丘摩觸女人

身比丘轉根作比丘尼比丘尼摩觸女人身得偷蘭遮若比丘摩觸男子身是男子轉根作女人比丘摩觸女人身得僧伽婆尸沙若比丘摩觸男子身比丘轉根作比丘尼比丘尼摩觸男子波羅夷若比丘尼摩觸男子身是男子轉根作女人比丘尼摩觸女身得偷蘭遮若比丘尼摩觸男子身是比丘尼轉根作比丘比丘摩觸男子得偷蘭遮若比丘尼摩觸女人身是女人轉根作男子比丘尼摩觸男子得波羅夷若比丘尼摩觸女人身是比丘尼轉根作比丘比丘摩觸女人得僧伽婆尸沙問頗比丘摩觸女人身不得僧伽婆尸沙耶答曰有若爲寒爲熱爲煖無染心無罪若摩觸不能女得偷蘭遮若摩觸入滅盡定女人得偷蘭遮問頗比丘摩觸女人身不

得僧伽婆尸沙耶答曰有若救火救水救刀兵救深坑救惡獸救惡鬼諸難無罪問頗比丘與女人麤語不得僧伽婆尸沙耶答曰有若爲他作麤語若遣使若本性麤語若遣書若示相得偷蘭遮若與不能女麤語得偷蘭遮若比丘與二道合一道女人共麤語得偷蘭遮若與入滅盡定女人共麤語得偷蘭遮問頗比丘向女人稱讚以身供養不得僧伽婆尸沙耶答曰有若爲他故向女人稱讚以身供養得偷蘭遮若遣使若書若示相得偷蘭遮若向不能女稱讚以身供養得偷蘭遮若比丘向二道合一道女人稱讚以身供養得偷蘭遮若向入滅盡定女人稱讚以身供養得偷蘭遮優波離問佛若媒合男女事已成比丘後來佐助得何罪答得偷蘭遮若居

士與女人共期語比丘言汝為我語彼女人來比丘語彼女人彼女人不隨語比丘還語居士言彼女人不隨我語是比丘得偷蘭遮若比丘受富貴人語向貧賤人說受貧賤人語向富貴人說得偷蘭遮受富貴人語向富貴人說受貧賤人語向貧賤人說得僧伽婆尸沙問齊何名富貴人答乃至三語令官受用是名富貴若比丘語餘比丘言汝買女人得偷蘭遮若言買是偷蘭遮若買已合偶事成得僧伽婆尸沙若女人一懷妊女一懷妊男比丘媒合得偷蘭遮若比丘持主人語轉語餘人展轉乃至第三人得偷蘭遮若比丘從使邊受語轉語餘人復還自來語其主得僧伽婆尸沙若比丘與未有男家作媒言若男當與某女得偷蘭遮若比丘與不能男不能女二道合一道女石女作媒得偷蘭遮問頗比丘作媒不得僧伽婆尸沙耶答曰有若女是人男是非人若男是人女是非人若二俱非人比丘媒合得偷蘭遮若一居士與女人期問比丘言是女人在何處比丘答言在外牆邊比丘得偷蘭遮若比丘慳心受語狂心語彼人得偷蘭遮若狂心受語慳心語彼人僧伽婆尸沙若比丘受慳心者語狂心者得偷蘭遮若受狂心者語語慳心者僧伽婆尸沙有一居士到衆僧中語衆僧言汝等與我語某甲居士與我兒若女若姊是中若有比丘受是語語彼居士得僧伽婆尸沙若衆僧差遣一比丘是比丘持是語語彼居士衆僧得僧伽婆尸沙有二居士作善知識二居士婦俱懷妊是二居士共作要言若我生男

汝生女汝女當與我男若我生女汝生男我女當與汝男若一人生男一人生女生男者死居家貧窮生女者違要不與此男子鬪語其家入出比丘言汝能爲我語彼女人言汝未生時汝父母持汝與我今見我家貧不欲與我汝不應爾汝今但來我還當富貴是比丘持是語向彼女人說女人心輭聞如是事走到男所得共和合是比丘生疑我將不犯僧伽婆尸沙耶以是事白佛佛言不犯得偷蘭遮若比丘受男子語是男轉根爲女與二女人作媒得偷蘭遮若比丘受女人語是女人轉根爲男子與二男子作媒得偷蘭遮若比丘受他人語比丘自轉根作比丘尼得僧伽婆尸沙若比丘尼受男子語是男子轉根爲女人與二女人作媒得偷蘭遮若比丘尼受女人語是女人轉根爲男子與二男子作媒得偷蘭遮若比丘尼受他人語比丘尼自轉根作比丘得僧伽婆尸沙未受大戒人受語未受大戒語彼得突吉羅未受大戒人受語受大戒時語彼得突吉羅未受大戒人受語受大戒人語彼得僧伽婆尸沙受大戒時受語受大戒時語彼得突吉羅受大戒時受語受大戒已語彼得僧伽婆尸沙受大戒人受語受大戒人語彼得僧伽婆尸沙受大戒人受語非大戒人語彼得偷蘭遮若比丘和合父母得偷蘭遮問頗比丘作媒不得僧伽婆尸沙耶答曰有若先破戒若賊住若先來白衣是問頗不受大戒人作媒得僧伽婆尸沙耶答曰有與學沙彌是優波離問佛如佛所說若比丘爲自身乞作房舍當應量作頗

比丘爲自身乞作房不得僧伽婆尸沙耶答曰有從僧乞地不乞作房是中作房得偷蘭遮若乞作房不乞地得僧伽婆尸沙問頗比丘自乞作房不得僧伽婆尸沙耶答曰有若餘人作房未成比丘後成得偷蘭遮若比丘作房未成反戒得偷蘭遮問齊何名房答曰得容四威儀坐卧行立是大舍戒亦如是問如佛所説比丘以無根波羅夷謗比丘得僧伽婆尸沙問頗比丘以無根波羅夷謗比丘不得僧伽婆尸沙耶答曰有若作書若遣使若作相示若謗先破戒若賊住若先來白衣諸擯人不共住人種種不共住人狂人散亂心人病壞心人是何以故是諸人等心不安隱故若比丘語比丘言我犯婬是比丘以無根謗言汝犯殺盜妄語得僧伽婆尸沙若比丘語比丘言我犯盜是比丘以無根謗言汝犯殺妄語婬得僧伽婆尸沙若比丘語比丘言我故奪人命是比丘以無根謗言汝犯妄語婬盜得僧伽婆尸沙若比丘語比丘言我犯妄語是比丘以無根謗言汝犯婬盜殺得僧伽婆尸沙若比丘尼以無根波羅夷謗比丘尼得僧伽婆尸沙問頗有比丘尼以無根波羅夷謗比丘尼不得僧伽婆尸沙耶答曰有若作書若遣使若作相示若不能女若二道合爲一道若先破戒若賊住若先來白衣諸擯人不共住人種種不共住人狂人散亂心人病壞心人是何以故是諸人等心不安隱故若比丘尼語比丘尼言我犯婬是比丘尼以無根謗言汝犯殺盜妄語得僧伽婆尸沙若比丘尼語比丘尼言我犯盜是比丘尼

以無根謗言汝犯殺妄語婬得僧伽婆尸沙若比丘尼語比丘尼言我故奪人命是比丘尼以無根謗言汝犯妄語婬盜得僧伽婆尸沙若比丘尼語比丘尼言我犯妄語是比丘尼以無根謗言汝犯婬盜殺得僧伽婆尸沙若比丘以無根波羅夷謗比丘得僧伽婆尸沙若比丘以無根波羅夷謗比丘尼式叉摩尼沙彌沙彌尼得突吉羅若比丘尼以無根波羅夷謗比丘尼得僧伽婆尸沙若比丘尼以無根波羅夷謗式叉摩尼沙彌沙彌尼比丘得突吉羅若式叉摩尼以無根波羅夷謗式叉摩尼得突吉羅若式叉摩尼以無根波羅夷謗沙彌沙彌尼比丘比丘尼得突吉羅若沙彌以無根波羅夷謗沙彌得突吉羅若沙彌以無根波羅夷謗沙彌尼比丘比丘尼

式叉摩尼得突吉羅若沙彌尼以無根波羅夷謗沙彌尼得突吉羅若沙彌尼以無根波羅夷謗比丘比丘尼式叉摩尼沙彌得突吉羅若比丘以無根逆罪謗比丘如法得罪若謗言汝殺母殺父殺阿羅漢得僧伽婆尸沙若謗言汝惡心出佛身血若壞僧得偷蘭遮問頗比丘以無根逆罪謗比丘不如法得罪耶答曰有若謗先破戒若賊住若先來白衣若作書若遣使若作相示若諸擯人不共住人種種不共住人狂人散亂心人病壞心人是何以故是諸人等心不安隱故若比丘語比丘言我殺母是比丘以無根逆罪謗言汝殺父殺阿羅漢得僧伽婆尸沙若謗言汝惡心出佛身血若壞僧得偷蘭遮若比丘語比丘言我殺父是比丘以無根逆罪謗言汝殺

母殺阿羅漢得僧伽婆尸沙若謗言汝惡心出佛身血若壞僧得偷蘭遮若比丘語比丘言我殺阿羅漢是比丘以無根逆罪謗言汝殺父母得僧伽婆尸沙若謗言汝惡心出佛身血若壞僧得偷蘭遮若比丘語比丘言我壞衆僧是比丘以無根逆罪謗言汝殺父母殺阿羅漢得僧伽婆尸沙若謗言汝惡心出佛身血得偷蘭遮若比丘語比丘言我惡心出佛身血是比丘以無根逆罪謗言汝殺父母殺阿羅漢得僧伽婆尸沙若謗言汝壞僧得偷蘭遮若比丘尼以無根逆罪謗比丘尼如法得罪若謗言汝殺父母殺阿羅漢得僧伽婆尸沙若謗言汝惡心出佛身血若壞僧得偷蘭遮問頗比丘尼以無根逆罪謗比丘尼不如法得罪耶答曰有若謗先破戒人若賊住若先來白衣若作書若遣使若作相示若不能女若二道合一道若石女若諸擯人不共住人種種不共住人狂人散亂心人病壞心人是何以故是諸人等心不安隱故若比丘尼語比丘尼言我殺母是比丘尼以無根逆罪謗言汝殺父殺阿羅漢得僧伽婆尸沙若謗言汝惡心出佛身血若壞僧得偷蘭遮若比丘尼語比丘尼言我殺父是比丘尼以無根逆罪謗言汝殺母殺阿羅漢得僧伽婆尸沙若謗言汝惡心出佛身血若壞僧得偷蘭遮若比丘尼語比丘尼言我殺阿羅漢是比丘尼以無根逆罪謗言汝殺母殺父得僧伽婆尸沙若謗言汝惡心出佛身血若壞僧得偷蘭遮若比丘尼語比丘尼言我壞僧是比丘尼以無根逆罪謗言汝殺母殺父殺

阿羅漢得僧伽婆尸沙若謗言汝惡心出佛身血得偷蘭遮若比丘尼語比丘尼言我惡心出佛身血是比丘尼以無根逆罪謗言汝殺母殺父殺阿羅漢得僧伽婆尸沙若謗言汝壞僧得偷蘭遮若比丘以無根逆罪謗比丘如法得罪比丘以無根逆罪謗比丘尼式叉摩尼沙彌沙彌尼得突吉羅比丘尼以無根逆罪謗比丘尼如法得罪若比丘尼以無根逆罪謗式叉摩尼沙彌沙彌尼比丘得突吉羅若式叉摩尼以無根逆罪謗式叉摩尼得突吉羅式叉摩尼以無根逆罪謗沙彌沙彌尼比丘比丘尼得突吉羅沙彌以無根逆罪謗沙彌得突吉羅沙彌以無根逆罪謗沙彌尼比丘比丘尼式叉摩尼得突吉羅沙彌尼以無根逆罪謗沙彌尼得突吉羅沙彌尼以無根逆罪謗比丘比丘尼式叉摩尼沙彌得突吉羅若以無根謗言汝盡破戒得偷蘭遮若說汝破四重戒得僧伽婆尸沙犯斥罪以無根謗亦如是優波離問佛如佛所說若諸比丘不先輭語約勑便以白四羯磨約勑是如法約勑不佛言是約勑作羯磨人得突吉羅又問若未作白四羯磨便擯出去是得名擯不答得擯作羯磨人得突吉羅若未作三語約勑於界內別請人作羯磨得羯磨不答得羯磨作羯磨者得偷蘭遮破僧因緣故若衆僧知衆僧得罪比丘若未作出羯磨出諸比丘過罪言諸比丘隨愛隨瞋隨怖隨癡行是比丘得突吉羅問是人應約勑不答言不應若令出爲如法不答不如法問若先作出羯磨竟是比丘出諸比丘過罪若言諸比

丘隨愛隨瞋隨怖隨癡行是比丘得偷蘭遮應約勑是比丘莫作是語不答言應約勑如法不答曰如法優波離問佛如佛所說若諸比丘不舉不憶念自身作不可共語是比丘得突吉羅可約勑不答不得約勑若約勑成約勑不答不成約勑若諸比丘若舉若令憶念自身作不可共語聞是已作自身不可共語是比丘得偷蘭遮應約勑不答言應約勑若約勑成約勑不答成約勑問有罪比丘在地作羯磨人在高上得約勑不答不得若有罪比丘在高上羯磨人在地得約勑不答不得若有罪比丘在界內羯磨人在界外得約勑不答不得若有罪比丘在界外羯磨人在界內得約勑不答不得若有罪比丘羯磨比丘俱在界內得約勑不答得約勑問頗一比丘於四住處作約勑得約勑不得罪耶答曰有若材木若牀榻連接四界比丘坐上作約勑得約勑四處問頗一比丘足四處衆作教勑得如法耶答曰得若材木若牀榻若連接四界比丘坐上足四處衆得如法教勑四處問頗一人於四住處教勑四人各各所作得教勑不得罪耶答曰有若材木牀榻若連接四界比丘坐上若是比丘能一時以一羯磨如法教勑四人各隨所作是也十三事竟

十誦律卷第五十六

音釋

嚙倪結切噬也　脹陟亮切胖脹也　摴丑居切摴蒲博戲也　邏郎賀切遮也　觝都禮切　蹴蹶蹴子六切蹋也蹶居月切跳也　挊盧貢切與弄同戲也

十誦律卷第五十七

姚秦三藏弗若多羅共三藏鳩摩羅什譯

第九誦之二

問二不定法

優波離問佛若信語優婆夷見比丘於初犯四波羅夷中隨所破戒語諸比丘應隨信語優婆夷語治不佛言應隨語治應與實罪相羯磨不佛言應與又問若二信語優婆夷一人見比丘犯婬一人見犯盜是二人語諸比丘應隨此信語優婆夷語治不答言應治應與實罪相羯磨不答言應與問信語優婆夷見比丘行道時與女人作婬語諸比丘應隨信語優婆夷治不答言不應應與實罪相羯磨不答言不應應問是信語優婆夷言更有信語優婆夷不答言有應問第二人若二人語同應隨信語優婆夷治應與實罪相羯磨若語不同言我不見行道時作婬我見立坐作婬爾時應問是比丘汝實云何應隨是比丘語作問若信語優婆夷見比丘與剎利女作婬語諸比丘應隨信語優婆夷治不答言不應應與實罪相羯磨不答曰不應應問言更有信語優婆夷不答曰有應問第二人若二人語同應隨信語優婆夷治應與實罪相羯磨若語不同言我不見與剎利女作婬我見與婆羅門女毗舍首陀羅女作婬爾時應問是比丘汝實云何應隨是比丘語作問若信語優婆夷見比丘與一白色女作婬語諸比丘應隨信語優婆夷治不答言不應應與實罪相羯磨不答言不應應問言更有信語優婆夷不若言有應問第二人若第二人語

同應隨信語優婆夷治應與實罪相羯磨若語不同言我不見與白色女作婬我見與黑色女若黃色青色女作婬爾時應問是比丘汝實云何應隨是比丘語作問若信語優婆夷見比丘與長女人作婬語諸比丘應隨信語優婆夷治不答言不應應與實罪相羯磨不答不應問言更有信語優婆夷不若言有應問第二人若第二人語同應治應與實罪相羯磨若語若不同言我不見與長女人作婬我見與短女人中女人作婬爾時應問是比丘汝實云何應隨是比丘語作問若信語優婆夷見比丘與女人於小便道作婬語諸比丘應隨信語優婆夷語治不答言不應應與實罪相羯磨不答言不應應問言更有信語優婆夷不答言有應問第二人若第二人

語同應隨信語優婆夷治應與實罪相羯磨若語不同言我不見小便道作婬我見大便道口中作婬爾時應問是比丘汝實云何應隨是比丘語作問若信語優婆夷見比丘與女人大便道中作婬語諸比丘應隨信語優婆夷治不答言不應應與實罪相羯磨不答言不應應問更有信語優婆夷不答言有應問第二人若第二人語同應隨信語優婆夷治應與實罪相羯磨若語不同言我不見大便道中作婬我見小便道口中作婬爾時應問是比丘汝實云何應隨是比丘語作問若信語優婆夷見比丘與女人口中作婬語諸比丘應隨信語優婆夷治不答言不應應與實罪相羯磨不答言不應應問更有信語優婆夷不答言有應問第二人若第二人語同

應隨信語優婆夷治應與實罪相羯磨若語不同言我不見口中作婬我見於大小便道中作婬爾時應問是比丘汝實云何應隨是比丘語作問若信語優婆夷見比丘非時噉石蜜謂是噉肉語諸比丘應隨信語優婆夷治不答言不應應與實罪相羯磨不答言不應應問是比丘有是事不若比丘言我不食肉我噉黑石蜜應隨是比丘語作問若信語優婆夷見比丘非時噉酥謂是噉穄米糜語諸比丘應隨信語優婆夷治不答言不應應與實罪相羯磨不答言不應應問是比丘汝實有是事不若比丘言我不食穄米糜我噉酥應隨是比丘語作問若信語優婆夷見比丘非時飲石蜜漿謂敢粥語諸比丘應隨信語優婆夷治不答言不應應與實罪相羯磨不答不應應問是比丘有是事不若比丘言我不噉粥我飲石蜜漿應隨是比丘語作問若信語優婆夷見比丘於女人股間出精謂正作婬欲語諸比丘應隨信語優婆夷治不答言不應應與實罪相羯磨不答言不應應問是比丘有是事不若比丘言股間出精不犯正婬應隨自言治問若比丘共一女人行道有二信語優婆夷隨來一信語優婆夷見比丘摩觸女人身謂作婬語諸比丘應隨信語優婆夷治不答言不應應問第二人若事相違我如所見說應隨信語優婆夷治不答言不應應與實罪相羯磨不答言不應應問是比丘是云何隨比丘自言作問若信語優婆夷見比丘於後四品戒中隨所犯戒語諸比丘應隨信優婆夷治不答言應應與實罪

相羯磨不答應與問若二信語優婆夷一人見比丘故出精一人見比丘摩觸女人身語諸比丘應隨信語優婆夷治不答言應治應與實罪羯磨不答言應與問若信語優婆夷見比丘行時故出精語諸比丘應隨信語優婆夷治不答言不應應與實罪相羯磨不答言不應應問更有信語優婆夷不答言有應問第二人若第二人語同應隨信語優婆夷治應與實罪相羯磨若語不同言我不見行時出精我見若坐若立時出精爾時應問是比丘是事云何應隨是比丘語作問若信語優婆夷見比丘摩觸刹利女身語諸比丘應隨信語優婆夷治不答言不應應與實罪相羯磨不答言不應應問更有信語優婆夷不若言有應問第二人若第二人語同應與實罪相羯磨若語不同言我不見刹利女身我見婆羅門毗舍首陀羅女爾時應問是比丘是事云何應隨是比丘語作問若信語優婆夷見比丘摩觸白色女人身語諸比丘應隨信語優婆夷治不答言不應應與實罪相羯磨不答言不應應問更有信語優婆夷不若言有應問第二人若第二人語同應治應與實罪相羯磨若語不同言我不見是比丘摩觸白色女人身我見摩觸黑色黃色青色女人身爾時應問是比丘是事云何應隨是比丘語作問若信語優婆夷見比丘摩觸長女人身語諸比丘應隨信語優婆夷治不答言不應應與實罪相羯磨不答言不應應問更有信語優婆夷不若言有應問第二人若第二人語同應治應與實罪相羯磨若語不同

言我不見摩觸長女人身我見摩觸短女人中女人身應治不應與實罪相羯磨不答言不應與應問是比丘隨比丘自言作問若比丘於道中行有一女人有二信語優婆夷一信語優婆夷見比丘行時摩觸女人身語諸比丘應隨是語治不答言不應應與實罪相羯磨不答言不應應問第二人若事相違我如所見説應隨信語優婆夷治不答言不應應與實罪相羯磨不答言不應應問是比丘是事云何應隨是比丘語作二不定法竟

問三十捨墮法

優波離問佛若比丘多有尼薩耆衣若火燒若腐爛若斷壞若蟲齧應捨不佛言不應捨是比丘應但如法滅罪若有殘段碎應捨不答言不應捨是比丘但如法滅罪問若衣經淨緯不淨緯淨經不淨若二俱不淨不淨者若駱駝毛牛毛羖羊毛若雜織衣應捨不答言不應捨問若比丘得長衣五日是比丘狂心散亂心病壞心齊何數作十日答數得自心日問頗比丘盡形畜長衣不得尼薩耆波逸提耶答曰有若得長衣未滿十日便命終是問頗比丘畜長衣過十日在耶佛言有比丘不斷望衣第十日得衣不遣與人不作淨不受持至十一日地了時過此十餘一夜在是也優波離問佛若比丘受衆僧衣離宿應捨不答言不應捨是比丘但應如法滅罪問若比丘衣在界內比丘出界外至地曉是離衣宿耶答言離宿問若衣在界外比丘在界內至地了時是名離衣宿耶答言離宿問若衣在地比丘在上至地了時是名離衣宿耶

答言離衣宿問若衣在上比丘在地至地了時是名離衣宿耶答言離衣宿問若未作不離衣羯磨齊遠近名不離衣答言若牆壁籬塹柵齊是來比丘不離三衣比丘尼不離五衣與學沙彌不離三衣與學沙彌尼不離五衣問得一月衣裁何等是一月衣裁乃至一月畜答淨衣是問衣量大小答乃至得覆身三分是諸衣不淨者經淨緯不淨緯淨經不淨若二俱不淨不淨者一切駱駝毛牛毛羖羊毛雜織衣是名不淨如是衣不應畜至一月問頗比丘使非親里比丘尼浣染打故衣不得尼薩耆波夜提耶答曰有若比丘先自小浣更令浣先小染更令染先小自打更令打若浣不名浣如不浣得突吉羅若染不名染如不染得突吉羅若打不名打如不打得

突吉羅若展轉令浣若遣使若作書若示相若爲他若浣染若二人共衣若衆僧衣入尼薩耆衣若作淨衣皆得突吉羅問頗比丘著淨衣入白衣舍得尼薩耆出耶答曰有若比丘著淨衣入白衣舍若屎尿牛屎泥著令非親里比丘尼浣得尼薩耆波夜提若衣經淨緯不淨緯淨經不淨若二俱不淨不淨者一切駱駝毛牛毛羖羊毛若雜織衣令浣得突吉羅若比丘令非親里比丘尼浣故衣是比丘尼轉根作比丘得突吉羅若比丘令非親里比丘尼浣故衣比丘轉根爲比丘尼得突吉羅罪問頗比丘令非親里比丘尼浣染打故衣不得尼薩耆波夜提耶答曰有若先破戒若賊住若先來白衣是問頗不受具足戒人令非親里比丘尼浣染打故衣得尼薩耆

波夜提耶答曰有與學沙彌是也問頗有比丘從非親里居士居士婦乞衣不得尼薩耆波夜提耶答曰有若不能男居士不能女居士婦二根居士二道合一道居士婦比丘從是乞衣得突吉羅問頗有不受具足戒人從非親里居士居士婦乞衣得尼薩耆波夜提耶答曰有與學沙彌是也若衣經淨緯不淨緯淨經不淨若二俱不淨不淨者一切駱駝毛牛毛羖羊毛若雜織衣比丘乞是衣得突吉羅若乞毳得突吉羅若乞縷得突吉羅未受具足戒人乞未受具足戒人得突吉羅未受具戒人乞受具足戒時得得突吉羅未受具足戒人乞受具足戒已得得尼薩耆波夜提受具足戒時乞受具戒時得得突吉羅受具足戒時乞受具足戒已得得尼薩耆波夜提受具足戒人乞受具足戒人得得尼薩耆波夜提受具足戒人乞非具足戒人得得突吉羅若比丘從非親里居士居士婦乞衣比丘轉根作比丘尼比丘尼得是衣尼薩耆波夜提若比丘尼從非親里居士居士婦乞衣是比丘尼轉根作比丘比丘得是衣尼薩耆波夜提問頗有比丘非親里中作親厚意索不得得尼薩耆波夜提耶答曰有若比丘爲辦衣價比丘作親厚意索得突吉羅若比丘尼式叉摩尼沙彌沙彌尼爲辦衣價比丘作親厚意索得得突吉羅若衆多居士爲辦衣價比丘作親厚意索得突吉羅若比丘所不應畜物作親厚意索得突吉羅未受具足戒人作親厚意索未受具足戒人得得突吉羅未受具足戒人作親厚意索受具足戒時得

得突吉羅未受具足戒人作親厚意索受具足戒已得得尼薩耆波夜提受具足戒時作親厚意索受具戒時得得突吉羅受具戒時作親厚意索受具足已得得尼薩耆波夜提受具戒人作親厚意索受具戒人得得尼薩耆波夜提受具戒人作親厚意索非具足戒人得得突吉羅若是衣價屬天龍夜叉羅刹餓鬼鳩槃茶毗舍遮等非人若屬先破戒人若賊住若先來白衣若擯人別住人種種不共住人狂人散亂心人病壞心人及諸外道此中作親厚意索得突吉羅問頗比丘勤求衣乃至過六反不得尼薩耆波夜提耶答曰有是衣價屬人寄在天龍夜叉羅刹餓鬼鳩槃茶毗舍遮等非人邊是中勤求乃至過六反得突吉羅若是衣價屬天龍夜叉羅刹餓鬼鳩槃茶鬼毗舍遮等非人寄在人邊是中勤求乃至過六反得突吉羅若是衣價屬出家外道寄在人邊是中勤求乃至過六反得突吉羅問頗比丘以憍施耶作新敷具不得尼薩耆波夜提耶答曰有若憍施耶腐壞若憍施耶作劫貝若憍施耶作鉢姤路慕若憍施耶突路若作淨經淨緯不淨緯淨經不淨若二俱不淨不淨者駱駝毛牛毛若羖羊毛若雜織作敷具得突吉羅若減量作突吉羅若佛衣等量作突吉羅問比丘用純黑羺羊毛作新敷具不得尼薩耆波夜提耶答曰有羺羊毛腐壞作得突吉羅若經淨緯不淨緯淨經不淨若二俱不淨不淨者駱駝毛牛毛羖羊毛若雜織作敷具得突吉羅若減量作突吉羅若如來衣等量作得突吉羅問頗比

丘不用二分純黑三分白羺羊毛四分下羊毛作新敷具不得尼薩耆波夜提耶答曰有經淨緯不淨緯淨經不淨二俱不淨不淨者駱駝毛牛毛羖羊毛若雜織作敷具得突吉羅若減量作突吉羅若佛衣等量作得突吉羅問頗比丘六年內故敷具若捨若不捨更作新敷具不得尼薩耆波夜提耶答曰有餘人先作未成比丘足成竟得突吉羅若作未成便反戒得突吉羅若經淨緯不淨緯淨經不淨二俱不淨不淨者若駱駝毛牛毛羖羊毛雜織作者得突吉羅問頗比丘持羺羊毛過三由旬不得尼薩耆波夜提耶答曰有飛持過不犯若與化淨人持過得突吉羅若比丘知是化人不犯問頗有比丘使非親里比丘尼浣染擘羺羊毛不得尼薩耆波夜提耶答曰有先以小浣更浣先已小染更染先已小擘更擘浣如不浣染如不染擘如不擘皆突吉羅若展轉令浣染擘若遣使若教他作書若示相使浣染擘皆突吉羅若浣染擘梳毳得突吉羅二人共毳使浣染擘突吉羅使浣染擘衆僧毳得突吉羅使浣染擘尼薩耆波夜提毳得突吉羅使浣染擘作淨施毳得突吉羅問頗比丘自手取錢不得尼薩耆波夜提耶答曰有若取似錢者得突吉羅問頗比丘以錢種種用不得尼薩耆波夜提耶答曰有用似錢買者得突吉羅共非人買物非人者天龍夜叉羅刹鳩槃茶薜荔伽毗舍遮等共買物得突吉羅若共狂人散亂心人病壞心人若親里共買得突吉羅未受具戒人與未受具戒人得得突吉羅未受具戒人與

受具戒人得得突吉羅未受具戒人與受具戒已得得尼薩耆波夜提受具戒時與受具戒時得得突吉羅受具戒時與受具戒已得得尼薩耆波夜提受具戒人與受具戒人得得尼薩耆波夜提受具戒人與非具戒人得得突吉羅種種販賣亦如是問頗有比丘盡形畜長鉢不得尼薩耆波夜提耶答曰有若比丘畜長鉢未滿十日便命終者是問若比丘得長鉢五日是比丘便狂心散亂心病壞心齊何數作十日答數得自心日問頗比丘久畜長鉢不犯尼薩耆波夜提耶答曰若他送鉢乆乆乃至者是也問頗有比丘過一夜畜長鉢得尼薩耆波夜提耶答曰有是比丘得長鉢日便轉根作比丘尼者是問頗有比丘尼畜長鉢十夜不得尼薩耆波夜提耶答

曰有是比丘尼得長鉢已轉根作比丘者是問頗有比丘多有鉢入尼薩耆一切鉢應衆僧中行不答曰不應但僧中行一鉢餘者隨意與親厚問頗有比丘鉢減五綴更求新鉢不得尼薩耆波夜提耶答曰有若求坏鉢白鐵鉢若二人共求若遣使若書若示相若展轉求若爲他求鉢皆得突吉羅若從異道出家人乞得鉢突吉羅若比丘所用鉢未滿五綴以自物買鉢突吉羅問若比丘不乞縷乞㲲得何罪答得突吉羅問頗有比丘自乞縷令非親里織師織不得尼薩耆波夜提耶答曰有是衣經淨緯不淨緯淨經不淨若二俱不淨不淨者若駱駝毛牛毛羖羊毛若雜縷令織得突吉羅問頗有比丘於非親里中作同意勸不得尼薩耆波夜提耶答曰有若居

士不能男居士婦不能女若居士二根居士婦二道合一道是中作同意勸得突吉羅問頗有比丘與他比丘衣後瞋還奪不得尼薩耆波夜提耶答曰有受法比丘與不受法比丘衣後瞋還奪不受法比丘與受法比丘衣後瞋還奪得突吉羅若衣經淨緯不淨緯淨經不淨若二俱不淨不淨者若駱駝毛牛毛羖羊毛若雜織衣與已後瞋還奪得突吉羅若與先破戒若賊住若先來白衣與已還奪得突吉羅是衣若減量後瞋還奪得突吉羅若佛衣等量後瞋還奪得突吉羅若比丘與他比丘衣他比丘轉根爲比丘尼還奪比丘尼衣得突吉羅若比丘與他比丘衣是比丘自轉根爲比丘尼比丘尼還奪比丘衣得突吉羅問受迦絺那衣竟當作閏月受迦絺那衣人當云何答隨安居數問受迦絺那衣應如布薩作羯磨不答曰應作問訖迦絺那衣應作捨羯磨不答曰應作問應何時受迦絺那衣答夏末後月問幾時應捨答從夏末月竟冬四月應捨問急施衣可得作時衣不答言得若衣經淨緯不淨緯淨經不淨若二俱不淨不淨者若駱駝毛牛毛羖羊毛若雜織衣如是等不淨不應停問頗比丘三衣中隨離一衣宿不得尼薩耆波夜提耶答曰有後安居未滿歲阿蘭若比丘三衣中若以一衣置界內舍中以少因緣出界作是言我今日當還此宿是比丘更有因緣起不得還宿宿界外地了得突吉羅問頗比丘春殘過一月求雨浴衣過半月畜不得尼薩耆波夜提耶答曰有若是衣經淨緯不淨緯淨經不淨

若二俱不淨不淨者若駱駝毛牛毛羖羊毛若雜織如是等衣得突吉羅問頗比丘從毋乞衣得尼薩耆波夜提耶答曰有若毋爲衆僧作衣是比丘自迴向已得尼薩耆波夜提若是物界外取得突吉羅若二三四盜心取如法得罪問頗比丘從毋乞順比丘物得尼薩耆波夜提耶答曰有若毋爲衆僧作順比丘物比丘自迴向已得尼薩耆波夜提若是物界外取得突吉羅若二三四盜心取如法得罪問若比丘非時受甘蔗非時壓非時漉非時受非時應飲不答言不得問若時受甘蔗非時壓非時漉非時受非時得飲不答曰不得問若時受甘蔗時壓非時漉非時受非時應飲不答言不得問若時受甘蔗時壓時漉非時受非時應飲不答曰不得問若時受甘蔗時壓時漉時受非時應飲不答若盡時淨應飲問若非時受酪非時壓非時漉非時受非時應飲不答曰不得若盡時淨應得問若比丘非時受胡麻非時壓非時漉非時受非時得飲不答曰不得若盡時淨應得問若比丘非時受肉非時煮非時壓非時漉非時受非時得服不答曰不得若盡時淨應得即日受時藥時分藥七日藥盡形藥共和合一處得服不答曰時藥力故時中應服非時不得服即日受時分藥七日藥盡形藥共和合一處得服不答曰時分藥力故時分中應服過時分不得服即日受七日藥盡形藥共和合一處得服不答七日藥力故七日應服過七日不得服盡形藥隨意應服昨日受時藥即日受時分藥七日藥盡形藥和合一處得

服不答不得服昨日受時分藥即日受七日藥盡形藥和同一處得服不答不得服昨日受七日藥即日受盡形藥和合一處得服不答曰不得服問是諸時藥時分藥七日藥盡形藥舉殘宿可服不答不得問若比丘先自取後更從淨人受得服不答不得問是諸藥手受口受無病比丘得服不答不得若手受口受病比丘得不答曰得三十捨墮竟

問波夜提事

優波離問佛若比丘作梵志形服於道行得何罪答曰得偷蘭遮若作秦形服大秦安息薄呿利波羅大形服得何罪答得突吉羅如是等亦得突吉羅問若人問比丘言汝見人用蓋行不比丘言不見爲因脚故言我不見得何罪答得突吉羅扇革屣珠釧羺頭瓔珞寶鬘欽跋羅疊拘執車乘帽輦輿等亦如是若比丘至婆羅門姓人邊語言汝是剃毛人故妄語故得波夜提乃至語不破戒人言汝破戒故妄語得波夜提問若人問比丘言汝是何人比丘言我是比丘尼是反戒不答不反戒故妄語得波夜提若言我是式叉摩尼沙彌沙彌尼優婆塞優婆夷白衣外道遮羅伽波離波羅遮尼揵馳阿耆毗等若言我是天龍夜叉揵闥婆阿脩羅伽樓羅薜荔伽鳩槃茶毗舍遮羅刹等作如是語是反戒不答不反戒故妄語得波夜提問若比丘天眼見天耳聞他比丘罪他不聽便出他罪得何罪答曰得突吉羅問若比丘於衆僧前破戒誰應舉答隨能舉者舉問若比丘至婆羅門姓人邊語言汝作剃毛人來得何罪答得突吉

羅問若比丘毀呰比丘得何罪得波夜提問頗比丘毀呰比丘不得波夜提罪耶答曰有若先破戒若賊住若先來白衣是問頗不受大戒人以毀呰比丘得波夜提耶答曰有與學戒沙彌是若作書若遣使若示相若展轉毀呰得突吉羅若比丘以毀呰比丘得波夜提毀呰比丘尼式叉摩尼沙彌沙彌尼得突吉羅若比丘尼以毀呰比丘尼得波夜提毀呰式叉摩尼沙彌沙彌尼比丘得突吉羅式叉摩尼毀呰式叉摩尼得突吉羅毀呰沙彌沙彌尼比丘比丘尼得突吉羅若沙彌毀呰沙彌得突吉羅毀呰沙彌尼比丘比丘尼式叉摩尼得突吉羅沙彌尼毀呰沙彌尼得突吉羅毀呰比丘比丘尼式叉摩尼沙彌突吉羅問若比丘兩舌讒比丘得波夜提若比丘兩舌讒比丘尼式叉摩尼沙彌沙彌尼得突吉羅若比丘尼兩舌讒比丘尼得波夜提若比丘尼兩舌讒式叉摩尼沙彌沙彌尼比丘得突吉羅若式叉摩尼兩舌讒式叉摩尼得突吉羅若式叉摩尼兩舌讒沙彌沙彌尼比丘比丘尼得突吉羅若沙彌兩舌讒沙彌得突吉羅若沙彌兩舌讒沙彌尼比丘比丘尼式叉摩尼得突吉羅若沙彌尼兩舌讒沙彌尼得突吉羅若沙彌尼兩舌讒比丘比丘尼式叉摩尼沙彌得突吉羅若比丘在界內讒界外比丘得突吉羅若在界外讒界內比丘若在地讒高上比丘若在高上讒在地比丘得突吉羅若比丘住界內若坐若立若卧讒界內比丘得波夜提若作書若遣使若示相若展轉讒得突吉羅問頗比丘如法滅事後

還發起不得波夜提答曰有是事若比丘比丘尼事若比丘式叉摩尼若比丘沙彌若比丘沙彌尼事是如法滅已比丘還發起突吉羅問頗比丘如法滅事還發起不得波夜提耶答曰有若先破戒若賊住若先來白衣是也問頗不受大戒人如法滅事還發起得波夜提耶答曰有與學戒沙彌是也若作書若遣使若示相若展轉語如法滅事已還發起得突吉羅問毗尼中說比丘不能男淨人前爲女人說法過五六語何等是不能男淨人前爲女人說法過五六語答曰不動者是無知淨人前與女人說法過五六語說得突吉羅若作書若遣使若示相若展轉語說法過五六語得突吉羅若作淨人睡眠與女人說法過五六語得突吉羅若女人淨男子不淨男子淨女人不淨若二俱不淨若是中無作淨人比丘爲女人說法過五六語得突吉羅若有不能男作淨者比丘爲女人說法過五六語得突吉羅若無作淨者比丘爲不能女人說法過五六語得突吉羅若無作淨人比丘爲二道合一道女人說法過五六語得突吉羅若比丘若瘂淨人前與女人說法過五六語得突吉羅若聾淨人前與女人說法過五六語得突吉羅若瘂聾淨人前與女人說法過五六語得突吉羅若非人天龍夜叉薜荔伽鳩槃茶毗舍遮羅刹等淨人前與女人說法過五六語得突吉羅問頗比丘以音句誦法教未受具戒人誦不得波夜提耶答曰有若教天龍夜叉薜荔伽鳩槃茶毗舍遮羅刹等非人讀誦得突吉羅教吃人誦得突吉

羅獨處誦得突吉羅獨非獨想非獨獨想以中國語教邊地人誦是邊地人不解是語以邊地語教中國人誦是中國人不解是語若教瘂人聾人瘂聾人誦若作書若遣使若示相若展轉語狂心病壞心散亂心如是等教讚誦得突吉羅問頗不受具戒人以音句誦法教未受具戒人讚誦得波夜提耶答曰有與學沙彌是也若與學戒沙彌教瘂人聾人瘂聾人讚誦得突吉羅若與學沙彌以音句誦法教比丘比丘尼讚誦得突吉羅問頗比丘未受具戒人前說過人法言我有如是知如是見不得波夜提耶答有若天龍夜叉薜茘伽鳩槃茶毗舍遮羅剎等非人前說得突吉羅若獨處說得突吉羅獨非獨想非獨獨想若以中國語向邊地人說邊地人不解以邊地語向中國人中國人不解是語若向瘂人聾人瘂聾人說若作書若遣使若示相若展轉語得突吉羅若向狂人散亂心人病壞心人說得突吉羅問頗有比丘以麤罪向未受具戒人說不得波夜提耶答曰有向未受具戒人說比丘尼麤罪得突吉羅說式叉摩尼沙彌沙彌尼麤罪得突吉羅若向天龍夜叉薜茘伽鳩槃茶毗舍遮羅剎等非人說比丘麤罪故得突吉羅問頗未受具戒人向未受大戒人說比丘麤罪得波夜提耶答曰有與學沙彌是也若在地向高上人說若在高上向地人說得突吉羅若在界內向界外人說若在界外向界內人說得突吉羅比丘若俱在界內若坐若立若臥向界內人說得波夜提問頗比丘先同心與後作是言汝隨親

厚迴僧物與不得波夜提耶答曰有若是施物屬比丘尼僧作如是語得突吉羅若作書若遣使若示相若展轉語得突吉羅問頗比丘說戒時作是言何用半月半月說是雜碎戒爲令諸比丘心生疑悔心惱心熱愁憂不樂生反戒心作是輕呵戒不得波夜提耶答曰有若獨處呵戒得突吉羅若獨非獨想非獨獨想若以中國語向邊地人呵戒邊地人不解若以邊地語向中國人呵戒中國人不解若向瘂人聾人瘂聾人呵戒若作書若遣使若示相若展轉語呵戒若向狂人散亂心人病壞心人呵戒皆得突吉羅問若比丘以草土覆生草菜果上爲滅故得何罪答曰波夜提若食果吞子得突吉羅問若比丘語他人言汝摇樹落果得何罪答波夜提問頗比丘語他人令摇樹落果不得波夜提耶答曰有若作書若遣使若示相若展轉語得突吉羅若殺地菌得突吉羅問頗不受大戒人語他人令摇樹落果得波夜提耶答曰有與學戒沙彌是問頗比丘殺草木不得波夜提耶答曰有若示相得突吉羅若飛去時傷殺無罪問若比丘言汝殺是樹好得何罪答得波夜提問若比丘以種子著熱湯中若日曝火炙得何罪答得突吉羅問頗比丘殺草菜不得波夜提耶答曰有若先破戒若賊住若先來白衣是也問頗不受具戒人殺草菜得波夜提耶答曰有與學沙彌是也若取水上浮萍若取石韋得突吉羅問頗比丘瞋恨輕譏不得波夜提耶答曰有若天龍夜叉薜荔伽鳩槃茶毗舍遮羅刹等非人得突吉羅若瞋

恨輕譏先破戒若賊住若先來白衣得突吉羅若獨處瞋恨輕譏得突吉羅若獨非獨想非獨獨想瞋恨輕譏得突吉羅若以中國語瞋恨輕譏邊地人邊地人不解是語若以邊地語瞋恨輕譏中國人中國人不解是語皆得突吉羅若瞋恨輕譏瘂人聾人瘂聾人若作書若遣使若示相若展轉瞋恨輕譏若瞋恨輕譏狂人散亂心人病壞心人皆得突吉羅若瞋恨輕譏善性人得突吉羅問頗比丘不隨問答惱他不得波夜提耶答曰有若向瘂人聾人聾瘂人不隨問答惱他得突吉羅除犯餘事中不隨問答惱他得突吉羅若獨處異語惱他得突吉羅若獨非獨想非獨獨想異語惱他若以中國語向邊地人邊地人不解若以邊地人語向中國人中國人不解若無知若作書若遣使若示相若展轉若向狂人散亂心人病壞心人若向天龍夜叉薜荔伽鳩槃茶毗舍遮羅剎等非人若向先破戒人若賊住若先來白衣不隨問答皆得突吉羅問頗比丘衆僧臥具若麤脞繩牀細脞繩牀若被若褥露地若自敷若使人敷是中若坐若臥去時不自舉不教人舉不得波夜提耶答曰有若是臥具經淨緯不淨緯淨經不淨若二俱不淨不淨者若駱駝毛牛毛羖羊毛雜織作不自舉不教人舉得突吉羅若是麤脞繩牀細脞繩牀足過八指不自舉不使人舉得突吉羅問頗比丘比丘房中取臥具若自敷若使人敷是中若坐若臥去時不自舉不使人舉不得波夜提耶答曰有若此房舍天龍夜叉薜荔伽鳩槃茶毗舍遮羅剎

等非人作比丘取敷不自舉不教人舉得突吉羅是若先破戒若賊住若先來白衣作房舍比丘取敷若不自舉不教人舉得突吉羅若是房舍屬是比丘尼僧比丘取敷不自舉不教人舉得突吉羅若是房舍屬外道出家比丘取敷不自舉不使人舉得突吉羅問頗比丘瞋恨不喜僧房舍中若自牽若使人牽作如是言汝出去滅去是因緣故不異不得波夜提耶答曰有若出天龍夜叉薜荔伽鳩槃茶毗舍遮羅刹等非人作比丘比丘若自牽若使人牽出得突吉羅若牽惡比丘出得突吉羅若牽惡比丘衣鉢出得突吉羅若牽曳外道出家出得突吉羅問頗比丘知餘比丘僧房舍中先敷卧具後來強敷卧具作如是念若不樂者自當出去是因緣故不異不

得波夜提耶答曰是諸房舍屬天龍夜叉薜荔伽鳩槃茶毗舍遮羅刹等非人是中強敷卧具得突吉羅若是房舍屬先破戒賊住若先來白衣是中強敷卧具得突吉羅若是房舍屬比丘尼僧是中強敷卧具得突吉羅若是房舍屬外道出家是中強敷卧具得突吉羅若比丘除水以餘有蟲汁浸草土作屋隨所殺蟲數得波夜提問頗比丘過若二若三重覆舍不得波夜提耶答曰有若以板覆若憂尸羅草若鳥翅無罪問頗比丘衆僧不差教誡比丘尼不得波夜提耶答曰有若先破戒若賊住比丘尼若先來白衣若諸擯人不共住人種種不共住人教誡如是等比丘尼得突吉羅問頗比丘僧差教誡比丘尼乃至日沒不得波夜提耶答曰有若先破戒若賊

住比丘尼若先來白衣若諸擯人不共住人種種不共住人教誡如是等比丘尼得突吉羅問頗比丘語比丘言汝爲供養財利因緣故教誡比丘尼不得波夜提耶答曰若受法比丘語不受法比丘不受法語受法言汝爲供養財利因緣故教誡比丘尼得突吉羅問頗比丘與比丘尼共道行乃至一聚落不得波夜提耶答曰有若諸比丘尼先破戒若賊住比丘尼若先來白衣若不能女若二道合一道若諸擯人不共住人種種不共住人共道行得突吉羅問頗比丘與比丘尼共期載船若上水若下水不得波夜提耶答曰有若諸比丘尼先破戒若賊住比丘尼若先來白衣若不能女若二道合一道若諸擯人不共住人種種不共住人期共載船上水下水得突吉羅問頗比丘與非親里比丘尼衣不得波夜提耶答曰有受法比丘與不受法比丘尼衣不受法比丘與受法比丘尼衣若先破戒若賊住比丘尼若先來白衣若諸擯人不共住人種種不共住人狂人散亂心人病壞心人與如是等比丘尼衣得突吉羅問頗比丘與非親里比丘尼與作衣不得波夜提耶答曰有若受法比丘與不受法比丘尼作衣不受法比丘與受法比丘尼作衣若先破戒若賊住比丘尼若先來白衣若諸擯人不共住人種種不共住人狂人散亂心人病壞心人與如是等比丘尼作衣得突吉羅問頗比丘獨與比丘尼屏處坐不得波夜提耶答曰有若比丘尼先破戒若賊住比丘尼若先來白衣若諸擯人不共住人種種不共住人狂

人散亂心人病壞心人與如是等比丘尼屏覆處坐得突吉羅問頗比丘獨與女人露地坐不得波夜提耶答曰有若與天龍夜叉薜荔伽鳩槃茶毗舍遮羅刹等非人女獨共露處坐若與不能女若二道合一道女人獨共露處坐得突吉羅問頗比丘知比丘尼讃因緣得食食不得波夜提耶答曰有若比丘尼先破戒若賊住若先來白衣若不能女若二道合一道若諸擯人不共住人種種不共住人若作書若遣使若示相若展轉讃因緣故得食食得突吉羅若受法比丘不受法比丘尼讃因緣得得食不受法比丘受法比丘尼讃因緣得食食得突吉羅問頗比丘數數食不得波夜提耶答曰有若檀越請明日食比丘往至檀越言小住待食常自恣請除五種

食請若與餘食若與不淨食若淨食不淨食雜問頗比丘不病於作福舍過一食不得波夜提耶答曰有若是福舍屬天龍夜叉薜荔伽鳩槃茶毗舍遮羅刹等非人過一食得突吉羅若諸福舍屬比丘是中過一食得突吉羅若是福舍屬比丘尼式叉摩尼沙彌沙彌尼是中過一食得突吉羅若是福舍屬諸親里是中過一食無罪若比丘自作福舍是中過一食無罪問頗比丘他家自恣與過兩三鉢取不得波夜提耶答曰有若天祠中過兩三鉢取得突吉羅若諸龍夜叉薜荔伽鳩槃茶毗舍遮羅刹等若受法比丘不受法比丘檀越舍取若不受法比丘受法比丘檀越舍取過兩三鉢得突吉羅於是家中坐自恣食無罪問頗比丘尼檀越舍過兩三鉢取食不

得波夜提耶答曰有若天祠中取過兩三鉢得突吉羅若諸龍夜叉薜茘伽鳩槃茶毗舍遮羅剎等非人舍過兩三鉢取得突吉羅若受法比丘尼不受法比丘尼檀越舍取若不受法比丘尼受法比丘尼檀越舍取過兩三鉢得突吉羅於是家中坐自恣食無罪問頗比丘知比丘食已不受殘食法從坐處起言汝自恣食欲惱令疑悔故不得波夜提耶答曰有除五種食勸食餘食若勸食不淨食若淨食不淨食雜不得波夜提問頗比丘別衆食不得波夜提耶答曰有受一切時故無罪問拘耶尼國用何時應食答曰若此閻宿用此閻時若彼閻宿用彼閻時餘二天下亦如是問拘耶尼國殘宿食應食不答曰不得弗婆提亦如是問鬱單越殘宿食應食不答彼無我所無所屬隨意食無罪問若手若鉢若二若三澡豆洗餘膩氣不盡名爲洗不答若用心若二若三澡豆洗名爲洗也比丘三種名爲共食内宿若比丘比丘僧與學沙彌比丘尼四種名爲共食内宿比丘尼比丘尼僧與學沙彌尼式叉摩尼是四種人内宿不應食若食得突吉羅若白衣沙彌爲自身共食内宿比丘食無罪

十誦律卷第五十七

音釋

穄（子例切穈也）緯（于貴切經緯也）羖（公戶切牡羊也）塹（七豔切坑也）柵（楚革切編木爲柵也）羺（奴鉤切胡羊也）擘（博陌切分擘也）綴（株衛切聯綴也）坏（鋪杯切未燒瓦器也）讒（鋤銜切譖也）菌（渠殞切地蕈也）

十誦律卷第五十八

姚秦三藏弗若多羅共三藏鳩摩羅什譯

第九誦之三

問波夜提事之餘

問若比丘求水瓶誤取酥油瓶應破應棄不答言不應有二種觸食食無罪一清淨持戒比丘誤觸二破戒比丘無慚愧觸是二俱淨若比丘爲沙彌爲白衣故擔食於道行還與沙彌白衣沙彌白衣持與比丘比丘以共與宿故不取佛言若比丘先無心自爲得食問若水濁應飲不答若先疑不應飲若先無疑得飲問受法比丘從不受法比丘邊受食可食不答言得食不受法比丘從受法比丘受食得食問頗比丘乞美食不得波夜提耶答言有若從諸親里乞無罪問除水用餘有蟲汁得波夜提耶答除水用有蟲汁隨所殺蟲數得波夜提問頗比丘食如是食墮大罪耶答言有女人名男子食若食是得大罪問頗比丘食家中坐不得波夜提耶答言有是家中童女爲主是問頗比丘食家中強坐不得波夜提耶答曰若在童女家強坐是問頗比丘自手與裸形梵志食不得波夜提耶答曰有若與不淨食若與淨食不淨食雜不得波夜提問頗比丘觀軍發行不得波夜提耶答曰有若軍中有應死囚殺觀無常故無罪問頗比丘一時作百罪千罪過百千罪耶答曰有若比丘瞋意把沙把小豆胡豆灑散大衆隨所著之得罪問頗有比丘知比丘麤罪故覆藏乃至一宿不得波夜提耶答曰有若覆先破戒若賊住若先來白衣諸擯人不共住

人種種不共住人得突吉羅問頗比丘語他比丘言來至諸家我是中令與汝多美飲食是比丘後不使與作是言汝長老還去我不樂與汝坐起言語我樂獨坐起言語驅是比丘故欲令乃至少時得惱作是因緣不異者不得波夜提耶答曰有若天龍夜叉薜荔伽鳩槃茶毗舍遮羅刹等非人受大戒作比丘若驅得突吉羅又驅餘出家者得突吉羅問頗比丘露地可燒物著火中不得波夜提耶答曰有若比丘以酥油胡麻小豆麻沙豆著火中得突吉羅問頗比丘如法僧事與欲竟後還說過不得波夜提耶答曰有若受法比丘與不受法衆僧欲不受法比丘與受法衆僧欲後還說過得突吉羅問若比丘與未受具戒人共宿二夜第三夜與女人共宿得名轉宿不答言不得女人邊得波夜提問若比丘與未受具戒人共二宿第三宿與不能男共宿得名轉宿不答曰不得不能男邊得突吉羅問若比丘與未受具戒人共二宿第三夜與黃門共宿得名轉宿不答不得黃門邊得突吉羅問頗有比丘與未受具戒人共二宿第三夜與二根人共宿得名轉宿不答曰不得二根人邊得突吉羅問若比丘與未受具戒人共二宿第三夜與擯人共宿得名轉宿不答曰不得擯人邊得突吉羅問若比丘與未受具戒人共二宿第三夜與滅擯沙彌共宿得名轉宿不答曰不得滅擯沙彌邊得波夜提問若比丘與未受具戒人共二宿第三夜與變化男子沙彌共宿得名轉宿不答曰得若不知是化人得突吉羅若知是化人

無罪問比丘人所有金銀瑠璃坐處得坐不人所有金銀瑠璃器得食不答不應坐不應食問比丘天所有金銀瑠璃座處應坐不答言應坐天上所有金銀瑠璃器應食不答言應食問天上金銀瑠璃硨磲碼碯地比丘應行不答應行問頗比丘舉如是寶物得僧伽婆尸沙罪耶答曰有若舉寶女得僧伽婆尸沙若舉輪寶珠寶得波夜提舉變化寶物得突吉羅若知是變化無罪問頗比丘不作淨染衣著不得波夜提耶答曰有是衣經淨緯不淨緯淨經不淨若二俱不淨不淨者若駱駝毛牛毛羖羊毛若雜織如是等不淨衣不作淨染著得突吉羅問頗比丘常洗浴不得波夜提耶答曰有若比丘天雨時空地立洗浴無罪問若比丘殺惡獸毒蛇等不得波夜提耶答得波夜提若殺餘善獸亦得波夜提問頗比丘故令他疑悔令是比丘乃至少時生惱不得波夜提耶答曰有若先破戒若賊住先來白衣除生時受具戒時若以餘事令他生疑悔得突吉羅問頗比丘指擊攊他不得波夜提耶答曰有若指擊攊天龍夜叉薜荔伽鳩槃荼毗舍遮羅剎等非人得突吉羅若擊攊身根壞人得突吉羅若比丘除水餘汁戲得突吉羅問頗比丘與女人共宿不得波夜提耶答曰有若竹林樹下與女人共宿得突吉羅若與天龍夜叉薜荔伽鳩槃荼毗舍遮羅剎等非人女共宿得突吉羅若與大毋畜生共宿波夜提若小雌畜生似雞等共宿得突吉羅問頗比丘若自怖若使人怖他比丘不得波夜提耶答曰有若怖先破戒若

賊住若先來白衣除六事若以餘事若自怖若使人怖他比丘得突吉羅若受法比丘怖不受法比丘若不受法比丘怖受法比丘得突吉羅問頗比丘若自藏若使人藏他比丘衣鉢戸鉤革屣針筒等不得波夜提耶答曰有藏所禁鉢得突吉羅若藏所禁衣得突吉羅若藏先破戒賊住若先來白衣衣鉢等物得突吉羅問頗比丘與他比丘衣他不歸還取用不得波夜提耶答曰有若與先破戒賊住若先來白衣衣不歸還取用得突吉羅問比丘衣應與何人得作淨耶答曰應與五衆比丘比丘尼式叉摩尼沙彌沙彌尼問應從誰邊受衣答應從五衆受問頗比丘以無根僧伽婆尸沙罪謗他比丘不得波夜提答曰有若謗先破戒若賊住若先來白衣得突吉

羅問頗比丘與女人議共道行不得波夜提耶答曰有若與天龍夜叉薜荔伽鳩槃茶毗舍遮羅刹等非人女議共道行得突吉羅若與不能女人若二道合一道女人議共道行得突吉羅若與變化女人議共道行得突吉羅若知是化女人無罪問頗比丘與賊衆議共道行不得波夜提耶答曰有若賊衆是比丘比丘議共道行得突吉羅若天龍夜叉薜荔伽鳩槃茶毗舍遮羅刹等非人作賊衆比丘議共道行無罪問頗比丘與未滿二十人受具戒不得波夜提耶答曰有與曾嫁式叉摩尼受具戒是也問云何名掘地答曰若掘生地不曾毀壞者是也若比丘過夏四月無病從檀越乞酥若得波夜提若不得突吉羅若乞油蜜石蜜薑椒蓽鉢羅黑鹽若得波夜

提若不得突吉羅若乞呵梨勒阿摩勒鞞醯勒多羅耶摩那伽樓伽盧醯尼若得若不得突吉羅問頗比丘說戒時作是言我未學是戒先當問諸比丘持修多羅持毗尼持摩多羅伽者不得波夜提耶答曰有若作不淨教故作如是言我不學是戒先當問持修多羅持毗尼持摩多羅伽者無罪若諸受法比丘遣使語不受法比丘言汝來受是五法不受法比丘言我不能學如是無罪不受法比丘遣使語受法比丘言汝來學我法捨離五法受法比丘言我不能學如是無罪問頗比丘盜聽諸比丘鬬亂諍訟作是念是諸比丘所說我當憶持不得波夜提耶答曰有是事是比丘比丘尼事比丘式叉摩尼事比丘沙彌事比丘沙彌尼事是中盜聽得突吉羅若使畜生往聽得突吉羅若使餘比丘聽得突吉羅若使餘比丘聽已還語得波夜提問頗比丘僧事始發默然起去不得波夜提耶答曰有若發時去即發時還得突吉羅問頗比丘不敬畏他不得波夜提耶答曰有若諸上座說非法非善非佛教下座言此非法非善非佛教無罪若下座說法說善說佛教上座言此非法非善非佛教得突吉羅問頗比丘過中得飲苦酒不答若無酒氣無糟清淨得飲問若諸根汁枝汁莖汁葉汁華汁果汁是諸汁等比丘何時應飲答曰隨離酒勢時應飲問頗比丘過日中不白他比丘入聚落不得波夜提耶答曰有若比丘與擯比丘共住不白入聚落得突吉羅若不受法比丘與受法比丘共住不白入聚落得突吉羅若受法比

丘與不受法比丘共住不白入聚落得突吉羅若病若飛去無罪若與瘂比丘聾比丘瘂聾比丘共住不白入聚落得突吉羅若比丘在地不白高處比丘入聚落得突吉羅若在高上不白在地比丘入聚落得突吉羅若在界內不白界外比丘入聚落得突吉羅若在界外不白界內比丘入聚落得突吉羅若俱在界內若坐若立不白入聚落得波夜提問入何處不白餘比丘不得波夜提耶答曰若入三處若入住處入阿練若處若入近聚落僧坊不須白問頗比丘受人請食前食後行至他家不得波夜提耶答曰有除五種食請與餘食不得波夜提若淨食不淨食雜得突吉羅若請處食不足餘處求無罪問頗比丘剎帝利澆頂王地未了未藏寶若過門閫若

門閫邊過不得波夜提耶答曰有若過諸天王諸龍王諸夜叉王阿脩羅王迦樓羅王門閫門閫道邊過無犯問頗比丘說波羅提木叉時言我今始知是法半月半月波羅提木叉經中說不犯波夜提耶答曰有若比丘尼僧說波羅提木叉時比丘作是語我始知是法半月半月波羅提木叉中說得突吉羅若比丘僧說波羅提木叉時比丘尼作是言我始知是法半月半月波羅提木叉中說得突吉羅問頗比丘若骨若齒若角作針筒不得波夜提耶答曰有若爲他使人作得突吉羅若爲他故作自用得突吉羅問頗比丘過八指作牀足不得波夜提耶答曰有若以珠脚牙脚若尖脚作牀足座得突吉羅問頗比丘以兜羅綿貯褥若自貯若使人貯不得波夜

提耶答曰有若經淨緯不淨緯淨經不淨若二俱不淨不淨者若駱駝毛牛毛羖羊毛若雜織以兜羅綿貯得突吉羅問頗比丘作雨浴衣若過量不得波夜提耶答曰有若經淨緯不淨緯淨經不淨若二俱不淨不淨者若駱駝毛牛毛羖羊毛若雜織廣長過量作得突吉羅問頗比丘作覆瘡衣廣長過量不得波夜提耶答曰有若經淨緯不淨緯淨經不淨若二俱不淨不淨者若駱駝毛牛毛羖羊毛若雜織過量作得突吉羅問頗比丘作尼師壇廣長過量不得波夜提耶答曰有若經淨緯不淨緯淨經不淨若二俱不淨不淨者若駱駝毛牛毛羖羊毛若雜織廣長過量作得突吉羅問頗比丘等佛衣量作衣不得波夜提耶答有若經淨緯不淨緯淨經不淨若二俱不淨不淨者若駱駝毛牛毛羖羊毛若雜織若作得突吉羅波夜提事竟

問七滅諍法

問頗有諍不用七滅法一一滅得名滅耶答曰有若比丘來欲滅事事未決斷即便命終是事名爲滅又自言我是白衣若沙彌若非比丘若不見擯人不作擯人不捨惡邪擯人不共住人種種不共住人若賊住人先來白衣若不能男若言犯四重罪若殺父母殺阿羅漢破僧惡心出佛身血若是比丘勤讀誦經若勤作福業若勤斷餘事若遠行若長病到他國不還是事皆名爲滅又復始發滅事時即便命終若自言我是白衣乃至到他國不還故是事皆名爲滅七滅諍法竟

問七法中受戒法第一

優波離問佛若比丘白四羯磨受戒時不說幾事名不受具足戒答曰若不說四事名名不受具戒何等四一和尚二衆僧三求受戒人四羯磨不說是四事名不名受具戒若說是四事名名得受具戒又復不說三事名不名受具戒何等三一衆僧二求受戒人三羯磨不說是三事名不名受具戒說是三事名得名受具戒又復不說二事名不名受具戒何等二一求受具戒人二羯磨不說是二事名不名受具戒若說是二事名得名受具戒問頗有比丘四人界內一時受具戒得名受戒耶答曰有若四處展轉與欲得問若諸比丘與拘耶尼人受戒是人得名受戒不答曰得名受戒與受戒人得罪弗婆提人亦如是問若諸比丘與鬱單越人受戒是人得戒不答曰不得彼人無所屬故問若諸比丘與先破戒人受戒是人得受戒不答不得問諸比丘與賊住人受戒是人得受戒不答不得問若諸比丘與無和尚人受戒得受戒不答是人得受戒說羯磨人衆僧得罪若諸比丘與瘂人受戒是人得受戒不答曰不得若諸比丘與聾人受戒得受戒不答曰不得若與瘂聾人受戒得受戒不答曰不得問若以瘂人足數受戒得受戒不答曰不得若以聾人足數受具戒得受戒不答曰不得若以瘂聾人足數受戒得受戒不答曰不得問養兒欲出家應問何毋答應問所養毋問毗尼中說父毋不聽不得出家受戒頗有父毋不聽得出家受戒耶答有若父毋是畜生得問毗尼中說殺父毋人不得出家受戒若出家受戒應

滅擯頗有殺父母人諸比丘與受戒是人得受戒耶答曰有若殺畜生父母又復若異想異因緣殺父母是人得受戒不應滅擯阿毗尼中說欲出家人二時白衆僧出家時剃髮時頗不二時白得出家受戒耶答曰有若是人父母是畜生得問毗尼中說汙比丘尼人不應出家受戒若出家受戒應滅擯頗有汙比丘尼人諸比丘與受戒是人得出家受戒耶答曰有若八人以八事汙比丘尼比丘尼名汙是八人不名汙比丘尼又復一人以八事汙比丘尼比丘尼名汙是人不名汙比丘尼人問毗尼中說賊住人不應出家受戒若出家受戒應滅擯幾種名賊住答曰若比丘於四波羅夷中隨所破入衆僧中聽白羯磨白二羯磨白四羯磨作布薩自恣聽十四人

羯磨亦名賊住問毗尼中說越濟人不得出家受戒若出家受戒應滅擯云何名越濟人答若比丘不捨戒入外道作外道相說外道見受外道業是也問毗尼中說殺阿羅漢人不應出家受戒若出家受戒應滅擯頗殺阿羅漢人諸比丘與受戒是人得出家受戒耶答曰有若殺阿羅漢不得五逆罪者是也問求受戒人在地與受戒人在高上得名受戒不答曰不得求受戒人在高上與受戒人在地得名受戒不答曰不得求受戒人在界内與受戒人在界外得名受戒不答曰不得求受戒人在界外與受戒人在界内得名受戒不答曰不得若求受戒人在界内與受戒人俱在界内若坐若立得名受戒問諸比丘在地足數人在高上與受戒得名受戒不答不

得諸比丘在高上足數人在地與受戒得名受戒不答曰不得諸比丘在界内足數人在界外與受戒得名受戒不答不得諸比丘在界外足數人在界内與受戒得名受戒不答不得諸比丘足數人俱在界内若坐若立與受戒得名受戒問頗有一人在四住處中諸比丘與受戒得名受戒耶答曰得若牀榻材木連接四界與受戒得名受戒問頗有一足數人在四住處中與受戒得名受戒耶答曰得若牀榻材木連接四界與受戒得名受戒

問布薩法第二

優波離問佛若比丘於衆僧前與欲誰應與說答諸比丘隨意與說問若僧坊近聚落齊幾名不失衣答曰齊聚落界外問諸比丘於先無僧坊聚落中起僧坊未結界齊幾名爲界答齊是聚落界通行處問若比丘無聚落阿蘭若處始起僧坊未結界是中齊幾名爲界答面齊一拘盧舍是中諸比丘應一處和合說戒作諸羯磨是中諸比丘不應別布薩別羯磨若别布薩别羯磨一切諸比丘得罪問說波羅提木叉人在地諸比丘在高上得名布薩不答不得說波羅提木叉人在高上諸比丘在地得名布薩不答不得說波羅提木叉人在界内諸比丘在界外得名布薩不答不得說波羅提木叉人在界外諸比丘在界内得名布薩不答不得若說波羅提木叉人諸比丘俱在界内若坐若立得名布薩問若諸比丘夜垂過諸比丘憶念今日布薩諸比丘當說波羅提木叉不答不應說若說波羅提木叉竟諸比丘不成布薩問若比丘受

他清淨已出界得何罪答得突吉羅問誰應教授比丘尼答舊比丘問若衆僧壞爲二部比丘尼應從何部教授答隨說如法者若無說如法者闡賴吒比丘應出界外教授比丘尼問若諸比丘捨界不離衣界亦捨不答亦捨若捨不離衣界大界亦捨不答不捨問若先界不捨更得結界若大若小不答曰不得問若諸比丘布薩時說戒序及四波羅夷乃至說七滅諍法一切僧得名說戒布薩不答曰得問毗尼中說有一住處布薩說波羅提木叉時諸比丘非法別衆非法和合衆如法別衆如法和合衆世尊云何非法別衆說波羅提木叉答言諸比丘別爲二部不如法說波羅提木叉所應說事不說誰應說而不說乃至所應說而不說是名非法別衆說波羅提木叉云何非法和合衆說波羅提木叉答諸比丘一心和合不如法說波羅提木叉所應說事不說誰應說而不說乃至所應說而不說名非法和合衆說波羅提木叉云何如法別衆說波羅提木叉答諸比丘別爲二部如法說波羅提木叉所應說事而說說應說而說乃至所應說而說是名如法別衆說波羅提木叉云何如法和合衆說波羅提木叉諸比丘和合一處如法說波羅提木叉所應說事而說誰應說而說乃至應說而說是名如法和合衆說波羅提木叉問毗尼中說有一住處諸比丘小不了如羺羊云何小不了如羺羊答若諸比丘不知布薩不知布薩羯磨不知說波羅提木叉不知會坐是問頗比丘僧事未訖從坐處起去不得波夜提耶答

曰有若大小行若不離聞處問毗尼中說宿受欲人不應共布薩說戒除僧未起云何名僧未起答曰乃至四人坐未起云何名起乃至減四人問若狂人足數說戒得名說戒不答不得若散亂心人病壞心人足數說戒得名說戒不答不得若衆僧未與癡比丘作癡羯磨不應離是比丘說戒若作癡羯磨已是比丘若在若不在諸比丘隨意布薩說戒作諸羯磨問諸比丘在地足數人在高上說波羅提木叉得名說波羅提木叉不答不得諸比丘在高上足數人在地說波羅提木叉得名說波羅提木叉不答不得諸比丘在界內足數人在界外說波羅提木叉得名說波羅提木叉不答不得諸比丘在界外足數人在界內得名說波羅提木叉不答不得若諸比丘足數人俱在界內若坐若立說波羅提木叉得名說波羅提木叉問若瘂人足數說波羅提木叉得名說波羅提木叉不答曰不得若聾人瘂聾人足數說波羅提木叉得名說波羅提木叉不答不得問受法比丘與不受法比丘說戒得名說戒不答不得問不受法比丘與受法比丘說戒得名說戒不答不得問受法比丘以不受法比丘足數說波羅提木叉得名說波羅提木叉不答不得問不受法比丘以受法比丘足數說波羅提木叉得名說波羅提木叉不答曰不得問頗比丘界內四處一時說波羅提木叉得名說波羅提木叉不得罪耶答曰有展轉與欲清淨是問頗一比丘與四處說波羅提木叉得名說波羅提木叉不得罪耶答曰有若以牀榻材木

連接四界若坐若立說波羅提木叉是問頗一比丘足數四住處說波羅提木叉得名說波羅提木叉不得罪耶答有以牀榻材木連接四界若坐若立足數說波羅提木叉

問自恣法第三

優波離問自恣法問頗比丘十日未至自恣得名自恣不得罪耶答曰有比丘若二若三若四促作布薩出界去彼問自恣無罪問頗比丘未至後自恣而自恣不得罪耶答曰有若比丘後安居受七日出界去彼問自恣彼間比丘少隨是客比丘自恣無罪問自恣人在地諸比丘在高上得名自恣耶答曰不得自恣人在高上諸比丘在地得名自恣耶答曰不得自恣人在界內諸比丘在界外得名自恣耶答曰不得自恣人在界外諸比丘在界內得名自恣耶答曰不得自恣人諸比丘俱在界內若坐若立得名自恣諸比丘在地足數人在高上自恣得名自恣不答曰不得諸比丘在高上足數人在地自恣得名自恣耶答曰不得諸比丘在界內足數人在界外自恣得名自恣不答曰不得諸比丘在界外足數人在界內自恣得名自恣不答曰不得諸比丘足數人俱在界內若坐若立得名自恣問曰諸比丘遮瘂比丘自恣得遮不答曰不應遮諸比丘遮聾人自恣得遮不答曰不應遮諸比丘遮瘂聾人自恣得遮不答曰不應遮問瘂人遮諸比丘自恣得遮不答曰不應遮若聾人遮諸比丘自恣得遮不答曰不應遮若瘂聾人遮諸比丘自恣得遮不答曰不應遮問毗尼中說自恣時不應去有比丘

有住處有比丘無住處有比丘有住處無住處頗有比丘自恣時至彼三處不得罪耶答曰有安居比丘聞彼比丘欲來鬬亂破此比丘自恣爾時安居比丘作是念我不欲聞是鬬亂事故至彼有比丘有住處有比丘無住處有比丘有住處無住處去無罪有病比丘遮不病比丘自恣僧應語是比丘汝自病莫遮無病比丘自恣何以故病人少安隱故有不病比丘遮病比丘自恣衆僧應語無病人言莫遮病比丘自恣何以故病人少安隱故有病比丘遣使遮不病比丘自恣衆僧應語是使長老汝莫受病比丘人語遮不病比丘自恣何以故病人少安隱故是使到病比丘邊語長老衆僧約勑汝病莫遮不病比丘自恣何以故病人少安隱故病比丘言但遮是病比丘得突吉羅是使受病比丘語遮不病比丘自恣是使得突吉羅不病比丘遣使遮病比丘自恣衆僧應語是使長老汝莫受不病比丘語遮病比丘自恣何以故病人少安隱故是使到不病比丘邊言衆僧約勑汝莫遮病比丘自恣何以故病人少安隱故若不病比丘言爲遮得突吉羅若使比丘受不病比丘語遮病比丘自恣使得突吉羅罪問曰毗尼中說有一住處自恣時識事不識人何者是事何者是人答事名罪罪因緣起得罪者名爲人問曰毗尼中說比丘若得清淨共住同見比丘是中云何同見答諸比丘若見波羅夷罪如所見說若見僧伽婆尸沙罪如所見說若見波夜提罪波羅提毗舍尼突吉羅如所見說是名同見問若比丘遮他比丘

自恣彼轉根遮比丘尼自恣不成遮比丘遮比丘自恣自轉根比丘尼所不成遮比丘尼遮比丘尼自恣彼轉根比丘所不成遮比丘尼遮比丘尼自恣此自轉根比丘所不成遮問曰受法比丘與不受法比丘共自恣得名自恣不答曰不得不受法比丘與受法比丘共自恣得名自恣不答曰不得受法比丘以不受法比丘足數得自恣不答曰不得不受法比丘以受法比丘足數得自恣不答曰不得瘂人足數共自恣得自恣不答曰不得聾人瘂聾人足數共自恣得名自恣不答曰不得問曰頗有界内四處一時自恣得自恣耶答曰有展轉與欲得問頗有一比丘四住處自恣得名自恣無罪耶答曰有若牀榻材木連接四處得問頗有一比丘足四處數自恣得名自恣耶答曰有若牀榻材木連接四界得

問安居法第四

問若比丘安居已心生疑悔我得安居不耶是人得名安居不答言得是人應與安居衣分不答言應與問若優婆夷欲出家遣使到比丘所言大德來我欲出家是比丘破安居去應去不答言應去問比丘尼安居中應與憶念毗尼不癡毗尼遣使到比丘所言大德來令僧與我憶念毗尼不癡毗尼是比丘應破安居去不答應去若是比丘中道聞是比丘尼命終若反戒若入外道若八難中一一難起應去不答不應去若去得何罪答曰得突吉羅問諸比丘夏三月未盡擯比丘是人應擯不答曰應擯應與安居衣分不答曰不

應與若比丘自恣七日在受宿出界去無罪若六日五日四日三日二日一日在受宿出界去無罪問安居比丘有幾自誓答曰有五鉢自誓衣自誓時自誓安居自誓語自誓問頗比丘在彼房衣亦在彼房名破安居亦名離衣宿亦名壞自誓得罪耶答言有若比丘後安居獨入房置三衣著牀榻上若衣架上不受七日法飛在上住至地了是名破安居亦名離衣宿亦名違自誓得罪問諸比丘衆多住處共一界內安居自恣竟捨是大界各以寺牆壁作界是中檀越施安居衆僧現前可分物是物應屬誰答雖捨大界應屬本大界內安居衆僧云何應分次第平等分第四分與沙彌問頗有一比丘四住處安居亦名得安居耶答曰若牀榻材木連接四界是名安居得名安居又問是比丘何處應與安居施物答四處一切合與一分問若比丘虛空中受安居亦名得安居不答曰不得一切虛空無界故一切僧事諸羯磨不成問若比丘船簰栰上安居得名安居不答曰若是船簰栰上水下水不得繫在柱若樹若橛若石沉不移得安居是比丘何處處與安居衣物分答曰即隨船簰栰上所得問若比丘不受前安居不受後安居名為何人答是破安居無所得人

問藥法第五

優波離問佛若以酥油著酒中可飲不答比丘若病得飲不病不得飲即日受時藥時分藥七日藥盡形壽藥共和合一處中前應服時藥力故過中不應服即日受時分藥七日

藥盡形藥共合一處時分應服時分藥力故過時分不應服即日受七日藥盡形藥共合一處七日應服七日藥力故過七日不應服盡形藥隨意應服即日受時藥不淨即日受時分藥七日藥盡形藥共合一處不應服即日受時分藥不淨即日受七日藥盡形藥共合一處不應服即日受七日藥即日受盡形藥共和合一處不應服盡形藥盡形應服問時藥時分藥七日藥盡形藥是諸藥舉殘宿得服不答不得又問若比丘先自取後從淨者邊受可服不答曰不得又問是諸藥手受口受無病應服不答曰不應服問手受口受病人得服不答應服問若火在淨地淨者在不淨地以火作淨得淨不答得淨可食不答不得食若火在不淨地淨者在不淨地以火

作淨得淨不答得淨可食不答不可食若火不不淨地淨者在淨地以火作淨得淨不答得淨可食不答不得食問若火在淨地淨者在不淨地以火作淨得淨不答言得淨可食不答不得食是中立以燄作淨得淨不答得淨可食不答不得食是中立以斷燄作淨得淨不答得淨可食不答不得食是中立以炭作淨得淨不答得淨可食不答不得食是中立以灰火作淨得淨不答得淨可食不答不得食是中立以熱灰作淨得淨不答得淨可食不答不得食問若火在淨地淨者在高上以火作淨得淨不答得淨可食不答不得食是中立以燄火擲作淨得淨不答得淨可食不答得食是中立以燄作淨得淨不答得淨可食不答不可食是中立以斷燄作淨得淨

不答得淨可食不答可食是中立以熱灰灑作淨得淨不答言得淨可食不答不得食是中立以熱灰灑作淨得淨不答言得淨得食不答言得食若火在不淨地淨者在淨地是中立以啖作淨得淨不答得淨可食不答不得食是中立以斷啖作淨得淨不答得淨可食不答得食是中立以火炭作淨得淨不答得淨可食不答不得食是中立以灰炭作淨得淨不答得淨可食不答不得食是中立以熱灰作淨得淨不答得淨可食不答不得食問若人在不淨地淨者在高上以火作淨得淨不答得淨可食不答不可得食是中立以啖擲作淨得淨不答得淨可食不答得食是中立以啖作淨得淨不答得淨可食不答不可食是中立以斷啖作淨得淨不答得淨可食不答可食是中立以灰炭作淨得淨不答得淨可食不答不得食是中立以熱灰灑作淨得淨不答得淨可食不答得食問火在淨地三碣在不淨地是中煮食可食不答不可食問若一碣在淨地二碣在不淨地是中煑食可食不答不可食若二碣在淨地一碣在不淨地是中煑食得食不答不得食若火在不淨地三碣在淨地是中煑得食不答以斷啖煑得食問若比丘自以火以刀以爪作淨得淨不答言得淨得食不答除火淨餘殘得食若比丘以火作淨自不應食餘比丘亦不應食問誰於鬼村得波夜提答若作淨者是淨地羯磨佛在時捨問果在不淨地淨者在淨地若以火刀爪作淨得淨不答得淨可食不答不得食若果在淨地淨者在不淨地若

以刀火爪作淨得淨不答得淨可食不答不可食問若以酥油著酒中煑可飲不答離酒勢得服問象乳酪酥可食不答可食問八種漿非時可飲不答若無酒氣味無食清淨可飲問天食過中可食不答可食問應七日受不答可受

問衣法第六

問擯人應羯磨分衣不答不得擯人云何分衣答自受分展轉分隨籌分問頗比丘從非親里居士居士婦乞衣不得尼薩耆波逸提耶答除別房衣白衣家中施衣安居衣從餘非親里出家乞得突吉羅問爲一人故送衣四人同意故取應取不答不應取若爲四人故送衣一人同意取可取不答可取問衣價應取不答不應取問若轉是價作衣鉢等餘淨物可取不答可取問頗比丘施僧衣還自取大得福無罪耶答曰有若一比丘獨一處住是中施僧衣餘比丘不來還自取用大得福無罪若比丘語餘比丘施僧衣語已命終是施物僧應用羯磨分不答不應問當云何分答應展轉分隨籌分自受分何以故物非現前僧物故問安居比丘滅擯應與安居衣分不答不應問聾比丘云何名得衣答若見與我衣亦應得盲比丘云何名得衣答若著手中若著膝上心念我得是衣問與學沙彌云何應與衣分答與大比丘等分分問七法竟

問八法中迦絺那衣法第一

優波離問佛無歲比丘受作迦絺那衣得名受衣不答不得問與學沙彌受作迦絺那衣得名受衣不答不得問擯人受作迦絺那衣

得名受衣不答不得犯僧殘別住人受作迦絺那衣得名受衣不答不得問比丘如法應量作衣得名受作迦絺那衣不答得受問若比丘如法應量作納衣得受迦絺那衣不答得受問受迦絺那衣得幾種利答得九種利得至十夜六夜一夜有五因緣留僧伽梨無有五因緣留雨浴衣數數食別衆食二時不白得入聚落問諸比丘衆多僧坊共結一界内得安居不答得名安居諸比丘應住何僧坊答隨意住應何處自恣答隨意受自恣何處名安居竟答隨意處至地了是問何處應與安居衣物答隨自恣處與又隨安居日多處應與問諸比丘多僧坊共一界内安居諸比丘皆自恣竟受迦絺那衣是諸比丘皆得受不答得受問諸比丘衆多僧坊共一界内

安居是諸比丘受自恣竟受迦絺那衣受已捨是大界是諸比丘皆名受迦絺那衣不答皆得問諸比丘衆多僧坊共結一界内安居自恣自恣已受迦絺那衣受已捨是大界捨已捨迦絺那衣一切比丘皆名捨迦絺那衣耶答隨捨者捨不捨者不捨問諸比丘安居竟衆多僧坊共結一界受迦絺那衣是諸比丘皆名受迦絺那衣不答一切比丘得名受迦絺那衣又問諸比丘安居竟衆多僧坊共結一界受迦絺那衣受迦絺那衣已捨是大界諸比丘皆名受迦絺那衣耶答一切比丘皆得受迦絺那衣問諸比丘安居竟衆多僧坊共結一界受迦絺那衣受已捨是大界捨已捨迦絺那衣一切比丘皆名捨迦絺那衣不答捨者捨不捨者不捨問頗比丘受擅越

請食前食後到餘家不得波夜提耶答曰有若是諸處在巷陌市肆邊問諸比丘四邊僧坊若八若九若十若過共結一界安居是諸比丘皆得安居不答曰皆得何處應住答曰隨意應住何處受自恣答曰隨意何處名安居竟答隨處至地了是何處與安居衣物答隨自恣處又隨安居日多處應與問諸比丘四邊僧坊若八若九若十若過共結一界安居諸比丘自恣竟受迦絺那衣是諸比丘皆得名受不答得受問諸比丘四邊僧坊若八若九若十若過共結一界安居是諸比丘自恣竟受迦絺那衣已捨是大界是諸比丘皆得名受迦絺那衣耶答曰皆得問諸比丘四邊僧坊若八若九若十若過共結一界安居自恣自恣已受迦絺那衣受已捨是大界捨已捨迦絺那衣一切比丘皆名捨迦絺那衣耶答隨捨者捨不捨者不捨問諸比丘安居竟四邊僧坊若八若九若十若過共結一界受迦絺那衣是諸比丘皆得受迦絺那衣耶答一切皆得名受迦絺那衣又問諸比丘安居竟四邊僧坊若八若九若十若過共結一界受迦絺那衣受已捨是大界是諸比丘皆名受耶答皆名受問諸比丘安居竟四邊僧坊若八若九若十若過共結一界受迦絺那衣受衣已捨是大界捨大界已捨迦絺那衣一切比丘皆名捨迦絺那衣耶答捨者捨不捨者不捨問諸比丘受迦絺那衣當作閏月何時捨迦絺那衣答隨安居日數問諸比丘受迦絺那衣已作十四日客比丘來作十五日若舊比丘隨客比丘是日作布薩若是日

得施物應屬誰答一切云何應分答等分第四分與沙彌問舊比丘受迦絺那衣已出界客比丘來捨迦絺那衣是日得施物應屬誰答或屬安居比丘或屬現前比丘何者屬安居比丘何者屬現前比丘若夏末月得屬安居比丘餘者屬現前比丘問受迦絺那衣衆僧壞爲二部一切衆僧得名受迦絺那衣耶答一切得受問諸比丘受迦絺那衣已僧壞爲二部一部捨迦絺那衣是迦絺那衣得名捨不答曰如法者捨得名捨不如法者捨不名捨問不淨衣受迦絺那衣得受不答不得問後安居人得受迦絺那衣不答不得問頗受迦絺那衣住處得施物但此一處自恣比丘得分耶答曰有若諸比丘夏末月受迦絺那衣即夏末月捨是中得施物是問如毗尼中說乃至聞時處亦名捨迦絺那衣云何是聞時處答若比丘受迦絺那衣在界外聞僧捨迦絺那衣聲得名捨迦絺那衣

十誦律卷第五十八

音釋

薜荔伽 梵語也正云薜荔多此云餓鬼薜蒲計切荔郎計切 壢 郎擊切 閫 魚列切門中橛也 貯 直呂切盛也 褥 而欲切裀褥也 簰 步皆切 栰 房越切

十誦律卷第五十九

姚秦三藏弗若多羅共三藏鳩摩羅什譯

第九誦之四

俱舍彌法第二

問若衆僧壞爲二部諸比丘尼受半月教授法應從何部受答從說如法者受若無說如法者闥賴吒比丘應出界外教授問俱舍彌比丘毗耶離比丘捨界得名捨不答不得問毗耶離比丘俱舍彌比丘捨界得名捨不答不得捨問俱舍彌比丘布薩處二部共合一處闥賴吒云何布薩答應出界作布薩問是中檀越來捉上座手言布施衆僧是施物應屬誰答隨何部作上座是物應屬一部若檀越捉第一上座第二上座手言是物施僧是物應屬誰答若二上座是一部上座應屬一部若二上座各是一部應屬二部云何應分答次第等分第四分與沙彌問若衆僧欲壞知法者次第敷一獨坐牀中間各留一牀處是中坐應作僧羯磨亦應教授比丘尼是中云何名成法答若二部隨順闥利吒比丘共和合是

瞻波法第三

問若睡眠比丘衆僧擯得名擯不答若聞白已睡眠得名擯問若衆僧睡眠擯一比丘是比丘得名爲擯不答若衆僧聞白已睡眠得名擯問若亂語憒閙時擯比丘得名擯不答乃至四比丘聞白聲得名擯問若賊住比丘擯比丘不共住種種不共住人別住比丘狂人散亂心病壞心人足數擯比丘得名擯不答不得癡比丘若未作癡羯磨諸比丘不得

離作布薩及諸羯磨若作癡羯磨已若來若不來諸比丘隨意作布薩及諸羯磨問頗比丘衆僧事未訖從坐處起不得波夜提耶答曰有若大小行若不離聞處是問毗尼中說比丘不在現前不應羯磨若作諸比丘得罪頗有比丘不現前作羯磨不得罪耶答曰有諸比丘尼爲比丘不現前與作不禮拜不共語不問訊不供養羯磨是問毗尼說不自首不應作羯磨頗有不自首得作羯磨耶答曰有若比丘不自首比丘尼僧得作不禮拜不共語不問訊不供養羯磨諸比丘在地有事人在高上得作羯磨不答不得諸比丘在高上有事人在地得作羯磨不答不得諸比丘在界内有事人在界外得作羯磨不答不得諸比丘在界外有事人在界内得作羯磨不答不得諸比丘有事人俱在界内若坐若卧若立得作羯磨問受法比丘與不受法比丘作羯磨得羯磨不答不得不受法比丘與受法比丘作羯磨得羯磨不答不得受法比丘以不受法比丘足數作羯磨得羯磨不答不得不受法比丘以受法比丘足數作羯磨得羯磨不答不得問頗有界内一時四處作羯磨不得罪耶答曰有四處展轉與欲得問頗一比丘於四住處中作羯磨不得罪耶答曰有若牀榻材木連接四界得問頗一足數人足四住處作羯磨不得罪耶答曰有若牀榻材木連接四界若坐若立得

般荼盧伽法第四

優波離問佛諸比丘作滅羯磨擯一比丘諸比丘還捨是羯磨得名捨不答言得捨諸比

丘得罪諸比丘在地被擯比丘在高上得解擯不答不得諸比丘在高上被擯人在地得解擯不答不得諸比丘在界內被擯人在界外得解擯不答不得諸比丘在界外被擯人在界內得解擯不答不得若諸比丘被擯人俱在界內若坐若立得解擯諸比丘得罪問比丘無比丘住處住得僧伽婆尸沙罪不得發露名覆藏罪不答曰不名覆藏問若比丘得僧伽婆尸沙罪竟日與比丘共住不發露出界至地了得覆藏罪耶答不名覆藏問若比丘得僧伽婆尸沙罪與賊住比丘諸擯比丘別住比丘不共住人種種不共住人狂人散亂心人病壞心人共住不向說得名覆藏不答不得問若比丘與瘂人共住不向瘂人說名覆藏不答不名覆藏不能語故若與聾人共住不向說得名覆藏不答不得不聞語故若與瘂聾人共住不向說得名覆藏不答不得不解不聞語故若與邊地人共住不向說得名覆藏不答不得不解語故若比丘向比丘尼說名發露不答不名發露若向式叉摩尼沙彌沙彌尼優婆塞優婆夷說得名發露不答不得名發露問若比丘語餘比丘言若作如是罪得何等罪云何治不自說已作得名發露不答不名發露問若比丘隨覆藏罪不別住不行摩那埵諸比丘但與作出罪羯磨得名出罪不答得名出罪諸比丘得罪問若比丘隨覆藏罪作別住不行摩那埵諸比丘但與作出罪羯磨得名出罪不答得名出罪諸比丘得罪問若比丘隨覆藏罪作別住行摩那埵諸比丘但與出罪羯磨得出罪

不答得名出罪諸比丘無罪問若比丘覆藏罪六夜行摩那埵諸比丘與作出罪羯磨得名出罪不答得名出罪諸比丘得罪問若比丘不覆藏罪衆僧中六夜行摩那埵諸比丘與作出罪羯磨得名出罪不答得名出罪諸比丘無罪問諸比丘在地有罪比丘在高上得名出罪不答不得諸比丘在高上有罪比丘在地得名出罪不答不得諸比丘在界內有罪比丘在界外得名出罪不答不得諸比丘在界外有罪比丘在界內得名出罪不答不得若諸比丘與有罪比丘俱在界內若坐若立得名出罪不答得

問順行法第五

優波離問佛頗比丘即是別住人即是別住竟人即是行摩那埵人即是行摩那埵竟人耶答曰有若比丘出精得僧伽婆尸沙罪是罪不覆藏是人從僧乞六夜行摩那埵僧與此比丘六夜摩那埵是比丘六夜行摩那埵時爾所日已行竟更作出精得僧伽婆尸沙罪是第二罪亦不覆藏是比丘復從僧乞六夜行摩那埵僧復與此比丘六夜摩那埵是人行六夜摩那埵時爾所日已行竟更故出精得僧伽婆尸沙罪是罪覆藏是比丘隨覆藏日從僧乞別住是比丘隨覆藏日行別住時爾所日已行竟更故出精得僧伽婆尸沙罪是第二罪亦覆藏二罪覆藏一罪一夜覆藏二罪一夜覆藏是比丘過一夜以一罪故名別住人以一罪故名別住竟人以一罪故名行摩那埵人以一罪故名行摩那埵竟人問毗尼中說別住人不得與別住人有住處

不得同一覆無住處不得同一覆頗有別住人得與別住人有住處無住處同一覆於僧坊若無僧坊不得罪耶答曰有若本是外道問頗有人無罪亦名別住耶答曰有若本是外道問頗有比丘得僧伽婆尸沙罪不隨覆藏日不從僧乞別住衆僧亦不與是人隨覆藏日別住是人不從僧乞六夜摩那埵僧亦不與是人六夜摩那埵是人亦不從僧乞出罪僧亦不與是人出罪是人亦名淨不答曰有若是比丘轉根作比丘尼是問頗比丘尼得僧伽婆尸沙罪不從二衆乞半月摩那埵二衆亦不與半月摩那埵不從二衆乞出罪羯磨二衆亦不與出罪羯磨亦名淨不答曰有若是比丘尼轉根作比丘是問出罪人在地餘比丘在高上與出罪得名出罪不答不名出罪出罪人在高上餘比丘在地與出罪得名出罪不答不名出罪出罪人在界內諸比丘在界外與出罪得名出罪不答不名出罪出罪人在界外諸比丘在界內與出罪得名出罪不答不名出罪出罪人諸比丘俱在界內若坐若立得名出罪不答得名出罪問別住人與別住人有住處不得同一覆無住處不得同一覆別住人與行別住竟人與行摩那埵人別住人與行摩那埵竟人別住人與不共住人若有住處不得同一覆無住處不得同一覆別住人清淨比丘有住處不應同一覆無住處亦不應同一覆別住人別住竟人別住人摩那埵人別住人摩那埵竟人別住人不共住人有住處不得同一覆無住處不得同一覆若別住人出界去若能得有

比丘住處可去若不去失行別住夜若言我不能行別住法摩那埵是人白衆僧言我不能行衆僧應置問應置幾日答應置二十五日問頗有人無罪亦從衆僧乞別住衆僧與名爲善與耶答有外道是問頗有不受具戒人得僧伽婆尸沙罪隨覆藏日從僧乞別住僧與是人隨覆藏別住名爲善與耶從僧乞六夜摩那埵衆僧若與摩那埵亦名善與耶從衆僧乞出罪羯磨僧與出罪羯磨亦名善與耶答與學沙彌是

問遮法第六

優波離問佛頗得宿聽出他過耶答不得又問以宿聽得遮波羅提木叉得遮自恣得遮教化比丘尼耶答不得問在地住人得與高上人作覆鉢不答不得高上人得與地人作覆鉢不答不得界内與界外人作覆鉢不答不得界外與界内人得作覆鉢不答不得若與作覆鉢人俱在界内若坐若立得作覆鉢問諸比丘在地足數人在高上作覆鉢得不答不得諸比丘在高上足數人在地作覆鉢不答不得諸比丘在界内足數人在界外作覆鉢得不答不得諸比丘在界外足數人在界内作覆鉢得不答不得若諸比丘足數人俱在界内若坐若立得作覆鉢諸比丘在地與高上人作仰鉢得不答不得諸比丘在高上與在地人作仰鉢得不答不得諸比丘在界内與界外人作仰鉢得不答不得諸比丘在界外與界内人作仰鉢得不答不得諸比丘與作仰鉢人俱在界内若坐若立得作仰鉢諸比丘在地足數人在高上作仰鉢得不

答不得諸比丘在高上足數人在地作仰鉢
得不答不得諸比丘在界内足數人在界外
作仰鉢得不答不得諸比丘在界外足數人
在界内作仰鉢得不答不得諸比丘足數人
俱在界内若坐若立得作仰鉢問毗尼中說
不得以宿聽出他過頗比丘宿聽出他過無
罪耶答曰有若受自恣時得餘時不得問應
從何處求聽答應從衆僧中問何處應與聽
法答曰衆僧中問何處應遮波羅提木叉答
衆僧中問何處應遮自恣答衆僧中問何處
如法自言答衆僧中問何處如法斷事答衆
僧中問諸比丘遮瘂人波羅提木叉得名遮
不答不得問遮聾人瘂聾人狂人散亂心人
病壞心人波羅提木叉得名遮不答不得問
若諸比丘以瘂人足數遮波羅提木叉得名
遮不答不得問若以聾人瘂人狂人散亂心
人病壞心人足數遮波羅提木叉得名遮不
答不得問受法比丘遮不受法比丘波羅提
木叉得名遮不答不得問不受法比丘遮受
法比丘波羅提木叉得名遮不答不得問受
法比丘以不受法比丘足數遮波羅提木叉
得名遮不答不得問不受法比丘以受法比
丘足數遮波羅提木叉得名遮不答不得問
頗一比丘遮四住處波羅提木叉得名遮不
答曰有若牀榻材木連接四界得名遮問頗
有一足數人足四處遮波羅提木叉得名遮
不答曰有若牀榻材木連接四界得名遮

問卧具法第七

優波離問佛毗尼中說受法人雖是長老不
名尊長說非法人雖是上座不名尊長云何

名尊長非尊長答受法比丘應禮敬不受法比丘不受法比丘不應禮敬受法比丘是名尊長非尊長問毗尼中說此間安居比丘不應彼處取卧具頗有比丘此間安居彼處取卧具不得罪耶答曰有後安居若阿練若比丘此間安居彼處取卧具欲來歲安居無罪問毗尼中說佛告舍利弗汝等先籌量人後當分布取卧具云何名籌量人答一一部清淨上座和合是名籌量人問沙彌在僧坊應取卧具不答應取問一比丘獨在僧坊應取卧具不答應取問若二比丘在僧坊中住應取卧具不答應取問若三比丘在僧坊中住應取卧具不答應取問若四比丘在僧坊中住應唱分卧具不答應唱分問頗一比丘四處住取卧具耶答曰有若牀榻材木連接四邊得取卧具問頗有比丘不現前與卧具不答或與或不與誰應與知當來誰不應與知當不來不囑者不與若囑者一切卧具應與一切作事令代作

問滅諍法第八

優波離問佛頗有以一事多覓法滅得名滅不得罪耶答曰有唱分布卧具事起是也問毗尼中說二因緣故破僧一唱說二取籌是中若賊住比丘唱說行籌可名破僧不答不名破僧問若狂人散亂心人病壞心人唱說行籌可名破僧不答不名破僧

問雜事初

優波離問佛如佛所說邊地人持律第五得受具戒頗有十人但取五人得名受具戒不答得名受具戒與受具戒者得罪問聾人云

何名得布施答若眼見若盲人若著手中若著膝上心生念我得是物問若坐卧具上若織若畫作女人像若半有半無得坐卧不答不得不犯者若多壞若敷尼師壇坐問捉牸牛尾得渡河不答不得問除牸牛若捉餘畜生尾得渡河不答若捉師子虎狼象特牛驢馬尾者得捉渡河問受石蜜漿舉宿經七日糝雜得服不答雜餘糝不得問不淨藥草著油中煑得服不答不得若病人塗身手足灌鼻無罪問若以不淨脂煑鹽得食不答病人若燒得服問比丘以火刀介淨果得食不答不得問若果樹在淨地枝在不淨地果墮是中可食不答不可食若果樹在不淨地枝在淨地果墮是中可食不答可食佛語諸比丘從今日不聽汝作淨地羯磨若作得突吉羅從是語已捨是事問諸大小槃團槃机案上得食不答不得問人乳得飲不答不得若病以洗瘡塗眼得問人肉得食不答不得若食得偷蘭遮問故爲殺畜生肉可食不答不得若食突吉羅不淨鳥獸肉不應食若食得突吉羅燕肉不應食若食得突吉羅鵄鵰鳥等肉不應食若食得突吉羅蝦蟆肉不應食若食得突吉羅水蛭不應食若食得突吉羅即日受時藥時分藥七日藥盡形藥共合一處中前應服時藥力故過中不應服即日受時分藥七日藥盡形藥共合一處服分應服時分藥力故過時分不應服即日受七日藥盡形藥共合一處七日應服七日藥力故過七日不應服盡形藥隨意應服昨日受時藥不淨即日受時分藥七日藥盡形藥共合一處

不應服昨日受時分藥不淨即日受七日藥盡形藥共合一處不應服昨日受七日藥不淨即日受盡形藥共合一處不應服盡形藥盡形應服問頗有從一物邊作時藥時分藥七日藥盡形藥答曰有甘蔗是時藥清汁是時分藥作石蜜是七日藥燒作灰煤是盡形藥酪是時藥清汁如水是時分藥作酥是七日藥燒作灰煤是盡形藥胡麻是時藥壓作油是七日藥燒作灰煤是盡形藥肉是時藥煎取脂是七日藥燒作灰煤是盡形藥問時分七日盡形藥是諸藥舉殘宿得服不答不得問若大比丘先自取後從淨者邊受可服不答不得問是藥手受口受無病應服不答不得問若手受口受病比丘得服不答得服問八種漿非時可飲不答若無酒氣味清淨得服

問得從狂人取衣不答或可取或不可取若知有父母兄弟居家與可取若知無父母兄弟非居家中與不可取問狂人何時應受衣答還得本心時有一比丘獨一處住是中檀越施僧現前可分物是比丘應心念口言是衣物爲此住處現前僧可分是衣物今屬我我應受自用若能作是語得名羯磨若餘比丘來從索不應與若不作是語是物不應取若取得突吉羅亦應共餘比丘分若不如是作出界外得突吉羅問若賢者責罰兒是兒持物與比丘可取不答不應取問自恣竟先檀越施僧衣作是言是物施是問安居僧是時非夏末月諸比丘亦不受迦絺那衣是衣應屬誰答雖非夏末月諸比丘亦不受迦絺

那衣是衣應屬此問安居竟僧應分問諸檀越持衣施作是言是衣施是間現前僧是時夏末月諸比丘受迦絺那衣是衣應屬誰答雖是夏末月雖受迦絺那衣是衣應是一住處現前僧應分問檀越持衣施作是言是衣施此住處去年乃至十歲安居僧是安居時非夏末月不受迦絺那衣是衣應屬誰答雖非夏末月不受迦絺那衣是衣但去年乃至十歲此處安居僧應分問檀越持衣入僧坊作是言是衣施此住處將來一年二年乃至十年是中安居僧爾時是夏末月受迦絺那衣是衣應屬誰答言雖是夏末月受迦絺那衣是衣應來一年乃至十年此間安居僧分問勸化主爲僧事出界去誰當與安居衣分答隨所爲出界處應與又隨所住日多處應

與問破安居比丘應與衣分不答或應與或不應與何者應與若知前安居若後安居應與若多住應與若半住應與何者不與若知不前安居若知不後安居若住日少是問看病人爲病人故出界去病人命終應與看病人衣分不答曰或應與或不應與應與者實爲病人故出應與若餘事故出不應與問云何名看病人答若能看視療治病人乃至若死若差與隨病藥隨病食具足供給親近益利使離諸衰損所作無闕是名看病人問若白衣作看病人應與看病人物分不答不應與問若比丘尼作看病人應與看病人物不答不應與若是看病比丘餘處安居應與看病人物不答應與問若看病人後安居病比丘前安居應與看病人物不答應與問若沙

彌作看病人應與看病人物不答言應與云何與答大比丘等與問與學沙彌齊何作淨施答隨所得時作淨施問錢云何作淨施答應言此是不淨物若淨當受用問頗一比丘四住處一時安居得名安居無罪耶答若以牀榻材木連接四界得名安居何處應與安居衣分答應四處各與四分之一若比丘雨浴衣若小受得突吉羅若覆瘡衣若小受得突吉羅若比丘分盈長衣得突吉羅問若比丘作三相一赤裸二著角鵄翅衣三著髮欽跋羅得何罪答得偷蘭遮問若比丘除是三相更作餘相得何罪答得突吉羅問毗尼中說故衣不得受作迦絺那衣若受不名受云何名故衣答以曾受作迦絺那衣是名故衣又毗尼中說新衣應受作迦絺那衣云何名

新衣答若衣未曾受作迦絺那衣是名新衣佛告優波離令僧作迦絺那衣人應次第作浣染割截簪綴連縫量度作迦絺那衣浣時應生是心以是衣令僧受作迦絺那衣染時割截時簪綴時連縫時量度時應生是心以是衣令僧受作迦絺那衣若能生是六心得名受作迦絺那衣若不生是六心不名受作迦絺那衣又復作迦絺那衣人應生三心以是衣令僧受作迦絺那衣以是衣今受作迦絺那衣以是衣受作迦絺那衣竟能生是三心得名受作迦絺那衣若不生是三心不得名受作迦絺那衣又復作迦絺那衣應生二心得名受作迦絺那衣何等二心是衣今受作迦絺那衣以是衣今受作迦絺那衣竟若生是二心名受迦絺那衣若不生是二心作

迦絺那衣比丘皆得突吉羅問若受舉宿衣受迦絺那衣不名受迦絺那衣云何名舉宿衣答若長衣過十夜是若受不淨衣不名受迦絺那衣云何是不淨衣答求望衣是問毗尼中說去來衣不得受作迦絺那衣云何名去來衣答若衣覆死人到塚間還取來是名去來衣問毗尼中說用淨衣作迦絺那衣云何名淨衣答佛所聽讚歎者是名淨衣問若未受迦絺那衣僧壞爲二部何部應受迦絺那衣答如法部應受若諸比丘受迦絺那衣竟僧壞爲二部是諸比丘得名受迦絺那衣不答皆得名受若受迦絺那衣住處僧壞爲二部是二部中有諸比丘捨迦絺那衣是名捨不答若如法部捨得名爲捨佛告優波離作迦絺那衣人若浣染割截簪綴連縫二長一短時應生三心用是衣當令受作迦絺那衣以是衣今受作迦絺那衣以是衣今受作迦絺那衣竟若能生是三心得名受作迦絺那衣若不生是三心不得名受作迦絺那衣又復應生二心以是衣今受作迦絺那衣以是衣今受作迦絺那衣竟若生是二心得名受迦絺那衣若不生是二心不得名受作迦絺那衣作迦絺那衣人犯突吉羅優波離問佛是衣有何義故名迦絺那衣佛告優波離是衣名字爲迦絺那優波離問佛何者是迦絺那答以是衣受迦絺那問何者是迦絺那義答衣名迦絺那義生九心故名受迦絺那人因緣故名捨迦絺那問毗尼中說是迦絺那衣住處名蔭覆蔭覆義云何答迦絺那衣住處蔭覆僧得受衣物等施問毗尼中說得

用急施衣令僧受作迦絺那衣云何名急施衣答十日未至自恣得衣物是名急施衣問毗尼中說得時衣令僧受作迦絺那衣云何名時衣答若夏末月得衣物是名時衣佛告優波離五比丘不得作迦絺那衣人何等五一無歲二破安居三後安居四擯五别住是名爲五佛言若減五人受迦絺那衣不得名受迦絺那衣若四比丘第五白衣不名得受若沙彌非比丘外道不見擯人不作擯人不捨惡邪見擯人不共住人種種不共住人自言我犯重罪人若先來白衣若汙比丘尼人不能男人越濟人若殺父母阿羅漢破僧人惡心出佛身血人如是等作第五人不名受迦絺那衣問頗有隨日受迦絺那衣彼日捨不作羯磨不得罪耶答曰有受迦絺那衣諸比丘作十四日客比丘來作十五日若舊比丘隨客比丘即日作布薩捨迦絺那衣無罪問云何得破僧罪答若人非法知是非法邪見故壞僧如是得破僧罪又非法謂是法邪見故壞僧得破僧罪又非法中疑邪見故壞僧得破僧罪問所有破僧皆是僧諍聲耶所有僧諍聲皆是破僧耶答或有破僧無僧諍聲或有僧諍聲非僧破或有僧破亦僧諍聲或非破僧無僧諍聲問云何破僧無僧諍聲答若僧壞爲二部未受十四破僧事是名破僧無僧諍聲云何僧諍聲非破衆僧答若諸比丘執是十四破僧事僧未作二部是名僧諍聲非破僧云何破僧亦僧諍聲答若僧壞爲二部受十四破僧事是名破僧亦僧諍聲云何非破僧亦非諍聲答除上爾所事問所

有破僧皆是別離僧耶所有別離僧皆是破僧耶答或有破僧非是別離或有別離非破僧或有破僧亦是別離或非破僧亦非別離云何破僧非是別離答若僧破共一處住是名破僧非是別離云何別離非是破僧答若二衆別異住異地異界異施異衣是名別離非是破僧云何破僧亦是別離答若衆僧壞爲二衆別異住異地異界異施異衣是名破僧亦是別離云何非破僧亦非別離答除上爾所事問所有破僧皆是僧別異耶有僧別異皆是破僧耶答或有破僧非僧別異或僧別異非是破僧或破僧亦僧別異或非破僧非僧別異云何破僧非異別異答若僧破未別異住未異地異界異施異衣是名破僧非是別異云何別異非是破僧答若僧不破別異住異地異界異施異衣是名別異非是破僧云何破僧亦是別異答若衆僧破爲二部別住異地異施異界異衣是名破僧亦是別異云何非破僧亦非別異答除上爾所事問若僧破爲二部若一部捨界可得捨不答如法者捨得名捨問若衆僧破比丘尼應作布薩不答應作布薩比丘尼不同事故問若衆僧破闥賴吒比丘云何應布薩答是闥賴吒比丘應出界作布薩說戒問若衆僧壞爲二部比丘尼應從何部受半月教化答應從如法部受若無如法闥賴吒比丘應出界教化問三擯比丘一比丘隨順供給得何罪答是比丘得二突吉羅一波夜提問擯比丘名爲獨名爲有伴黨耶答一切擯比丘名爲獨無有伴黨問比丘擯未決定應共住同事不答

若共住同事無罪問受法比丘得與不受法比丘作羯磨不答不得不受法比丘得與受法比丘作羯磨不答不得若有一擯比丘四比丘隨順名爲破僧不答名破僧何以故衆僧擯是人而四比丘隨順故問毗尼中說如是人不應作不見擯若擯得偷蘭遮罪何以故近破僧因緣故云何名如是人當知是大德人若多知多識多聞大德明解修妬路毗尼阿毗曇義是故說名如是人不應與作不見擯若擯得偷蘭遮罪近破僧故問毗尼中說用可信比丘語應見罪云何名可信答從可信語比丘邊聞亦自信是罪問毗尼中說若僧欲破應次第空一牀處敷獨坐牀知法者應作諸羯磨及教化比丘尼是中云何成法答若諸比丘共心悔知罪互相恭敬禮拜問訊是問毗尼中說若破一毛爲百分當如是細求和合衆僧因緣莫求破僧因緣問云何名細求答應求語言應求義趣應分別籌量應籌量細求和合僧因緣莫求破僧因緣若擯比丘心悔知罪恭敬禮拜衆僧諸比丘將界外解擯得解擯不答得解擯諸比丘得罪俱舍彌何時名破僧答若俱舍彌比丘內共一住處別作布薩及諸羯磨爾時名破僧問俱舍彌誰名破衆僧答知法比丘界內共住處別作布薩及諸羯磨者是問若比丘尼僧破爲二部比丘尼來詣諸比丘求教化法諸比丘應與教化不答應與應作是言諸姊善共和合問二因緣故名爲破僧一唱說二者取籌若以餘因緣唱說取籌名破僧不答不名破僧問若衆僧破爲二部諸比丘尼來

求教化應教化不答應與教化何以故不欲令比丘尼僧破故問毗耶離比丘受比丘尼求教化若俱舍彌比丘爾時在界內毗耶離比丘云何作教化答應出界教化問俱舍彌二部朋黨一布薩處集闥賴吒比丘云何作布薩答應出界作布薩說戒是問檀越捉上座手布施衆僧是施物應屬誰答隨何部作上座是物應屬若檀越捉第一上座第二上座手言是物施衆僧應屬誰答若第一上座第二上座同一部應屬一部第一上座第二上座各在一部應屬二部云何應分次第分第四分與沙彌問毗耶離比丘就闥賴吒比丘共作布薩說戒得名布薩說戒不答得顯闥賴吒相故若闥賴吒比丘就毗耶離比丘共作布薩說戒得名布薩說戒不答得布薩說戒但失闥賴吒相故問俱舍彌比丘就闥賴吒比丘布薩說戒得名布薩說戒不答得顯闥賴吒相故闥賴吒比丘就俱舍彌比丘作布薩說戒得名布薩說戒不答得布薩說戒但失闥賴吒相故

如佛所說有一住處諸比丘作羯磨非法別衆非法和合衆似法別衆似法和合衆如法別衆如法和合衆云何非法別衆答應與苦切羯磨與作不見擯羯磨僧不和合是名非法別衆云何名非法和合衆答應苦切羯磨與作不見擯羯磨僧和合是名非法和合衆云何名似法別衆答若作不見擯羯磨時先唱說後白僧不和合是名似法別衆云何似法和合衆答若作不見擯羯磨時先唱說後白僧和合是名似和合衆云何名如法別衆

答若應與作不見擯與作不見擯羯磨僧不和合是名如法别衆云何如法和合衆答若應與作不見擯與作不見擯羯磨僧和合是名如法和合衆若一比丘擯一人一突吉羅一人擯二人二突吉羅一人擯三人三突吉羅一人擯四人四突吉羅二人擯二人二突吉羅二人擯三人三突吉羅二人擯四人四突吉羅二人擯一人一突吉羅三人擯三人三突吉羅三人擯四人四突吉羅三人擯一人一突吉羅三人擯二人二突吉羅問若四比丘擯四比丘得何罪答得偷蘭遮罪以破僧因緣故問一切衆僧睡眠爾時擯比丘得擯不答若衆僧聞白已睡眠得擯問若衆僧以餘因緣和合即擯比丘得名擯不答曰得擯說羯磨者得罪問若减四比丘擯人得名擯不答不得問若三比丘第四若白衣沙彌非比丘外道不見擯不作擯惡邪不除擯不共住别住種種不共住自言犯重罪先來白衣汙比丘尼殺父母殺阿羅漢破僧惡心出佛身血人作第四人得擯人不答不得問如佛所言有一住處諸比丘應作羯磨者彼不集一處應與欲而不與現前比丘能遮者遮成遮云何應與羯磨比丘答若應四衆作羯磨四比丘應作若應五衆作羯磨者五比丘應作若應十衆作羯磨者十比丘應作若應二十衆作羯磨者二十比丘應作諸比丘清淨同住同見是名應作羯磨比丘問若比丘睡眠諸比丘作擯得擯不答若比丘聞白已睡眠得名擯問若入定比丘諸比丘得擯不答若是比丘聞白已入定得名擯問若衆僧

破爲二部互相擯得擯不答若如法者擯得名擯問以闥賴吒比丘足數擯比丘得擯不答得擯但失闥賴吒相故問所有非法羯磨是別衆羯磨耶所有別衆羯磨是非法羯磨耶答或非法羯磨非別衆或別衆羯磨非非法或非法羯磨亦是別衆或非非法羯磨亦非別衆云何非法羯磨非別衆答所有中作羯磨比丘和合一處應與欲者皆與欲來現前比丘遮成遮而不遮若人不現前不先說其事與作羯磨是名非法羯磨非是別衆云何別衆羯磨非非法答所有中作羯磨比丘不和合一處應與欲者不與欲來現在前比丘能遮者遮成遮若人現前先說其事乃作羯磨是別衆羯磨非非法云何非法羯磨亦別衆答所有中作羯磨比丘不和合一處應與欲者不與欲來現前比丘能遮者遮成遮若人不現前不先說其事與作羯磨是名非法羯磨亦別衆云何非非法亦非別衆答所有中作羯磨比丘和合一處應與欲者皆與欲來現在比丘能遮者不遮若人現前先說其事與作羯磨是名非非法亦非別衆問所有是法羯磨皆是和合耶所有和合羯磨皆是有法耶答或有是法羯磨非是和合或是和合羯磨非是有法或有法羯磨亦是和合或非有法羯磨亦非和合云何有法羯磨非是和合答所有中作羯磨比丘不和合一處應與欲者不與欲來現前比丘不遮若遮成遮若人現前先說其事乃作羯磨是名有法羯磨非是和合云何和合非是有法羯磨答所有中作羯磨比丘和合一處應與欲者皆

與欲來現在前比丘不遮若遮成遮若人不現前不先說其事與作羯磨是名和合非有法羯磨云何有法羯磨亦和合答所有中作羯磨比丘和合一處應與欲者皆與欲來現前比丘遮成遮而不遮若人現前先說其事與作羯磨是名有法羯磨亦和合云何非有法羯磨亦非和合答所有中作羯磨比丘不和合一處應與欲者不與欲來現前比丘遮成遮而遮若人不現前不先說其事與作羯磨是名非法羯磨亦非和合問毗尼中說所有罪人衆僧乃至三教勑頻比丘無罪衆僧乃至三教勑耶答除諸罪餘教勑是也問宿白僧中得作羯磨不答除屬和尚尼羯磨若僧未起得作一切羯磨問諸比丘唱說後向擯比丘說得名擯不答得名擯作羯磨人得突吉羅問諸比丘因宿與欲作諸羯磨得名作耶答除病和尚羯磨若僧未起得作一切羯磨問比丘自爲作羯磨得作不答不得若作者衆僧應語是人言汝自愼自受治

優波離問佛是諸本破戒人賊住比丘先來白衣等是人云何如法自言答是人僧中乃至三自說是問可得一時唱說四人令得戒耶答不得問可得一時唱說令四人得受大戒耶答不得問三比丘第四是擯比丘得擯不答不得擯問第四別住比丘擯比丘得擯不答不得問諸比丘擯可制伏得擯不答得擯先制伏羯磨得滅諸比丘得擯可依止比丘可出懺悔比丘不耶答得擯先可依止可出懺悔羯磨得滅問諸比丘與已擯比丘作制伏羯磨名作不答不得作以不中同事故

問諸比丘與擯比丘作依止遣出懺悔羯磨得名作不荅不得作以不中同事故問除比丘譏餘人得何罪荅突吉羅罪

優波離問佛制伏羯磨有何義耶佛言此是羯磨名字是羯磨從鬬諍相言邊出應語是比丘衆僧後當籌量汝事又問世尊依止羯磨有何義荅此是羯磨名字是但數作衆罪衆僧應語是人汝當依止某甲比丘在問世尊驅出羯磨有何義荅此是羯磨名字是羯磨汙他家比丘邊出應語是人汝出去莫是中住優波離問佛破慢羯磨有何義荅此是羯磨名字是羯磨從輕罵白衣邊出應語是人汝應向某甲居士悔過

優波離問如佛所說汝應依止某甲比丘住此說有何義佛言隨是罪比丘深心愛念恭敬者畏難者應依止是比丘住又問如佛所說言衆僧後當籌量此說有何義云何籌量荅應語言汝若有罪應入僧中三自首僧當隨罪治汝是名籌量問若比丘語兩眼人言汝是一眼人得何罪荅故妄語故得波夜提又問語一眼人言汝瞎眼人得何罪荅輕惱他故得波夜提

問如佛所說比丘若內若外輕惱他是中云何內云何外荅內者界內外者界外復次舍內名內露地名外問如佛所說阿利吒比丘羯馱婆羅門本弟子說遮道法作不遮法問云何是遮法荅我說欲是遮法優波離問九誦之四竟

十誦律卷第五十九

音釋

憒閙 憒古對切亂也閙奴教切不靜也 **糝** 蘇感切 **机** 居矣切案屬

鵄 赤脂切恠鳥也 **蝦蟆** 蝦胡加切蟆莫加切 **蛭** 職日切水蟲馬蟥也 **炱**

煤 炱大來切煤莫杯切即煙塵也 **瞎** 許鎋切目盲也

十誦律卷第六十

姚秦三藏弗若多羅共三藏鳩摩羅什譯

善誦第十誦之一

佛在王舍城語諸比丘十種明具足戒何等十佛世尊自然無師得具足戒五比丘得道即得具足戒長老摩訶迦葉自誓即得具足戒蘇陀隨順答佛論故得受具足戒邊地持律第五得受具足戒摩訶波闍波提比丘尼受八重法即得具足戒半迦尸尼遣使得受具足戒佛命善來比丘得具足戒歸命三寶已三唱我隨佛出家即得具足戒白四羯磨得具足戒是名十種具足戒三種得具足戒一善來作比丘二歸命三唱三白四羯磨於是中若未結白四羯磨若人歸命三唱我隨佛出家是善受具足戒若結白四羯磨後歸依三唱出家不名得具足戒善來作比丘若結白四羯磨前若結白四羯磨後皆善來得具足戒何以故佛法王自與受戒無有在學地命終故諸比丘尼三種得受具足戒一受八重法二遣使三白四羯磨是中受八重法初一人得後不得遣使者如半迦尸尼得若有欲出家道路障礙相似亦得是使人衆僧中受羯磨不多不少向半迦尸尼說亦說三依止應說受戒歲月時節亦應廣說八波羅夷法如是名得具足戒若不如是不得具足戒可受具戒者若男子女人無遮受戒法是名可受具足戒不可受具足戒者若男子女人有遮法無和尚阿闍梨無衣鉢不能男汙比丘尼殺父母殺阿羅漢破僧惡心出佛身血如是人不可受具足戒若受戒汙衆僧與

受戒者得突吉羅若人諸根具足無障礙某種姓某名字某事業衆僧一心如法和合問無遮受戒法已然後與受戒如蘇陀等如法得受具足戒於是中十三人先來不得具足戒殺父殺母殺阿羅漢破僧惡心出佛身血先破戒賊住比丘先來白衣不能男汙比丘尼越濟人滅羯磨人及非人如是等名汙衆僧人不得受戒與受戒者得罪是名善受具足戒法

有二種羯磨一治罪羯磨二成善羯磨治罪羯磨者謂苦切羯磨依止羯磨驅出羯磨下意羯磨擯羯磨如是苦惱羯磨是名治罪羯磨成善羯磨者謂受戒羯磨布薩羯磨自恣羯磨出罪羯磨布草羯磨如是等能成善法羯磨是名成善羯磨羯磨事者隨所從因緣作羯磨是名羯磨事遮羯磨者若羯磨時不如法作白不如法唱說别衆非法可壞是名遮羯磨不遮羯磨者若羯磨時如法作白如法唱說和合衆如法不可壞是名不遮羯磨出羯磨者諸比丘語擯比丘言汝已被舉出去僧不得與汝同事何以故僧已作羯磨汝令出去是名出羯磨捨羯磨者擯比丘僧還與解擯還共作羯磨同事共住是名捨羯磨苦切事者若比丘喜鬬亂諍訟僧因是故作苦切羯磨是名苦切出罪事者三種出罪事若見若聞若疑是三種事應以時出莫以非時當以實出莫以妄語當以益利出莫以無益當輭語出莫以惡口以慈悲心出莫以瞋恨因緣事者隨所從因緣作羯磨是名因緣事如跋陀婆羅經中廣說五攝語治事者四

種羯磨名爲治事謂苦切羯磨依止羯磨驅出羯磨下意羯磨除滅事者隨所從因緣滅鬬諍亂事是人得心悔折伏恭敬禮拜輭語問訊捨離本事是名除滅事學者三學善戒學善心學善慧學是名爲學還戒者若比丘言我捨佛捨法捨僧捨戒捨和尚阿闍梨捨同和尚同阿闍梨捨比丘比丘尼式叉摩尼沙彌沙彌尼汝等當知我是白衣若沙彌我非比丘非沙門非釋子乃至言我不喜與汝等共住是名還戒不捨戒者若狂人捨戒不名捨戒若散亂心病壞心捨戒不名捨戒若向狂人散亂心人病壞心人捨戒不名捨戒若獨捨戒若獨非獨想若非獨獨想捨戒不名捨戒若中國人向邊地人若邊地人向中國人捨戒不相解語不名捨戒若向瘂人聾人瘂聾人不智人非人睡眠人入定人捨戒若隅障若自瞋若向瞋人捨戒若夢中捨戒若不決定心捨戒若人不了其語若前人不決定知捨是皆不名捨戒是名不捨戒戒羸者若比丘愁憂不樂比丘法欲惡厭比丘法欲墮聖相欲立白衣相須在家法不須比丘法求白衣法作是言我憶念父母兄弟姊妹妻子速教我世間諸巧便事教我令得世間安隱住處囑累我令得善知識是比丘愁憂不樂比丘法乃至求白衣法如是言說音聲慚愧故不欲了了向人說我反戒是故名戒羸戒羸不出者不令他人了知諍事者云何是諍事有四種諍事相鬬諍事無事諍犯罪諍常所行諍是名爲諍事正取事者隨事起因緣正取其實是名正取事滅事者七滅事

法現前滅事法憶念滅事法不癡滅事法自言滅事法實覓滅事法多覓滅事法如草布地滅事法是名滅事除滅事者有五因緣事則易滅是事白僧用佛語斷二部伴黨共輭語諍訟比丘瞋恨心折有罪比丘可出若事有此五因緣則易除滅是名除滅事說者若布薩說戒時若說四事若說十三事等是名說不說者若住處布薩說戒時上座不闇不誦次第二上座應說若復不闇不誦第三上座應說如是展轉一切皆不闇不誦故不說是名不說獨住法者若比丘獨阿蘭若處十五日布薩時應灑掃塔寺布薩處及中庭次第敷坐應求火爐然燭應辦籌若客比丘來布薩者求應共作布薩說戒若無比丘來應高上遥望若遥見比丘喚言速來今是布薩日若不見是比丘還坐處坐應心念口言今衆僧布薩若十四日若十五日我某甲亦布薩若十四日若十五日是比丘如是作名得布薩是名獨住法癡羯磨者若比丘狂心顛倒或來布薩或不來或來衆會或不來或來羯磨或不來是比丘應以白二作癡羯磨廣說如施越比丘是名癡羯磨不癡羯磨者除癡羯磨餘諸羯磨名不癡羯磨不消供養者施與持戒人持戒人轉與破戒人是名不消施與正見人正見人轉與邪見人是名不消若過度用是名不消供養十種不現前羯磨者覆鉢羯磨仰鉢羯磨作學家羯磨捨學家羯磨治僧伽藍羯磨監僧伽藍民羯磨使沙彌羯磨不禮拜羯磨不共語羯磨不供養羯磨是名十種不現前羯磨非羯磨者若應四

衆作羯磨而滅四衆是不名作羯磨若白衣作第四人若沙彌非比丘外道不見擯不作擯惡邪不除擯不共住種種不共住自言犯重罪先來白衣汙比丘尼不能男殺父母阿羅漢破僧惡心出佛身血如是等作第四人是不名作羯磨若應五衆作羯磨而滅五衆作是不名作羯磨若白衣作第五人若沙彌非比丘外道不見擯不作擯惡邪不除擯不共住種種不共住自言犯重罪先來白衣汙比丘尼不能男殺父母殺阿羅漢破僧惡心出佛身血如是等作第五人是不名作羯磨若應十衆作羯磨而滅十衆作羯磨是不名作羯磨若白衣作第十人沙彌非比丘外道不見擯不作擯惡邪不除擯不共住種種不共住自言犯重罪先來白衣汙比丘尼不能男殺父母殺阿羅漢破僧惡心出佛身血如是等作第十人是不名作羯磨若應二十衆作羯磨而滅二十衆作羯磨是不名作羯磨若白衣作第二十人若沙彌非比丘外道不見擯不作擯惡邪不除擯不共住種種不共住自言犯重罪先來白衣汙比丘尼不能男殺父母殺阿羅漢破僧惡心出佛身血如是等作第二十人是不名作羯磨善者如毗尼中廣說善法出罪者有五種如法出罪不向不共住人別住人未受具足戒人出罪出殘罪出見罪是名如法出罪白者白衆是事故名白有僧事初向僧說故名白白羯磨者受具足戒布薩說戒自恣等是名白羯磨白二羯磨者若白已一唱說如是白二羯磨是名白二羯磨白四羯磨者若白已三唱說是三

羯磨并白爲四是名白四羯磨佛言白羯磨若離白作是則可壞白二羯磨若離白作是可壞若白不唱說若唱說不白亦可壞白四羯磨若離白作是則可壞若白不三唱說若三唱說不白亦可壞白羯磨若以白作是不可壞白二羯磨者若先白已唱說是不可壞白四羯磨者若先白已三唱說是不可壞如是等諸羯磨皆應以是聞知或有重說羯磨無罪若減不名作羯磨若和合衆僧中若白未唱說若唱說不白衆僧從座起去應語衆言諸長老還和合應更作白唱說若具足是事作羯磨墮不可壞中是名羯磨苦切折伏羯磨者爲鬬諍相言比丘以白四作苦切羯磨是名苦切羯磨依止羯磨者爲喜作罪比丘以白四作依止羯磨是名依止羯磨驅出

羯磨者爲汚他家比丘以白四作驅出羯磨是名驅出羯磨下意羯磨者爲罵白衣比丘以白四作下意羯磨是名下意羯磨不見擯羯磨者爲比丘作罪不如法見以白四作不見擯羯磨是名不見擯羯磨不作擯羯磨者爲比丘見罪不如法除以白四作不作擯羯磨是名不作擯羯磨惡邪不除擯羯磨者爲貪著邪見不捨比丘以白四作惡邪不除擯羯磨是名惡邪不除擯羯磨別住羯磨者若比丘十三事中得一一罪覆藏隨覆藏日以白四作別住羯磨是名作別住羯磨摩那埵羯磨者若比丘十三事中得一一罪不覆藏僧以白四作六夜摩那埵羯磨本日治羯磨者若比丘六日行摩那埵中更得僧伽婆尸沙罪是比丘衆僧還以本日治以白四本日

治羯磨是名本日治羯磨出罪羯磨者若比丘得僧伽婆尸沙罪行摩那埵竟衆僧心悅以白四作出罪羯磨令出不善法是名出罪羯磨問何故善法中别住答爲摩那埵故問何故本日治答爲折伏心故問何故摩那埵答爲出罪故問何故出罪答爲戒清淨故問何以故别住爲摩那埵答是比丘行别住法能令諸比丘心悅諸比丘發心思惟欲與摩那埵問何以故本日治爲折伏心答若還從本日行是事令心折伏諸比丘作是念是人結使厚重以本日治令慚愧更不復作爾時諸比丘發心與摩那埵是故名本日治爲折伏心故問何以故行摩那埵爲出罪答是比丘行摩那埵法時能令諸比丘心悅諸比丘作是念長老一心好作善法欲出是罪不欲違逆我等當令是人得從罪出是故名摩那埵爲出罪故問何以故出罪爲戒清淨答是比丘若得出罪離諸罪得持清淨戒如毗尼中說二人清淨一人先不作罪一人作罪已如法除滅二俱清淨是比丘以出罪羯磨故還得清淨戒是故名以出罪爲戒清淨故覔罪相羯磨者若比丘自言我犯是罪後還言我不作衆僧與是人覔實罪相羯磨廣說如象手比丘覔實罪相羯磨阿跋提者五種罪名阿跋提何等五種謂波羅夷僧伽婆尸沙波逸提波羅提提舍尼突吉羅於此五種罪比丘若作若覆障不遠離是名阿跋提無阿跋提者波羅夷僧伽婆尸沙波逸提波羅提提舍尼突吉羅是五種罪不作不覆障遠離淨身口業淨命若狂人病壞心人散亂心人

作罪若不先作是名無阿跋提罪輕阿跋提罪者可懺悔即覺心悔是名輕阿跋提罪重阿跋提罪者若罪可以羯磨得出者是名重阿跋提罪殘阿跋提罪者五種罪中後四種罪可除滅是名殘阿跋提罪無殘阿跋提罪者五種罪中初種是名無殘阿跋提惡罪者謂波羅夷僧伽婆尸沙雖一切罪皆名惡此是惡中之惡故名惡罪非惡罪者波逸提波羅提提舍尼突吉羅是非惡罪可治罪者可出可除滅是名可治罪不可治罪者不可出不可除滅是名不可治罪若犯罪者若四若五法中作是念信是罪如法滅若犯罪者若四若五法中不作是念不信是罪不如法滅攝罪者以一因緣故盡攝所犯所謂惡律儀攝無罪者以一因緣故攝一切不犯所謂行善律儀故以一因緣故說一切罪所謂惡律儀以一因緣故說一切無罪所謂善律儀語者比丘應語長老汝作某罪是罪當發露莫覆藏當如法除滅是名爲語憶念者比丘應語長老汝憶念某時某處作如是罪不是名憶念說事羯磨者汝長老於此處不白我等不得餘處去是名說事羯磨薩耶羅羯磨者有五種比丘語餘比丘言長老聽我語是事應此處作薩耶羅餘事當彼間作薩耶羅某事當隨處作薩耶羅是比丘說犯事示他過故拔羇繫逸去如惡馬是薩耶羅羯磨事如誣謗者誣謗諍事誣謗方便是名誣謗事誣謗發者發起誣謗是名誣謗發誣謗滅者不作誣謗是名誣謗滅應五種從他求聽長老我說汝事語汝令汝憶念出汝事聽我是故

名求聽與聽者應五種與聽說來語來憶念來出來聽汝來是名與聽用聽者以是聽如法出他事是名用聽遮波羅提木叉者有十種如法遮波羅提木叉說波羅提木叉時若比丘犯波羅夷者若欲出波羅夷事若輕呵僧欲出輕呵僧事若捨戒若欲出捨戒事若比丘不隨順如法僧事若見聞疑他破戒事若見聞疑他有破正見事若見聞疑他有破威儀事故遮是名事故遮波羅提木叉遮自恣者四種如法遮自恣以有根破戒遮自恣以有根破正見破正命破威儀遮自恣是名四種如法遮自恣內宿者若以羯磨結淨地已僧坊內宿飲食大比丘不應食故名內宿內熟者以羯磨結淨地已僧坊內煮飲食大比丘不應食故名內熟自熟者若大比丘自作飲食不應食如佛在毗耶離儉時諸檀越欲與僧作飲食作是念若我自舍作飲食多諸知識親里來皆應與分若佛聽僧坊內作者我當作佛即聽近僧坊外作是火起煙塵多人來索若與則不供若不與恐來傷害彼白佛佛言聽汝僧坊內作僧坊內作時諸沙彌守園人先自食飽滿餘殘與僧僧食不足故皆疲極羸瘦是事白佛佛言從今日如是飢餓時若結淨地若未結聽大比丘自作自食從今日若非飢餓時結淨地已二事不應用謂內宿內熟不應食若結淨地若不結大比丘自作飲食不應食若食者犯突吉羅是故說名自熟惡捉者若持淨戒比丘故自取食大比丘不得食是名惡捉不受者若男若女若黃門若二根人不授與大比丘不應食

是名不受惡捉受者若大比丘先自取然後從淨人受大比丘不應食是故名惡捉受初日受者如佛在毗耶離飢餓時飲食難得語諸比丘從今日如是飢餓時聽汝若食竟不受殘食法初日受食聽汝食初日受食者若比丘早起從他受飲食未食留置食後食是名初日受食從是出者如佛在毗耶離語諸比丘從今日如是飢餓時從是出食聽汝食從今聽諸比丘食竟若不受殘食法從是出食應食從是出者諸比丘所從檀越家食已從是家中持食出是名從是出食木果者如雞尼耶結髮梵志多持木果來詣佛所與佛佛語雞尼耶與衆僧作分是人即與諸比丘諸比丘不受作是言我等食已竟佛言從今日如是飢餓時食已雖不受殘食法聽汝食木果木果者胡桃栗柰婆陀摩如是等木果是名木果池物者舍利弗熱血病發諸藥師教食池物舍利弗言佛未聽我等食池物是事白佛佛言從今日聽食池物目揵連以神通力曼陀耆尼池中多持大藕根來大如人髀香美第一如淨白蜜若折乳汁流出持與舍利弗舍利弗問何處得來答言曼陀耆尼池中得來舍利弗言是非人處誰授汝耶答非人授我舍利弗言佛未聽我等從非人受食是事白佛佛言從今日聽從非人受食食如是藕等池物多煑多食多殘以是餘與諸比丘諸比丘不食作是言我等食竟不受殘食法是事白佛佛言從今日如是飢餓時雖不受殘食法聽食池物池物者藕根藕子菱芡根雞頭子等是名池物受者受迦絺那衣

處得七種利隨意畜長衣常不失三衣數數食別衆食過中不白善比丘入聚落若檀越請食食前食後隨意至餘處有住處無住處得迦絺那衣施物應屬安居比丘餘比丘不應分是故名受與上相違是名不受捨者有八事捨迦絺那衣一者衣足時二者衣成時三者去時四者聞時五者失六者發心七者出界八者捨時是名爲捨不捨者與上相違是名不捨可分物者若物諸比丘現前應分是名可分物何等是除死比丘重物餘輕物是名可分物不可分物者若物諸比丘現前不應分何等是除死比丘衣物餘重物是五事不可分不可取若衆僧若三人若二人若一人不應分何等五僧伽藍地房舍地僧伽藍房舍牀臥具是名不可分輕物者可分物是故名輕物

重物者不可分物是故名重物屬物者若在聚落若空處屬他若男若女若黃門若二根是名屬物不屬物者若物在聚落空地不屬他若男若女若黃門若二根是名不屬物手受物者若物從他受用何等是一切入口物除水及齒木是名手受物非手受者若物不從他受中用何等是一切所用衣鉢等不入口物及水齒木是名不手受物人物者佛聽僧坊使人佛圖使人是人屬佛圖屬衆僧是名人物非人物者佛聽象馬駱駝牛羊驢騾屬佛圖屬僧是名非人物因緣衣者若般遮于瑟等諸大會中得是名因緣衣死衣者若五衆死五衆所應分物是名死衣糞掃衣者五種糞掃衣不應畜一火燒二牛嚼三鼠嚙四初嫁女不淨衣五產衣是五種不應畜四

種糞掃衣應畜一塚間衣二往還衣三無主衣四弊納衣是四種應畜是名糞掃衣灌鼻者佛聽眼病比丘畜灌鼻筒如畢陵伽婆蹉等是名灌鼻刀治者若病餘藥所不治佛聽隈處以刀治若病餘藥能治而以刀治得偷蘭遮罪是名刀治活帝治者佛言若比丘病餘藥不能治聽活帝若餘藥能治而以活帝治得偷蘭遮罪是名活帝治剃毛者除鬚髮身上餘毛不應剃若剃得突吉羅是名剃毛剃髮者不得移處剃應一處剃是名剃髮故用者如比丘五種子五種淨應用八種漿以水淨十種衣三種壞色是名故用果蓏者毗耶離諸比丘多有果蓏諸比丘各自恣噉佛言作分分與是中一比丘取二三人分有噉不盡者不得者是時鬬諍佛言從今日諸果蓏不應分若有淨人受取以五種比丘淨法以火刀爪鸜鵒若不生子淨應噉人用物者人間若金銀瑠璃玻瓈牀榻器物比丘不應坐不應用是名人用物非人用物者天上金銀瑠璃玻瓈地牀榻器物比丘應行應坐應用是名非人用物五百人集毗尼者佛初滅度後五百比丘和合一處集一切修多羅一切毗尼一切阿毗曇是名五百人集毗尼七百人集毗尼者佛滅度後百一十歲毗耶離十事出非法非毗尼非佛教是十事不入修多羅毗尼中與法相違威儀相違是十事七百比丘和合一處滅是名七百人集毗尼毗尼攝者二部波羅提木叉并義解毗尼增一餘殘雜說若共若不共是名攝毗尼墨印者四墨印如經中說四大印亦如經中說問佛

何以故說是四墨印答欲說眞實佛法相故來世比丘當了了知是佛說是非佛說是故說墨印何以故說四大印爲成就大事不令諸比丘錯謬故說四大印合藥者諸根藥莖藥葉藥華藥果藥是藥草各各差別和合是名和合藥和合藥者即日受時藥受時分藥受七日藥受盡形藥共合一處時應服過時不得服即日受時分藥受七日藥盡形藥共和合一處時分應服過時分不應服即日受七日藥受盡形藥共和合一處七日應服過七日不應服若盡形壽藥隨意應服即日受時藥即日受時分藥七日藥盡形藥共和合一處不應服即日受時分藥即日受七日藥盡形壽藥共和合一處不應服即日受七日藥即日受盡形壽藥共和合一處不應服是名和合法問時分七日盡形壽得宿受不答不得惡捉不受得受不答不得手受口受無病得服不答不得手受口受病得服不答得僧坊淨法者若五寶若似五寶在僧坊內比丘取時應作是念此誰物當還是名僧坊淨法林淨法者林名衆多樹一處是中應隨上座取是名林淨法房舍淨法者僧坊中多有別房舍是中應隨上座取次第應住是中隨檀越分處供養應受是名房舍淨法時淨法者飢餓時老病時因緣時佛有所聽是名時淨法方淨法者如比丘閻浮提即至瞿耶尼用閻浮提時瞿耶尼食三方亦如是是名方淨法國土淨法者得神通諸比丘至惡賊國土乞食是比丘先從惡賊人受食噉此人心悔我等墮不淨數便不復與是人持食於比

丘前棄地而去諸比丘不知云何佛言從今日至惡穢國土棄食著地得自取食隨國土法故如邊地持律第五得受具足戒阿葉摩伽阿槃提國土聽著一重革屣常洗浴皮褥覆如寒雪國土中聽畜俗人韉故是名國土淨法衣淨法者佛聽著十種衣何等十種衣白麻衣赤麻衣芻摩衣憍施耶衣翅夷羅衣欽跋羅衣劫貝衣鉢兜路衣頭頭邏衣俱遮羅衣是名淨衣法具足戒竟

自恣布薩法

自恣法者安居比丘應一處和合衆僧應三種自恣若見若聞若疑問何以故佛聽自恣答以攝衆僧故好惡相教化故爾時出過罪如法得清淨是名自恣法與自恣者病比丘不能來應與自恣若不病比丘自恣時不來得突吉羅罪若是比丘畏失命若破戒若八難中一一難起不得止應與自恣是名與自恣受自恣法者若比丘從他比丘受自恣界內應受若畏失命破戒若八難中一一難起爾時應出界去是名受自恣法說自恣法者比丘從他受自恣到僧中應說若不說得突吉羅若受自恣人睡眠若入定若八難中一一難起不說無罪是名說自恣法布薩法者半月半月諸比丘和合一處自籌量身晝作何罪夜作何罪從前說戒已來將不作罪耶若有罪當向同心淨戒比丘如法懺悔若不得同心淨戒比丘當生心我後得同心淨戒比丘當如法懺悔問何以故佛聽作布薩答令諸比丘安住善法中捨離不善離不善法得清淨故是名布薩法與清淨法者布薩時

病比丘不能來應與清淨若能來而不來得突吉羅若是比丘畏失命若破戒若八難中一一難起不得已與清淨是名與清淨法受清淨法者若比丘從他比丘受清淨界內應受若是比丘畏失命破戒若八難中一一難起爾時應出界去是名受清淨法說清淨者比丘受他清淨到僧中說者善若不說得突吉羅若受清淨人若睡眠若入定若八難中一一難起不說無罪是名說清淨法欲法者欲名發心如法僧事中隨僧法與欲是名欲法與欲法者若比丘病不能來應與欲若不病能來而不來得突吉羅若比丘畏失命畏破戒若八難中一一難起不得止故與欲得來而不來得突吉羅罪與欲者應言比丘與欲來若言與是名得欲若身業與是名得欲若口業與是名得欲若身口業不與不名得欲應將是比丘來僧中若不來應一切僧就是比丘諸比丘不應別作羯磨若別作羯磨諸比丘得罪是名與欲法受欲法者若比丘從他比丘受欲界內應受若是比丘畏失命畏破戒若八難中一一難起應出界去是名受欲法說欲法者受欲比丘到僧中應說彼比丘欲若說者善若不說得突吉羅罪若是比丘若睡眠若入定若八難中一一難起不說無罪是名說欲法清淨法者比丘語他我清淨無罪是名清淨法與清淨法者若比丘病不能來應與清淨若無病能來而不來得突吉羅若比丘畏失命畏破戒若八難中一一難起不得止故應與清淨與清淨法者語比丘言與清淨來若言與是名得清淨若身

業與是名得清淨若口業與是名得清淨若不以身口業與是名得清淨應將是比丘來僧中若不來一切僧應就是比丘說比丘不應别作布薩若别作諸比丘得罪是名與清淨法欲清淨法者若布薩時僧欲作種種羯磨爾時應俱與欲清淨是名欲清淨法與欲清淨法者若比丘病不能來應與欲清淨若不病能來應到僧中布薩羯磨處若無病能來而不來得突吉羅若是比丘畏失命畏破戒若八難中一一難起不得止故應與欲清淨比丘應語他比丘與欲清淨來若言與是名得欲清淨若身業與亦名得欲清淨若口業與是名得欲清淨若不以身口業與不名得欲清淨應將是比丘到僧中若不能來一切僧應就是比丘諸比丘不應别作布薩羯磨若别作諸比丘得罪是名與欲清淨法受欲清淨法者比丘欲受他欲清淨應界内受若畏失命畏破戒若八難中一一難起應出界去是名受欲清淨法說欲清淨法者受他欲清淨者應到僧中說是彼比丘欲清淨若說者善若不說得突吉羅是比丘若睡眠若入定若八難中一一難起不說無罪是名說欲清淨法

起塔法者給孤獨居士深心信佛到佛所頭面禮足一面坐白佛言世尊世尊遊行諸國土時我不見世尊故甚渴仰願賜一物我當供養佛與爪髮言居士汝當供養是爪髮居士即時白佛言願世尊聽我起髮塔爪塔佛言聽起髮塔爪塔是名起塔法塔地者屬塔地者園田穀田於中初起塔是名塔地龕塔

法者佛聽作龕塔柱塔佛廣聽一切作塔是名塔法塔物無盡者毗耶離諸賈客用塔物𨣑轉得利供養塔是人求利故欲到遠處持此物與比丘言長老是塔物汝當出息令得利供養塔比丘言佛未聽我等出塔物得利供養塔以是事白佛佛言聽僧坊淨人若優婆塞出息塔物得供養塔是名塔物無盡供養塔法者所應供養塔若白色赤色青色黄色諸色等聽供養塔及諸嚴飾具是名供養塔法莊嚴塔法者所應莊嚴塔若金剛座高堂高樓重閣懸諸寶鈴光相瓔珞繒播華蓋金銀真珠硨磲碼碯瑠璃玻瓈等種種寶物如是等妙莊嚴具應供養塔是名莊嚴塔法華香瓔珞法者所應供養塔華香粖香塗香華瓔珞寶瓔珞羅列然燈作衆妓樂香塗牆壁分布香奩應布華香香油灑地是名華香瓔珞法堅法者比丘隨所住房是中隨檀越分處應受供養是名堅法堅堅法者若檀越與比丘飲食并衣被以是因緣捨離二事數數食别衆食是名堅堅法粥法若佛聽食八種粥酥粥油粥胡麻粥乳粥小豆粥摩沙豆粥麻子粥清粥啜時不得作聲是名粥法噉法者佛聽九種噉根噉莖噉葉噉磨噉果噉胡麻噉石蜜噉蜜噉白蜜噉噉時勿令大作聲是名噉法含消法者佛聽四種含消酥油蜜石蜜比丘食是四含消時應作是念我以治病因緣故含不爲美味是名含消法食法者佛聽食五種食餅麨精魚肉比丘食是食應生猒心爲存身命故念莫隨數數食别衆食又作是念受殘食想是名食法鉢法者佛

聽畜二種鉢瓦鉢鐵鉢八種鉢不應畜金鉢銀鉢瑠璃鉢摩尼鉢銅鉢白鑞鉢木鉢石鉢是名鉢法衣法者七種衣不須作淨得自畜僧伽梨欝多羅僧安陀會雨浴衣覆瘡衣尼師壇及餘如法所用衣物是名衣法尼師壇法者佛聽畜尼師壇爲愛護卧具故無尼師壇不應坐僧卧具上是名尼師壇法鍼法者佛聽畜二種鍼銅鍼鐵鍼糠鼻小豆鼻圓鼻是名鍼法鍼筒法者佛聽畜鍼筒爲愛護鍼不令數失更求覓妨行道故是名鍼筒法水瓶法者佛聽畜水瓶好淨潔畜是名水瓶法常用水瓶法亦應淨潔畜水瓶水蓋亦如是是名常用水瓶者

和尚法者諸比丘無和尚則作諸弊惡若病無人瞻視是故佛聽有和尚和尚當教化瞻視爲汝說法佛雖聽作和尚諸比丘不欲作和尚佛教令作和尚是名和尚法共行弟子法者所欲出行應白和尚行時隨和尚後供給所須常隨逐不違離如法事中莫違逆意一切所作皆應白和尚除大小便嚙齒木禮佛法僧是名共行弟子法阿闍梨法者諸比丘無阿闍梨作諸弊惡若病無人瞻視是故佛聽有阿闍梨阿闍梨當教化瞻視爲汝說法佛雖聽作阿闍梨諸比丘不欲作阿闍梨佛教化令作阿闍梨是名阿闍梨法近行弟子法者所欲出行應白阿闍梨行時應隨阿闍梨後供給所應須當隨逐不遠離如法事中莫違逆意一切所作皆應白阿闍梨除大小便嚙齒木禮佛法僧是名近行弟子法和尚阿闍梨共行近行弟子法者和尚阿闍梨

於共行近行弟子應生兒子想共行近行弟子於和尚阿闍梨應生父想汝等能如是者於我法中增長善法是名和尚阿闍梨共行近行弟子法沙彌法者佛聽沙彌極小乃至七歲能驅食上烏者是名沙彌法依止法者有一客比丘未滿五歲日暮來入僧坊求依止父而不得迷悶躃地垂死諸比丘以是事白佛佛言從今日莫即日急求依止聽一宿息已當求依止爾時諸比丘不問好惡趣得依止不能增長善法佛言莫趣得依止當觀是比丘能教化弟子令善不如是觀察具足是功德者當求依止若無具足功德者當更求依止是名依止法與依止法者比丘若滿十歲應與依止法滿十歲鈍根不了不應他依止是名與依止法受依止者比丘應從坐處起偏袒著衣脫革屣胡跪曲身兩手捉上座兩足應三說求依止是名受依止法捨依止法者有五因緣捨依止一師波那彌二自捨住處去三反戒四捨此部到異部中五見本和尚是名捨依止法地法者隨應何地欲起塔僧坊先應看是地中作不妨行來處樹林具足水具足晝夜靜寂少蚊蝱少風少熱少諸毒蠍如是觀察地已起塔僧坊若不觀察是地起塔僧坊者治塔僧坊比丘得突吉羅是名地法僧坊法者佛聽諸僧坊中溫室講堂樓閣一重舍尖頭舍健那舍佛聽是諸房舍衆僧畜亦聽一人畜是名僧坊法卧具法者佛所聽諸比丘卧具麤陛繩牀細陛繩牀枕卧具種種覆處佛聽衆僧畜亦聽一人畜是名卧具法治塔僧坊法者阿羅毗國諸

塔僧坊毁壞佛知已故問阿難是諸塔僧坊何以故毁壞阿難言諸六羣比丘欲治故餘比丘畏不敢治佛言此六羣比丘所欲治塔僧坊衆僧應羯磨與餘人治者亦與受羯磨比丘少多造手或著一土墼或以一束草或塞一孔或塗地泥壁或以牛糞塗地塗壁如是少多作已言我更不欲作佛言如是人不應與作羯磨若是比丘能大作功德修治者應與治塔僧坊羯磨是名治塔僧坊法治塔僧坊人法者若比丘欲新起塔僧坊新作卧具佛言以是事故僧應令十二歲悉捨餘事當隨事大小或十一歲十歲九歲八歲七歲六歲五四三二一歲應捨餘事但令累壁搆架材木泥覆汙飾是名治塔僧坊人法恭敬法者隨上座次第禮拜迎來送去合掌曲身上座邊立是名恭敬法澡豆法者佛聽用小豆大豆摩沙豆蜱豆胡豆屑一梨頻伽等乾草屑莫雜香作除病人餘不聽用若不索檀越自與隨意得用是名澡豆法漿法者佛聽八種漿等比丘應飲照梨漿莫梨漿拘羅漿舍梨漿舍多漿蒲萄漿頗樓沙漿梨漿是八種漿等以水作淨應飲是名漿法藥法者根藥莖藥葉藥華藥果藥佛聽是藥草聽僧畜亦聽一人畜是名藥法蘇毗羅漿法者佛聽飲蘇毗羅漿爲冷病比丘故如爲舍利弗故聽飲是名蘇毗羅漿法皮韋法者若諸皮韋比丘不應畜著不應坐除富羅除革屣除富羅帶革屣帶除摩忕皮及鹿皮除革屣剛細是名皮韋法革屣法者佛聽二種革屣一重革屣破慢淨革屣若雜色莊嚴革屣不應畜

是名革屣法支足法者佛聽二種支足物一
者廁隥二者支牀脚物八種支足物不聽用
是名支足法机法者若動揺若有聲若莊嚴
如是机不應畜是名机法杖法者佛聽杖穳
若鐵若銅爲堅牢故上作樓環又杖法者佛
在寒園林中住多諸腹行毒蟲齧諸比丘佛
言應作有聲杖驅遣毒蟲是名杖法杖囊法
者佛聽以絡囊盛杖爲愛護故莫令破失更
求覔妨行道故是名杖囊法啖蒜法者佛聽
冷病比丘啖蒜以藥和蒜如舍利弗等隨啖
蒜法應行是名啖蒜法剃刀法者佛聽衆僧
畜剃刀一人亦畜爲剃鬚髮故是名剃刀法
剃刀鞘法者佛聽諸比丘畜剃刀鞘爲掌護
莫令失更求覔妨行道故戸鉤法者佛聽畜
戸鉤爲守護房舍守護房舍故則守護自身

守護自身故則守護臥具若鎖若戸居鑐鑰
等亦如是是名戸鉤法乘法者佛聽眼病諸
比丘乘乘如畢陵伽婆蹉是名乘法蓋法者
不應捉蓋入白衣舍除寫蓋持入是名蓋法
扇法者佛聽衆僧畜扇一人亦畜是名扇法
拂法者佛聽衆僧畜拂一人亦畜是名拂法
鏡法者比丘不應鏡中觀面不應鉢中水中
自看面除面上有瘡是名鏡法治眼法者有
五種治眼物黒物青白物屑草屑華屑果汁
佛言莫爲端嚴故治眼爲治眼病故是名治
眼法治眼籌法者佛聽治眼籌以鐵作銅作
貝象牙角木瓦作是名治眼籌法盛眼藥籌
物法者是物應好掌護莫令失更求覔妨行
道是名盛眼藥籌物法華香瓔珞法者比丘
自不得著亦不聽教他人著若不乞而得應

隨意受已持供養佛塔及阿羅漢塔是名華香瓔珞法歌舞妓樂法者歌舞妓樂比丘自不應往觀亦不應教他人往觀是事一切不聽是名歌舞妓樂法卧法者無病比丘晝日不應卧夜若然燈燭不應卧若喜鼾眠應起經行若不能起應屏處去莫以是因緣惱亂餘人是名卧法坐法者比丘晝日若坐若經行以遮惱蓋法晝日若坐若經行遮惱蓋已初夜若坐若經行亦以遮惱蓋法初夜若坐若經行遮惱蓋已至中夜息故入房舍四牒敷鬱多羅僧僧伽梨枕頭下右脅著牀累足明相現前憶念起想後夜早起若坐若經行遮惱蓋法是名坐法禪杖法者佛聽法杖及安法杖處爲掌護莫令失更求覓妨行道是名禪杖法禪帶者佛聽腰病比丘畜禪帶如爲舍利弗故聽畜是名禪帶法禪帶法者佛聽三種帶繩織帶辮帶毛毛繩帶是名帶法衣縲帶法者佛聽衣縲帶爲攝衣令不墮落應好掌護莫令失更求覓妨行道故是名衣縲帶法抄繫衣法者除上高作餘時不應抄繫是名抄繫衣法挑擲法者佛聽挑擲作聲爲恐賊故莫令著餘時不得作是名挑擲法地法者佛聽受地爲僧伽藍故聽僧起房舍故林者林名衆樹事者名鬬亂相言讒謗出罪過名共相憎共相別離如是於自身惡亦令他惡亦二惡故不應作如是等種種衰惱事一切不應作破僧有二種破羯磨破法輪僧破羯磨者若諸比丘一界内別作布薩羯磨是名破羯磨破法輪者輪名八種聖道分令人捨八聖道入邪道中是名破輪是名二種

破僧如是應看和尚阿闍梨看上座中座下座如上所説法應學如上所説法中亦應善知羯磨及行法行法者擯比丘云何行諸比丘應教擯比丘捨是惡事擯比丘不應與他受具足戒不應與他依止不應畜沙彌衆僧不應羯磨是人令教化比丘尼若僧羯磨作教化比丘尼是人不應受不應重犯所擯罪又不應作相似罪過本罪亦不應作不應呵羯磨不應呵作羯磨人不應受不擯比丘禮拜亦不應受起迎不應受合掌曲身恭敬不應受衣鉢供養不應受敷卧具坐具供養不應受洗足水供養不應受拭足供養不應受承足机不應受案摩手足不應出不擯比丘過罪不應言不擯比丘不應共事常行自折伏心隨順諸比丘應禮拜迎送種種供養若不如是法行盡形不得解擯是名擯比丘行法種種不共住行法云何種種不共住有二種一自作不共住二衆僧羯磨作不共住種種不共住比丘不應與他受具足戒不應與他依止不應畜沙彌衆僧不應羯磨令教化比丘尼若僧羯磨作教化比丘尼不應受不應犯本所作種種不共住罪亦不應犯相似罪亦不應作過本罪不應訶羯磨亦不應訶作羯磨人不應受不別住比丘禮拜不應受起迎合掌曲身種種供養不應受衣鉢供養不應受所敷坐具卧具供養不應受洗足水承足机案摩手足等供養不應出不別住比丘過罪不應言不別住比丘不應共事僧不應羯磨作敷卧具人若僧羯磨作不應受僧羯磨作使沙彌人不應受僧若羯磨不應作

僧若羯磨作使守園人不應受僧若羯磨不應作若僧羯磨作處分受請人不應受若僧羯磨不應作一切羯磨作典知衆事人不應受若僧羯磨不應作應折伏心行莫犯諸比丘犯諸比丘更增種種不共住諸比丘應語是比丘言長老當折伏惡心下意除去瞋恨破憍慢莫令衆僧合種種不共住罪驅汝去處處皆不容汝汝應在此衆僧中懺悔此罪汝此罪此僧能解餘處僧不得解若是人聞是語心不折伏當驅遣如惡馬拔羈繫逸去是種種不共住比丘行法闌賴吒比丘行云何有二十二法當知是利根多聞何等二十二善知事起根本善分別事相善知事差別善知事本末善知事輕重善知除滅事善知滅事更不起善知作事人有事人有教勑力能使人受力有方便輭語力亦能使人受有自折伏力亦能使人受知慙愧心不憍慢無憍慢語身口意業無所偏著不隨愛行不隨瞋行不隨怖行不隨癡行成就是二十二法能遏諍事不依二伴黨求法求財是名闌賴吒比丘行法實覓罪相行者若比丘自言我有是罪後還言無是比丘以白四羯磨與實覓罪相廣作羯磨如象手比丘若比丘得是覓實罪相羯磨是比丘亦不應與他受具戒不應與他依止不應畜沙彌衆僧不應羯磨令教化比丘尼若僧羯磨作教化比丘尼不應受不應起本所作罪亦不應犯相似罪亦不應作過本罪不應呵羯磨亦不應呵作羯磨人不應受淨戒比丘禮拜不應受起迎合掌曲身種種供養不應受衣鉢供養不應受

所敷坐具卧具供養不應受洗足水承足机案摩腰背手足等供養不應出淨戒比丘過罪不應言淨戒比丘常行自折伏心隨順諸比丘應禮拜迎送種種供養若不如是法行盡形不得解是羯磨是名實覓罪相比丘行法波羅夷與學沙彌行法者若比丘作婬欲已乃至彈指頃不生覆藏心衆僧以白四羯磨還與是比丘學法廣説如與難提是名與學沙彌大比丘戒一切應持應在大比丘下行坐應授大比丘飲食自應從未受大戒人受飲食得與大比丘同室再宿自不得與未受大戒人過再宿是與學沙彌得作二羯磨布薩羯磨自恣羯磨是與學沙彌不得與衆僧足數作布薩及諸羯磨是名波羅夷與學沙彌行法

十誦律卷第六十

音釋

柰乃帶切　髀部禮切股也　菱芡菱力膺切菱角也芡渠斂切雞頭也　蓏郎果切蔓實也　鞾許戈切有靿履也　糒蒲祕切乾糧也　啜昌悅切大飲也　蚊蝱蚊無分切蝱莫耕切　蠍許揭切毒蟲也　墼古歷切塼坏也　蹕必迷切豆名　杙與職切　穳祖管切　蒜蘇貫切葷菜也　鞘私妙切刀室也　扂徒點切門扂也　鑐鑰鑐相俞切鎖鑐也鑰以灼切關鑰也　鼾許干切　辮步殄切交也　繯千串切環也

十誦律卷第六十一

姚秦三藏弗若多羅共三藏鳩摩羅什譯

善誦第十誦之二

僧上座法者上座法若僧唱時若打揵椎時應疾到座坐已看上中下座莫令失次教令相近坐應示相若不覺應彈指向若彈指不覺應語比座應徐徐輭語若飲食時上座應教一切等與應待唱僧跋一切衆僧應隨順上座是名僧上座法僧坊上座法者若僧坊破壞是上座應自治若使人治若不見比丘應推覓若有病比丘應看視問訊若無看病人應與看病人若僧差看病人是人不肯應次第看若是僧坊中僧應得利施上座應一心勤作方便令不失若得是利施物應置隨所堪能比丘令分處若僧坊中有所作事上座應先自手作是名僧坊上座法別房上座法者是別房若毀壞上座應自治若使人治若不見房中比丘應推覓若有病比丘應看視問訊若無看病人應與看病人若看病人不肯別房中應次第看若是別房中僧應得利施上座應一心勤作方便令不失若得是種施物應置隨所堪能比丘令分處若別房中有所作事上座應先自手作是名別房上座法阿藍者僧伽藍僧伽藍中種種制限是制限若隨法不自惱亦不惱他是應受若知制限失利爲自惱亦惱他不應受應餘處去若是比丘自知有同見勢力能如法滅是惡制當白衆僧滅是名阿藍法林法者林名叢樹是林枝葉相接面抅盧舍内隨意不失依是名林法阿藍者僧伽藍僧伽藍中多諸別

房别房中有種種制限是制限若隨法不爲自惡亦不爲他惡是應受若知是制限失利爲自惡亦他惡不應受應餘處去若是比丘自知有同見勢力能如法滅是惡制當白衆滅是名别房法房舍法者若比丘隨所住房舍應掃灑泥塗曬治卧具若有垢應浣若欲出行應還僧卧具閉戸下鑰是名房舍法卧具法者若比丘著僧卧具得出僧坊門外四十九尋不得過若過至地了時得突吉羅戸法者戸名出入處若打戸時不應大打若開戸時不得大排若閉戸時當徐徐入出戸時亦應安徐一心莫令衣摩戸兩邊是名戸法扄法者應施扂去時當閉爲守護僧房亦守護自身故是名扄法空僧坊法者比丘若入空僧坊應掃灑令淨是中若有器物應洗者當淨洗著覆處若有淨人當去僧房中草若無淨人比丘如法應作者當作不應空僧坊中直出入是名空僧坊法鉢法者比丘應看鉢如自眼不應置地不應置石上不應置高處不應置屋溜處不應置牆頭不應置大小便處及洗大小便處不應持入浴室不應以雜沙牛屎洗若未乾不應舉亦不得令火乾不應故打破不得輕用應好掌護勿以更求因緣故妨行道是名鉢法衣法者當掌護衣如自皮若著僧伽梨不得捉持瓦石泥土草木等不應以青黄等色塗染若著僧伽梨不應掃灑塗地不應以足躡不應敷坐不應敷卧不襯身著僧伽梨隨僧伽棃法應用鬱多羅僧隨鬱多羅僧法應用安陀會隨安陀會法應用是三衣應用淨染壞色畜五種純色

不應著餘異色貼及納衣若比丘貧少衣不能得割截衣應衣上安條若五若七若九若十一若十三若十五若過十五若能得應割截作僧伽棃鬱多羅僧安陀會是名衣法尼師壇法者比丘不應受單尼師壇先受尼師壇不應離若捨得突吉羅是名尼師壇法鍼法者如上說鍼筒法者佛聽畜鍼筒爲安鍼故比丘當掌護莫令失更求覓妨行道故破戒無慚愧沙彌不應令舉是名鍼筒法淨水瓶法常用瓶法亦如上說粥法者有五利益故聽啜粥除饑除渴下氣除臍下冷消熟臟中生者是名粥法食法者比丘食五食時應觀是食難求得難成辦當觀入口在生臟熟臟若出時由是食因縁故起種種煩惱罪業受苦果報是名食法食處法者比丘若到食處應默然一心淨持威儀能起他淨心當徐入徐坐是名食處法與食法者比丘未受食不應與他先受已後當與他阿誰應與若父若母若與閉繫人若與急須食人若妊身女人來應正觀當少多與畜生應與一口是名與食法乞食法者比丘應一心從檀越受食莫散亂心勿觀好惡應生不淨想是名乞食法乞食人法者如雜部中廣說乞食持來法者當一心持食莫令散失勿觀好惡應觀時節早晚持食來是名乞食持來法阿蘭若法者阿蘭若比丘應常一心先問訊人喜心和視共語捨離顰蹙讚言善來應畜火及火爐少多辦食及食器常畜水及水器洗足水器常令有水淨澡罐廁澡罐中亦應令有水應善知道徑善知日數善知夜善知夜分善知

星宿讀誦星宿經善知修妬路毗尼阿毗曇善知初禪二三四禪應善知須陀洹斯陀含阿那含阿羅漢果若不能得修學當問當知當讀誦不應畜日愛珠月愛珠應畜法杖所畜物皆隨順道如俱尼舍經廣說是名阿蘭若法阿蘭若上座法者若諸比丘出界阿蘭若上座應善教化下座比丘應爲說阿蘭若法示教利喜諸下座比丘應隨上座教行若諸居士至阿蘭若處應爲說甚深法應示正道邪道應說知見若諸居士去者善若不去少多與食應作是言我唯有是食是名阿蘭若上座法近聚落住法者近聚落住比丘應常一心先問訊人喜心和視共語捨離顰蹙讃言善來應畜火及火爐少多辦食及食器常畜水及水器洗足水器常令有水淨澡罐

厠澡罐中亦應令有水應善知道徑善知日數善知夜善知夜分善知星宿讀誦星宿經善知誦修妬路毗尼阿毗曇善知初禪二三四禪應善知須陀洹斯陀含阿那含阿羅漢果若不能得修學當問當知當讀誦不應畜日愛珠月愛珠所畜物皆隨順道如俱尼舍經廣說是名近聚落住法近聚落住上座法者若近聚落住上座比丘諸比丘出界上座應教化下座比丘爲說近聚落住法示教利喜諸下座比丘應隨上座教行若諸居士來應爲說甚深法示正道邪道應說知見教布施持戒忍辱行善受持八戒是名近聚落住上座法洗足盆法者比丘見洗足盆空應自著水若使人著是名洗足盆法洗足上座法者若下座已洗灑足上座不應驅遣若驅得

突吉羅是名洗足上座法客法者若客比丘初到僧房中偏袒著衣若泥洹僧高應下著若衣囊在右肩上應轉著左肩上若杖油囊革屣針筒在右手中應移著左手中若有大小便應先在外却已入僧坊若得水洗足已入若不得水以草木樹葉拭足已入若門閉應求開門若開應入若不開僧坊外有牆塹刺棘應在現處立一心淨持威儀能起他善心若見舊比丘應問此僧坊中有若干歲比丘房舍不若言有即語開門開門已入復問是房舍中爲有人爲空耶若言空應問用何等水若言井水應索罐及繩掃篲應開房戶彈指若有毒蟲聞聲便去當安徐往出枕被褥牀榻覆地物出已應掃灑泥塗抖擻牀席被褥枕覆地物覓蟲覓蟲已還如本敷洗足盆淨澡罐厠澡罐中皆著水持革屣至水邊浣拂拭物浣已絞捩絞捩已擘散然後捉革屣先拭前頭次拭後拭中拭帶若水瓶在右邊應右手取水左手洗足若在左邊應左手取水右手洗足洗足已著革屣入房閉戶下居坐繩牀先徐攝一脚次攝第二脚攝已大坐正觀諸法地了已應問舊比丘此僧坊中有前食後食不應問乞食處何處有惡狗惡牛大童女寡婦何處是僧學家羯磨覆鉢羯磨何處可行何處不可行問是等事已應行乞食若是客比丘欲去罐繩掃篲還付本主屏當卧具閉戶下居已去是名客比丘法客比丘上座法者客上座應籌量客比丘多少應語舊比丘言我爾所客比丘來當知須爾所卧具是名客比丘上座法欲行比丘法者

若比丘明日欲行今日應辭和尚阿闍梨若聽去便去若不聽去不得強去若是中住知不能增長善法當出此僧坊觀諸方籌量伴侶是中人眞實不同心不若道路病痛不棄我去耶如是籌量已應去若不如是籌量去得突吉羅是名欲行法欲行比丘上座法者欲行時上座應最後發當付囑僧卧具出僧坊已語諸伴黨莫有所忘若伴黨有所忘物上座應不遠待道中應教化等伴莫令作非法散亂調戲是名欲行上座法非時法者若比丘非時欲行應白和尚阿闍梨我至某城邑其聚落其甲舍若聽便去若不聽不應強去是名非時法非時會法者除六齋日餘非時會非時事非時坐若聞唱時打揵椎時應速去速次第坐應隨法隨毗尼隨佛教行莫輕上下座是名非時會法非時會上座法者如上說僧上座會坐法者月六齋所謂八日十四日十五日二十三日二十九日三十日於是日無病比丘應和合一處說法是中若外道論義師懷嫉妬心來欲破說法比丘當如法難詰降伏莫瞋惡口是名會坐法會法會坐上座法者若下座先坐上座來不應令起若驅令起得突吉羅是名會坐上座法說法人法者應一心說法生慈悲利益心當淨潔明了莊嚴語言次第相續辯才無盡如是說法隨順諸法實相爲法故說不爲利養是名說法人法說法人上座法者若下座法師說法上座法師應觀察所說爲次第說爲不次第說爲說法爲說非法爲次第說法應隨順讃善不次第若說非法應呵止是名說法

人上座法諸外道梵志六齋日和合一處說法大得利養增長徒衆洴沙王深愛佛法故作是念願諸比丘六齋日和合一處說法我當引導大衆自往聽法令諸比丘以是因緣大得供養增長徒衆以是事白佛佛言從今日聽諸不病比丘六齋日和合一處說法諸比丘隨佛教聽六齋日一處說法國王群臣皆來聽法諸比丘大得供養徒衆增長諸比丘或有坐地說法音聲不能遠聞作是念佛聽我立說法善以是白佛佛言聽立說法爾時諸比丘廣說大經說者勞悶聽者疲極以是事白佛佛言若宜止時到聽止時諸比丘取佛經義自用心廣分別說諸比丘心疑將無壞法耶以是事白佛佛言從今日聽取佛經義莊嚴言辭次第解說佛經本當直讀誦莫雜論義爾時諸比丘處處亂唄佛言不應處處亂唄爾時二比丘一處合唄佛言不得二比丘合唄若合唄得突吉羅時諸比丘以說法唄取財利佛言不應以法取財利若取得突吉羅爾時說法唄者將大衆到餘處說法唄者佛言不應將大衆到餘處說法唄除自徒衆爾時諸比丘令一眼無眼通精瘻無手僂脊跛人說法讚唄時有賢者深愛佛法諸外道嗤弄言此是汝等讃施師汝等塔汝等所尊敬先受供養在前食在汝等前行者正如是耶諸賢者皆大羞愧以是事白佛佛言從今日一眼無眼通精瘻無手跛僂脊不應請說法讚唄若請得突吉羅爾時有諸破戒破正見人令說法是人說法因緣大得供養徒衆勢力行非法事不可禁止諸比丘以

是事白佛佛言從今不應請破戒破正見人說法若請說得突吉羅不知使誰說法讚唄佛言若請先習說法讚唄者令作若無先習說法讚唄者當次第語令說法唄若諸比丘中無先習說法唄者又不次第說法唄諸比丘得突吉羅是名說法法不說法者如雜部中廣說安居法者比丘若欲安居先應籌量住處若住處出入安隱有好樹林有好水晝夜少音聲少蚊虻蜈蚣毒蛇少風少熱是中有眞實比丘得同意比丘共安隱坐禪說法聽法者病疾當得隨病藥隨病飲食瞻病人籌量如是事已應安居若不如是籌量安居得突吉羅安居中法者比丘安居中無佛所聽因緣不應出界宿乃至一夜如迦尸王子出家作比丘父王欲起佛圖遣使喚兒汝來共起佛圖是比丘言佛未聽我爲作佛圖故破安居以是事白佛佛言從今日聽爲起佛圖故去是名安居中法安居上座法者安居上座應觀諸房舍誰治誰不治若治應讚言善好若不治教令治是名安居上座法安居竟法者比丘安居已應作三事更唱界分若受迦絺那衣隨得施物迦絺那衣所攝所住房應灑掃泥塗若卧具有塵土垢膩應抖擻浣浣治已還置本處出戸下居聽隨意去是名安居竟法受衆法者比丘應籌量衆爲樂說法爲樂默然若樂說法應隨宜爲說若樂默然則止是名受衆法往衆會法者比丘應先分別刹利衆應如是至婆羅門衆應如是至居士衆應如是至比丘衆應如是至到是衆中應如是入出行坐應如是問訊如是言

說或時應默然是名往衆會法受衆法者受衆比丘應觀是衆誰善行誰不善行若善行者應好看視供給衣鉢湯藥所須若有罪應佐助令得出若非善行者應如法呵責令心調伏是名受衆法受衆上座法者受衆上座應如法教化衆莫令非法調戲散亂是名衆上座法波羅提木叉法者五種說波羅提木叉說戒序餘殘如僧常聞乃至僧說戒布薩竟是名爲一又復說戒序說四波羅夷餘殘如僧常聞乃至僧說戒布薩竟是名爲二又復說戒序四波羅夷說十三僧伽婆尸沙餘殘如僧常聞乃至僧說戒布薩竟是名爲三又復說戒序說四波羅夷說十三僧伽婆尸沙說二不定法餘殘如僧常聞乃至僧說戒布薩竟是名爲四第五廣說是名波羅提木叉法說波羅提木叉人法者說波羅提木叉比丘先當闇誦令利莫衆僧中說時錯謬是名說波羅提木叉人法僧會法者除月六齋日餘殘僧會僧事僧坐處唱時打揵椎時諸比丘應速去如法次第坐應隨法隨毗尼隨佛教行不輕上中下座是名僧會法上座法者如上非時會上座說中座法者中座下座比丘欲入白衣舍當推上座在前應恭敬上座若欲便利中下座應待不應遠去若白衣來語諸長老入當荅言小待須上座至若檀越急喚入當留上座所坐處然後坐檀越言受水當言小待須上座入是名中座法下座法者下座比丘應掃灑佛圖講堂布薩處佛圖門中衆僧會處地應次第敷坐牀應辦火及火爐應辦燈及燈具洗足瓮中著水淨澡

鑵厠澡鑵中皆著水如是僧所有作事下座皆應作是名下座法上中下座法者上中下座比丘隨佛所說戒盡應受持是名上中下座法浴室法者比丘入浴室應一心小語好持威儀收攝諸根是名浴室法浴室洗法者浴室中洗得五利一除塵垢二治身皮膚令一色三破寒熱四下風氣五少病痛是名浴室洗法浴室上座法者浴室中上座若見下座比丘已洗不應驅遣若驅遣得突吉羅是名浴室上座法和尚法者和尚應教化共行弟子遮令離惡知識令近善知識當佐助衣鉢湯藥若有罪佐助令得出是名和尚法共行弟子法者共行弟子不應輕慢和尚有所作事皆應白和尚行時當隨從和尚後常供給一切所須常隨和尚意不得違逆若有所作不白和尚不得作除禮佛法僧用齒木大小便若共行弟子於和尚邊知不能增長善法應白和尚持我付囑其甲比丘和尚應籌量是比丘教化法何似弟子衆復何如若知是比丘具足善法當付囑若知不具足當更付囑餘比丘若和尚不好應捨去是名共行弟子法阿闍梨法者阿闍梨應化近行弟子遮令離惡知識令親近善知識當佐助衣鉢湯藥若有罪佐助令得出是名阿闍梨法近行弟子法者近行弟子不應輕慢阿闍梨有所作事皆應白阿闍梨行時當隨從阿闍梨後常供給一切所須常隨順阿闍梨意不得違逆若不白阿闍梨不得有所作除禮佛法僧用齒木大小便若近行弟子知阿闍梨邊不能增長善法應白阿闍梨持我付囑其比

丘阿闍棃應籌量是比丘教化法何似弟子衆復何如若知是比丘具足善法當付囑若知不具足當付囑餘比丘若阿闍棃不好當捨去是名近行弟子法沙彌法者沙彌不應輕慢和尚有所作事皆應白和尚行時當隨從和尚後常供給一切所須隨順和尚意不得有違逆若有所作不白和尚不得作除禮佛法僧用齒木大小便沙彌住和尚邊知不能增長善法應白和尚持我付囑某甲比丘和尚應籌量是比丘教化法何似弟子衆復何如若知是比丘具足善法當付囑若知不具足當更付囑餘比丘若和尚不好應捨去應令取草樹葉取果齒木除僧坊中草掃灑授飲食湯藥是名沙彌法出力法者若白衣於寺中欲作惡事侵惱諸比丘比丘爾時應苦切語令其折伏若不折伏不應直向王言先語是惡人知識次語王夫人及王子大臣等若是人捨惡事便止莫令得事是名出力法隨後比丘法者隨後比丘不應在前亦不應久在後不得竝肩行莫先語不應多語不問不應語若問當時答若前行比丘說非法後比丘應呵止若說法應隨喜若如法得施應受是名隨後比丘法常入出家比丘法者入出家時常攝諸根不應調戲淨持威儀如法能起檀越善心是名常入出家比丘法至家法者若比丘散亂心不猒離心至檀越家常得五罪一不請自入二屏處坐三強坐四別數數食五無男子與女人過五六語是名至家法住家法者住家比丘應善知坐處坐法差別應爲諸白衣說甚深法示邪道正道

應説知見常應教布施持戒忍辱行善與受入戒是名住家法住家上座法者住家上座應好觀自徒衆莫令諸根散亂調戲當淨持威儀起檀越善心是名住家上座法語言法者客比丘初來時舊比丘不應疾與卧具先應共語次問用僧卧具隨是比丘上中下應與卧具是名共語言法息法者客比丘初來時不應從舊比丘疾索房舍卧具初入僧坊先應在現處立淨持威儀守攝諸根然後向舊比丘説房舍卧具是名息法漉水囊法者比丘無漉水囊不應遠行若有淨水若河水流水又復二十里有住處不須漉水囊是名漉水囊法經行法者比丘應直經行不遲不疾若不能直當畫地作相隨相直行是名經行法虛空法者一切虛空無界地人向空中人空中人向地人不得遮羯磨作羯磨是名虛空法便利法者比丘若欲入厠先應彈指若有先入者應待出已脫衣著一處然後入厠應蹲坐若便利未下者不應待待下者不應留是名便利法近厠法者比丘不應近厠讀誦經論義説法不應近厠浣染割截刺衣一切所作不應近厠除便利是名近厠法厠板法者比丘應安徐便利勿令汙板是名厠板法厠上坐法者若下座先入厠已舉衣上座後來不應驅遣若驅遣得突吉羅是名厠上坐法拭法者不應用利物拭不應用草拭應用滑石輭木是名拭法洗處法者若不洗大便處不應坐卧僧卧具上若坐卧得突吉羅若無水若白衣事水若著藥不得洗如是不洗無罪是名洗處法近洗處法者若近洗

處不應讀誦經論義說法浣染割截刺衣一切有所作不應近洗處但除洗是名近洗處法洗處板法者比丘應安徐洗勿令濕板是名洗處板法洗處上座法者若下座先在洗處坐上座來不應驅遣若驅遣得突吉羅是名洗處上座法小便處法者不得處處小便應在常處是名小便處法近小便處法者比丘不應近小便處讀誦經論義說法不應近小便處浣染割截刺衣一切所作不應近小便處但除小便是名近小便處法小便處板法者比丘應一心安徐小便勿令濕板是名小便處板法小便處上座法者若下座先入上座來不應驅遣若驅遣者得突吉羅是名小便處上座法唾法者比丘不應大聲唾不應唾淨潔治地是名唾法唾器法者佛聽二

種唾器若瓦若銅應好守護勿令失更求覓妨行道故是名唾器法鉢枝法者佛聽用鍮石銅鐵錫白鑞瓦作應好掌護莫令失更求覓妨行道是名鉢枝法齒木法者佛聽齒木三種枝上中下上者尺二寸下者六寸餘者是中是名齒木枝法擿齒法者不應用利物擿齒不應強擿不應破齗是名擿齒法刮舌法者不應用利物刮令傷舌是名刮舌法擿耳法者不應用利物擿耳垢不得強擿當徐徐擿勿傷耳肌是名擿耳法如是等比丘法當應受學修行與上法相違是名非法行法竟

十誦律卷第六十一

音釋

揵椎梵語也此云鍾亦云磬揵巨寒切椎音槌　扂徒點切戶牡也所以開戶者　躡尼輒切蹈履也　櫬初覲切近身衣也　顰蹙顰毘賓切蹙子六切顰蹙愁貌　塹七豔切坑也　篲祥歲切掃帚也　抖擻抖音斗擻音叟抖擻振舉也　絞捩絞古巧切捩練結切　屛當屛音併當去聲與摒擋同　詰溪吉切責問也　淅音瓶　唄音敗梵誦也　癭於郢切頸瘤也　跛布火切足偏癈也　嗤赤之切笑也　瓫蒲奔切與盆同　漉盧谷切濾也　蹲音存踞也　鍮音偷　擿他歷切挑也　刮俱八切　齗疑斤切齒根肉也

十誦律卷第六十二

姚秦三藏弗若多羅共三藏鳩摩羅什譯

三事決定知毗尼相一本起二結戒三隨結毗尼相

復有二種毗尼諍毗尼犯毗尼復有二種毗尼淨毗尼煩惱毗尼復有二種比丘毗尼比丘尼毗尼復有二種毗尼遍毗尼不遍毗尼諍毗尼者相言共鬬諍訟相罵相打作二分諸比丘應觀察是事何因緣起云何可滅起鬬亂事因緣者十四破僧事六鬬諍根本起鬬亂因緣滅相言事者以二毗尼滅現前毗尼多覓毗尼是名滅毗尼云何犯毗尼五衆犯定犯攝犯毗尼云何五種所謂波羅夷僧伽婆尸沙波逸提波羅提提舍尼突吉羅犯是五衆犯應求本起應覓除滅本起者五衆罪所起因緣有身犯非口非意有口犯非身非意有身意犯非口有口意犯非身有身口意犯無有但意犯是名犯起因緣有犯下罪心念便除滅有犯中罪從他除滅有犯須出罪羯磨有犯不可除滅犯出罪羯磨有二種一者覆藏二者不覆藏藏者隨覆藏日與別住不覆藏罪但與六日六夜摩那埵犯不可治則不可除滅煩惱毗尼者應覓起因緣滅因緣起因緣者可繫法中貪著心見利味諸煩惱發是名起因緣滅因緣者於可繫法中觀無常生滅猒離捨滅善心住諸禪定三昧地中和合諸行繫心緣中入三脫門能斷見諦所斷思惟所斷結使二種結斷故證沙門果隨得果故有聖人差別是名攝斷結比丘毗尼者是淨是不淨比丘尼毗尼者是淨是

不淨遍不遍一切遍一切遍時淨者初夜受漿三時淨者初夜後夜分應若坐禪若讀經一夜淨者比丘尼應一夜畜長鉢一夜淨者得二夜共未受大戒人宿三夜淨者第三夜未受大戒人應移處宿五夜淨者佛聽極久五夜不受依止六夜淨者阿蘭若比丘怖畏處得六夜離衣宿七夜淨者病聽極久七夜畜殘藥得服十夜淨者比丘畜長衣鉢極久得至十夜半月淨者應半月一處和合說戒作布薩一月淨者得非時衣極久得一月畜衣二月淨者比丘聽二月無依止三月淨者比丘應三月安居四月淨者受露坐比丘在多雨國土應四月空地住八月在覆處五月淨者比丘五月受迦絺那衣八月淨者受露坐比丘在少雨國土應八月在露地住四月

在覆處九月淨者比丘有事未了極久應停至九月一歲淨者一歲比丘得受迦絺那衣二歲淨者二歲比丘尼應常隨逐和尚三歲淨者比丘中間相降三歲得共大繩牀上坐小繩牀上得共二人坐獨坐牀上但一人坐五歲淨者五歲比丘應依止他滿五歲已得依止宿六歲淨者比丘尼六歲應依止也滿六歲已得離依止宿七歲淨者佛聽沙彌極小乃至七歲九歲淨者九歲比丘應隨僧作使十歲淨者十歲比丘應畜弟子又極小十歲曾嫁沙彌尼得受六法十二歲淨者曾嫁式叉摩尼年十二應受具足戒十二歲淨比丘尼應畜弟子十八歲淨者童女沙彌尼年十八歲應受六法二十歲淨者沙彌年二十應受具足戒童女式叉摩尼年二十應受具

足戒二十歲比丘僧應令教化比丘尼一淨者應一比丘作阿地壇布薩二淨者二比丘應共分施物展轉分三淨者三語布薩四淨者四比丘應說波羅提木叉五淨者五比丘應差自恣人八淨者八比丘應受大衆會法十淨者十比丘應受具足戒二十淨者二十比丘應作出罪羯磨鉢淨者佛聽二種鉢瓦鉢鐵鉢八種鉢不應畜衣淨者七種衣不作淨得畜僧伽梨欝多羅僧安陀會雨浴衣覆瘡衣尼師壇及餘百一物刀子淨者佛聽畜月頭刀子爲割截衣故鍼淨者佛聽畜二種鍼銅鍼鐵鍼三種鼻糠鼻圓鼻小豆鼻比丘無鍼不應行染淨者五比丘白佛言世尊我等用何等物染衣佛言用根汁莖汁葉汁華汁果汁新生犢子糞汁染壞色淨者比丘得新衣應三種壞色若青若泥若蒨量淨者不應等佛衣量作衣應隨自身量如是等諸淨盡應思惟觀察及二部波羅提木叉并義解毗尼增一無本起因緣毗尼共不共是事淨不遮是事不淨遮如青黄赤白色是不淨遮非青黄赤白色是淨不遮如酒色酒香酒味酒力是不淨遮非酒色非酒香非酒味非酒力是淨不遮又如是諸比丘作淨已得用如五種子生比丘五種作淨得食八種漿以水作淨得飲十種衣三種壞色淨得用是事淨比丘比丘尼應用是事不淨比丘比丘尼不應用是事某方某時淨比丘比丘尼應用是事某方某時不淨比丘比丘尼不應用是事某時某人應自用如饑餓時如老病比丘應用若豐樂時若年少無病比丘不應用如是

事應籌量輕重本末已應用

波羅夷法

佛在毗耶離爾時須提那迦蘭陀子比丘作是念佛結戒斷婬欲先作無罪我多作婬欲不知我何處是先何處非先如是心生疑悔是事白佛佛言是須提那迦蘭陀子比丘未結戒前一切婬欲不犯問佛說狂人不犯齊何名狂佛言有五相名狂人親里死盡故狂財物失盡故狂田業人民失盡故狂或四大錯亂故狂或先世業報故狂比丘雖有是五狂相若自知我是比丘作婬欲得波羅夷若不自知不犯問毗尼中說散亂心不犯云何名散亂心佛言有五種因緣令心散亂爲非人所打故心散亂或非人令心散亂或非人食心精氣故心散亂或四大錯故心散亂或先世業報故心散亂比丘有是五種散亂心自覺是比丘犯波羅夷若不自覺知不犯佛言病壞心人不犯云何名病壞心人有五種病壞心或風發故病壞心或熱發故病壞心或冷發故病壞心或三種俱發故壞心或時節氣發故壞心比丘有是五種病壞心若自覺是比丘得波羅夷若不自知不犯有跋耆子比丘是比丘不還戒戒羸不出到自家作婬欲已還生信心欲出家作是念我當問諸比丘我還得受具足戒當出家作比丘若不得當止是人問諸比丘比丘以是事白佛佛言若比丘不還戒戒羸不出自至家作婬欲是人可得受具戒從今日是戒應如是說若比丘入比丘法不反戒戒羸不出作婬欲乃至共畜生得波羅夷有一比丘作道想非道

中作婬欲心生疑我將無得波羅夷耶是事白佛佛言道中道想作婬欲得波羅夷道中非道想亦得波羅夷道中疑亦得波羅夷非道非道想得偷蘭遮非道道想得偷蘭遮非道中疑亦得偷蘭遮道者小便道大便道口道若令入大便道中得波羅夷入小便道中得波羅夷入口道中得波羅夷比丘於象作婬欲若觸肌得波羅夷若不觸偷蘭遮若不觸出精僧伽婆尸沙牛馬駱駝驢騾豬羊犬猿猴麞鹿鵝鴈孔雀鷄等亦如是若觸波羅夷若不觸偷蘭遮若不觸出精僧伽婆尸沙有一比丘常婬欲發語善知識我婬欲常發憂惱不能自止得一女人共作婬欲可休知識語言便可作去即隨知識語作婬欲知識比丘心生悔我不得波羅夷耶以是事白佛佛言不犯波羅夷得偷蘭遮罪長老優波離問佛言世尊偷蘭遮云何懺悔除滅佛言有四種偷蘭遮有偷蘭遮罪從波羅夷生重有偷蘭遮罪從波羅夷生輕有偷蘭遮從僧伽婆尸沙生重有偷蘭遮從僧伽婆尸沙生輕優波離從波羅夷生重偷蘭遮應一切僧前悔過除滅從波羅夷生輕偷蘭遮應出界外四比丘衆悔過除滅從僧伽婆尸沙生重偷蘭遮亦出界外四比丘衆悔過除滅從僧伽婆尸沙生輕偷蘭遮一比丘悔過除滅

佛在舍衛國有乞食比丘名難提中前著衣持鉢入城乞食食竟持尼師壇著左肩上入安陀林一樹下敷尼師壇大坐有魔天神來欲破是比丘三昧化作端正女人在比丘前立比丘從三昧起開眼見此女人即時起貪

著心世俗禪定不堅固發婬心失禪定欲摩女身女人即却漸漸遠去是比丘即起隨逐時林中有死馬到死馬邊女人不現是比丘婬欲燒身故共死馬作婬作婬已欲熱小止即時生悔言我已墮非是比丘釋種子諸比丘必棄我不復共我住我不應以是不淨身著袈裟即攝袈裟著囊中置肩上詣佛所爾時佛與百千萬大衆圍遶恭敬說法佛遥見是比丘來作是念若我不輭語勞問是人必破心肝熱血從面孔出是比丘到佛所佛言善來難提汝能還學比丘學耶是比丘聞佛言善來難提心大歡喜作是念我當得共諸比丘住必不擯我如是思惟已答佛言世尊我能還學比丘學爾時佛語諸比丘汝等還與難提比丘學法若有如難提比丘亦與學法應一心和合僧難提比丘偏袒右肩脫革屣胡跪合掌作是言大德僧聽我難提比丘不還戒戒不羸作婬欲我難提從僧乞還學法僧憐愍難提故還與我學法第二第三亦如是乞是中一比丘應僧中唱說大德僧聽難提比丘不還戒戒不羸作婬欲難提從乞還與學法今僧憐愍故還與學法若僧時到僧忍聽還與難提比丘學法白如是如是用白四羯磨還與難提比丘學法竟僧忍默然故是事如是持與學沙彌行法者與學沙彌佛所結一切戒盡應行在諸比丘下坐應授與大比丘飲食湯藥自應從沙彌白衣受飲食不得與大比丘同室過二宿自不得與白衣沙彌過二宿得與大比丘布薩自恣二羯磨與學沙彌不得足數作布薩自恣羯磨憍

薩羅國有一比丘深山林中獨住有非人女來語比丘言共作婬欲來比丘言莫作是語我是斷婬欲人女言汝若不來我當破汝利與汝衰惱比丘言隨汝作我不共汝作婬欲作是語已中夜比丘卧眠鬼女合納衣持比丘著王宮内夫人邊卧眠王覺見已問言汝何人耶比丘言我是沙門是何沙門答曰我是釋子沙門王言汝何以來此比丘以是事具向王說王言汝何用在深山林中住爲惡鬼所嬈汝去我知佛法故不與汝事是比丘有大事得脱向諸比丘具說諸比丘以是事白佛佛言從今日如是無人深山中可畏處不應住憍薩羅國有一比丘阿蘭若處住有毗舍遮鬼女人來語比丘言作婬欲來比丘言莫作是語我斷婬欲人鬼女言若不作我當破汝利與汝衰惱比丘言隨汝作我終不與汝作婬欲比丘夜卧鬼女以納衣裹持著酒舍酒瓫中酒家人明日見比丘酒瓫中問言汝是何人答言我是沙門是何沙門答言釋子沙門問言何故在是中比丘具說是事酒舍人言汝去比丘以從是大事得脱故向諸比丘說諸比丘以是事白佛佛言從今日比丘深山林中空處可畏無人處不應住有比丘在惡牛群中行惡牛逐欲觸比丘走到女人上女抱捉比丘比丘出手推却是比丘心生疑我將無得波羅夷耶以是事白佛佛言不犯從今日應安徐行牛群中有一比丘看井墮井中井中先有女人比丘墮上女人抱捉比丘比丘推却有居士入僧坊井上看見是比丘即時索出出時與女人俱出居士

問言比丘與女人是中作何等比丘言是女人先墮我後墮是比丘生疑我將無得波羅夷耶以是白佛佛言無罪從今日應一心看井莫令墮有一乞食比丘中前著衣持鉢入舍衛城乞食到小門中欲入有女人欲出二人肩相觸是比丘生疑我將無得波羅夷耶以是事白佛佛言若無心無罪從今日應徐徐行乞食有比丘女人共乘船渡水船沒水中女人抱捉比丘比丘推却比丘後生疑我將無得波羅夷耶以是事白佛佛言不犯從今日當徐徐乘船有一男子名迦毗羅緊度狀似女人喜女人事到比丘尼所語比丘尼言度我出家諸比丘尼不思惟便度是人摩挒比丘尼比丘尼驅出復摩挒式叉摩尼式叉摩尼驅出復摩挒沙彌尼沙彌尼驅出比

丘尼自念我將無得波羅夷耶以是事白佛佛言無罪從今日去當好思惟然後應度有一賈客遠行其婦與他人作婬欲有身身轉大怖畏故自墮胎墮胎已看是死兒大愁憂無有同意人可使棄此死兒者是家中有一比丘尼常入出其家是比丘尼中前著衣持鉢來入其舍比丘尼問言汝何故愁憂答言我夫遠行我於後與他作婬泆有身聞夫欲來我怖畏故自墮胎我今無同意人與我棄此死兒者是故愁憂語比丘尼言善女汝能爲我棄此死兒不答言我能持去誰能知者即盛著瓮中以物覆頭遠棄著無人行處是中有諸博掩人見是比丘尼持瓮各相謂言往看比丘尼棄何物即共往看見死兒見已自相語言釋子比丘無斷婬欲共比丘尼行

婬欲有身生兒棄之一人語二人二人語三人如是展轉惡名流布遍舍衛城有比丘少欲知足行頭陀聞是事心大愁憂以是事白佛佛以是因緣故和合僧佛知故問是比丘尼汝實爾不答言實爾世尊佛種種因緣呵是比丘尼言云何名比丘尼棄他死胎從今日諸比丘尼不應棄死胎若棄得罪俱薩羅王波斯匿聞跋陀迦毗羅出家即請來入宮中夏四月共止一處後時王欲到園中語守門人言汝好守門莫令是比丘尼出守門人言爾王出後時守門人作是念是比丘尼樂住不走時守門人有餘因緣比丘尼著夫人被服從門出徑到祇洹爾時佛與百千衆恭敬圍遶說法佛遥見來近已佛言善來跋陀迦毗羅當佛作是語時即失夫人被服頭髮自落袈裟著身作比丘尼作比丘尼已到佛所頭面禮佛於一面立佛爲說四如意足神通道即時比丘尼得神通力是時王聞跋陀迦毗羅女走去便將兵衆圍遶比丘尼坊是比丘尼便飛虛空中王仰看見已生悔心我云何汙是阿羅漢比丘尼心悶躃地時諸羣臣以冷水灑還得醒悟向比丘尼悔過諸比丘尼驅出汝是行婬欲人出去是比丘尼言我無受欲心諸比丘尼言汝夏四月共王在宮殿中云何不受是比丘尼不知云何以是事白佛佛知而故問是比丘尼汝實受細滑不答言世尊我云何當受我覺是細滑如熱鐵入身佛言汝若無受細滑心無罪爾時佛語諸比丘尼汝等勿復說是跋陀迦毗羅事女人業報因緣故故得女根他人強行婬若

比丘尼他人強捉行婬無受欲心無罪有比丘尼名善生端正可愛能動人心迦毗羅緊度先不語直來摩觸是比丘尼驅出比丘尼驅出已心生疑悔我將無得波羅夷耶以是事白佛佛言無受欲心無罪有比丘尼名陀尼端正可愛能動人心中前著衣持鉢欲入舍衛國乞食道中有諸博掩人將入深林中強共行婬諸比丘尼驅令出坊作是言汝是行婬人不應住此是比丘尼言我無心受細滑諸比丘尼言諸博掩人將汝到深林中行婬云何不受是比丘尼不知云何以是事白佛佛知故問汝實受細滑不答言世尊我云何受我以手推脚蹋轉身不能得脫佛言若無心受無罪佛語諸比丘尼言汝等勿復說是比丘尼事是比丘尼手推脚蹋轉身不受

爲他強捉無罪有比丘尼名守園中前著衣持鉢行乞食有諸博掩人牽入深林中強爲婬欲諸比丘尼驅令出坊是比丘尼言諸善女我無心受細滑諸比丘尼言諸博掩人等將汝入深林中作婬欲云何不受是時阿難在比丘尼坊中諸比丘尼向阿難說阿難問是比丘尼敬畏阿難故不能答阿難嫌其不答是比丘尼心念諸比丘尼驅我出坊長老阿難復嫌我我用活爲今當至阿耆羅婆河自投而死是比丘尼盛滿瓶沙自繫其頸沉於水中沙瓶繩斷身或浮沒爾時諸博掩人遊戲岸邊見已相語汝看是比丘尼爲水所漂浮往取來即共出之扶著岸邊水出得穌將入深林共作婬欲還來入坊諸比丘尼復驅出言汝先言無心受細滑今博掩人將汝

入深林中作婬已放來是比丘尼不知云何以是事白佛佛知故問比丘尼言汝有心受細滑不答言世尊我云何受我啼哭大喚語言莫作不能得脫佛言汝若無心受細滑無罪佛語諸比丘尼言汝等勿復說是比丘尼事女人以先世業因緣故得是女根不得自在雖啼哭亦强捉雖言莫作亦强作雖大喚亦强作若比丘尼爲他强捉無受欲心無罪

初波羅夷竟

盜戒

佛在王舍城因達尼迦陶師子比丘結不盜戒言先作不犯是比丘心生疑悔言我多盜取材木不知何者是先何者非先是事白佛佛言達尼迦比丘未結戒前一切時取材木不犯是名先作不犯有比丘空處取無所屬物持去心生疑我將無得波羅夷耶以是事白佛佛言若知是物屬他得波羅夷若是物屬他生無屬想取得波羅夷屬他物中疑亦得波羅夷是物無屬生有屬想取得偷蘭遮無所屬物生疑亦得偷蘭遮若無屬物生無屬想無罪比丘他不與飯食自取持去心生疑我將無得波羅夷耶以是事白佛佛言當計是飯食直飯精魚肉餅亦應計直有比丘不請自來食心生疑我不得波羅夷耶以是事白佛佛言不犯從今日不請不應往食若往食得突吉羅有舊住比丘至聚落有知識比丘與取食分是比丘從聚落還知識比丘言我與汝取食分是比丘言汝何故取答言爲汝故取是比丘言我不語汝汝何故取知識比丘生疑我將不得波羅夷耶以是事白

佛佛言不犯從今日比丘若他不語不應取食分若不語而取得突吉羅有一比丘至聚落衆僧分飯是比丘有二共行弟子是弟子不相知故俱取食分後二弟子自相語言汝所取分我所取分誰具足取得波羅夷心生疑以是事白佛佛言不犯從今日應自相語令一人取取時當言我與某甲比丘取食分有一比丘病衆僧分飯看病人爲取飯是比丘死諸比丘不知云何是事白佛佛言若病人先死後取飯還歸本處若先取飯後死應同死比丘餘物分

十誦律卷第六十二

音釋

糠若岡切 蒨倉甸切綷色也 豬陟魚切與猪同 擯必刃切逐也 嬈音遶亂也 摩捫捫音門摩捫以手捫摸也 糒音敗乾糗也

十誦律卷第六十三

姚秦三藏弗若多羅共三藏鳩摩羅什譯

善誦第十誦之三

諸比丘自相語言共作賊去來答言隨意是比丘發去中道心悔生慚愧我等云何於善佛法中以信出家而作賊耶作是念已便不復去心疑我等將無得波羅夷耶是事白佛佛言不得波羅夷得偷蘭遮諸比丘自相語言共作賊去來答言隨意發去時中道一人心悔生慚愧我云何於善佛法中以信出家而作賊耶復作是念若我不去餘人或當殺我當共去我不用物不取分作是思惟已逐去逐去已是中不奪他物亦不取分是比丘生疑我將無得波羅夷耶是事白佛佛言不犯波羅夷得偷蘭遮又復諸比丘自相語言共作賊去來答言隨汝等意發去去到家都無所得是諸比丘生疑我將無得波羅夷耶是事白佛佛言不得波羅夷得偷蘭遮諸比丘自相語言共作賊去來答言隨汝意發去是中半比丘邏道半比丘取物邏道者言我等不取他物無罪也後生疑我等作如是事將無得波羅夷耶是事白佛佛言不得波羅夷得偷蘭遮諸比丘自相語言共作賊去來答言隨意發去已半得物半不得物不得物者言我不得他物不取分無罪也又復生疑我等將無得波羅夷是事白佛佛言不得波羅夷得偷蘭遮又復諸比丘自相語言共作賊去來答言隨意相語言常少少取莫令具足取已合衆人物欲分物滿五錢諸比丘生疑我等將無得波羅夷耶以是事白佛佛言

隨人取物離本處計直守邏人與比丘衣比丘不取作是念是中誰是檀越誰是主是事白佛佛言但隨施者受有賊捉弟子將去和尚還奪取和尚疑我將無得波羅夷耶以是事白佛佛言若決定屬賊得波羅夷若未決定無罪阿闍棃近行弟子亦如是又賊捉一比丘將去還自奪身走來生疑我將無得波羅夷耶以是事白佛佛言自偷盜身無罪比丘持可稅物行到關門作是念我若持是物過得波羅夷又作是念是稅直我寧持與若佛法僧若和尚阿闍棃若父母如是思惟已爲守關人共輭語語言我持是物供養若佛法僧若和尚阿闍棃若父母因是物與他若作信若自供所須如是等口輭語力得過無咎飛過無罪比丘從餘比丘借獨坐牀已作是念我後不復還主求索言長老還我牀作是言不與汝尋生疑悔心我將無得波羅夷耶是事白佛佛言不得波羅夷得偷蘭遮比丘從他借經卷已作是念我不復還主來索言長老還我經來作是言不與汝尋生疑悔心我將無得波羅夷耶是事白佛佛言不得波羅夷得偷蘭遮有比丘偷弊衣囊囊中有大價衣見已生念我將無得波羅夷耶是事白佛佛言計囊價直五錢得波羅夷若不直得偷蘭遮諸賊持酒至阿蘭若處飲半藏半諸比丘遊行林中見有酒語弟子持到住處用作苦酒弟子隨教持歸賊還求酒不得賊到諸比丘所問言長老彼處酒汝持來不比丘言持來賊瞋言汝是賊賊比丘言何故賊賊賊言我是賊汝復偷我故言賊賊是比丘

生疑我將無得波羅夷耶是事白佛佛知故問汝以何心取比丘言世尊我謂是酒無主故取佛言無罪從今日若見物應好思量已取諸賊持肉到山林中食半藏半諸比丘遊行林中見肉語諸弟子持到舍以供明日弟子隨教持歸賊還求肉不得到比丘所問言長老彼處肉汝持來不比丘言我持來賊瞋言汝是賊賊比丘言何以故賊賊賊言我是賊汝復偷我故言賊賊是比丘生疑我將無得波羅夷耶是事白佛佛知故問汝以何心取比丘言世尊我謂是肉無主故取佛言無罪從今日見物應好思量已取諸賊破城邑聚落若持錢物上至阿蘭若處後官力來圍遶是處是賊怖畏急故持物施諸比丘施已便出去諸白衣來見物在比丘所語言長老

此是我物今在汝手比丘言賊布施我諸白衣言誰信汝語汝或自作賊或從賊得諸比丘不知云何是事白佛佛言莫從賊取物若賊主與當取取已便淶壞色著若壞色已主故索者當還有居士脱衣著道邊便利有納衣比丘見四向顧視不見人便取持去居士言比丘莫持我衣去比丘不聞故去不止居士走逐奪取語言比丘法應不與強取耶比丘答言我謂是衣無所屬居士言是我衣非無所屬比丘言若是汝持去是比丘生疑我將無得波羅夷耶是事白佛佛知故問汝以何心取比丘言我謂無所屬故取佛言無罪從今日見物應好思量已取物實有所屬似無所屬諸人有親里死棄著死人處是國土人法好淨潔脱衣著死人處外然後入燒屍

納衣比丘見是衣四顧不見人便持去白衣見已語比丘言莫持我衣去比丘不聞其言故去不止白衣走逐捉奪取衣語言比丘法應不與取耶比丘答言我謂是衣無所屬白衣言是我衣非無所屬比丘言若是持去是比丘生疑我將無得波羅夷耶是事白佛佛知故問汝以何心取比丘言我謂無所屬故取佛言無罪從今日若取物應好思量已取有物實有所屬似無所屬浣衣人持諸衣浸著水中忘去到餘聚落還憶念言我不失是衣耶爾時納衣比丘求弊納衣故到是處見是衣四顧不見人便持去浣衣人來見比丘持去語言莫持我衣去比丘不聞故去不止浣衣人走逐捉奪取語言比丘之法應不與取耶比丘答言我謂是衣無所屬浣衣人言

是我衣非無所屬比丘言若是持去是比丘生疑我將無得波羅夷耶是事白佛佛知故問汝以何心取比丘言我謂是無所屬故取佛言無罪從今日若見物應好思量已取有物實有所屬似無所屬復有浣衣人持衣至水邊浣衣已絞捩曬已一處坐看有納衣比丘求弊納衣是處見衣四顧不見人便持去浣衣人來見比丘持衣去語比丘言莫持我衣去比丘不聞故去不止浣衣人走逐捉奪取語言比丘之法應不與取耶比丘答言我謂是衣無所屬浣衣人言是我衣非無所屬比丘言若是汝衣持去是比丘生疑我將無得波羅夷耶是事白佛佛知故問汝以何心取比丘言我謂無所屬故取佛言無罪從今日若見物應好思量已取有物實有所屬似

無所屬有一小兒持舍勒終日在道中戲忘舍勒歸去納衣比丘求弊納衣到是處見已四顧不見人便持去小兒舍勒有女人出見語比丘言莫持我舍勒去比丘言我道中得女人言我小兒持舍勒終日道中戲忘持歸汝莫持去比丘言若是汝許便持去比丘生疑我將無得波羅夷耶是事白佛佛知故問汝以何心取比丘言我謂是無所屬故取佛言無罪從今日若見衣好思量已取諸納衣比丘著不淨汙納衣諸天神金剛神不喜亦失威德是事白佛佛言不淨汙納衣不應著著得突吉羅有一居士聞諸釋子比丘能著納衣持大價氎裹八枚錢著糞壤中令縷現遠處立看有一納衣比丘求弊納故到是處見縷已便取取已見是大價氎便持去居士喚言長老是我氎汝莫擔去比丘言我自糞壤中得何預汝事居士言我聞釋子比丘能著弊納衣欲試故持大價氎裹八枚錢是氎中有八枚錢若不信我可數看數看已實有八枚錢比丘言若是汝許便持去比丘生疑我將無得波羅夷耶是事白佛佛知故問汝以何心取比丘言我謂無所屬故取佛言無罪從今日若見物應好思量已取有一納衣比丘藏納衣著一處入舍衛城乞食更有納衣比丘求弊納故到是衣邊見已四顧不見人便持去以水浣之祇洹門邊曬衣主比丘乞食還久求不得欲入祇洹見在門邊語取衣比丘言長老汝得波羅夷耶取衣比丘言何以故衣主言我納衣汝輒持來取衣比丘生疑我將無得波羅夷耶是事白佛佛知故

問汝以何心取比丘言我謂無所屬故取佛言無罪從今日若見物應好思量已取藏物異無所屬物亦異憍薩羅國近死人處有諸天祠舍守祠舍人浣衣絞捩曬已不收斂風吹墮死人處有一比丘死人處住觀死屍見是衣四顧不見人便持去守祠人見語言長老莫奪我衣去比丘言我死人處得何預汝事守祠人言是我衣我浣絞捩曬有小因緣不時收斂風吹墮死人處比丘言若是汝衣便持去比丘生疑我將無得波羅夷耶是事白佛佛知故問汝以何心取比丘言我謂無所屬故取佛言無罪從今日若見物應好思量已取諸比丘取屬死人處中衣諸旃陀羅言長老莫取我是中輸税物諸比丘不知云何是事白佛佛言從今日有屬死人處衣比丘不應取若取得罪爾時於屬死人處外邊斂取小段弊納諸旃陀羅亦不聽取是事白佛佛言是中若遮莫取若取得突吉羅有一居士請佛及僧明日食佛默然受居士知佛受已頭面禮佛足右遶已去到自舍是夜辦多美飲食辦食已晨朝敷坐處時到遣使詣佛所白佛言世尊食具已辦唯聖知時佛及衆僧入居士舍長老耶舍守僧坊請食分給孤獨居士二小兒到祇洹僧坊中庭遊戲諸賊欲侵惱劫奪耶舍比丘見已作是念此兒可愍無所知故當爲是賊傷害劫奪即入禪定以神通力起四種兵諸賊見已心大怖畏謂是官力若聚落力所見圍遶我或當了如是思惟便疾遠去諸比丘來語耶舍言汝得波羅夷耶舍言何以故諸比丘言賊侵惱奪

是兒物汝便爲奪取故耶舍生疑是事白佛佛知故問汝云何奪取耶舍言我現神通力佛言現神通力取無罪有一居士請佛及僧明日食佛默然受居士知佛默然受已頭面禮佛足右遶已去到自舍是夜辦具多美飲食辦已晨朝敷坐處時到遣使詣佛所白佛言世尊食具已辦唯聖知時佛及衆僧入居士舍一比丘守僧坊請食分新誦呪術給孤獨居士二小兒到祇洹遊戲諸賊欲侵惱劫奪比丘見已念言是兒可愍無所知故爲賊所傷害劫奪我新誦呪術可試誦救是小兒有驗以不即誦呪術有四種兵出諸賊見已心大怖畏念言是或官力若聚落力圍遶我我或當了如是思惟已便疾走去諸比丘來語守僧坊比丘言長老汝得波羅夷守僧坊

比丘言何以故諸比丘言人欲侵惱奪是兒物汝便奪取故是比丘生疑我將無得波羅夷耶是事白佛佛知故問汝以何心取比丘言我試誦新呪術救是小兒故出四種兵取佛言若誦新呪術取無罪舊比丘到餘聚落衆僧分衣是比丘有善知識爲是比丘取衣分是比丘從聚落還善知識比丘語比丘言長老爲汝取衣分是比丘言何以取善知識比丘生疑我將無得波羅夷耶是事白佛佛言無罪從今日若比丘不語不應爲他取衣分若取得突吉羅舊比丘到餘聚落衆僧分衣是比丘有二共行弟子是二弟子不相知故各爲和尚取衣分後二弟子自相語言汝亦取衣分我亦取衣分誰具足得波羅夷耶心生疑以是事白佛佛言不犯從今日應自

相語令一人取取時當言我與某甲比丘取衣分有一比丘病衆僧分衣看病比丘爲取衣分是病比丘死諸比丘不知云何是事白佛佛言若先死後取衣分者應還歸本處若先取衣分後死者應同死比丘餘物分有一居士數數用衆僧田不與衆僧稅直是居士後時欲種舊比丘來語居士言汝數數用衆僧田而不與直汝今莫種若欲種者當與僧價居士聞是語故強種時舊比丘却卧地遮犂居士慚愧即休不種是比丘生疑我將無得波羅夷耶是事白佛佛言無罪從今日莫身作可羞事有一比丘盜佛圖物生疑我將無得波羅夷耶是事白佛佛言若有守護者應計直若具足得波羅夷舊比丘令人種衆僧田是衆僧田近一居士田比丘亦令人種居士田居士語比丘言莫種我田比丘言我自種衆僧田何預汝事居士言是田我有非人作證是國土諸田中以橛若死人脚骨頭骨著土中爲識居士示其相比丘見已慚愧捨犂牛去是比丘後還復遣人過相種居士後見語比丘言我先與汝共諍時出地相已不知耶今日云何復種是比丘即捨犂牛去心生疑我將無得波羅夷耶是事白佛佛言應計價直若具足得波羅夷不具足得偷蘭遮有一比丘不與取華樹生疑我將無得波羅夷耶是事白佛佛言應計是華樹價直若具足得波羅夷果樹亦如是有一比丘破鵰巢時鵰常來圍遶精舍空中悲鳴佛問阿難是鵰何故大悲鳴耶阿難言有一比丘破其巢是故悲鳴佛言從今日不應破鵰巢若破

得突吉羅復有比丘取鵰巢煑染時鵰常來圍遶精舍空中悲鳴佛問阿難是鳥何故悲鳴阿難言一比丘取鵰巢煑染是故悲鳴佛言從今日不應取鵰巢煑染若取得突吉羅有居士蘿蔔園盛好一比丘詣居士所語言與我蘿蔔居士問言汝有價耶爲當直索比丘答言我無價居士言若人須蘿蔔者當持價來若我直與云何得活比丘言汝心定不與我耶居士言我定不與汝時比丘以呪術力呪令乾枯是比丘如是作已心生疑我將無得波羅夷耶是事白佛佛言應計是蘿蔔直若具足得波羅夷若不具足得偷蘭遮莖園華園葉園果園亦應如是計價直有馬行食比丘以一束草示馬馬隨比丘去比丘指示餘草心念使食他草是比丘生疑我將無得波羅夷耶是事白佛佛言不得波羅夷得偷蘭遮諸比丘遊行憍薩羅國向舍衛城共賈客俱來是中有險道諸賈客乘好馬語諸比丘汝亦乘是好馬令疾過險道是中有比丘乘是好馬生心作是方便是馬可得身亦小動尋生疑我將無得波羅夷耶是事白佛佛言不得波羅夷得偷蘭遮有賈客乘滿船寶比丘寄載渡河生心作如是方便是寶可得身亦小動尋生疑我將無得波羅夷耶是事白佛佛言不得波羅夷得偷蘭遮有一賈客載滿船寶渡水船沒水中寶物沉下衣箱隨流而去船主怖懼不得往取有比丘下流洗見已取持去賈客見已語比丘言莫奪我衣箱比丘言我自水中得何預汝事賈客言我船沒水中沉失寶物衣箱隨流下我怖懼

故不得時取比丘言若是便持去是比丘生疑我將無得波羅夷耶是事白佛佛言無罪有一比丘持四方衆僧物移著餘坊心生疑我將無得波羅夷耶是事白佛佛言不得波羅夷得突吉羅諸賊牽牛上至阿蘭若處繫著樹而去諸比丘食後經行林中見繞樹挽紖比丘憐愍解放尋生疑我將無得波羅夷耶是事白佛佛言不得波羅夷得突吉羅

舍衛國有一天神像能與人願有一居士從求所願得隨意願歡喜故以白氎裹天像身是中有比丘名黑阿難有大力不畏神像奪神氎持去後生疑我將無得波羅夷耶是事白佛佛言不得波羅夷得偷蘭遮有天神像能護人身有一居士從求所願得隨意願是居士歡喜故以金鬘繫頭上黑阿難大勇健欲往奪金鬘欲到神便怖之是比丘心驚毛竪猶故不畏降伏此神奪金鬘持去後生疑我將無得波羅夷耶是事白佛佛言不得波羅夷得偷蘭遮舍衛國有居士婦到阿耆羅婆河邊浴是諸居士婦脱莊嚴具衣服著岸上入水洗浴岸邊樹上有獼猴來下持珠瓔珞還上樹去是居士婦自恣洗浴竟上岸著衣求珠瓔珞久不得便捨去獼猴見去已還持瓔珞著本處已還上樹比丘食後遊行樹林中見是瓔珞識其主便持還居士婦居士婦言比丘汝是賊偷我瓔珞心悔已方還我比丘言我不爾居士婦言汝云何得是比丘以是事具說比丘心生疑我將無得波羅夷耶是事白佛佛言無罪經行道頭窟上康郎鳥在上作巢常持骨及弊納衣來棄著地經

行比丘便壞是巢是鳥常來圍遶精舍空中悲鳴佛知故問阿難是鳥何故悲鳴阿難言有一比丘壞巢是故悲鳴佛言從今日不應壞是康郎鳥巢若壞得突吉羅諸比丘一處有庫藏以飲食錢物著中鼠從穴中出偷錢物弊衣飲食持入穴諸比丘疑誰偷是物去時有一比丘著食置庫邊待時至當食鼠從庫中出持食入穴比丘見知是鼠偷物是比丘壞是穴亦得鼠物亦得自物盡自取諸比丘言汝得波羅夷罪是比丘言何以故諸比丘言汝取鼠物故是比丘生疑我將無得波羅夷耶是事白佛佛言不得波羅夷從今日當自取物鼠物不應取一比丘在房中卧夜鼠持食來著牀下比丘早起澡手從淨人受已便食諸比丘不大見是比丘乞食手足常淨潔便問言長老不見汝乞食手足常淨耶是比丘言諸長老有鼠夜持食來著我牀下我早起澡手已從淨人受已食是故我常不乞食手足淨潔諸比丘言長老汝得波羅夷是比丘言何以故諸比丘言鼠不與汝自取食故是比丘生疑我將無得波羅夷耶是事白佛佛語諸比丘汝莫說是比丘事何以故是鼠次前世是此比丘父愛念子故見便心愛故常持食著牀下是比丘無罪有諸獵師逐鹿走入僧坊是獵師來求鹿諸比丘不與獵師久不得便還去諸比丘生疑我將無得波羅夷耶是事白佛佛言無罪復有一獵師以無毒箭射一鹿逐走入僧坊獵師來求比丘不與久不得便還去比丘生疑我將無得波羅夷耶是事白佛佛言無罪有一獵師以

毒箭射鹿鹿走入僧坊獵師來求比丘不與獵師言是鹿被毒箭必當死比丘言死便死不得與獵師久不得便去去未久鹿便死諸比丘不知云何是事白佛佛言應還歸獵師有諸獵師作鹿檻比丘以快心壞得偷蘭遮以憐愍壞得突吉羅有捕鳥師張搭比丘以快心壞得偷蘭遮憐愍心壞得突吉羅諸捕鳥師張羅比丘快心壞得偷蘭遮憐愍心壞得突吉羅有捕鳥師張細網比丘以快心壞得偷蘭遮憐愍心壞得突吉羅捕鳥師有籠鳥車比丘快心壞偷蘭遮憐愍心壞突吉羅賣衣人買衣比丘見是衣便持去賣衣人言莫持我衣去比丘言我持衣示彼已還歸汝後生心欲不復還尋生疑我將無得波羅夷耶是事白佛佛言不得波羅夷得偷蘭遮有比丘使木師作不與木師價木師索直比丘生心不與尋生疑悔我將無得波羅夷耶是事白佛佛言不得波羅夷得偷蘭遮有一比丘取陶師瓦器不與價陶師從索與我價比丘生心不與尋生疑悔我將無得波羅夷是事白佛佛言不得波羅夷得偷蘭遮比丘從店肆買物不與價店肆賣物人從索價比丘生心不與尋生疑悔我將無得波羅夷耶是事白佛佛言不得波羅夷得偷蘭遮有病比丘與諸看病比丘價言汝持是價作三新粥我啜是粥亦與衆僧是看病諸比丘作是言我何爲以是價作粥與衆僧我等但作少粥與病人是錢我等當分取共作是籌量已作粥與病人錢便共分取是諸看病比丘即時生疑我將無得波羅夷耶是事白佛佛言不

得波羅夷得突吉羅有一比丘病思餅與諸看病比丘價言汝持是作餅我自食亦與衆僧諸看病比丘作是言我何爲以是價作餅與衆僧我但作餅與病比丘是錢我等當自分取共作是籌量已作餅與病人錢便共分取是諸看病比丘即時生疑我將無得波羅夷耶是事白佛佛言不得波羅夷得突吉羅有一比丘病多有錢作是念我死後衆僧必當分我錢我今當令僧不得分念已語看病人言作摩沙豆羮與我來看病人作羮與以小因緣故看病人出病人以錢著羮中合嚥是食難消故便死看病人持棄死人處諸鳥來破腹出腸錢墮地時衆僧即打揵椎呼看病人來言見死比丘多有錢汝持來衆僧當分諸看病比丘求錢不得有一冢間比丘到死人處覩無常見是錢持來與衆僧即生疑悔我將無得波羅夷耶是事白佛佛言無罪有病比丘多有田地語諸看病人言喚諸比丘來我處分此地與佛與衆僧若與人諸看病人生念病比丘若以是地與佛與衆僧與人我等無所得便不爲喚諸比丘病比丘死諸看病比丘不知云何是事白佛佛言莫以小因緣違逆病人語當隨病人處分皆爲作有病比丘多衣鉢多生活物病比丘語諸看病比丘言喚諸比丘來我當處分是物與佛與衆僧與人諸看病人生念是病比丘若以是物與佛與衆僧與人我等無所得便不爲喚諸比丘病比丘死諸看病比丘不知云何是事白佛佛言莫以小因緣違逆病比丘語當隨所處分皆爲作有東方比丘尼與波梨

比丘尼共道行波梨比丘尼在前東方比丘尼在後波梨比丘尼失衣東方比丘尼得共合一處時東方比丘尼唱言誰失此衣我地得波梨比丘尼言汝取是衣耶答言我取衣主言汝得波羅夷問言何以故答言汝以盜心取是比丘尼心生疑我將無得波羅夷耶是事白佛佛言無罪有施越比丘尼喜得供養大得酥油蜜石蜜有一賈客見是比丘尼心喜作是言善女汝若須酥油蜜石蜜隨意我舍取比丘尼言爾作是請時有餘比丘尼聞過數日便往到賈客舍詐言施越比丘尼須五升油賈客言用作何物答言我持至比丘尼寺中賈客便與是比丘尼持至寺中便服過數日賈客見施越比丘尼語言善女汝何以但索油不索飯肉羹等比丘尼言汝何所道賈客言先有一比丘尼來云汝索五升油我便與施越言好若更索餘物亦與施越到彼比丘尼邊言汝是弊比丘尼惡比丘尼賊比丘尼汝得波羅夷是比丘尼言何以故施越言賈客不施汝汝誑他取油故答言非不與取我以汝名字故取是比丘尼生疑我將無得波羅夷耶是事白佛佛知故問汝以何心取答言我以施越名字故取佛言不得波羅夷故妄語故得波逸提從今日不得詐稱他名字取若取得罪

十誦律卷第六十三

音釋

邏郎佐切遮也 曬所賣切日乾也 縷力主切線也 挽紖挽音晚拽也紖余忍切牛系也 橿其亮切與弥同施呰於道也 揩徒合切正作編以索買物也

十誦律卷第六十四

姚秦三藏弗若多羅共三藏鳩摩羅什譯

善誦第十誦之三餘

舍衛城有賈客莊嚴船入大海入已龍來捉船諸賈客各自求所事神天禮拜求願猶不蒙恩不能得脫中有一賈客是目連弟子目連常出入其舍此人即作此念若目連見念者必得免濟如是思惟已一心禮拜目連時長老目連以天眼見即入禪定以神通變作金翅鳥王在船頭立諸龍見是金翅鳥王甚大怖畏捨船沉沒大海諸賈客皆得安隱往還到舍衛城讚歎目連實成就大神通力我等從海得脫皆是目連恩力故諸比丘到目連所語言汝得波羅夷目連言何以故諸比丘言是船屬龍汝便奪之目連生疑是事白佛佛知故問汝云何救目連言我以神通力佛言若神通力救無罪舍衛國賈客出行城邑聚落治生於險道中爲賊圍遶不得進退諸賈客各自求所事神天禮拜求願了不蒙恩不能得脫中有一賈客目連是師常出入其家此人即作是念若目連見念者必得免濟如是思惟已一心禮拜目連時長老目連以天眼見即入禪定以神通力現四種兵諸賊見已即作是念此或是王力若是聚落力來圍遶必不得出如是怖畏捨遠去諸賈客從險道中得安隱往返到舍衛國讚歎目連實成就大神通力我等從險道得脫皆是目連恩力故諸比丘到目連所語言汝得波羅夷目連言何以故諸比丘言是賈客屬賊汝便奪故目連生疑是事白佛佛知故問汝云

何救目連言我以神通力佛言若神通力救無罪長老畢陵伽婆蹉常出入一檀越舍有一小兒比丘到其舍時一小兒捉足作禮捉足而起是小兒在水岸邊戲有船賊來漸漸誘進上船長老畢陵伽婆蹉以天眼見即入禪定以神通力在船頭立小兒見以如常法接足作禮各以兩手捉一足是長老即時飛去小兒隨去到舍諸比丘到畢陵伽婆蹉所言汝得波羅夷畢陵伽婆蹉言何以故諸比丘言是小兒屬賊汝便奪故畢陵伽婆蹉生疑是事白佛佛知故問汝云何救答言我以神通力佛言若以神通力救無罪洴沙王與竹園中衆僧五百守園人此五百人去竹園不遠作大聚落止住其中賊常來劫奪長老畢陵伽婆蹉見已作是念寧可使此人爲賊所撓害耶即入禪定以神通力作高垣牆賊夜來作高梯未辦地以了賊便怖畏捨去諸比丘到畢陵伽婆蹉所言汝得波羅夷畢陵伽婆蹉言何以故諸比丘言賊來壞聚落汝便奪故畢陵伽婆蹉生疑是事白佛佛知故問汝云何救畢陵伽婆蹉言我以神通力佛言若神通力救無罪

䟦難陀釋子夏末月處處遊行歷觀諸寺欲知諸寺安居僧數并物多少時到一處諸比丘遥見從座起即與坐處問訊就坐小默然已問諸比丘此住處衆僧得安居施物不諸比丘言得問分未答言未䟦難陀言持來與汝分諸比丘持此物來令分䟦難陀與作分上座得分已欲持起去䟦難陀言上座小住勿便去上座言住作何等䟦難陀言汝等已

得財施當與汝法施是跋難陀辯才利根能嚴飾語爲説種種妙法上座心歡喜故盡以物分與跋難陀言我分盡以施汝第二第三上座皆亦如是如是展轉一切衆僧亦如是如是展轉至處處寺中皆如是得多物持衣襆來入祇洹爾時諸比丘在祇洹門邊經行遥見跋難陀來作是言是跋難陀釋子無慚無愧有見聞疑罪多欲無猒持是衣襆來漸漸近已諸比丘問跋難陀何處得是多衣物來跋難陀廣説上事是中有比丘少欲知足行頭陀聞是事心嫌恨言云何比丘餘處安居餘處受物諸比丘種種呵責跋難陀已是事白佛佛以是因緣和合僧佛知故問跋難陀汝實爾不答言實爾世尊佛種種因緣呵責跋難陀云何名比丘餘處安居餘處受物佛但呵責而未結戒

佛復憍薩羅國一住處與多比丘安居諸白衣居士見多衆僧爲作房舍衣家中衣安居衣佛後歲還祇洹安居是處有二長老比丘安居此諸居士心念我等亦當如去年施物令諸比丘得衣我得布施福不斷絶此諸居士如前所施多持衣物到此住處布施此二長老是比丘作是念是衣物分多我等若分知得何罪竟不敢分跋難陀釋子夏末月遊行從一住處到一住處遍觀諸住處安居僧數所施物多少又作是念佛去年安居處是中必多有施物今當詣彼念已便去是二長老遥見已從座起迎與坐處問訊跋難陀坐已小默然住問是長老是處衆僧安居有施物不答言有問言分未答言未分何以故長

老答言是衣物多我等人少若分不知得何罪跋難陀言汝未分者好若分知汝等得何罪二長老語跋難陀汝能分不答言能跋難陀言此中應作羯磨不得直分時二長老盡持衣出著跋難陀前跋難陀分是衣作三分語言汝二人坐一聚邊自坐二聚間語言汝長老一心聽羯磨言汝等二人一聚名爲三我一人二聚衣名爲三是羯磨好不答善好持是衣裹縛欲擔去二長老言聚衣我等未分云何便去跋難陀言我若與汝分者是中一好衣應與知法人然後當分答言當與即持一上價衣出著一邊分餘衣作二分與二長老跋難陀即裹縛多衣物擔負到祇洹諸比丘祇洹門邊經行遥見跋難陀來自相謂言此無慚無愧有見聞疑罪多欲無猒人來漸漸近已問言跋難陀汝從何處得是多衣物來跋難陀向諸比丘廣説上事是中有比丘少欲知足行頭陀聞是事心嫌恨種種呵責跋難陀云何名比丘故奪二長老物呵責已是事白佛佛以是因緣和合衆僧佛知故問跋難陀汝實爾不答言實爾世尊佛種種呵責跋難陀汝云何欺誑故奪是長老比丘物種種因緣呵責已語諸比丘是跋難陀非但今世奪是二長老比丘物是跋難陀先世欺誑是二長老比丘奪物是事中間今聽過去世河曲中有二獺在是中住河邊得一鯉魚無能分者二獺守住有野干來飲水見已問言阿舅汝作何等獺言外甥我等得此大魚不能分汝能爲我分不答言能此中應經書語分不得直爾分時野干即分魚作三分

頭爲一分尾爲一分中間肥作一分作三分已問言誰喜近岸行答言此是誰喜入深水行答言此是時野干言汝一心聽說經書言近岸行者與尾入深水行者與頭中間身分與知法者爾時野干口銜是大魚身歸去婦見持是大魚來說偈問言善哉智者何處得是滿口無頭無尾鯉魚來答言有愚癡不知斷事喜鬬諍者智者因是得爲王者得增庫藏此無頭尾魚我以斷事故得佛語諸比丘汝謂此二獺豈異人乎即今二長老比丘是時野干者豈異人乎今跋難陀是爾時跋難陀奪獺物故今世亦奪佛種種因緣呵責跋難陀已語諸比丘從今日不應餘處安居餘處取物若取得突吉羅

阿難有共行弟子名直信輭善好人常入出一居士舍是居士有二兒居士得重病直信比丘往問訊居士與施坐處共相問訊是居士小默然已語直信比丘若我死後觀二兒若有好者當與戶鑰作是語已便命終是直信比丘即觀善好兒便與戶鑰第二兒索分物得戶鑰者不與時小兒到阿難所言直信比丘阿難便擯直信比丘直信比丘是釋種子語五百釋子言爲我求請和尚聽我懺悔答言云何能令汝得懺悔直信言汝等盡爲我將男女大小詣和尚所頭面禮足在前坐和尚必當爲汝等說法和尚說法默然已汝等盡留諸小兒便捨去和尚必當言汝等將是諸小兒去作是語時汝等當言聽直信比丘懺悔者我當將去諸釋子言爾即時五百諸釋子如直信比丘教將小男女至阿難所

頭面禮足在前坐阿難爲説法已默然諸釋子留諸小兒便捨去時諸小兒啼哭阿難語言將諸小兒去彼言若聽直信比丘懺悔者我當將去阿難思量已語諸釋子言聽作懺悔阿難後語弟子汝得突吉羅罪

有二比丘共作善知識一名旃陀羅二名蘇陀夷旃陀羅比丘有僧伽棃欲貿易蘇陀夷比丘須僧伽棃旃陀羅置僧伽棃著房中蘇陀夷謂旃陀羅欲貿是衣我今須之便試著看若可身者我便取之旃陀羅入見著衣已便語言汝得波羅夷蘇陀夷言何以故答言汝盜心著我衣蘇陀夷言不爾汝欲貿僧伽棃我須之汝出後我試取著看耳蘇陀夷心生疑悔我將無得波羅夷耶是事白佛佛知故問汝以何心取答言我以同意取佛言若以同意取無罪從今日非同意物不應取若取得罪有五種同意取一可信善知識二人現在三物現在四取時白他五取彼必歡喜

是名五種有二比丘共爲善知識一名須尸摩二名和修達須尸摩能裁割衣和修達須裁割衣持衣裁到須尸摩所問言誰能割截是衣者我當與是人鉢須尸摩言我能與汝裁割衣汝與我鉢不答言能須尸摩言若與我鉢者留衣財著我邊去即便留衣去後須尸摩即與裁割縫兩向出葉卷牒已還主語言我用汝衣財作衣訖汝與我丸鉢來和修達言汝是客作貧窮不能自活人也答言汝不知那我是即時和修達淨洗鉢著一面未與便出去時須尸摩作自物想取持去和修達來不見鉢語須尸摩言善知識汝得波羅

夷何以故汝以盗心取我鉢須尸摩生疑悔我將無得波羅夷耶是事白佛佛知故問汝以何心取答言我以自物想取佛言無罪從今日不應爲取物故與他作若爲取物故作得突吉羅不犯者若彼言汝有事我當代汝作我若守僧房汝當代我迎食分如是無罪有二客比丘一名阿逸多二名舍摩達多是二客比丘向暮來舍摩達多比丘著新染好衣阿逸多見是衣即生貪心是二人共房舍宿各自卷褋是衣纏裹置一處以小因緣故是衣易本處阿逸多比丘夜未曉謂已衣是舍摩達多衣以盗心而持去地了看乃是巳衣心生疑我將無以自盗衣故得波羅夷耶是事白佛佛知故問汝以何心取答言我以盗心取佛言先作故無罪從今日自衣不應以盗心取若盗心取得偷蘭遮放豬人失豬諸賊在祇洹塹中殺豬取好肉持去留腸著塹中諸比丘早起乞食見是腸語弟子言持此腸煑我乞飯食去放豬人不見求覓到是中遥見烟便往看見煑豬腸問言諸比丘此中作何等答言我煑豬腸放豬人言我失豬汝等煑豬腸汝必偷我豬諸比丘答言我等不偷汝豬我於塹中得是腸耳放豬人言諸比丘語我實諸比丘若不肯語我實我當向官言言已官人問比丘言汝實偷豬耶比丘言不我自於祇洹塹中得官人言此諸比丘終不能殺豬即放比丘令去餘時若空地見豬腸莫復取是比丘於是諍訟事邊得脱諸比丘聞是事白佛佛言從今日如是不淨棄物不應取若取得突吉羅有守甘蔗園人失

甘蔗守多羅人失多羅果亦如是有諸人民親里死以白氎裹棄著死人處時阿難遊行是中見便持去死人即動語阿難言莫奪我衣阿難還以氎覆死人已去阿難到祇洹語諸比丘言某處死人以氎覆有比丘名黑阿難凶健有力問阿難言在何處答言在彼處即便往取時死人便動語黑阿難言莫奪我衣黑阿難罵言小鬼弊鬼汝何處有是衣汝以貪著是衣故生此鬼中黑阿難持衣在前去死屍啼哭逐黑阿難持是氎入祇洹中祇洹中有大威德諸天鬼神不聽是小鬼入時死屍墮祇洹塹中時黑阿難以氎示諸比丘言是死人衣我持來諸比丘問言死人今在何處答言在祇洹塹中諸比丘生疑是事云何即以白佛佛語黑阿難還將死屍去置本處還以白氎覆行時當在後莫在前在左邊行莫在右邊近頭邊莫近足勿令打汝佛以是因緣語諸比丘從今日死屍若未壞不應取衣若取得突吉羅有一比丘福德喜得酥油蜜石蜜一賈客見是比丘語言大德汝須酥油蜜石蜜來至我舍我當與汝比丘言爾是比丘有共行弟子聞作是念此賈客常請我和尚自恣與酥油蜜石蜜我今當往試之實能與不如是思惟已過數日往索五升酥賈客即與是弟子持著食中與和尚過少時賈客見是比丘語言大德何以不索飯肉羹等但索五升酥耶比丘言汝道何等答言大德弟子來索五升酥不索餘比丘言好若更索餘當與是比丘到弟子所言汝得波羅夷弟子言何以故賈客不與汝汝輙取賈客五

升酥故弟子言我非不與取是賈客常自言請和尚與酥油蜜石蜜我試往索看爲實能與不得酥還著和尚食中我不自用是弟子生疑我將無得波羅夷耶是事白佛佛言不得波羅夷故妄語故得波逸提油蜜石蜜亦如是有一住處林中虎殺鹿食肉餘骨肉在諸比丘食後經行林中見此殘鹿見已自相語言持此殘鹿著房中明日當食諸比丘持歸著房中已虎飢還至本處求鹿不得遶祇洹精舍吼佛知故問阿難虎何以吼阿難言諸比丘持虎殘骨肉著房中是故吼佛言從今日虎殘骨肉不應取若取得突吉羅何以故虎於肉不斷望故若師子殘肉可取何以故斷望故（第二波羅夷竟）

善誦第十誦之四

殺戒初

佛在婆耆國婆求沫河邊佛與婆求沫諸比丘結不殺戒言先作無罪是諸比丘生疑悔我多爲諸比丘讚歎死令發死心而殺不知何時是先佛言未結戒前婆求沫諸比丘一切時不犯故說先作無罪有一比丘以非人想殺人是比丘生疑我將無得波羅夷耶是事白佛佛言人作人想殺得波羅夷人作非人想殺得波羅夷人中生疑殺得波羅夷非人非人想殺得偷蘭遮非人人想殺得偷蘭遮非人中生疑殺得偷蘭遮有一比丘久來病有相識比丘來問訊病人言覓刀與我比丘言用作何等病人言但與我來即持刀與病人得刀持入房坐牀以自割咽是相識比丘過五六日已生疑是病人持刀入房五六

日不出不還我刀爲作何等即入房看見病比丘死刀在地是比丘作是念病人死是我因緣若彼索刀我不與者則不死是比丘生疑我將無得波羅夷耶是事白佛佛言無罪從今日不應令病人得刀若令得刀得突吉羅有比丘常入出一居士舍是比丘早起著衣持鉢入居士舍居士行不在其婦爲敷座處坐已共相問訊小默然已語比丘言共作婬欲來比丘言莫作是語汝夫甚惡婦言我能令善比丘出後即與夫毒藥是居士食即死後時比丘著衣持鉢復到居士舍是婦與敷座處坐已共相問訊小默然已語比丘言作婬欲來比丘言姊莫作是語我斷婬欲人彼言汝先不語我是斷婬欲人我爲汝故殺夫而今方言我斷婬欲人耶比丘言我不教

汝殺夫彼言汝先言我夫甚惡比丘言我但言汝夫惡性不教汝殺是比丘生疑我將無得波羅夷耶是事白佛佛言無罪有一比丘常入出一居士舍是比丘中前著衣持鉢入居士舍居士病婦語比丘言共作婬欲來比丘言汝夫病云何作是語答言我能令無病比丘出後婦即以毒藥殺夫比丘後時復著衣持鉢到其舍婦言作婬欲來比丘言我斷婬欲人汝莫作是語其婦言我爲汝故殺夫汝今云何方言我斷婬欲人比丘言我不教汝殺夫我言汝夫病云何作此言是比丘生疑以是白佛佛言無罪比丘殺心打人是人若死得波羅夷若不死得偷蘭遮比丘以殺心打人是人未死頃比丘若狂若返戒得偷蘭遮比丘瞋母墮胎若母死得波羅夷若兒

死偷蘭遮若俱死得波羅夷俱不死得偷蘭遮若瞋兒故墮母胎若兒死得波羅夷若母死得偷蘭遮若俱死得波羅夷俱不死得偷蘭遮比丘墮他胎是人死已產出得波羅夷若胎是鬼死已產出得偷蘭遮若胎是畜生死已產出得波逸提比丘尼亦如是有一比丘病語看病人言我欲得蘇毗羅漿看病人即與飲已便死是比丘生疑我將無得波羅夷耶是事白佛佛言無罪有一梵志病疥瘙到諸比丘所言我若得蘇毗羅漿當得差比丘言汝是貧窮乞兒腹中常空何故生此瘡答言我曾有是瘡飲是漿得差比丘與漿飲已便死是比丘生疑我將無得波羅夷耶是事白佛佛言無罪有一人貫在木頭極受苦惱有一冢間比丘到死人處觀無常見此人此人語比丘言若我得蘇毗羅漿當得活此比丘即與飲已便死比丘生疑我將無得波羅夷耶是事白佛佛言無罪有一人被截手足著祇洹塹中諸比丘尼為聽法故來到祇洹聞是人啼哭聲女人輕躁便往就觀共相語言若有能與是人藥使得時死者則不久受苦惱中有一愚直比丘尼與蘇毗羅漿是人即死諸比丘尼語言汝得波羅夷是比丘尼言何以故答言汝若不與是人漿是人不死是比丘尼生疑我將無得波羅夷耶是事白佛佛知故問汝以何心與比丘尼言我欲令早死不久受苦故與佛言是人死時汝即得波羅夷阿羅毗國僧房中起新舍比丘在上作手中墼墮木師頭上便死是比丘生疑我將無得波羅夷耶是事白佛佛言無罪從

今日作應一心好觀下復有阿羅毗國僧房中起新舍比丘在上作斧墮殺木師比丘生疑我將無得波羅夷耶是事白佛佛言無罪從今日作應一心好觀下復有阿羅毗國僧房中起浴室挽材上比丘少材重捉不禁材墮殺木師諸比丘生疑我將無得波羅夷耶是事白佛佛知故問汝以何心比丘言人少材重力不禁故失材佛言無罪從今日當一心好觀下復有阿羅毗國作浴室故挽梁上比丘少梁重捉不禁故梁墮殺木師諸比丘生疑我將無得波羅夷是事白佛佛知故問汝以何心比丘言諸比丘少材梁重捉不禁故失佛言無罪從今日作當一心觀莫令殺人若人少不應挽重物阿羅毗國覆浴室故囊盛泥牽上繩斷殺木師諸比丘生疑我將無得波羅夷耶是事白佛佛言無罪從今日作應好用心莫令殺人有一比丘山上坐禪更有一比丘在上推石墮坐禪比丘頭上即死比丘生疑我將無得波羅夷耶是事白佛佛言無罪從今日欲推石時當唱言石來石來有一比丘牛羣中行有惡牸牛逐欲觸比丘比丘走墮一小兒上小兒即死比丘生疑我將無得波羅夷耶是事白佛佛言無罪從今日安詳牛羣中行有一比丘病久羸瘦脊瘻作是念我何用是活今可自投深坑死即自投坑坑中先有野干噉死人比丘墮上野干死比丘脊得直是比丘生疑我將無得波逸提耶是事白佛佛言無罪從今日莫以小因緣便自殺有一比丘暖處坐以衣自覆有餘比丘喚言起起是比丘言勿喚我起我起

便死餘比丘復重喚言起起便即死是比丘生疑我將無得波羅夷耶是事白佛佛言不得波羅夷得偷蘭遮比丘狂以殺心打他若是人死得波羅夷若不死得偷蘭遮有一比丘病久看病比丘看視故作是念我看來久是病人不死不差今不能復看置令死是看病人便不看故病人便死是看病比丘生疑我將無得波羅夷耶是事白佛佛言不得波羅夷得偷蘭遮有一比丘病多有衣鉢財物看病人瞻視來久作如是念我今不復能看置令死財物當入衆僧分更不看故病人便死是比丘生疑我將無得波羅夷耶是事白佛佛言不得波羅夷得偷蘭遮有一比丘食不消故以厚衣被自纏裹坐一處有餘比丘來喚言起答言莫喚我起我起當死餘比丘重喚言起起便即死是比丘生疑我將無得波羅夷耶是事白佛佛言不得波羅夷得偷蘭遮有一比丘癰瘡未熟有一比丘來破是比丘即死是比丘生疑我將無得波羅夷耶是事白佛佛言若癰瘡未熟破人死得偷蘭遮若破熟癰死無罪有一比丘病看病人久與求隨病飲食不能得語病人言我久爲汝求隨病飲食不能得今趣得食便噉是病人趣得食食故便死是比丘生疑我將無得波羅夷耶是事白佛佛言不得波羅夷得偷蘭遮有一比丘病看病人爲多求藥而不能得是看病人到病人所言我爲汝故求隨病藥而不能得汝今趣得藥當服是病人趣得便服即死是比丘生疑我將無得波羅夷耶是事白佛佛言若趣與藥死者得偷蘭遮若

與隨病藥死無罪有一比丘病語看病人言汝扶我起扶我坐與我著衣扶我出房坐與我洗浴與我著衣將我日中將我陰中還將我房中令我坐令我卧是比丘即便死看病比丘生疑我將無得波羅夷耶是事白佛佛言無罪坐禪比丘睡行禪比丘以法杖觸令覺即便死是比丘生疑我將無得波羅夷耶是事白佛佛言是比丘刀風發若觸若不觸必當死故無罪坐禪比丘睡行禪比丘以綿毱擲令覺即便死是比丘生疑我將無得波羅夷耶是事白佛佛言是比丘刀風發若擲若不擲必當死故無罪坐禪比丘睡有一比丘持水灌頭令覺即死是比丘生疑我將無得波羅夷耶是事白佛佛言是比丘刀風發若灌若不灌必當死故無罪十七羣衆中有一小兒喜笑諸比丘捉擊攊令大笑故便死是比丘生疑我將無得波羅夷耶是事白佛佛知故問汝以何心答言以戲笑故擊攊大笑故便死佛言無罪從今日不應擊攊人若擊攊得波逸提有一居士得新穀菜先與衆僧後自噉有一阿蘭若比丘常入出此居士舍是阿蘭若中前著衣持鉢入居士舍至坐處坐共相問訊是居士見阿蘭若作是念是新穀新菜當與此阿蘭若不與衆僧即持與阿蘭若比丘諸比丘生念此居士常得新穀新菜先與衆僧然後自食今歲何以不與衆僧耶諸比丘自相問言誰是彼舍入出比丘有比丘言有一阿蘭若比丘常入出其舍必當是彼所遮諸比丘言喚是阿蘭若比丘來比丘來已諸比丘語言某甲居士歲歲常持

新穀新菓先與衆僧然後自食今歲不與必是汝遮答言何故遮諸比丘言此比丘不肯直首當以兩木押取其辭押時便死諸比丘生疑我將無得波羅夷耶是事白佛佛言不得波羅夷得偷蘭遮有一居士常與衆僧安居起衣有一阿蘭若常入出其舍是比丘中前著衣持鉢入居士舍至坐處坐共相問訊居士見已作是念是衣我當與是阿蘭若不與衆僧念已即持衣與是比丘諸比丘作如是念某甲居士常與衆僧安居衣今歲何故不與共相問言誰是彼舍常入出比丘有比丘言有一阿蘭若比丘常入出其舍必是阿蘭若所遮諸比丘言喚是比丘來來已諸比丘問言某甲居士歲歲常與安居僧衣今歲不與必是汝遮答言我何以故遮諸比丘言

此比丘必不肯直首當擲著池中著時即死諸比丘生疑我將無得波羅夷耶是事白佛佛言不得波羅夷得偷蘭遮有一乞食比丘中前著衣持鉢入舍衛城乞食遊行乞食時到一多人鬧處門中擲衣角觸木杵木杵倒壓殺一小兒比丘生疑我將無得波羅夷耶是事白佛佛言無罪從今日乞食時當一心觀前後有一乞食比丘中前著衣持鉢入舍衛城乞食遊行諸處到一婆羅門舍是舍主晨朝洗頭洗身著新白衣在中門間坐上座比丘在門下立彈指婆羅門聞彈指聲即出看見比丘即生惡心作是念我未祠天未祠亡父母親里禿道人著壞色弊衣斷種人先來從我乞食以瞋心椎胷令去比丘倒一小兒上小兒即死是比丘生疑我將無得波羅

夷耶是事白佛佛言無罪從今日乞食時當一心觀前後有比丘有拍病呪術拍一人頭即時死是比丘生疑我將無得波羅夷耶是事白佛佛言無罪從今日欲拍時當徐徐莫令死有一比丘食時噎一比丘與椎頸所噎食并血來出即時便死是比丘生疑我將無得波羅夷耶是事白佛佛言無罪從今日當安徐椎但食出莫令死迦留陀夷常入出一家中前著衣持鉢往到其舍是家有婦人乳兒早起持兒著牀上以白氎覆捨去迦留陀夷門下立彈指婦人出看見迦留陀夷言大德坐此牀迦留陀夷不觀便坐小兒上小兒大喚婦人言此中有小兒小兒迦留陀夷身重坐時小兒即死腸出迦留陀夷作是事已還到寺中語諸比丘我今日作如是事諸比丘以是事白佛佛知故問汝以何心作是事世尊我先不觀是牀便坐佛言無罪從今日牀榻坐處常好看然後坐若不看坐得突吉羅偷羅難陀比丘尼亦如是復有父子二比丘共遊行憍薩羅國欲詣舍衛城日暮是中有險道未度兒語父言是中有險道當疾行過即從兒語疾行即乏死兒比丘生疑我將無得波羅夷并逆罪耶是事白佛佛知故問汝以何心語兒比丘言日暮恐不過險道我以恩愛心語令疾行時乏死佛言無罪從今日莫以小因緣故日暮險道中行若已入險道老比丘所擔物年少比丘應代擔應語言我若前去汝當於後來是時諸比丘便生疑云何比丘殺父不得波羅夷及逆罪耶佛知諸比丘心所念爲說本生諸比丘有過去世

有禿頭染衣人共見持衣詣水邊浣諸衣已絞綟曬卷㲲盛著囊中持復道還歸爾時大熱眼暗道中見樹便自以衣囊枕頭下睡有蚊子來食其頭血兒見已瞋作是念我父疲惱睡卧是弊惡婢兒蚊子何以來飲我父血即持大棒欲打蚊子蚊子飛去棒著父頭即死時此樹神說偈言

寧爲智者仇　不與無智親　愚爲父害蚊
蚊去破父頭

佛語諸比丘謂彼時禿染衣人豈異人乎莫作是觀即此長老比丘是也爾時兒者此比丘是爾時兒雖殺父而不得逆罪令殺父亦不得波羅夷及逆罪

有父子二比丘遊行憍薩羅國欲到舍衛國至一無僧伽藍聚落中兒語父言今於何處宿父言此聚落中宿兒言此聚落中白衣住處若我在中宿與此何異父言當何處宿兒言當此空地宿父言此中有虎畏若我睡時汝不當睡答言爾父即卧睡有鼾聲虎聞便來嚙父頭父便大喚兒見父頭破父因是即死兒比丘生疑父由我故死父欲在聚落中宿我若用父教者父則不死我欲空地卧故令父死我將無得波羅夷并逆罪耶是事白佛佛言無罪應當大喚然火怖虎令去比丘以殺心遣使殺某甲人是人若死是比丘得波羅夷若不死得偷蘭遮有比丘殺一獼猴諸比丘言汝得波羅夷是比丘言何以故諸比丘言獼猴似人若殺與人何異是比丘生疑我將無得波羅夷耶是事白佛佛言不得波羅夷得波逸提諸比丘遊行憍薩羅國向

舍衛城見一空寺入中觀看見卧具牀榻釜鑊瓮器斗斛瓶瓮衆僧生活物無所乏少自相謂言我等何不是中安居餘比丘告言隨意是中安居已立制我等三月過不自恣到八月當自恣夏末月布施物我等當得夏末八月賊發時賊作是念何處有不須器仗鬬戰而得錢物耶作是念已共相謂言當奪沙門釋子物賊即來圍遶是寺是僧中有比丘得神通力亦有本是大力士及本是大射家子是諸比丘作是念我等以好心出家不應與賊共鬬作是念已默然住賊來劫奪衣被今皆裸露諸佛常法二時大會集諸弟子一春末月二夏末月春末月者方處處國土諸比丘來至佛所佛與我等說法我等三月安居中當念修習是初大會爲聽法故夏末月自恣竟作衣畢持衣鉢到佛所作是念我等久不見佛世尊是第二大會爲見佛故是被賊比丘自恣已作衣竟持衣鉢向舍衛到佛所頂禮佛足在一面坐諸佛常法客比丘至以輭語勞問如是言汝忍不足不安樂住不乞食不乏道路不疲耶爾時佛以如是語勞問諸比丘汝忍不足不安樂住不乞食不乏道路不疲耶諸比丘言世尊我等忍足安樂住乞食不乏道路不疲具以上事向佛廣說佛即以是因緣故集僧集僧作種種因緣讚戒讚持戒讚戒讚持戒已語諸比丘汝等賊來時應作大音聲擊鐘振鈴令賊怖畏諸比丘從佛聞是事見是過罪後歲還本處安居安居已還復立制我等本應三月自恣當到八月自恣爲夏末月得安居施物用故夏末

八月如本賊發時賊作是念何處當有不須器仗鬪戰而得錢物耶作是念沙門釋子不與人鬪我當往劫取財物念已即往圍遶僧居諸比丘先備防賊具賊來已即入房舍閉門下居上樓閣上作大音聲恐怖諸賊擊鐘振鈴有二比丘閣中擲石恐怖石墮殺賊是兩比丘自相謂言我與汝俱放石不知誰石殺賊即生疑我將無得波羅夷耶是事白佛佛言無罪放石時應唱言石下石下石下三波羅夷竟

十誦律卷第六十四

音釋

蹉七何切　襆房玉切猶裹也　獺他達切獸名　貿莫候切易也　躁則到切不安靜也　墼音擊未燒磚也　牸音字牝牛也　瘻力朱切曲脊也　毱渠竹切皮毛丸也　攊音曆以指擊口也　噎烏結切食窒氣不通也　仇音求讐也　鼾許干切卧氣激聲也　齒五狡切與齩同齧也　瓮烏貢切罌也

十誦律卷第六十五

姚秦三藏弗若多羅共三藏鳩摩羅什譯

殺戒初之餘

佛在毗耶離婆求沫河邊佛與婆求沫諸比丘結戒言先作無罪是諸比丘作是念我等多時空無過人法妄語不知何者是先何者非先心生疑悔是事白佛佛言未結戒前婆求沫諸比丘一切時不犯是故先作無罪比丘人前作非人想自說得過人法是比丘生疑我將無得波羅夷耶是事白佛佛言人中生人想得波羅夷人中生非人想得波羅夷人中生疑得波羅夷非人中生非人想得偷蘭遮非人中生人想得偷蘭遮非人中生疑得偷蘭遮有比丘居士前自稱得過人法是居士不解居士言大德何所道比丘言置不須問是比丘生疑我將無得波羅夷耶是事白佛佛言不得波羅夷得偷蘭遮有人問比丘言汝是阿羅漢不汝應受上座水上供養不若默然受得偷蘭遮人問比丘言汝是婆羅門除滅惡法不若默然受得偷蘭遮人問比丘言汝好守六根門不若默然受得偷蘭遮人問比丘言汝若是阿羅漢便受是衣被若默然受得偷蘭遮飲食湯藥資生之具亦如是比丘常入出一居士家是比丘中前著衣持鉢到是居士舍居士出在門下立言請是阿羅漢入我舍坐處坐手受水受飲食受已呪願呪願已去若是比丘默然入坐飲食呪願呪願已去得偷蘭遮有一比丘常入出一居士家是比丘中前著衣持鉢到其舍居士出在門下立言大德若是阿羅漢便入比

丘若言我非阿羅漢若聽入當入若居士聽入無罪坐處坐受水飲食呪願出門亦如是一時目連語諸比丘從阿鼻地獄乃至阿迦尼吒天我能於中遍至身自在來往諸比丘言目連汝何有此事聲聞弟子身通極遠能至梵世汝空無過人法故妄語汝目連滅擯驅出是事問佛佛語諸比丘言汝等莫說目連是事罪過何以故若人依初禪善誦習如意足得神通是人則能從阿鼻地獄乃至阿迦尼吒天身自在往來若比丘依第二禪第三禪第四禪亦如是目連比丘依四禪善修如意足得大神通若欲從阿鼻地獄上至阿迦尼吒天於中身得往返自在目連語實無罪又一時目連語諸比丘言從阿鼻地獄乃至阿迦尼吒天其中衆生所有音聲我以天耳皆悉能聞諸比丘言目連汝何有此事聲聞弟子天耳極遠能聞上至梵世汝目連空無過人法妄語汝目連滅擯驅出是事問佛佛語諸比丘汝等莫說目連是事過罪何以故若有依初禪得天耳是人則能從阿鼻地獄乃至阿迦尼吒天其中音聲自在能聞若比丘依第二第三第四禪亦如是目連比丘依四禪善修天耳通若欲聞阿鼻地獄乃至阿迦尼吒天其中衆生所有音聲皆悉能聞目連實語無罪又一時目連語諸比丘言從阿鼻地獄乃至阿迦尼吒天其中衆生所有心念我能悉知諸比丘言目連汝何有此事聲聞弟子極遠能知乃至梵世汝空無過人法故妄語汝目連滅擯驅出是事問佛佛語諸比丘汝等莫說目連是事過罪何以故若

比丘依初禪善修知他心通是人則能從阿鼻地獄乃至阿迦尼吒天其中衆生所有心念皆悉能知若比丘依第二第三第四禪亦如是目連比丘依四禪善修他心通若欲知從阿鼻地獄乃至阿迦尼吒天其中衆生所有心念皆悉能知目連語實無罪又一時目連語諸比丘從阿鼻地獄乃至阿迦尼吒天其中衆生宿命我悉能知諸比丘言目連汝何有此事聲聞弟子宿命通極遠能知從阿鼻地獄乃至梵天汝空無過人法故妄語汝目連滅擯驅出是事問佛佛語諸比丘汝等莫説目連是事過罪何以故若比丘依初禪善修宿命通是人則能從阿鼻地獄乃至阿迦尼吒天其中衆生所有宿命皆悉能知若比丘依第二第三第四禪亦如是目連比丘依四禪善修宿命通若阿鼻地獄上至阿迦尼吒天其中衆生所有宿命皆悉能知目連語實無罪又一時目連語諸比丘從阿鼻地獄上至阿迦尼吒天其中所有衆生死此生彼我以天眼悉能見之諸比丘言汝目連何有此事聲聞弟子天眼極遠能見阿鼻地獄乃至梵世汝空無過人法故妄語汝目連滅擯驅出是事問佛佛語比丘汝等莫説目連是事過罪何以故若比丘依初禪善修天眼通是人則能從阿鼻地獄上至阿迦尼吒天其中衆生死此生彼皆悉能見若人依第二第三第四禪亦如是目連比丘依四禪善修天眼通若從阿鼻地獄乃至阿迦尼吒天其中衆生死此生彼皆悉能見目連語實無罪又一時目連語諸比丘言若人求漏盡阿羅

漢梵行已立所作已辦捨於重擔逮得已利盡諸有結正智已得解脱者則我身是何以故我是阿羅漢漏盡乃至正智已得解脱諸比丘言汝何有此事得阿羅漢漏盡乃至正智已得解脱何以故目連多事多欲目連汝空無過人法故妄語滅擯驅出是事問佛佛語諸比丘汝等莫説目連是事過罪何以故若人求實阿羅漢漏盡梵行已立所作已辦捨於重擔逮得已利盡諸有結正智已得解脱者目連是也何以故目連實是阿羅漢漏盡乃至正智已得解脱目連語實無罪又一時目連語諸比丘我見有一衆生五百由旬大火炎燒身虚空中來大喚啼哭極受苦切諸比丘言何處有是衆生有如是大火炎汝空無過人法故妄語目連滅擯驅出是事問佛佛語諸比丘汝等莫説目連是事過罪何以故我亦見是衆生五百由旬火炎燒身虚空中來大喚啼哭極受苦切但不欲向餘人説何以故畏人不信若人不信如來語長夜受大衰惱目連語實無罪又一時目連語諸比丘我見有一衆生五百夜叉鬼持五百斧經五百日夜斫一肋是肋墮海水中海即擾濁諸比丘言目連何處有如是衆生有如是肋汝目連空無過人法故妄語汝目連滅擯驅出是事問佛佛語諸比丘汝等莫説目連是事過罪何以故我亦見是衆生五百夜叉鬼持五百斧經五百日夜斫斷一肋墮海水中海即擾濁而不欲向人説何以故畏人不信若人不信如來語長夜受大衰惱目連語實無罪又一時目連語諸比丘我見一衆生

身如一大木船頭如酒甕喘息如雷聲眼睛如憍薩羅大銅盂口中出舌如黑雲中掣電諸比丘語目連言何處有此衆生汝目連空無過人法故妄語汝目連滅擯驅出是事問佛佛語諸比丘汝等莫説目連是事過罪何以故我亦見是衆生身如一大木船頭如酒甕喘息如雷聲眼睛如憍薩羅大銅盂口中出舌如黑雲中掣電如來而不欲向人説何以故畏人不信若人不信如來語長夜受大衰惱目連語實無罪又一時目連語諸比丘北方有池名漫陀緊尼廣長五十由旬周圍二百由旬底布金沙八功德水常滿其中甜美如眞蜜青黄赤白紅紫種種雜色蓮華遍覆池上種種衆鳥哀聲相和甚可愛樂遶池四邊種種華樹果樹諸比丘語目連何有如此池汝空無過人法故妄語汝目連滅擯驅出是事問佛佛語諸比丘汝等莫説目連是事過罪何以故北方有是漫陀緊尼池縱廣五十由旬周圍二百由旬底布金沙八功德水常滿其中甜美如眞蜜青黄赤白紅紫種種雜色蓮華覆遍池上種種衆鳥哀聲相和甚可愛樂遶池四邊種種華樹果樹目連語實無罪又一時目連在耆闍崛山中入虚空無色定善取入定相不善取出定相從三昧起聞薩毘尼池岸上大象聲聞已還疾入三昧作是念我入三昧中聞是象聲從三昧起語諸比丘我一時在耆闍崛山中入虚空無色定聞薩毘尼池岸上象聲諸比丘語目連何有此理入虚空無色定中若見若聞無有是事何以故若人入無色定破壞色相捨離

聲相故空無過人法故妄語汝目連滅擯驅出是事問佛佛語諸比丘汝等莫説目連是罪過何以故目連見先事不見後事如來亦見先亦見後目連在耆闍崛山中入虛空無色定善取入定相不善取出定相是人從三昧起聞薩卑尼池岸上象聲已還疾入虛空無色定便謂入定聞聲若人入無色定若見色聞聲無有是處何以故是人破壞色相捨離聲相故若目連空無過人法故妄語者亦無是處目連隨心想説無罪又一時目連在耆闍崛山中入識處無色定善取入定相不善取出定相從三昧起聞天城中諸天歌聲聞已還疾入定作是念我在三昧中聞諸天歌聲從三昧起語諸比丘我一時在耆闍崛山入識處定聞天城中諸天歌聲諸比丘語目連何有此理入無色定而當見色聞聲耶何以故若人入無色定破壞色相捨離聲相汝空無過人法故作妄語汝目連滅擯驅出是事問佛佛語諸比丘汝等莫説目連是事過罪何以故目連見先事不見後事如來亦見前亦見後目連在耆闍崛山中入識處無色定善取入定相不善取出定相從三昧起聞天城中諸天歌聲聞已還疾入定便謂我入定聞聲若人入無色定若見色若聞聲無有是處何以故是人破壞色相捨離聲相故目連空無過人法故妄語者亦無是處目連隨心想説無罪又一時目連在耆闍崛山中入無所有處無色定善取入定相不善取出定相從三昧起聞阿修羅城中阿修羅妓樂音聲聞已還疾入定作是念我在定中聞阿

修羅城中妓樂音聲從定起已語諸比丘我一時在耆闍崛山中入無所有處無色定聞阿修羅城中阿修羅妓樂音聲諸比丘語目連何有此理入無色定而當見色聞聲耶何以故若人入無色定破壞色相捨離聲相汝空無過人法故作妄語汝目連滅擯驅出是事白佛佛語諸比丘汝等莫説目連是事過罪何以故目連見先事不見後事如來亦見前亦見後目連在耆闍崛山入無所有處無色定善取入定相不善取出定相從定起聞阿修羅城中妓樂音聲聞已還疾入定便謂我入定聞聲若人入無色定若見色若聞聲無有是處何以故是人破壞色相捨離聲相故若目連空無過人法故妄語者亦無是處目連隨心想説無罪又一時目連語諸比丘北方有阿耨達池縱廣五十由旬周圍百五十由旬底有金沙八功德水常滿其中甜美如眞蜜青黃赤白雜色蓮華遍覆水上種種衆鳥哀聲相和如音樂聲甚可愛樂遶池四邊種種華樹果樹善住象王宮殿住處有八千象以爲眷屬若轉輪聖王出於世時八千象中最下小者出爲象寶給聖王乘諸比丘言何有此泉何有此象汝空無過人法故妄語汝目連滅擯驅出是事問佛佛語諸比丘汝等莫説目連是事過罪何以故北方有阿耨達池縱廣五十由旬周圍百五十由旬底有金沙八功德水常滿其中甜美如眞蜜青黃赤白雜色蓮華遍覆水上種種衆鳥哀聲相和如音樂聲甚可愛樂遶池四邊種種華樹果樹善住象王宮殿住處有八千象以爲

眷屬若轉輪聖王出於世時八千象中最下小者出爲象寶給聖王乘目連語實無罪又一時目連語諸比丘外大海內洲有明月山婆羅醯馬王宮殿住處有八千馬以爲眷屬若轉輪聖王出於世時八千馬中最下小者出爲馬寶給聖王乘諸比丘言何有此處有如此馬汝空無過人法故作妄語汝目連滅擯驅出是事問佛佛語諸比丘汝等莫說目連是事過罪何以故外大海內洲有明月山婆羅醯馬王宮殿住處有八千馬以爲眷屬若轉輪聖王出時八千馬中最下小者出爲馬寶給聖王乘目連語實無罪又一時諸比丘問目連是多浮池水從何處來目連答言此水從阿耨達池中來諸比丘言阿耨達池其水甜美有八功德此水沸熱鹹苦何有此事目連汝空無過人法故作妄語汝目連滅擯驅出是事問佛佛語諸比丘汝等莫說目連過罪何以故阿耨達龍住處去此極遠是水本有八功德水甜美經歷五百小地獄上來是故鹹熱汝等若問目連是水何故鹹熱目連能隨相答汝目連實語無罪又一時目連語諸比丘耆闍崛山山底有五百由旬池池底有金沙八功德水充滿其中甜美如眞蜜青黃赤白雜色蓮華遍覆水上種種衆鳥哀聲相和如音樂聲遶池四邊有種種華樹果樹是摩那斯龍王宮殿諸比丘言何有是池何有是龍汝空無過人法故作妄語汝目連滅擯驅出佛聞是事語諸比丘汝等莫說目連是事過罪何以故是耆闍崛山底有五百由旬池底布金沙八功德水充滿其中甜

美如真蜜青黃赤白雜色蓮華遍覆水上種種衆鳥哀聲相和如音樂聲遶池四邊有種種華樹果樹是摩那斯龍王宮殿目連語實無罪又一時目連語諸比丘三十三天有善法堂堂有五百柱有一寶柱如毫毛許不到礎上有寶樓是釋提桓因坐處衆華莊嚴其邊皆諸天坐處亦以華莊嚴諸比丘語目連何有是事汝空無過人法故作妄語汝目連滅擯驅出佛聞是事語諸比丘汝等莫說目連是事過罪何以故忉利天上善法堂堂有五百柱有一寶柱如毫毛許不到礎上有寶樓是釋提桓因坐處衆華莊嚴其邊皆有諸天坐處亦以華莊嚴目連語實無罪又一時目連入定見跋者夜叉與摩伽陀夜叉共鬬跋者夜叉破摩伽陀夜叉目連從三昧起語諸比丘跋者人當破摩伽陀人後阿闍世王善將兵衆破跋者人諸比丘語目連汝先言跋者人當破摩伽陀人而今摩伽陀人破跋者人汝空無過人法故妄語汝目連滅擯驅出佛聞是事語諸比丘汝等莫說目連是事過罪何以故目連見前不見後如來見前亦見後是跋者夜叉與摩伽陀夜叉共鬬跋者夜叉破摩伽陀夜叉爾時跋者人亦破摩伽陀人後阿闍世王更集兵衆共戰得勝目連隨心想說無罪目連又復入定見摩伽陀夜叉與跋者夜叉共鬬摩伽陀夜叉破跋者夜叉目連從三昧起語諸比丘摩伽陀人當破跋者人後戰時跋者人破摩伽陀人諸比丘語目連汝先言摩伽陀人當破跋者人而今跋者人破摩伽陀人汝空無過人法故妄語

汝目連滅擯驅出佛聞是事語諸比丘汝等莫説目連是事過罪何以故目連見前不見後如來見前亦見後是摩伽陀夜叉與跋着夜叉共鬬得勝破跋着夜叉爾時摩伽陀人亦破跋着人後跋着人更集兵衆共鬬得勝目連隨心想説無罪目連常入出一居士舍又一時目連中前著衣持鉢入其舍居士與敷坐處共相問訊是家中有妊身婦人檀越問目連大德是此婦爲生男爲生女目連答言生男語已便去更有一梵志來入其舍主人問言此婦人爲生男爲生女梵志言生女是婦人便生女諸比丘語目連汝先説某居士舍婦人生男今乃生女汝空無過人法故妄語汝目連滅擯驅出佛聞是事語諸比丘汝等莫説目連是事過罪何以故目連見前不見後如來見前亦見後爾時此兒是男後轉根爲女目連隨心想説無罪目連後相生女亦如是又一時大旱無雨目連入定見却後七日天當大雨滿諸溝坑城邑聚落悉聞此言皆大歡喜國中人民皆捨衆務覆屏蓋藏各各屈指過籌數日到第七日而風尚無何況雨耶諸比丘語目連汝言七日天當大雨滿諸溝坑今風尚無何況雨耶汝空無過人法故妄語汝目連滅擯驅出佛聞是事語諸比丘汝等莫説目連是事是罪何以故目連見前不見後如來見前亦見後七日有大雨下有羅睺阿修羅王以手接去置大海中目連隨心想説無罪長老莎伽陀語諸比丘我入禪定能令從阿鼻地獄上至阿迦尼吒天滿其中火諸比丘言何有是事聲聞弟子

能作大火從阿鼻地獄極至梵天汝空無過人法故妄語汝莎伽陀滅擯驅出佛聞是事語諸比丘汝等莫説莎伽陀是事過罪何以故若比丘依初禪修如意足得神通是比丘則能從阿鼻地獄至阿迦尼吒天自在能滿中火若比丘依第二禪三禪四禪亦如是莎伽陀依止四禪善修如意足得大神通若念從阿鼻地獄至阿迦尼吒天自在能滿中火莎伽陀語實無罪長老輪毗陀語諸比丘我能一念中識宿命五百劫事諸比丘語輪毗陀何有是事聲聞弟子一念中極多能知一世汝空無過人法故妄語汝輪毗陀滅擯驅出佛聞是事語諸比丘汝等莫説輪毗陀是事過罪何以故是輪毗陀前身從無想天命終來至此間無想天壽五百劫以是故説一念中知五百劫輪毗陀隨心想説無罪四波羅夷竟

僧伽婆尸沙初

佛在舍衛國因迦留陀夷結戒先故作無罪長老迦留陀夷作是念生疑我多時出精不知何時是先是不先是事白佛佛言未結戒前善男子迦留陀夷一切時出精不犯故言先作無罪一比丘身不動便出精心生疑我將無得僧伽婆尸沙是事問佛佛言無罪毗舍佉鹿子母信衆僧兩手接足頭面作禮次到迦留陀夷接足作禮迦留陀夷即失精墮其頭上優婆夷小却兩手拭精歡喜唱言我得大利我諸同學有如是多婬欲人亦能斷欲修梵行迦留陀夷生疑我將無得僧伽婆尸沙是事白佛佛言無罪若有如是多欲比

丘應當裹繫有一比丘洗浴時失精心生疑我將無得僧伽婆尸沙耶佛言無罪有比丘洗浴時餘比丘與摩身即時失精心生疑我將無得僧伽婆尸沙耶佛言無罪有一比丘摩持男根時失精心生疑我將無得僧伽婆尸沙耶佛言若逆持失精得僧伽婆尸沙若順持爲覆故失精無罪有一比丘邪念故失精心生疑我將無得僧伽婆尸沙耶佛言無罪有一比丘見端正色便失精心生疑我無得僧伽婆尸沙耶佛言無罪比丘若爲女人捉手捉脚捉膝捉腨故比丘失精心生疑我將無得僧伽婆尸沙耶佛言無罪比丘爲母抱捉嗚說邪語是比丘失精心生疑我將無得僧伽婆尸沙耶佛言不得僧伽婆尸沙得突吉羅姊妹本第二先私通婦亦如是有比丘於新死女人脹女人青瘀女人皃爛女人噉殘女人血塗女人乾枯女人腹壞女人骨女人身上出精得僧伽婆尸沙 初僧伽婆尸沙竟

佛因迦留陀夷結戒先作無罪是迦留陀夷作是念生疑我多時摩觸女人身不知何時是先是不先是事白佛佛言迦留陀夷未結戒前摩觸女人身一切時不犯故名先作無罪比丘人女中生非人女想摩觸後生疑我將無得僧伽婆尸沙耶是事白佛佛言若人女中生人女想摩觸得僧伽婆尸沙人女中生非人女想摩觸僧伽婆尸沙人中女生疑摩觸得僧伽婆尸沙非人女中生非人女想摩觸偷蘭遮非人女中生人女想摩觸偷蘭遮非人女中生疑摩觸得偷蘭遮比丘以脚蹋觸女人身得突吉羅若女人以脚蹋觸比

丘身無罪比丘捉女衣得突吉羅若女人捉比丘衣無罪比丘捉女人鬢捉髮華捉瑱捉耳瓔捉耳璫捉如是等女人莊嚴具偷蘭遮有女人與比丘瀉水水流不斷比丘於是女人生邪心即生疑我將無得僧伽婆尸沙耶是事白佛佛言不得僧伽婆尸沙得偷蘭遮比丘爲母抱捉嗚說邪語心生疑我將無得僧伽婆尸沙耶是事白佛佛言不得僧伽婆尸沙得突吉羅姊妹本第二先私通婦亦如是有比丘於新死女人脹女人青瘀女人爛女人噉殘女人血塗女人乾枯女人腹壞女人骨女人摩觸得偷蘭遮

佛因迦羅比丘鹿子兒結戒先作無罪是比丘生疑我多時媒嫁不知何時是先是不先是事白佛佛言未結戒前迦羅比丘一切時媒嫁不犯故名先作無罪有比丘常入出一家中是比丘一時中前著衣持鉢至居士舍與坐處坐已共相問訊居士小默然已語比丘言汝能語某甲女人至我邊不比丘言我能語彼不能還答汝居士言云何知此事得成以不比丘言我當令比丘在某處立是比丘作是語已出居士舍見一比丘語言汝小住此中彼比丘言住此何爲答汝但住莫問是比丘留彼比丘已便去居士出便見彼比丘住所某處語言善哉善哉我事得成彼比丘言得成何事居士答言何用問爲此是期處先比丘生疑我將無得僧伽婆尸沙耶是事白佛佛言不得僧伽婆尸沙得偷蘭遮有比丘常入出一家是比丘一時中前著衣持鉢到居士舍居士與坐處坐已共相問訊居

士小默然已語比丘言汝能語某甲女來不答言能比丘語女人女人言我不須是事比丘生疑我將無得僧伽婆尸沙耶是事白佛佛言不得僧伽婆尸沙得偷蘭遮有夫婦相瞋不和合有一比丘常入出其家是比丘中前著衣持鉢到其舍與坐處坐已共相問訊是比丘令二人懺悔是二人懺悔已和合行欲比丘生疑我將無得僧伽婆尸沙耶是事白佛佛言人有三種婦一用財得二禮法得三破壞得是三種婦若作券言非我婦禮法未斷猶故出入來唱言非我婦比丘和合是婦得偷蘭遮是三種婦若作券言非我婦禮法已斷不復出入而未唱言非我婦爾時比丘和合得偷蘭遮是三種婦若已作券言非我婦禮法已斷不復出入已唱言非我婦爾時媒合得僧伽婆尸沙一比丘常入出一家是比丘中前著衣持鉢到居士舍與坐處坐已共相問訊居士小默然已語比丘言汝能語某甲婬女來不比丘言我當語即往語是婬女來向居士道中爲餘人將去是比丘生疑我將無得僧伽婆尸沙耶是事白佛佛言不得僧伽婆尸沙得偷蘭遮有一比丘常入出一居士家是比丘中前著衣持鉢到居士舍與坐處坐已共相問訊居士小默然已語比丘言汝能語某甲女人來不比丘言能即往語是女人莊嚴身欲往夫即來入以是因緣不得去比丘生疑我將無得僧伽婆尸沙耶是事白佛佛言不得僧伽婆尸沙得偷蘭遮有一比丘入出一家是比丘中前著衣持鉢到是居士舍與坐處坐已共相問訊居士

小默然已語比丘言能語其甲女來不比丘言能即往語女人便許是女人生念我至彼必不得睡今先睡已當往女人睡至地了竟不得去比丘生疑我將無得僧伽婆尸沙耶是事白佛佛言不得僧伽婆尸沙得偷蘭遮有一居士貪著一女人至此女人所言聽我作婬欲女人答言我今遽居士言我云何知汝閑時女人言有一比丘常出入我舍我遣是比丘打汝背當知我閑是比丘中前著衣持鉢至其舍與坐處坐已共相問訊女人語比丘言往打某甲背比丘言何以故女人言但往打莫問比丘即往以拳打居士背居士言事成已比丘言何所成居士言是某事也比丘生疑我將無得僧伽婆尸沙耶是事白佛佛言不得僧伽婆尸沙得偷蘭遮有一比丘常入出一家是比丘中前著衣持鉢到居士舍與坐處坐已共相問訊居士小因緣已語比丘言大德能語其甲女人來不比丘言我等不應作使汝急欲見者當爲衆僧作會我當請是女人來居士即與比丘會直比丘以是直與衆僧作會請是女人來居士於中得共女人作婬欲比丘生疑我將無得僧伽婆尸沙耶是事白佛佛言不得僧伽婆尸沙得偷蘭遮有一賈客婦盛有容色有一居士欲共私通彼婦不從其夫命終有小因緣居士不聽餘人出入其舍其母問其女言頗有方便可得使人出入不女人言有母問是誰答彼居士爲我故數數遣信欲共我通我不從母言汝可從其意以汝故令多人得樂女言當使誰語母言可使常入出比丘語有一

比丘常入出其家中前著衣持鉢入其舍與坐處坐已共相問訊已問言大德能語某甲居士如是如是事不答言能即往語居士便往比丘生疑我將無得僧伽婆尸沙耶是事白佛佛言不得僧伽婆尸沙得偷蘭遮有一居士作僧坊常供給是處衣被飲食湯藥資生所須是居士後少時便死更無人供給是處飲食湯藥資生所須有一比丘到是居士婦邊語言汝何以不供給是處衆僧衣被飲食湯藥資生所須居士婦言大德是居士福德勇健本所供給皆是其力大德汝若能令某甲居士此間處分作務若爾可得供給比丘到彼居士邊語言汝能與某甲居士婦在外處分作務不彼居士言我家自多事處分不遍比丘言爲受爲供養塔僧人故是居士信佛法僧故便言能是居士常入出與居士婦和合比丘生疑我將無得僧伽婆尸沙耶是事白佛佛言無罪有一居士作僧房常供給是處衣被飲食湯藥資生所須是居士婦死更無有人供給是處衣被飲食湯藥資生所須有一比丘到居士所語言汝何以不復供給僧房中諸比丘衣被飲食湯藥資生所須居士言大德是婦有大福德本所供給皆是其力汝若能令某甲居士婦修理我家内事處分者可得供給比丘即到居士婦邊語言汝能與某甲居士在内修理家事不居士婦言大德我家中自多事務處分不遍比丘言爲受爲供養塔僧人故是居士婦信佛法僧故便言能是婦常入出故與居士共和合比丘生疑我將無得僧伽婆尸沙耶是事白

佛佛言無罪有一比丘常入出一家是比丘中前著衣持鉢到居士舍與坐處坐共相問訊小默然已居士語比丘言大德汝能語某甲女人來不答言能即往語彼女人居士及彼女人俱時得病不得和合比丘生疑我將無得僧伽婆尸沙耶是事白佛佛言不得僧伽婆尸沙得偷蘭遮有一比丘常入出一家是一比丘中前著衣持鉢入是舍舍主婦人與坐處坐共相問訊小默然已婦人語比丘言大德汝能語某甲居士來不答言能即往語婦人及居士俱得病不得和合比丘生疑我將無得僧伽婆尸沙耶是事白佛佛言不得僧伽婆尸沙得偷蘭遮有比丘常入出一家是比丘中前著衣持鉢入是舍居士與坐處坐共相問訊小默然已語比丘言大德汝能爲我見故語某甲居士與我見若姊若妹若女不答言能便往語是居士見及彼女俱時得病脊瘻狂發更嫡餘人是比丘生疑我將無得僧伽婆尸沙耶是事白佛佛言不得僧伽婆尸沙得偷蘭遮比丘問佛如人有可信語優婆塞非人亦當有耶佛言有得道天是又問女人有可信語優婆夷非人女亦當有耶佛言有得道天女是比丘語餘人我能虛空中結跏趺坐是比丘空無是事得波羅夷又言我能變一身爲多身多身還爲一身我以智慧若現事不現事皆能通達牆壁山樹能過無礙出沒地中如出入空履水如地凌虛如鳥是日月有大威德我能不動以手摩捫乃至梵世往來自在是事若空無實得波羅夷比丘問佛頗有比丘作不淨衣著不

得波逸提耶佛言有若衣經淨緯不淨緯淨經不淨若二俱不淨不淨者若駱駝毛牛毛羖羊毛若雜色著如是不淨衣得突吉羅問毗尼中說比丘不應畜長髮若頭上有瘡當云何佛言以剪刀剪却問比丘得淨食以疑心噉作是念此食爲淨爲不淨得何罪耶佛言得突吉羅問頗有比丘爲女人說法過五六語不得波逸提耶佛言有若作書若手示相若遣使與天女龍女夜叉餓鬼女毗舍遮女鳩槃茶女羅刹女說法過五六語得突吉羅問頗有比丘過第三重覆舍不得波逸提耶佛言有若先作舍以板隨意覆問頗有比丘與女人期共道行不得波逸提耶佛言有比丘與天女期共道行若龍女夜叉女餓鬼女毗舍遮女鳩槃茶女羅刹女期共道行得突吉羅問云何漱口佛言以水著口中三迴轉是名漱口問頗有比丘別衆食不得波逸提耶佛言若虛空中食是問頗有比丘噉食得波羅夷耶佛言有若以盜心食是問頗有比丘食家中坐不得波逸提耶佛言有若女人受一日戒男子不受是家中坐得突吉羅若男子受一日戒女人不受是家中坐亦突吉羅若二俱受一日戒是家中坐無罪問頗有比丘食家中獨與一女人共坐不得波逸提耶佛言若女人受一日戒男子不受是中坐得突吉羅若男子受一日戒女人不受是中坐得突吉羅若二俱受不犯問頗有比丘往觀軍發行不得波逸提耶佛言若往觀夜叉軍得突吉羅問頗有比丘語餘比丘言共我去至諸家當與汝多美飲食是比丘後時

語彼比丘我不喜與汝若坐若語我獨坐獨語樂不得波逸提耶佛言若未至他舍里巷中語令還得突吉羅若僧坊中語無罪問頗有比丘無病入白衣舍從非親里比丘尼自手受飲食不得波羅提提舍尼耶答曰有若比丘尼自持飲食就白衣舍與比丘自手受無罪問頗有比丘尼約勅白衣與如是飯如是羹比丘食不得波羅提提舍尼耶答曰有若比丘尼是比丘親里勸與食比丘不呵而食得突吉羅

十誦律卷第六十五

音釋

肋音勒脅骨也　喘息喘昌兖切　礎初呂切柱下石也　佉丘迦切　腨市兖切腓腸也　青瘀瘀依據切青瘀血氣瘀積而色青也　瑱他甸切充耳玉也　璫音當充耳珠也　券去願切契也　嫡音適嫁也

尼羯磨

唐西太原寺沙門懷素集

清刻龍藏佛說法變相圖

尼羯磨卷第一 并序 出四分律

唐西太原寺沙門懷素集

原夫鹿苑龍城啓尸羅之妙躅象巖鷲嶺開解脫之玄宗於是三千大千受清涼而出火宅天上天下乘戒筏而越迷津內衆於是敷榮外徒由斯安樂其後韜具細氈多聞折軸之憂揜正微言罕見浮囊之固即有飲光秀出維絶紐而虛求波離聿興振隤綱而幽贊慧炬於焉重朗戒海由是再清其律教也弘深固難得而遍舉此羯磨者則紹隆之正術匡護之宏規宗緒歸於五篇濫觴起於四分實菩提之機要誠涅槃之津涉者也素以銳思弱齡留情斯旨眇觀至教式考義途亟歷炎涼庶無大過誤耳然自古諸德取解不同定僧羯磨總有四本其中與僧同者不別條

録其不同者各以類分隋朝願律師總定二部羯磨僧尼各別兩卷流行或有傳人輙分尼法作其三卷復有宋代求那跋摩簡尼別行集成一卷素乃於諸家撰集莫不研尋校理求文抑多乖舛遂以不敏總述尼法分爲三卷勒成一部庶無增減以適時機祇取成文非敢穿鑿惟願戒珠增照叶日月而齊明繫草傳芳與天地而同朽後之覽者知斯志焉

方便篇第一

僧集 律言應來者來又言僧有四種四人五人十人二十人四人僧者除受大戒自恣出罪餘一切羯磨應作五人僧者除中國受大戒出罪餘一切羯磨應作十人僧者除出罪一切羯磨應作二十人僧者一切羯磨應作況復過二十若隨四位僧中有少一人者作法不成非法非毗尼

和合 律言同一羯磨和集一處不來者屬授在現前應呵者不呵又言五法應和合如法應和合若默然住之若與欲若從可信人聞若先在中默然而坐如是五事應和合

未受大戒者出 律言不應在未受大戒人前作羯磨說戒又言聽除人受大戒餘者在前作羯磨說戒又言有四滿數有人得滿數不應呵有人不得滿數應呵有人不得滿數亦不應呵有人得滿數亦應呵何等人得滿數不應呵若爲作呵責羯磨擯羯磨依止羯磨遮不至白衣家羯磨何等人不得滿數應呵若欲受大戒人何等人不得滿數亦不得呵若爲比丘尼作羯磨比丘不得滿數亦不得呵式又摩那沙彌沙彌尼若言犯邊罪等十三人若被舉若滅擯若應滅擯若別住若在戒場上若神足在空若隱沒若離見聞處若所爲作羯磨人何等人得滿數亦得呵若善比丘尼同一界住不以神足在空不隱沒不離見聞處乃至語傍人

不來諸比丘尼說欲及清淨 唯除結界不得說欲其須與清淨合說若自恣時應言與欲自恣若有佛法僧事病患事看病緣聽與欲律言與欲有五種若言與汝欲若言我說欲若言爲我說欲若現身相與欲若廣說與欲若不現身相不口說欲者不成與欲應更與餘者欲其持欲人受欲已便命過若餘處行若罷道若入外道衆若入別部衆若至戒場上若明相出若自言犯邊等十三人若被舉若滅擯若應滅擯若神足在空若離見聞處不成與欲應更與餘者欲若至中道若至僧中亦如是若廣說欲者應至傳欲人所具儀作如是言

大姊一心念我某甲比丘尼如法僧事與欲

清淨爾時持欲比丘尼自有事起不及詣僧者聽轉欲與餘人轉時應云大姊一心念我某甲比丘尼與某甲比丘尼受欲清淨彼及我身如法僧事與欲清淨持欲比丘尼至僧說時若能記識姓名者對僧一一稱名說云

大姊僧聽某甲比丘尼某甲比丘尼如法僧事欲與清淨若不能記姓名但云多若受欲人若睡若入定或忘若不故作是名爲成與欲故不說者突吉羅若僧今何所作爲然所爲事有具三種一爲情事如受懺等二爲非情事如結諸界三情非情事如處分離衣等此所爲事委僧量宜故須對衆問其所作某羯磨羯磨約體但三謂單白白二白四律言有七種羯磨不應作非法非毗尼羯磨非法別衆羯磨非法和合羯磨法別衆羯磨法相似別衆羯磨法相似和合羯磨呵不止羯磨應作如法如毗尼羯磨白二羯磨如白法作白如羯磨法作羯磨白四亦爾是爲如法如毗尼羯磨此方便六遍餘諸法唯除結界關者不成

結界篇第二

結大界法律言當敷座當打揵椎盡共集一處不聽受欲是中舊住比丘尼應唱大界四方相若東方有山稱山有塹稱塹若城若壘畔若園若林若池若樹若石若垣墻若神祀舍如東方相餘方亦爾但結界處不得二界相接應留中間亦不得隔駛流水結除常有橋船唱相之法應起從僧白言

大姊僧聽我舊住比丘尼某甲若非舊住識界者唱應除舊住二言爲僧唱大界四方相白已應唱謂從東南角等而唱乃至三說訖衆中差堪能作羯磨者若上座若次座若誦律若不誦律當如是作

大姊僧聽此住處比丘尼唱四方大界相若僧時到僧忍聽僧今於此四方相內結大界同一住處同一說戒白如是大姊僧聽此住處比丘尼唱四方大界相僧今於此四方相內結大界同一住處同一說戒誰諸大姊忍僧於此四方相內結大界同一住處同一說戒者默然誰不忍者說僧已忍於此四方相內同一住處同一說戒結大界竟僧忍默然故是事如是持

解大界法諸比丘尼或欲廣作界及狹作者佛聽先解前界然後欲廣狹作從意當作白二羯磨解應如是作

大姊僧聽今此住處比丘尼同一住處同一說戒若僧時到僧忍聽解界白如是大姊僧聽此住處比丘尼同一住處同一說戒今解界誰諸大姊忍僧同一住處同一說戒解界者默然誰不忍者說僧已忍聽同一住處同一說戒解界竟僧忍默然故是事如是持

結同一說戒同一利養界法若二住處別利養別說戒諸比丘尼欲結共一說戒共一利養界佛聽各自解界然後白二結當數座等如前應如是作

大姊僧聽如所說界相若僧時到僧忍聽今僧於此處彼處結同一說戒同一利養界白如是大姊僧聽如所說界相今僧於此處彼處結同一說戒同一利養界誰諸大姊忍僧於此處彼處同一說戒同一利養結界者默然誰不忍者說僧已忍於此處彼處同一說戒同一利養結界竟僧忍默然故是事如是持

結同一說戒別利養界法若二住處別說戒別利養欲得同一說戒別利養先各自解界然後結法同前唯改一句云同一說戒別利養白如是

結別說戒同一利養界法若二住處別說戒別利養諸比丘尼欲得別說戒同一利養欲守護住處故佛聽白二結應如是作

大姊僧聽若僧時到僧忍聽今僧於此彼住處結別說戒同一利養爲欲守護住處故白如是大姊僧聽今僧於此彼住處結別說戒同一利養爲守護住處故誰諸大姊忍僧於此彼住處結別說戒同一利養爲守護住處故者默然誰不忍者說僧已忍於此彼住處結別說戒同一利養爲守護住處故竟僧忍默然故是事如是持此及前二律無解法若欲解者准結翻解翻相

應知

結戒場法 若有四人或五人十人二十人羯磨事起是中大衆集疲極佛聽結戒場稱四方界相若安杙若石若疆畔作齊限是中結者安三重標相最內一重是戒場相中間一重是大界內相此與戒場相不得相入及並應留中間最外一重是大界外相先唱戒場相結唱法如上應如是作

大姊僧聽此住處比丘尼稱四方小界相若僧時到僧忍聽僧今於此四方小界相內結作戒場白如是大姊僧聽此住處比丘尼稱四方小界相僧今於此四方小界相內結戒場誰諸大姊忍僧於此四方相內結戒場者默然誰不忍者說僧已忍於此四方相內結作戒場竟僧忍默然故是事如是持 次唱大界內外相唱及結如上

解戒場法 文略無解若欲解者應翻結云

大姊僧聽此住處比丘尼戒場若僧時到僧忍聽解戒場白如是大姊僧聽此住處比丘尼戒場僧今於此解戒場誰諸大姊忍僧於此解戒場者默然誰不忍者說僧已忍於此解戒場竟僧忍默然故是事如是持

難結小界授戒法 若有欲受戒者至界外有比丘尼往遮佛言若有不同意者未出界聽在界外疾疾一處集結界應如是作也

大姊僧聽僧集一處結小界若僧時到僧忍聽結小界白如是大姊僧聽今此僧一處集結小界誰諸大姊忍僧一處集結小界者默然誰不忍者說僧已忍結小界竟僧忍默然故是事如是持

解難結小界授戒法 彼不應不解界而去應如是解

大姊僧聽今衆僧集解界若僧時到僧忍聽解界白如是大姊僧聽今衆僧集解界誰諸大姊忍僧集解界者默然誰不忍者說僧已

忍解界竟僧忍默然故是事如是持

難結小界說戒法（律言若布薩日於無村曠野中行衆僧應和合集在一處共說戒若僧不得和合隨同和尚等當下道各集一處結小界說戒當如是結）

大姊僧聽今有爾許比丘尼集若僧時到僧忍聽結小界白如是大姊僧聽今有爾許比丘尼集結小界誰諸大姊忍爾許比丘尼集結小界者默然誰不忍者說僧已忍爾許比丘尼集結小界竟僧忍默然故是事如是持

解難結小界說戒法（彼不應不解界而去應如是解）

大姊僧聽今有爾許比丘尼集若僧時到僧忍聽解此處小界白如是大姊僧聽今有爾許比丘尼集解此處小界誰諸大姊忍僧解此處小界者默然誰不忍者說僧已忍解此處小界竟僧忍默然故是事如是持

難結小界自恣法（若有衆多比丘尼於自恣日在非村未結界處道路行若和合得自恣者善若不得和合者隨同和尚等移異處結小界作自恣應如是作）

大姊僧聽諸比丘尼坐處已滿齊如是比丘尼坐處若僧時到僧忍聽僧今於此處結小界白如是大姊僧聽齊如是比丘尼坐處僧於此處結小界誰諸大姊忍齊如是比丘尼坐處僧於此處結小界者默然誰不忍者說僧已忍齊如是比丘尼坐處結小界竟僧忍默然故是事如是持

解難結小界自恣法（彼不應不捨界而去應如是捨）

大姊僧聽齊如是比丘尼坐處若僧時到僧忍聽僧今解此處小界白如是大姊僧聽齊如是比丘尼坐處僧今解此處小界誰諸大姊忍僧齊如是比丘尼坐處解小界者默然誰不忍者說僧已忍齊如是比丘尼坐處解小界竟僧忍默然故是事如是持

結不失衣界法若有比丘尼意欲樂靜自念不得離衣宿聽結不失衣界白二羯磨當如是作

大姊僧聽此處同一住處同一說戒若僧時到僧忍聽結不失衣界白如是大姊僧聽此處同一住處同一說戒僧今結不失衣界誰諸大姊忍僧於此處同一住處同一說戒結不失衣界者默然誰不忍者說僧已忍此處同一住處同一說戒結不失衣界竟僧忍默然故是事如是持若界中有村應結除村村外界法結法如上唯如一句云除村村外界白如是

解不失衣界法文略無解應翻結云

大姊僧聽此處同一住處同一說戒若僧時到僧忍聽解不失衣界白如是大姊僧聽此處同一住處同一說戒僧今解不失衣界誰諸大姊忍僧於此處同一住處同一說戒解不失衣界者默然誰不忍者說僧已忍此處同一住處同一說戒解不失衣界竟僧忍默然故是事如是持有村解法翻亦同此

結淨地法若僧伽藍內無作食處佛聽白二結作淨地應唱房若庫若溫室經行處一比丘尼起已具儀僧中唱其院及諸果菜等處作淨地唱已應如是作

大姊僧聽若僧時到僧忍聽僧今結其處作淨地白如是大姊僧聽僧今結其處作淨地誰諸大姊忍僧結其處作淨地者默然誰不忍者說僧已忍結其處作淨地竟僧忍默然故是事如是持律言有四種淨地一者檀越若經營人作僧伽藍時分處如是言某處為僧作淨地二者若為僧作僧伽藍未施僧三者若半有籬障若多籬障若都無若垣牆若壍亦如是四者僧作白二羯磨結

解淨地法文略無解應翻結云

大姊僧聽若僧時到僧忍聽僧今解其處淨地白如是大姊僧聽僧今解其處淨地誰諸

大姊忍僧解其處淨地者默然誰不忍者說僧已忍解其處淨地竟僧忍默然故是事如是持

授戒篇第三

八不可過授戒法

案律時摩訶波闍波提與五百舍夷女人俱詣佛所禮足白言善哉世尊願聽女人於佛法中出家為道佛言且止瞿曇彌莫作是言欲令女人出家為道何以故瞿曇彌若女人於佛法中出家為道令佛法不久爾時摩訶波闍波提聞佛教已前禮佛足繞已而去後於異時摩訶波闍波提復與五百舍夷女人俱共剃髮披袈裟往祇桓精舍在門外立步涉破腳塵土坌身涕泣流淚爾時阿難見已往問為往佛所求請世尊為說八不可過法若能行者即是出家受戒故言

阿難今為女人制八盡形壽不可過法若能行者即是受戒何等為八雖百歲比丘尼見新受戒比丘應起迎逆禮拜與敷淨座令坐如此法應尊重恭敬讚歎盡形壽不得過比丘尼不應罵詈比丘呵責不應誹謗言破戒破見破威儀如此法應尊重等如上比丘尼不應為比丘作舉作憶念作自言不應遮他覓罪遮說戒遮自恣比丘尼不應呵比丘比丘應呵比丘尼如此法應尊重等如上式叉摩那學戒已從比丘僧乞受大戒如此法應尊重等如上比丘尼犯僧殘罪應二部僧中行摩那埵如此法應尊重等如上比丘尼半月從僧乞教授如此法應尊重等如上比丘尼不應在無比丘處夏安居此法應尊重等如上比丘尼僧夏安居竟應比丘僧中求三事自恣見聞疑如此法應尊重等如上如是阿難我今說此八不可過法若女人能行者即是受戒譬如人於大水上安橋梁而渡如是阿難我今為女人說此八不可過法若能行者即是受戒爾時阿難聞世尊教已即往摩訶波闍波提所

語言女人得在佛法中出家受大戒世尊爲女人制八不可過法若能行者即是受戒即爲彼說八事如上摩訶波闍波提言若世尊爲女人說此八不可過法我及五百舍夷女人當共頂受阿難復還白佛佛言如是阿難摩訶波闍波提及五百女人得受戒又告阿難若女人不於佛法出家者佛法當得久住五百歲阿難聞之不樂心懷悔恨憂惱啼泣流淚前禮佛足繞已而去

善來授戒法案律時聞法者即於座上諸塵垢盡得法眼淨見法得法成辦諸法已獲果實前白佛言我今欲於如來所出家修梵行佛言來比丘尼於我法中快自娛樂修梵行盡苦源唱此言已髮自然落袈裟著身鉢盂在手即名出家受具足戒

羯磨授戒與度人法律言世尊制戒雖聽度人汝等愚癡輒便度人而不知教授以不知教授故不案威儀乞食不如法處處受不淨食或受不淨鉢食在小食大食上高聲大喚如婆羅門聚會法自今已去聽僧與授具足者白二羯磨往彼僧中具儀作如是求

大姊僧聽我某甲比丘尼求衆僧乞度人授具足戒願僧聽我某甲比丘尼度人授具足戒三說僧當觀察此人若不堪能教授及不能與二歲學戒及二法攝者當語言妹止勿度人若有智慧堪能教授與二歲學戒及二法攝取者應如是作大姊僧聽此某甲比丘尼今從衆僧乞授人具足戒若僧時到僧忍聽僧今與某甲比丘尼授人具足戒白如是大姊僧聽此某甲比丘尼今從衆僧乞授人具足戒僧今與某甲比丘尼授人具足戒誰諸大姊忍僧與某甲比丘尼授人具足戒者默然誰不忍者說僧已忍聽某甲比丘尼授人具足戒竟僧忍默然故是事如是持依止闍梨法亦同此

度沙彌尼與形同法律言若欲在比丘尼寺內剃髮者當白僧若一

一語令知白僧當作是白
大姊僧聽此其甲欲從其甲求剃髮若僧時
到僧忍聽爲其甲剃髮白如是作是白已然後剃髮
度沙彌尼與法同請和尚尼法若欲在比丘尼寺內出家
者先請和尚尼具儀作如是請
大姊一心念我其甲今求阿夷爲十戒和尚
願阿夷爲我作十戒和尚我依阿夷故得受
沙彌尼戒慈愍故三說應報可爾請闍梨法具儀作如
是請
大姊一心念我其甲今求阿夷爲十戒阿闍
梨願阿夷爲我作十戒阿闍梨我依阿夷故
得受沙彌尼戒慈愍故三說應報可爾
白僧法若不得和合者當語一切僧知若得和合作如是白
大姊僧聽此其甲從其甲求出家若僧時到
僧忍聽與其甲出家白如是

授戒法教著袈裟具儀作如是言我阿夷其甲歸依佛法
僧我今隨佛出家和尚尼其甲如來無所著
等正覺是我世尊三說我阿夷其甲歸依佛法
僧竟我今隨佛出家已和尚尼其甲如來無
所著等正覺是我世尊三說
授十戒相語云盡形壽不殺生是沙彌尼戒能
持不答言能盡形壽不得偷盜是沙彌尼戒能
持不答言能盡形壽不得婬是沙彌尼戒能持
不答言能盡形壽不得妄語是沙彌尼戒能持
不答言能盡形壽不得飲酒是沙彌尼戒能持
不答言能盡形壽不得著華鬘香油塗身是沙
彌尼戒能持不答言能盡形壽不得歌舞倡伎
及往觀聽是沙彌尼戒能持不答言能盡形壽
不得高廣大牀上坐是沙彌尼戒能持不答言
能盡形壽不得非時食是沙彌尼戒能持不

答言能盡形壽不得捉持生像金銀寶物是沙彌尼戒能持不答言能此是沙彌尼十戒盡形壽不得犯能持不答言能汝已受戒竟當供養三寶勤修三業坐禪誦經勤作衆事授已教誦十數其十者一一切衆生皆依飲食二名色三三受四四聖諦五五陰六六入七七覺分八八聖道九九衆生居十十一切入

度外道法若有外道欲求出家者僧與四月共住白二羯磨當如是與先剃髮已著袈裟乃至合掌教作是言

大姊僧聽我某甲外道歸依佛歸依法歸依僧我於世尊所求出家爲道世尊即是我如來至眞等正覺三說我某甲外道歸依佛法僧已從如來出家學道如來是我至眞等正覺三說次與戒相與法同上

與四月共住法次應教作是言

大姊僧聽我某甲外道從僧乞四月共住願僧慈愍故與我四月共住三說安著眼見耳不聞處僧應作如是法

大姊僧聽彼某甲外道今從衆僧乞四月共住若僧時到僧忍聽與彼某甲外道四月共住白如是大姊僧聽彼某甲外道今從衆僧乞四月共住僧今與彼四月共住誰諸大姊忍僧與彼四月共住者默然誰不忍者說僧已忍與彼外道四月共住竟僧忍默然故是事如是持彼行共住竟令諸比丘尼心喜悅然後當於僧中受具足戒云何外道不能令諸比丘尼心喜悅彼外道心故執持外道親白衣法不親比丘尼親外道不隨順比丘尼誦習異論若聞人說外道不好事便起瞋恚若聞人毀呰外道師教亦起瞋恚若有異外道來讚歎外道好事歡喜踊躍若有外道師來聞讚歎外道事亦歡喜踊躍若聞說佛法僧非法事亦歡喜踊躍是謂外道不能令諸比丘尼喜悅云何外道能令諸比丘尼喜悅即反上是是謂外道共住和調心意令諸比丘尼喜悅

與二歲學戒法律言聽童女十八二年學戒滿二十與授大戒若年十歲曾出適者聽二年學戒滿十二受大戒應如是與二歲學戒沙彌尼應往僧中具儀白言

大姊僧聽我某甲沙彌尼今從僧乞二歲學戒和尚尼某甲願僧與我二歲學戒慈愍故（三說應將沙彌尼往離聞處著見處已衆中秉法者應如是作）大姊僧聽彼某甲沙彌尼今從僧乞二歲學戒和尚尼某甲若僧時到僧忍聽與彼某甲沙彌尼二歲學戒和尚尼某甲白如是大姊僧聽彼某甲沙彌尼今從僧乞二歲學戒和尚尼某甲僧今與彼某甲沙彌尼二歲學戒和尚尼某甲誰諸大姊忍僧與彼沙彌尼某甲二歲學戒和尚尼某甲者默然誰不忍者說（三說）僧已忍與某甲沙彌尼二歲學戒和尚尼某甲竟僧忍默然故是事如是持

授六法相（應語彼云）某甲諦聽如來無所著等正覺說六法不得犯不淨行行婬欲法若式叉摩那行婬欲法非式叉摩那非釋種女與染汙心男子共身相摩觸犯戒應更與戒是中盡形壽不得犯能持不（答言）能不得偷盜乃至草葉若式叉摩那取人五錢若過五錢若自取教人取若自斫教人斫若自破教人破若燒若埋若壞色非式叉摩那非釋種女若取減五錢犯戒應更與戒是中盡形壽不得犯能持不（答言）能不得故斷衆生命乃至蟻子若式叉摩那故自手斷人命持刀授與教死勸死讚死若與人非藥若墮人胎猒禱呪術自作教人作非式叉摩那非釋種女若斷畜生不能變化者命犯戒應更與戒是中盡形壽不得犯能持不（答言）能不得妄語乃至戲笑若式叉摩那不眞實無所有自稱言得上人法得禪得解脫得定得正受得須陀洹果乃至阿羅漢果天來龍來鬼神來供養我非式叉

摩那非釋種女若於衆中故作妄語犯戒應更與戒是中盡形壽不得犯能持不（答言）能不得非時食若式叉摩那非時食犯戒應更與戒是中盡形壽不得犯能持不（答言）能不得飲酒若式叉摩那飲酒犯戒應更與戒是中盡形壽不得犯能持不（答言）能（式叉摩那尼於一切比丘尼戒中應學除爲尼過食次依十誦結勸應云）汝某甲聽僧已與汝學法式叉摩那尼受持六法名式叉摩那尼汝得具滿和尚尼具滿阿闍梨尼具滿比丘尼僧得具滿行處得具滿國土得轉輪王願汝今已滿當恭敬三寶佛寶法寶僧寶和尚尼阿闍梨尼恭敬上中下座當勤三學善戒學善定學善慧學當修三脫門空無相無作當勤三業坐禪誦經勸化作福行是諸法開涅槃門得須陀洹果斯陀含果阿那含果阿羅漢果如蓮華在水中日日增長開敷汝亦如是增長道法後當受具足戒（次說頌云）釋師子法中已獲難得戒無難時難得已得勿使空頭面禮足右繞歡喜去

授大戒請和尚尼法（具儀作如是言）

大姊一心念我某甲今求阿夷爲和尚願阿夷爲我作和尚我依阿夷故得受大戒（三說報云）可爾

請戒師法（具儀作如是請）

大姊一心念我某甲今求阿夷爲羯磨阿闍梨願阿夷爲我作羯磨阿闍梨我依阿夷故得受大戒（三說報云）可爾

請教授師法（具儀作如是言）

大姊一心念我某甲今求阿夷爲教授阿闍梨願阿夷爲我作教授阿闍梨我依阿夷故

得受大戒三說報云可爾

安受戒人處所法應安眼見耳不聞處其受戒人若在空若隱沒若離見聞處若界外不名受具和尚尼及足數比丘尼亦如是

差教授師法是中戒師問云衆中誰能爲彼某甲作教授師若作師者即應答云我某甲能答已戒師應作白云大姊僧聽彼某甲從和尚尼某甲求受大戒若僧時到僧忍聽某甲爲教授師白如是

往彼問遮難法教授者至受戒人所語言此安陀會鬱多羅僧僧伽梨此僧竭支覆肩衣此是汝衣鉢不彼答是已復應語云諦聽今眞誠時我今問汝有便言有無當言無汝不犯邊罪不汝不犯比丘不汝非賊心入道不汝非破内外道不汝非黄門不汝非殺父不汝非殺母不汝非殺阿羅漢不汝非破和合僧不汝非惡心出佛身血不汝非是非人不汝非畜生不汝非有二形不汝字何等和尚尼字誰年歲滿不衣鉢具不父母夫主聽汝不汝不負人債不汝非婢不汝是女人不女人有如是諸病癩白癩癰疽乾痟顛狂二道合道小大便常漏洟唾常出汝有如是諸病不若其一一隨事答無復應語言如我向者所問僧中亦當如是問如汝向者答我僧中亦當作如是答

問已白僧法彼教授師問已還來僧中如常威儀舒手相及處立作如是白大姊僧聽彼某甲從和尚尼某甲求受大戒若僧時到僧忍聽我已教授竟聽使來白如是

從僧乞戒法彼應語言汝來來已爲捉衣鉢教禮衆僧禮已在戒師前長跪合掌作如是言

大姊僧聽我某甲從和尚尼某甲求受大戒我某甲今從僧乞受大戒和尚尼某甲願僧

拔濟我慈愍故（三說若受戒人不自稱名不稱和尚尼名教乞戒不乞戒著俗服等若眠醉狂裸形瞋恚無心身相不具借他衣鉢若無和尚尼若多和尚尼若衆僧不滿皆不名受戒）

戒師白法（戒師欲問先白白云）

大姊僧聽此某甲從和尚尼某甲求受大戒此某甲今從僧乞受大戒和尚尼某甲若僧時到僧忍聽我問諸難事白如是

戒師問法（白已語言）汝諦聽今是眞誠時實語時我今問汝有當言有無當言無汝不犯邊罪不汝不犯比丘不汝非賊心入道不汝非破內外道不汝非黃門不汝非殺父不汝非殺母不汝非殺阿羅漢不汝非破和合僧不汝不惡心出佛身血不汝非是非人不汝非畜生不汝非有二形不汝字何等和尚尼字誰年歲滿不衣鉢具不父母夫主聽汝不汝非負人債不汝非婢不汝是女人不女人有如是諸病癩白癩癰疽乾痟顛狂二道合道小大小便常漏涕唾常出汝有如是諸病不（又須隨事一一答無）

正授本法（以法開導令起上上品心至誠諦受應如是作）

大姊僧聽此某甲從和尚尼某甲求受大戒此某甲今從僧乞受大戒和尚尼某甲某甲所說清淨無諸難事年滿二十衣鉢具足若僧時到僧忍聽爲某甲受大戒和尚尼某甲白如是大姊僧聽此某甲從和尚尼某甲求受大戒此某甲今從僧乞受大戒和尚尼某甲某甲所說清淨無諸難事年滿二十衣鉢具足僧今授某甲大戒和尚尼某甲誰諸大姊忍僧授某甲受大戒和尚尼某甲者默然誰不忍者說（三說）僧已忍與某甲受大戒竟和

尚尼某甲僧忍默然故是事如是持

與本法尼授大戒請羯磨闍梨法彼受戒者與比丘尼僧俱至比丘僧中於阿闍梨前具儀作如是請

大德一心念我某甲今請大德爲羯磨阿闍梨願大德爲我作羯磨阿闍梨我依大德故得受大戒慈愍故三說彼應答言可爾

乞戒法彼禮僧已具儀作如是言

大德僧聽我某甲從和尚尼某甲求受大戒我某甲今從僧乞受大戒和尚尼某甲願僧拔濟我慈愍故三說

戒師白法此中戒師先白後問白云

大德僧聽此某甲從和尚尼某甲求受大戒此某甲今從僧乞受大戒和尚尼某甲若僧時到僧忍聽我問諸難白如是

戒師問法白已語言汝諦聽今是眞誠時實語時我今問汝有當言有無當言無汝不犯邊罪不汝不犯比丘不汝非賊心入道不汝非破內外道不汝非黃門不汝非殺父不汝非殺母不汝非殺阿羅漢不汝非破和合僧不汝不惡心出佛身血不汝非是非人不汝非畜生不汝非有二形不汝字何等和尚尼字誰汝年歲滿不衣鉢具不父母夫主聽汝不汝非負人債不汝非婢不汝是女人不女人有如是諸病癩白癩癰疽乾痟顛狂二道合道小大小便常漏洟唾常出汝有如是諸病不隨事答無復應問云汝學戒未即應答言已學戒復應問云汝清淨不復應答言清淨復應問餘尼云某甲已學戒未餘尼答云已學戒更復問云清淨不復應答云清淨

正授戒法既方便具已如前闍導教諦受當如是作

大德僧聽此某甲從和尚尼某甲求受大戒

此某甲今從僧乞受大戒和尚尼某甲某甲所説清淨無諸難事年歲已滿衣鉢具足已學戒清淨若僧時到僧忍聽僧今爲某甲受大戒和尚尼某甲白如是大德僧聽此某甲從和尚尼某甲求受大戒此某甲今從僧乞受大戒和尚尼某甲某甲所説清淨無諸難事年歲已滿衣鉢具足已學戒清淨僧今爲某甲受大戒和尚尼某甲誰諸長老忍僧與某甲受大戒和尚尼某甲者默然誰不忍者説（三説）僧已忍爲某甲受大戒竟和尚尼某甲僧忍默然故是事如是持（尼律中云自説清淨年滿二十僧今授某甲具足戒彼此俱文隨誦無失作此法已應爲記時邊受與此無異也）

授戒相法（應語彼云）善女人諦聽如來無所著等正覺説八波羅夷法若比丘尼犯者非比丘尼非釋種女不得作不淨行行婬欲法若比丘尼作不淨行行婬欲法乃至共畜生彼非比丘尼非釋種女汝是中盡形壽不得犯能持不（答言）能不得盜乃至草葉若比丘尼取人五錢若過五錢若自取教人取若自斫教人斫若自破教人破若燒若埋若壞色彼非比丘尼非釋種女汝是中盡形壽不得犯能持不（答言）能不得斷衆生命乃至蟻子若比丘尼故自手斷人命持刀授與人教死讃死勸死與人非藥若墮胎猒禱咒術若自作方便教人作彼非比丘尼非釋種女汝是中盡形壽不得犯能持不（答言）能不得作妄語乃至戲笑若比丘尼不眞實非已有自稱言得上人法得禪得解脱得三昧正受得須陀洹果乃至阿羅漢果天來龍來鬼神來供養我彼非比丘尼非釋種女汝是中盡形壽不得犯能持

不諳能不得身相觸乃至共畜生若比丘尼染汙心與染汙心男子身相觸腋已下膝已上若摩若捺若逆摩順摩若牽若推若舉若下若捉若急捺彼非比丘尼非釋種女汝是中盡形壽不得犯能持不諳能不得犯八事乃至共畜生若比丘尼有染汙心受染汙心男子捉手捉衣入屏處屏處共立共語共行身相倚共期犯此八事彼非比丘尼非釋種女汝是中盡形壽不得犯能持不諳能不得覆藏他重罪乃至突吉羅惡說若比丘尼知比丘尼犯波羅夷不自舉不白僧不語人令知後於異時此比丘尼若休道若滅擯若遮不共僧事若入外道彼作如是言我先知此人犯如是如是罪彼非比丘尼非釋種女覆藏他重罪故汝是中盡形壽不得犯能持不答言能不得隨被舉比丘語乃至沙彌若比丘尼知比丘為僧所舉如法如毗尼如佛所教犯威儀未懺悔不作共住便隨順彼比丘語諸比丘尼諫此比丘尼言大姊彼比丘為僧所舉如法如毗尼如佛所教犯威儀未懺悔不作共住莫隨順彼比丘語諸比丘尼諫此比丘尼時堅持不捨彼比丘尼應乃至三諫捨此事故乃至三諫捨者善不捨者彼非比丘尼非釋種女犯隨舉故汝是中盡形壽不得犯能持不答言能善女人諦聽如來無所著等正覺說四譬喻若犯八事如斷人頭已不可復起如截多羅樹心不更生長如針鼻缺不堪復用如大石析為二分不可還合若比丘尼犯八重已不復還成比丘尼行汝是中盡形壽不得犯

授四依法（應語彼云）善女人諦聽如來無所著等正覺說四依法比丘尼依此出家受大戒成比丘尼法依糞掃衣出家受大戒是比丘尼法是中盡形壽能持不（答言）能若得長利檀越施衣割截衣應受依乞食出家受大戒是比丘尼法是中盡形壽能持不（答言）能若得長利若僧差食若檀越送食月八日食十五日食月初日食若衆僧常食檀越請食應受依樹下坐出家受大戒是比丘尼法是中盡形壽能持不（答言）能若得長利別房尖頭屋小房石室兩房一戶應受依腐爛藥出家受大戒是比丘尼法是中盡形壽能持不（答言）能若得長利酥油生酥蜜石蜜應受

汝已受戒竟白四羯磨如法成就得處所和尚如法阿闍梨如法二部僧具足滿汝當善受教法應勸化作福治塔供養佛法僧和尚阿闍梨一切如法教勅不得違逆應學問誦經勤求方便於佛法中得須陀洹果斯陀含果阿那含果阿羅漢果汝始發心出家功不唐捐果報不絕餘所未知者當問和尚阿闍梨（今受戒者在前面去）

尼羯磨卷第一

音釋

躅（厨玉切軌迹也）韜（他刀切藏也）揜（於撿切蓋覆也）紐（女久切結也）

隤（杜回切下墜也）鋭（俞芮切利也）亟（去吏切數也）研（五堅切窮究也）

乖（古懷切戾也）舛（舛昌究切錯也）駛（踈士切疾也）債（側賣切逋財也）

癩（音賴惡病也）癰疽（癰於容切疽七余切）痟（音消痟渴病也）

尼羯磨卷第二

唐西太原寺沙門懷素集

師資篇第四

制和尚行法

和尚尼看弟子當如女想弟子看和尚尼當如母想展轉相敬重相瞻視如是正法便得久住增益廣大請法如上又言不應年減十二受人具足戒又制和尚尼法應如是行若弟子衆僧欲爲作呵責等七羯磨者和尚尼當於中如法料理令僧不與弟子作羯磨若作令如法復次若僧與弟子作呵責等七羯磨和尚尼於中如法料理令弟子順從於僧不違逆求除罪令僧疾與解羯磨復次弟子犯僧殘和尚尼當如法料理若應與摩那埵當與乃至當與出罪復次弟子得病和尚尼當瞻視若令餘人看乃至瘥若命終弟子若不樂住處當自移若教人移弟子若有疑事當以法以律如佛所教如法除之若惡見生教令捨惡見住善見當以二事將護以法以衣食是中法將護者應教增戒增心增慧學問誦經是中衣食將護者當與衣食牀臥具疾病醫藥隨力所堪爲辦自今已去制和尚尼法如是和尚尼應行若不行如法治

制依止阿闍梨行法

若有新受戒比丘尼和尚尼命終無人教授以不被教授故乃至如婆羅門衆會法佛言自今已去聽有阿闍梨聽有弟子阿闍梨於弟子當如女想弟子於闍梨如母想展轉相教展轉相奉事如是於佛法中倍增益廣流布當作是請

具儀言

大姊一心念我某甲今求阿夷爲依止願阿夷與我依止我依止阿夷住三說彼言可爾或言與汝依止或言汝莫放逸闍梨行法並同和尚

制弟子行法

時諸弟子不行弟子法不白和尚入村等佛言自今已去當制弟子法使弟子於和尚所行弟子法共行八法如前又不白和尚不得入村不得至他家不得從餘比丘尼或將餘比丘尼爲伴不得與不得受不得佐助衆事不得受他佐助衆事不得爲他剃髮不得使他剃髮不得入浴室不得爲人揩摩身不得至晝日住處房不得至家間不得至界外不得行他方彼當清旦入和尚尼房中受誦經法問義當除去小便器應白時到乃至廣說彼當日三問訊和尚尼朝中日暮當爲和尚尼執二事勞苦不得辭說一修理房舍二爲補浣衣服和尚尼如法所教盡當奉行若遣往方面周旋不得辭說假託因緣若辭說者當如法治自今已去制弟子修行法若不修者當如法治此行於阿闍梨所修行亦如是文同故不出

呵責弟子法

時諸弟子不承事恭敬和尚阿闍梨亦不順弟子法無慚無愧

不受教作非威儀不恭敬難與語與惡人爲友好往婬男家男子家大童男家黃門家比丘精舍沙彌精舍好往看龜鼈有此等過應作呵責呵有三現一弟子二出過三呵詞呵詞有五應語言我今呵責汝汝去汝莫入我房汝莫爲我作使汝莫至我所不與汝語是謂和尚呵責弟子法阿闍梨呵責弟子亦五詞同唯換第四句莫至我所云汝莫依止我盡彼形壽呵責佛言不應爾見安居呵責亦不應爾病者亦不應呵

弟子懺悔法彼被呵已不向和尚阿闍梨懺悔佛言被呵責已應向和尚阿闍梨懺悔當如是懺具儀作如是言大姊我今懺悔更不復作若聽懺悔者善若不聽者當更日三時懺早起日中日暮若聽悔者善若不聽者當下意隨順求方便解其所犯若彼下意隨順無有違逆而和尚闍梨不受者當如法治

弟子離和尚懺謝法和尚有五非法弟子應懺悔而去應語和尚言我如法和尚不知我不如法亦不知若我犯戒捨不教呵若犯亦不知若犯而懺悔亦不知如此懺謝應當輙語若不受者和尚應捨遠去依止闍梨應持衣鉢出界經宿已明日還更依止餘比丘尼住

說戒篇第五

半月往僧寺請教誡差使比丘尼法世尊有如是教比丘尼每半月應往比丘僧中求教授聽白二羯磨差一比丘尼往應如是差大姊僧聽若僧時到僧忍聽僧差某甲比丘尼爲比丘尼僧故半月往比丘僧中求教授白如是大姊僧聽僧差某甲比丘尼爲比丘尼僧故半月往比丘僧中求教授誰諸大姊忍僧差某甲比丘尼爲比丘尼僧故半月往比丘僧中求教授者默然誰不忍者說僧已忍差某甲比丘尼爲比丘尼僧故半月往比丘僧中求教授竟僧忍默然故是事如是持彼獨行無護應差二三比丘尼共去

使比丘尼往僧寺囑授法使比丘尼至僧寺不應囑客比丘遠行病者應至一智慧解法比丘所具儀作是言大德憶念某處比丘尼僧和合差我比丘尼

其甲禮比丘僧足求索教誡三說彼既囑已明日往問可不若聞衆僧已差教授師此使比丘尼往問教授師去時比丘應期往比丘尼應迎比丘期往不往者突吉羅比丘尼期迎不迎亦爾若比丘尼聞教誡師來當半由旬迎在寺內供給所須辦洗浴具若羹粥種種餅食供養若不者突吉羅若無教授人上座有略教者應頂受已還本寺內鳴揵椎集比丘尼衆不來者囑授告尼衆云

大德僧衆無教誡比丘尼人及無說法者語比丘尼衆勤修莫放逸作此告時尼衆皆合掌言頂戴持若二衆病不和不滿當遣使問訊若不往者突吉羅

僧說戒法若於十四十五十六日不知爲何日說戒佛言聽上座布薩日唱言

大姊僧聽今僧某月某日某時集某處說戒如是唱已說戒時至年少比丘尼先往說戒堂中掃灑敷坐具淨水瓶洗足瓶然燈火具舍羅若年少比丘尼不知者上座應教若上座不教者突吉羅若不受上座教者突吉羅妝亦如是僧集之時比座當相檢校知有來不先白然後說戒白等儀軌具如戒經

告清淨法若十四十五十六日舊比丘尼欲說戒有客比丘尼來已說戒竟若少若等應從舊比丘尼重說戒不者如法治若客多者舊比丘尼應求客和合若不得者應出界外說戒若舊比丘尼說戒竟客比丘尼來欲說戒若少若等應求舊比丘尼和合若不得者應出界外說戒若客比丘尼多應從客比丘尼重說戒不者如法治若日同時不同舊比丘尼說序竟客比丘尼來少當告清淨作是告云

大姊僧聽我某甲比丘尼清淨作是告已餘者當次第聽若說戒竟舉衆未起若多未起若都已起亦告清淨不者如法治若說序竟來等多舊比丘尼更爲重說不者如法治若說戒竟舉衆未起若多未起若都已起亦爲重說若客比丘尼集已說序等舊比丘尼來亦如是

四略說戒法律言若有八難及餘緣聽略說戒言八難者若王若賊若火若水若病若人若非人若惡蟲餘緣者若有大衆集牀座少若衆多病聽略說戒若有衆集座上覆蓋不周或天雨若布薩多夜已久或闘諍事或論阿毗曇毗尼或說法夜久聽一切衆未起明相未出應作羯磨說戒更無方便可得宿受欲清淨略前方便一如廣法量難遠近若說戒序問清淨已難至應言

諸大姊是八波羅夷法僧常聞乃至衆學亦爾七滅已下依文廣誦若難緣逼近不及說序者即以此緣應去

對首說戒法若有三人各各相向作如是言

二大姊憶念今僧十五日說戒我某甲比丘尼清淨三說一人亦爾

心念說戒法若有一人應心念言今日衆僧十五日說戒我某甲比丘尼清淨說三

增減說戒法若有比丘尼喜闘罵詈遞相誹謗口出刀劒欲來至此說戒者應作二三種布薩若應十五日說十四日作若應十四日說十三日作若聞今日來即應疾疾布薩若聞已入界應至界外說戒若能如是者善若不能應作白却說戒作如是白

大姊僧聽若僧時到僧忍聽僧今不說戒至黑月十五日當說戒白如是若客比丘尼不去應作第二却白應作如是白

大姊僧聽若僧時到僧忍聽僧今不說戒至白月十五日當說戒白如是若客比丘尼不去至白月者舊比丘尼應如法強與客比丘尼鬪怒

非時和合法若因舉事遂而鬪諍能所不和別部說戒若能懺悔改過從僧乞解解已作白羯磨和合布薩應如是白

大姊僧聽彼所因事令僧鬪諍誹謗互求長短令僧破壞令僧別住令僧塵垢彼人僧爲舉罪已還爲解已滅僧塵垢若僧時到僧忍聽僧作和合布薩白如是作是白已和合布薩

非時說戒法若因闘諍令僧不和別異分爲二部若能於中改悔不相舉發此則名爲以法和合作如是白

大姊僧聽衆僧所因諍事令僧鬪諍而不和合衆僧破壞令僧塵垢令僧別異分爲二部彼人自知犯罪事今已改悔除滅僧塵垢若僧時到僧忍聽僧今和合說戒白如是作是白已然後和合說戒

安居篇第六

對首法諸比丘尼不應一切時春夏冬人間遊行從今已去聽夏三月安居應作是言

大姊一心念我某甲比丘尼依某甲僧伽藍若在村內應云其甲聚落若在別房應云其甲房前三月夏安居房舍破修治故三說以比丘尼要依持律比丘安居故須問言汝依誰持律彼應答言依某甲律師復應語言有疑當

問彼復答可可爾後三月安居法亦如是安居有二種一前二後若前安居住前三月若後安居住後三月心念法律言從今無所依人心念安居作法同前但除初句及後問答作其三說

忘成法若有住處欲安居無所依人自忘不心念不知成不佛言若為安居故來便成安居

及界法若往安居處欲安居入界內便明相出彼有疑為成安居不佛言若為安居故來便成安居次入園亦同次一脚入界入園亦如是

受日篇第七

對首法若有佛法僧事檀越父母等請喚受懺病患看病求罰業等緣不及卯日還聽受七日去應如是作

大姊一心念我某甲比丘尼受七日法出界外為其事故還此中安居白大姊令知三說不應事為飲食故去

羯磨法為前緣遠不及七日還佛言聽有如是事受過七日法若十五日一月日白二羯磨應如是作

大姊僧聽若僧時到僧忍聽某甲比丘尼受過七日法十五日一月日出界外為其事故還此中安居白如是大姊僧聽某甲比丘尼受過七日法十五日一月日出界外為其事故還此中安居誰諸大姊忍僧聽某甲比丘尼受過七日法十五日一月日出界外為其事故還此中安居者默然誰不忍者說僧已忍某甲比丘尼受過七日法十五日一月日出界外為其事故還此中安居竟僧忍默然故是事如是持

自恣篇第八

往比丘僧中說自恣差使比丘尼法世尊聽比丘尼夏安居竟往比丘僧中說三事自恣見聞疑聽白二羯磨差一比丘尼往應如是差

大姊僧聽若僧時到僧忍聽僧差某甲比丘尼為比丘尼僧故往大僧中說三事自恣見聞疑白如是大姊僧聽僧差某甲比丘尼為

比丘尼僧故往大僧中說三事自恣見聞疑誰諸大姊忍僧差某甲比丘尼爲比丘尼僧故往大僧中說三事自恣見聞疑者默然誰不忍者說僧已忍差某甲比丘尼爲比丘尼僧故往大僧中說三事自恣見聞疑竟僧忍默然故是事如是持彼獨行無護聽爲護故應差二三比丘尼爲伴

使比丘尼對僧說自恣法此使比丘尼至比丘僧中禮僧足已曲身低頭合掌作如是說

大德僧聽某處比丘尼僧夏安居竟比丘僧亦夏安居竟比丘尼僧說三事自恣見聞疑大德慈愍語我我若見罪當如法懺悔三說此尼禮僧足已還至本寺鳴揵椎集比丘尼衆不來者囑授告尼衆云大德僧衆不見比丘尼衆有見聞疑罪可舉語比丘尼衆如法自恣謹慎莫放逸作此告時尼衆皆合掌言頂戴持若比丘尼衆即日自恣疲極當明日自恣若二衆病不滿不和當遣使問訊若不爾者突吉羅

白僧自恣時法自今已去聽安居竟自恣聽遮自恣不應求聽何以故自恣即是聽又不知今日自恣明日自恣佛言若小食上中食上上座唱言

大姊僧聽今僧某月某日某時集某處自恣餘儀軌等並同說戒

差受自恣人法律言聽白二羯磨差不愛不恚不怖不癡知自恣未自恣應如是差

大姊僧聽若僧時到僧忍聽僧差某甲比丘尼作受自恣人白如是大姊僧聽僧差某甲比丘尼作受自恣人誰諸大姊忍僧差某甲比丘尼作受自恣人者默然誰不忍者說僧已忍差某甲比丘尼作受自恣人竟僧忍默然故是事如是持

自恣白法律言聽比座應知來不先白後自恣作如是白

大姊僧聽今日衆僧自恣若僧時到僧忍聽

僧和合自恣白如是

僧自恣法律言聽徐徐三說了了自恣不應反抄衣衣纏頭等應偏露等作如是言

大姊衆僧今日自恣我某甲比丘尼亦自恣若見聞疑罪大姊哀愍故語我我若見罪當如法懺悔三說若病比丘尼佛聽隨身所安自恣共告清淨緣及法一同說戒

略自恣法律言若有八難及餘緣聽略自恣若難事尚遠容得廣說應說若難事近不得三說當再說若不得再說應一說若不者如法治若難事近不得一說即應作白各各共三說自恣作如是白

大姊僧聽若僧時到僧忍聽僧今各各共三語自恣白如是作是白已各各共三語自恣再說一說亦如是若難事近不得各各三語自恣亦不得白即應以此事云

對首自恣法若有四人各各相向作如是言

三大姊憶念今日衆僧自恣我某甲比丘尼自恣清淨三說若三人二人亦如是

心念自恣法若有一人應心念言今日衆僧自恣我某甲比丘尼自恣清淨三說

增益自恣法若有衆多比丘尼結安居精勤行道得增上果證作如是念我曹若今日自恣便應移住餘處恐不得如是樂彼比丘尼作白增益自恣作如是白

大姊僧聽若僧時到僧忍聽僧今日不自恣四月滿當自恣白如是作是白已至四月滿自恣

增減自恣法律言若自恣日聞異住處比丘尼鬪諍不和欲來此自恣彼比丘尼應作若二若三減日自恣若聞已入界應爲具洗浴器等安置已至界外自恣若能如是方便作者善若不能者彼作白增上自恣作如是白

大姊僧聽若僧時到僧忍聽僧今日不自恣至黑月十五日當自恣白如是作是白已增上自恣若客比丘尼至黑月者舊比丘尼應作白第二增上自恣作如是白

大姊僧聽若僧時到僧忍聽僧今日不自恣後白月十五日當自恣白如是若客比丘尼猶不去舊比丘尼應如法如律彊和合自恣

衣鉢藥受淨篇第九

受五衣法依十誦云

大姊一心念我比丘尼某甲是衣僧伽梨若干條受若干長若干短割截衣持三說受次二衣類準亦爾受覆肩衣應云

大姊一心念我比丘尼某甲是衣覆肩衣受長四肘廣二肘半是覆肩衣持三說受厥修羅衣云

大姊一心念我比丘尼某甲是衣厥修羅衣受長四肘廣二肘半是衣厥修羅衣持三說

捨五衣法應翻受云

大姊一心念我比丘尼某甲是衣僧伽梨若干條受若干長若干短割截衣持今捨三說下四例此各翻應知

受尼師壇法應云

大姊一心念我比丘尼某甲此尼師壇是我助身衣受三說餘助身衣受同此法捨者翻受應知

受鉢法律言鉢有二種一瓦二鐵色二種一赤二黑大者三升小者一升半此應持淨施持準十誦云

大姊一心念我比丘尼某甲此鉢多羅應量受長用故三說捨者翻受應知

受十六枚器法律言比丘尼即日得器應即日受可須用者十六枚餘者當淨施若遣與人十六枚者大釜及蓋小釜亦爾水瓶及蓋洗瓶亦爾四盆及杓二小二大受云

大姊一心念我比丘尼某甲此某器是我十六枚數今受三說

受非時藥律言聽飲八種漿一梨漿二閻浮果漿三酸棗漿四甘蔗漿五微果漿六舍樓迦漿七波樓師漿八蒲萄漿若不醉人應非時飲若醉人不應飲若飲如法治應先從淨人手受已次對比丘尼加法云

大姊一心念我比丘尼某甲有某病緣故此某非時漿爲經非時服故今於大姊邊受三說受餘二藥法同七日應言爲共宿七日服故盡形應言爲共宿長服故七日藥者蘇等盡形藥者一切鹹醋等不任爲食者

眞實淨法應云

大姊一心念我有此長衣未作淨今爲淨故捨與大姊爲眞實淨故作眞實淨應問施主然後得著鉢藥及十六枚類同

展轉淨法應云

大姊一心念此是我長衣未作淨爲淨故施與大姊爲展轉淨故彼受淨者應云大姊汝有此長衣未作淨爲淨故與我我今受之受已語言汝施與誰彼應答云施與某甲受淨者言大姊汝是長衣未作淨爲淨故施與我我今受之受已汝與其甲是衣某甲已有汝爲某甲善護持著隨因緣展轉淨施若問不問聽隨意著鉢藥及十六枚作法亦同唯稱事別爲異

攝物篇第十

攝時現前施法律言自今已去不應於一切時春夏冬求索夏衣又不應此處安居餘處受夏衣分又有在異住處結夏安居已復於餘處住彼不知何處取安居物佛言聽住日多處取若二處俱等聽各取半又云衆僧得夏安居衣僧破爲二部佛言應數人多少分若未得夏衣及若得夏衣僧破二部亦數人分此等爲施現前分並無法

攝非時現前施法有得施衣不知云何佛言聽分當數人多少分若十人爲十分乃至百人爲百分好惡相參分不應自取分使異人取不應自擲籌使不見者擲籌此既數人亦無分法

攝時僧施法若諸居士施安居物不簡異處隨施應分於得物處有安居勞縱身不在開屬授取律言若一比丘安居大得僧夏安居衣物彼比丘應作心念言此是我物其羯磨對首法准同非時僧施更無異故不出

攝非時僧施差分物人法若有住處現前僧得可分衣物律言聽分分時有客數來分衣疲極應差一人令分此人應具五法五法如上應如是作

大姊僧聽若僧時到僧忍聽僧差某甲比丘尼爲僧作分物人白如是大姊僧聽僧差某甲比丘尼爲僧作分物人誰諸大姊忍僧差某甲比丘尼爲僧作分物人者默然誰不忍者說僧已忍差某甲比丘尼爲僧作分物人

竟僧忍默然故是事如是持爲僧分粥分小食佉闍尼差請會敷卧具分卧具分浴衣可與可取差比丘尼等使一切亦如是有五法爲僧分粥入地獄如箭射謂有愛等有五法分粥生天如箭射謂不愛乃至差沙彌尼使亦如是

付分衣人物法既多人已應須付物作如是付

大姊僧聽此住處若衣若非衣現前僧應分若僧時到僧忍聽僧今與某甲比丘尼彼當與僧白如是大姊僧聽此住處若衣若非衣現前僧應分僧今與某甲比丘尼彼當與僧誰諸大姊忍此住處若衣若非衣現前僧應分僧與其甲比丘尼彼當與僧者默然誰不忍者説僧已忍與其甲比丘尼彼當與僧竟僧忍默然故是事如是持作此法已準人等分式叉摩那及沙彌尼若和合等分若不和合二分與一又若不和二分與一又若不與不應分僧伽藍人四分與一若不與不應分

四人直攝物法若但四人不成差付直作攝法應如是作

大姊僧聽此住處若衣若非衣現前僧應分若僧時到僧忍聽今現前僧分是衣物白如是大姊僧聽此住處若衣若非衣現前僧應分今現前僧分是衣物誰諸大姊忍此住處若衣若非衣現前僧應分今現前僧分是衣物者默然誰不忍者説僧已忍今現前僧分是衣物竟僧忍默然故是事如是持作羯磨已分法

如前

對首攝物法若有三人比此共三語受應作是言二大姊憶念此住處若衣若非衣現前僧應分此處無僧此是我等分三説二人亦爾分法如前

心念攝物法若有一人應心念言此住處若衣若非衣現前僧應分此處無僧此是我分三説分法如前

攝二部僧得施法爾時有異住處二部僧多得可分衣物時比丘僧多比丘尼僧少佛言應分作二分若無比丘尼純式叉摩那亦分二分及純沙彌尼亦分二

分若無沙彌尼僧應分若比丘少比丘尼多亦分二分若無比丘純有沙彌亦分二分若無沙彌比丘尼應分二分已各至本處作羯磨等三法分之時僧得施亦爾其二部現前施並數人分

攝亡比丘尼物法

律言分僧園田果樹又分別房及屬別房物又分銅瓶銅盆釜鑊及諸重物又分繩牀木牀坐蓐卧蓐枕又分伊黎延陀㲪羅㲪㲪毾㲪氍毹又分車轝守僧伽藍人又分水瓶澡鑵錫杖扇又分鐵作器木作器陶作器皮作器竹作器佛言不應分屬四方僧氍毹廣三肘長五肘毛長三指剃刀衣鉢坐具針筒盛衣貯器俱夜羅器現前僧應分先作此簡然後作法也

看病人對僧捨物法

時看病人持物僧中具儀捨云

大姊僧聽其甲比丘尼此若餘處亡云彼住處命過所有衣鉢坐具針筒盛衣貯器此隨現有六物作法若有闕者應除又若物類衆多此言攝不盡者應言若衣非衣此住處現前僧應分三說

賞看病人物法

律言僧問瞻病人言病人有囑授不誰負病者物病者負誰物有五法應與看病人物一知病人可食不可食可食能與二不惡賤病人大小便唾吐三有慈愍心不爲衣食四能經理湯藥乃至病瘥若死五能爲病人說法令病者歡喜已身於善法增益有是五法應取病人衣物其衣鉢等物隨現有者賞無者不得將餘物替應如是賞也

大姊僧聽其甲比丘尼命過所有衣鉢坐具針筒盛衣貯器此現前僧應分若僧時到僧忍聽僧今與其甲看病比丘尼白如是大姊僧聽其甲比丘尼命過所有衣鉢坐具針筒盛衣貯器此現前僧應分僧今與其甲看病比丘尼誰諸大姊忍僧與其甲看病比丘尼衣鉢坐具針筒盛衣貯器者默然誰不忍者說僧已忍與其甲看病比丘尼衣鉢坐具鉢筒盛衣貯器竟僧忍默然故是事如是持

差分衣人法

具德如前應如是差

大姊僧聽若僧時到僧忍聽僧差其甲比丘尼爲僧作分物人白如是大姊僧聽僧差其甲比丘尼爲僧作分物人誰諸大姊忍僧差

某甲比丘尼爲僧作分物人者默然誰不忍者說僧已忍差某甲比丘尼爲僧作分物人竟僧忍默然故是事如是持

付分衣人物法差已應如是付

大姊僧聽某甲比丘尼命過所有若衣非衣此現前僧應分若僧時到僧忍聽僧今與某甲比丘尼某甲比丘尼當還與僧白如是大姊僧聽某甲比丘尼命過所有若衣非衣此現前僧應分僧今與某甲比丘尼某甲比丘尼當還與僧誰諸大姊忍某甲比丘尼命過所有若衣非衣此現前僧應分僧與某甲比丘尼某甲比丘尼當還與僧者默然誰不忍者說僧已忍與某甲比丘尼某甲比丘尼當還與僧竟僧忍默然故是事如是持分法如前

四人直攝物法以不成差付直分云

大姊僧聽某甲比丘尼命過所有若衣非衣此現前僧應分若僧時到僧忍聽今現前僧分是衣物白如是大姊僧聽某甲比丘尼命過所有若衣非衣此現前僧應分今現前僧分是衣物誰諸大姊忍某甲比丘尼命過所有若衣非衣此現前僧應分今現前僧分是衣物者默然誰不忍者說僧已忍今現前僧分是衣物竟僧忍默然故是事如是持作羯磨已分法如前有看病者應口和賞

對首攝物法若有三人彼此共三說受作如是言

二大姊憶念某甲比丘尼命過所有若衣非衣此現前僧應分此處無僧此是我等分三說二人亦爾分法如前有看病人亦口和賞

心念攝物法若有一人應心念言某甲比丘尼命過所有若衣非衣此現前僧應分此處無僧此是

我分三說分法如前

無住處攝物法若有比丘尼遊行到無住處村到已命過不知誰應分此衣鉢白佛

佛言彼處若有信樂優婆塞若守園人彼應掌錄若有五衆出家人前來者應與若無來者應送與近處僧伽藍

功德衣篇第十一

受功德衣白法律言若得新衣若檀越施衣若糞掃衣若是新衣若是故衣新物帖作淨若已浣已納作淨不以邪命得不以相得不激發得不經宿得不捨墮作淨即日來應法四周安緣五條作十隔若過是者亦應受應自浣染舒張輾治裁作十隔縫治應在衆僧前受如是白也

大姊僧聽今日衆僧受功德衣若僧時到僧忍聽衆僧和合受功德衣白如是

差持功德衣人法律言應問誰能持功德衣若言能者白二差持應如是作

大姊僧聽若僧時到僧忍聽僧差其甲比丘尼爲僧持功德衣白如是大姊僧聽僧差其甲比丘尼爲僧持功德衣誰諸大姊忍僧差其甲比丘尼爲僧持功德衣者默然誰不忍者說僧已忍差其甲比丘尼爲僧持功德衣竟僧忍默然故是事如是持

付功德衣與持衣人法差已作白二付應如是作

大姊僧聽此住處僧得可分衣物現前僧應分若僧時到僧忍聽持此衣與其甲比丘尼此比丘尼當持此衣爲僧受作功德衣於此住處持白如是大姊僧聽此住處僧得可分衣物現前僧應分僧今持此衣與其甲比丘尼此比丘尼當持此衣爲僧受作功德衣於此住處持誰諸大姊忍僧持此衣與其甲比丘尼受作功德衣者默然誰不忍者說僧已

忍與其甲比丘尼衣竟僧忍默然故是事如是持
持衣僧前受法持衣比丘尼應起捉衣隨諸比丘尼手得及衣言相了處作如是言
此衣衆僧當受作功德衣此衣衆僧今受作功德衣此衣衆僧已受作功德衣竟三說諸比丘尼應如是言其受者已善受此中所有功德名稱屬我持衣人應答言爾如是次第乃至下座受已得作五事一得畜長衣二得離衣宿三得別衆食四得展轉食五得不屬比丘尼入聚落

差人作功德衣法律言若得未成衣僧應白二差人作應如是差

大姊僧聽若僧時到僧忍聽僧差其甲比丘尼爲僧作功德衣白如是大姊僧聽僧差其甲比丘尼爲僧作功德衣誰諸大姊忍僧差其甲比丘尼爲僧作功德衣者默然誰不忍者說僧已忍差其甲比丘尼爲僧作功德衣竟僧忍默然故是事如是持作法如前

出功德衣法若不出功德衣作如是意以久得五事放捨佛言不應作如是意聽冬四月竟僧應出功德衣應如是作

大姊僧聽今日衆僧出功德衣若僧時到僧忍聽僧今和合出功德衣白如是若不出衣過功德衣分齊突吉羅有八因緣捨功德衣一去二竟三不竟四失五斷望六聞七出界八共出復有二種捨功德衣持功德衣比丘尼出界外宿衆僧和合共出

尼羯磨卷第二

音釋

蓐音辱正作褥　耄莫報切　氍毹氍其俱切毹山芻切氍毹毛席也　輾女箭切

尼羯磨卷第三

唐西太原寺沙門懷素集

除罪篇第十二

除波羅夷罪法案律懺悔有五種或有犯自心念懺悔或有犯小罪從他懺悔或有犯中罪亦從他懺悔或有犯重罪從他懺悔或有犯罪不可懺悔此不可懺罪謂波羅夷犯波羅夷罪得法有三一犯覆藏者與滅擯羯磨二犯不覆藏者與盡形學悔羯磨三學悔人重犯者與滅擯羯磨

與覆藏者作滅擯法若犯波羅夷覆藏者僧與作衆作憶念與罪已應如是作

大姊僧聽此某甲比丘尼犯某波羅夷罪若僧時到僧忍聽僧今與某甲比丘尼某波羅夷罪滅擯羯磨不得共住不得共事白如是大姊僧聽此某甲比丘尼犯某波羅夷罪僧今與某甲比丘尼某波羅夷罪滅擯羯磨不得共住不得共事誰諸大姊忍僧與某甲比丘尼某波羅夷罪滅擯羯磨不得共住不得共事者默然誰不忍者說三說僧已忍與某甲比丘尼某波羅夷罪滅擯羯磨不得共住不得共事竟僧忍默然故是事如是持

與不覆藏者作盡形學悔法律言若未犯波羅夷終不犯若已犯都無覆藏心如法懺者聽僧與波羅夷戒羯磨彼比丘尼應僧中具儀作如是乞

大姊僧聽我某甲比丘尼犯某波羅夷罪都無覆藏心今從僧乞波羅夷戒願僧與我某甲比丘尼波羅夷戒慈愍故三說僧應如是與法大姊僧聽此某甲比丘尼犯某波羅夷罪無覆藏心今從僧乞波羅夷戒若僧時到僧忍聽僧今與某甲比丘尼波羅夷戒白如是大姊僧聽此某甲比丘尼犯某波羅夷罪無覆藏心今從僧乞波羅夷戒僧今與某甲比丘尼波羅夷戒誰諸大姊忍僧與某甲比丘尼波羅

夷戒者默然誰不忍者說三説
僧已忍與某甲比丘尼波羅夷戒竟僧忍默
然故是事如是持得波羅夷戒已當須盡形壽隨順行之隨順行法者
不得授人具足戒不得與人依止不得畜沙
彌尼若差爲比丘尼僧請教誡不得受設差
不應往不應爲僧說戒不應在僧中問答毗
尼不應受僧差使作知事人不應受僧差别
處斷事不應受僧差使命不應早入聚落逼
暮還當親近比丘尼不得親近外道白衣當
順從比丘尼法不得說餘俗語不得衆中誦
律若無能誦者聽不得更犯此罪餘亦不應
犯若相似若從此生若重於此者不得非僧
羯磨及作羯磨者不得受清淨比丘尼敷坐
具洗足水拭革屣揩磨身及禮拜迎送問訊
不應受清淨比丘尼捉衣鉢不得舉清淨比
丘尼爲作憶念作自言治不應證正人事不
得遮清淨比丘尼說戒自恣不得與清淨比
丘尼共諍與波羅夷戒比丘尼僧說
戒及羯磨時來與不來衆僧無犯
與學悔人重犯者作滅擯法若與波羅夷戒已重犯應滅擯
與作舉等
應如是作
大姊僧聽此某甲比丘尼犯其波羅夷罪無
覆藏心已從僧乞波羅夷戒僧已與某甲比

丘尼波羅夷戒此比丘尼於學悔中重犯其
波羅夷罪若僧時到僧忍聽僧今與某甲比
丘尼重犯其波羅夷罪滅擯羯磨不得共住
不得共事白如是大姊僧聽此某甲比丘尼
犯其波羅夷罪無覆藏心已從僧乞波羅夷
戒僧已與某甲比丘尼波羅夷戒此比丘尼
於學悔中重犯其波羅夷罪僧今與某甲比
丘尼重犯其波羅夷罪滅擯羯磨不得共住
不得共事誰諸大姊忍僧與某甲比丘尼重
犯其波羅夷罪滅擯羯磨不得共住不得共
事者默然誰不忍者說三説僧已忍與某甲比
丘尼重犯其波羅夷罪滅擯羯磨不得共住
不得共事竟僧忍默然故是事如是持
除僧殘罪法羯磨有三種一半月摩那埵二若行中重犯作半月本日治三
出罪但得法位二一者得法重犯羯
磨有三二者得法不重犯羯磨有二

與半月摩那埵法若犯僧殘應在二部僧各滿四人中半月行摩那埵

彼比丘尼應至僧中長跪作如是乞

大德僧聽我某甲比丘尼犯某僧殘罪今從僧乞半月摩那埵願僧與我某甲比丘尼半月摩那埵慈愍故三說如是與法大德僧聽此某甲比丘尼犯某僧殘罪今從僧乞半月摩那埵若僧時到僧忍聽僧與某甲比丘尼半月摩那埵白如是大德僧聽此某甲比丘尼犯某僧殘罪今從僧乞半月摩那埵僧與某比丘尼半月摩那埵誰諸長老忍僧與某甲比丘尼半月摩那埵者默然誰不忍者說三說僧已忍與某甲比丘尼半月摩那埵竟僧忍默然故是事如是持

白僧行摩那埵法彼得法已即欲行者僧中具儀作如是白

大德僧聽我某甲比丘尼犯某僧殘罪已從僧乞半月摩那埵僧已與我某甲比丘尼半月摩那埵我今行摩那埵法願僧憶持三說彼白

行已具行七五之行其七五行已如上明彼至清淨比丘比丘尼所一一如弟子於和尚所行弟子法有八事失夜一往餘寺不白二有客比丘比丘尼來不白三有緣事自出界不白四寺內餘行比丘比丘尼不白五病不遣信白六除伴二三人共一房宿七在無比丘比丘尼處住八不半月說戒時白是爲八事失夜隨遣一事失一夜得突吉羅罪

日日僧中白法此行摩那埵比丘尼應僧中宿日日白僧白時僧中具儀白言

大德僧聽我某甲比丘尼犯某僧殘罪已從僧乞半月摩那埵僧已與我某甲比丘尼半月摩那埵我某甲比丘尼行摩那埵已行若干日未行若干日白大德僧令知我行摩那埵若經說戒及往餘寺等白大同應知

白停行法若大衆難集若不欲行若彼人輕弱多有羞愧應至一清淨比丘或尼所具儀白言

大德(對尼言姊)我某甲比丘尼今日捨教敕不作白行行法(若欲行時應至一清淨比丘或尼所具儀白言)大德(對尼言姊)我某甲比丘尼今日隨所教敕當作(作是白已如前行之)

白摩那埵行滿停法(若行滿已即應白僧來至僧中具儀白言)

大德僧聽我某甲比丘尼犯某僧殘罪已從僧乞半月摩那埵僧已與我某甲比丘尼半月摩那埵我今行摩那埵竟願僧憶持(三說)

與摩那埵本日治法(既於行中重犯故與本日治法彼至僧中具儀作如是乞)

大德僧聽我某甲比丘尼犯某僧殘罪已從僧乞半月摩那埵僧已與我某甲比丘尼半月摩那埵我某甲比丘尼行摩那埵時中間更重犯某僧殘罪今從僧乞前犯中間重犯某僧殘罪半月摩那埵及摩那埵本日治羯磨願僧與我某甲比丘尼前犯中間重犯某僧殘罪半月摩那埵及摩那埵本日治羯磨慈愍故(三說僧應與法)

大德僧聽此某甲比丘尼犯某僧殘罪已從僧乞半月摩那埵僧已與此某甲比丘尼半月摩那埵此某甲比丘尼行摩那埵時中間更重犯某僧殘罪今從僧乞前犯中間重犯某僧殘罪半月摩那埵及摩那埵本日治羯磨若僧時到僧忍聽僧與某甲比丘尼前犯中間重犯某僧殘罪半月摩那埵及摩那埵本日治羯磨白如是大德僧聽此某甲比丘尼犯某僧殘罪已從僧乞半月摩那埵僧已與此某甲比丘尼半月摩那埵此某甲比丘尼行摩那埵時中間更重犯某僧殘罪今從僧乞前犯中間重犯某僧殘罪半月摩那埵

及摩那埵本日治羯磨僧與某甲比丘尼前犯中間重犯某僧殘罪半月摩那埵及摩那埵本日治羯磨誰諸長老忍僧與某甲比丘尼前犯中間重犯某僧殘罪半月摩那埵及摩那埵本日治羯磨者默然誰不忍者說（三說）僧已忍與某甲比丘尼前犯中間重犯某僧殘罪半月摩那埵及摩那埵本日治羯磨竟僧忍默然故是事如是持（白行等法同前作須具儀）

與不壞摩那埵出罪法（此出罪法有二一不壞摩那埵法二壞摩那埵法彼不壞法比丘尼行摩那埵竟應在二部僧各滿二十人中出罪彼至僧中具儀作如是乞）

大德僧聽我某甲比丘尼犯某僧殘罪已從僧乞半月摩那埵僧已與我某甲比丘尼半月摩那埵我某甲比丘尼已行摩那埵竟今從僧乞出罪羯磨願僧與我某甲比丘尼出罪羯磨慈愍故（三說僧應與法）大德僧聽此某甲比丘尼犯某僧殘罪已從僧乞半月摩那埵僧已與此某甲比丘尼半月摩那埵此某甲比丘尼行摩那埵竟今從僧乞出罪羯磨若僧時到僧忍聽僧與某甲比丘尼出罪白如是

大德僧聽此某甲比丘尼犯某僧殘罪已從僧乞半月摩那埵僧已與此某甲比丘尼半月摩那埵此某甲比丘尼已行摩那埵竟今從僧乞出罪羯磨僧與某甲比丘尼出罪誰諸長老忍僧與某甲比丘尼出罪者默然誰不忍者說（三說）僧已忍與某甲比丘尼出罪竟僧忍默然故是事如是持

與壞摩那埵出罪法（彼壞法比丘尼僧中具儀作如是乞）

大德僧聽我某甲比丘尼犯某僧殘罪已從僧乞半月摩那埵僧已與我某甲比丘尼半

月摩那埵我某甲比丘尼行摩那埵時中間更重犯某僧殘罪亦從僧乞前犯中間重犯某僧殘罪半月摩那埵及摩那埵本日治羯磨僧亦與我某甲比丘尼前犯中間重犯某僧殘罪半月摩那埵及摩那埵本日治羯磨我某甲比丘尼行前犯中間重犯某僧殘罪半月摩那埵及摩那埵本日治羯磨竟今從僧乞出罪羯磨願僧與我某甲比丘尼出罪羯磨慈愍故（三說僧應與法）

大德僧聽此某甲比丘尼犯某僧殘罪已從僧乞半月摩那埵僧已與此某甲比丘尼半月摩那埵此某甲比丘尼行摩那埵時中間更重犯某僧殘罪亦從僧乞前犯中間重犯某僧殘罪半月摩那埵及摩那埵本日治羯磨僧亦與此某甲比丘尼前犯中間重犯某僧殘罪半月摩那埵及摩那埵本日治羯磨此某甲比丘尼行前犯中間重犯某僧殘罪半月摩那埵及摩那埵本日治羯磨竟今從僧乞出罪羯磨若僧時到僧忍聽僧與某甲比丘尼出罪白如是大德僧聽此某甲比丘尼犯某僧殘罪已從僧乞半月摩那埵僧已與此某甲比丘尼半月摩那埵此某甲比丘尼行摩那埵時中間更重犯某僧殘罪亦從僧乞前犯中間重犯某僧殘罪半月摩那埵及摩那埵本日治羯磨僧亦與此某甲比丘尼前犯中間重犯某僧殘罪半月摩那埵及摩那埵本日治羯磨此某甲比丘尼行前犯中間重犯某僧殘罪半月摩那埵及摩那埵本日治羯磨竟今從僧乞出罪羯磨僧與某甲比丘尼出罪誰諸長老忍僧與某甲比丘

尼出罪者默然誰不忍者說三說僧已忍與其甲比丘尼出罪竟僧忍默然故是事如是持

除偷蘭遮罪法案此偷蘭遮有其二位一者根本二者從生於此二中懺階三品一者上品對大衆懺謂根本中破法輪主盜四殺父等從生中波羅夷下重偷蘭遮二者中品對小衆懺謂根本中破羯磨僧壞法輪伴盜三二等從生中波羅夷下輕偷蘭遮僧殘下重偷蘭遮三者下品對一人懺謂根本中剃毛褉形人皮石鉢食生肉血著外道衣盜一錢等從生中僧殘下輕偷蘭遮

對僧懺悔法即前上品偷蘭遮罪應對僧懺彼至僧中具儀從僧乞懺作如是乞

大姊僧聽我某甲比丘尼犯某偷蘭遮罪今從僧乞懺悔願僧聽我某甲比丘尼懺悔慈愍故說三

請懺悔主法欲懺悔者即於僧中請一清淨比丘尼爲懺悔主不得向犯者懺悔犯者不得受他懺悔彼比丘尼當詣清淨比丘尼所若一切僧盡犯不得懺者若有客比丘尼來清淨無犯當往彼所懺若無客比丘尼來即當差二三人詣比近清淨衆中懺悔此比丘尼當還來至所住處所住處諸比丘尼當向此清淨尼懺悔具儀作如是請

大姊一心念我某甲比丘尼犯某偷蘭遮罪今請大姊作懺悔主願大姊爲我作懺悔主慈愍故說三

受懺悔主白僧法其受懺主未得即許應須白僧云

大姊僧聽某甲比丘尼犯某偷蘭遮罪今從僧乞懺悔若僧時到僧忍聽我受某甲比丘尼懺悔白如是作是白已如應答云可爾

正懺悔法彼懺悔者先懺覆等諸罪懺法如下後除根本除本應言

大姊一心念我某甲比丘尼犯某偷蘭遮罪今向大姊懺悔不敢覆藏懺悔則安樂不懺悔不安樂憶念犯發露知而不覆藏願大姊憶我清淨戒身具足清淨布薩如是至三懺主語言自責汝心應生猒離懺者答言爾

對三比丘尼懺悔法即前中品偷蘭遮罪對小衆懺彼比丘尼應往

三清淨比丘尼所請一爲懺悔主請法如上其懺悔主既受請已不得卽許改單白爲問邊人應問彼二比丘尼云若二大姊聽我受某甲比丘尼懺者我當受彼二比丘尼應答言可爾彼懺悔主得二比丘尼許已方答懺者云可爾懺法如上但小衆懺須對三人對二人懺同此無異唯捨墮通得對二作

對一比丘尼懺悔法卽前下品偷蘭遮

對一比丘尼懺彼比丘尼往一清淨比丘尼所請爲懺主及正懺法一一如前除問邊人

除波逸提罪法案此罪法有其二位一三十捨墮二一百七十八波逸提但三十捨墮捨時除二寶若僧若衆多人若一人不得別衆捨若捨不成捨突吉羅

對僧捨財法犯捨墮衣不應不捨作淨施遣與人作三衣波利迦羅衣故壞故燒用作非衣若數數著彼比丘尼應往僧中具儀作是捨云

大姊僧聽我某甲比丘尼故畜若干衆多長衣餘隨種名事别稱之過十日犯捨墮我今捨與僧三說

捨罪乞懺法彼捨財竟從僧乞懺作如是乞

大姊僧聽我某甲比丘尼故畜長衣餘隨種名事别稱之過十日犯捨墮此衣已捨與僧是中有若干衆多波逸提罪今從僧乞懺悔願僧聽我某甲比丘尼懺悔慈愍故三說此等對僧儀軌大同前位以此捨墮人之數犯作法是難故更具述

請懺悔主法欲懺悔者卽於僧中請一清淨比丘尼爲懺悔主當詣彼清淨尼所具儀作如是請

大姊一心念我某甲比丘尼故畜若干衆多長衣餘隨種名事别稱之過十日犯捨墮此衣已捨與僧是中有若干衆多波逸提罪更有餘罪亦隨稱之今請大姊作懺悔主願大姊爲我作懺悔主慈愍故一說

受懺主白僧法其受懺主未得卽許應白僧云

大姊僧聽某甲比丘尼故畜若干衆多長衣餘隨種名事别稱之過十日犯捨墮此衣已捨與僧是中有若干衆多波逸提罪餘罪隨稱今從僧乞懺悔若僧時到僧忍聽我某甲比丘尼懺悔白如是作是白已

始應答云可爾

正懺悔法此中諸罪始終位別合有一十二位三罪第一三者謂長波逸提及根本展轉二種覆藏第二三者僧說戒時告清淨波逸提罪及二覆藏第三三者對首說戒自言清淨波逸提罪及二覆藏第四三者僧自恣時告清淨波逸提罪及二覆藏第五三者對首自恣自言清淨波逸提罪及二覆藏第六三者自身有罪爲衆說戒突吉羅罪及二覆藏第七三者自身有犯不合聞戒突吉羅罪及二覆藏第八三者僧說戒時二處三問默妄突吉羅罪及二覆藏第九三者心念說戒自言清淨突吉羅罪及二覆藏第十三者心念自恣自言清淨突吉羅罪及二覆藏第十一三者自身有罪受他懺悔突吉羅罪及二覆藏第十二三者著用捨墮衣突吉羅罪及二覆藏此之一十二位三罪懺時並須緣知具闕準文正解懺開三位第一同懺二十四覆罪謂本長提乃至第十二者著用捨墮衣下覆及隨覆二突吉羅以此諸罪種類同故第二同懺不應說戒等七位突吉羅罪亦以此七種類同故第三同懺長等五位波逸提罪

懺二十四覆藏罪法行此懺法應須具儀至誠懇惻殷重慚愧永斷相續請乞證明泛爾輕浮罪必不滅應如是作我某甲比丘尼故畜爾許衆多長衣餘隨種別稱之過十日犯爾許衆多尼薩耆波逸提罪既犯此罪僧說戒時告清淨犯爾許衆多波逸提罪對首說戒自言清淨犯爾許衆多波逸提罪僧自恣時告清淨犯爾許衆多波逸提罪對首自恣自言清淨犯爾許衆多波逸提罪自身有罪爲衆說戒犯爾許衆多突吉羅罪自身有罪不合聞戒犯爾許衆多突吉羅罪僧說戒時二處三問犯爾許衆多默妄突吉羅罪心念說戒自言清淨犯爾許衆多突吉羅罪心念自恣自言清淨犯爾許衆多突吉羅罪自身有罪受他懺悔犯爾許衆多突吉羅罪著用犯捨墮衣犯爾許衆多突吉羅罪此等諸罪並悉識知故不發露經宿犯覆藏突吉羅罪不憶數知數者言知數經第二宿已去復犯隨展轉覆藏突吉羅罪不憶數知數言知我今懺悔不敢覆藏懺悔則安樂不懺悔不安樂憶念犯發露知而

不覆藏我今自責心生猒離（一說雖言責心言陳須具具儀懇惻請證如前應如是作）懺不應說戒等七位突吉羅罪

我某甲比丘尼故畜（爾許眾多）長衣（餘隨種別稱之）過十日犯（爾許眾多）尼薩耆波逸提罪既犯此罪爲眾說戒犯（爾許眾多）突吉羅罪自身有罪不合聞戒犯（爾許眾多）突吉羅罪僧說戒時二處三問犯（爾許眾多）默妄突吉羅罪心念說戒自言清淨犯（爾許眾多）突吉羅罪心念自恣自言清淨犯（爾許眾多）突吉羅罪自身有罪受他懺悔犯（爾許眾多）突吉羅罪著用犯捨墮衣犯（爾許眾多）突吉羅罪我今懺悔等同前

懺長等五位波逸提罪（至誠應如是作）

大姊一心念我某甲比丘尼故畜（爾許眾多）長衣（餘隨種別稱之）過十日犯捨墮此衣已捨與僧是中有（爾許眾多）波逸提罪既犯此罪僧說戒時告清淨犯（爾許眾多）波逸提罪對首說戒自言清淨犯（爾許眾多）波逸提罪僧自恣時告清淨犯（爾許眾多）波逸提罪對首自恣自言清淨犯（爾許眾多）波逸提罪今向大姊懺悔不敢覆藏懺悔則安樂不懺悔不安樂憶念犯發露知而不覆藏願大姊憶我清淨戒身具足清淨布薩（三說受懺者應語言）

自責汝心應生猒離（懺者答言）爾（若捨墮物已用壞盡雖無財捨罪位同前亦須一一緣知具關如上懺之）

還衣即座轉付法（若眾僧多難集此比丘尼因緣事故遠行應問言汝此衣與誰隨彼說便與應如是作）

大姊僧聽某甲比丘尼故畜（爾許眾多）長衣（餘隨種別稱之）過十日犯捨墮今捨與僧若僧時到僧忍聽僧持此衣與彼某甲比丘尼彼某甲比丘尼當還此某甲比丘尼白如是大姊僧聽某

甲比丘尼故畜爾許衆多長衣餘隨種別稱之過十日犯捨墮今捨與僧僧持此衣與彼某甲比丘尼彼某甲比丘尼當還此某甲比丘尼誰諸大姊忍僧持此衣與彼某甲比丘尼彼某甲比丘尼當還此某甲比丘尼者默然誰不忍者說僧已忍與彼某甲比丘尼衣竟僧忍默然故是事如是持一月衣急施衣過後畜鉢藥十六枚皆同唯稱事別爲異

經宿直還法若無上緣要經宿已羯磨還主一月衣等亦同除此餘者即坐直還二還法同應如是作

大姊僧聽某甲比丘尼故畜爾許衆多長衣餘隨種別稱之過十日犯捨墮此衣已捨與僧若僧時到僧忍聽僧持此衣還某甲比丘尼白如是大姊僧聽某甲比丘尼故畜爾許衆多長衣餘隨種別稱之過十日犯捨墮此衣已捨與僧僧持此衣還某甲比丘尼誰諸大姊忍僧持此衣還某甲比丘尼者默然誰不忍者說僧已忍還某甲比丘尼衣竟僧忍默然故是事如是持

不還物法於僧中捨竟不還者突吉羅若作淨施若遣與人若持作三衣若作波利迦羅衣若故壞若燒若作非衣若數數著盡突吉羅

對三比丘尼捨墮法應往三比丘尼所具儀作如是捨云

諸大姊憶念我某甲比丘尼故畜等餘詞同上唯不得稱僧爲異於中請一清淨比丘尼爲懺悔主請詞如前其懺悔主既受請已未得即許應改單白爲問邊人應問彼二比丘尼云若二大姊聽我受某甲比丘尼懺者我當受彼二比丘尼應答言可爾受懺悔主得許可已方始答懺者云爾正懺詞等同上還衣問和同上不還結罪同上若對二尼及一捨懺一一同此更無有異對一尼中除問邊人

捨乞鉢法是中捨者要須對僧又此住處非餘住處捨及懺悔詞並同前

還鉢法此比丘尼鉢若貴價好者留置取最不如者與之白二羯磨應如是與

大姊僧聽此某甲比丘尼鉢破減五綴不漏更求新鉢犯捨墮今捨與僧若僧時到僧忍

聽僧今與此某甲比丘尼鉢白如是大姊僧聽此某甲比丘尼鉢破減五綴不漏更求新鉢犯捨墮今捨與僧僧今與此某甲比丘尼鉢誰諸大姊忍僧與某甲比丘尼鉢者默然誰不忍者說僧已忍與此某甲比丘尼鉢竟僧忍默然故是事如是持

行鉢白法彼比丘尼鉢應作白問僧作如是白

大姊僧聽若僧時到僧忍聽以此鉢次第問上座白如是作此白已當持與上座若上座不取與彼比丘尼彼比丘尼應取不應讓眾僧故不取亦不應以此因緣受持最下鉢若受突吉羅若上座取應與上座取二座鉢與次座若次座取不一如上座如是展轉乃至下座

付鉢令持法若持此比丘尼鉢還此比丘尼若持最下座鉢與時應作白二羯磨如是與

大姊僧聽若僧時到僧忍聽僧今以此最下座鉢若是此比丘尼鉢應云僧今以此比丘尼下鉢與某甲比丘尼受持乃至破白如是大姊僧聽僧今以此若最下座鉢若彼比丘尼下鉢與某甲比丘尼受持乃至破誰諸大姊忍僧與某甲比丘尼鉢者默然誰不忍者說僧已忍與某甲比丘尼鉢竟僧忍默然故是事如是持彼比丘尼守護此鉢不得著瓦石落處不得著倚杖下及著倚刀下不得著懸物下及著道中石上果樹下不平地不得一手捉兩鉢除指隔中央不得一手捉兩鉢開戶除用心不得著戶閫內戶扉下不得著繩牀木牀下牀間牀角角頭除暫著不得立盪鉢乃至足令鉢破不應故壞及故令失作非鉢用

對俗捨寶法若比丘尼自手捉金銀若錢若教人捉若置地受教彼有信樂守園人若優婆塞語言此物我所不應汝當知之懺對一人作法同上

俗還物法若彼人取還與比丘尼者當作彼人物故受教淨人使賞之若得淨衣鉢針筒尼師壇應易受持若優婆塞取已與比丘尼淨衣鉢尼師壇針筒者應取持之

俗不還寶法若彼取已不還者令餘尼語言汝應還此比丘尼物若餘比丘尼不語及語不還者當自語言佛教比丘尼作淨

故與汝若言與僧與塔與和尚等與諸親舊知識若還本主何以故不欲失彼信施故淨寶法因此便明淨寶儀軌若依此部別開信樂優婆塞及守園人爲淨主寶付彼人應語彼言此物我所不應汝當知之或言知是看或爲佛法等事受者受時應作淨語淨語淨語應言知是看是若不語彼人言知是看是者突吉羅若依說一切有部淨施法如錢一切寶物應先求一知法白衣淨人語令解意已復語云我比丘尼法不畜錢寶今以檀越爲淨主後得錢寶盡施檀越若淨主死遠出異國應更求淨主然說淨有二種若白衣持錢寶來與比丘尼但言此不淨物我不應畜若淨當受即是淨法若白衣言與比丘尼寶比丘尼語言我不應畜淨人答言易淨物畜即是作淨若白衣不言易淨物畜比丘尼自不說淨直置地去者若有比丘尼應向說淨隨久近畜說詞同上

懺一百七十八波逸提罪法欲除本罪還先懺覆品數多少準前應知此對一人許別衆懺請懺悔主如上作法請已應對懺主作是悔言

大姊一心念我某甲比丘尼故妄語犯爾許衆多波逸提罪餘隨種名事別稱之今向大姊懺悔不敢覆藏等同上

懺波羅提提舍尼罪法覆品如前請懺主已作如是懺

大姊一心念我某甲比丘尼無病故乞蘇食犯爾許衆多波羅提提舍尼罪餘隨種名事別稱之大姊我犯可呵法所不應爲今向大姊悔過不敢覆藏等同上一說

懺突吉羅罪法一切突吉羅無問根本從生故作誤作覆隨覆等品數如前要期永斷作如是懺

我某甲比丘尼故不齊整著僧伽梨犯爾許衆多突吉羅罪以故作故復犯爾許衆多非威儀突吉羅罪若誤犯者即無故犯非威儀罪應云我某甲比丘尼誤不齊整著僧伽梨犯爾許衆多突吉羅罪餘隨種名事別稱之我今懺悔不敢覆藏等同上

一切僧同犯識罪發露法案律僧集一處欲說戒當說戒時一切衆僧盡犯罪彼各各作是念世尊制戒犯者不得說戒不得聞戒不得向犯者懺悔犯

若不得受他懺悔彼比丘尼白已當懺悔作如是白

大姊僧聽此一切衆僧犯罪若僧時到僧忍聽此一切僧懺悔白如是作是白已然後說戒

一切僧同犯疑罪發露法案律僧集一處欲說戒當說戒時一切僧於罪有疑彼各念言世尊制戒等如前彼一切僧作白已應說其罪當作是白

大姊僧聽此一切僧於罪有疑若僧時到僧忍聽此衆僧自說罪白如是作是白已然後說戒

別人識罪發露法至一清淨比丘尼所具儀作如是言

大姊憶念我某甲比丘尼犯某甲罪若干衆多今向大姊發露後當如法懺悔一說如是已得聞戒

別人疑罪發露法還至一淨尼所具儀作如是言

大姊憶念我某甲比丘尼於某犯生疑今向大姊自說須後無疑時當如法懺悔一說如是已得聞戒

說戒座中識罪心念發露法案律當說戒時犯罪若有人舉若不舉若作憶念不作憶念其人自憶罪而發露當語邊人言我犯某甲罪今向大姊懺悔復作是念設語傍人恐鬧亂衆不成說戒彼比丘尼當心念言我犯某甲罪須罷座已當如法懺悔作如是已得聽說戒

說戒座中疑罪心念發露法緣同於前唯疑爲異彼心念言我於某罪生疑須罷座已無疑時當如法懺悔作如是已得聽說戒

尼羯磨卷第三

音釋

閾越逼切門限也　盪待朗切滌也

尼羯磨卷第四

唐西太原寺沙門懷素　集

治人篇第十三

與呵責羯磨法案律有二法僧應與作呵責羯磨非法說法法說非法乃至說不說亦如是乃至舉羯磨亦如是復有三事僧應與作呵責羯磨謂破戒破見破威儀乃至舉羯磨亦如是復喜鬪諍共相罵詈口出刀劒互求長短若復餘人鬪諍往彼勸助是故令僧未有諍事便有諍事已有諍事而不除滅聽僧與作呵責白四集僧集僧已爲作舉作舉已爲作憶念作憶念已與罪與罪已應如是作

大姊僧聽此某甲比丘尼喜共鬪諍共相罵詈口出刀劒互求長短彼自共鬪諍已若復有餘比丘尼鬪諍者即復往彼勸言汝等勉力莫不如他汝等多聞智慧財富亦勝多有知識我等當爲汝作伴黨令僧未有諍事而有諍事已有諍事而不除滅若僧時到僧忍聽僧爲其甲比丘尼作呵責羯磨若後復更鬪諍共相罵詈者衆僧當更增罪治白如是

大姊僧聽此某甲比丘尼喜共鬪諍共相罵詈口出刀劒互求長短彼自共鬪諍已若復有餘比丘尼鬪諍者即復往彼言汝等勉力莫不如他汝等智慧多聞財富亦勝多有知識我等當爲汝作伴黨令僧未有諍事而有諍事已有諍事而不除滅僧爲其甲比丘尼作呵責羯磨誰諸大姊忍僧與其甲比丘尼作呵責羯磨若後復更鬪諍共相罵詈者衆僧當更增罪治忍者默然誰不忍者說三說

僧已忍爲其甲比丘尼作呵責羯磨竟僧忍默然故是事如是持彼得法已修行七五之行此七五行具如上明

解呵責羯磨法若衆僧在小食上後食上若說法若布薩被呵責羯磨人正衣服脫革屣於一面住胡跪合掌白如是言

大姊受我懺悔自今已去自責心止不復作

律言若隨順衆僧無所違逆求解呵責羯磨聽解作白四羯磨僧應觀察有五法不應爲解謂違上七五之行有五法應爲解呵責謂不違上七五之行應至僧中具儀作如是乞

大姊僧聽我某甲比丘尼僧與作呵責羯磨我今隨順衆僧無所違逆從僧乞解呵責羯磨願僧慈愍故爲我解呵責羯磨三說僧應如是與法

大姊僧聽某甲比丘尼僧爲作呵責羯磨彼比丘尼隨順衆僧無所違逆從僧乞解呵責羯磨若僧時到僧忍聽解某甲比丘尼呵責羯磨白如是大姊僧聽此某甲比丘尼僧爲作呵責羯磨彼比丘尼隨順衆僧無所違逆從僧乞解呵責羯磨誰諸大姊忍僧爲某甲比丘尼解呵責羯磨者默然誰不忍者說三說僧已忍解某甲比丘尼呵責羯磨竟僧忍默然故是事如是持

與擯羯磨法律言行惡行汙他家言惡行者謂自種華樹教他種等言汙家者有四種事一依家汙家二依利養汙家三依親友汙家四依僧伽藍汙家若行惡行汙他家見聞皆具聽僧作擯白四此作及解文如律明者也

與依止羯磨法若有比丘尼癡無所知多犯衆罪共白衣雜住而相親附不順佛法聽僧爲作依止白四謂遣依止有德人住不得稱方國土等作此作及解亦文如律

與遮不至白衣家羯磨法白衣有五法僧應爲作遮不至白衣家羯磨此人恭敬父母沙門婆羅門所應持者堅持不捨比丘尼有十法僧應與作遮不至白衣家羯磨惡說罵白衣方便令白衣家損減作無利無住處鬪亂白衣於白衣前謗佛法僧在白衣前作下賤罵如法許白衣而不實此作及差使送懺悔解等具如律文

與不見罪舉羯磨法若有比丘尼犯罪餘比丘尼語言汝犯罪見不答言不見佛言聽僧與作不見罪舉白四此作及解亦文如律

與不懺悔罪舉羯磨法若有比丘尼犯罪諸比丘尼語言汝有罪懺悔答言不懺悔佛言聽僧與作不懺悔罪舉白四此作及解亦文如律

與不捨惡見舉羯磨法若有比丘尼作如是惡見生作如是言我知佛所說法犯婬欲非障道法佛言聽僧爲作呵諫白四捨此事故諫法如文彼比丘尼僧

與作呵諫已猶故不捨惡見佛言與作不捨惡見舉白四此作及解亦文如律也

與狂癡羯磨法有三種狂癡一說戒時或憶或不憶或來或不來二或憶而來三或不憶不來是謂三種狂癡是中下二不應與作初一應作白二羯磨應如是與

大姊僧聽此某甲比丘尼心亂狂癡或憶說戒或不憶說戒或來或不來若僧時到僧忍聽僧與某甲比丘尼作心亂狂癡羯磨或憶或不憶或來或不來僧作羯磨說戒白如是大姊僧聽此某甲比丘尼心亂狂癡或憶說戒或不憶說戒或來或不來僧與某甲比丘尼作心亂狂癡羯磨或憶或不憶或來或不來作羯磨說戒誰諸大姊忍僧與某甲比丘尼作心亂狂癡或憶或不憶或來或不來作羯磨說戒者默然誰不忍者說僧已忍與某甲比丘尼作心亂狂癡或憶或不憶或來或不來作羯磨竟僧忍默然故是事如是持

解狂癡羯磨法若狂病止僧作白二法解具儀作如是乞

大姊僧聽我某甲比丘尼先得狂癡病說戒時或憶或不憶或來或不來衆僧與我作狂癡病羯磨作已病還得止今從衆僧乞解狂癡羯磨三說僧應如是與法

大姊僧聽此某甲比丘尼先得狂癡病彼說戒時或憶或不憶或來或不來衆僧與作狂癡病羯磨與作羯磨已狂癡病還得止今從衆僧乞解狂癡病羯磨若僧時到僧忍聽與解狂癡病羯磨白如是大姊僧聽此某甲比丘尼先得狂癡病彼說戒時或憶或不憶或來或不來衆僧與作狂癡病羯磨與作羯磨已狂癡病還得止今從衆僧乞解狂癡病羯磨誰諸大姊忍僧與某甲比丘尼解狂癡病羯磨者默然誰不忍者說僧已忍與某甲比

丘尼解狂癡病羯磨竟僧忍默然故是事如是持佛言隨狂病時與作羯磨狂止還解

與學家羯磨法時有居士家夫婦俱得信樂爲佛弟子諸佛見諦弟子常法於諸比丘比丘尼無所愛惜乃至身肉若諸比丘比丘尼至家常與飲食及諸供養故令貧窮衣食乏盡佛言聽僧與彼居士作學家羯磨應如是作

大姊僧聽於其城中某居士家夫婦得信爲佛弟子財物竭盡若僧時到僧忍聽僧今與作學家羯磨諸比丘尼不得在其家受食食白如是大姊僧聽於其城中某居士家夫婦得信爲佛弟子財物竭盡僧今與作學家羯磨諸比丘尼不得在其家受食食誰諸大姊忍僧與某居士作學家羯磨者默然誰不忍者說僧已忍與某居士作學家羯磨竟僧忍默然故是事如是持若先受請若有病若置地與若從人受若學家施後財物還多無犯

解學家羯磨法若學家財物還多從僧乞解學家羯磨僧應白二解應如是作

大姊僧聽於其城中某居士家夫婦得信爲佛弟子好施財物竭盡僧先與作學家羯磨今財物還多從僧乞解學家羯磨若僧時到僧忍聽解學家羯磨白如是大姊僧聽於其城中某居士家夫婦得信爲佛弟子好施財物竭盡僧先與作學家羯磨今財物還多從僧乞解學家羯磨僧今與某居士解學家羯磨誰諸大姊忍僧與某居士解學家羯磨者默然誰不忍者說僧已忍與某居士解學家羯磨竟僧忍默然故是事如是持

作餘語羯磨法若有比丘尼犯罪諸比丘尼問言汝自知犯罪不耶即以餘事報諸比丘尼汝向誰語爲說何事爲論何理爲語我爲語誰耶是誰犯罪罪由何生我不見罪云何言我有罪佛言自今已去聽白已當名作餘語應如是白

大姊僧聽此某甲比丘尼犯罪諸比丘尼問言汝今自知犯罪不耶此比丘尼即以餘事報諸比丘尼言汝向誰語爲説何事爲論何理爲我説爲餘人説誰犯罪罪由何生我不見罪若僧時到僧忍聽當名某甲比丘尼作餘語白如是作是白已名作餘語者若未白前作餘語者一切盡突吉羅若作白已作餘語者一切盡波逸提

作觸惱羯磨法若有比丘尼衆僧立制不得作餘語已便觸惱衆僧喚來不來不喚來便來應起不起不應起便起應語不語不應語便語佛言聽僧與此比丘尼作白羯磨名作觸惱作如是白

大姊僧聽此某甲比丘尼僧名作餘語已便觸惱衆僧喚來不來不喚來便來應起不起不應起便起應語不語不應語便語若僧時到僧忍聽制某甲比丘尼名作觸惱白如是如是白已名作觸惱僧者一切是突吉羅若作白已觸惱僧者一切盡波逸提

惡馬治法若有比丘尼惡性不受諫語多犯衆罪餘比丘尼語言汝犯罪見不答言不見僧應捨棄莫問語如是言汝今不見罪汝所往之處彼亦當舉汝罪爲汝作自言不聽汝作阿瓷婆陀不聽布薩自恣如調馬師惡馬難調即合所繫轡杙棄之汝比丘尼不自見罪亦復如是一切捨棄汝所往之處乃至不聽汝布薩自恣是人不應求聽此即是聽

梵罰治法若有比丘尼惡性犯戒復不受諫者作默擯治應如是作一切比丘尼默擯不與語是梵罰治然不改者將詣衆中諸人共彈使出莫與說戒亦莫與法會從事

不禮比丘法時六羣比丘沙弥來至比丘尼住處共六羣比丘尼式叉摩那沙彌尼共住更相調弄或共唄或共哭共戲笑亂諸坐禪比丘尼佛聽喚來謫罰若不改者應爲彼沙弥和尚阿闍梨作不禮羯磨此作及解文如律明也

與白衣家作覆鉢羯磨法律言白衣家有五法不應與作覆鉢不孝順父不孝順毋不敬沙門不敬婆羅門不供事比丘尼有五法應作即反上是復有十法衆僧應與作覆鉢罵謗比丘尼爲比丘尼作損減作無利益方便令無住處鬪亂比丘尼於比丘尼前說佛法僧惡以無根不淨法謗比丘尼若犯比丘尼如是九八七六五四三二一與作覆鉢法應如是與也

大姊僧聽此某甲某甲比丘尼清淨而以無根波羅夷法謗若僧時到僧忍聽僧今爲此某甲作覆鉢不相往來白如是大姊僧聽此某甲某甲比丘尼清淨而以無根波羅夷法謗今僧爲作覆鉢不相往來誰諸大姊忍僧爲某甲作覆鉢不相往來者默然誰不忍者說僧已忍爲某甲作覆鉢不相往來竟僧忍默然故是事如是持

差比丘尼使告白衣法律言應白二差一比丘尼爲使告彼令知其使比丘尼應具八德八德及差廣如律明此使比丘尼往至彼家不應受牀座飲食供養等具應語云今僧爲汝作覆鉢不相往來彼若不解應廣爲說彼人若言作何方便解我覆鉢還相往來者彼使應語云汝應往懺悔衆僧彼若懺悔隨順衆僧不敢違逆從僧乞解覆鉢還相往來者僧應爲解解文如律

設諫篇第十四

諫隨順被舉比丘法時闡陀比丘比丘僧中爲作舉如法如律如佛所教不順從不懺悔僧未與作共住時有比丘尼名尉次往返承事闡陀比丘佛言聽僧與尉次比丘尼作呵諫白四羯磨諸比丘尼語此比丘尼言

此比丘僧與作舉如法如律如佛所教不順從不懺悔僧未與作共住汝莫隨順可捨此事莫與僧所舉更犯重罪若隨語者善若不隨語者當作白白已復應語言妹當知我已白餘有羯磨在汝捨此事莫爲僧所舉更犯重罪若隨語者善若不隨語者當作初羯磨作初羯磨已當語言妹我已與汝作白初羯磨餘有二羯磨在汝可捨此事莫爲僧所舉更犯重罪若隨語者善若不隨語者當作第二羯磨作第二羯磨已當復語言妹知

不我已作白二羯磨餘有一羯磨在汝捨此事莫爲僧所舉更犯重罪若隨語者善若不隨語者作第三羯磨作第三羯磨竟波羅夷白二羯磨竟捨者三偷蘭遮白一羯磨竟捨者二偷蘭遮白竟捨者一偷蘭遮若作白未竟捨者突吉羅若未白前隨順所舉比丘一切突吉羅羯磨去體具如律明

諫破僧法若比丘尼方便欲破和合僧受破僧法堅持不捨彼比丘尼當諫此比丘尼言大姊莫方便欲破和合僧莫受破僧法堅持不捨大姊當與僧和合歡喜不諍同一水乳於佛法中有增益安樂住大姊可捨此事莫令僧作呵諫而犯重罪若用語者善若不用語者復令比丘比丘尼優婆塞優婆夷若王大臣種種異道沙門婆羅門等若餘方比丘尼聞知其人信用言者應來若用言者善若不用言者應作白作白已應更求大姊我已白竟餘與羯磨在汝今可捨此事莫令僧爲汝作羯磨更犯重罪若用語者善若不用語者應作初羯磨作初羯磨已應更求大姊我已白作初羯磨竟餘有二羯磨在汝可捨此事莫令僧更爲汝作羯磨而犯重罪若用言者善若不用言者應作第二羯磨作第二已應更求云大姊我已作白二羯磨竟餘有一羯磨在汝可捨此事莫令僧更爲汝作羯磨而犯重罪若能捨者善若不能捨者與說第三羯磨說第三羯磨竟僧伽婆尸沙作白二羯磨竟捨者三偷蘭遮作白一羯磨竟捨者二偷蘭遮作白竟捨者一偷蘭遮若初白未竟捨者突吉羅若一切未白前方便欲破和合僧受破和合僧法堅持不捨一切突吉羅羯磨法體具如律明

諫破僧助伴法僧衆諫彼破僧比丘尼時復有非法羣黨比丘尼一二三衆多語諸比丘尼言大姊莫諫此比丘尼此比丘尼是法語比丘尼律語比丘尼此比丘尼所說我等忍可諸比丘尼應語言汝莫作是語言此比丘尼是法語比丘尼律語比丘尼此比丘尼所說我等忍可而此比丘尼非法語比丘尼非律語比丘尼汝等莫壞和合僧當助和合僧大

姊與僧和合歡喜不諍等如前羯磨法體亦如律明

諫被擯謗僧法若有比丘尼行惡行汙他家見聞皆具僧作擯法便謗僧言諸比丘尼有愛有恚有怖有癡有如是同罪比丘尼有驅者有不驅者諸比丘尼應語彼言大姊汙他家亦見亦聞行惡行亦見亦聞大姊汙他家行惡行捨此事莫爲僧所呵更犯重罪若隨語者善若不隨語者乃至與說第三如上白四法體亦如律明

諫惡性不受語法若有比丘尼惡性不受人語諸比丘尼以我律如法教授自身作不可共語語諸比丘尼言諸大姊莫語我若好若惡我亦不語諸大姊若好若惡大姊止不須諫我彼比丘尼諫此比丘尼已言大姊莫自作不可共語當作可共語大姊如法諫諸比丘尼諸比丘尼亦當如法諫大姊如是佛弟子衆得增益展轉相教展轉相諫展轉懺悔大姊可捨此事莫爲僧所呵更犯重罪若隨語者善若不隨語者乃至第三如上白四法體亦如律明

諫習近住法時有二比丘尼一名蘇摩二名婆頗夷常相親近住共作惡行惡聲流布展轉共相覆罪餘比丘尼語言大姊汝等二人莫相親近共作惡行惡聲流布展轉共相覆罪汝等若不相親近共作惡行惡聲流布展轉共相覆罪者於佛法中有增益安樂住而彼猶故不改佛言聽僧與作呵諫捨此事故白四羯磨餘比丘尼諫此比丘尼言大姊汝等莫共相近共作惡行惡聲流布共相覆罪汝等若不相親近共作惡行惡聲流布於佛法中得增益安樂住汝等宜捨此事勿爲僧所呵諫更犯重罪若隨語者善不隨語者乃至與說第三如上白四法體亦如律明

諫謗僧勸習近住法時二習近住比丘尼爲僧呵諫已六羣比丘尼等教作如是言汝等當共住何以故我亦見餘比丘尼共住共相親近共作惡行惡聲流布共相覆罪衆僧以恚故教汝等別住佛言聽僧與六羣比丘尼等作呵責白四羯磨是比丘尼應諫彼比丘尼言大姊汝莫教餘比丘尼言汝等莫別住當共住我亦見餘比丘尼共相親近共作惡行惡聲流布共相覆罪僧以恚故教汝等別住今正有此二比丘尼更無有餘汝

共相親近共作惡行惡聲流布共相覆罪若此比丘尼别住者於佛法有增益安樂住汝今可捨此事莫爲僧所呵更犯重罪若隨語者善若不隨語者乃至第三如上白四法體亦如律明

諫瞋心捨三寶法時六羣比丘尼趣以一小事瞋恚不喜便作是語我捨佛捨法捨僧不獨有此沙門釋子更有餘沙門婆羅門修梵行者我等亦可於彼修梵行佛言聽僧作呵責捨此事故白四羯磨是比丘尼諫彼比丘尼言大姊汝莫趣以一小事瞋恚不喜便作是語我捨佛捨法捨僧不獨有此沙門釋子更有餘沙門婆羅門修梵行者我等亦可於彼修梵行汝捨此事莫爲僧所呵責更犯重罪若隨語者善若不隨語者乃至第三如上白四法體亦如律明

諫發起四諍謗僧法時有比丘尼名黑喜鬪不善憶持諫事後遂瞋恚作是言僧有愛有恚有怖有癡佛言聽僧與黑比丘尼作呵責捨此事故白四羯磨是比丘尼當諫彼比丘尼言大姊汝莫喜鬪諍不善憶持爲僧諫事後瞋恚作是語僧有愛有恚有怖有癡而僧不愛不恚不怖不癡汝自有愛有恚有怖有癡汝今可捨此事莫爲僧所呵責更犯重罪若隨語者善若不隨語者乃至第三如上白四法體亦如律明

諫惡見說欲不障道法若有比丘尼作如是言我知佛所說法行婬欲非障道法諸善比丘尼應諫此比丘尼言汝莫作是語莫謗世尊謗世尊者不善世尊不作是語世尊無數方便說行婬欲是障道法汝今可捨此事莫爲僧所呵更犯重罪若隨語者善若不隨語者乃至第三如上白四法體亦如律明諫式叉摩那及沙彌尼法同此無異

諫習近居士子法時有比丘尼親近居士居士兒共住作不隨順行諸比丘尼諫言汝莫親近居士居士兒作不隨順行汝妹可别住汝若别住於佛法中增益安樂而彼故不别住佛言聽僧與彼比丘尼作呵責捨此事故白四羯磨是比丘尼諫彼比丘尼言妹莫親近居士居士兒作不隨順行汝當别住汝若别住於佛法有增益安樂汝

今可捨此事莫爲僧所呵責而犯重罪若隨語者善若不隨語者乃至第三如上白四法體亦如律明

諫犯罪法若有比丘尼欲犯波羅夷乃至惡說諸比丘尼如法諫此比丘尼言大姊莫作是此不應爾大姊所作非法非律非佛所教然此比丘尼不從諸善比丘尼如法諫勸即便犯戒若此比丘尼自知所作是明他諫者非故作犯根本不從語者突吉羅若此比丘尼自知所作非明他諫者是故作犯根本不從語者波逸提若無智人不知諫法應語彼云汝可問汝和尚阿闍梨更學問誦經知諫法已然後設諫此一諫法通防止作不同僧諫隨事別立

滅諍篇第十五

與現前毗尼法若有比丘尼人不在現前便作羯磨佛言不應人不現前而作羯磨自今已去與諸比丘尼結現前毗尼滅諍應如是說現前毗尼但現前有五謂法毗尼人僧界云何法現前所持法滅諍者是云何毗尼現前所持毗尼滅諍者是云何人現前言義往返者是云何僧現前同羯磨和合集一處不來者囑授在現前應呵者不呵者是云何界現前在界內羯磨作制限者是也

與憶念毗尼法若有比丘尼實不犯重罪波羅夷僧伽婆尸沙偷蘭遮有諸比丘尼皆言犯重罪問言汝憶犯重罪不彼不憶犯答言我不憶犯如是罪即語諸比丘尼言妹莫數詰問我諸比丘尼故詰問不止佛言聽僧爲作憶念毗尼白四羯磨乞作如文自今已去與諸比丘尼結憶念毗尼滅諍應如是說憶念毗尼云何憶念毗尼彼比丘尼此罪更不應作舉作憶念

與不癡毗尼法若有比丘尼癡狂心亂多犯衆罪非沙門法言無齊限行來出入不順威儀後還得心有諸比丘尼言犯重罪波羅夷僧伽婆尸沙問言汝憶犯重罪不彼即答言我先癡狂心亂時多犯衆罪非我故作是狂癡耳諸妹不須數見難詰諸比丘尼故難詰不止佛言聽僧與作不癡毗尼白四羯磨乞作如文自今已去與諸比丘尼結不癡毗尼滅諍應如是說不癡毗尼云何不癡毗尼彼比丘尼此罪更不應作舉作憶念

與自言治毗尼法若比丘尼以天眼清淨見比丘尼犯戒不取自言牽出門外佛言不應如是若於異時亦不應如是令彼伏罪然後與罪不應不伏罪而與罪

自今已去與諸比丘尼結自言治滅諍應如是說自言治毗尼是中人現前者受懺者懺悔者是云何自言說罪名說罪種懺悔者是云何治自責汝心生猒離也與多人語毗尼法若諸比丘尼諍事現前不能滅者應多求知法比丘尼行舍羅滅以籌多表語自今已去與諸比丘尼結用多人語滅諍法應如是說用多人語云何多人語若用多人說持法持毗尼持摩夷與罪處所毗尼法若諸比丘尼犯罪前後相違佛言聽僧與彼比丘尼作罪處所白四應如是與集僧集已爲作舉作舉已爲憶念作憶念已與罪作法如文作已順行七五之行自今已去與比丘尼結罪處所滅諍法應如是說結罪處所云何罪處所彼比丘尼此罪應與作舉作憶念者是與草覆地毗尼法若諸比丘尼作念我曹多犯衆戒非沙門法亦作亦說出入無限若我曹還自共喜問此事或能令此諍事轉深重經歷年月不得如法如毗尼如佛所教滅除諍事令僧不得安樂佛言應滅此諍猶如草覆地自今已去與諸比丘尼結如草覆地滅諍法應如是說如草覆地云何草覆地此罪更不說罪名罪重懺悔者是諍有四種言諍覓諍犯諍事諍云何言諍比丘尼共比丘尼諍言引十八諍事法非法乃至說不說若以如是相共諍言語遂彼此共鬬是爲言諍云何覓諍若比丘尼與比丘尼覓罪以三舉事破戒破見破威儀見聞疑作如是相覓罪共語不安求伴勢力安慰其意若舉作憶念若安此事若不安此事不癡不脫是爲覓諍云何犯諍犯七種罪波羅夷乃至惡說是爲犯諍云何事諍言諍中事作覓諍中事作犯諍中事作是爲事諍衆藥對諍律文廣明

尼羯磨卷第四

音釋

韁杙韁居良切馬繮也杙音弋橜也讁陟革切責罰也

尼羯磨卷第五

唐西太原寺沙門懷素集

雜行篇第十六

結説戒堂法律言不知當於何處説戒佛言聽作説戒堂應一比丘尼具儀唱其大堂閣上堂經行堂若河側若樹下若石側若生草處已應如是作

大姊僧聽若僧時到僧忍聽在某處作説戒堂白如是大姊僧聽今衆僧在某處作説戒堂誰諸大姊忍僧在某處作説戒堂者默然誰不忍者説僧已忍聽在某處作説戒堂竟僧忍默然故是事如是持

解説戒堂法若比丘尼先立説戒堂復欲餘處立聽解前説戒堂然後更結白二羯磨應如是解

大姊僧聽若僧時到僧忍聽解其處説戒堂白如是大姊僧聽今僧解其處説戒堂誰諸大姊忍僧解其處説戒堂者默然誰不忍者説僧已忍解其處説戒堂竟僧忍默然故是事如是持

結庫藏法若安物處不堅牢佛聽於別房結作庫藏屋白二羯磨應唱某房若溫室若重屋若經行處應一比丘尼具儀僧中唱某房作庫藏屋唱已應如是作

大姊僧聽若僧時到僧忍聽僧結某甲房作庫藏屋白如是大姊僧聽僧結某甲房作庫藏屋誰諸大姊忍僧結某甲房作庫藏屋者默然誰不忍者説僧已忍結某甲房作庫藏屋竟僧忍默然故是事如是持若庫藏不堅牢聽差守庫藏人具德如上若不肯者與福饒與粥若故不肯一切所受衣食分應與二分若故不肯當如法治

解庫藏法文略無解應翻結云

大姊僧聽若僧時到僧忍聽僧解某甲房庫藏屋白如是大姊僧聽僧解某甲房庫藏屋誰諸大姊忍僧解某甲房庫藏屋者默然誰

不忍者說僧已忍解某甲房庫藏屋竟僧忍默然故是事如是持

與無主爲已造房法若比丘尼看無難無妨處應於僧中具儀作如是乞

大姊僧聽我某甲比丘尼自乞作屋無主自爲已我今從僧乞處分無難無妨處三說僧應觀察此比丘尼爲可信不若可信者即當聽作若不可信者一切衆僧應到彼看若僧不去遣僧中可信者看若彼處有難有妨處不應與處分若無難有妨處有難無妨處亦不應與處分若無難無妨處應與處分作如是與大姊僧聽某甲比丘尼自求作屋無主自爲已今從僧乞處分無難無妨處若僧時到僧忍聽僧今與某甲比丘尼處分無難無妨處白如是大姊僧聽某甲比丘尼自求作屋無主自爲已從僧乞處分無難無妨處僧今與某甲比丘尼處分無難無妨處誰諸大姊忍僧與某甲比丘尼處分無難無妨處者默然誰不忍者說僧已忍與某甲比丘尼處分無難無妨處竟僧忍默然故是事如是持有主造房文同但稱有主爲異

與結不失衣法若有比丘尼得乾痟病有糞掃僧伽梨極重有因緣事欲往人間行不堪持行佛亦聽僧與此病比丘尼結不失衣白二羯磨應至僧中具儀作如是乞

大姊僧聽我某甲比丘尼得乾痟病此糞掃僧伽梨重有因緣事欲人間行不堪持行我今從僧乞結不失衣法三說僧如是與大姊僧聽某甲比丘尼得乾痟病有糞掃僧伽梨重有因緣事欲人間行不堪持行從僧乞結不失衣法若僧時到僧忍聽與此某甲比丘尼結不失衣法白如是大姊僧聽某甲比丘尼得乾痟病有糞掃僧伽梨重有因緣事欲人間行不堪持行從僧乞結不失衣法今僧與某甲

比丘尼結不失衣法誰諸大姊忍僧與某甲比丘尼結不失衣法者默然誰不忍者說僧已忍與某甲比丘尼結不失衣法竟僧忍默然故是事如是持

與作新臥具法若有比丘尼得乾痟病有糞掃臥具極重未滿六年不堪持行佛亦聽僧與彼比丘尼白二羯磨更作新臥具當往僧中具儀作如是乞

大姊僧聽我某甲比丘尼得乾痟病有小因緣欲人間行有糞掃臥具極重不堪持行我今從僧乞作新臥具羯磨三說僧如是與

大姊僧聽此某甲比丘尼得乾痟病欲人間行有糞掃臥具重今從僧乞作新臥具羯磨若僧時到僧忍聽僧與此某甲比丘尼作新臥具羯磨白如是大姊僧聽此某甲比丘尼得乾痟病有糞掃臥具重欲人間遊行今從僧乞更作新臥具羯磨僧與此某甲比丘尼更作新臥具羯磨誰諸大姊忍僧與此某甲比丘尼更作新臥具羯磨者默然誰不忍者說僧已忍與某甲比丘尼更作新臥具羯磨竟僧忍默然故是事如是持

與畜杖絡囊法若有比丘尼羸老不能無絡囊盛鉢無杖而行佛言聽僧與彼老比丘尼作杖絡囊白二應至僧中具儀作如是乞

大姊僧聽我某甲比丘尼老病不能無絡囊盛鉢無杖而行今從僧乞畜杖絡囊願僧聽我某甲比丘尼畜杖絡囊慈愍故三說僧應如是與法

大姊僧聽此某甲比丘尼羸老不能無絡囊盛鉢無杖而行今從僧乞杖絡囊若僧時到僧忍聽與某甲比丘尼杖絡囊白如是大姊僧聽此某甲比丘尼羸老不能無杖絡囊而行今從僧乞杖絡囊僧今與此某甲比丘尼杖絡囊誰諸大姊忍僧與某甲比丘尼杖絡

囊者默然誰不忍者說僧已忍與其甲比丘尼杖絡囊竟僧忍默然故是事如是持

六念法依僧祇云

第一念謂知月數月之大小黑白稱云此月大月小稱小白月一日乃至十五日黑月應云黑月一日乃至十四十五日西方本制月有黑白白月純大黑有小大此土立法以三十日為月故作念作念者通知大小即應此方立其月法別言黑白一二日等復順西方本制月日第二念謂知食處食處不定隨其食稱云或食僧常食或常乞食或受彼請食或自食等若未定食處者稱云今日念不背請食第三念謂知受戒時日歲數稱云我於其年其月其日其時一尺木若干影受具足戒無夏若有夏者隨夏稱之第四念謂知衣鉢緣資有無具闕若衣鉢有闕者隨有稱云其衣及鉢具餘不具者稱云其衣及鉢不具念當時具若總具足應云五衣鉢具餘長衣藥鉢念知已淨未淨若有未淨者稱云有其長衣及藥鉢未作淨念當說淨若無稱云無長衣藥鉢第五念謂知食之同別勸與眾同稱云不別眾食第六念謂知病不有病者云我今有病念當療治無病者云我今無病依眾行道

捨請法若比丘尼無病及施衣緣一日之中有多請者應自受一餘者轉施與人作如是言大姊某甲家請我施五正食我應往彼今布施汝若不捨前請受後請食者咽咽波逸提若不捨後請受前請食食者咽咽突吉羅

作餘食法食有二種一者正食二者不正食不正食者謂根莖食等此非正食非足正食者謂飯麨乾飯及魚肉若粥初出釜以草畫之不合者是正食不得食於五種食中若食一一食令飽足已捨威儀不作餘食法更食五正食者咽咽波逸提若欲食者持食至一未足食比丘尼所作是言大姊我足食已知是看是此作餘食法彼比丘尼應取少許食已語此比丘尼言大姊我已食止汝取食之彼應答云爾作此法已得隨意食

別眾食白入出法別眾者若四人若過四人若二人三人隨意食四人若過四人應分作二部更互食若比丘尼有別眾食因緣欲入食者當起白言我有

其別衆食緣欲求入佛言當聽隨上座次入別衆食緣者病時作衣時施衣時道行時船行時大衆集時沙門施食時若比丘尼無別衆食因緣彼比丘尼即當起白言我於此別衆食中無因緣欲求出佛言聽出彼比丘尼別衆食咽咽之波逸提若有因緣不説者突吉羅

前食後食詣餘家囑授法若比丘尼大有請處不敢入城聽相囑授入城作如是言

大姊一心念我某甲比丘尼已受某甲請今有某緣入某聚落至某甲家白大姊令知病時作衣時施衣時開不囑授若囑授已欲詣所去處而中道還或不至所囑處更詣餘家乃至庫藏處聚落邊房及比丘僧伽藍若至所囑處白衣還出如是等皆失前囑授若欲往者當更囑授

非時入聚落囑授法若有僧事塔寺事瞻視病比丘尼事聽囑授入聚落作如是言

大姊一心念我某甲比丘尼非時入某聚落至某甲家爲某緣故白大姊令知若道出村過若有啓白若喚受請或爲力勢所持繫縛等不犯

修奉篇第十七

爾時世尊告諸比丘汝等諦聽善思念之若比丘説相似文句遮法毗尼此比丘令多人不得利益作諸苦業以滅正法若比丘隨順文句不違法毗尼如此比丘利益多人不令作衆苦業正法久住是故諸比丘汝等當隨順文句勿令增減違法毗尼當如是學佛説如是諸比丘聞歡喜信樂受持爾時佛告諸比丘如來出世見衆過失故以一義爲諸聲聞結戒攝取於僧以此一義故如來爲諸聲聞結戒佛説如是諸比丘聞歡喜信樂受持乃至正法久住句句亦如是爾時佛告諸比丘如來出世以一義故爲諸比丘制呵責羯磨攝取於僧以是一義故如來出世爲諸比

丘制呵責羯磨佛說如是諸比丘聞歡喜信樂受持乃至正法久住句句亦如是如是擯羯磨依止羯磨遮不至白衣家羯磨作不見罪舉羯磨不懺悔羯磨惡見不捨羯磨檢校法律所制制受依止制梵罰制舉制憶念制求聽制自言制遮阿毚婆陀制遮戒說制遮自恣制戒制說戒布薩制布薩羯磨制自恣制自恣羯磨制單白羯磨制白二羯磨制白四羯磨制與覆藏與本日治與摩那埵與出罪制四波羅夷制十三僧伽婆尸沙二不定法三十尼薩耆九十波逸提四波羅提提舍尼式叉迦羅尼七滅諍一一句如呵責羯磨

爾時佛告諸比丘有二見出家人不應行非法見法法見非法復有二見毗尼言非毗尼非毗尼言毗尼復有二見非犯見犯是犯見非犯復有二見輕而見重重而見輕復有二見有餘見無餘無餘見有餘復有二見麤惡見非麤惡非麤惡見麤惡復有二見舊法見非舊法非舊法見舊法復有二見制見非制非制見制復有二見說非說非說見說復有二見酒見非酒非酒見酒復有二見飲見非飲非飲見飲復有二見食見非食非食見食復有二見時見非時非時見時復有二見淨見不淨不淨見淨復有二見重見非重非重見重復有二見難見非難非難見難復有二見無蟲見蟲蟲見無蟲復有二見破見不破不破見破復有二見種見非種非種見種復有二見已解義見未解未解義見已解復有二見可親見非親非親見可親復有二見怖見不怖不怖見怖復有二見道見非道非

道見道復有二見可行見非行非行見可行復有二見出離見不出離不出離見出離復有二見棄見不棄不棄見棄復有二見見世間常見世間無常復有二見見世界有際見世界無際復有二見是身是命身異命異復有二見有如來滅度無如來滅度復有二見有無如來滅度非有無如來滅度於佛法内有如是二見出家人不應修行若修行如法治佛說如是諸比丘聞歡喜信樂受持爾時佛告諸比丘有二種人住不安樂一喜瞋二懷怨復有二法一急性二難捨復有二法一慳二嫉妬復有二法一欺詐二諂曲復有二法一自高二喜諍復有二法一好飾二放逸復有二法一慢二增上慢復有二法一貪二恚復有二法一自譽二毀他復有二法一邪見二邊見復有二法一有難教二不受訓導佛說如是諸比丘聞歡喜信樂受持爾時佛告諸比丘破戒墮二道地獄畜生中持戒生二道生天及人中屏處造惡業生墮於二道地獄及畜生屏處造善業得生於二道生天及人中邪見生二道地獄及畜生正見生二道生天及人中佛聖弟子天人中尊貴有二法不得解脫一犯戒二不見犯有二法自得解脫一不犯二見犯有二法不得解脫一犯而不見罪二見犯而不如法懺悔有二法自得解脫一見犯罪二犯而能如法懺悔有二法不得解脫一見罪不如法懺悔二若如法懺悔而彼不受有二法自得解脫一見罪能如法懺二如法懺者彼能如法受縛不縛亦如是有二種清淨一不犯二懺悔佛說如是

諸比丘聞歡喜信樂受持爾時佛告諸比丘有二衆一法語衆二非法語衆何等非法語衆衆中不用法毗尼不以佛所教而説應教不教而住應滅不滅而住是爲非法語衆何等法語衆衆中用法毗尼隨佛所教而説應教教而住應滅滅而住是爲法語衆此二衆中法語衆我讚歎爲尊佛説如是諸比丘聞歡喜信樂受持復有二衆如法衆不如法衆何等不如法衆衆中若非法者有力如法者無力非法者得伴如法者不得伴作非法羯磨不作法羯磨作非毗尼羯磨不作毗尼羯磨非法便行是法不行是爲非法衆何等如法衆若衆中如法者有力非法者無力如法者得伴不如法者不得伴作法羯磨不作非法羯磨作毗尼羯磨不作非毗尼羯磨是法行非法滅是爲如法衆比二衆中如法衆我讚歎爲尊佛説如是諸比丘聞歡喜信樂受持有二衆等衆不等衆亦如是爾時佛告諸比丘若國法王力弱衆賊熾盛爾時法王不得安樂出入邊國小王不順教令國界人民亦不安樂出入生業休廢憂苦損減不得利益如是非法比丘有力如法比丘無力如法比丘不得安樂若在衆中亦不得語若在空處住是時作非法羯磨不作法羯磨作非毗尼羯磨不作毗尼羯磨非法便行是法不行彼不勤行精進未得令得未入令入未證令證則令諸天人民不得利益長夜受苦佛説如是諸比丘聞歡喜信樂受持爾時佛告諸比丘若國法王力强衆賊力弱皆來歸伏或復逃竄時王安樂出入無有憂患邊國小王

順從教令境内人民亦得安樂生業自恣無諸憂苦多得利益無有損減如是如法比丘得力非法比丘無力非法比丘來至如法比丘所隨順教令不敢違逆若當逃竄不作衆惡爾時如法比丘尼安隱得樂若在僧中得語若在空處住作如法羯磨不得非法羯磨作毗尼羯磨不作非毗尼羯磨是法便行非法不行勤修精進未得能得未入能入未證能證則令諸天人民得大利益佛説如是諸比丘聞歡喜信樂受持爾時舍利弗告諸比丘諸長老若有鬬諍舉他比丘及有罪比丘不自觀察當知此諍遂更增長不得如法如毗尼除滅諸比丘不安樂若比丘共諍舉他比丘及有罪者各自觀過當知此諍不復增長深重得如法如毗尼除滅諸比丘便得安樂住諸比丘云何自觀過有罪比丘作是念我犯如是事彼見我犯非我若不犯者彼不得見我犯非以我犯故令彼見我我今應自悔過令彼不復以惡語呵我我若如是使善法增長是爲比丘能自觀其過云何舉他比丘自觀其過彼作如是念彼比丘犯非令我得見若彼不犯非者我則不見以彼犯非故令我得見若彼自能至誠懺悔者不令我出惡言如是令善法增長是爲舉他比丘自觀其過若比丘有諍事舉他比丘有罪比丘能作如是自觀其過當知此過不復增長如法如毗尼如佛所教諸比丘得安樂住舍利弗説如是諸比丘聞歡喜信樂受持

爾時有衆多比丘往世尊所頭面禮足却坐一面白世尊言大德是法之王説言學云何

爲學

佛告諸比丘學於戒故言學云何學戒增戒學增心學增慧學是故言學彼增戒學增心學增慧學時得調伏貪欲瞋恚愚癡盡彼得貪欲瞋癡盡已不造不善不近諸惡是故言學佛說如是諸比丘聞歡喜信樂受持爾時佛問諸比丘汝云何學云何爲學諸比丘白佛言大德是法之根本爲法之主如世尊向所說我等受持故言學復有三學增戒學增心學增慧學學此三學得須陀洹斯陀含阿那含阿羅漢果是故當勤精進學此三學

爾時阿難在波羅梨子城鷄園中時有孔雀冠婆羅門至阿難所問訊已在一面坐白阿難言沙門瞿曇何故爲諸比丘制增戒學增淨行學增波羅提木叉學阿難答言所以爾者爲調伏貪欲瞋恚愚癡令盡故世尊爲諸比丘制戒彼問言若比丘得阿羅漢漏盡彼何所學阿難答言貪欲瞋恚愚癡盡不造不善不近諸惡所作已辦名爲無學婆羅門言如向所說便爲無學耶阿難答言如是孔雀冠婆羅門聞已歡喜信樂受持

佛告迦葉比丘言若上座旣不學戒亦不讚歎戒若有餘比丘樂學戒讚歎戒者亦復不能以時勸勉讚歎迦葉比丘我不讚歎如是上座何以故若我讚歎者令諸比丘親近若有親近者令餘人習學其法若有習學其法長夜受苦是故迦葉比丘我見如是上座過失故不讚歎若中座下座亦如是次有上中下座如法反上句是

爾時佛告諸比丘譬如有驢與群牛共行自言我亦是牛我亦是牛而驢毛不似牛脚不

似牛音聲亦不似牛而與牛共行自言是牛如是有癡人隨逐如法比丘自言是比丘此癡人無有增戒增心增慧如善比丘與衆僧共行自言我是比丘是故汝等當勤修習增戒增心增慧學佛說如是諸比丘聞歡喜信樂受持

爾時佛告諸比丘有三學增戒學增心學增慧學何等增戒學若比丘尊重於戒以戒爲主不重於定不以定爲主不重於慧不以慧爲主彼於此戒若犯輕者懺悔何以故此中非如破器破石故若是重戒便應堅持善住於戒應親近行不毀闕行不染汙行常如是修習彼斷下五使於上涅槃不復還此若比丘重於戒以戒爲主重於定以定爲主不重於慧不以慧爲主如上若比丘重於戒以戒爲主重於定以定爲主重於慧以慧爲主彼漏盡得無漏心解脫慧解脫於現在前自知得證我生已盡梵行已立所作已辦不復還此滿足行者具滿成就不滿足行者得不滿足成就我說此戒無有唐捐佛說如是諸比丘聞歡喜信樂受持復有三學增戒增心增慧學何等增戒學若有比丘具滿戒行少行定行少行慧行彼斷下五使便於上涅槃不復還此若不能至如是處能薄三結貪欲瞋恚癡得斯陀含來生世間便盡苦際若不能至如是處能斷三結得須陀洹不墮惡趣決定取道七生天上七生人中便盡苦際若比丘具滿戒行具滿定行少行慧行亦如上若比丘具滿戒行具滿定行具滿慧行亦如上復有三學增戒學增心學增慧學何等增戒

學若比丘具足持波羅提木叉戒成就威儀畏愼輕戒重若金剛等學諸戒是爲增戒學何等增心學若比丘能捨欲惡乃至得入第四禪是爲增心學何等增慧學若比丘如實知苦諦知集盡道是爲增慧學

爾時世尊在婆闍國地城中告諸比丘我説四種廣説汝等善聽當爲汝説諸比丘言大德願樂聞之何等四若比丘如是語諸長老我於某村某城親從佛聞受持此是法是毗尼是佛教若聞彼比丘説不應便生嫌疑亦不應呵應審定文句已應尋究修多羅毗尼檢校法律若聽彼比丘説尋究修多羅毗尼檢校法律時若不與修多羅毗尼法律相應違背於法應語彼比丘汝所説者非佛所説或是長老不審得佛語何以故我尋究修多羅毗尼法律不與修多羅毗尼法律相應違背於法長老不須誦習亦莫教餘比丘今應捨棄若聞彼比丘説尋究修多羅毗尼法律時若與修多羅毗尼法律相應應語彼比丘言長老所説是佛所説審得佛語何以故我尋究修多羅毗尼法律與共相應而不違背長老應善持誦習教餘比丘勿令忘失此是初廣説復次若比丘如是語長老我於某村某城和合僧中上座前聞此是法是毗尼是佛所教聞彼比丘説時不應嫌疑亦不應呵應審定文句尋究修多羅毗尼檢校法律若聞彼比丘説尋究修多羅毗尼法律時不與相應違背於法應語彼比丘言長老此非佛所説是彼衆僧及上座不審得佛語長老亦爾何以故我尋究修多羅毗尼法律不與相

應違背於法長老不須誦習亦莫教餘比丘
令當棄之若聞彼比丘語尋究修多羅毗尼
法律與相應不違背於法應語彼比丘言長
老是佛所說彼衆僧上座及長老亦審得佛
語何以故我尋究修多羅毗尼法律而與相
應無有違背長老應善持誦習亦教餘人勿
令忘失此是第二廣說次第三句從知法毗尼摩夷衆多比丘所
聞亦如是第四句從知法毗尼摩夷一比丘所聞亦如是是爲四廣說佛
說如是諸比丘聞歡喜信樂受持
毗尼有五事答一序二制三重制四修多羅
五隨順修多羅有五法名爲持律知犯知不
犯知輕知重廣誦二部戒復有五法四法同
前第五廣誦毗尼復有五法四法同前第五
住毗尼而不動復有五法四法同前第五諍
事起善能除滅有五種持律誦戒序四事十
三事二不定廣誦三十事是初持律若廣誦
九十事是第二持律若廣誦戒毗尼是第三
持律若廣誦二部戒毗尼是第四持律若都
誦毗尼是第五持律是中春秋冬應依上四種持律若不依住突吉
羅夏安居應依第五持律若不依住者波逸提持律人有五功德戒
品堅牢善勝諸怨於衆中決斷無畏若有疑
悔能開解善持毗尼令正法久住復次有五
種犯波羅夷僧伽婆尸沙波逸提波羅提提
舍尼突吉羅亦名五種制戒亦名五犯聚若
不知不見五犯者我說此人愚癡波羅夷乃
至突吉羅復次死人有五不好一不淨二臭
三有恐畏四令人恐畏惡鬼得便五惡獸非
人所住處犯戒人有五過失有身口意業不
淨如彼死屍不淨我說此人亦復如是或有
身口意業不淨惡聲流布如彼死屍臭氣從

出我說此人亦復如是有身口意業不淨諸善比丘畏避如彼死屍令人恐怖我說此人亦復如是有身口意業不淨令諸善比丘見之生惡心言我云何乃見如是惡人如人見死屍生恐畏令惡鬼得便我說此人亦復如是有身口意業不淨者與不善人共住如彼死屍處惡獸非人共住我說此人亦復如是是爲犯戒人五事過失如彼死屍破戒有五過失自害爲智者所呵有惡名流布臨終時生悔恨死墮惡道

持戒有五功德（反上句是）復有五事先未得物不能得既得不護若隨所在衆若刹利衆婆羅門衆若居士衆若比丘衆於中有愧恥無數由旬內沙門婆羅門稱說其惡破戒惡人死墮惡道持戒有五功德（反上句是）有五種淨果火淨刀淨瘡淨鳥淨不任種淨復有五淨若剥少皮若都剥若腐爛若破若瘀有五法令正法疾滅何等五有比丘不諦受誦喜忘誤文不具足以教餘人文既不具其義有闕是爲第一疾滅正法復次有比丘爲僧中勝人上座若一國所宗而多不持戒但修諸不善法放捨戒行不勤精進未得而得未入而入未證而證後生年少比丘傚習其行亦多破戒修不善法放捨戒行亦不勤精進未得而得未入而入未證而證是爲第二疾滅正法復次有比丘多聞持法持律持摩夷不以所誦教餘比丘比丘尼優婆塞優婆夷便命終彼既命終令法斷滅是爲第三疾滅正法復次有比丘難可教授不受善言不能忍辱餘善比丘即便捨置是爲第四疾滅正法復次

有比丘喜鬬諍共相罵詈彼此諍言口如刀劒互求長短是爲第五疾滅正法復有五法令正法久住反上句是爾時有異比丘往佛所白言大德以何因緣正法疾滅而不久住佛言比丘若比丘在法律中出家不至心爲人說法亦不至心聽法憶持設復堅持不能思惟義趣彼不知義不能如說修行不能自利亦不利人佛告比丘有是因緣令法疾滅而不久住大德復以何因緣令法久住反上句是爾時佛告諸比丘比丘至僧中先有五法應以慈心應自卑下如拭塵巾應善知坐起若見上座不應安坐若見下座不應起立彼至僧中不爲雜說論世俗事若自說法若請人說法若見僧中有不可事心不安忍應作默然何以故恐僧別異故比丘應先有此五法然後至僧中

爾時世尊在瞻婆城伽伽池邊白月十五日說戒時於露地坐與衆僧俱前後圍遶時有比丘舉彼比丘見聞疑罪當舉罪時彼比丘乃作餘語答便起瞋恚佛告諸比丘應審定問彼人彼人於佛法中無所堪任無所增長譬如農夫田苗穢稗參生苗葉相類不別而爲妨害乃至秀實方知非穀之異既知非穀即耘除根本何以故恐害善苗故比丘亦復如是有惡比丘行來坐起攝持衣鉢如善比丘不別乃至不出罪時既出其罪方知比丘中穢稗之異既知其異應和合爲作滅擯除之何以故恐妨善比丘故譬如農夫治穀當風簸揚好穀留聚其下秕秸隨風除之何以故恐汙好穀故如是惡比丘行來入出如善

比丘不別乃至不出罪時旣出其罪方知比丘中秕秸穢惡旣知已應和合爲作滅擯除之譬如有人須木作井欄從城中出手捉利斧往彼林中遍扣諸樹若是實中者其聲貞實若是空中者其聲虛而嘶而彼空樹根莖枝葉如貞實者不異至於扣時方知內空旣知內空即便斬伐截落枝葉先去麤樸然後釿剗細治內外俱淨以作井欄如是惡比丘行來出入攝持衣鉢威儀如善比丘不異乃至不出罪時旣出其罪方知沙門中垢穢稊稗空樹若知已即應和合作滅擯何以故恐妨害善比丘故而說偈言

同住知性行　嫉妬喜瞋恚　人中說善語
屛處造非法　方便作妄語　明者能覺知
稊稗應除棄　及以空中樹　自說是沙門
虛妄應滅擯　已作滅擯竟　行惡非法者
清淨者共住　當知是光顯　和合共滅擯
和合盡苦際

佛說如是諸比丘聞歡喜信樂受持

尼羯磨卷第五

音釋

咽伊甸切吞下也　麨尺小切乾粮也　稊稗稊杜奚切稗傍卦切稊稗似穀　簁所宜切除麤取細也　秕秸秕音七不成粟也秸口故切禾不實　嘶音西聲破也　樸匹角切木皮也　釿剗釿與斤同斫木斧也剗初限切削也

四分律藏

姚秦三藏佛陀耶舍共竺佛念譯

清刻龍藏佛說法變相圖

四分律藏卷第一

姚秦三藏佛陀耶舍共竺佛念譯

初分之一

稽首禮諸佛　及法比丘僧　今演毗尼法
令正法久住　優波離爲首　及餘身證者
今說戒要義　諸賢咸共聽　今欲說深戒
爲樂持戒者　爲能諷誦者　利益諸長老
今說十句義　諸佛之戒法　令僧喜永安
攝取於僧故　不信者令信　已信者增長
斷不持戒者　令邪道入正　慚愧者安隱
佛法得久住　是以世最勝　演布禁戒經
衆山須彌最　衆流海爲最　衆經億百千
戒爲第一最　欲求第一最　今世及後世
當持此禁戒　終身莫毀犯　除結無罣礙
縛著由此解　以戒自觀察　如鏡照面像

夫欲造善法　備具三種業　當審觀其意
如羅云經說　所以立王者　由世諍訟故
衆人之所舉　古昔之常法　犯罪者知法
順法者成就　戒律亦如是　如王治正法
如醫觀衆病　進止得其所　可治則進藥
不可者則捨　如醫經所說　四事不可治
可救有十三　餘者不須救　譬如有死屍
大海不容受　爲疾風所飄　棄之於岸上
諸作惡行者　猶如彼死屍　衆所不容受
以是當持戒　如守門牢固　不憂失財物
若垣牆缺壞　有財者憂懼　佛戒不缺漏
奉持者無憂　禁戒不牢固　毀犯者懷憂
坏器多穿漏　瓦師懷愁憂　器物若完具
眷屬皆歡喜　持戒有缺漏　爲惡者常憂
不毀禁戒者　心常懷歡喜　如熛火雖微

莫輕以爲小　所經諸草木　燒盡無有餘
所造惡雖微　慎莫謂爲輕　如破伊羅葉
常在於龍中　如師子哮吼　醉者不恐怖
小獸聲雖微　醒者聞則懼　如是三垢人
一切惡不懼　智者於微惡　常懷於恐畏
如合和衆藥　擇去不良者　病者服除愈
身康得安樂　如是念修戒　能避諸惡行
除諸結使患　安隱入涅槃　若欲涉遠路
當自護其足　足若毀壞者　不能涉遠道
求天若涅槃　方便守護戒　如是無毀壞
必能度險道　如人欲度河　用手及浮囊
雖深無没憂　便能到彼岸　如是諸佛子
修行禁戒本　終不迴邪流　没溺生死海
譬如帝釋堂　雕飾衆寶成　七寶爲階陛
天人之所行　如是正法堂　七覺意莊嚴

禁戒爲階陛　賢聖之所行　如善學世間
一切衆技藝　爲王所愛念　以是得安樂
佛所說禁戒　能善修學者　終不墮惡趣
永得安隱處　如先自牢衆　然後破彼軍
賢聖衆牢固　然後破魔軍　聖衆若和合
世尊所稱譽　以衆和合故　佛法得久住
如乳母慈愛　養護於其子　一切水火難
護使不傷害　禁戒猶慈母　守護於行者
終不墮畜生　餓鬼地獄中　如有勇猛將
善習戰鬪法　降伏於彼敵　没死不顧命
佛子亦如是　善學於禁戒　五陰散壞時
終不畏命盡　從佛戒所生　爾乃是眞生
猶如鴦崛魔　如來所記莂　若有捨戒者
於佛法爲死　持戒如護命　守之無毀失
譬如得王印　所往無罣礙　毀缺則難詰
全失則被縛　戒印全具者　所至無罣礙
小毀則不定　大毀入三惡　爲一切人故
降伏諸魔鬼　神仙五通人　造設於呪術
爲彼慚愧者　攝諸不慚愧　如來立禁戒
半月半月說　已說戒利益　稽首禮諸佛

爾時佛遊蘇羅婆國與大比丘衆五百人俱漸漸遊行至毗蘭若即於彼宿那鄰羅濱洲曼陀羅樹下毗蘭若婆羅門聞瞿曇沙門釋種家子離釋種出家爲道從蘇羅婆國將比丘衆五百人俱漸漸遊行來至此毗蘭若那鄰羅濱洲曼陀羅樹下住此沙門瞿曇有如是大名稱如來無所著等正覺明行足爲善逝世間解無上士調御丈夫天人師佛世尊彼於諸天魔梵沙門婆羅門衆中獲神通作證常說正法上善中善下善義味清淨自然

具足修習梵行善哉我等得見如是無著人我今寧可宜往問訊沙門瞿曇爾時毗蘭若婆羅門即往世尊所到已共相問訊在一面坐時世尊無數方便爲說法開化令得歡喜聞佛說法得歡喜已即白佛言世尊唯見哀愍當受我請及比丘僧三月夏安居時世尊及比丘僧默然受請毗蘭若婆羅門見世尊默然受請即從座起遶佛而去世尊與五百比丘衆受彼夏安居三月時有波離國販馬人驅五百疋馬住毗蘭若夏九十日時世穀貴人民饑餓白骨狼籍乞求難得時毗蘭若婆羅門雖請如來及比丘僧三月都不供養供給所須何以故皆是魔波旬所作爾時諸比丘從毗蘭若乞食不得次往彼販馬人所乞食時販馬人自念如今此間時世穀貴人民饑餓乞食難得白骨狼籍彼諸比丘從彼乞食不得故來此耳我今寧可日施比丘馬麥五升世尊一斗耶即如所念日與諸比丘馬麥五升世尊一斗時佛所得馬麥分與阿難阿難使人磨作乾飯奉佛佛食乾飯諸比丘各各得成煮麥而食佛與比丘所食各異時尊者大目連往世尊所頭面作禮却坐一面白世尊言大德今此間穀貴人民饑餓乞求難得諸比丘食飲麤惡而皆羸瘦若世尊聽諸神足比丘詣鬱單越取自然秔米食者當往佛告目連諸有神足比丘可往至彼取秔米食無神足者當云何目連白佛諸有神足者隨意自往不得神足者我當以神足力接往至彼佛告目連止止莫作是語何以故汝等丈夫得神足可爾未來世比丘當云何

時尊者舍利弗於閑靜處作是念言何者等正覺修梵行佛法久住何者等正覺修梵行佛法不久住爾時舍利弗從靜處起整衣服至世尊所頭面禮足在一面坐須臾退坐白世尊言向者我於靜處坐作是念何者等正覺修梵行佛法久住何者等正覺修梵行佛法不久住願爲開示佛告舍利弗毗婆尸佛式佛拘留孫佛迦葉佛此諸佛修梵行法得久住隨葉佛拘那含牟尼佛法不久住舍利弗白佛言以何因緣毗婆尸佛式佛拘留孫佛迦葉佛修梵行法得久住以何因緣故隨葉佛拘那含牟尼佛修梵行法不得久住耶佛告舍利弗拘那含牟尼佛隨葉佛不廣爲諸弟子說法契經祇夜經授記經偈經句經因緣經本生經善道經方等經未曾有經譬喻經優婆提舍經不爲人廣說契經乃至優婆提舍經不結戒亦不說戒故諸弟子疲猒是以法不久住爾時彼世尊知諸弟子疲猒心故但作如是教是事應念是不應念是應思惟是不應思惟是應斷是應具足住舍利弗乃往昔時隨葉佛依恐畏林中住與大比丘千人俱舍利弗若有人未離欲入彼林中身毛皆竪故名恐畏林又舍利弗拘那含牟尼佛隨葉佛如來至眞等正覺觀千比丘心中疲猒爲說法是事應念是不應念是事應思惟是事不應思惟是應斷是應具足住舍利弗當知爾時彼佛及諸聲聞在世佛法廣流布若彼佛及諸聲聞滅度後世間人種種名種種姓種種家出家以是故疾滅佛法不久住何以故不以經法攝故舍利弗譬如種

種華散置案上風吹則散何以故以無線貫穿故如是舍利弗彼佛及聲聞衆在世者佛法流布若彼佛及諸聲聞衆滅後世間人種種名種種姓種種家出家者令法疾滅不久住何以故不以經法攝取故爾時世尊告舍利弗毗婆尸佛式佛拘留孫佛迦葉佛爲諸弟子廣說經法從契經乃至優婆提舍經亦結戒亦說戒弟子衆心疲猒時佛知彼心疲猒作如是教是應念是不應念是應思惟是不應思惟是應斷是應具足住如是舍利弗彼諸佛及聲聞衆在世佛法流布若彼諸佛及聲聞衆滅度後諸世間人種種名種種姓種種家出家不令佛法疾滅何以故以經法善攝故舍利弗譬如種種華置案上以線貫雖爲風吹而不分散何以故以線善貫攝故

如是舍利弗彼佛及聲聞衆在世者佛法廣說如上舍利弗以此因緣故毗婆尸佛乃至迦葉佛佛法得久住以此因緣故拘那含牟尼佛隨葉佛佛法不得久住爾時舍利弗從座而起偏露右肩右膝著地合掌白佛言世尊今正是時唯願大聖與諸比丘結戒說戒使修梵行法得久住佛告舍利弗且止佛自知時舍利弗如來未爲諸比丘結戒何以故比丘中未有犯有漏法若有犯有漏法者然後世尊爲諸比丘結戒斷彼有漏法故舍利弗比丘乃至未得利養故未生有漏法若得利養便生有漏法若有漏法生世尊乃爲諸比丘結戒欲使彼斷有漏法故舍利弗比丘未生有漏法者以未有名稱爲人所識多聞多財業故若比丘得名稱乃至多財業便生

有漏法若有漏法生然後世尊當爲結戒欲使斷有漏法故舍利弗汝且止如來自知時爾時世尊在毗舍離時迦蘭陀村須提那子於彼村中饒財多寶持信牢固出家爲道時世穀貴諸比丘乞求難得時須提那子作是思惟今時世穀貴諸比丘乞求難得我今寧可將諸比丘詣迦蘭陀村乞食諸比丘因我故大得利養得修梵行亦使我宗族快行布施作諸福德作是念已即將諸比丘詣迦蘭陀村須提那毋聞其子將諸比丘還歸本村即往迎到彼子所語其子言可時捨道還作白衣何以故汝父已死我今單獨恐家財物没入於官但汝父財既多況祖父已來財物無量甚可愛惜是以汝今應捨道就俗即答毋言我不能捨道習此非法今甚樂梵行修無上道如是至三其子亦答言不能捨道還俗其毋便捨之而去詣其婦所語言汝月期時至便來語我婦自知時到往語其姑大家欲知我月期時至毋語其婦汝取初嫁時嚴身衣服盡著而來即如其教便自莊嚴與毋共俱至其兒所今正是時便可捨道就俗何以故汝若不捨道者我財物當没入於官兒語毋言我不能捨道毋如是再三語子言汝婦今日華水已出便可安子使汝種不斷子白毋言此事甚易我能爲之時迦蘭陀子佛未制戒前不見欲穢便捉婦臂將至園中屏處三行不淨時園中有鬼命終即處其胎處胎九月生男顏貌端正與世無雙字爲種子諸根具足漸漸長大剃髮被袈裟以信堅固出家學道精勤不懈得阿羅漢神足變化威

德無量故號尊者種子須提那習沙門威儀無事不知觸事皆行亦能轉教於人爾時須提那行不淨已來常懷愁憂諸同學見已問汝何愁憂耶汝久修梵行威儀禮節無事不知何所愁爲不樂梵行耶須提那言我甚樂梵行近在屏處犯惡行與故二行不淨故愁耳諸比丘言須提那汝云何乃作如是惡事於如來清淨法中於欲無欲於垢無垢能斷渴愛破壞巢窟除衆結縛愛盡涅槃汝今云何於此清淨法中與故二共行不淨行耶爾時諸比丘往至世尊所頭面禮足在一面坐以此因緣具白世尊世尊爾時以此因緣集諸比丘世尊知而問知而不問時而問時而不問義合問義不合不問爾時世尊知時義合問須提那汝實與故二行不淨行耶如是世尊我犯不淨行爾時世尊以無數方便訶責言汝所爲非非威儀非沙門非淨行非隨順行所不應爲汝須提那云何於此清淨法中行乃至愛盡涅槃與故二行不淨耶告諸比丘寧持男根著毒蛇口中不持著女根中何以故不以此緣墮於惡道若犯女人身壞命終墮三惡道何以故我無數方便說斷欲法斷於欲想滅欲念除散欲熱越度愛結我無數方便說欲如火如把草炬亦如樹果又如假借猶如枯骨亦如段肉如夢所見如履鋒刃如新瓦器盛水著於日中如毒蛇頭如輪轉刀如在尖標如利戟刺甚可穢惡佛所訶責須提那於我清淨法中乃至愛盡涅槃與故二行不淨行爾時世尊無數方便訶責已告諸比丘須提那癡人多種有漏處最初

犯戒自今已去與諸比丘結戒集十句義一攝取於僧二令僧歡喜三令僧安樂四令未信者信五已信者令增長六難調者令調順七慚愧者得安樂八斷現在有漏九斷未來有漏十正法得久住欲說戒者當如是說若比丘犯不淨行行婬欲法是比丘波羅夷不共住如是世尊與諸比丘結戒爾時有跋闍子比丘愁憂不樂淨行即還家共故二行不淨行彼作是念世尊與諸比丘結戒若比丘犯不淨行行婬欲法是比丘波羅夷不共住然我愁憂不樂淨行還家與故二共行不淨行我將不犯波羅夷耶我當云何即便語諸同學言長老世尊為諸比丘結戒若比丘犯不淨行行婬欲法是比丘犯波羅夷不共住然我有愁憂不樂淨行還家與故二共行不淨行我將無不犯波羅夷耶我今當云何善哉長老為我以此事白佛隨佛所教我當奉行爾時諸比丘往至世尊所頭面禮足俱一面坐以此因緣具白世尊世尊爾時以此因緣集比丘僧無數方便訶責跋闍子比丘汝所為非非威儀非沙門法非淨行非隨順行所不應為云何癡人不樂淨行還家與故二行不淨行初入便波羅夷汝癡人犯波羅夷不共住是故比丘若有餘人不樂淨行聽捨戒還家若復欲出家於佛法中修淨行應度令出家受大戒自今已去當如是說戒若比丘共比丘同戒若不捨戒若戒羸不自悔犯不淨行行婬欲法是比丘波羅夷不共住如是世尊與諸比丘結戒爾時有一乞食比丘依林中住有一雌獼猴先在彼林中時乞食

比丘到村乞食還在林中食食巳餘食與此獼猴如是漸漸調順遂比丘後行乃至手捉不去此比比丘即捉獼猴共行不淨時有衆多比丘案行住處次至彼林中時彼獼猴在比丘前迴身背之現其婬相時諸比丘作是念此獼猴在我前迴身現其婬相將無與餘比丘作不淨行耶咸共相告在屏處伺之彼比丘乞食還在林中食巳以餘食與彼獼猴獼猴食巳便共行不淨行諸比丘見巳即來語言如來不制言比丘不得行不淨行耶彼比丘報言如來所制男犯婦女不制畜生諸比丘聞此語巳往至佛所頭面作禮以此因緣具白世尊世尊爾時以此因緣即集比丘僧無數方便訶責彼乞食比丘言云何比丘與獼猴共行不淨行耶初入波羅夷欲說戒者當如是說若比丘共比丘同戒若不還戒戒羸不自悔犯不淨行乃至共畜生是比丘波羅夷不共住若比丘者名字比丘相似比丘自稱比丘善來比丘乞求比丘著割截衣比丘破結使比丘受大戒白四羯磨如法成就得處所比丘是中比丘若受大戒白四羯磨如法成就得處所住比丘法中是謂比丘義是中共比丘者餘比丘受大戒白四羯磨如法成就得處所住比丘法中是共比丘義云何名爲同戒我爲諸弟子結戒巳寧死不犯是中共餘比丘一戒同戒等戒是名同戒云何名爲不捨戒顛狂捨戒顛狂人前捨戒心亂捨戒心亂人前捨戒痛惱捨戒痛惱人前捨戒瘂捨戒聾捨戒瘂聾捨戒瘂人前捨戒聾人前捨戒瘂聾人前捨戒中國人邊地人

前捨戒邊地人中國人前捨戒不靜靜想捨戒靜作不靜想捨戒戲笑捨戒若天若龍若夜叉若餓鬼若睡眠人若死人若無知人若自不語若語前人不解如是等不名捨戒云何捨戒若比丘不樂修梵行欲得還家猒比丘法常懷慚愧貪樂在家貪樂優婆塞法或念沙彌法或樂外道法樂外道弟子法樂非沙門非釋子法便作如是語我捨佛捨法捨比丘僧捨和尚捨同和尚捨阿闍黎捨同阿闍黎捨諸梵行捨戒捨律捨學事受居家法我作淨人我作優婆塞我作沙彌我作外道我作外道弟子我作非沙門非釋種子若復作如是語我止不須佛佛於我何益離於佛所如是乃至學事亦如是若復作餘語毀佛法僧乃至學事便讃歎家業乃至非沙門非

釋子以如是語了了說是名捨戒戒羸者或有戒羸不捨戒或有戒羸而捨戒何者戒羸不捨戒若比丘愁憂不樂梵行欲得還家猒比丘法常懷慚愧意樂在家乃至樂欲作非沙門非釋子法便作是言我念父母兄弟姊妹婦兒村落城邑田園浴池我欲捨佛法僧乃至學事便欲受持家業乃至非沙門非釋種子是謂戒羸不捨戒何者戒羸而捨戒若作如是思惟我欲捨戒便捨戒是謂戒羸而捨戒不淨行者是婬欲法下至共畜生者可行婬處者是也云何名波羅夷譬如斷人頭不可復起比丘亦復如是犯此法者不復成比丘故名波羅夷云何名不共住有二共住同一羯磨同一說戒不得於是二事中住故名不共住三種行不淨行波羅夷人非人畜

生復有五種行不淨行波羅夷人婦童女有二形黃門男子於此五處行不淨行波羅夷於三種婦行不淨行波羅夷何等三人婦非人婦畜生婦於此三處行不淨行犯波羅夷三種童女三種二形三種不能男三種男子於此行不淨行波羅夷亦如是犯人婦三處波羅夷大便道小便道及口非人婦畜生婦人童女非人童女畜生童女人二形非人二形畜生二形三處亦如是人黃門二處行不淨行波羅夷大便道及口非人黃門畜生黃門亦如是人男非人男畜生男二處亦如是比丘有婬心向人婦女大便道小便道及口若初入犯若不入不犯有隔有隔有隔無隔無隔有隔無隔無隔波羅夷若比丘有婬意向人婦女非人婦女畜生婦女人童女非人童女畜生童女人二形非人二形畜生二形三處亦如是人黃門非人黃門畜生黃門人男非人男畜生男二處亦如是若比丘婬意向人睡眠婦女若死形未壞多未壞大便道小便道及口若初入犯不入不犯有隔無隔亦如是廣說乃至男子亦如是若比丘爲怨家將至人婦女所強持男根令入三處始入覺樂入已樂出時樂波羅夷始入樂入已樂出時不樂波羅夷始入樂入已不樂出時不樂波羅夷始入不樂入已樂出時樂波羅夷始入不樂入已不樂出時樂波羅夷有隔無隔亦如是從非人婦乃至男子亦如是若比丘爲怨家將至人睡眠婦女若死形未壞若多未壞覺樂亦如是有隔無隔亦如是從非人婦乃至

男子亦如是若怨家強捉比丘大便道中行不淨若入覺樂波羅夷入已覺樂出時覺樂亦如上乃至有隔無隔亦如上從道入道從道入非道從非道入道若限齊入若盡入若語若不語若以婬心乃至入如毛頭波羅夷方便而不入偷蘭遮若比丘方便求欲行不淨行成者波羅夷不成者偷蘭遮若比丘教比丘行不淨行彼比丘若作教者偷蘭遮若不作教者突吉羅比丘尼教比丘行不淨行若比丘作尼偷蘭遮不作尼突吉羅除比丘比丘尼餘衆相教行不淨行作不作盡犯突吉羅若死屍半壞行不淨入便偷蘭遮若多分壞若一切壞偷蘭遮若骨間行不淨偷蘭遮若穿地作孔摶泥作孔若君持口中犯偷蘭遮若道想若疑如是一切偷蘭遮若道作道想波羅夷若道疑波羅夷若道非道想波羅夷非道道想偷蘭遮非道疑偷蘭遮比丘尼波羅夷式叉摩那沙彌沙彌尼突吉羅滅擯是謂犯不犯者若睡眠無所覺知不受樂一切無有婬意不犯不犯者最初未制戒癡狂心亂痛惱所纏無犯初波羅夷竟

爾時世尊遊羅閱城耆闍崛山中時羅閱城中有比丘字檀尼迦陶師子在閑靜處止一草屋彼比丘入村乞食後有取薪人破其草屋持歸比丘乞食還作是念我今獨在閑靜處自取草木作屋入村乞食後取薪柴人破我屋持歸我今自有伎藝寧可和泥作全成瓦屋時彼比丘即便和泥作全成瓦屋取柴薪牛屎燒之屋成色赤如火爾時世尊從耆闍崛山下遙見此舍色赤如火見已知而故

問諸比丘此是何等赤色諸比丘白佛言世尊有一比丘名檀尼迦陶師子獨處閑靜作一草屋乞食後諸取薪人破其屋持歸彼還見舍破即作是念我自有伎藝今寧可作全成瓦屋於中止住即便作之是其屋色赤如是爾時世尊以無數方便訶責彼比丘言汝所爲非非威儀非沙門法非淨行非隨順行所不應爲云何檀尼迦比丘陶師子自作此屋大集柴薪牛屎而燒之我常無數方便說慈愍衆生云何癡人自作泥屋聚積柴薪牛屎而燒之自今已去不得作赤色全成瓦屋作者突吉羅爾時世尊勑諸比丘汝等共集相率速詣檀尼迦屋所打破時諸比丘即如佛教往詣打破時檀尼迦見諸比丘破屋已便作是語我有何過而破我屋諸比丘答曰汝無有過亦不憎汝我向受世尊教故來破汝屋耳檀尼迦比丘言若世尊教勑者正是其宜爾時摩竭國瓶沙王有守材人與此檀尼迦比丘少小親厚知識時檀尼迦比丘往至守材人所語言汝知不耶王瓶沙與我材木我今須材便可與我彼人言若王與者好惡多少隨意自取王所留要材比丘輒取斫截持去時有一大臣統知城事至材坊見王所留要材斫截狼籍見已即問守材人言此王所留要材誰斬截持去守材人言是檀尼迦比丘來至我所而作是言王與我材今須材用便可見與我尋報言王與汝材恣意取之時比丘即入材坊斫截持去時大臣聞此語已即嫌王言云何以此要材與比丘幸自更有餘材可以與之而令此比丘斫截要材

持去時大臣往至王所白言大王先所留要材云何乃與比丘令斫截持去幸自更有餘材可以與之何故壞此好材王報言我都不自憶以材與人若有憶者語我時大臣即攝守材人來將詣王所時守材人遥見檀尼迦比丘語言大德以汝取材故令攝我去汝可來爲我決了慈愍故比丘報言汝但去我正爾往時檀尼迦比丘後往王所在前默然而住王即問言大德我實與汝材不比丘答言實與我材王言我不憶與汝材汝可爲我作憶念比丘報言王自憶不初登位時口自發言若我世時於我境內有沙門婆羅門知慚愧樂學戒者與而取不與不取與而用不與不用從今日沙門婆羅門草木及水聽隨意用不得不與而用自今已去聽沙門婆羅門草木及水隨意用王言大德我初登位時實有如是語王言大德我說無主物不說有主物大德應死王自念言我刹利王水澆頭種云何以少材而斷出家人命是所不應爾時王以無數方便訶責比丘已勑諸臣放此比丘去即如王教放去後諸臣皆高聲大論不平王意云何如此死事但爾訶責而放也時羅閱城中有諸居士不信樂佛法衆者皆譏嫌言沙門釋子無有慚愧無所畏懼不與而取外自稱言我知正法如是何有正法尚取王材何況餘人我等自今已往勿復親近沙門釋子禮拜問訊供養恭敬無使入村勿復安止時諸比丘聞諸少欲知足行頭陀知慚愧樂學戒者嫌責檀尼迦云何偷瓶沙王材木耶爾時諸比丘往至佛所頭面禮足已在

一面坐以此因縁具白世尊世尊爾時以此因縁集比丘僧知而故問檀尼迦比丘汝審爾王不與材而取不答言實爾世尊世尊爾時以無數方便訶責檀尼迦比丘言汝所爲非非威儀非沙門法非淨行非隨順行所不應爲云何檀尼迦王不與材而取我無數方便稱歎與者當取取者當用汝今云何王不與材而取耶時復有一比丘名曰迦樓本是王大臣善知世法去世尊不遠在衆中坐爾時世尊知而故問迦樓比丘言王法不與取幾許物應死比丘白佛言若取五錢若直五錢物應死云何檀尼迦比丘王不與材而取爾時世尊以無數方便訶責檀尼迦比丘已告諸比丘檀尼迦比丘癡人多種有漏處最初犯戒自今已去與比丘結戒集十句義乃至正法久住欲說戒者當如是說若比丘若在村落若閑靜處不與盜心取隨不與取法若爲王王大臣所捉若殺若縛若驅出國汝是賊汝癡汝無所知是比丘波羅夷不共住比丘義如上村者有四種一者周帀垣牆二者柵籬三者籬牆不周四者四周屋閑靜處者村外空靜地是謂閑靜處不與者他不捨盜者盜心取隨不與取者若五錢若直五錢王者得自在不屬人大臣者種種大臣輔佐王波羅夷不共住者如上說有三種不與取波羅夷若自手取若看取若遣人取復有三種取波羅夷非己物想取非暫用取非本意取復有三種取他物他物想取若舉離本處復有三種取有主有主想取若舉離本處復有三種取他護他護想取若舉離本處復有

四種不與取波羅夷自手取若看取若遣人取舉離本處復有四種取波羅夷非已物想取不暫取不同意取若舉離本處復有四種他物他物想取若重物若舉離本處復有四種有主有主想若重物若舉離本處復有四種他護他護想若重物若舉離本處復有五種不與取波羅夷若自手取若看他取若遣人取若重物若舉離本處復有五種非已物想取不暫取非同意取若重物若舉離本處復有五種若他物他物想若重物盜心舉離本處復有五種有主有主想若重物盜心舉離本處復有五種他護他護想若重物盜心舉離本處復有六種不與取波羅夷自手取看取遣人取若重物盜心舉離本處非已物非已物想有六種亦如是是爲六種取得波羅夷處者若地處若地上處若乘處若擔若虛空若樹上若村若阿蘭若處若田若處所若船若水處若私度關塞不輸稅若取他寄信物若取水楊枝樹果草木無足衆生若二足四足多足若同財業若要若伺候若守護若邏要道是謂處地處者地中伏藏未發出七寶金銀眞珠瑠璃璧玉硨磲碼碯生像金寶衣被若復有餘地中所須之物屬主者若以盜心取五錢若過五錢若牽挽取若埋藏若舉離本處初離處波羅夷若方便欲舉而不舉偷蘭遮地上處者金銀七寶乃至衣服不埋若復有餘地上所須之物屬主者若以盜心取五錢若過五錢若牽挽取若埋藏若舉離本處初離處波羅夷若方便欲舉而不舉偷蘭遮乘處者乘有四種象乘馬乘車乘

步乘若復有餘乘盡名爲乘乘上若有金銀七寶乃至衣被若復有餘所須有主物若以盜心取五錢若過五錢若牽挽取若埋藏若取離本處初離處波羅夷方便欲舉而不舉偷蘭遮若取乘從道至道從道至非道從非道至道從坑中至岸上從岸上至坑中如是取離本處初離處波羅夷若方便欲取而不取偷蘭遮

四分律藏卷第一

音釋

坏（鋪杯切未燒陶器也）熛（必堯切火飛也）羸（力追切弱也）窟（苦骨切穴也）瘂（烏下切）聾（盧紅切）伎藝（伎奇寄切與技同藝倪祭切才能也）斫（之若切斬也）柵（測革切編木爲之也）籬（呂支切藩籬也）

四分律藏卷第二

姚秦三藏佛陀耶舍共竺佛念譯

初分之二

擔處者頭擔肩擔背擔若抱若復有餘擔此諸擔上有金銀七寶乃至衣被若復有餘所須之物有主以盜心取五錢若過五錢若牽挽取若埋藏若取離本處初離處波羅夷若方便欲舉而不舉偷蘭遮若取擔者從道至道從道至非道從非道至道從坑中至岸上從岸上至坑中如是以盜心取離本處初離波羅夷若方便欲取而不取偷蘭遮空處者若風吹毳若劫貝拘遮羅若差羅波尼若芻摩若麻若綿若鉢耽嵐婆若頭頭羅若鴈若鶴若孔雀鸚鵡鸜鵒若復有餘所須之物有主以盜心取五錢若過五錢離本處初離波羅夷方便欲取而不取偷蘭遮上處者若舉物在樹上牆上籬上杙上龍牙杙上衣架上繩牀上木牀上若大小褥上枕上地敷上有金銀乃至衣被及餘所須之物在上以盜心取五錢若過五錢若牽挽取若埋藏若舉離本處初離波羅夷方便欲舉而不舉偷蘭遮村處者有四種如上若村中有金銀乃至衣被及餘所須之物有主以盜心取五錢若過五錢若牽挽取若埋藏若舉取離處初離波羅夷方便欲舉而不舉偷蘭遮若以機關攻擊破村若作水澆或依親厚強力或以言辭辯說誑惑而取初得波羅夷方便欲取而不取偷蘭遮阿蘭若處者村外有主空地彼空處有金銀七寶衣被及餘所須有主物以盜心取五錢若過五錢若舉取若埋藏舉離處

初離波羅夷方便欲舉而不舉偷蘭遮若以方便壞他空地若作水澆或依親厚強力或以言辭辯說誑惑而取初得波羅夷方便欲取而不取偷蘭遮田處者稻田麥田甘蔗田若復有餘田彼田中有金銀七寶衣被及餘所須之物有主以盜心取五錢若過五錢若舉取若埋藏舉離處初離波羅夷方便欲舉而不舉偷蘭遮若以方便壞他田若作水澆壞若依親厚強力或以言辭辯說誑惑而取初得波羅夷方便欲取而不取偷蘭遮處所者若家處所若市肆處若果園若菜園若池若庭前若舍後若復有餘處彼有金銀七寶衣被及餘所須之物有主以盜心取五錢若過五錢若舉取若埋藏取舉離處初離波羅夷方便欲舉而不舉偷蘭遮若壞他處所若依親厚強力若以言辭辯說誑惑而取得波羅夷方便不得偷蘭遮船處者小船大船壺船一木船舫船櫓船龜形船鱉形船皮船浮瓠船果船懸船筏船若復餘船上有金銀七寶衣被及餘所須之物有主以盜心取五錢若過五錢若埋藏離本處初離波羅夷方便欲取而不得偷蘭遮若從此岸至彼岸從彼岸至此岸若逆流若順流若沉著水中若移岸上若解移處波羅夷方便欲取而不得偷蘭遮水處者若藏金銀七寶及諸衣被沉著水中若水獺若魚若鼈若失收摩羅若優鉢羅華鉢頭摩華拘物頭華分陀利華及餘水中物有主以盜心取五錢若過五錢若牽取若埋藏離本處初離波羅夷方便欲取而不得偷蘭遮若以方便壞他水處所乃至偷蘭

遮如上不輸稅者比丘無輸稅法若白衣應輸稅物比丘以盜心爲他過物若擲關外若五錢若過五錢若埋藏舉若以辯辭言說誑惑若以呪術過乃至方便偷蘭遮如上取他寄信物者寄持信物去作盜心取五錢若過五錢頭上移著肩上肩上移著頭上從右肩移著左肩上從左肩移著右肩上若從右手移著左手從左手移著右手若抱中若著地舉離處初離波羅夷方便偷蘭遮水者若大小瓮及餘種種水器若衆香水若藥水以盜心取五錢若過五錢若牽取波羅夷方便偷蘭遮楊枝者若一若兩若衆多若一把若一束若一抱若一擔若香所熏若藥塗若賊心取五錢若過五錢若牽挽取離本處初離處波羅夷方便偷蘭遮園者諸一切草木叢林華果有主以盜心取五錢若過五錢若牽挽取若舉若埋藏離本處初離處波羅夷方便偷蘭遮無足衆生者蛇魚及餘無足衆生有主者盜心取直五錢若過五錢波羅夷方便偷蘭遮二足衆生者人非人鳥及餘二足衆生有主者以盜心取直五錢若過五錢波羅夷方便偷蘭遮四足衆生者象馬牛駝驢鹿羊及餘有四足衆生有主者以盜心取直五錢若過五錢波羅夷方便偷蘭遮多足者蜂蠍周隆伽若百足及餘多足衆生有主者以盜心取直五錢若過五錢波羅夷方便偷蘭遮同財業者同事業得財物當共以盜心取直五錢若過五錢波羅夷方便偷蘭遮共男者共他作要教言某時去某時來若穿牆取物若道路劫取若燒從彼得財物來共以

盜心取直五錢若過五錢波羅夷方便偷蘭遮伺候者我當往觀彼村若城邑若船度處若山谷若人所居處市肆處作坊處於彼所得物一切共以盜心取直五錢若過五錢波羅夷方便偷蘭遮守護者從外得財來我當守護若所得物一切共若以盜心取直五錢若過五錢波羅夷方便偷蘭遮看道者我當看道若有王者軍來若賊軍來若長者軍來當相告語若有所得財物一切共若以盜心取直五錢若過五錢波羅夷方便偷蘭遮方便求過五錢得過五錢波羅夷若方便求過五錢得五錢波羅夷方便求過五錢得減五錢偷蘭遮方便求過五錢不得偷蘭遮方便求五錢得過五錢波羅夷方便求五錢得五錢波羅夷方便求五錢得減五錢偷蘭遮方便求五錢不得偷蘭遮方便求減五錢得過五錢波羅夷方便求減五錢得五錢波羅夷方便求減五錢得減五錢偷蘭遮方便求減五錢不得突吉羅教人方便求過五錢得過五錢二俱波羅夷方便教人求過五錢得五錢二俱波羅夷方便教人求過五錢得減五錢二俱偷蘭遮方便教人求過五錢不得二俱偷蘭遮方便教人求五錢得過五錢二俱波羅夷方便教人求五錢得五錢二俱波羅夷方便教人求五錢得減五錢二俱偷蘭遮方便教人求五錢不得二俱偷蘭遮方便教人求減五錢得過五錢取者波羅夷教者偷蘭遮方便教人求減五錢得五錢取者波羅夷教者偷蘭遮方便教人求減五錢得減五錢二俱偷蘭遮方便教人求減五錢不得二

俱突吉羅方便教人求五錢若過五錢受教者取異物取者波羅夷教者偷蘭遮方便教人求五錢若過五錢受教者異處取物受教者波羅夷教者偷蘭遮若方便教人求五錢若過五錢受教者謂使取物無盜心而取得五錢若過五錢教者波羅夷受使者無犯若教人取物受教者誤教盜取若取得直五錢若過五錢受教者波羅夷教者無犯有主有主想不與取五錢若過五錢波羅夷有主疑若取五錢若過五錢偷蘭遮無主有主想取五錢若過五錢偷蘭遮無主物疑取五錢若過五錢偷蘭遮取有主物有主想減五錢偷蘭遮取有主物疑減五錢突吉羅無主有主想取減五錢突吉羅無主物疑取減五錢突吉羅比丘尼波羅夷式叉摩那沙彌沙彌尼突吉羅滅擯是謂爲犯不犯者與想取已有想糞掃想暫取想親厚意想一切無犯無犯者最初未制戒癡狂心亂痛惱所纏是謂無犯二波羅夷竟

爾時世尊遊毘舍離獮猴江邊講堂中以無數方便與諸比丘說不淨行歎不淨行歎思惟不淨行諸比丘作是念今世尊爲我等說不淨行歎不淨行歎思惟不淨行時諸比丘即無數方便習不淨觀從定覺已猒患身命愁憂不樂譬如自喜男子女人以死蛇死狗死人繫其頸甚猒患臭穢諸比丘亦復如是以無數方便習不淨觀猒患身命愁憂不樂便求刀欲自殺歎死讚死勸死諸比丘在婆裘河邊園中住作是念世尊無數方便說不淨行歎不淨行歎思惟不淨行彼以無數方

便習不淨觀猒患身命愁憂不樂求刀欲自殺歎死讚死勸死時有比丘字勿力伽難提是沙門種出家（言沙門種是姓）手執利刀入婆裘園中見有一比丘猒患身命穢汙不淨遥見勿力伽難提比丘來語言大德斷我命來我以衣鉢與汝彼即受其雇衣鉢已便斷其命於彼江邊洗刀心生悔恨言我今無利非善得彼比丘無罪過而我受雇斷他命根時有一天魔知彼比丘心念即以神足而來在勿力伽難提比丘前於水上立而不陷沒勸讚言善哉善哉善男子汝今獲大功德度不度者時難提比丘聞魔讚已悔恨即滅便作是念我今獲大功德度不度者即復持刀入園中而問言誰未度者我今欲度之時有未離欲比丘見勿力伽難提比丘甚大怖懼毛竪勿力伽難提見已語諸比丘言汝等勿懼諸根未熟未任受化須待成熟當來相化其中比丘欲愛盡者見勿力伽難提心不怖懼身毛不竪時勿力伽難提比丘或日殺一比丘或殺二三四五乃至六十人時彼園中死屍狼藉臭處不淨狀如塚間時有諸居士禮拜諸寺漸次至彼園中見已皆共驚恠譏嫌言此園中乃有是變沙門釋子無有慈愍共相殺害自稱言我修正法如是何有正法共相殺害此諸比丘猶自相殺況於餘人我等自今勿復敬奉承事供養沙門釋子即告語村邑勿復容止往來時諸居士見此園中如是穢惡便不復往反爾時毗舍離比丘以小因緣集在一處爾時世尊觀諸比丘衆減少諸大德比丘有名聞者皆不復見爾時世尊知而

故問阿難言衆僧何故減少諸名聞大德者今爲所在皆不見耶爾時阿難以先因緣具白佛言世尊先以無數方便廣爲諸比丘說不淨行歎不淨行歎思惟不淨行時諸比丘聞已猒患身命求人斷命是以少耳唯願世尊與諸比丘更作方便說法使心開解永無疑惑佛告阿難今可集諸比丘會講堂時阿難受佛教即集諸比丘會講堂集比丘僧已往世尊所頭面禮足在一面住白世尊言今衆僧已集願聖知時爾時世尊即詣講堂在衆中坐告諸比丘有阿那般那三昧寂然快樂諸不善法生即能滅之永使不生譬如秋天降雨之後無復塵穢又如大雨能止猛風阿那般那三昧亦復如是寂靜快樂諸不善法生即能滅之爾時世尊以無數方便爲諸比丘說阿那般那三昧歎阿那般那三昧歎修阿那般那三昧彼諸比丘便作是念世尊今日無數方便爲我等說阿那般那三昧歎阿那般那三昧歎修阿那般那三昧當勤修習之時諸比丘即以種種方便思惟入阿那般那三昧從阿那般那三昧覺已自知得增上勝法住於果證爾時世尊以此因緣集比丘僧無數方便訶責婆裘園中比丘汝所爲非非威儀非沙門非淨行非隨順行所不應爲云何婆裘園中比丘癡人而自共斷命世尊無數方便訶責已告諸比丘婆裘園中比丘癡人多種有漏處最初犯戒自今已去與諸比丘結戒集十句義乃至正法久住欲說戒者當如是說若比丘故自手斷人命持刀與人歎譽死快勸死咄男子用此惡活爲寧

死不生作如是心思惟種種方便歎譽死快勸死是比丘波羅夷不共住比丘義如上人者從初識至後識而斷其命殺者若自殺若教殺若遣使殺若往來使殺若重使殺若展轉遣使殺若求男子殺若教人求男子殺若求持刀人殺若教求持刀人殺若身現相若口說若身口俱現相若遣書若教遣使書若坑陷若倚發若與藥若安殺具自殺者若以手若瓦石刀杖及餘物而自殺殺者波羅夷方便不殺偷蘭遮教殺者殺時自看殺前人擲水火中若山上推著谷底若使象蹹殺若使惡獸噉或使蛇螫及餘種種教殺殺者波羅夷方便不殺偷蘭遮遣使殺者比丘遣使斷其甲命隨語往若斷命波羅夷方便不斷偷蘭遮往來使者比丘遣使往斷其甲命隨語往欲殺未得殺便還即承前教復往殺若殺波羅夷方便不殺偷蘭遮重使者比丘遣使汝去斷其甲命續復遣使如是乃至四五彼使即往殺殺者波羅夷方便不殺偷蘭遮展轉使者比丘遣使汝斷其甲命彼使復轉遣使若百若千往斷其命者波羅夷方便不殺偷蘭遮求男子者是中誰知有如是人能用刀有方便久習學不恐怖不退能斷其甲人命彼使即往斷其命者波羅夷方便不殺偷蘭遮教求男子者教人求是中誰知有如是人能用刀有方便久學習不恐怖不退能斷其甲人命彼使即往斷其命波羅夷方便不殺偷蘭遮求持刀者自求誰勇健能持刀斷其甲命彼即往殺者波羅夷不殺偷蘭遮教求持刀者亦如是身現相者身作相殺令

墮水火中從上墮谷底令象蹹殺令惡獸食毒蛇螫彼因此現身相故自殺者波羅夷方便不殺偷蘭遮口說者或作是說汝所作惡無仁慈懷毒意不作衆善行汝不作救護汝生便受罪多不如死若復作是語汝不作惡暴有仁慈不懷毒意汝已作衆善行汝已作功德汝已作救護汝生便受衆苦汝若死當生天若彼因此言故便自殺者波羅夷方便不殺偷蘭遮身口現相亦如是遣使者若遣使往彼汝所作善惡廣說如上承此使口歎死自殺者波羅夷方便不死偷蘭遮遣書殺者執書言汝所作善惡如是廣說亦如上遣使書者亦如是坑陷者審知彼所行道必從是來往當於道中鑿深坑著火若刀若毒蛇若尖杙若以毒塗刺若墮中死者波羅夷方便不死偷蘭遮倚發者知彼人必當倚發彼處若樹若牆若柵於彼外若著火若刀若杙若毒蛇若毒塗刺機發使墮中死者波羅夷方便不死偷蘭遮藥者知彼人病與非藥或雜毒或過限與種種藥使死波羅夷與藥不死偷蘭遮安殺具者先知彼人本來患猒身命惡賤此身即持刀毒若繩及餘死具置之於前若彼用一一物自殺者波羅夷方便不殺偷蘭遮若作如此比及餘方便殺具死者波羅夷方便不死偷蘭遮若天子若龍子阿須羅子揵闥婆子夜叉餓鬼若畜生中有智解人語者若復有能變形者方便求殺殺者偷蘭遮方便不死突吉羅畜生不能變形若殺波夜提方便不殺突吉羅實人人想殺波羅夷人疑偷蘭遮人非人想偷蘭遮非人人

想偷蘭遮非人疑偷蘭遮比丘尼波羅夷式叉摩那沙彌沙彌尼突吉羅滅擯此是犯不犯者若擲刀杖瓦石誤著彼身死者不犯若營事作房舍誤墮墼石材木椽柱殺人不犯重病人扶起若扶卧浴時服藥時從涼處至熱處從熱處至涼處入房出房向廁往反一切無害心而死不犯不犯者最初未制戒癡狂心亂痛惱所纏不犯三波羅夷竟

爾時世尊遊於毘舍離獼猴江邊高閣講堂時世穀貴人民饑餓乞食難得時世尊告阿難諸有在毗舍離比丘盡令集在講堂阿難即承佛教勅諸比丘集會講堂衆僧集已頭面禮佛足却住一面白佛言毗舍離比丘已集講堂唯聖知時爾時世尊即詣講堂在大衆中坐告諸比丘汝等當知今時世穀貴人民饑餓乞食難得汝等諸有同和尚同師隨親厚知識各共於此毗舍離左右隨所宜安居我亦當於此處安居何以故飲食難得令衆疲苦時諸比丘聞世尊教已即各隨同和尚同師親友知識於毗舍離左右安居世尊於毗舍離城內安居時有衆多比丘於婆裘河邊僧伽藍中安居者作是念如今此國穀貴人民饑饉乞食難得我等作何方便不以飲食爲苦尋即念言我今當至諸居士家語言我得上人法我是阿羅漢得禪得神通知他心幷復歎彼某甲得阿羅漢得禪得神通知他心中有信樂居士所有飲食不敢自噉不與妻子當持供養我等彼諸居士亦當稱歎我等此諸比丘眞是福田可尊敬者我等於是可得好美飲食可得安樂住不爲乞食

所苦爾時婆裘河邊諸比丘作是念已即往至諸居士家自說我得上人法是阿羅漢得禪得神通知他心并復歎彼某甲比丘得阿羅漢得禪得神通知他心時諸信樂居士信受其言即以所有飲食妻子之分不食盡持供養諸比丘言此是世間可尊敬者此諸比丘受諸居士供養顏色光澤和悅氣力充足諸餘比丘在毗舍離安居者顏色憔悴形體枯燥衣服弊壞安居竟攝持衣鉢往世尊所頭面作禮在一面坐爾時世尊慰問諸比丘言汝等住止和合安樂不不以飲食爲苦耶諸比丘白佛言我等住止和合安樂時世穀貴人民饑饉乞食難得以此爲苦在婆裘河邊僧伽藍中安居諸比丘顏色光澤和悅氣力充足安居竟攝衣持鉢往世尊所到已頭面作禮在一面坐時世尊慰問諸比丘汝等住止和合安樂不不以飲食爲苦耶諸比丘白佛言我等住止和合安樂不以飲食爲苦佛問言今世穀貴人民饑餓乞食難得汝等以何方便不以飲食爲苦耶諸比丘即以上因緣具白世尊以是故不以飲食爲苦世尊問諸比丘汝等有實不答言或有實或無實佛告諸比丘汝等愚人有實尚不應向人說況復無實而向人說時世尊告諸比丘世有二賊一者實非淨行自稱淨行二者爲口腹故不眞實非已有在大衆中故作妄語自稱言得上人法是中爲口腹故不眞實非已有於大衆中故妄語自稱言得上人法者最上大賊何以故以盜受人飲食故時世尊以無數方便訶責婆裘河邊僧伽藍中安居諸比

丘已告諸比丘此愚人多種有漏處最初犯戒自今已去與諸比丘結戒集十句義乃至正法久住欲說戒者當如是說若比丘實無所知自稱言我得上人法我知是我見是彼於異時若問若不問欲自清淨故作是說我實不知不見言知言見虚誑妄語是比丘波羅夷不共住如是世尊與諸比丘結戒爾時有一增上慢比丘語人言我得道彼於異時精進不懈勤求方便證最上勝法彼作是念世尊與諸比丘結戒若比丘實無所知自稱言我得上人法我知是見是彼於異時若問若不問欲自清淨故言我實不知不見虚誑妄語是比丘波羅夷不共住而我慢心自言我得道後勤方便精進不懈證最上勝法我將無犯波羅夷耶今當云何尋語諸同意比

丘世尊與比丘結戒若比丘實無所知自稱言我得上人法我知是我見是彼於異時若問若不問欲自清淨故言我實不知不見言知言見虚誑妄語波羅夷不共住我以增上慢故自稱言我得道後勤方便精進不懈證最上勝法我將不犯波羅夷耶善哉大德爲我白佛隨佛教勑我當奉行爾時諸比丘往至世尊所以此因緣具白世尊世尊爾時以此因緣集比丘僧爲諸比丘隨順說法無數方便讃歎頭陀端嚴少欲知足樂出離者告諸比丘增上慢者不犯自今已去當如是說戒若比丘實無所知自稱言我得上人法我已入聖智勝法我知是我見是彼於異時若問若不問欲自清淨故作是說我實不知不見言知言見虚誑妄語除增上慢是比丘波

羅夷不共住比丘義如上不知不見者實無知見自稱者自稱說有信戒施聞智慧辯才人法者人陰人界人入上人法者諸法能出要成就自言念在身自言正憶念自言持戒自言有欲自言不放逸自言精進自言得定自言得正受自言有道自言修自言有慧自言見自言得自言果自言念在身者有念能令人出離狎習親附此法修習增廣如調伏乘守護觀察善得平等已得決定無復艱難而得自在是爲自言得身念處自言正憶念者有念能令人出離狎習親附此法修習增廣如調伏乘守護觀察善得平等已得決定無復艱難而得自在是爲自言正憶念自言得戒自言有欲自言不放逸自言精進亦如上說自言得定者有覺有觀有覺無覺有觀三昧無覺無觀三昧空無相無作三昧狎習親附思惟此定餘如上說自言得正受者想正受無想正受隨法正受心想正受除色想正受不除色想正受除入正受一切入正受狎習親附思惟此正受餘如上說自言有道者從一支道乃至十一支道狎習親附思惟此道餘如上說言修者修戒修定修智修解脫慧修見解脫慧狎習親附餘如上說自言有智者法智比智等智他心智狎習親附思惟此智餘如上說自言見者見苦見集見盡見道若復作如是言天眼清淨觀諸衆生生者死者善色惡色善趣惡趣知有好醜貴賤隨衆生業報如實知之狎習親附餘如上說自言得者得須陀洹斯陀含阿那含阿羅漢狎習親附餘如上說自言果者須陀洹果斯

陀舍果阿那舍果阿羅漢果狎習親附餘如上說如是虛而不實不知不見向人說言我得上人法口自向人說前人知者波羅夷說而不知者偷蘭遮若遣手印若遣使若書若作知相若知者波羅夷若不知者偷蘭遮自在靜處作不靜想口說言我得上人法偷蘭遮不靜處作靜想口說言我得上人法偷蘭遮諸天阿脩羅乾闥婆夜叉餓鬼畜生能變形有智向說上人法知者偷蘭遮說而不知者突吉羅手印遣使若書若作知相使彼知偷蘭遮彼不知突吉羅畜生不能變形者向說得上人法突吉羅若人實得道向不同意大比丘說得上人法突吉羅若為人說根力覺意解脫三昧正受我得是波羅夷人作人想波羅夷人疑者偷蘭遮人非人想偷蘭遮非人人想偷蘭遮非人疑亦偷蘭遮比丘尼波羅夷式叉摩那沙彌沙彌尼突吉羅滅擯是為犯不犯者增上慢人自言是業報因緣非修得若向同意大比丘說上人法若向人說根力覺意解脫三昧正受法不自稱言我得若戲笑說或疾疾說屏處獨說夢中說欲說此錯說彼不犯不犯者最初未制戒癡狂心亂痛惱所纏（四波羅夷竟）

十三僧殘法

爾時世尊遊舍衛城時迦留陀夷欲意熾盛顏色憔悴身體損瘦於異時獨處一房敷好繩牀木牀大小褥被枕地復敷好敷具戶外復別安湯水洗足具飲食豐足欲意熾盛隨念憶想弄失不淨諸根悅豫顏色光澤諸親友比丘見已問言汝先時顏色憔悴身形損

瘦如今顔色和悅光澤爲是住止安樂不以飮食苦耶云何得爾答言住止安樂不以飮食爲苦彼復問言以何方便住止安樂不以飮食爲苦答言大德我先欲意熾盛顔色憔悴形體損瘦我時在一房住敷好繩牀木牀大小褥被枕地復敷好敷具戶外別安湯水洗足之具飮食豐足我欲意熾盛隨念憶想弄失不淨我以是故住止安樂顔色和悅光澤諸比丘言汝所爲甚苦何以言安樂耶所爲不安而言安耶此正法中說欲除欲說慢除慢滅除渴愛斷諸結使愛盡涅槃汝云何欲意熾盛隨念憶想弄失不淨耶爾時諸比丘往至世尊所以此因縁具白世尊世尊爾時以此因縁集比丘僧知而故問迦留陀夷汝審爾欲意熾盛隨念憶想弄陰失精耶報

言實爾世尊以無數方便訶責汝所爲非非威儀非淨行非隨順行所不應爲汝今云何於我清淨法中出家作穢汙行弄陰出精耶汝今愚人舒手受人信施復以此手弄陰墮精爾時世尊以無數方便訶責已告諸比丘此愚人多種有漏處最初犯戒自今已去與諸比丘結戒集十句義乃至正法久住欲說戒者當如是說若比丘故弄陰失精僧伽婆尸沙如是世尊與比丘結戒時有一比丘亂意睡眠於夢中失精有憶念覺已作是念世尊與諸比丘結戒弄陰失精僧伽婆尸沙而我亂意睡眠於夢中失精而有憶念將不犯僧伽婆尸沙耶我今當云何即具向同意比丘說世尊與諸比丘結戒弄陰失精僧伽婆尸沙我今亂意睡眠於夢中失精覺已作是

念我將不犯僧伽婆尸沙耶今當云何大德可以此因緣爲我白佛若佛有所教勑我當修行爾時諸比丘往至世尊所頭面禮足在一面坐以此因緣具白世尊世尊以此因緣即集諸比丘告言亂意眠有五過失一者惡夢二者諸天不護三者心不入法四者不思惟明相五者於夢中失精是爲五過失善意眠有五功德不見惡夢諸天衞護心入於法繫意在明相不於夢中失精是謂五功德於夢中失精不犯自今已去當如是說戒若比丘故弄陰失精除夢中僧伽婆尸沙比丘義如上弄者實心故作失精精有七種青黃赤白黑酪色酪漿色何者精青色轉輪聖王精也何者精黃色轉輪聖王太子精也何者精赤色犯女色多也何者精白色負重人精也何者精黑色轉輪聖王第一大臣精也何者精酪色須陀洹精也何者精酪漿色斯陀含人精也爾時有一婆羅門居閑靜處誦持呪術彼經所記若故墮精者命終生天彼欲求天道常弄陰失精時有一婆羅門出家爲道者聞此言爲生天故即便弄陰失精彼疑語諸比丘諸比丘白佛佛言僧伽婆尸沙若爲樂故爲樂故爲自試出精故爲福德故爲祠天故爲生天故爲施故爲種子故爲自憍恣故爲自試力故爲好顏色故爲如是事弄失一切僧伽婆尸沙若憶念弄失精僧伽婆尸沙若憶念弄欲出精若出僧伽婆尸沙若憶念弄欲出青乃出黃赤白黑酪酪漿色僧伽婆尸沙若欲出黃乃出赤白黑酪酪漿色青色僧伽婆尸沙赤白黑酪色酪漿色亦如是

欲爲樂故憶念弄失不淨僧伽婆尸沙欲爲樂故憶念弄欲失青不淨若失僧伽婆尸沙欲爲樂故憶念弄欲失青不淨乃失黄赤白黑酪色酪漿色僧伽婆尸沙欲爲樂故憶念弄欲失黄赤白黑酪色酪漿色青色亦如是若欲爲樂故爲欲自試故爲福德故爲祭祀故爲生天故爲施故爲種子故爲自憍恣故爲自試力故爲顔色和悦故亦如是若於内色外色内外色水風空内色者受色外色者不受色内外色者受不受色水者若順水若逆水若以水灑風者若順風若逆風或口吹空者自空動身若於内色弄失不淨僧伽婆尸沙若於内色憶念弄欲失青不淨若失僧伽婆尸沙若於内色弄欲失青不淨乃失黄赤白黑酪酪漿色僧伽婆尸沙若爲樂故於内色憶念弄失不淨僧伽婆尸沙若爲樂故於内色憶念弄欲失青不淨若失僧伽婆尸沙若爲樂故於内色憶念弄欲失青不淨乃失黄赤白黑酪酪漿色僧伽婆尸沙若爲樂故乃至爲顔色和悦故亦如是於外色亦如是於内外色亦如是水風空亦如是憶念弄失不淨僧伽婆尸沙不失偷蘭遮若比丘方便弄失不淨僧伽婆尸沙不失偷蘭遮若比丘教比丘方便弄失不淨若失偷蘭遮不失突吉羅若比丘尼教比丘方便弄失不淨若失偷蘭遮不失突吉羅除比丘比丘尼教餘人弄失不失一切突吉羅比丘尼波夜提式叉摩那沙彌沙彌尼突吉羅是名爲犯不犯者夢中失覺已恐汙身汙衣牀褥若以弊物樹葉器物盛棄若以手捺棄若欲想出不淨

若見好色不觸失不淨若行時自觸兩髀若觸衣觸涅槃僧失不淨若大小便時失不淨若冷水暖水洗浴失不淨若在浴室中用樹皮細末藥泥土浴失不淨若手揩摩失不淨若大啼哭若用力作時一切不作出不淨意不犯不犯者最初未制戒癡狂心亂痛惱所纏一竟

佛在舍衛國時迦留陀夷聞佛所制不得弄隂墮精便手執戶鑰在門外立伺諸婦女居士家婦女童女來語言大妹可來入房看將至房中捉捫摸嗚口樂者便笑其所作不樂者便瞋恚罵詈出房語諸比丘言大德當知不善非法非宜不得時我常謂是安隱處無患無災變無怖懼處今更於中遭遇災變恐懼本謂水能滅火今更水中生火迦留陀夷將我等至房中牽捉嗚口捫摸我等夫主在本房中牽挽作如是事猶不堪忍況今沙門釋子乃作此事時諸比丘聞中有少欲知足行頭陀樂學戒知慚愧者訶責迦留陀夷言世尊制戒不得弄隂失精汝今云何手執戶鑰於門外立伺諸婦女若居士家婦女來將入房看便捉捫摸嗚口耶如是訶責已往至世尊所頭面禮足在一面坐以此因緣具白世尊世尊以此因緣集諸比丘知而故問迦留陀夷云何汝實爾不答言實爾世尊爾時訶責迦留陀夷言汝所爲非非威儀非淨行非隨順行所不應爲以無數方便訶責已告諸比丘此癡人多種有漏處最初犯戒自今已去與比丘結戒集十句義乃至正法久住欲說戒者當如是說若比丘婬欲意與女人

身相觸若捉手若捉髮若觸一一身分者僧伽婆尸沙比丘義如上婬欲意者愛染汙心女人者如上說身者從髮至足身相觸者若捉摩重摩或牽或推或逆摩或順摩或舉或下或捉或捺若捉摩者摩身前後牽者牽前推者推却逆摩者從下至上順摩者從上至下舉者捉舉上下者若立捉令坐捉者若捉前若捉後捉乳捉髀捺者捺前捺後若捺乳捺髀僧伽婆尸沙若女作女想女人捫摸比丘身身相觸欲意染著受觸樂僧伽婆尸沙女作女想女以手捫摸比丘動身欲意染著受觸樂僧伽婆尸沙如是乃至捉捺亦如是是女疑者偷蘭遮若女作女想身觸彼衣瓔珞具欲心染著受觸樂偷蘭遮若女作女想身觸彼衣瓔珞具欲心染著不受觸樂偷蘭遮若女作女想女以身衣瓔珞具觸比丘身欲心染著受觸樂偷蘭遮若女作女想女以身衣瓔珞具觸比丘身欲心染著不受觸樂偷蘭遮若女作女想以身觸女衣瓔珞具欲心染著動身不受觸樂偷蘭遮若女作女想以身觸女衣瓔珞具欲心染著不動身受觸樂偷蘭遮若女作女想女人以身衣瓔珞具觸比丘身欲心染著動身不受觸樂偷蘭遮女作女想女人以身衣瓔珞具觸比丘身欲心染著受觸樂不動身偷蘭遮女作女想身相觸欲心染著不受觸樂動身偷蘭遮女作女想身相觸欲心染著受觸樂不動身偷蘭遮如是捉摩乃至捉捺一切偷蘭遮若女疑突吉羅女作女想以身衣觸身衣瓔珞具欲心染著受觸樂突吉羅女作女想以身衣觸

身衣瓔珞具欲心染著不受觸樂突吉羅女作女想以身衣觸身衣瓔珞具欲心染著不受觸樂動身突吉羅女作女想以身衣觸身衣瓔珞具欲心染著受觸樂不動身突吉羅女作女想以身衣觸身衣瓔珞具欲心染著不受觸樂不動身突吉羅女作女想以身衣觸身衣瓔珞具欲心染著受觸樂動身突吉羅乃至捉捺一切突吉羅是女疑突吉羅若比丘與女人身相觸一觸一僧伽婆尸沙隨觸多少一一僧伽婆尸沙若天女阿脩羅女龍女餓鬼女畜生女能變形者身相觸偷蘭遮畜生不能變形者身相觸突吉羅若與男子身相觸突吉羅若與二形身相觸者偷蘭遮若女人作禮捉足覺觸樂不動身突吉羅若比丘有欲心觸衣鉢尼師壇針筒草秸乃至自觸身一切突吉羅人女人女想僧伽婆尸沙人女生疑偷蘭遮人女非人女想偷蘭遮非人女作人女想偷蘭遮非人女生疑偷蘭遮比丘尼波羅夷式叉摩那沙彌沙彌尼突吉羅是謂爲犯不犯者若有所取與相觸戲笑相觸若相解時相觸不犯不犯者最初未制戒癡狂心亂痛惱所纏二竟

四分律藏卷第二

音釋

杙 與職切橛也　瓠 洪孤切與壺同大匏也善浮南方謂之要舟　獺 他達切捕魚獸也　馲 歷各切馲駝獸名　蹹 徒洽切踐也　螫 施雙切蟲毒也　墼 古歷切未燒塼也　鑰 以灼切鑰匙也　髀 部禮切股也　秸 訖黠切禾稿也

四分律藏卷第三

姚秦三藏佛陀耶舍共竺佛念譯

初分之三

佛在舍衛國時迦留陀夷聞世尊所制戒不得弄陰墮精不得身相摩觸便持戶關在門外立伺諸婦女若居士家婦女來語言諸妹可入我房看將至房中已向彼以欲心麤惡語諸女樂者笑其所言不樂者瞋恚罵詈出房語諸比丘大德當知今我所見事非善非法非宜不得時我常謂是安隱處無患無災變無怖懼處今日乃更生畏怖身毛爲豎我等本謂水能滅火而今火從水生何以知之迦留陀夷見將入房婬欲意麤惡語見向我本在家時夫主作麤惡語向我時猶不能堪忍況今出家之人惡口如是時諸比丘聞其中有少欲知足行頭陀樂學戒知慚愧者訶責迦留陀夷廣說如上已往至世尊所頭面禮足在一面坐以此因緣具白世尊世尊以此因緣集諸比丘於大衆中知而故問云何迦留陀夷汝審有此事耶答言如是時世尊訶責汝所爲非非威儀非沙門法非淨行非隨順行所不應爲世尊以無數方便訶責已告諸比丘此迦留陀夷癡人多種有漏處最初犯戒自今已去與諸比丘結戒集十句義乃至正法久住欲說戒者當如是說若比丘婬欲意與女人麤惡婬欲語隨所說麤惡婬欲語僧伽婆尸沙比丘義如上婬欲意者如上說女人亦如上麤惡者非梵行婬欲語者稱說二道好惡若自求若教他求若問若答若解若說若教若罵求者言與我二道作如

是如是事若復作餘語教他求者若天若梵水神摩醯首羅天祐助我共汝作如是如是事若復作餘語問者問汝大小便道何似汝云何與夫主共事云何復與外人共通若復作餘語答者汝大小便道如是汝與夫主外人共通如是若復作餘語解者說者亦如是教者我教汝如是治二道汝可令夫主外人敬愛若復作餘語罵者若言汝破壞腐爛燒燋墮落與驢作如是若復作餘語罵若比丘與女人一反作麤惡語一僧伽婆尸沙隨麤惡語多少說而了了者一一僧伽婆尸沙不了了者偷蘭遮若與指印書遣使作相令彼女人知者僧伽婆尸沙不知者偷蘭遮除此大小便道說餘處好惡偷蘭遮天女阿脩羅女夜叉女龍女畜生女能變形者黃門者有一形麤惡語令彼知者偷蘭遮不知者突吉羅若指印若書若遣使若現知相令彼知者偷蘭遮不知者突吉羅向畜生不能變形者說麤惡語者突吉羅若向男子麤惡語突吉羅若比丘欲意麤惡語麤惡語想僧伽婆尸沙麤惡語生疑者偷蘭遮非麤惡語麤惡語想偷蘭遮非麤惡語疑偷蘭遮人女人女想僧伽婆尸沙人女疑偷蘭遮人女非人女想偷蘭遮非人女作人女想偷蘭遮非人女疑偷蘭遮比丘尼偷蘭遮式叉摩那沙彌沙彌尼突吉羅是謂爲犯不犯者若爲女人說不淨惡露觀大妹當知此身九瘡九孔九漏九流九孔者二眼二耳二鼻口大小便道當說此不淨時彼女人謂說麤惡語若說毗尼時言次及此彼謂麤惡語若從受經若二人同

受若彼問若同誦若戲笑語若獨語若疾疾語若在夢中語欲說此錯說彼一切不犯不犯者最初未制戒癡狂心亂痛惱所纏三竟佛在舍衛國時迦留陀夷已聞世尊制戒不得弄陰墮精不得與女人身相觸不得向女人麤惡語便執戶鑰在門外立伺諸婦女若居士家婦女來語言諸妹可入我房看將入房已自讚歎身言諸妹知不我學中第一我是梵行持戒修善法人汝可持婬欲供養我時喜樂者默然笑其所言不樂者駡詈而去告諸比丘言大德當知我等向所見事非善非宜非法不得時我常信此處無患無災無變無恐懼處云何今日乃更生畏怖身毛爲竪我本所謂水能滅火而今火從水生我在家時夫主向我作如是語猶不堪忍况出家之人乃作如是言時諸比丘聞其中有少欲知足行頭陀樂學戒知慚愧者訶責迦留陀夷汝云何聞世尊制戒不得弄陰失精不得與女人身相觸不得婬欲麤惡語訶責廣說如上已往世尊所頭面禮足在一面坐以此因緣具白世尊世尊爾時以此因緣集諸比丘知而故問迦留陀夷汝審爾不答言實爾爾時世尊訶責迦留陀夷汝所爲非非威儀非沙門法非淨行非隨順行所不應爲世尊以無數方便訶責已告諸比丘迦留陀夷癡人多種有漏處最初犯戒自今已去與比丘結戒集十句義乃至正法久住欲說戒者當如是說若比丘婬欲意於女人前自歎身言大妹我修梵行持戒精進修集善法可持是婬欲法供養我如是供養第一最僧伽婆尸

沙比丘義如上婬欲意者如上女人者如上歎身者歎身端正好顏色我是剎帝利長者居士婆羅門種梵行者勤修離穢濁持戒者不缺不穿漏無染汙善法者樂閑靜處時到乞食著糞掃衣作餘食法不食一坐食一摶食塚間坐露坐樹下坐常坐隨坐持三衣唄匿多聞能說法持毗尼坐禪作如是自歎譽已供養我來不說婬欲者偷蘭遮若說婬欲僧伽婆尸沙若在人女前一自歎譽身一僧伽婆尸沙隨自歎身多少了了者一一僧伽婆尸沙說而不了了者偷蘭遮若手印若書信若遣使若現知相令彼知者僧伽婆尸沙不知者偷蘭遮除二道更爲索餘處供養偷蘭遮天女阿脩羅女龍女夜叉女餓鬼女畜生女能變形者向自歎譽身說而了了者偷蘭遮不了了者突吉羅若指印若書信若遣使若現知相歎說身令彼知者偷蘭遮歎說而不知者突吉羅畜生不能變形向彼自稱歎譽身者突吉羅向男子自歎譽身突吉羅人女人女想僧伽婆尸沙人女疑偷蘭遮人女作非人女想偷蘭遮非人女作人女想偷蘭遮非人女疑偷蘭遮比丘尼偷蘭遮式叉摩那沙彌沙彌尼突吉羅是謂爲犯不犯者若比丘語女人言此處妙尊最上此比丘精進持戒修善法汝等應以身業慈口業慈意業慈供養彼諸女意謂比丘爲我故自讚身若爲說毗尼時言說相似而彼自謂讚歎身若從受經誦經若二人共受誦若問答若同誦若戲笑語若疾疾語若夢中語若欲說此錯說彼不犯不犯者最初未制戒癡狂心亂

痛惱所纏四竟

佛在羅閱祇耆闍崛山中時羅閱城中有一比丘名迦羅本是王大臣善知俗法彼作如是媒嫁向男說女向女說男時羅閱城中諸居士欲有所嫁娶盡往說問迦羅迦羅答言須我至彼家先當觀視觀視已往諸居士家語言汝欲與某甲爲婚者隨意時諸居士即如言與作婚娶時諸男女婚娶得適意者便歡喜供養讚歎言令迦羅常得歡樂如我今日何以故由迦羅故使我得如此歡樂令迦羅及餘比丘亦得供養若彼男女婚娶不得適意者便作是言當令迦羅常受苦惱如我今日何以故由迦羅故令我嫁娶受如是苦令迦羅及諸比丘亦受苦惱不得供養時羅閱城中不信佛法僧諸居士自相謂言汝等若欲得與大富多財饒寶爲婚者可往沙門釋子中問之隨時供養親近恭敬可得如意何以故此沙門釋子善知媒嫁此男可取彼女彼女可與此男時諸比丘聞其中有少欲知足行頭陀樂學戒知慚愧者訶責迦羅比丘云何媒男與女媒女與男訶已往世尊所頭面禮足在一面坐以此因緣具白世尊世尊以此因緣集諸比丘僧知而故問迦羅汝審爾媒嫁不答曰實爾世尊以無數方便訶責汝所爲非非威儀非沙門法非淨行非隨順行所不應爲我以無數方便與諸比丘說離欲事汝今云何乃作和合欲事訶責已告諸比丘此迦羅愚人多種有漏處最初犯戒自今已去與比丘結戒集十句義乃至正法久住欲說戒者當如是說若比丘往來彼此

媒嫁持男意語女持女意語男若爲成婦事若爲私通乃至須臾頃僧伽婆尸沙比丘義如上往來者使所應可和合者是女人有二十種母護父護父母護兄護姊護兄姊護自護法護姓護宗親護自樂爲婢與衣婢與財婢同作業婢水所漂婢不輸稅婢若故去婢客作婢他護婢邊方得婢母護者母所保父護者父所保父母護兄護姊護兄姊護亦如是自護者身得自在法護者修行梵行姓護者不與卑下姓宗親護者爲宗親所保自樂爲婢者樂爲他作婢與衣者與衣爲價與財者乃至與一錢爲價同業者同共作業若未成夫婦水所漂者水中救得不輸稅者若不取輸稅若放去婢者若買得若家生客作者雇錢使作如家使人他護者受他華鬘爲要

邊方得者抄劫得是謂二十種男子亦有二十種亦如是母護男母護女遣比丘爲使語彼言汝爲我作婦若與我私通若言須臾間若一念頃若比丘自受語自往語彼受彼語還報者僧伽婆尸沙若比丘自受語自往語彼遣使持報語還僧伽婆尸沙若比丘自受語遣使語彼自持報語還僧伽婆尸沙若比丘自受語共遣使語彼遣使持報語還僧伽婆尸沙若比丘自受語自作書持往彼自持報書還僧伽婆尸沙若比丘自受語自作書持至彼遣使持報書還僧伽婆尸沙若比丘自受語遣使持書至彼自持報書還僧伽婆尸沙若比丘自受語遣使持書至彼遣使持報書還僧伽婆尸沙指印現相各作四句亦如是若比丘自受書持至彼自持報書還僧

伽婆尸沙若比丘自受書持至彼遣使持報書還僧伽婆尸沙若比丘自受書遣使持至彼自持報書還僧伽婆尸沙若比丘自受書遣使持書至彼遣使持報書還僧伽婆尸沙若比丘自受書自持指印往彼自持指印還報僧伽婆尸沙若比丘自受書自持指印往彼遣使持指印還報僧伽婆尸沙若比丘自受書遣使持指印往彼自持指印還報僧伽婆尸沙若比丘自受書遣使持指印往彼遣使持指印還報僧伽婆尸沙現相四句亦如是受語四句亦如是指印十六句亦如是現相十六句亦如是若比丘自受語自持書至彼自持指印還報僧伽婆尸沙若比丘自受語自持書往彼遣使持指印還報僧伽婆尸沙若比丘自受語遣使持書往彼自持印還報僧伽婆尸沙若比丘自受語遣使持書往彼遣使持指印還報僧伽婆尸沙若比丘自受語自持書往彼自持現相還報四句亦如是若比丘自受語自持指印往彼自持現相還報四句亦如是若比丘自受書自持指印往彼自持現相還報四句亦如是若比丘自受語往彼還報僧伽婆尸沙自受語往彼不還報偷蘭遮若聞語往彼說不還報偷蘭遮若與語而不受便往彼說還報偷蘭遮若受語不往彼說不還報突吉羅若聞語不往彼說不還報突吉羅若不受語往說不還報突吉羅若言已嫁與他若言至餘處若言死若言賊將去若言無一切偷蘭遮若言癩病若癰若白癩乾消顛狂若痔病若道有瘡若有膿出不斷如是還報此語僧伽婆尸沙若比

丘一反媒嫁人女僧伽婆尸沙隨媒嫁多少說而了了一一僧伽婆尸沙若不了了偷蘭遮若書指印若現相來往說僧伽婆尸沙若現相令彼知僧伽婆尸沙不知偷蘭遮除二道說身處處支節媒嫁者偷蘭遮天女阿脩羅女龍女夜叉女餓鬼女畜生女能變形者黃門二根媒嫁說而了了者偷蘭遮若不了了突吉羅書指印現相令彼知偷蘭遮不知者突吉羅若畜生不能變形媒嫁突吉羅媒嫁男突吉羅若比丘來往媒嫁作媒嫁想僧伽婆尸沙媒嫁疑偷蘭遮媒嫁作不媒嫁想偷蘭遮不媒嫁作媒嫁想偷蘭遮不媒嫁疑偷蘭遮人女人女想媒嫁者僧伽婆尸沙人女疑偷蘭遮人女作非人女想偷蘭遮非人女作人女想偷蘭遮非人女疑偷蘭遮若比丘持他書往不看者突吉羅若爲白衣作餘使突吉羅比丘尼僧伽婆尸沙式叉摩那沙彌沙彌尼突吉羅此是犯不犯者若男女先已通而後離別還和合若爲父母疾患若繫閉在獄看書持往若爲信心精進優婆塞病若繫在獄看書持往若爲佛爲法爲僧爲塔若爲病比丘看書持往如是無犯無犯者最初未制戒癡狂心亂痛惱所纏五竟

佛在羅閱祇耆闍崛山中爾時世尊聽諸比丘作私房舍時有曠野國比丘聞世尊聽諸比丘作私房舍彼即私作大房舍彼作大房舍功力繁多常行求索爲務言與我工匠巧人給我車乘并將車人給我材木竹草繩索以比丘乞求繁多故時諸居士遥見比丘迴車遠避或入諸里巷或入市肆或自入舍或

低頭直去不與比丘相見何以故恐比丘有所求索故時復有一曠野比丘欲起房舍自斫樹時彼樹神多諸子孫彼作是念我今子孫多此樹我所依止爲我覆護而此比丘斫截壞我今寧可打此比丘彼鬼復護是念我今不先檢校便打恐違道理今寧可至世尊所以此因緣具白世尊若世尊有所教勑我當奉行念已即往世尊所頭面禮足在一面立以上事具白世尊世尊讃歎言善哉乃能不打持戒比丘若打獲罪無量汝今速往恒河水邊有一大樹名曰娑羅有神始命終汝可居止時彼神頭面禮世尊足繞三帀已即沒不現時尊者摩訶迦葉從摩竭國將大比丘衆五百人俱來至曠野城止宿明旦至時著衣持鉢入城乞食行步端嚴視瞻不邪屈伸俯仰與衆有異時城中諸居士遥見比丘便避入里巷及入市肆或自入舍或低頭直去不與比丘相見迦葉見此事已便問一人言此諸居士何故見比丘各逃避不與相見耶彼人言迦葉世尊聽諸比丘作私房舍乞求繁多以是故諸人逃避耳時迦葉聞此語已悵然不樂爾時世尊從羅閲城將諸比丘千二百五十人詣曠野城各敷座而坐時迦葉往世尊所頭面禮足在一面立偏露右臂胡跪合掌白佛言向者入城乞食見諸居士遥見諸比丘各自逃避不與相見廣說如上已頭面禮足遶三帀而去出曠野城何以故恐曠野諸比丘生瞋恚心世尊以此因緣集比丘僧告言我憶昔日在此羅閲祇耆闍崛山中時有一神來語我所頭面禮足已在一

面立白我言世尊聽曠野比丘作私房舍多所乞求廣説如上我今問汝等審爾私作房舍多所乞求不答言審爾世尊以無數方便訶責諸比丘汝云何以我聽作私房舍而便作大房舍多所乞求非法而乞此物難受訶責彼比丘已告諸比丘往昔此恒水側有一螺髻梵志常居此水邊顏貌燋悴形體羸瘦時我詣彼與共相見問言汝何以形體羸瘦顏貌燋悴彼即報我言此河水中有一龍王名曰摩尼揵大自出其宮來至我所以身遶我頭覆我上時我作是念龍性暴急恐害我命我以此憂患致使形體羸瘦顏貌燋悴耳時我語彼梵志言汝欲使此龍常在水中不不出至汝所汝意佳不梵志答言實欲使此龍不來至我所我即問梵志彼龍有瓔珞不梵志答言頸下有好珠瓔珞佛語梵志若此龍出水來至汝所時當起迎語言龍王且止持汝頸下瓔珞與我來并爲説偈

我今須如此　頸下珠瓔珞　汝以信樂心
施我嚴好珠

時彼梵志受我語已後龍王從水中出至梵志所遥見即起往迎語言止止龍王願持汝頸下珠與我而説偈言

我今須如此　頸下珠瓔珞　汝以信樂心
施我嚴好珠

爾時龍王復以偈報梵志言

我所致財寶　緣由此珠故　汝是乞求人
不復來相見　端正好淨潔　索珠以驚我
不復來相見　何爲與汝珠

於是龍王即時還宮不復出爾時世尊即説

偈言

多求人不愛　過求致怨憎　梵志求龍珠

便不復相見

汝等比丘當知乃至畜生尚不喜人乞而況於人多求無猒而不憎惡云何曠野比丘癡人私作大房舍多所乞索廣說如上已世尊復告諸比丘吾昔一時在舍衛國祇樹給孤獨園時有一比丘來至我所頭面禮足在一面坐我慰勞問訊汝曹住止安樂不不以乞食爲苦耶答我言我等住止安樂不以乞食爲苦我所住林間正患衆鳥於夜半後悲鳴相呼亂我定意以此爲患佛告諸比丘言欲令此鳥不復還林止宿不耶比丘白佛言大德我等實不欲令此鳥還林止宿佛告諸比丘汝伺彼鳥還林宿時語鳥言與我兩翅來我今急須用比丘報言爾時彼比丘受我教已便伺彼鳥還林宿時夜欲過半至彼鳥所語言我今急須汝兩翅與我來時諸鳥心自念言此比丘從我乃乞如是即出林去更不復還佛告諸比丘汝等當知乃至鳥獸猶尚不喜乞索況復於人多所求索而不憎惡廣野比丘癡人私作大房舍多所求索廣說如上已復告諸比丘昔有族姓子名賴吒婆羅出家爲道乃至父母家終不乞求時父語賴吒婆羅言汝知不我自省察希有人不從我乞者汝親是我子何不從我乞耶時賴吒婆羅爲父說偈言

多求人不愛　不得懷怨恨　是故我不乞

恐生增減故

比丘當知賴吒婆羅自於父家尚不從乞況

汝等比丘乃在諸居士家多所求索令彼不喜爾時世尊以無數方便訶責諸比丘非時乞求不歇乞求不正乞求世尊無數方便稱讃知時乞求柔軟乞求正乞求已告諸比丘曠野比丘癡人多種有漏處最初犯戒自今已去與比丘結戒集十句義乃至正法久住欲說戒者當如是說若比丘自求作屋無主自爲已當應量作是中量者長佛十二搩手內廣七搩手當將比丘指授處所彼比丘當指示處所無難處無妨處若比丘有難處妨處自求作屋無主自爲已不將比丘指授處所若過量作者僧伽婆尸沙比丘義如上自乞者彼處處乞索屋者房也無主者彼無有人若一若兩若衆多自爲已者自求索自爲作也應量者長佛十二搩手內廣七搩手難處者有虎狼師子諸惡獸下至蟻子比丘若不爲此諸虫獸所惱應修治平地若有石樹株荊棘當使人掘出若有陷溝坑陂池處當使人塡滿若畏水淹漬當豫設隄防若地爲人所認當共斷當無使他有語是謂難處妨處者不通草車迴轉往來是謂妨處彼比丘看無難處無妨處已到僧中脫革屣偏露右肩右膝著地合掌作如是白大德僧聽我某甲比丘自乞作屋無主自爲已我今從衆僧乞知無難無妨處如是再三爾時衆僧當觀察此比丘爲可信不若可信即當聽使作若不可信一切衆僧應到彼處看若衆僧不去遣僧中可信者到彼處看若彼處有難有妨處不應與處分若無難有妨處不應與處分有難處無妨處不應與處分若無難無妨處

應與處分應如是與衆中應差堪能作羯磨者若上座若次座若誦律若不誦律應作白大德僧聽其甲比丘自乞作屋無主自爲已今從衆僧乞處分無難無妨處若僧時到僧忍聽當與其甲比丘處分無妨無難處白如是大德僧聽此某甲比丘自求作屋無主自爲已從僧乞處分無難無妨處僧今與某甲比丘處分無難無妨處誰諸長老忍僧與某甲比丘處分無難無妨處者默然誰不忍者說僧已忍與某甲比丘處分無難無妨處竟僧忍故默然如是持彼作房應知初安若石若土墼泥團乃至最後泥治訖是若不被僧處分過量有難有妨處二僧伽婆尸沙二突吉羅僧不處分過量有難無妨處二僧伽婆尸沙一突吉羅僧不處分過量無難有妨處二僧伽婆尸沙一突吉羅僧不處分不過量有難有妨處一僧伽婆尸沙二突吉羅僧不處分不過量有難無妨處一僧伽婆尸沙一突吉羅僧不處分不過量無難有妨處一僧伽婆尸沙一突吉羅僧處分過量有難有妨處二僧伽婆尸沙二突吉羅僧處分過量有難無妨處一僧伽婆尸沙一突吉羅僧處分過量無難有妨處一僧伽婆尸沙一突吉羅僧處分不過量有難有妨處二突吉羅僧處分不過量有難無妨處一突吉羅僧處分不過量無難有妨處一突吉羅僧處分過量無難無妨處一僧伽婆尸沙若比丘僧不處分過量有難有妨處自作屋成者二僧伽婆尸沙二突吉羅作而不成二偷蘭遮二突吉羅若使他作成二僧伽婆尸沙二突吉羅作而

不成二偷蘭遮二突吉羅若爲他作屋成二偷蘭遮二突吉羅作而不成四突吉羅若作屋以繩拼地應量作者過量作者犯若比丘教人案繩墨作彼受教者言如法作而過量彼受教者犯彼教人案繩墨作即如法作不還報作者犯若教人案繩墨作即如法作教者不問如法作不教者犯若僧不處分作不處分想僧伽婆尸沙若僧不處分疑偷蘭遮僧不處分作處分想偷蘭遮僧處分作不處分想偷蘭遮僧處分有疑偷蘭遮過量亦如是若有難有難想突吉羅有難疑突吉羅若有難無難想突吉羅若無難有難想突吉羅若無難疑突吉羅妨處亦如是比丘尼偷蘭遮式叉摩那沙彌沙彌尼突吉羅是謂爲犯不犯者如量作減量作僧處分作無難處無妨處作如法拼作若爲僧作爲佛圖講堂草菴葉菴若作小容身屋若作多人住屋如是者不犯不犯者最初未制戒癡狂心亂痛惱所纏六竟

爾時世尊在拘睒彌國瞿師羅園中時優填王與尊者闡陀親友知識語言欲爲汝作屋隨意所好何處有好地堪起房舍住意作報言大佳爾時近拘睒彌城有尼拘律神樹多人往反象馬車乘止息其下時尊者闡陀往伐此樹作大屋時諸居士見皆譏嫌言沙門釋子無有慚愧斷衆生命外自稱言我知正法如是何有正法有如是好樹多人往反象馬車乘止息其下而斫伐作大屋時諸比丘聞中有少欲知足行頭陀樂學戒知慚愧者嫌責闡陀言有如是好樹多人往反象馬車

乘止息其下云何斫伐作大屋爾時諸比丘訶責已往世尊所頭面禮足在一面坐以此因緣具白世尊世尊爾時以此因緣集諸比丘知而故問闡陀汝審爾不答言實爾世尊以無數方便訶責汝所爲非非威儀非沙門法非淨行非隨順行所不應爲有如是好樹多人往反象馬車乘止息其下云何斫伐作大屋汝不應斫伐神樹若斫伐得突吉羅世尊以無數方便訶責已告諸比丘闡陀癡人多種有漏處最初犯戒自今已去爲諸比丘結戒集十句義乃至正法久住欲說戒者當如是說若比丘欲作大房有主爲已作當將餘比丘往指授處所彼比丘應指授處所無難處無妨處若比丘有難處妨處作大房有主爲已作不將餘比丘往看指授處所僧伽

婆尸沙比丘義如上大者多用財物有主者若一若二若衆多人爲已者自爲已身作難處者師子虎狼熊羆下至蟻子若比丘不爲彼所嬈者應平治地若有樹株若有石若有刺棘應除去若有坑坎泥水應塡滿平治若畏水應設隄防若有人識認者應先斷了是謂無難處無妨處者中間容草車迴轉是謂無妨處彼比丘作無難無妨處竟應至僧中偏露右肩脫革屣禮上座足胡跪合掌作如是白大德僧聽我某甲比丘欲作大房有主自爲已今從僧乞指授無難無妨處如是第二第三說衆僧應觀察彼人爲可信不有智慧不若有信有智慧卽信彼應與羯磨若無信無智慧應舉衆往若遣有信有智慧者往指授處所若彼處所有難有妨處不應指授

若有難無妨處亦不應指授若無難有妨處亦不應指授若無難無妨處應與指授應作如是指授衆中應差堪能羯磨者如上應作如是白大德僧聽此某甲比丘欲作大房有主自爲已今從僧乞指授無難無妨處若僧時到僧忍聽與某甲比丘指授無難無妨處白如是大德僧聽此某甲比丘作大房有主自爲已從僧乞指授無難無妨處今僧與某甲比丘指授無難無妨處誰諸大德忍僧與某甲比丘指授無難無妨處者默然誰不忍者說僧已忍與某甲比丘指授無難無妨處竟僧忍默然故是事如是持彼作房者應知初安石安土墼泥摶是房竟者乃至泥治訖是也若僧不差指授有難有妨處一僧伽婆尸沙二突吉羅僧不處分有難無妨處一僧伽婆尸沙一突吉羅僧不處分無難有妨處一僧伽婆尸沙一突吉羅僧處分有難有妨處二突吉羅僧處分有難無妨處一突吉羅僧處分無難有妨處一突吉羅僧不處分無難無妨處一僧伽婆尸沙若比丘僧不處分有難有妨處起大房有主自爲已作竟一僧伽婆尸沙二突吉羅作而不成者一偷蘭遮二突吉羅若教人作成者一僧伽婆尸沙二突吉羅作而不成者一偷蘭遮二突吉羅爲他起房竟者一偷蘭遮二突吉羅作而不竟者三突吉羅僧不處分作不處分想僧伽婆尸沙僧不處分生疑偷蘭遮僧不處分作處分想偷蘭遮僧處分作不處分想偷蘭遮僧處分生疑偷蘭遮有難有難想有妨有妨想各五句亦如是比丘尼偷蘭遮式叉摩那沙

彌沙彌尼突吉羅是謂爲犯不犯者僧處分無難處無妨處作爲僧爲佛圖講堂草庵葉庵小容身屋爲多人作屋不犯不犯者最初未制戒癡狂心亂痛惱所纏七竟

爾時佛在羅閲祇耆闍崛山中時尊者沓婆摩羅子得阿羅漢在靜處思惟心自念言此身不牢固我今當以何方便求牢固法耶復作是念我今宜可以力供養分僧卧具差次受請飯食耶時沓婆摩羅子晡時從靜處起整衣服往至世尊所頭面禮足在一面坐白世尊言我向在靜處心作是念是身不牢固以何方便求牢固法我今寧可以力供養分僧卧具及差次受請飯食耶世尊告諸比丘差沓婆摩羅子分僧卧具及差次受請飯食白二羯磨衆中應差堪能羯磨者如上如是白大德僧聽若僧時到僧忍聽差沓婆摩羅子分僧卧具差次受請飯食白如是大德僧聽僧今差沓婆摩羅子分僧卧具差次受請飯食誰諸長老忍僧差沓婆摩羅子分僧卧具及差次受請飯食者默然誰不忍者說僧已忍差沓婆摩羅子分僧卧具差次受請飯食竟僧忍默然故如是持時尊者沓婆摩羅子即爲僧分卧具同意者共同阿練若阿練若共同乞食乞食共同納衣納衣共同不作餘食法不作餘食法共同一處坐一處坐共同一摶食一摶食共同塚間坐塚間坐共同露坐露坐共同樹下坐樹下坐共同常坐常坐共同隨坐隨坐共同三衣三衣共同唄匿唄匿共同多聞多聞共同法師法師共同持律持律共同坐禪坐禪共同時羅閲祇有客

比丘來沓婆摩羅子即隨次第所應得卧具分與時有一長老比丘向暮上耆闍崛山時尊者沓婆摩羅子手出火光與分卧具語言此是房此是繩牀是木牀是大小褥是卧枕是地敷是唾壺是盛小便器此是大便處此是淨地此是不淨地時世尊讚言我弟子中分僧卧具者沓婆摩羅子最爲第一時有慈地比丘來至羅閱城中時沓婆摩羅子爲客比丘分卧具隨上座次第隨應得處與時彼慈地比丘衆中下座得惡房惡卧具便生瞋恚言沓婆摩羅子有愛隨所喜者與好房好卧具不愛者與惡房惡卧具不愛我等故與我惡房惡卧具衆僧云何乃差如此有愛者分僧卧具也時尊者沓婆摩羅子夜過已明日差僧受請飯食時羅閱城中有檀越常爲僧一年再作肥美飲食時慈地比丘被差次至其家彼檀越聞慈地比丘次來受食便於門外敷弊坐具施設惡食時慈地比丘得此惡食倍復瞋恚言沓婆摩羅子有愛隨所喜者與好房好卧具所不喜者與惡房惡卧具不愛我等故與惡房惡卧具今日以不愛我等故復差與惡食云何衆僧乃差如是有愛比丘爲僧分卧具差次受請也時羅閱城中有一比丘尼名曰慈是慈地比丘妹聞慈地比丘來至羅閱城中即至慈地比丘所在前立問訊遠行勞耶不疲極耶作如是善言問訊時慈地比丘默然不答比丘尼言大德我有何過而不見答彼答言何須與汝語爲沓婆摩羅子觸嬈我而不能助我比丘尼言欲使我作何等方便令沓婆摩羅子不觸嬈大

慈慈地比丘言汝伺佛比丘僧會時便往衆中作如是言大德此非善非宜非好不隨順所不應不合時我本所憑無有恐懼憂惱云何今日更生怖懼憂惱云何水中生火此沓婆摩羅子乃來犯我衆僧即應和合爲作滅擯如是便不來娆我比丘尼言此有何難便可作之時慈比丘尼往至僧中如上所說

四分律藏卷第三

音釋

䦾以灼切與鑰同鑰匙也 癰於容切癰疽也 癩落蓋切惡疾也 搩陟格切手度物也 屣踈士切履屬 拼晡橗切彈也 睒失冉切 熊羆熊胡弓切羆波為切熊羆皆獸名

四分律藏卷第四

姚秦三藏佛陀耶舍共竺佛念譯

初分之四

時尊者沓婆摩羅子去佛不遠世尊知而故問汝聞此比丘尼所說不答言聞唯世尊當知之世尊告言今不應作如是報我若實當言實若不實當言不實時沓婆摩羅子聞世尊教即從座起偏露右臂右膝著地合掌白佛言我從生已來未曾憶夢中行不淨況於覺悟而行不淨世尊報曰善哉善哉沓婆摩羅子汝應作是說時世尊告諸比丘汝等應檢問此慈地比丘莫以無根非梵行謗此沓婆摩羅子比丘清淨人若以無根非梵行謗者獲重罪諸比丘答言如是世尊諸比丘從佛受教尋至慈地比丘所檢問本末此事云何爲審爾不莫以無根非梵行謗此沓婆摩羅子清淨梵行人若以無根非梵行謗清淨梵行人得重罪時慈地比丘得諸比丘詰問已報言我知沓婆摩羅子清淨梵行人無是事我來到羅閱城彼爲僧分房卧具與我等惡房惡卧具我即生不忍心言沓婆摩羅子有愛隨所喜與好房好卧具不喜者與惡房惡卧具以不愛我故與惡房惡卧具差次受請與我惡食處由此倍增瞋恚言衆僧云何任此有愛人爲僧分房卧具差次受請飯食也而此沓婆摩羅子清淨梵行人無如是事時諸比丘聞中有少欲知足行頭陀樂學戒知慚愧者嫌責慈地比丘汝云何以無根非梵行謗沓婆摩羅子梵行人耶時諸比丘往世尊所頭面作禮在一面坐以此因緣具白

世尊世尊爾時以此因縁集諸比丘以無數方便訶責慈地比丘汝所爲非非威儀非淨行非隨順行所不應爲云何以無根非梵行謗清淨梵行人耶世尊告諸比丘有二種人一向入地獄何謂二若非梵行自稱梵行若眞梵行以無根非梵行謗之是謂二一向入地獄世尊以無數方便訶責慈地比丘已告諸比丘言慈地比丘癡人多種有漏處最初犯戒自今已去與諸比丘結戒集十句義乃至正法久住欲說戒者當如是說若比丘瞋恚所覆故非波羅夷比丘以無根波羅夷法謗欲壞彼清淨行若於異時若問若不問知此事無根說我瞋恚故作是語若比丘作是語者僧伽婆尸沙比丘義如上瞋恚者有十惡法因縁故瞋十事中以一一生瞋根者有三根見根聞根疑根見根者實見犯梵行見偷五錢過五錢見斷人命若他見者從彼聞是謂見根聞根者若聞犯梵行聞偷五錢若過五錢聞斷人命聞自歎譽得上人法若彼說從彼聞是謂聞根疑根者有二種生疑從見生從聞生從見生者若見與婦女入林出林無衣裸形男根不淨汙身手捉刀血汙與惡知識伴是謂從見生疑從聞生者若在暗地若聞牀聲若聞草蓐轉側聲若聞身動聲若聞共語聲若聞交會聲若聞我犯梵行聲聞言偷五錢過五錢聲若聞言我殺人若聞言我得上人法是謂從聞生疑除此三根已更以餘法謗者是謂無根若彼人不清淨不見犯波羅夷不聞犯波羅夷不疑犯波羅夷便作是言我見聞疑彼犯波羅夷以無根法

謗僧伽婆尸沙若彼人不清淨不見犯波羅夷不聞犯波羅夷不疑犯波羅夷生見聞疑想後忘此想便作是言我見聞疑彼犯波羅夷以無根法謗僧伽婆尸沙若彼人不清淨不見聞疑彼犯波羅夷彼有疑後便言我是中無疑我見聞疑以無根法謗僧伽婆尸沙若彼人不清淨不見聞疑彼犯波羅夷彼生疑後便忘疑便言我見聞疑以無根法謗僧伽婆尸沙若彼人不清淨不見聞疑彼犯波羅夷是中無疑彼便言我是中有疑見聞疑犯波羅夷以無根法謗僧伽婆尸沙若彼人不清淨不見聞疑彼犯波羅夷是中無疑後忘無疑彼便言我見聞疑彼犯波羅夷以無根法謗僧伽婆尸沙若彼人不清淨不見彼犯波羅夷便言我聞疑彼犯波羅夷以無根法謗僧伽婆尸沙若彼人不清淨不見彼犯波羅夷是中有見想後忘此想便言我聞疑彼犯波羅夷以無根法謗僧伽婆尸沙若彼人不清淨不見彼犯波羅夷是中有疑便言是中無疑我聞疑彼犯波羅夷以無根法謗僧伽婆尸沙若彼人不清淨不見彼犯波羅夷是中有疑後忘疑便言我聞疑彼犯波羅夷以無根法謗僧伽婆尸沙若彼人不清淨不見彼犯波羅夷是中無疑便言我有疑我聞疑彼犯波羅夷以無根法謗僧伽婆尸沙若彼人不清淨不見彼犯波羅夷是中無疑後忘此無疑便言我聞疑彼犯波羅夷以無根法謗僧伽婆尸沙聞疑亦如是（此中更有諸句文煩不出）若比丘以無根四事謗比丘說而了了僧伽婆尸沙不了了偷蘭遮若指印書遣使若

作知相了了僧伽婆尸沙不了了偷蘭遮除四波羅夷更以餘非比丘法謗言汝犯邊罪犯比丘尼賊心受戒破内外道黄門殺父殺母殺阿羅漢破僧惡心出佛身血非人畜生二根說而了了者僧伽婆尸沙不了了者偷蘭遮若指印書使若作知相了了僧伽婆尸沙不了了偷蘭遮除此非比丘法更以無根法謗比丘隨前所犯若以八無根波羅夷法謗比丘尼說而了了僧伽婆尸沙不了了偷蘭遮若指印若書使若作知相了了僧伽婆尸沙不了了偷蘭遮除此八波羅夷更以餘無根非比丘尼法謗了了僧伽婆尸沙不了了者偷蘭遮若以指印書使若作知相了了僧伽婆尸沙不了了偷蘭遮除非比丘尼法更以餘無根法謗比丘尼者隨前所犯除比丘比丘尼以無根罪謗餘人者突吉羅比丘尼僧伽婆尸沙式叉摩那沙彌沙彌尼突吉羅是謂爲犯不犯者見根聞根疑根說實戲笑說若疾疾說若獨說夢中說若欲說此錯說彼無犯無犯者最初未制戒癡狂心亂痛惱所纏（八竟）

佛在羅閱祇耆闍崛山中時慈地比丘從耆闍崛山下見大羝羊共母羊行婬見已自相謂言此羝羊即是沓婆摩羅子母羊即是慈比丘尼我今當語諸比丘言我先以聞無根法謗沓婆摩羅子我等今親自眼見沓婆摩羅子實與慈比丘尼行不淨即便往詣諸比丘所言我等前聞以無根波羅夷謗沓婆摩羅子今親自眼見沓婆摩羅子與慈比丘尼行婬諸比丘言此事云何汝等莫以無根法

謗沓婆摩羅子修梵行人以無根法謗梵行人得重罪爾時慈地比丘得諸比丘詰問已便作是言沓婆摩羅子無有此事是清淨人我等向者從耆闍崛山下見諸羝羊與母羊行婬我等即自相謂言此羝羊是沓婆摩羅子母羊是慈比丘尼我等今日目自見之當向諸比丘說言我本以聞無根法謗沓婆摩羅子今眼自見共慈比丘尼行婬然此沓婆摩羅子是清淨人實無此事諸比丘聞中有少欲知足行頭陀樂學戒知慚愧者嫌責慈地比丘汝等云何以異分無根波羅夷謗沓婆摩羅子清淨人諸比丘即往世尊所頭面禮足在一面坐以此因緣具白世尊世尊以此因緣集比丘僧以無數方便訶責慈地比丘汝等所爲非非威儀非淨行非隨順行所不應爲沓婆摩羅子修梵行汝等云何以異分無根波羅夷謗沓婆摩羅子清淨人訶責已告諸比丘慈地比丘癡人多種有漏處最初犯戒自今已去與諸比丘結戒集十句義乃至正法久住欲說戒者當如是說若比丘以瞋恚故於異分事中取片非波羅夷比丘以無根波羅夷法謗欲壞彼清淨行彼於異時若問若不問知是異分事中取片是比丘自言我瞋恚故作是語作是語者僧伽婆尸沙比丘義如上瞋恚如上說異分者若比丘不犯波羅夷言見犯波羅夷以異分無根法謗僧伽婆尸沙若比丘不犯波羅夷謂犯僧伽婆尸沙以異分無根波羅夷謗僧伽婆尸沙若比丘不犯波羅夷彼見犯波逸提波羅提提舍尼偷蘭遮突吉羅惡說以異分事無

根波羅夷法謗僧伽婆尸沙若比丘犯僧伽婆尸沙彼言犯波羅夷以異分無根波羅夷法謗僧伽婆尸沙若比丘犯僧伽婆尸沙彼謂犯波逸提波羅提提舍尼偷蘭遮突吉羅惡說以異分事無根波羅夷法謗僧伽婆尸沙不清淨不清淨人相似名同姓同相同以此人事謗彼以異分無根波羅夷法謗僧伽婆尸沙若不清淨人與清淨人相似名同姓同相同以此人事謗彼以異分無根波羅夷法謗僧伽婆尸沙若清淨人與不清淨人相似名同姓同相同以此人事謗彼以異分無根波羅夷法謗僧伽婆尸沙若清淨清淨人相似名同姓同相同以此人事謗彼以異分無根波羅夷法謗僧伽婆尸沙若見本在家時犯婬盜五錢若過五錢若殺人便語人言我見比丘犯婬盜五錢若過五錢若殺人以異分無根波羅夷法謗僧伽婆尸沙若聞本在家時犯婬聞盜五錢若過五錢聞殺人聞自稱得上人法彼便作是言我聞彼犯婬聞盜五錢若過五錢聞斷人命聞自稱得上人法以異分無根波羅夷法謗僧伽婆尸沙若比丘自語聞響聲我犯婬聞盜五錢若過五錢聞斷人命聞自稱得上人法以異分無根波羅夷法謗僧伽婆尸沙若比丘以異分無根四事法謗比丘說而了了者僧伽婆尸沙說而不了了者偷蘭遮若指印若書若使若作知相了了者僧伽婆尸沙不了了者偷蘭遮除四波羅夷以餘異分無根非比丘法謗言汝犯邊罪乃至三形如上說說而了了者僧伽婆尸沙不了了者偷蘭遮若指印若書

若使若作知相了了者僧伽婆尸沙不了了者偷蘭遮除上事更以餘異分無根法謗比丘隨前所犯若比丘以異分無根八波羅夷法謗比丘尼說而了了者僧伽婆尸沙不了了者偷蘭遮若指印若書若使若作知相了了者僧伽婆尸沙不了了者偷蘭遮除八波羅夷以餘異分非比丘尼法謗說而了了者僧伽婆尸沙不了了者偷蘭遮若指印若書若使若作知相了了者僧伽婆尸沙不了了者偷蘭遮除非比丘尼法更以餘異分無根法謗比丘尼隨所犯除謗比丘比丘尼以異分無根法謗餘人者突吉羅比丘尼僧伽婆尸沙式叉摩那沙彌沙彌尼突吉羅是謂爲犯不犯者見根聞根疑根說實戲笑說疾疾說若獨說夢中說若欲說此錯說彼不犯不犯者最初未制戒癡狂心亂痛惱所纏九竟

爾時佛在彌尼搜國阿奴夷界時諸豪族釋子執信牢固從世尊求出家時有釋種子兄弟二人一名阿那律次名摩訶男阿那律者其母愛念常不離目前其母與設三時殿春夏冬使與諸婇女五欲自恣共相娛樂時摩訶男釋子語阿那律言今諸釋種豪族子孫盡以信堅固從世尊求出家而我一門都無出家者兄可知家業公私之事一以相付弟欲出家若不能者弟當持家業兄可出家阿那律言我今不能出家卿能可去摩訶男如是再三語阿那律亦再三報言我不能出家摩訶男語阿那律言若不能出家者我今當白兄持家業事應典領作人修治屋舍奉望貴勝及諸知親出入王所威儀禮節具事如

是耕田種作務及時節阿那律報言卿所說極煩碎我所不堪何不說言於五欲中共相娛樂耶居業之事卿自爲之我欲以信從世尊求出家摩訶男報言兄可往辭母時阿那律即詣母所白言聽子所說當知諸釋種子皆共出家而我居門獨無出家者我今欲往詣世尊所求出家若母聽許便當出家修清淨行其母報言吾止有汝等二人愛念情深初不欲離目前今云何令汝出家也乃至於死猶不欲相離況當生別時阿那律如是再三白母欲求出家其母亦再三答終不放汝時阿那律再三從母求出家母即自思念當以何方便令子不出家尋復念言釋子跋提其母甚愛念必不聽出家當語阿那律言若跋提母放子出家我亦放汝出家念已即語

時阿那律聞母此言已往跋提所語言卿今知不諸釋子盡出家然我等未有出家者我等二人可共出家跋提報言我不堪出家卿欲出家任意阿那律如是再三勸之跋提亦再三報言我不出家阿那律報言我今日出家之事一以由汝彼報言卿云何以出家之事一以見由阿那律報言我辭母出家母報我言汝若能令跋提出家者當放汝出家是以相由耳跋提報言卿且止須我往白母時跋提子即往母所長跪白母言母今知不諸釋種子盡出家唯我一門獨無我今信樂欲從世尊求出家願母見聽其母報言我不聽汝出家何以故我止有汝一子心甚愛念不欲須臾離目前乃至於死猶不欲相離而況生別跋提如是再三白母唯見聽許其母亦

再三報子不聽出家其毋見兒心至切自念言我當作何方便令子不出家時毋思惟阿那律毋甚愛其子彼終不聽令出家若彼聽出家者我亦當放子出家念已即語跋提言若阿那律毋聽子出家我當放汝時跋提子往阿那律所語言我毋已聽我出家我等今可且復自停更在家七年五欲極意共相娛樂然後出家阿那律報言七年極遠人命無常跋提復言若不能七年者寧可六年若五四三二一年在家五欲自娛耶阿那律報言一年極遠我不堪忍人命無常跋提言若不堪一年可七月中五欲自娛耶阿那律報言七月極遠我不堪忍人命無常跋提言若不堪七月可六五四三二一月共相娛樂耶阿那律言一月極遠我不堪忍人命無常跋提

子言若不能一月者可七日之中共相娛樂耶阿那律報言七日不遠若七日竟能出家者善若不出家我當出家時釋子七日之中極意五欲共相娛樂滿七日已時阿那律釋子跋提釋子難提釋子金毗羅釋子難陀釋子跋難陀釋子阿難陀釋子提婆達釋子優波離剃髮師第九各淨洗浴已以香塗身梳治鬚髮著珠瓔珞乘大象馬出迦毗羅衛城時國人民見諸釋子自相謂言此諸釋子先洗浴其身著瓔珞具乘大象馬入園遊觀亦如今日時諸釋子乘大象齊其界內下象脫衣脫瓔珞具并象與優波離語言汝常依我等以自存活我等今者出家以此寶衣并大象與汝用自資生活時諸釋子即前進至阿㝹夷彌尼國優波離在後心自思念我本由

此釋子得自存活今日以信樂捨我從世尊出家我今寧可隨逐出家若彼有所得我亦當得時優波離即以所得寶衣瓔珞以白氎褁之懸著高樹念言其有來取者與之於是便往詣諸釋子所白諸釋子言汝等來後我即生念我常依諸釋子得自生活今日諸釋子以信樂從世尊求出家而況我不隨逐出家耶諸釋子所得我亦當得時諸釋子及優波離相將詣世尊所頭面禮足却住一面白佛言世尊我等父母已聽出家願大德聽我出家唯願世尊先度優波離何以故我等多有憍慢欲除憍慢故爾時世尊即先度優波離次度阿那律次跋提釋子次難提釋子次金毗羅釋子次難陀釋子優波離受大戒最爲上座時有大上座名毗羅荼別度釋子阿難陀餘次上座度跋難陀提婆達多爾時世尊度諸釋子已遣詣占婆國爾時諸釋子受世尊及諸上座教授已往彼國各自思惟證增上地提婆達多得神足證時跋提釋子獨在阿蘭若處樹下塚間思惟夜過已高聲稱言甚樂甚樂其邊諸比丘聞念言此跋提比丘本在俗時恒五欲以自娛樂捨彼榮樂出家爲道獨在阿蘭若處樹下塚間於夜過已而自稱言甚樂甚樂此跋提釋子將無自念本在家時五欲自娛而自稱言甚樂也時諸比丘明旦詣世尊所頭面禮足在一面坐以此因緣具白世尊世尊勑一比丘汝可速喚跋提比丘來比丘受教即便往喚跋提比丘言世尊喚汝來時跋提比丘即詣世尊所頭面禮足在一面坐世尊知而故問云何跋提

汝審獨在阿蘭若處塜間樹下至中夜自稱言甚樂甚樂耶跋提答言實爾世尊佛言跋提汝觀察何義而自稱言甚樂甚樂耶跋提白佛言我本在家時內外常以刀仗而自衞護如是衞護猶有恐怖懼有外怨賊而來侵奪我命我獨在阿蘭若處塜間樹下至於中夜無有恐懼身毛不竪大德我念出離之樂是故自稱言甚樂甚樂耳世尊告言善哉善哉族姓子是汝所應以信出家樂清淨行爾時世尊在羅閱祇耆闍崛山時瓶沙王無子時王即集能相婆羅門令占相諸夫人語言汝占此諸夫人何者應生子婆羅門占相言此少壯夫人當生子而是王怨王聞是語已於其夜與此夫人交會即便有娠後生男顏容端正未生子時婆羅門記言當是王怨因此立字名未生怨然此王子年漸長大提婆達以神通力使王子信樂提婆達念言我欲畜徒衆爾時世尊在拘睒毗國時彼國中有人名迦休拘羅子命終未久生化自在天中時迦休天子中夜時來至大目揵連所頭面禮足在一面立白目連言提婆達心欲爲惡而生念言我欲畜徒衆時迦休天子作此語已頭面作禮遶竟即沒不現時目連夜過已往世尊所頭面禮足在一面坐以此因緣具白世尊世尊問目連言汝意云何如迦休天子所言審爾無錯耶目連白佛言審爾世尊世尊告目連莫作是說我不見諸天世人諸魔梵王沙門婆羅門所說如實無違唯除如來言不虛也佛告目連世有五事最尊（如後所說）爾時提婆達往至太子阿闍世所以神通力

飛在空中或現身說法或隱身說法或現半身說法或不現半身說法或身出煙或身出火或變身作嬰孩身著瓔珞在太子抱上轉側軟太子指時太子阿闍世見此變恐懼身毛爲竪時提婆達知太子恐懼即語言勿懷恐懼勿懷恐懼太子問曰汝是何人答言我是提婆達太子言汝實是提婆達者還復汝身尋復其身見已即增信樂既信樂已更增所供養時阿闍世日日將從五百乘車朝暮問訊并供五百釜飲食時諸比丘聞阿闍世日從五百乘車朝暮問訊提婆達并供五百釜飲食即至世尊所頭面禮足在一面坐以此因緣具白世尊世尊爾時告諸比丘汝等各自攝心莫生貪著提婆達利養也何以故正使阿闍世日日從五百乘車朝暮問訊并供五百釜飲食正可增益提婆達惡心譬如男子打惡狗鼻而令彼狗更增兇惡比丘當知此亦如是正使阿闍世日日從五百乘車朝暮問訊并供五百釜飲食正可增提婆達惡心耳時摩竭國王瓶沙聞阿闍世日日從五百乘車朝暮問訊提婆達并供五百釜飲食時王瓶沙日將從七百乘車朝暮問訊世尊并供七百釜飲食爾時提婆達聞瓶沙王將從七百乘車朝暮問訊世尊并供七百釜飲食聞已以利養故生嫉妬心即失神通便作是念我今當伺候佛大衆會時往至佛所求哀請言世尊年已老邁壽過於人學道亦久宜居閑靜默然自守世尊是諸法之主宜可以僧付囑我我當將護爾時提婆達伺大衆集即如所念具白世尊佛告言我尚不以

僧付舍利弗目連況汝癡人涕唾之身豈可付囑時提婆達生此念今世尊於大衆中乃言我愚癡涕唾之身即生不忍心此是提婆達於此生中最初於世尊所生不忍心時提婆達往阿闍世所語言王以正法治者得長壽汝父死後乃得作王年已老耄不得久在五欲中而自娛樂汝可殺父我當殺佛於摩竭國界有新王新佛治國教化不亦樂耶王子報言可爾即問提婆達汝須何等答言我須人衆即便與人時提婆達即遣二人往欲害佛教言汝往殺佛已更從餘道來遣二人去後復更遣四人語言汝逆彼二人若得便殺更從餘道來後復更遣八人語言汝逆彼四人若於道路得便殺之更從餘道來如是轉倍遣人乃至六十四人如是根本斷滅不可分別不知誰害世尊世尊爾時在賭坎窟中坐從此窟出於山巖下經行佛自念言昔我所作緣對期在今日時二人受提婆達教即著鎧執持刀仗往趣世尊二人心念我欲害佛適生此念即時不能得前念言世尊有大神德威力無量正使弟子亦有神力我等豈能得害世尊適生此念即便得往遙見世尊顏貌端正諸根寂定得上調伏第一寂滅諸根堅固如調龍象意不錯亂猶水澄清內外清徹見已發歡喜心即捨刀仗置在一處前詣世尊所頭面作禮在一面坐世尊漸漸爲二人說微妙法使發歡喜勸令修善說施說戒說生天福訶欲不淨讚歎出離二人即於座上諸塵垢盡得法眼淨見法得法白佛言自今已去受三自歸歸依佛歸依法歸依

僧作優婆塞自今已去盡形壽不殺生乃至不飲酒時世尊告二人言汝欲還者乃更從彼道去莫從此道即從座起頭面禮佛遶三帀而去到提婆達所語言世尊有大神德威力無量弟子亦有神力我等豈能害世尊耶時提婆達報言汝出去滅去何用汝爲云何二人不能殺一人提婆達乘此恚意自往耆闍崛山手執大石遥擲世尊時有天即接石置山頂上從彼石邊有小迸石片來打佛足指傷皮血出時世尊即右顧猶如大龍作如是言未曾有瞿曇乃作是事時世尊即還入窟自襞僧伽梨四揲右脇卧猶如師子脚脚相累極患疼痛一心忍之時衆多比丘聞提婆達遣人害佛各各皆執杖石遶窟高聲大喚佛從窟出語諸比丘汝等何爲執此杖石遶窟大喚如捕魚者得魚喚聲諸比丘白佛言向聞提婆達欲來害佛是故我等手執杖石來至窟所恐怨家來害世尊佛告比丘汝等各還所止專意修道諸佛常法無所覆護何以故已勝諸怨故汝等比丘當知轉輪聖王若爲外怨惡所害無有是處如來亦復如是若有衆惡來害無有是處告諸比丘世有五種尊何謂五或有尊戒不清淨自稱言我戒清淨諸弟子親近如實知之言今我師戒不清淨自稱我戒清淨我若向諸白衣說彼即不喜若彼不喜則不應說置令受人施後自當知如是諸比丘彼世間尊法弟子爲戒生護師求弟子護二者諸比丘或有命不清淨自稱言我命清淨如上說三者諸比丘或有見慧不清淨而自稱我見慧清淨如上說

四者或有言説不清淨自稱言我言説清淨如上説五者或有在法律外而自稱言我在法律内清淨如上説如是諸比丘世有是五種以爲尊法諸比丘我今持戒清淨亦自稱言我持戒清淨不令弟子護我我亦不求弟子護如是諸比丘我命清淨自稱言我命清淨如上説如是諸比丘我見慧清淨自稱言我見慧清淨如上説諸比丘我言説清淨自稱言我言説清淨如上説諸比丘我在法律内自稱言我在法律内如上説時世尊告諸比丘汝等可差舍利弗便告諸白衣大衆若提婆達所爲事者則非佛法僧事是提婆達所作應作白二羯磨當差堪能羯磨人如上作如是白大德僧聽若僧時到僧忍聽今差舍利弗比丘向諸白衣大衆説提婆達所爲事者非佛法僧事當知是提婆達所作白如是大德僧聽僧今差舍利弗比丘向諸白衣大衆説提婆達所作事非佛法僧事是提婆達所作誰諸長老忍僧差舍利弗向諸白衣大衆説提婆達所作非佛法僧者默然誰不忍者説僧已忍差舍利弗向諸白衣大衆説提婆達所作事非佛法僧竟僧忍默然故如是持時舍利弗聞此語已心疑即往至世尊所頭面禮足在一面坐白佛言世尊我當云何在白衣衆中説其惡何以故我本向諸白衣讃歎其善言大姓出家聰明有大神力顔貌端正佛告舍利弗汝先讃歎提婆達聰明有大神力大姓出家實爾以不答言大德實爾是故舍利弗汝今應往至白衣大衆中語言提婆達先時如是今日如是當知提婆達

所作非佛法僧是提婆達所作爾時舍利弗承佛教已往白衣大衆中語言提婆達先時如是今日如是提婆達所作者非佛法僧是提婆達所作時大衆中忍可提婆達者即言沙門釋子以供養故生嫉妬心不喜提婆達得供養故便於大衆中說言提婆達所作非佛法僧是提婆達所作耳中有信樂佛者便作此言提婆達或能已作或方當作時阿闍世密自衣裏帶刀疾疾入宮欲害其父時守門者發覺搜求身上得刀問言執此刀欲作何等報言我欲入宮害王守門者問言誰教汝乃生此心耶答言提婆達教我時守門者即將詣諸大臣所語言阿闍世欲害王諸大臣問言誰教汝答言提婆達教我衆中有臣言沙門釋子皆作此事盡應當殺或有臣言諸沙門釋子不盡爲惡不應盡殺唯是王子提婆達所作今當殺之或有臣言此沙門釋子不盡爲惡但提婆達阿闍世所作雖應死不應殺何以故王是法王聞必不悅時即衞守將詣瓶沙王所白王言此阿闍世欲害於王王問誰教汝耶答言是提婆達中有大臣言沙門釋子一切皆惡盡應殺之王聞此言心甚不悅中有臣言沙門釋子不盡爲惡不應盡殺但提婆達阿闍世所作王應殺之王聞此言心亦不悅中有大臣言沙門釋子不盡爲惡不應盡殺是提婆達阿闍世所作今雖應死不應殺何以故王是法王恐聞必不悅時王瓶沙悅可此語告諸臣言此一切沙門釋子不必皆惡是故不應盡殺是提婆達阿闍世所作亦不應殺何以故佛先令舍利

弗在大衆中說言提婆達所作者非佛法僧是提婆達所作耳是故不應殺時父王訶責太子阿闍世已告諸大臣可恕太子阿闍世尋即放去時諸大臣皆共高聲言阿闍世所爲事大應死云何小爾訶責便放去耶爾時提婆達既教人害佛復教阿闍世害父惡名流布利養斷絶時提婆達通已五人家家乞食一名三聞達多二名騫荼達婆三名拘婆離四名迦留羅覲舍及其身爲五時諸比丘聞提婆達教人害佛復教阿闍世害父惡名流布利養斷絶通已五人家家乞食往世尊所頭面禮足在一面坐以此因緣具白世尊世尊即集大衆知而故問提婆達言汝審將四人家家乞食耶答言如是世尊世尊爾時以無數方便訶責提婆達汝所爲非非威儀非淨行非隨順行所不應爲汝云何別將四人家家乞食耶我無數方便說應慈愍白衣家汝今云何別將四人家家乞食時世尊以無數方便訶責提婆達已即告諸比丘自今已去不得別衆食聽齊三人食所以然者有二事利故爲攝難調故爲慈愍白衣家故何以故恐彼難調人故自結別衆以惱衆僧提婆達即生此念未曾有瞿曇沙門乃斷人口食我寧可破彼僧輪我身滅後可得名稱言沙門瞿曇有大神力智慧無礙而提婆達能破彼僧輪時提婆達即往伴比丘所語言我等今可共破彼僧輪我等死後可得名稱言沙門瞿曇有大神力智慧無礙而提婆達能破彼僧輪時提婆達伴名三聞達多智慧高才即報言沙門瞿曇有大神力及其弟子徒

衆亦復如是我等何能得破彼僧輪提婆達言如來常稱說頭陀少欲知足樂出離者我今有五法亦是頭陀勝法少欲知足樂出離者盡形壽乞食盡形壽著糞掃衣盡形壽露坐盡形壽不食酥鹽盡形壽不食魚及肉我今持此五法教諸比丘足令信樂當語諸比丘言世尊無數方便歎譽頭陀少欲知足樂出離者我等今有五法亦是頭陀勝法盡形壽乞食乃至不食魚及肉可共行之年少比丘必多受教上座比丘恐不信受由此方便故得破其僧輪時三聞達多語提婆達言若作如是足得破彼僧輪時提婆達即以五法教諸比丘言世尊無數方便歎譽頭陀少欲知足樂出離者我等今有五法亦是頭陀少欲知足樂出離勝法我等盡形壽乞食盡形壽著糞掃衣盡形壽露坐盡形壽不食酥鹽魚及肉爾時衆多比丘聞提婆達以五法如是教諸比丘令其信樂廣說如上諸比丘聞已往至世尊所頭面禮足在一面坐以此因緣具白世尊佛告諸比丘提婆達今日欲斷四聖種何等四我常以無數方便說衣服趣得知足我亦歎說衣服趣得知足我亦以無數方便說飯食牀卧具病瘦醫藥趣得知足亦歎說飯食牀卧具病瘦醫藥趣得知足比丘當知提婆達今日欲斷四聖種時世尊以此因緣集比丘僧知而故問提婆達言汝審以五法教諸比丘不廣說如上對曰如是世尊

四分律藏卷第四

音釋

裸郎果切赤體也羝都奚切牡羊也氎徒協切細毛布也娠失人切孕也欶色角切含吸也襞彼戟切疊衣也揲達協切摺也鞮都奚切

四分律藏卷第五

姚秦三藏佛陀耶舍共竺佛念譯

初分之五

世尊爾時以無數方便訶責汝云何以五法教諸比丘廣說如上提婆達汝莫斷四聖種何等四如上所說提婆達汝今莫方便破和合僧莫方便受破和合僧堅持不捨汝當與僧和合不鬪諍同一水乳於佛法中有益安樂住是故提婆達當知破和合僧甚惡艱難得大重罪破和合僧在泥犁中一劫受罪不可救療時世尊以方便令提婆達破僧心暫息以無數方便訶責提婆達已告諸比丘聽僧與提婆達訶諫捨此事故白四羯磨衆中應差堪能羯磨者如上作如是白大德僧聽此提婆達欲方便破和合僧堅持不捨若僧時到僧忍聽與作訶諫捨此事故提婆達汝莫破和合僧堅持不捨汝提婆達當與僧和合歡喜不諍同一水乳於佛法中安樂住白如是大德僧聽此提婆達欲受破和合僧法堅持不捨今僧與訶諫捨此事故汝莫破和合僧堅持不捨汝提婆達當與僧和合歡喜不諍同一水乳於佛法中安樂住誰諸長老忍僧與提婆達訶諫捨此事者默然誰不忍者說是初羯磨第二第三亦如是說僧已忍與提婆達訶諫捨此事竟僧忍默然故如是持應作如是訶諫僧爲提婆達作如是訶諫白四羯磨諸比丘以此事故白世尊世尊告言若餘比丘方便欲破和合僧者亦當以此白四羯磨訶諫自今已去爲諸比丘結戒集十句義乃至正法久住欲說戒者當如是說

若比丘欲壞和合僧方便受壞和合僧法堅持不捨彼比丘應諫是比丘大德莫壞和合僧莫方便壞和合僧莫受壞僧法堅持不捨大德應與僧和合與僧和合歡喜不諍同一師學如水乳合於佛法中有增益安樂住是比丘如是諫時堅持不捨彼比丘應三諫捨此事乃至三諫時捨者善不捨者僧伽婆尸沙比丘義如上說和合者同一羯磨同一說戒僧者四比丘若五若十乃至無數破者破有十八事法非法律非律犯不犯若輕若重有殘無殘麤惡非麤惡常所行非常所行制非制說非說是爲十八住破僧法者即住此十八事是若比丘方便欲破和合僧受破僧法堅持不捨彼比丘當諫此比丘言大德莫方便欲破和合僧莫受破僧法堅持不捨大德當與僧和合歡喜不諍同一水乳於佛法中有增益安樂住大德可捨此事莫令僧作訶諫而犯重罪若用語者善若不用語者復令比丘比丘尼優婆塞優婆夷若王大臣種種異道沙門婆羅門求若餘方比丘聞知其人信用言者應來若用言者善若不用言者應作白作白已應更求大德我已白竟餘有羯磨在汝今可捨此事莫令僧爲汝作羯磨更犯重罪若用語者善不用語者應作初羯磨作初羯磨已應更求大德我已白作初羯磨竟餘有二羯磨在汝可捨此事莫令僧更爲汝作羯磨而犯重罪若用語者善不用語者應作第二羯磨作第二羯磨已應更求大德我已作白二羯磨竟餘有一羯磨在汝可捨此事莫令僧更爲汝作羯磨而犯重罪若

能捨者善若不捨者與說第三羯磨竟僧伽婆尸沙作白二羯磨竟捨者三偷蘭遮作白一羯磨竟捨者二偷蘭遮作白竟捨者一偷蘭遮若初白未竟捨者突吉羅若一切未白方便欲破和合僧受破和合僧法堅持不捨一切突吉羅若僧爲破僧人作訶諫羯磨時有比丘教言莫捨此比丘偷蘭遮若不訶諫突吉羅若比丘尼教言莫捨尼偷蘭遮未作訶諫尼教莫捨突吉羅除比丘比丘尼更有餘人教莫捨盡突吉羅比丘尼僧伽婆尸沙式叉摩那沙彌沙彌尼突吉羅是爲犯不犯者初諫便捨若非法別衆作訶諫非法和合衆作訶諫法別衆法相似別衆法相似和合衆非法非律非佛所教若一切未作訶諫若破惡友惡知識若破方便欲破僧者遮令不破若破方便助破僧者二三人羯磨若欲作非法非毗尼羯磨若爲僧爲塔爲和尚同和尚爲阿闍黎同阿闍黎爲知識作損減作無住處破者是謂不犯不犯者最初未制戒癡狂心亂痛惱所纏竟十

佛在羅閱祇耆闍崛山中時提婆達故執比五法復往教諸比丘言世尊以無數方便常歎說頭陀少欲知足樂出離者盡形壽乞食著糞掃衣露坐不食酥鹽不食魚及肉時諸比丘語提婆達言汝莫破和合僧莫住破僧法堅持不捨何以故與僧和合歡喜不諍同一水乳於佛法中有增益安樂住時提婆達伴黨方便助破和合僧比丘語諸比丘言汝莫訶提婆達所說提婆達是法語比丘律語比丘提婆達所說我等忍可諸比丘聞中有

少欲知足行頭陀樂學戒知慚愧者嫌責提婆達伴黨比丘汝等云何言提婆達是法語比丘律語比丘提婆達所說我等忍可諸比丘嫌責已往世尊所頭面禮足在一面坐以此因緣具白世尊世尊以此因緣集比丘僧無數方便訶責提婆達伴黨比丘汝所爲非非威儀非沙門非淨行非隨順行所不應爲云何語諸比丘言莫訶提婆達所說提婆達是法語比丘律語比丘提婆達所說我等忍可爾時世尊以無數方便訶責提婆達伴黨比丘已告諸比丘聽僧與提婆達伴黨比丘作訶諫捨此法故白四羯磨衆中當差堪能羯磨者如上作如是白大德僧聽此提婆達伴黨比丘順從提婆達作如是言汝等諸比丘莫訶提婆達何以故提婆達是法語比丘律語比丘提婆達所說我等忍可若僧時到僧忍聽僧今與提婆達伴黨比丘作訶諫捨此事故汝等莫言提婆達是法語比丘律語比丘提婆達所說我等忍可然提婆達非法語比丘律語比丘汝莫欲壞和合僧汝等當助和合僧大德與僧和合歡喜不諍同一水乳於佛法中有增益安樂住白如是大德僧聽此提婆達伴黨比丘順從提婆達作是語汝等諸比丘莫訶提婆達提婆達是法語比丘律語比丘提婆達所說我等忍可僧今爲提婆達伴黨比丘作訶諫捨此事故大德莫作如是語提婆達是法語比丘律語比丘提婆達所說我等忍可而提婆達非法語比丘非律語比丘汝等莫壞和合僧汝等當助和合僧大德與僧和合歡喜不諍同一水乳於

佛法中有增益安樂住誰諸長老忍僧訶諫提婆達伴黨比丘令捨此事者默然誰不忍者說是初羯磨第二第三亦如是說僧已忍訶諫提婆達伴黨比丘令捨此事竟僧忍默然故是事如是持當作如是訶諫提婆達伴黨比丘白四羯磨諸比丘白佛佛告諸比丘從今已去若有如是伴黨相助壞和合僧者亦當作如是訶諫白四羯磨自今已去與諸比丘結戒集十句義乃至正法久住欲說戒者當如是說若比丘伴黨若一若二若三乃至無數彼比丘語是比丘大德莫諫此比丘此比丘是法語比丘律語比丘此比丘所說我等喜樂此比丘所說我等忍可彼比丘言大德莫作是說言此比丘是法語比丘律語比丘此比丘所說我等喜樂此比丘所說我等忍可然此比丘非法語比丘非律語比丘大德莫欲破壞和合僧汝等當樂欲和合僧大德與僧和合歡喜不諍同一師學如水乳合於佛法中有增益安樂住是比丘如是諫時堅持不捨彼比丘應三諫捨是事故乃至三諫捨者善不捨者僧伽婆尸沙比丘義如上說順從者有二順從法順從衣食順從法順從者以法教授增戒增心增慧諷誦承受衣食順從者給與衣被飲食牀卧具病瘦醫藥伴黨者若四若過四人助伴黨語者若一若二若三若衆多若比丘作非法羣黨語諸比丘言大德汝莫諫此比丘此比丘是法語比丘律語比丘此比丘所說我等忍可汝莫作是語此比丘是法語比丘律語比丘比比丘所說我等忍可而比比丘非法語比丘非

律語比丘汝等莫壞和合僧當助和合僧大德與僧和合歡喜不諍同一水乳於佛法中有增益安樂住可捨此事勿爲僧所訶更犯重罪若隨語者善若不隨語者當白白已當語彼人言我已白餘有羯磨在汝可捨此事勿爲僧所訶更犯重罪若隨語者善不隨語者當作初羯磨作初羯磨已當語彼人言我已白及初羯磨餘有二羯磨在可捨此事勿爲僧所訶更犯重罪若隨語者善不隨語者當作第二羯磨作第二羯磨已當語彼人言已白二羯磨餘有一羯磨在汝可捨此事勿爲僧所訶更犯重罪若隨語者善不隨語者作第三羯磨作第三羯磨竟僧伽婆尸沙白竟二羯磨捨者三偷蘭遮白竟一羯磨捨者二偷蘭遮白竟捨者一偷蘭遮作白未竟捨突吉羅若未白一切隨破僧伴黨盡突吉羅若比丘諫羣黨比丘時更有餘比丘語言莫捨此比丘偷蘭遮若未作訶諫突吉羅若比丘諫羣黨比丘時比丘尼語堅持莫捨者尼偷蘭遮若未作諫尼言莫捨突吉羅除比丘比丘尼餘人言莫捨盡突吉羅比丘尼僧伽婆尸沙式叉摩那沙彌沙彌尼突吉羅是謂爲犯不犯者初語時捨非法別衆非法和合衆法別衆法相似別衆法相似和合衆非法非律非佛所教若一切未作訶諫不犯不犯者最初未結戒癡狂心亂痛惱所纏竟十一

爾時佛在舍衛國祇樹給孤獨園時鞞連有二比丘一名阿濕婆二名富那婆娑在鞞連行惡行汙他家行惡行亦見亦聞汙他家亦見亦聞彼作如是非法行自種華樹教人種

華樹自溉灌教人溉灌自摘華教人摘華自作華鬘教人作華鬘自以線貫若繫教人線貫繫自持華教人持華自持華鬘與人教人持華鬘與人若彼村落中有婦女若童女共同一牀坐起同一器飲食言語戲笑或自歌舞倡妓或他作已唱和或俳說或彈鼓簧吹貝作孔雀音或作衆鳥鳴或走或佯跛行或嘯自作弄身或受雇戲笑時有衆多比丘從迦尸國漸漸遊行至羇連止宿晨朝著衣持鉢入村乞食法服齊整行步庠序低目直前不左右顧視以次乞食時諸居士見已自相謂言此是何人低目而行不左右顧視亦不言笑亦不周接亦不善言問訊我等不應與其飲食我等阿濕婆富那婆娑二人亦不低目而行左右顧視與人周接善言問訊應與飲食供養時彼比丘在羇連乞食因乃得之彼自念言此住處惡比丘在此住彼作如是惡行乃至受雇戲笑時諸比丘即從羇連往至舍衛城到世尊所頭面禮足在一面坐爾時世尊慰問客比丘言汝等住止安樂不衆僧和合不不以飲食爲苦耶諸比丘白世尊大德住止安樂衆僧和合我曹從迦尸國遊行至羇連以上因緣具白世尊世尊爾時以無數方便遥訶責阿濕婆富那婆娑二比丘汝所爲非非威儀非沙門法非淨行非隨順行所不應爲云何阿濕婆富那婆娑在羇連汙他家行惡行汙他家亦見亦聞行惡行亦見亦聞乃至受雇戲笑時世尊以無數方便訶責已告舍利弗目連汝等二人往羇連與阿濕婆富那婆娑作擯羯磨何以故是汝等

弟子故作白四羯磨應如是作集僧已爲彼二人作舉作舉已爲作憶念作憶念已應與罪衆中應差堪能羯磨人如上作如是白大德僧聽此阿濕婆富那婆娑在羈連汙他家行惡行汙他家亦見亦聞行惡行亦見亦聞若僧時到僧忍聽今僧爲阿濕婆富那婆娑作擯羯磨汝等汙他家行惡行汙他家亦見亦聞行惡行亦見亦聞汝等行惡行出去不應在此住白如是大德僧聽此阿濕婆富那婆娑在羈連汙他家行惡行汙他家亦見亦聞行惡行亦見亦聞今僧與阿濕婆富那婆娑作擯羯磨此二人汙他家行惡行汙他家亦見亦聞行惡行亦見亦聞汝等汙他家出去不應在此住誰諸長老忍僧爲此二人作擯羯磨者默然誰不忍者說此是初羯磨第二第三亦如是說僧已忍與阿濕婆富那婆娑作擯羯磨竟僧忍默然故如是持爾時舍利弗目連聞佛教已即從座起禮佛足遶三帀而去舍利弗目連著衣持鉢與五百大比丘衆俱從迦尸國遊行至羈連時阿濕婆富那婆娑聞舍利弗目連將五百大比丘衆俱從迦尸國遊行來至羈連必爲我等作擯羯磨彼二人即往詣居士所語言今有二比丘來一名舍利弗二名目連其一比丘善能幻術飛行虛空第二比丘行惡自能說法汝等好自觀察莫爲彼所惑時舍利弗目連從迦尸國漸漸遊行來至羈連止宿晨朝著衣持鉢入村乞食大目連現神足涌身空中舍利弗親自說法時諸居士見已自相謂言此二比丘一善知幻術飛行空中第二比丘行惡

而自說法時舍利弗目連即爲鞞連諸居士說法令得信樂時尊者舍利弗目連食訖洗鉢還至住處以此因緣集比丘僧集僧已爲阿濕婆富那婆娑作舉作舉已爲作憶念作憶念已舉罪時舍利弗在衆中即作羯磨如上說時阿濕婆富那婆娑僧爲作羯磨時作是言衆僧有愛有恚有怖有癡更有餘同罪比丘有驅者有不驅者而獨驅我時舍利弗目連在鞞連爲阿濕婆富那婆娑作羯磨已還舍衛國祇樹給孤獨園至世尊所頭面禮足在一面坐一面坐已白佛言我等已於鞞連與阿濕婆富那婆娑作擯羯磨已衆僧作擯羯磨時阿濕婆富那婆娑作如是言衆僧有愛有恚有怖有癡有如是同罪比丘有驅者有不驅者爾時世尊以無數方便遥訶責阿濕婆富那婆娑所爲非非威儀非淨行非隨順行所不應爲云何衆僧與作擯羯磨時言衆僧有愛有恚有怖有癡有如是同罪比丘有驅者有不驅者世尊以無數方便訶責彼阿濕婆富那婆娑已告諸比丘自今已去聽僧與阿濕婆富那婆娑作訶諫白四羯磨衆中應差堪能羯磨人如上應作如是白大德僧聽此阿濕婆富那婆娑在鞞連僧與作擯羯磨時便作是言僧有愛有恚有怖有癡有如是同罪比丘有驅者有不驅者若僧時到僧忍聽今僧與阿濕婆富那婆娑作訶諫捨此事故汝等莫作是言僧有愛有恚有怖有癡有如是同罪比丘有驅者有不驅者而諸比丘不愛不恚不怖不癡汝等汙他家行惡行汙他家亦見亦聞行惡行亦見亦聞汝

等汙他家行惡行白如是大德僧聽此阿濕婆富那婆娑在羈連僧與作羯磨時便言僧有愛有恚有怖有癡有如是同罪比丘有驅者有不驅者僧今與阿濕婆富那婆娑作訶諫捨此事故汝等莫作是言僧有愛有恚有怖有癡有如是同罪比丘有驅者有不驅者而諸比丘不愛不恚不怖不癡汝等汙他家行惡行汙他家亦見亦聞行惡行亦見亦聞汝等汙他家行惡行誰諸長老忍僧與阿濕婆富那婆娑作訶諫捨此事者默然誰不忍者說是初羯磨第二第三亦如是說僧已忍與阿濕婆富那婆娑作訶諫捨此事竟僧忍故默然如是持如是與阿濕婆富那婆娑作訶諫白四羯磨已時諸比丘往白佛佛言若有餘比丘若僧已擯若擯時若未擯作如是

言僧有愛有恚有怖有癡亦應如是與作訶諫白四羯磨訶諫自今已去與諸比丘結戒集十句義乃至正法久住欲說戒者當如是說若比丘依聚落若城邑住汙他家行惡行汙他家亦見亦聞行惡行亦見亦聞諸比丘當語是比丘言大德汙他家行惡行汙他家亦見亦聞行惡行亦見亦聞大德汝汙他家行惡行今可遠此聚落去不須住此是比丘語彼比丘作是語大德諸比丘有愛有恚有怖有癡有如是同罪比丘有驅者有不驅者諸比丘報言大德莫作是語有愛有恚有怖有癡有如是同罪比丘有驅者有不驅者而諸比丘不愛不恚不怖不癡大德汙他家行惡行汙他家亦見亦聞行惡行亦見亦聞是比丘如是諫時堅持不捨者彼比丘應再三

諫捨此事故乃至三諫捨者善不捨者僧伽婆尸沙比丘義如上村者有四種如上聚落城邑者屬王家者有男有女汙他家者有四種事依家汙家依利養汙家依親友汙家依僧伽藍汙家云何依家汙家從一家得物與一家所得物處聞之不喜所與物處思當報恩即作是言若有與我者我當報之若不與我者我何故與是爲依家汙家云何依利養汙家若比丘如法得利乃至鉢中之餘或與一居士不與一居士彼得者即生是念當報其恩其有與我者我當報之若不與我我何故與是爲依利養汙家云何依親友汙家若比丘依王若大臣或爲一居士或不爲一居士所爲者即思當報恩其爲我者我當供養不爲我者我不供養是爲依親友汙家云何依僧伽藍汙家若比丘取僧華果與一居士不與一居士即作是念其有與我者我當供養不與我者我不供養是爲依僧伽藍汙家以此四事故汙家是故言汙他家行惡行者自種華樹教人種華樹乃至受雇戲笑如上說若比丘依聚落住汙他家行惡行汙他家亦見亦聞行惡行亦見亦聞彼比丘諫此比丘言大德汙他家亦見亦聞行惡行亦見亦聞大德汙他家行惡行可捨此事莫爲僧所訶更犯重罪若隨語者善若不隨語應作白作白已應求言大德已作白餘有三羯磨在可捨此事莫爲僧所訶更犯重罪若捨者善若不捨者應作初羯磨作初羯磨已應更求大德已作白作初羯磨竟餘有二羯磨在大德可捨此事莫爲僧所訶更犯重罪若隨語

者善不隨語者應作第二羯磨作第二羯磨
已應更求大德已作第二羯磨已餘有一羯
磨在大德可捨此事莫爲僧所訶更犯重罪
若隨語者善若不隨語者作第三羯磨作第
三羯磨已僧伽婆尸沙若白二羯磨捨者三
偷蘭遮若白一羯磨捨者二偷蘭遮若白竟
捨者一偷蘭遮若初白未竟捨者突吉羅若
未白前言僧有愛有恚有怖有癡一切突吉
羅若僧作訶諫時更有餘比丘教莫捨此比
丘偷蘭遮若未作訶諫者突吉羅若僧作訶
諫時有比丘尼教莫捨尼偷蘭遮若未作訶
諫前教者尼突吉羅除比丘比丘尼餘人教
莫捨訶不訶盡突吉羅若不看書持往突吉
羅若爲白衣作信使突吉羅比丘尼僧伽婆
尸沙式叉摩那沙彌沙彌尼突吉羅是謂爲

犯不犯者初語時捨非法別衆非法和合衆
法別衆法相似別衆法相似和合衆非法非
律非佛所說若一切未作訶諫前不犯若與
父母若與病人與小兒與妊身婦女與牢獄
繫人與寺中客作者不犯若種華樹復教人
種供養佛法僧教人取華供養佛法僧自造
華鬘教人造供養佛法僧自以線貫華教人
貫供養佛法僧自持華教人持華供養佛法
僧自以線貫華鬘教人貫持供養佛法僧皆
不犯若人舉手欲打若被賊若象熊羆師子
虎狼來恐難之處若擔刺棘於中走避者不
犯若度河溝渠坑跳躑者不犯若同伴行在
後還顧不見而嘯喚者不犯若爲父母病若
閉在獄若爲篤信優婆塞有病若閉在獄者
看書往若爲塔爲僧爲病比丘事持書往反

者一切不犯不犯者最初未制戒癡狂心亂痛惱所纏竟（十二）

爾時佛在拘睒彌國瞿師羅園時尊者闡陀比丘惡性不受人語語諸比丘言汝莫語我若好若惡我亦不語諸大德若好若惡諸大德止莫有所說何用教我爲我應教諸大德何以故我聖主得正覺故譬如大水初來漂諸草木積在一處諸大德亦復如是種種姓種種名種種家出家集在一處亦如大風吹諸草木集在一處諸大德亦如是種種姓種種名種種家出家集在一處是故諸大德不應教我我應教諸大德何以故我聖主得正覺故時諸比丘聞中有少欲知足行頭陀樂學戒知慚愧者嫌責闡陀比丘云何惡性不受人語語諸比丘言諸大德莫語我若好若惡我亦不語諸大德若好若惡諸大德且止莫有所說何用教授我爲我應教諸大德何以故我聖主得正覺故譬如大水初來漂諸草木集在一處亦如大風吹諸草木聚在一處諸大德亦復如是種種姓種種名種種家出家集在一處是故我應教諸大德諸大德不應教我何以故我聖主得正覺故諸比丘往到世尊所頭面禮足在一面坐以此因緣具白世尊世尊爾時以此因緣集比丘僧以無數方便訶責闡陀比丘汝所爲非非威儀非淨行非隨順行所不應爲云何闡陀惡性不受人語廣說如上乃至我聖主得正覺時世尊訶責闡陀已告諸比丘聽僧與闡陀比丘作訶諫白四羯磨如是訶諫僧中應差堪能羯磨者如上作如是白大德僧聽此闡陀

比丘惡性不受人語諸比丘以戒律如法教授自作不可共語語諸比丘言大德莫語我若好若惡我亦不語諸大德若好若惡大德且止不須教我若僧時到僧忍聽僧今與闡陀比丘作訶諫捨此事故汝闡陀莫自作不可共語當作可共語闡陀汝應如法諫諸比丘諸比丘亦當如法諫汝如是佛弟子衆得增益展轉相教展轉相諫展轉懺悔白如是大德僧聽此闡陀比丘惡性不受人語諸比丘以戒律如法教授自作不可共語語諸比丘言大德莫語我若好若惡我亦不語諸大德若好若惡大德且止不須教我今僧爲闡陀比丘作訶諫捨此事故汝闡陀莫自作不可共語當作可共語汝當如法諫諸比丘諸比丘亦當如法諫汝如是佛弟子衆得增益展轉相教展轉相諫展轉懺悔誰諸長老忍僧爲闡陀比丘作訶諫捨此事者默然誰不忍者說是初羯磨第二第三亦如是說僧已與闡陀比丘作訶諫捨此事竟僧忍故默然如是持當如是訶諫僧與闡陀比丘作訶諫白四羯磨令捨此事已諸比丘白佛佛言若有餘比丘惡性不受人語者僧亦當與作如是訶諫白四羯磨自今已去與諸比丘結戒集十句義乃至正法久住欲說戒者當如是說若比丘惡性不受人語於戒法中諸比丘如法諫已自身不受諫語言諸大德莫向我說若好若惡我亦不向諸大德說若好若惡諸大德且止莫諫我彼比丘諫是比丘言大德莫自身不受諫語大德自身當受諫語大德如法諫諸比丘諸比丘亦如法諫大德如

是佛弟子衆得增益展轉相諫展轉相教展轉懺悔是比丘如是諫時堅持不捨彼比丘應三諫捨是事乃至三諫捨者善不捨者僧伽婆尸沙比丘義如上說惡性不受語者不忍不受人教誨以戒律如法教授者有七犯聚波羅夷僧伽婆尸沙波逸提波羅提提舍尼偷蘭遮突吉羅惡說如法者如法如律如佛所教若比丘惡性不受人語諸比丘以戒律如法教授自身作不可共語大德莫語我若好若惡我亦不語諸大德若好若惡大德且止不須諫我彼比丘諫此比丘言大德莫自作不可共語當作可共語大德如法諫諸比丘諸比丘亦當如法諫大德如是佛弟子衆得增益展轉相教展轉相諫展轉懺悔大德可捨此事莫爲僧所訶更犯重罪若隨語者善不隨語者應作白作白已應更求大德我已作白竟餘有三羯磨在大德可捨此事勿爲僧所訶更犯重罪若隨語者善不隨語者作初羯磨作初羯磨已應更求大德已作白初羯磨竟餘有二羯磨在大德可捨此事勿爲僧所訶更犯重罪若隨語者善不隨語者爲第二羯磨說說第二羯磨已應更求大德我已作白第二羯磨竟餘有一羯磨在大德可捨此事勿爲僧所訶更犯重罪若隨語者善不隨語者爲說第三羯磨說第三羯磨竟僧伽婆尸沙白二羯磨捨者三偷蘭遮白一羯磨捨者二偷蘭遮白已捨者一偷蘭遮作白未竟捨者突吉羅未白前惡性不受人語盡突吉羅若爲惡性作訶諫時若有餘比丘教言莫捨此比丘偷蘭遮若未作訶諫而

語者突吉羅若比丘尼教言莫捨此比丘尼偷蘭遮若未訶諫突吉羅除比丘比丘尼餘人教莫捨訶不訶盡突吉羅比丘尼僧伽婆尸沙式叉摩那沙彌沙彌尼突吉羅是謂為犯不犯者初語時捨非法別衆非法和合衆法別衆法相似別衆法相似和合衆非法非律非佛所教若一切未作訶諫前不犯若為無智人訶諫時語彼如是言汝和尚阿闍黎所行亦如是汝可更學問誦經若其事如是若戲笑語若疾疾語若獨語若夢中語欲說此錯說彼是謂不犯不犯者最初未結戒癡狂心亂痛惱所纏 十三竟

二不定法

爾時世尊在舍衛國祇樹給孤獨園迦留陀夷先白衣時有親友婦名曰齋優婆私顏貌端正迦留陀夷亦顏貌端正迦留陀夷繫意在彼齋優婆私亦繫意在迦留陀夷時迦留陀夷到時著衣持鉢詣齋優婆私家與共獨屏覆處坐時迦留陀夷與齋優婆私語時有毗舍佉毋有小緣事往彼毗舍遙聞迦留陀夷語聲此優婆私有信樂之心聞內比丘語聲作是念或能說法即就倚壁而聽但聞說非法語聲復念言聞比丘聲而說非法言比丘不應作如是語即闚看之見迦留陀夷與齋優婆私共牀坐作非法語見已便作是念此比丘在非法處坐又說非法言若此夫主見當訶罵其婦生不信心時優婆私即還出其舍疾疾往世尊所頭面禮足在一面立以此因緣具白世尊白世尊已頭面禮足遶三帀而去時世尊集比丘僧知而故問迦留陀

夷言汝審與齋優婆私獨在屏覆處坐耶答言實爾世尊世尊以無數方便訶責汝所爲非非威儀非淨行非隨順行所不應爲汝今云何與齋優婆私獨在屏覆處坐耶時世尊以無數方便訶責迦留陀夷已告諸比丘迦留陀夷愚人多種有漏處最初犯戒自今已去與比丘結戒集十句義乃至正法久住欲說戒者當如是說若比丘共女人獨在屏覆處障處可作婬處坐說非法語有住信優婆私於三法中一一法說若波羅夷若僧伽婆尸沙若波夜提是坐比丘自言我犯是罪於三法中應一一治若波羅夷若僧伽婆尸沙若波夜提如住信優婆私所說應如法治是比丘是名不定法比丘義如上說女人者人女有智未命終獨者一比丘一女人屏覆者二種一者見屏覆二者聞屏覆見屏覆者若塵若霧若黒闇中不相見也聞屏覆者乃至常語不聞聲處障覆者若樹若牆壁若籬若衣及餘物障可作婬處者得容行婬處說非法語者說婬欲法信樂優婆私者信佛法僧歸依佛法僧不殺不盜不邪婬不妄語不飲酒善憶持事不錯所說眞實而不虛妄若比丘自言所趣向處自言所到處自言坐自言卧自言作即應如比丘所語治若比丘自言所趣向處自言所到處自言坐自言卧不自言作應如優婆私所說治若比丘自言所趣向處自言所到處自言坐不自言卧不自言作應如優婆私所說治若比丘自言所趣向處自言所到處不自言坐不自言卧不自言作應如優婆私所說治若比丘自言所趣向

處不自言所到處不自言坐不自言卧不自言作應如優婆私所說治若比丘不自言所趣向處不自言所到處不自言坐不自言卧不自言作應如優婆私所說治是中無定法故言不定竟一

爾時佛在舍衛國祇樹給孤獨園時迦留陀夷先白衣時有知友婦名曰齋顏貌端正迦留陀夷亦顏貌端正迦留陀夷常繫意在齋優婆私齋優婆私亦繫意在迦留陀夷時尊者迦留陀夷到時著衣持鉢往至齋優婆私家二人俱露現處坐共語時毗舍佉毋以小因緣往到毗舍遥聞迦留陀夷語聲作是念或能說法即就倚壁而聽但聞在內說非法語聲復自念言聞比丘而說非法言比丘不應作如是語即闚看之見迦留陀夷與齋優婆私俱露現處共坐說非法語見已作是念今此比丘坐既非處又說非法語夫主見者當訶罵其婦生不信心時優婆私即還出其家疾疾往世尊所頭面禮足在一面立以此因縁具白世尊白世尊已頭面禮足遶三帀而去時世尊知而故問迦留陀夷汝審與齋優婆私在露現處共坐言語不答言實爾世尊世尊以無數方便訶責言汝所為非非威儀非淨行非隨順行所不應為汝今云何與齋優婆私在露現處共坐說非法事耶時世尊以無數方便訶責迦留陀夷已告諸比丘迦留陀夷癡人多種有漏處最初犯戒自今已去與比丘結戒集十句義乃至正法久住欲說戒者當如是說若比丘共女人在露現處不可作婬處坐作麤惡語有住信優婆私

於二法中一一法說若僧伽婆尸沙若波逸提是坐比丘自言我犯是罪於二法中應一一法治若僧伽婆尸沙若波逸提如住信優婆私所說應如法治是比丘是名不定法比丘義如上露處者無牆壁若樹木無籬障及餘物障不可作婬處者不容行婬處麤惡語者說婬欲法讚歎二道好惡信樂優婆私者信佛法僧歸依佛法僧不殺生不盜不邪婬不妄語不飲酒善憶持事不錯所說眞實而不虛妄若比丘自言所趣向處自言所到處自言坐自言卧即應如比丘語治若比丘自言所趣向處自言所到處自言坐不自言卧應如優婆私所說治若比丘自言所趣向處自言所到處不自言坐不自言卧應如優婆私所說治若比丘自言所趣向處不自言所到處不自言坐不自言卧應如優婆私所說治若比丘不自言所趣向處不自言所到處不自言坐不自言卧應如優婆私所說治是中無定法故言不定 二不定法竟

四分律藏卷第五

音釋

輢 居宜切 漑灌 漑古代切沃也 灌古玩切澆也 簧 胡光切笙簧也 佯 以章切詐也 跛 補火切足偏廢行不正也 闚 缺規切視也

四分律藏卷第六

姚秦三藏佛陀耶舍共竺佛念譯

初分之六

爾時佛在舍衛國祇樹給孤獨園世尊聽諸比丘持三衣不得長時六羣比丘畜長衣或早起衣或中時衣或晡時衣彼常經營莊嚴如是衣服藏擧諸比丘見已語六羣比丘言佛聽持三衣不得長此是誰衣答曰是我等長衣諸比丘聞其中有少欲知足行頭陀樂學戒知慚愧者嫌責六羣比丘言如來聽持三衣汝等云何畜長衣早起衣中時衣晡時衣諸比丘即往至世尊所頭面禮足在一面坐以此因緣具白世尊世尊爾時以此因緣集比丘僧以無數方便訶責六羣比丘汝所爲非非威儀非淨行非隨順行所不應爲云何六羣比丘如來聽持三衣汝等畜長衣以無數方便訶責已告諸比丘六羣比丘癡人多種有漏處最初犯戒自今已去與比丘結戒集十句義乃至正法久住欲說戒者當如是說若比丘畜長衣者尼薩耆波逸提如是世尊與比丘結戒時阿難從人得一貴價糞掃衣欲以奉大迦葉大迦葉常頭陀著比衣故迦葉不在阿難作是念世尊與諸比丘結戒若比丘畜長衣者尼薩耆波逸提我今得此貴價糞掃衣欲以奉大迦葉迦葉常頭陀著此衣而不在不知云何即往至佛所頭面禮足在一面立白佛言世尊與諸比丘結戒若比丘畜長衣尼薩耆波逸提我今得一貴價糞掃衣欲以奉上大迦葉迦葉常頭陀著糞掃衣佛問阿難迦葉何時當還阿難白佛

言却後十日當還世尊以此因緣集比丘僧與諸比丘隨順說法無數方便說少欲知足行頭陀樂出離法已告諸比丘自今已去聽畜長衣齊十日欲說戒者當如是說若比丘衣已竟迦絺那衣已出畜長衣經十日不淨施得畜若過十日尼薩耆波逸提比丘義如上衣竟者三衣迦絺那衣已出衣者有十種憍賖耶衣劫貝衣欽婆羅衣芻摩衣讖摩衣扇那衣麻衣翅夷羅衣九鳩夷羅衣讖羅半尼衣長衣者若長如來八指若廣四指是若比丘一日得衣畜二日得衣乃至十日得衣畜至十一日明相出一切尼薩耆若比丘一日得衣二日不得三日得衣四日得如是乃至十日得衣至十一日明相出九日中所得衣盡尼薩耆若比丘一日得衣二日得衣三日不得四日得（如是轉降乃至十日不得衣作句亦如上）若比丘一日得衣二日三日不得四日得乃至十日得衣至十一日明相出八日中所得衣盡尼薩耆若比丘一日得衣二日得衣三日四日不得五日得（如是轉降乃至九日十日不得衣作句亦如上）若比丘一日得衣二日三日四日不得衣五日得衣乃至十日得衣十一日明相出七日中所得衣盡尼薩耆若比丘一日得衣二日得衣三日四日五日不得衣六日得衣（如是轉降乃至八日九日日不得衣作句亦如上）若比丘一日得衣二日三日四日五日不得衣六日得衣乃至十日得衣十一日明相出六日中所得衣盡尼薩耆若比丘一日得衣二日得衣三日四日五日六日不得衣七日得衣（如是轉降乃至七日八日九日十日不得衣作句亦如上）若比丘一日得衣二日三日四日五日六日

不得衣七日得衣乃至十日得衣至十一日明相出五日中所得衣盡尼薩耆若比丘一日得衣二日得衣三日四日五日六日七日不得衣八日得衣如是轉降乃至六日七日八日九日十日不得衣作句亦如上若比丘一日得衣二日三日四日五日六日七日不得衣八日得衣乃至十日得衣十一日明相出四日中所得衣盡尼薩耆若比丘一日得衣二日得衣三日四日五日六日七日八日不得衣九日得衣如是轉降乃至五日六日七日八日九日十日不得衣作句亦如上若比丘一日得衣二日三日四日五日六日七日八日不得衣九日十日得衣三日中所得衣至十一日明相出盡尼薩耆若比丘一日得衣二日得衣三日四日五日六日七日八日九日不得衣十日得衣如是轉降乃至四日五日六日七日八日九日十日不得衣作句亦如七若

比丘一日得衣二日三日四日五日六日七日八日九日不得衣十日得衣十一日明相出二日中所得衣盡尼薩耆若比丘一日得衣二日得衣三日四日五日六日七日八日九日十日不得衣如是轉降乃至三日四日五日六日七日八日九日十日不得衣作句亦如上若比丘一日得衣二日三日四日五日六日七日八日九日十日不得衣十一日明相出一日中所得衣盡尼薩耆若比丘一日得衣不淨施二日得衣淨施三日得衣乃至十日得衣不淨施至十一日明相出九日中所得衣盡尼薩耆若比丘一日得衣二日得衣不淨施三日得衣淨施四日得衣不淨施如是轉降乃至十日得衣淨施不淨施作句亦如上如是若遺與人句亦如上若失衣句亦如上若故壞句亦如上若作非衣句亦如上若作親厚意取句亦如上若忘去句亦如上盡

尼薩耆若捨墮衣不捨持更貿餘衣一尼薩耆波逸提一突吉羅此捨墮衣應捨與僧若衆多人若一人不得別衆捨若捨不成捨突吉羅捨與僧時往僧中偏露右肩脫革屣向上座禮胡跪合掌當作是語大德僧聽我某甲比丘故畜爾所長衣過十日犯捨墮我今捨與僧披捨衣竟當懺悔受懺悔人當作白然後受懺如是白大德僧聽此某甲比丘故畜爾所長衣犯捨墮今捨與僧若僧時到僧忍聽我受某甲比丘懺悔白如是作此白已然後受懺悔當語彼人言自責汝心答言爾若衆僧多難集此比丘若因緣事欲遠行應問言汝此衣與誰隨彼說便與僧即應還此比丘衣白二羯磨應如是與僧中當差堪能羯磨人如上說作如是白大德僧聽某甲比丘故畜爾所長衣犯捨墮今捨與僧若僧時到僧忍聽持此衣與彼某甲比丘彼某甲比丘當還此比丘白如是大德僧聽此某甲比丘故畜爾所長衣犯捨墮今捨與僧僧持此衣與彼某甲比丘彼某甲比丘當還此比丘誰諸長老忍僧持此衣與彼某甲比丘彼某甲比丘當還此比丘者默然誰不忍者說僧已忍與彼某甲比丘衣竟僧忍默然故如是持是比丘於僧中捨衣竟不還者突吉羅若還時有人言莫還者突吉羅若作淨施若遣與人若持作三衣若作波利迦羅衣若故壞若燒若作非衣若數數著壞者盡突吉羅比丘尼尼薩耆波夜提式叉摩那沙彌沙彌尼突吉羅是謂爲犯不犯者齋十日內若轉淨施若遣與人若賊奪想若失想若燒想若漂

想不淨施不遺與人不犯若奪衣失衣燒衣漂衣取著若他與著若他與作彼不犯彼受付囑衣者若命終若遠出去若休道若爲賊強將去若爲惡獸所害若爲水漂溺如此不作淨施不遺與人不犯不犯者最初未制戒癡狂心亂痛惱所纏 竟

爾時佛在舍衛國祇樹給孤獨園時六羣比丘持衣付囑親友比丘往人間遊行受付囑比丘得此衣數數在日中曬諸比丘見已便問言佛聽比丘畜三衣不得長此是誰衣彼即答言此六羣比丘衣是我親友寄我遊行人間恐虫壞故曬耳諸比丘聞中有少欲知足行頭陀樂學戒知慚愧者嫌責六羣比丘汝等云何以衣付囑親友比丘離衣人間遊行嫌責已往世尊所頭面禮足在一面坐以此因緣具白世尊世尊以此因緣集比丘僧訶責六羣比丘言汝所爲非非威儀非淨行非隨順行所不應爲云何以衣付囑親友比丘離衣遊行人間世尊以無數方便訶責已告諸比丘六羣比丘癡人多種有漏處最初犯戒自今已去與比丘結戒集十句義乃至正法久住欲說戒者當如是說若比丘衣已竟迦絺那衣已捨三衣中若離一一衣異處宿尼薩耆波逸提如是世尊與比丘結戒時有一比丘有乾痟病有糞掃僧伽梨患重此比丘有因緣事欲遊行人間不堪持行自思念言世尊與比丘結戒不得離衣宿離衣宿尼薩耆波逸提而我今乾痟病有糞掃僧伽梨極重有因緣事欲往人間行不堪持行我今當云何即語同伴比丘世尊與諸比丘結

戒若比丘三衣已竟迦絺那衣已出比丘三衣中若離一一衣宿尼薩耆波逸提而我得乾痟病此衣極重有因緣事欲人間行不堪持行我今云何諸大德爲我往白世尊世尊有所教勑我當奉行時諸比丘往世尊所頭面禮足在一面坐以此因緣具白世尊世尊即集諸比丘僧告言自今已去聽僧與此病比丘結不失衣白二羯磨應如是與彼比丘應往至僧中偏露右臂脫革屣向上座禮胡跪合掌當作是說大德僧聽我某甲比丘得乾痟病此糞掃僧伽梨重有因緣欲人間行不堪持行我今從僧乞結不失衣法應如是求乃至三說僧中當差堪能羯磨人如上作如是白大德僧聽某甲比丘得乾痟病有糞掃僧伽梨衣重有因緣事欲人間行不堪持行從僧乞結不失衣法若僧時到僧忍聽與此比丘結不失衣法白如是大德僧聽某甲比丘得乾痟病有糞掃僧伽梨衣患重有因緣事欲人間行不堪持行今從僧乞結不失衣法今僧與某甲比丘結不失衣法誰諸長老忍僧與某甲比丘結不失衣法者默然誰不忍者說僧已忍與某甲比丘結不失衣法竟僧忍故默然如是持自今已去當如是說戒若比丘衣已竟迦絺那衣已出三衣中離一一衣異處宿除僧羯磨尼薩耆波逸提比丘義如上說衣已竟者三衣也迦絺那衣已出三衣者僧伽梨鬱多羅僧安陀羅會衣者有十種如上說僧者一說戒一羯磨不失衣者僧伽藍裏有一界失衣者僧伽藍裏有若干界不失衣者樹有一界失衣者樹有若干

界不失衣者場有一界失衣者場有若干界不失衣者車有一界失衣者車有若干界不失衣者船有一界失衣者船有若干界不失衣者村有一界失衣者村有若干界不失衣者舍有一界失衣者舍有若干界不失衣者堂有一界失衣者堂有若干界不失衣者庫藏有一界失衣者庫藏有若干界不失衣者倉有一界失衣者倉有若干界僧伽藍者有四種如上樹者與人等足蔭覆跏趺坐場者於中治五穀處車者若車迴轉處船者若船迴轉處村者有四種如上堂者多敞露庫者儲積藏諸車乘輦輿販賣之物倉者儲積米穀僧伽藍界者此僧伽藍界非彼僧伽藍界此僧伽藍界非彼樹界乃至庫藏界非彼庫藏界亦如是此樹界非彼樹界乃至庫藏界僧伽藍界亦如是此場界非彼場界乃至僧伽藍界樹界亦如是餘者作句亦如上僧伽藍界者在僧伽藍邊以中人若用石若甎擲所及處是名界乃至庫藏界亦如是若比丘置衣在僧伽藍內乃在樹下宿明相未出若捨衣若手捉衣若至擲石所及處若不捨衣若不手捉衣若不至擲石所及處明相出隨所離衣宿尼薩耆波逸提除三衣若離餘衣突吉羅若比丘留衣著僧伽藍內往場處宿明相未出若捨衣若應手捉衣若至擲石所及處若不捨衣若不至擲石所及處明相出隨所離衣宿尼薩耆波逸提乃至庫藏宿一一句亦如是若比丘留衣樹下往場處宿乃至庫藏僧伽藍處宿亦如是不失衣者若阿蘭若處無界八樹中間一樹間七弓遮摩梨

國作弓法長中肘四肘若比丘無村阿蘭若
處留衣著此八樹間異處宿明相未出不捨
衣不手捉衣若不至擲石所及處明相出尼
薩耆波逸提除三衣離餘衣突吉羅此捨墮
衣應捨與僧若衆多人若一人不得別衆捨
若捨不成捨突吉羅捨與僧時當往僧中偏
露右臂脫革屣向上座禮胡跪合掌作是白
大德僧聽我某甲比丘離衣宿犯捨墮我今
捨與僧彼捨已當懺悔受懺人當作白然後
受懺如是白大德僧聽此某甲比丘離衣宿
犯捨墮今捨與僧若僧時到僧忍聽我受某
甲比丘懺白如是作此白已然後受懺當語
彼人言自責汝心彼答言爾僧應即還此比
丘衣白二羯磨應如是與僧中當差堪能羯
磨人如上作如是白大德僧聽某甲比丘離
衣宿犯捨墮今捨與僧若僧時到僧忍聽持
此衣還彼某甲比丘白如是大德僧聽此某
甲比丘離衣宿犯捨墮今捨與僧僧持此衣
還彼某甲比丘誰諸長老忍僧持此衣還彼
某甲比丘者默然誰不忍者說僧已忍與彼
某甲比丘衣竟僧忍故默然如是持若僧中
捨衣竟不還者突吉羅還時若有人言莫還
者突吉羅若轉作淨施若遣與人若持作三
衣若作波利迦羅衣若故壞若燒若作非衣
若數數著壞者盡突吉羅比丘尼尼薩耆波
逸提式叉摩那沙彌沙彌尼突吉羅是謂爲
犯不犯者僧與作羯磨明相未出手捉衣若
捨衣若至擲石所及處若劫奪想若失想若
燒想若漂想若壞想若水道斷路險難若賊
難若惡獸難若渠水漲若強力者所執若繫

縛或命難梵行難若不捨衣不手捉不至擲石所及處不犯不犯者最初未制戒癡狂心亂痛惱所纏竟二

爾時佛在舍衛國祇樹給孤獨園時有比丘有僧伽梨故爛弊壞自念言世尊與比丘結戒衣已竟迦絺那衣已出聽十日內畜長衣過者犯尼薩耆波逸提然我此僧伽梨故爛弊壞十日中間更不能辦我今當云何即語同意比丘言善哉大德爲我白世尊若世尊有教我當奉行時諸比丘往至世尊所頭面禮足在一面坐以此因緣具白世尊世尊以此因緣集諸比丘告言自今已去聽比丘畜長衣爲乃至滿足故時六羣比丘聞世尊聽畜長衣爲乃至滿足故彼有糞掃衣及餘種衣同者不足取中糞掃衣浣染四角頭點作淨持寄親友比丘已人間遊行時受寄比丘以其行久不還便出曬之諸比丘見已問言世尊制戒聽畜三衣不得過此是誰衣耶報言此是六羣比丘衣六羣比丘作是言世尊制戒聽畜長衣乃至滿足而彼有糞掃衣及餘種衣同者不足取中糞掃衣浣染四角頭點作淨持寄我往人間行恐腐壞故爲曬之耳時諸比丘聞中有少欲知足行頭陀樂學戒知慚愧者嫌責六羣比丘云何言世尊聽畜長衣爲乃至滿足故而以同衣不足取中糞掃衣浣染四角頭點作淨寄親友比丘往人間行諸比丘即往至世尊所頭面禮足在一面坐以此因緣具白世尊世尊以此因緣集諸比丘訶責六羣比丘汝所爲非非威儀非淨行非隨順行所不應爲云何六羣比丘

世尊聽比丘畜長衣爲滿足故而以同衣不足取中糞掃衣浣染四角頭點作淨寄親友比丘人間行以無數方便訶責已告諸比丘此癡人多種有漏處最初犯戒自今已去與比丘結戒集十句義乃至正法久住欲說戒者當如是說若比丘衣已竟迦絺那衣已出若比丘得非時衣欲須便受受已疾疾成衣若足者善若不足者得畜一月爲滿足故若過畜尼薩耆波逸提比丘義如上衣已竟者三衣竟迦絺那衣已出時者無迦絺那衣自恣後一月若有迦絺那衣自恣後五月非時者若過此限衣者十種衣如上若十日中同衣足者應裁割若線拼若縫作衣若作淨施若遣與人若不裁割縫作衣若不線拼不淨施不遣與人十一日明相出隨衣多少尼薩耆波逸提若同衣不足至十一日同衣足即十一日應裁割縫作衣若線拼若不裁割縫作衣若不線拼若不淨施若不遣與人至十一日明相出隨衣多少盡尼薩耆波逸提如是乃至二十九日亦如是若同衣不足三十日若足若不足若同衣若不同衣應即日裁割縫作衣若線拼若淨施若遣與人若不裁割縫作衣若不線拼若不淨施若不遣與人至三十一日明相出尼薩耆波夜提此尼薩耆應捨與僧若衆多人若一人不應別衆捨若捨不成捨突吉羅捨與僧時當往僧中偏露右肩脫革屣向上座禮右膝著地合掌作如是白大德僧聽我某甲比丘有爾所衣過爾所日犯捨墮我今捨與僧捨已當懺悔受懺人當作白大德僧聽此某甲比丘有爾所

衣過爾所日犯捨墮今捨與僧若僧時到僧忍聽我受某甲比丘懺白如是作如是白已然後受懺當語彼人言自責汝心彼答言爾僧應即還此比丘衣白二羯磨應如是與僧中應差堪能羯磨人如上當作如是白大德僧聽此某甲比丘有爾所衣過爾所日犯捨墮今捨與僧若僧時到僧忍聽持此衣還某甲比丘白如是大德僧聽此某甲比丘有爾所衣過爾所日犯捨墮今捨與僧僧今持衣還此某甲比丘誰諸長老忍僧持此衣還此某甲比丘者默然誰不忍者說僧已與彼某甲比丘衣竟僧忍故默然如是持若僧中捨衣竟不還者突吉羅還時若有人教言莫還者突吉羅若不還轉作淨施若遣與人若持作三衣若作波利迦羅衣若故壞若燒若作非衣若數數著壞者盡突吉羅比丘尼尼薩耆波逸提式叉摩那沙彌沙彌尼突吉羅是謂爲犯不犯者若十日内同衣足若裁割若線拼若縫作衣若同衣不足至十一日同衣足應裁割若線拼若縫作衣若淨施若遣與人乃至二十九日亦如是至三十日若足若不足若同衣若不同衣即日應裁割若線拼若縫作衣若淨施若遣與人不犯若奪想若失想燒想漂想不裁割不線拼不縫作衣不淨施不遣與人不犯若奪衣若失衣若燒衣若漂衣而取著若他與著若作被不犯若受寄衣比丘命終或遠行或休道或被賊或爲惡獸所害若爲水所漂若不裁割不線拼不縫作衣不遣與人不犯不犯者最初未制戒癡狂心亂痛惱所纏三竟

爾時佛在羅閱城迦蘭陀竹園中時有女人名蓮華色其父母嫁與鬱禪國人後遂懷妊彼欲產還父母家產一女顏貌端正彼蓮華色與其女共在屋內時蓮華色夫與蓮華色母私通時蓮華色有婢見之便語蓮華色蓮華色聞已內自思惟咄云何女與母同一夫何用女人身為即捨抱上女著屋內而去往至波羅㮈城住城門外立身蒙塵土徒跣足破時城中有長者其婦命終乘車將從出波羅㮈城至園遊看見此蓮華色在門外立顏貌端正而身蒙塵土徒跣破足便繫意在彼即至女前問言汝屬誰蓮華色報言我無所屬長者復問若無所屬能為我作婦不答言可爾即呼上車同載而歸為婦後於異時蓮華色夫大集財寶從波羅㮈往至鬱禪國治生時值彼國童女節會戲笑之日蓮華色所生女著好服飾亦在其中此女端正長者見之即繫念在心便問傍人此是誰女報言此某甲女復問住何處答言在某處復問在何街巷答言在某巷長者復問其家門戶何向答向某處即往其家問父言此是汝女耶答曰是我女復問能嫁與我不報曰可爾長者問索幾許物耶其父報言與我百千兩金即便與之其父更莊嚴其女從鬱禪國還至波羅㮈時蓮華色遙見便作所生女想視之此女見蓮華色亦作其母意視之遂久狎習蓮華色與女梳頭問言汝是何國人誰家女耶答言我是鬱禪國人復問家在何處在何里巷門為那向父為是誰其女報言我家在某處里巷某處門向某處父名某甲復問汝母

何姓女報言我不識母但聞人言母名蓮華色少捨我去時蓮華色心自念言此即是我女便自怨責咄何用女人身爲云何今日母子復共一夫即捨彼家而去往至羅閱城迦蘭陀竹園爾時世尊與無數大衆圍遶說法遥見世尊顏貌端正諸根寂定得上調伏如調龍象如水澄清無有塵穢見已發歡喜心至世尊所頭面禮足在一面立時世尊漸爲說微妙法說施持戒生天之福訶欲不淨讚歎出離復說四諦苦集盡道具足分别時蓮華色即於座上得法眼淨譬如新淨白氎無有塵垢易以爲色蓮華色得法清淨亦復如是見法得法得成果證前白佛言願世尊聽我出家於佛法中修清淨行佛告阿難汝將此蓮華色到摩訶波闍波提所令度之阿難即受佛教將詣摩訶波闍波提所語言世尊有教令汝度此婦人即度令出家彼於異時思惟日進逮得阿羅漢有大神力時有衆多比丘尼在空閑處住時蓮華色比丘尼别在一林中坐思惟蓮華色住處有賊帥常在中住蓮華色比丘尼執持威儀禮節庠序彼賊見已即生善心後異時賊帥大得猪肉食噉之餘裹之懸著樹枝言此林中若有沙門婆羅門有大神力者與之持去而心爲蓮華色比丘尼時蓮華色比丘尼天耳聞聲天眼清淨即見以白氎裹猪肉懸著樹枝上夜過已語式叉摩那沙彌尼汝往彼某處樹上有白氎裹猪肉取來即往取來與蓮華色比丘尼蓮華色比丘尼勅令煑至食時自往耆闍崛山上與諸上座比丘食之時有一比丘著弊

故補納僧伽梨蓮華色比丘尼見已發慈愍心即問比丘言大德何故乃著此弊故僧伽梨耶答言大姊此盡法故弊壞耳蓮華色比丘尼著一貴價僧伽梨語比丘言大德我持此衣與大德大德所著衣可與我不比丘答言可爾即脫僧伽梨與比丘彼取比丘弊故衣著之後於異時蓮華色著此弊衣往世尊所頭面禮足在一面立世尊知而故問言汝所著衣何以弊故蓮華色比丘尼即以因緣具白世尊世尊告言汝不應如是蓮華色聽汝畜持五衣完堅者餘衣隨意淨施若與人何以故婦人著上衣服猶尚不好何況弊衣世尊以此因緣集比丘僧知而故問彼比丘言汝實從蓮華色比丘尼取衣耶答曰實爾世尊以無數方便訶責彼比丘言汝所爲非非威儀非淨行非隨順行所不應爲云何從比丘尼取衣訶責已告諸比丘言此癡人多種有漏處最初犯戒自今已去與比丘結戒集十句義乃至正法久住欲說戒者當如是說若比丘從比丘尼取衣者尼薩耆波逸提如是世尊與比丘結戒已諸比丘皆畏慎不敢從親里比丘尼取衣佛言自今已去聽諸比丘從親里比丘尼取衣何以故若非親里亦不籌量不能知可取不可取若好若惡若故若新若是親里籌量知有無可取不可取若好若惡若新若故自今已去當如是結戒若比丘從非親里比丘尼取衣者尼薩耆波逸提如是世尊與比丘結戒時祇洹中二部僧得施衣共分時比丘尼衣比丘錯得比丘衣尼錯得時比丘尼持衣至僧伽藍中語比

丘言我持此衣與大德大德衣與我諸比丘報言佛不聽我等取非親里比丘尼衣時諸比丘以此因緣具白世尊世尊告諸比丘自今已去若貿易衣聽欲說戒者當如是說若比丘從非親里比丘尼取衣除貿易尼薩耆波逸提比丘義如上非親里者非父毋親里乃至七世非親也親里者父毋親里乃至七世有親衣者十種如上貿易者以衣貿衣以衣易非衣或以非衣貿衣或以若鍼若筒若刀若線若小段物乃至一丸藥貿衣若比丘從非親里比丘尼取衣除貿易尼薩耆波逸提此尼薩耆當捨與僧若衆多人若一人不得別衆捨若捨不成捨突吉羅捨與僧時當往僧中偏露右肩脫革屣向上座禮胡跪合掌作如是白大德僧聽我某甲比丘取非親里比丘尼衣犯捨墮今捨與僧捨已當懺悔前受懺人當作如是白大德僧聽此某甲比丘取非親里比丘尼衣犯捨墮今捨與僧若僧時到僧忍聽我受某甲比丘懺白如是白已當受懺當語彼人言自責汝心彼答言爾僧應即還此比丘衣白二羯磨應如是與僧當差堪能羯磨人如上當作如是白大德僧聽某甲比丘取非親里比丘尼衣犯捨墮今捨與僧若僧時到僧忍聽還此比丘衣白如是大德僧聽此某甲比丘取非親里比丘尼衣犯捨墮今捨與僧僧今持此衣還此某甲比丘誰諸長老忍僧持此衣還此某甲比丘者默然誰不忍者說僧已忍與彼某甲比丘衣竟僧忍故默然如是持若於僧中捨衣竟不肯還者突吉羅還時若有人教莫還者突

吉羅若轉作淨施若遺與人若自作三衣或作波利迦羅衣若故壞若數數著壞盡突吉羅比丘尼突吉羅式叉摩那沙彌沙彌尼突吉羅是謂為犯不犯者從親里比丘尼邊取衣若貿易為僧為佛圖取者無犯無犯者最初未制戒癡狂心亂痛惱所纏四竟

爾時佛在舍衛國祇樹給孤獨園時尊者迦留陀夷顏貌端正偷蘭難陀比丘尼亦復端正迦留陀夷繫意在偷蘭難陀偷蘭難陀亦繫意在迦留陀夷時迦留陀夷乞食時至著衣持鉢到偷蘭難陀比丘尼所在前露形而坐比丘尼亦復露形而坐各各欲心相視迦留陀夷尋失不淨汙安陀會偷蘭難陀見已語言大德持此衣來我欲為浣即脫衣與之偷蘭難陀比丘尼得此衣已即於屏處以爪拚取不淨著口中復以少許著小便道中後遂有娠諸比丘尼見已語言汝無慚愧作不淨行答言大姊我非無慚愧不犯淨行諸比丘尼言汝若不犯淨行何故有娠諸比丘尼不犯淨行者何不有娠時偷蘭難陀即具說因緣諸比丘尼聞中有少欲知足行頭陀樂學戒知慚愧者以此因緣嫌責迦留陀夷云何尊者乃與偷蘭難陀比丘尼作如是事時比丘尼白諸比丘諸比丘往白佛佛爾時以此因緣集諸比丘知而故問迦留陀夷汝審與偷蘭難陀比丘尼有如是事不答言實爾佛以無數方便訶責迦留陀夷言汝所為非非威儀非淨行非隨順行所不應為云何乃與偷蘭難陀比丘尼作如是事訶責已告諸比丘言此癡人多種有漏處最初犯戒自今

巳去與比丘結戒集十句義乃至正法久住欲說戒者當如是說若比丘令比丘尼浣故衣若染若打尼薩耆波逸提如是世尊與比丘結戒後諸比丘各各有畏慎不敢令親里比丘尼浣故衣若染若打佛言聽諸比丘令親里比丘尼浣故衣若染若打自今巳去當如是說戒若比丘令非親里比丘尼浣故衣若染若打尼薩耆波逸提比丘義如上非親里亦如上說親里者亦如上說故衣者乃至一經身著衣者有十種如上若比丘令非親里比丘尼浣故衣若染若打三尼薩耆波逸提語使浣染打彼浣染不打二尼薩耆波逸提一突吉羅語使浣染打彼浣不染而打二尼薩耆波逸提一突吉羅語使浣染打彼不浣而染打二尼薩耆波逸提一突吉羅語使浣染打而不浣染打三突吉羅若比丘使非親里沙彌尼式叉摩那浣染打故衣突吉羅若使非親里比丘尼浣染打新衣突吉羅此尼薩耆當捨與僧若衆多人若一人不得別衆捨若捨不成捨突吉羅捨與僧時應往僧中偏露右肩脫革屣向上座禮右膝著地合掌如是白大德僧聽我某甲比丘使非親里比丘尼浣染打故衣犯捨墮今捨與僧捨巳當懺悔前受懺人當作是白大德僧聽某甲比丘使非親里比丘尼浣染打故衣犯捨墮今捨與僧若僧時到僧忍聽我受某甲比丘懺白如是白巳然後受懺當語彼人言自責汝心報言爾僧應即還此比丘衣白二羯磨應如是與當差堪能羯磨人如上作如是白大德僧聽此某甲比丘使非親里比丘尼浣

染打故衣犯捨墮今捨與僧若僧時到僧忍聽持此衣還某甲比丘白如是大德僧聽此某甲比丘使非親里比丘尼浣染打故衣犯捨墮今捨與僧僧今持此衣還此比丘誰諸長老忍僧持此衣還此比丘者默然誰不忍者說僧已忍與彼某甲比丘衣竟僧忍故默然如是持是比丘僧中捨衣竟不肯還者突吉羅當還時有人教言莫還者突吉羅若不還轉作淨施若遣與人若復自作三衣若作波利迦羅衣若燒若故壞若數數著壞盡突吉羅比丘尼突吉羅式叉摩那沙彌沙彌尼突吉羅是謂爲犯不犯者與親里尼故衣浣染打若病浣染打若爲僧佛圖浣染打若借他衣浣染打者不犯不犯者最初未制戒癡狂心亂痛惱所纏五竟

四分律藏卷第六

音釋

讖楚譛切　曬所戒切暴也　痟相邀切痟渴病也　甎擲甎職緣切甓也擲直炙切投也　跣息淺切跣足親地也　扴訖黠切揩也

四分律藏卷第七

姚秦三藏佛陀耶舍共竺佛念 譯

初分之七

爾時佛在舍衛國祇樹給孤獨園時舍衛城中有長者晨朝嚴駕將從詣園遊觀已復迴車詣祇洹精舍置車在祇洹門外步入見跋難陀釋子禮敬問訊在前坐聽法跋難陀釋子辯才智慧善能說法即爲長者種種方便說法開化勸令歡喜彼聞法已即語跋難陀言欲何所須願見告語報言無所須此便是供養已長者復言願見告語若有所須莫有疑難跋難陀言止止不須復說正使我有所須俱不能見與長者復言但見告語我當隨所須給與時彼長者身著貴價廣長白氎衣跋難陀言汝所著者可與我我須之長者報言明日來至我家中我當相與跋難陀言我先語汝正使所須汝俱不能與我如今果如我所言長者報言我與汝非爲不與但明日來若與汝此衣或更有好者相與我今若即脫此衣與汝者我不能無衣入舍衛城跋難陀言且止且止我不復須時長者瞋恚不悅即脫衣襞褺授與跋難陀語言我向者語大德明日來我當與汝此衣或更與好者而不見信今使我著一衣入舍衛城時長者即出祇洹精舍乘車著一衣入城時守門者見已即語長者言從何所來爲誰所劫長者報言向者在祇洹中被賊時守門者即報持刀杖欲往祇洹長者言止止不須去時守門者問言何故時長者具說因緣時諸居士聞已皆譏嫌言沙門釋子多求無足無有慚愧外自

稱言我知正法如是何有正法云何乃索長者身上衣檀越雖施無猒而受者應知足時諸比丘聞中有少欲知足行頭陀樂學戒知慚愧者嫌責跋難陀釋子汝云何乃從長者索身上如此貴價衣時諸比丘詣世尊所頭面禮足在一面坐以此因緣具白世尊世尊爾時集諸比丘知而故問跋難陀汝審從長者索身上衣耶答言實爾世尊以無數方便訶責跋難陀言汝所爲非非威儀非沙門法非淨行非隨順行所不應爲云何乃從長者索身上衣訶責已告諸比丘跋難陀癡人多種有漏處最初犯戒自今已去與諸比丘結戒集十句義乃至正法久住欲說戒者當如是說若比丘從居士索衣者尼薩耆波逸提如是世尊與比丘結戒諸比丘皆畏慎不敢從親里居士索衣佛言聽諸比丘從親里居士索衣不犯自今已去欲說戒者當如是說若比丘從非親里居士索衣者尼薩耆波逸提如是世尊與諸比丘結戒時衆多比丘若拘薩羅國夏安居竟十五日自恣已十六日執持衣鉢往世尊所晝日熱不可行夜便行失正道從邪道行時值賊劫他大得財物還於邪道相值賊語比丘言汝等求見我來耶諸比丘答言我等不爲汝等來我等於拘薩羅國夏安居竟十五日自恣已十六日持衣鉢欲往見世尊從彼來晝日熱不可行夜行失道故來此耳不爲汝等來彼賊復言汝等若不相見何故從此道行豈不欲相害耶即打比丘次死奪取衣鉢諸比丘露形而去至祇洹在門外立諸比丘見已語言汝等露形

尼犍子不足入祇洹比丘報言我等非尼犍子是沙門釋子耳時優波離去彼不遠經行諸比丘往至其所語言今有衆多躶形人在門外立我等語言汝是尼犍子勿入祇洹精舍彼人報我言我非尼犍子是沙門釋子時諸比丘語優波離言汝可往看爲是何人時即出門往問汝是何等人耶報言我是沙門釋子復問言汝等幾歲報言我若干歲復問汝等何時受戒報言我某時汝師和尚是誰報言師和尚某甲何以故躶形諸比丘即具說因緣時優波離還至諸比丘所語言此非尼犍盡是沙門釋子優波離語諸比丘言汝等可權借衣著莫令露形見佛諸比丘即借衣著往世尊所頭面禮足在一面坐時世尊慰勞諸比丘言汝等身安隱不住止和合安

樂不不以飲食爲苦耶諸比丘報言大德身安隱住止和合安樂不以飲食爲苦我等在拘薩羅國夏安居訖自恣已攝持衣鉢欲來問訊世尊晝日熱不可行夜行失道遇諸賊劫奪如上因緣具白世尊世尊爾時以無數方便訶責諸比丘言汝所爲非非威儀非沙門法非淨行非隨順行所不應爲云何癡人躶形而行若躶形行突吉羅若爾時當以軟草若樹葉覆形應往寺邊若先有長衣應取著若無者諸知友比丘有長衣應取著若知友無衣應問僧中有何等衣可分若有者當與若無者應問有卧具不若有者當與若不與應自開庫看若有褥若地敷若氈若被應擿解取裁作衣以自覆形出外乞求衣時諸比丘畏愼不敢持此處物往彼處佛言聽時

諸比丘奪衣失衣燒衣漂衣畏愼不敢著僧衣佛言聽著彼得衣已僧衣不還本處佛言不應爾若得衣已應還浣染縫治安著本處若不安本處如法治時有比丘奪衣失衣燒衣漂衣畏愼不敢從非親里居士若居士婦乞衣佛言若失衣奪衣燒衣漂衣聽從非親里居士若居士婦乞衣自今已去當如是說戒若比丘從非親里居士若居士婦乞衣除餘時尼薩耆波逸提餘時者若比丘奪衣失衣燒衣漂衣是謂餘時比丘義如上說親里非親里如上居士居士婦如上說衣者有十種如上若比丘從非親里居士若居士婦乞衣除餘時尼薩耆波逸提此尼薩耆應捨與僧若衆多人若一人不得別衆捨若捨不成捨突吉羅捨與僧時當往僧中偏露右肩脫革屣向上座禮右膝著地合掌作如是白大德僧聽我某甲比丘從非親里居士若居士婦乞衣犯捨墮今捨與僧捨已當懺悔前受懺人作如是白大德僧聽此某甲比丘從非親里居士若居士婦乞衣犯捨墮今捨與僧若僧時到僧忍聽我受此比丘懺白如是白已然後受懺當語彼比丘言自責汝心彼荅言爾僧即應還此比丘衣白二羯磨應如是與僧中應差堪能羯磨人如上當作如是白大德僧聽此某甲比丘從非親里居士若居士婦乞衣犯捨墮今捨與僧若僧時到僧忍聽持此衣還某甲比丘白如是大德僧聽此某甲比丘從非親里居士若居士婦乞衣犯捨墮今捨與僧僧今持此衣還此比丘誰諸長老忍僧持此衣還此比丘者默然誰不忍

者說僧已忍與彼某甲比丘衣竟僧忍故默然如是持於僧中捨衣竟不還者突吉羅當還時有人教言莫還者突吉羅若不還轉作淨施若遣與人若自作三衣若作波利迦羅衣若故壞若燒若數數著壞盡突吉羅比丘尼尼薩耆波逸提式叉摩那沙彌沙彌尼突吉羅是謂爲犯不犯者奪衣失衣燒衣漂衣得從非親里居士若居士婦乞若從親里居士若居士婦乞若從同出家人乞或爲他乞他爲已乞或不求而得不犯不犯者最初未制戒癡狂心亂痛惱所纏六竟

爾時佛在舍衛國祇樹給孤獨園時有衆多比丘遇賊失衣來到祇洹精舍時有優婆塞聞諸比丘遇賊失衣來至祇洹精舍多持好衣來詣諸比丘所問言向聞有諸比丘失衣來何者是報言我等是何故問耶答言我等聞諸比丘遇賊失衣來至祇洹故持此衣來爲諸大德須衣隨意取報言止止便爲供養已我等自有三衣不須也六羣比丘語諸比丘言諸大德汝等三衣足者何不取與我等若與餘人耶時諸居士以諸比丘失衣故與衣而諸比丘三衣具足取居士衣與六羣比丘及與餘人時諸比丘聞中有少欲知足行頭陀樂學戒知慚愧者嫌責諸比丘言舍衛居士以諸比丘失衣故施衣而汝等三衣具足云何取他衣與六羣比丘及與餘人嫌責已往至世尊所頭面禮足在一面坐以此因緣具白世尊世尊以此因緣集諸比丘知而故問汝等諸比丘審三衣具足而取他衣與六羣比丘及餘人耶答言實爾世尊世尊以

無數方便訶責諸比丘言汝所爲非非威儀非淨行非隨順行所不應爲舍衛居士以諸比丘失衣故施衣云何汝等三衣具足而取彼衣與六羣比丘及與餘人訶責巳告諸比丘此癡人多種有漏處最初犯戒自今巳去與比丘結戒集十句義乃至正法久住欲說戒者當如是說若比丘失衣奪衣燒衣漂衣若非親里居士居士婦自恣請多與衣是比丘當知足受衣若過者尼薩耆波逸提比丘義如上非親里者如上居士居士婦者如上說衣者有十種如上若失一衣不應取若失二衣餘一衣若二重三重四重應擿作若僧伽棃若欝多羅僧若安陀會若三衣都失彼比丘應知足受衣知足有二種在家人知足出家人知足在家人知足者隨白衣所與衣受之出家人知足者三衣也若居士自恣請多與比丘衣若衣細若薄若不牢應取作若二重三重四重當安縁當肩上應貼障垢膩處應安鉤紐若有餘殘語居士言此餘殘衣裁作何等若檀越言我不以失衣故與我曹自與大德耳彼若欲受者便受若比丘過知足受衣尼薩耆波逸提此尼薩耆應捨與僧若衆多人若一人不得別衆捨若捨不成捨突吉羅捨時應往僧中偏露右肩脫革屣向上座禮右膝著地合掌作如是白大德僧聽我某甲比丘過知足取衣犯捨墮今捨與僧捨巳當懺悔前受懺者當作如是白大德僧聽某甲比丘過知足取衣犯捨墮今捨與僧若僧時到僧忍聽我受某甲比丘懺白如是白巳然後受懺當語彼比丘言自責汝心彼

答言爾僧即應還此比丘衣白二羯磨應如是與僧中當差堪能羯磨人如上作如是白大德僧聽此某甲比丘過知足取衣犯捨墮今捨與僧若僧時到僧忍聽持此衣還某甲比丘白如是大德僧聽此某甲比丘過知足受衣犯捨墮今捨與僧僧今持此衣還此比丘誰諸長老忍僧持此衣還此比丘者默然誰不忍者說僧已忍與某甲比丘衣竟僧忍故默然如是持若僧中捨衣竟彼不還者突吉羅若還時有人教言莫還者突吉羅若不還轉作淨施若遣與人若自作三衣若作波利迦羅衣若故壞若燒若數數著壞盡突吉羅比丘尼尼薩耆波逸提式叉摩那沙彌沙彌尼突吉羅是謂爲犯不犯者若知足取若減知足取若居士多與衣若細薄不牢若二重三重四重作衣安緣貼障垢處安紐及鉤若有餘殘衣語居士言作何等若居士言我不以失衣故與我曹自欲與大德若欲受者受不犯不犯者最初未制戒癡狂心亂痛惱所纏七竟

爾時佛在舍衛國祇樹給孤獨園時有一乞食比丘到時著衣持鉢入舍衛城至居士家乞食聞居士夫婦共議言跋難陀釋子是我知舊當持如是衣價買如是衣與彼比丘乞食已還來至僧伽藍中見跋難陀釋子語言未曾有瞿曇汝大福德人即問言我有何事言我是福德人報言我入城乞食聞居士夫婦共議言跋難陀釋子是我知舊當持如是衣價買如是衣與即問言審爾不比丘報言審爾復問言彼居士家在何處門那向比丘

報言居士家在某處門向某方跋難陀即語比丘言是我知舊檀越常承事供養我實如汝所言明日晨朝著衣持鉢入舍衞城到居士家語言審欲與我衣耶報言我在屏處有此語耳跋難陀語居士言若欲與我衣者當如是廣大作新好堅緻中我受持若不中我受持者何用是爲時彼居士即譏嫌言沙門釋子無有慚愧多求無猒外自稱言我知正法而強從人索好衣如是何有正法施者雖無猒而受者應知足乃尋屏處私語耶時乞食比丘聞嫌責跋難陀釋子云何如是強從人索好衣乞食比丘即還出城至僧伽藍中以此因縁向諸比丘說其中有少欲知足行頭陀樂學戒知慚愧者嫌責跋難陀釋子汝云何如是強從人索好衣嫌責已往世尊所頭面禮足在一面坐以此因縁具白世尊世尊爾時以此因縁集比丘僧訶責跋難陀釋子汝所爲非非威儀非淨行非隨順行所不應爲云何如是強從人索好衣訶責已告諸比丘此癡人多種有漏處最初犯戒自今已去與諸比丘結戒集十句義乃至正法久住欲說戒者當如是說若比丘居士居士婦欲爲比丘辦衣價持是衣價買如是衣與某甲比丘是比丘便到居士家言買如是衣與我爲好故若得衣者尼薩耆波逸提如是世尊與比丘結戒居士自恣請比丘問言大德須何等衣是比丘意疑不答若居士恣比丘所索應答居士欲爲比丘作貴價衣是比丘少欲知足不須大價衣欲須不如者比丘意疑不敢隨意求索佛言聽諸比丘少欲知足索

不如者自今已去應如是說戒若比丘居士居士婦爲比丘辦衣價買如是衣與某甲比丘是比丘先不受自恣請到居士家如是說善哉居士爲我買如是如是衣與我爲好故若得衣者尼薩耆波逸提比丘義如上居士居士婦者如上衣價者若錢若金若真珠若瑠璃若貝若玉石若瓔珞若生像金衣者有十種如上求者有二種一者求價二者求衣求價者檀越與作大價衣求乃至增一錢十六分之一分求衣者語居士言作如是廣長衣乃至增一線是比丘先不受自恣請而往求貴價廣大衣若得衣者尼薩耆波逸提求而不得突吉羅此尼薩耆應捨與僧若衆多人若一人不得別衆捨若捨不成捨突吉羅捨與僧時應往僧中偏露右肩脫革屣向上

座禮右膝著地合掌作如是白大德僧聽我某甲比丘先不受自恣請與衣往求取貴價衣犯捨墮今捨與僧捨已當懺悔前受懺人當作如是白大德僧聽此某甲比丘先不受自恣請與衣往求貴價衣犯捨墮今捨與僧若僧時到僧忍聽我受某甲比丘懺白如是白已然後受懺當語彼比丘言自責汝心彼比丘答言爾僧即應還此比丘衣白二羯磨應如是與僧中當差堪能羯磨人如上作如是白大德僧聽此某甲比丘先不受自恣請與衣往求貴價衣犯捨墮今捨與僧若僧時到僧忍聽僧今還此某甲比丘衣白如是大德僧聽此某甲比丘先不受自恣請與衣往求貴價衣犯捨墮今捨與僧僧今持此衣還此比丘誰諸長老忍僧持此衣還此比丘者

默然誰不忍者說僧已忍與彼某甲衣竟僧忍默然故如是持是比丘於僧中捨衣竟不還者突吉羅當還時有人教言莫還者突吉羅若不還轉作淨施若遣與人若自作三衣若作波利迦羅衣若故壞若燒若數數著壞一切突吉羅比丘尼尼薩耆波逸提式叉摩那沙彌沙彌尼突吉羅是謂為犯不犯者先受自恣請而往求索知足減少求從親里求從出家人求或為他求他為已求或不求自得無犯無犯者最初未制戒癡狂心亂痛惱所纏八竟

爾時佛在舍衛國祇樹給孤獨園時乞食比丘時到著衣持鉢入舍衛城乞食以次行乞到居士家聞居士夫婦二人共議跋難陀釋子是我知舊當買如是衣與復聞異居士家夫婦共議跋難陀是我知舊當買如是衣與時彼乞食比丘乞食已還出舍衛城往到僧伽藍中見跋難陀釋子語言尊者大福德人跋難陀問言汝以何事稱我大福德人報言我向者入舍衛城乞食以次行乞到一居士家聞夫婦二人共議跋難陀釋子是我知舊當買如是衣與復聞異居士家夫婦共議跋難陀是我知舊當買如是衣與跋難陀問言為審爾不報言審爾復問居士家在何處門戶那向報言在某處門戶向某處跋難陀語彼比丘言此諸居士實是我檀越常供養供給我明日晨朝著衣持鉢入舍衛城到彼二居士家語言汝等諸人審欲與我作衣耶居士報言屏處有如是語跋難陀釋子語言若欲與我作衣者可共作一衣與我極使廣大

堅緻中我受持若不中受持非我所須居士聞之即共譏嫌跋難陀釋子不知猒足無有慚愧外自稱言我知正法如是貪求不知止足何有正法施者雖無猒而受者應知足屏處言語而來求索時乞食比丘聞之訶責跋難陀釋子云何強從人索衣時彼乞食比丘還出城至僧伽藍中以此因緣向諸比丘說諸比丘聞中有少欲知足行頭陀樂學戒知慚愧者嫌責跋難陀釋子汝云何強從人索衣訶已往世尊所頭面禮足具白世尊世尊以此因緣集比丘僧訶責跋難陀釋子汝所爲非非威儀非沙門法非淨行非隨順行所不應爲云何強從人索衣世尊以無數方便訶責已告諸比丘此跋難陀癡人多種有漏處最初犯戒自今已去與比丘結戒集十句義乃至正法久住欲說戒者當如是說若比丘二居士居士婦欲與比丘辦衣價我曹辦如是衣價與某甲比丘是比丘到二居士家作如是言善哉辦如是如是衣價與我共作一衣爲好故若得衣者尼薩耆波逸提如是世尊與比丘結戒時居士自恣請比丘問言欲須何等衣是比丘有疑不答若居士自恣請比丘索衣應答時居士欲爲比丘作貴價衣是比丘少欲知足不須貴價衣須不如者比丘有疑不敢隨意求索佛言聽諸比丘少欲知足索不如者自今已去應如是說戒若比丘二居士居士婦與比丘辦衣價持如是衣價買如是衣與某甲比丘是比丘先不受居士自恣請到二居士家作如是言善哉辦如是如是衣價與我共作一衣爲好故若得

衣者尼薩耆波逸提比丘義如上居士居士婦如上衣價者如上衣者有十種如上求有二種求如上若比丘先不受自恣請求得貴價衣廣大衣得衣者尼薩耆波逸提若往索不得突吉羅此尼薩耆當捨與僧若衆多人若一人不得別衆捨若捨不成捨突吉羅捨時應往僧中偏露右肩脫革屣向上座禮右膝著地合掌作如是白大德僧聽我某甲比丘先不受自恣請往求得貴價衣犯捨墮今捨與僧捨已當懺悔前受懺人當作如是白大德僧聽此某甲比丘先不受自恣請往求得貴價衣犯捨墮今捨與僧若僧時到僧忍聽我受某甲比丘懺白如是作白已當受懺當語彼比丘言自責汝心彼比丘言爾僧即應還彼比丘衣白二羯磨應如是白衆中應差堪能羯磨人如上作如是白大德僧聽此某甲比丘先不受自恣請往求索得貴價衣犯捨墮今捨與僧若僧時到僧忍聽還此比丘衣白如是大德僧聽此某甲比丘先不受自恣請往求索得貴價衣犯捨墮今捨與僧僧今持此衣還此比丘誰諸長老忍僧持此衣還比比丘者默然誰不忍者說僧已忍與彼比丘衣竟僧忍默然故如是持是比丘僧中捨衣竟不還者突吉羅若有人教言莫還者突吉羅若作淨施若遣與人若自作三衣若作波利迦羅衣若故壞如是一切突吉羅比丘尼尼薩耆波逸提式叉摩那沙彌沙彌尼突吉羅是謂爲犯不犯者前人先受自恣請而往求索若於貴價好衣中求不如者從親里求從出家人求或爲他求他爲己求或

不求自得無犯無犯者最初未制戒癡狂心亂痛惱所纏九竟

爾時佛在舍衛國祇樹給孤獨園時羅閱城中有一大臣與跋難陀釋子親友數數往來遣使持衣價語言跋難陀釋子是我知舊常所敬重持是衣價買如是衣與時彼使持衣價至僧伽藍中到跋難陀所如是言善哉汝是大福德人問言汝以何事言我福德人報言羅閱城中有一大臣遣我持此衣價來買如是衣與汝復問審爾不報言實爾跋難陀即問言大臣家在何處門戶那向答言家在某處門戶向某方跋難陀言實如汝所言此是我知舊檀越常供養承事我時舍衛城中復有一長者與跋難陀親舊數數來往時跋難陀釋子即將此使入舍衛城詣彼長者家語言羅閱城中有一大臣遣此使持衣價來與我作衣須爲掌之長者即爲掌大臣於異時問使人言我前遣使持衣價與跋難陀作衣竟爲與我著不使人報言不著大臣更遣使語跋難陀言我先遣使送衣價與汝竟不著我衣何用爲今可送來時跋難陀聞此語已即疾疾至彼長者家語言我前所寄衣價我今須衣可與我作衣時舍衛城中諸長者集會先有制其有不至者罰錢五百長者報言此大會法有制其有不至者罰錢五百我今暫往赴之大德小待我赴會還勿令我輸錢五百跋難陀報言不得爾先持衣價與我作衣時長者持衣價爲作衣竟會坐已罷時衆人以其不到即罰錢五百時長者即譏嫌言沙門釋子乃令衆人罰我錢五百時舍衛

城中有諸居士不信佛法衆者盡共譏嫌言沙門釋子不知止足無有慚愧外自稱言我知正法如是何有正法乃令長者不赴集會輸錢五百自今已去不應親近禮拜問訊承事供養諸比丘聞中有少欲知足行頭陀樂學戒知慚愧者訶責跋難陀云何汝乃令衆人罰長者錢五百往至世尊所頭面禮足具白世尊世尊以此因緣集比丘僧以無數方便訶責跋難陀言汝所爲非非威儀非沙門法非淨行非隨順行所不應爲云何跋難陀乃使長者爲衆人罰錢五百時世尊以無數方便訶責跋難陀已告諸比丘此癡人多種有漏處最初犯戒自今已去與比丘結戒集十句義乃至正法久住欲說戒者當如是說若比丘若王若大臣若婆羅門若居士居士婦遣使爲比丘送衣價持如是衣價與某甲比丘彼使人至比丘所語比丘言大德今爲汝故送是衣價受取是比丘應語彼使如是言我不應受此衣價我若須衣合時清淨當受彼使語比丘言大德有執事人不須衣比丘應語言有若僧伽藍民若優婆塞此是比丘執事人常爲諸比丘執事時彼使往至執事人所與衣價已還比丘所如是言大德所示某甲執事人我已與衣價大德知時往彼當得衣須衣比丘當往執事人所若二反三反爲作憶念應語言我須衣若二反三反爲作憶念若得衣者善若不得衣四反五反六反在前默然立若四反五反六反在前默然住得衣者善若不得衣過是求得衣者尼薩耆波逸提若不得衣從所得衣價處若自往

若遣使往語言汝先遣使持衣價與某甲比丘是比丘竟不得汝還取莫使失此是時比丘義如上王者得自在無所屬大臣者在王左右婆羅門者有生婆羅門居士者除王王大臣婆羅門諸在家者是居士婦者亦在家婦人衣價者如上衣者有十種如上憶念者若執事人若在家若在市若在作處至彼處二反三反語言我今須衣與我作衣爲作憶念者是若二反三反爲作憶念得衣者善若不得衣四反五反六反往在前黙然立在前立者彼執事人若在家若在市若作處至彼前黙然立若執事人問言汝何緣在此立比丘報言汝自知之若彼人言我不知若有餘人知者比丘當語言彼人知之若比丘作一語破二反黙然作二語破四反黙然作三語破六反黙然若比丘過二三反語索過六反黙然若得衣者尼薩耆波逸提此尼薩耆應捨與僧若衆多人若一人不得別衆捨若捨不成捨突吉羅捨與僧時往僧中偏露右肩脫革屣向上座禮右膝著地合掌作如是白大德僧聽我某甲比丘過三反語索衣過六反黙然立得衣犯捨墮今捨與僧捨已當懺悔受懺者應作如是白大德僧聽此某甲比丘過三反語索衣過六反黙然立得衣犯捨墮今捨與僧若僧時到僧忍聽我受此比丘懺白如是白已當受懺當語彼比丘言自責汝心報言爾僧即當還彼比丘衣作白二羯磨如是與僧中應差堪能羯磨人如上作如是白大德僧聽此某甲比丘過三反語索衣過六反黙然立得衣犯捨墮今捨與僧若僧

時到僧忍聽還此比丘衣白如是大德僧聽此某甲比丘過三反語索衣過六反默然立得衣犯捨墮今捨與僧僧今持此衣還此比丘誰諸長老忍僧持此衣還此比丘者默然誰不忍者說僧已忍還彼某甲比丘衣竟僧忍默然故如是持是比丘於僧中捨衣竟不還者突吉羅有人教莫還者突吉羅若轉作淨施若自作三衣若作波利迦羅衣若遣與人若數數著壞盡突吉羅比丘尼尼薩耆波逸提式叉摩那沙彌沙彌尼突吉羅是謂爲犯不犯者三反語索得衣六反默然立得衣若不得衣從所得衣價處若自往若遣使往語言汝先遣使與某甲比丘衣是比丘竟不得可還取莫使失若彼言我不須即相布施是比丘應以時軟語方便索衣若爲作波利迦羅故與以時索軟語索方便索得者不犯不犯者最初未制戒癡狂心亂痛惱所纏竟十

爾時佛在曠野國界時六羣比丘作新雜野蠶綿臥具彼索未成綿或索已成綿或索已染未染或索新者或索故者至養蠶家語言我等須綿彼報言小待須蠶熟時來彼六羣比丘在邊住待看彼曝蠒時蠶蛹作聲諸居士見盡共譏嫌言沙門釋子無有慚愧害衆生命外自稱言我修正法如是何有正法求索蠶蠒作新臥具以如上事訶責諸比丘聞其中有少欲知足行頭陀樂學戒知慚愧者嫌責六羣比丘云何求索蠶蠒作新臥具如上訶責已往世尊所頭面禮足在一面坐以此因緣具白世尊世尊以此因緣集諸比丘訶責六羣比丘言汝所爲非非威儀非沙門

法非淨行非隨順行所不應爲云何六羣比丘求索蠶蠒作新卧具訶責已告諸比丘此癡人多種有漏處最初犯戒自今已去與比丘結戒集十句義乃至正法久住欲說戒者當如是說若比丘雜野蠶綿作新卧具尼薩耆波逸提比丘義如上雜者若毳若劫貝拘遮羅乳葉草若芻摩若麻若比丘自用雜野蠶綿作新卧具成者尼薩耆波逸提作而不成突吉羅若語他人作成者尼薩耆波逸提作而不成突吉羅爲他作成不成突吉羅此應捨是中捨者若以斤斧若以斤細剉斬和泥若塗壁若塗埵比丘尼突吉羅式叉摩那沙彌沙彌尼突吉羅是謂爲犯不犯者若得已成者若以斧斤斫剉斬和泥若塗壁若塗埵無犯無犯者最初未制戒癡狂心亂痛惱所纏十一竟

爾時佛在毗舍離獮猴江側住樓閣爾時毗舍離諸梨車子等多行邪婬彼作純黑羺羊毛作氈被體夜行使人不見時六羣比丘見已便効選取純黑羺羊毛作氈卧具時諸梨車見之皆共語言大德我等在於愛欲爲婬欲故作黑羊毛氈汝等作此純黑羺羊毛氈何所爲耶爾時諸比丘聞中有少欲知足行頭陀樂學戒知慚愧者嫌責六羣比丘何故効諸梨車作純黑羺羊毛氈訶責已往世尊所頭面禮足在一面坐以此因縁具白世尊世尊以此因縁集諸比丘以無數方便訶責六羣比丘汝所爲非非威儀非沙門法非淨行非隨順行所不應爲云何六羣比丘効諸梨車作純黑羺羊毛氈時世尊以無數方便

訶責六羣比丘已告諸比丘此癡人多種有漏處最初犯戒自今已去與比丘結戒集十句義乃至正法久住欲說戒者當如是說若比丘以新純黒羺羊毛作新卧具者尼薩耆波逸提比丘義如上純黒毛者或生黒或染黒若比丘自以純黒羺羊毛作新卧具成者尼薩耆波逸提作而不成者突吉羅教他作成者尼薩耆波逸提作而不成者突吉羅爲他作成不成突吉羅此尼薩耆應捨與僧若衆多人若一人不得別衆捨若捨不成捨突吉羅捨與僧時往僧中偏露右肩脫革屣向上座禮右膝著地合掌作如是白大德僧聽我某甲比丘以純黒羺羊毛作卧具犯捨墮今捨與僧捨已當懺悔前受懺人作如是白大德僧聽此某甲比丘以純黒羺羊毛作卧具犯捨墮今捨與僧若僧時到僧忍聽我受某甲比丘懺白如是作是白已然後受懺當語彼比丘言自責汝心報言爾僧即應還彼比丘卧具作白二羯磨應如是與僧中應差堪能羯磨人如上作如是白大德僧聽此某甲比丘以純黒羺羊毛作卧具犯捨墮今捨與僧若僧時到僧忍聽還彼某甲比丘卧具白如是大德僧聽此某甲比丘以純黒羺羊毛作卧具犯捨墮今捨與僧僧今持此卧具還此比丘誰諸長老忍僧持此卧具還此比丘者默然誰不忍者說僧已忍還此比丘卧具竟僧忍默然故如是持是比丘於僧中捨卧具竟不還者突吉羅還時有人教莫還突吉羅若作淨施若遣與人若數數壞者盡突吉羅比丘尼突吉羅式叉摩那沙彌沙彌

尼突吉羅是謂爲犯不犯者若得巳成者若割截壞若細薄揲作兩重若以作褥若作枕若作方小坐具若作卧氊或作襯鉢内氊或作剃刀囊或作帽或作襪或作攝熱巾或作褁革屣巾盡不犯不犯者最初未制戒癡狂心亂痛惱所纏竟十二

四分律藏卷第七

音釋

褺達協切重衣也 擿他歷切挑發也 緻直利切密也 蠶昨含切 蠒古典切 蛹余隴切蠶所化者 毳此芮切細毛也 釿舉欣切與斤同 羺奴侯切胡羊也

四分律藏卷第八

姚秦三藏佛陀耶舍共竺佛念譯

初分之八

爾時佛在舍衛國祇樹給孤獨園時六羣比丘以純白羊毛作新卧具諸居士見皆譏嫌言沙門釋子不知慚愧無有猒足外自稱言我修正法如是何有正法作新白羊毛卧具似王若王大臣時諸比丘聞中有少欲知足行頭陀樂學戒知慚愧者嫌責六羣比丘云何作此純白羊毛卧具訶責已往世尊所頭面禮足在一面坐以此因緣具白世尊世尊以此因緣集比丘僧訶責六羣比丘汝所為非非威儀非淨行非隨順行所不應為云何汝等乃作此純白羊毛卧具時世尊以無數方便訶責六羣比丘已告諸比丘此癡人多種有漏處最初犯戒自今已去與比丘結戒集十句義乃至正法久住欲說戒者當如是說若比丘作新卧具應用二分純黑羊毛三分白四分牻若比丘不用二分黑三分白四分牻作新卧具者尼薩耆波逸提比丘義如上白者或生白或染令白牻色者頭上毛耳毛若脚毛若餘牻色毛若比丘欲作四十鉢羅羊毛卧具者二十鉢羅純黑十鉢羅白十鉢羅牻欲作三十鉢羅卧具者十五鉢羅純黑十五鉢羅半白半牻若欲作二十鉢羅卧具者十鉢羅純黑五鉢羅白五鉢羅牻若比丘不以二分黑三分白四分牻自作新卧具成者尼薩耆波逸提不成者突吉羅使他作成尼薩耆波逸提不成者突吉羅若為他作成不成盡突吉羅此尼薩耆當捨與僧若眾

多人若一人不得別衆捨若捨不成捨突吉羅捨與僧時應往僧中偏露右肩脫革屣向上座禮右膝著地合掌作如是白大德僧聽我某甲比丘不以二分黑三分白四分牻作新卧具犯捨墮今捨與僧捨已當懺悔前受懺人當作白大德僧聽此某甲比丘不以二分黑三分白四分牻作新卧具犯捨墮今捨與僧若僧時到僧忍聽我受此比丘懺白如是作是白已然後受懺當語彼人言自責汝心比丘報言爾僧即應還彼比丘卧具白二羯磨應如是與僧中當差堪能羯磨人如上作如是白大德僧聽此某甲比丘不以二分黑三分白四分牻作新卧具犯捨墮今捨與僧若僧時到僧忍聽還某甲比丘卧具白如是大德僧聽此某甲比丘不以二分黑三分白四分牻作新卧具犯捨墮今捨與僧僧今持此卧具還此比丘誰諸長老忍僧持此卧具還此比丘者默然誰不忍者說僧已忍還此某甲比丘卧具竟僧忍默然故是事如是持是比丘僧中捨卧具竟不還者突吉羅若有人教莫還若轉作淨施若遣與人若數數數壞一切突吉羅比丘尼突吉羅式叉摩那沙彌沙彌尼突吉羅是謂爲犯不犯者若二分黑三分白四分牻作新卧具若白不足以牻足之若作純牻者若得已成者若割截壞若作壞色若作枕若作氈若作褥若作卧氈若作小方坐具若作襯鉢裹氈若作剃刀囊或作襪或作鑷熱巾或作裹革屣巾一切不犯不犯者最初未制戒癡狂心亂痛惱所纏竟 十三

爾時佛在舍衛國祇樹給孤獨園時六羣比丘嫌臥具或重或輕或嫌薄或嫌厚不捨故臥具更作新者彼如是常營求臥具藏積衆多時諸比丘聞中有少欲知足行頭陀樂學戒知慚愧者嫌責六羣比丘言云何嫌故臥具或輕或重或薄或厚不捨故者而更作新臥具衆多嫌責已往世尊所頭面禮足在一面坐以此因緣具白世尊世尊以此因緣集比丘僧無數方便訶責六羣比丘汝所爲非非威儀非淨行非隨順行所不應爲云何六羣比丘嫌臥具或輕或重或薄或厚作新臥具而藏積衆多時世尊以無數方便訶責已告諸比丘言此六羣比丘癡人多種有漏處最初犯戒自今已去與比丘結戒集十句義乃至正法久住欲說戒者當如是說若比丘作新臥具持至六年若減六年不捨故更作新臥具尼薩耆波逸提如是世尊與比丘結戒時有比丘得乾痟病有糞掃臥具極重有小因緣欲出人間遊行內自思念世尊制戒若比丘作新臥具持至六年若減六年不捨故臥具更作新者尼薩耆波逸提我今得乾痟病此臥具重有小因緣欲人間遊行我當云何語諸比丘言大德我今乾痟病有糞掃臥具極重有小因緣事須人間遊行不堪持行諸大德與我白世尊世尊若有教勅我當奉行諸比丘聞此語已往世尊所頭面禮足在一面坐以此因緣具白世尊世尊爾時集諸比丘告言自今已去聽僧與彼比丘作白二羯磨此比丘當往僧中偏露右肩脫革屣向上座禮右膝著地合掌作如是白大德僧

聽我某甲比丘得乾痟病有小因緣欲至人間遊行有糞掃卧具極重不堪持行我今從僧乞作新卧具羯磨如是至三衆中當差堪能羯磨人如上作如是白大德僧聽此某甲比丘得乾痟病欲人間遊行有糞掃卧具重今從僧乞作新卧具羯磨若僧時到僧忍聽僧與此比丘作新卧具羯磨白如是大德僧聽此某甲比丘得乾痟病有糞掃卧具重欲人間遊行今從僧乞更作新卧具羯磨今僧與彼某甲比丘更作新卧具羯磨誰諸長老忍僧與彼某甲比丘更作新卧具者黙然誰不忍者說僧已忍與某甲比丘更作新卧具羯磨竟僧忍黙然故如是持自今已去當如是說戒若比丘作新卧具持至六年若減六年不捨故更作新者除僧羯磨尼薩耆波逸提比丘義如上若比丘減六年不捨故更作新卧具尼薩耆波逸提作而不成者突吉羅若使他作成者尼薩耆波逸提不成者突吉羅爲他作成不成突吉羅此尼薩耆當捨與僧若衆多人若一人不得別衆捨若捨不成捨突吉羅捨與僧時應往僧中偏露右肩脫革屣向上座禮右膝著地合掌作如是白大德僧聽我某甲比丘減六年不捨故卧具更作新卧具犯捨墮今捨與僧捨已當懺悔前受懺人當作白大德僧聽此某甲比丘減六年不捨故卧具更作新卧具犯捨墮今捨與僧若僧時到僧忍聽我受此比丘懺白如是作此白已然後受懺當語彼比丘言自責汝心比丘報言爾僧即應還彼比丘卧具白二羯磨應如是與僧中應差堪能羯磨人如上

作如是白大德僧聽此某甲比丘減六年不捨故卧具更作新者犯捨墮今捨與僧若僧時到僧忍聽還此比丘卧具白如是大德僧聽此某甲比丘減六年不捨故卧具更作新者犯捨墮今捨與僧僧今持此卧具還此比丘誰諸長老忍僧持此卧具還此比丘者默然誰不忍者說僧已忍還彼比丘卧具竟僧忍故默然如是持是比丘於僧中捨卧具竟不還者突吉羅若有人教莫還者突吉羅若轉作淨施若遣與人若數數敷壞若作非卧具一切突吉羅比丘尼突吉羅式叉摩那沙彌沙彌尼突吉羅是謂爲犯不犯者僧聽及滿六年減六年捨故更作新者若復無者更自作若他作與若得已成者無犯無犯者最初未制戒癡狂心亂痛惱所纏竟 十四

爾時佛在舍衛國祇樹給孤獨園時世尊遣人請食諸佛常法諸比丘受請後遍行諸房見故坐具在温室中或教授堂中若經行處若洗脚石上或在戶前堙上或在杙上或在龍牙杙上或在衣架上或在繩牀木牀上或在机上或在地敷上處處狼藉無人收攝世尊見已作是念諸比丘嫌坐具或重或輕或言薄或言厚不捨故更作新者坐具衆多處處狼藉無人收攝我今云何令諸比丘用故坐具復作是念我當聽諸比丘作新坐具取故者縱廣一搩手貼著新者上壞色故世尊食訖以此因緣集比丘僧告言我向者衆僧受請後遍行諸房見諸故坐具處處狼藉無人收攝我見已作是念諸比丘或言我坐具重或言輕或言薄或言厚不捨故坐具更作

新者故者處處狼藉無人收攝我作是念云何令諸比丘用故坐具而復念言我今聽諸比丘作新坐具當取故者縱廣一搩手貼著新者上以壞色故是故聽諸比丘作新坐具取故者縱廣一搩手貼著新者上以壞色故時六羣比丘聞世尊聽比丘作新坐具當取故者縱廣一搩手貼著新者上爲壞色故而作新坐具不取故者縱廣一搩手貼新者上壞色故諸比丘聞中有少欲知足行頭陀樂學戒知慚愧者嫌責六羣比丘言云何世尊聽諸比丘作新坐具當取故者縱廣一搩手貼新者上用壞色故而汝等作新者不以故者縱廣一搩手貼著新者上嫌責已往世尊所頭面作禮在一面坐以此因緣具白世尊世尊以此因緣集比丘僧訶責六羣比丘汝所爲非非威儀非淨行非隨順行所不應爲云何我與比丘制戒若比丘作新坐具當取故者縱廣一搩手貼新者上用壞色故云何汝等作新坐具不取故者縱廣一搩手貼新者上時世尊以無數方便訶責已告諸比丘此六羣比丘癡人多種有漏處最初犯戒自今已去與比丘結戒集十句義乃至正法久住欲說戒者當如是說若比丘作新坐具當取故者縱廣一搩手貼著新者上壞色故若作新坐具不取故者縱廣一搩手貼著新者上用壞色故尼薩耆波逸提比丘義如上彼比丘作新坐具時若故坐具未壞未有穿孔當取浣染治奮挽令舒裁割取縱廣一搩手貼新者上若貼邊若中央壞色故若比丘不取故者貼新者上用壞色故而更作新坐具

成者尼薩耆波逸提不成者突吉羅若令他作成者尼薩耆波逸提不成者突吉羅爲他作成不成盡突吉羅此尼薩耆應捨與僧若衆多人若一人不得别衆捨若捨不捨成突吉羅捨與僧時應往僧中偏露右肩脫革屣向上座禮右膝著地合掌作如是白大德僧聽我某甲比丘作新坐具不取故者貼新者上壞色故犯捨墮今捨與僧捨已當懺悔前受懺人當作白大德僧聽此某甲比丘作新坐具不以故者貼新者上壞色故犯捨墮今捨與僧若僧時到僧忍聽我受某甲比丘懺白如是作是白已然後受懺當語彼比丘言自責汝心比丘報言爾僧即當還彼比丘坐具作白二羯磨與應如是與僧當差堪能羯磨人如上作如是白大德僧聽某甲比丘作新坐具不以故者貼新者上壞色故犯捨墮今捨與僧若僧時到僧忍聽還此某甲比丘坐具白如是大德僧聽此某甲比丘作新坐具不以故者貼新者上壞色故犯捨墮今捨與僧僧今持此坐具還此比丘誰諸長老忍僧持此坐具還此比丘者默然誰不忍者說僧已忍與彼某甲比丘坐具竟僧忍默然故如是持若比丘於僧中捨坐具竟不還者突吉羅若有人教莫還者突吉羅若轉作淨施若自受若遣與人若數數坐壞一切突吉羅比丘尼突吉羅式叉摩那沙彌沙彌尼突吉羅是謂爲犯不犯者裁取故者貼新者上壞色故若彼自無得更作新者若他爲作若得已成者若純故者作不犯不犯者最初未制戒癡狂心亂痛惱所纏竟十五

爾時世尊在舍衛國祇樹給孤獨園時跋難陀釋子道路行多得羊毛貫杖頭擔在道行諸居士見嫌責言沙門釋子云何販賣羊毛即問言大德此羊毛賣不諸比丘聞此語已其中有少欲知足行頭陀樂學戒知慚愧者嫌責跋難陀言云何取羊毛貫杖頭擔在道行耶諸比丘往世尊所頭面禮足在一面坐以此因緣具白世尊世尊以此因緣集比丘僧訶責跋難陀釋子汝所爲非非威儀非淨行非隨順行所不應爲云何自取羊毛擔在道行乃爲居士所譏世尊以無數方便訶責已告諸比丘此癡人多種有漏處最初犯戒自今已去與比丘結戒集十句義乃至正法久住欲説戒者當如是説若比丘道路行得羊毛若無人持得自持乃至三由旬若無人持自持過三由旬尼薩耆波逸提比丘義如上若比丘在道行若在住處得羊毛須者應取若無人持自持至三由旬若有人持應語彼人言我今有此物當助我持乃至彼處比丘於此中間不得助持若助持突吉羅若令比丘尼持過三由旬突吉羅若令式叉摩那沙彌沙彌尼持過三由旬突吉羅除羊毛若持餘拘遮羅若乳葉草芻摩若麻若廁羅婆尼持過三由旬者突吉羅若復擔餘物著杖頭行者亦突吉羅此尼薩耆應捨與僧若眾多人若一人不得別眾捨若捨不成捨突吉羅捨與僧時應往僧中偏露右肩脫革屣向上座禮右膝著地合掌作如是白大德僧聽我某甲比丘擔羊毛行過三由旬犯捨墮今捨與僧捨已當懺悔前受懺人當作白大德

僧聽此某甲比丘擔羊毛行過三由旬犯捨墮今捨與僧若僧時到僧忍聽我受某甲比丘懺白如是作是白已然後受懺當語彼比丘言自責汝心比丘報言爾僧即當還彼比丘羊毛作白二羯磨應如是與僧中應差堪能羯磨人如上作如是白大德僧聽此某甲比丘擔羊毛行過三由旬犯捨墮今捨與僧若僧時到僧忍聽還某甲比丘羊毛白如是大德僧聽此某甲比丘擔羊毛行過三由旬犯捨墮今捨與僧僧今持此羊毛還此比丘誰諸長老忍僧持此羊毛還此比丘者默然誰不忍者說僧已忍與某甲比丘羊毛竟僧忍默然故如是持若比丘僧中捨竟不還者突吉羅若復有人教言莫還者突吉羅若復轉淨施若遣與人若數數用一切突吉羅比丘尼式叉摩那沙彌沙彌尼一切突吉羅是謂爲犯不犯者若持至三由旬若減三由旬若有人與持者語使持乃至其處中間更不助擔使比丘尼式叉摩那沙彌沙彌尼擔三由旬若擔毳裝毳繩若擔頭毛項上毛脚毛若作帽若作鑷熱巾若裹革屣盡無犯無犯者最初未制戒癡狂心亂痛惱所纏竟十六

爾時佛在釋翅搜迦維羅衛尼拘律園時六羣比丘取羊毛作新坐具使比丘尼浣染擘時摩訶波闍波提比丘尼爲染染色汙手往至世尊所頭面禮足已在一面立時世尊知而故問何故瞿曇彌汝手有染色猶若染師耶即白佛言六羣比丘欲作新坐具持羊毛來使我等浣染擘是故汙手即頭面禮佛足還所止爾時世尊以此因緣集比丘僧知而

故問六羣比丘汝等審作新坐具使比丘尼浣染擘耶報言實爾世尊世尊以無數方便訶責六羣比丘言汝所爲非非威儀非淨行非隨順行所不應爲云何乃使比丘尼浣染擘羊毛世尊以無數方便訶責已告諸比丘六羣比丘癡人多種有漏處最初犯戒自今已去與比丘結戒集十句義乃至正法久住欲說戒者當如是說若比丘使比丘尼浣染擘羊毛者尼薩耆波逸提如是世尊與比丘結戒已諸比丘各自有疑不敢使親里比丘尼浣染擘羊毛佛言聽親里者得浣染擘自今已去與比丘結戒若比丘使非親里比丘尼浣染擘羊毛者尼薩耆波逸提比丘義如上非親里及親里如上若比丘使非親里比丘尼浣染擘羊毛者三尼薩耆波夜提若使浣染擘彼浣染而不擘者二尼薩耆波逸提一突吉羅使浣染擘彼浣不染而擘二尼薩耆波逸提一突吉羅使浣染擘彼不浣而染擘者二尼薩耆一突吉羅使浣染擘彼不浣染擘三突吉羅使非親里沙彌尼式叉摩那浣染擘者突吉羅此應捨與僧若衆多人若一人不得別衆捨若捨不成捨突吉羅捨時應往僧中偏露右肩脫革屣向上座禮右膝著地合掌作如是白大德僧聽我某甲比丘使非親里比丘尼浣染擘羊毛犯捨墮今捨與僧捨已當懺悔前受懺人當作白大德僧聽此某甲比丘使非親里比丘尼浣染擘羊毛犯捨墮今捨與僧若僧時到僧忍聽我受此某甲比丘懺白如是白已然後受懺當語彼比丘言自責汝心比丘報言爾僧即當還

彼比丘羊毛作白二羯磨應如是與僧當差堪能羯磨人如上作如是白大德僧聽此某甲比丘使非親里比丘尼浣染擘羊毛犯捨墮今捨與僧若僧時到僧忍聽還此某甲比丘羊毛白如是大德僧聽此某甲比丘使非親里比丘尼浣染擘羊毛犯捨墮今捨與僧僧今持此羊毛還此比丘誰諸長老忍僧持此羊毛還此比丘者默然誰不忍者說僧已忍與彼某甲比丘羊毛竟僧忍默然故如是持僧中捨羊毛竟不還者突吉羅若有人教莫還突吉羅若轉淨施若遣與人若數數用若故壞一切突吉羅比丘尼突吉羅式叉摩那沙彌沙彌尼盡突吉羅是謂爲犯不犯者使親里比丘尼浣染擘若爲病人浣染擘若爲衆僧爲佛爲塔浣染擘不犯不犯者最初未制戒癡狂心亂痛惱所纏竟十七

爾時佛在羅閱城耆闍崛山中時城中有一大臣與跋難陀親舊知識彼於異時大得猪肉即敕其婦跋難陀釋子是我親友爲其留分其婦即與留分時王舍城世人節會日作衆伎樂竟夜不眠時大臣兒亦在其中竟夜不眠饑乏問其母言有殘肉不母報言肉盡唯有跋難陀釋子分在兒即與母錢語言持此錢更市肉與跋難陀此肉與我母即取錢與肉跋難陀釋子晨朝著衣持鉢詣大臣家就座而坐時大臣婦語言近者大得肉長者敕我言跋難陀釋子是我知舊爲其留分我即受敕爲大德留分我兒以節會日戲竟夜不眠饑乏來從我索肉以五錢與我言更市肉與跋難陀此肉與我我即便與之今有此

錢正爾市肉大德可小留待跋難陀問言彼爲我故與錢耶答言爾若爲我故可與我錢不須肉時即置錢於地與時跋難陀得此錢已持寄市肆上而去諸居士見皆共嫌之沙門釋子販賣錢財持錢來置肆上而去諸比丘聞中有少欲知足行頭陀樂學戒知慚愧者嫌責跋難陀言云何自取錢置肆上而去耶時王及諸大臣集會共作是言沙門釋子得捉金銀若錢沙門釋子不捨金銀若錢珍寶珠瓔生像爾時坐中復有一大臣名曰珠髻即語諸大臣言莫作是言沙門釋子得捉金銀若錢不捨珍寶珠瓔何以故我自從如來聞沙門釋子不得捉金銀若錢沙門釋子捨離珍寶珠瓔時珠髻大臣有威勢有能善說令諸人歡喜信解即往詣世尊所頭面禮足在一面坐以此因緣具白世尊我向所說於法無有違失耶佛告大臣如汝所說於正法中多有所益無有違失何以故沙門釋子不得捉持金銀若錢沙門釋子捨離珍寶珠瓔不著飾好汝今當知若應捉金銀若錢不離珠瓔珍寶則應受五欲若受五欲非沙門釋子法大臣汝今當知若見沙門釋子以我爲師而捉金銀若錢珍寶則決定知非沙門釋子法我有如是言比丘若爲作屋故求材木竹草樹皮得受不應自爲身受大臣當知日月有四患不明不淨不能有所照亦無威神云何爲四阿脩羅煙雲塵霧是日月大患若遇此患者不明不淨不能有所照亦無威神沙門婆羅門亦有四患不明不淨不能有所照亦無威神亦復如是云何爲四若沙門

婆羅門不捨飲酒不捨婬欲不捨手持金銀不捨邪命自活是謂沙門婆羅門四大患能令沙門婆羅門不明不淨不能有所照亦無威神諸比丘聞其中有少欲知足行頭陀樂學戒知慚愧者嫌責跋難陀已往世尊所頭面作禮在一面坐以此因緣具白世尊世尊爾時以此因緣集比丘僧以無數方便訶責跋難陀汝所爲非非威儀非淨行非隨順行所不應爲云何自手持錢著肆上而去耶訶責已告諸比丘此癡人多種有漏處最初犯戒自今已去與比丘結戒集十句義乃至正法久住欲說戒者當如是說若比丘自手捉錢若金銀若教人捉若置地受者尼薩耆波逸提比丘義如上錢者上有文像若比丘自手捉金銀若錢教人捉者若置地受尼薩耆波逸提此應捨是中捨者若彼有信樂守園人若優婆塞當語言此是我所不應汝當知之若彼人取還與比丘者比丘當爲彼人物故受勅淨人使掌之若得淨衣鉢鍼筒尼師壇應持貿易受持之若彼優婆塞取已與比丘淨衣鉢若尼師壇若針筒應取持之若彼取已不還者令餘比丘語言佛有教爲淨故與汝應還彼比丘物若彼取已不還餘比丘不語者當自往語言佛有教爲淨故與汝汝今可與僧與塔與和尚與同和尚與阿闍黎與同阿闍黎與諸親舊知識若還本主何以故不欲使失彼信施故若不語彼人知是看是者突吉羅比丘尼尼薩耆波逸提式叉摩那沙彌沙彌尼突吉羅是謂爲犯不犯者若語言知是看是若彼有信樂優婆塞守園人

當語彼人言此物我所不應汝當知之若彼人受已還與比丘者比丘當爲彼故受持與淨人掌之後若得淨衣鉢針筒尼師壇得持貿易持之若彼人取已與淨衣鉢若坐具若針筒應取持之若彼人不肯與衣者餘比丘當語其人言佛有教爲淨故與汝應還彼比丘物若彼人不與自往語言佛教比丘作淨故與汝若與僧與塔與和尚與同和尚與阿闍黎與同阿闍黎與諸親屬知識若教使與本施主不欲令失彼信施故如是一切無犯無犯者最初未制戒癡狂心亂痛惱所纏八十竟

爾時世尊在羅閱祇耆闍崛山中時跋難陀往市肆上以錢易錢持去諸居士見已皆譏嫌言沙門釋子以錢易錢善能賣買諸比丘聞其中有少欲知足行頭陀樂學戒知慚愧者嫌責跋難陀言云何持錢易錢持去諸比丘往世尊所頭面禮足在一面坐以此因緣具白世尊世尊爾時以此因緣集比丘僧訶責跋難陀言汝所爲非非威儀非淨行非隨順行所不應爲云何以錢易錢世尊以無數方便訶責已告諸比丘此癡人多種有漏處最初犯戒自今已去與比丘結戒集十句義乃至正法久住欲說戒者當如是說若比丘種種賣買寶物者尼薩耆波逸提比丘義如上種種賣買者以成金易成金易未成金易已成未成金易成銀易未成銀易已成未成銀易錢以未成金易成金易未成金易已成未成金易成銀易未成銀易已成未成銀易錢以已成未成金易成金易未成金易已成

未成金易成銀易未成銀易已成未成銀易錢以成銀易金乃至易錢亦如是以未成銀易金乃至易錢亦如是以已成未成銀易金乃至易錢亦如是以錢易金乃至易錢亦如是錢者有八種金錢銀錢鐵錢銅錢白鑞錢鉛錫錢木錢胡膠錢若比丘種種賣買寶物以成金易成金乃至易錢尼薩耆波逸提比應捨是中捨者若守園人若信樂優婆塞當語彼人言此物我所不應受汝知之若彼人受已還與比丘者比丘當爲彼人故受令淨人掌之後若得淨衣鉢坐具針筒得持貿易持之若彼人受已與比丘淨衣鉢坐具針筒當受持之若彼人受已不還比丘者當令餘比丘語言佛有教爲淨故與汝應還彼比丘物若餘比丘語復不還者應自往語言佛有

教爲淨故與汝汝今可與僧與塔與和尚與同和尚與阿闍黎與同阿闍黎與親舊知識若還本施主何以故不欲失他信施故若比丘不語彼人言看是知是突吉羅比丘尼尼薩耆波逸提式叉摩那沙彌沙彌尼突吉羅是謂爲犯不犯者若語彼人言看是知是若有守園人信樂優婆塞語言此是我所不應汝知之若彼人受已還與比丘比丘應爲彼人故受令淨人掌之若得淨衣鉢坐具針筒持貿易受持之若彼受已與比丘淨衣鉢坐具針筒受持之若彼人受已不還比丘比丘應令餘比丘語言佛有教爲淨故與汝汝應還比比丘若不還自往語言佛有教爲淨故與汝汝應與僧與塔與和尚與同和尚與阿闍黎與同阿闍黎與親友知識若還與本施

主何以故不欲令失信施故若以錢貿瓔珞具爲佛法僧若以瓔珞具易錢爲佛法僧無犯無犯者最初未制戒癡狂心亂痛惱所纏十九竟

爾時世尊在舍衛國祇樹給孤獨園時跋難陀釋子在拘薩羅國道路行往一無住處村至村中已持生薑易食食已去時舍利弗亦在拘薩羅國人間遊行至無住處村中到時著衣持鉢入村乞食漸漸至賣飯食家默然住賣飯人見已問言大德何所求欲報言居士我須食彼人言持價來報言居士勿作此言我等所不應時彼人言向者跋難陀以生薑易食食已去大德何故不應時舍利弗聞此語已慚愧無言乞食已還至僧伽藍中以此因緣語諸比丘時舍衛城中有一外道得一貴價衣心自念言我何用此貴價衣爲我今寧可易餘衣復念言我當何處貿易衣唯有沙門釋子喜著好衣彼必能易即持衣至僧伽藍中語諸比丘我欲貿易此衣誰欲易者共易之跋難陀見已語言汝明日來當與汝易衣跋難陀善能治衣即其夜浣故衣擣治光澤如新衣彼外道晨朝持衣至僧伽藍中語諸比丘言誰欲易衣共貿易之時跋難陀便出衣示語外道言我以此衣與汝汝與我衣不報言與汝即便共易衣外道得衣已還所止園中示諸外道言當知我以所著衣易得此衣外道中有智慧者語言汝爲他所欺何以故汝所著衣新好廣大堅緻此衣是故衣直更擣治光澤似如新耳此外道即持衣還至僧伽藍中語跋難陀言我還汝衣汝

還我衣跋難陀言已共汝貿易竟不得相還外道言我衣新好廣大堅緻汝衣弊故更擣治光澤如似新耳跋難陀報言我貿易已終不相還彼外道譏嫌言自是我衣求不可得耶我衣新好廣大堅緻汝衣弊故云何俱共出家共貿易衣不得還悔諸比丘聞其中有少欲知足行頭陀樂學戒知慚愧者嫌責跋難陀云何以生薑易食食復與外道貿易衣而不聽悔諸比丘往至世尊所頭面禮足在一面坐以此因緣具白世尊世尊爾時以此因緣集諸比丘訶責跋難陀言汝所爲非非威儀非淨行非隨順行所不應爲云何以生薑易食食與外道貿易衣而不聽悔世尊以無數方便訶責已告諸比丘自今已去聽五衆出家人共貿易應自審定不應共相高下如市道法不得與餘人貿易應令淨人貿易若悔聽還自今已去與比丘結戒集十句義乃至正法久住欲說戒者當如是說若比丘種種販賣尼薩耆波逸提比丘義如上種種販賣者以時易時以時易非時以時易七日以時易盡形壽以時易波利迦羅以非時易非時以非時易七日以非時易盡形壽以非時易波利迦羅以非時易時以七日易七日以七日易乃至非時亦如是以盡形壽易盡形壽乃至易七日亦如是以波利迦羅易波利迦羅乃至盡形壽亦如是賣者價直一錢數數上下增賣者價直一錢言直三錢重增賣者價直一錢言直五錢買亦如是若比丘種種販賣得者尼薩耆波逸提不得者突吉羅此尼薩耆當捨與僧若衆多人若一人不

得別衆捨若捨不成捨突吉羅捨時應往僧中偏露右肩脱革屣向上座禮右膝著地合掌作如是白大德僧聽我某甲比丘種種販賣得財物犯捨墮今捨與僧捨已當懺悔前受懺人應作如是白大德僧聽此某甲比丘種種販賣得財物犯捨墮今捨與僧若僧時到僧忍聽我受某甲比丘懺白如是如是白已然後受懺當語彼人言自責汝心彼比丘報言爾僧即應還彼比丘物白二羯磨如是與僧中應差堪能羯磨人作如是白大德僧聽此某甲比丘種種販賣犯捨墮今捨與僧若僧時到僧忍聽還彼某甲比丘物白如是大德僧聽此某甲比丘種種販賣得財物犯捨墮今捨與僧僧今持此物還此比丘誰諸長老忍僧持此物還此比丘者默然誰不忍者說僧已忍與彼比丘物竟僧忍故默然如是持若於僧中捨竟不還者突吉羅若還時有人教言莫還者突吉羅若轉作淨施若遣與人若故壞若數數用若持作餘用一切突吉羅比丘尼尼薩耆波逸提式叉摩那沙彌沙彌尼突吉羅是謂爲犯不犯者與五衆出家人貿易自審定不相高下如市易法不與餘人貿易若使淨人貿易若悔者應還若以酥易油以油易酥無犯無犯者最初未制戒癡狂心亂痛惱所纏二十竟

四分律藏卷第八

音釋

牻 莫江切白黑雜也　襪 望發切　鑷 尼輒切鉗也　擘 博陌切分擘也

四分律藏卷第九

姚秦三藏佛陁耶舍共竺佛念譯

初分之九

爾時佛在舍衛國祇樹給孤獨園時六羣比丘畜鉢好者持不好者置如是常營覔好鉢畜鉢遂多時有諸居士詣房觀看見六羣比丘畜多鉢見已皆譏嫌言沙門釋子求欲無猒不知慚愧外自稱言我知正法如是何有正法乃畜爾所多鉢如陶師賣瓦肆處諸比丘聞其中有少欲知足行頭陀樂學戒者嫌責六羣比丘言云何畜鉢好者受持不好者便置常營覔好鉢畜鉢遂多諸比丘往世尊所頭面禮足在一面坐以此因縁具白世尊世尊爾時以此因縁集比丘僧訶責跋難陀言汝所爲非非威儀非淨行非隨順行所不應爲云何畜鉢好者受持不好者置常營覔好鉢畜鉢遂多以無數方便訶責已告諸比丘跋難陀癡人多種有漏處最初犯戒自今已去與比丘結戒集十句義乃至正法久住欲說戒者當如是說若比丘畜長鉢尼薩耆波逸提如是世尊與比丘結戒時阿難得蘇摩國貴價鉢意欲與大迦葉以迦葉常畜此國鉢故而迦葉不在作是念世尊與比丘結戒若比丘畜長鉢者尼薩耆波逸提我今得蘇摩國貴價鉢意欲與大迦葉然不在不知云何時阿難往世尊所頭面禮足在一面立白佛言世尊世尊與比丘結戒若比丘畜長鉢者尼薩耆波逸提我今得蘇摩國貴價鉢意欲與大迦葉然不在不知云何佛問阿難大迦葉更幾日當還阿難白佛言却後十日

當還時世尊以此因緣集比丘僧隨順說法無數方便讚歎頭陀嚴整少欲知足樂出離者諸比丘自今已去聽諸比丘畜長鉢至十日當如是說戒若比丘畜長鉢不淨施得齊十日過者尼薩耆波逸提比丘義如上鉢者有六種鐵鉢蘇摩國鉢烏伽羅國鉢優伽賒國鉢黑鉢赤鉢大要有二種鐵鉢泥鉢大者三斗小者一斗半此是鉢量如是應持應淨施若比丘一日得鉢乃至十日得鉢畜至十一日明相出十日中所得鉢盡尼薩耆波逸提若比丘一日得鉢二日不得三日得四日得如是乃至十日得鉢至十一日明相出九日中所得鉢盡尼薩耆波逸提若比丘一日得鉢二日得三日不得(如是轉降乃至十日不得鉢作句亦如上)若比丘一日得鉢二日三日不得四日得乃至十日得鉢至十一日明相出八日中所得鉢盡尼薩耆若比丘一日得鉢二日得鉢三日四日不得五日得(如是轉降乃至九日十日不得鉢作句亦如上)若比丘一日得鉢二日三日四日不得鉢五日得鉢乃至十日得鉢至十一日明相出七日中所得鉢盡尼薩耆若比丘一日得鉢二日得鉢三日四日五日不得鉢(如是轉降乃至八日九日十日不得鉢作句亦如上)若比丘一日得鉢二日三日四日五日不得鉢六日得鉢乃至十日得鉢十一日明相出六日中所得鉢盡尼薩耆波逸提若比丘一日得鉢二日得三日四日五日六日不得鉢(如是轉降乃至七日八日九日十日不得鉢作句亦如上)若比丘一日得鉢二日三日四日五日六日不得鉢七日得鉢乃至十日得鉢至十一日明相出五日中所得鉢盡尼薩耆若比丘一日

得鉢二日得三日四日五日六日七日不得鉢八日得鉢如是轉降乃至六日七日八日九日十日不得鉢作句亦如上若比丘一日得鉢二日三日四日五日六日七日不得鉢八日得鉢乃至十日得鉢至十一日明相出四日中所得鉢盡尼薩耆若比丘一日得鉢二日得三日四日五日六日七日八日不得鉢如是轉降乃至五日六日七日八日九日十日不得鉢作句亦如上若比丘一日得鉢二日三日四日五日六日七日八日不得鉢九日十日得鉢三日中所得鉢至十一日明相出盡尼薩耆若比丘一日得鉢二日得三日四日五日六日七日八日九日不得鉢如是轉降乃至日日五日六日七日八日九日十日不得鉢作句亦如上若比丘一日得鉢二日三日四日五日六日七日八日九日不得鉢十日得鉢十一日明相出二日中所得鉢盡尼薩耆

若比丘一日得鉢二日得三日四日五日六日七日八日九日十日不得鉢如是轉降乃至三日四日五日六日七日八日九日十日不得鉢作句亦如上若比丘一日得鉢二日三日四日五日六日七日八日九日十日不得鉢十一日明相出一日中所得鉢尼薩耆波逸提若比丘一日得鉢不淨施二日得鉢淨施三日得鉢乃至十日得鉢不淨施至十一日明相出九日中所得鉢盡尼薩耆若比丘一日得鉢二日得鉢不淨施三日得鉢淨施四日得鉢不淨施如是轉降乃至十日得鉢不淨施淨施作句亦如上如是遺與人句亦如上若失句亦如上若故壞句亦如上若作非鉢句亦如上若作親厚意取句亦如上若忘去句亦如上盡尼薩耆若犯尼薩耆鉢不捨更貿餘鉢一尼薩耆波逸提一突吉羅此尼薩耆鉢當捨與僧若衆多人若一人不得別衆

捨若捨不成捨突吉羅捨時應往僧中偏露右肩脫革屣向上座禮右膝著地合掌作如是白大德僧聽我某甲比丘畜長鉢過十日犯捨墮今捨與僧彼捨已當懺悔前受懺人當作如是白大德僧聽此某甲比丘畜長鉢過十日犯捨墮今捨與僧若僧時到僧忍聽我受此某甲比丘懺白如是如是白已受彼懺當語彼比丘言自責汝心比丘報言爾僧即應還彼比丘鉢白二羯磨應如是與衆中當差堪能羯磨人如上作如是白大德僧聽此某甲比丘畜長鉢過十日犯捨墮今捨與僧若僧時到僧忍聽還此某甲比丘鉢白如是大德僧聽此某甲比丘畜長鉢過十日犯捨墮今捨與僧僧今還此某甲比丘鉢誰諸長老忍僧還此某甲比丘鉢者默然誰不忍者說僧已忍還此某甲比丘鉢竟僧忍默然故如是持若僧中捨竟不還者突吉羅若有人教莫還者突吉羅若轉淨施若遣與人若故壞若作非鉢若數數用一切突吉羅比丘尼尼薩耆波逸提式叉摩那沙彌沙彌尼突吉羅是謂爲犯不犯者十日內若淨施若遣與人若劫奪想失想若破想漂想不犯若奪鉢若失鉢若燒鉢若漂鉢取用若他與用若受寄鉢比丘死若遠行若休道若被賊若遇惡獸所害若爲水漂不遣與人不犯不犯者最初未制戒癡狂心亂痛惱所纏二十一竟

爾時世尊在舍衛國祇樹給孤獨園時跋難陀釋子鉢破入舍衛城語居士言知不我鉢破汝爲我辦之時彼居士即市鉢與復至餘居士家言我鉢破汝爲我辦之彼諸居士即

復市鉢與彼破一鉢求衆多鉢畜時諸居士於異時一處集有一居士語諸居士言我今獲福無量諸居士問云何獲福無量答言尊者跋難陀鉢破我買鉢與是故獲福無量諸居士各各自言我等亦得福無量餘居士問言汝何因緣得福無量諸居士答言跋難陀鉢破我等亦市鉢與之諸居士皆譏嫌言沙門釋子不知慚愧求無猒足外自稱言我知正法如是何有正法破一鉢求衆多鉢畜檀越雖施無猒而受者應知足諸比丘聞其中有少欲知足行頭陀樂學戒知慚愧者嫌責跋難陀釋子言云何汝破一鉢求衆多鉢畜諸比丘往世尊所頭面禮足在一面坐以此因緣具白世尊世尊爾時集諸比丘訶責跋難陀釋子汝所爲非非威儀非沙門法非淨行非隨順行所不應爲云何破一鉢而求多鉢畜世尊以無數方便訶責已告諸比丘此跋難陀癡人多種有漏處最初犯戒自今已去與比丘結戒集十句義乃至正法久住欲說戒者當如是說若比丘畜鉢減五綴不漏更求新鉢爲好故尼薩耆波逸提彼比丘應往僧中捨展轉取最下鉢與之令持乃至破應持此是時比丘義如上五綴者相去兩指間一綴若比丘鉢破減五綴不漏更求新鉢尼薩耆波逸提若滿五綴不漏更求新鉢者突吉羅此尼薩耆應捨與僧是中捨者於此住處僧中捨應往僧中偏露右肩脫革屣向上座禮右膝著地合掌作如是白大德僧聽我某甲比丘鉢破減五綴不漏更求新鉢犯捨墮今捨與僧捨已當懺悔前受懺人當作

白大德僧聽此某甲比丘鉢破減五綴不漏更求新鉢犯捨墮今捨與僧若僧時到僧忍聽我受此某甲比丘懺白如是白已受彼懺當語彼人言自責汝心彼比丘答言爾此比丘鉢若貴價好者應留置取最下不如者與之應作白二羯磨應如是與僧中當差堪能羯磨人如上作如是白大德僧聽此某甲比丘鉢破減五綴不漏更求新鉢犯捨墮今捨與僧若僧時到僧忍聽與此某甲比丘鉢白如是大德僧聽此某甲比丘鉢破減五綴不漏更求新鉢犯捨墮今捨與僧僧今與此某甲比丘鉢誰諸長老忍僧與此某甲比丘鉢者默然誰不忍者說僧已忍與此某甲比丘鉢竟僧忍默然故如是持彼比丘鉢應作白已問僧作如是白大德僧聽若僧時到僧忍聽以此鉢次第問上座白如是作此白已當持與上座若上座欲取此鉢與之應取上座鉢與次座若與彼比丘彼比丘應取不應護衆僧故不取亦不應以此因緣受持最下鉢若受突吉羅若第二上座取此鉢應取第二上座鉢與第三上座若與彼比丘彼比丘應受不應護衆僧故不受不應以此因緣受最下鉢若受突吉羅如是展轉乃至下座若持此比丘鉢還此比丘若持最下座鉢與時應作白二羯磨如是與僧中應差堪能羯磨人如上作如是白大德僧聽若僧時到僧忍聽僧今以此最下座鉢與某甲比丘受持乃至破白如是大德僧聽僧今以此最下座鉢與其甲比丘受持乃至破誰諸長老忍僧與此比丘鉢者默然誰不忍者說僧已忍與此比

丘鉢竟僧忍默然故如是持彼比丘守護此鉢不得著瓦石落處不得著倚杖下及著倚刀下不得著懸物下不得著道中不得著石上不得著果樹下不得著不平地比丘不得一手捉兩鉢除指隔中央不得一手捉兩鉢開户除用心不得著户閾內户扉下不得持鉢著繩牀木牀下除暫著不得著繩牀木牀間不得著繩牀木牀角頭除暫著不得立蕩鉢乃至足令鉢破彼比丘不應故壞鉢不應故令失若故壞不應作非鉢用僧中捨鉢竟不還者突吉羅若教莫還者突吉羅若作淨施若遣與人若故失若故壞若作非鉢用若數數用一切突吉羅比丘尼尼薩耆波逸提式叉摩那沙彌沙彌尼突吉羅是謂爲犯不犯者五綴漏若減五綴漏更求新鉢若從親里索若從出家人索若爲他索他爲已索若不求而得若施僧得鉢時當次得若自有價買畜一切不犯不犯者最初未制戒癡狂心亂痛惱所纏二十二竟

爾時世尊在舍衛國祇樹給孤獨園時跋難陀釋子欲縫僧伽梨入城至諸居士家語言汝今知不我欲縫僧伽梨須線居士即與線復往餘居士家語言我欲縫僧伽梨須線如是處處乞得線遂多彼作是念言我可更餘時異處索線縫僧伽梨比丘衣服難得應辦三衣我今寧可持此線使織師織作三衣即持線往與織師彼手自作縰自看織諸居士見譏嫌言汝等觀此跋難陀釋子乃手自作縰自看織師織作三衣諸比丘聞其中有少欲知足行頭陀樂學戒知慚愧者嫌責跋難

陀云何多求線使織師織作三衣手自作繀自看織師織作耶諸比丘往世尊所頭面禮足在一面坐以此因緣具白世尊世尊爾時以此因緣集比丘僧訶責跋難陀汝所爲非非威儀非沙門法非淨行非隨順行所不應爲云何多求線手自作繀自看織師織作三衣世尊以無數方便訶責已告諸比丘此癡人多種有漏處最初犯戒自今已去與比丘結戒集十句義乃至正法久住欲說戒者當如是說若比丘自乞縷線使非親里織師織作三衣者尼薩耆波逸提比丘義如上自乞者在在處處自乞縷線者有十種如上十種衣線也織師非親里與線者非親里犯織師非親里與線者或親里或非親里非親里者犯織師非親里與線者是親里非親里者犯

或織師是親里或非親里與線者非親里非親里者犯或織師是親里或非親里與線者或是親里或非親里非親里者犯或織師是親里或非親里與線者是親里非親里者犯或織師是親里與線者非親里非親里者犯織師是親里與線者或親里或非親里非親里者犯若比丘自乞線使織師織作衣者犯捨墮若看織若自織若自作繀者盡突吉羅此尼薩耆應捨與僧若衆多人若一人不得別衆捨若捨不成捨突吉羅捨時應往僧中偏露右肩脫革屣向上座禮右膝著地合掌如是白大德僧聽我某甲比丘自多乞縷線使織師織作衣犯捨墮今捨與僧捨已懺悔前受懺人當作如是白大德僧聽此某甲比丘自多求線使織師織作衣犯捨墮今捨與

僧若僧時到僧忍聽我受此比丘懺白如是白已當受懺應語彼比丘言自責汝心比丘答言爾僧即應還此比丘衣作白二羯磨應如是與衆中當差堪能羯磨人如上作如是白大德僧聽此某甲比丘多求線使非親里織師織作衣犯捨墮今捨與僧若僧時到僧忍聽僧今還此比丘衣白如是大德僧聽此某甲比丘多求線使非親里織師織作衣犯捨墮今捨與僧僧今還此某甲比丘衣誰諸長老忍僧還此某甲比丘衣者默然誰不忍者說僧已忍還彼某甲比丘衣竟僧忍故默然如是持僧中捨衣竟不還者突吉羅若有人教言莫還者突吉羅若轉作淨施若遣與人若自作三衣若作波利迦羅衣若壞若燒若作非衣若數數著一切突吉羅比丘尼薩者波逸提式叉摩那沙彌沙彌尼突吉羅是謂爲犯不犯者織師是親里與線者是親里若自織作鉢囊革屣囊針氈若作禪帶若作腰帶若作帽若作襪若作攝熱巾裹革屣巾無犯無犯者最初未制戒癡狂心亂痛惱所纏（二十三竟）

爾時世尊在舍衛國祇樹給孤獨園時舍衛城中有一居士是跋難陀釋子親友知識出好線令織師織作如是如是衣與跋難陀釋子彼與織師線已往餘村時彼織師來至僧伽藍中語跋難陀釋子言大德未曾有是福德人問以何事知我是福德人答言某甲居士持此線見與言跋難陀釋子是我親友知識爲我織作如是如是衣與以是故知大德是福德人復問審爾不耶織師報言審爾跋

難陀言若欲與我織衣者廣大極好堅緻織使任我受持若不任我受持者是所不須織師報言如大德所說此線少不得成衣跋難陀言汝但織我當更求線足之時跋難陀晨朝著衣持鉢至居士家就座而坐語居士婦言居士先持線與織師爲我作衣今線少不足時居士婦即持線箱置前語言隨意多少取時跋難陀即恣意擇取好者持往詣織師家語言我已得爾許線可與我織成衣織師報言如大德今所作衣與我價少跋難陀報言但與我織我當更與汝價時織師成衣已即送與居士婦時居士從他處行還問其婦言我前與織師線爲跋難陀釋子作衣今者成未耶其婦報言所織衣已成今在此居士言持衣來看之即開箱出衣示居士語婦言此衣非我先勅織衣婦報言此衣即是居士語言如先所與線教令織作衣此衣非時婦即具說因緣居士與婦共披衣看時跋難陀釋子即來至居士家問居士言先所與我織作衣此衣是耶報言是語言若是者便可與我居士即譏嫌言沙門釋子受取無猒不知慚愧外自稱言我知正法如是何有正法從人乞衣施者雖無猒而受者應知足乃至屏處而不得語言時乞食比丘聞是語已嫌責跋難陀釋子言云何貪著從他乞衣耶嫌責已還至僧伽藍中以此因緣語諸比丘諸比丘聞其中有少欲知足行頭陀樂學戒知慚愧者嫌責跋難陀言云何貪著從他乞衣諸比丘往世尊所頭面禮足在一面坐以此因緣具白世尊世尊爾時以此因緣集比丘僧

訶責跋難陀言汝所爲非非威儀非沙門法非淨行非隨順行所不應爲云何貪著從他乞衣以無數方便訶責已告諸比丘此癡人多種有漏處最初犯戒自今已去與諸比丘結戒集十句義乃至正法久住欲說戒者當如是說若比丘若居士居士婦使織師爲比丘織作衣彼比丘便往其家語織師言汝知不此衣爲我作好織令廣長堅緻我當多少與汝價彼比丘與價下至一食直若得衣尼薩耆波逸提如是世尊與比丘結戒時諸居士自恣請與比丘衣大德須何等衣耶諸比丘疑不敢答佛言若先自恣請與衣應隨意答若居士欲與比丘貴價衣然比丘少欲知足欲得不如者疑不敢索佛言自今已去聽少欲知足索不如者隨意答自今已去當如是說戒若比丘居士居士婦使織師爲比丘織作衣彼比丘先不受自恣請便往織師所語言此衣爲我作與我極好織令廣大堅緻我當少多與汝價是比丘與價乃至一食直若得衣尼薩耆波逸提比丘義如上居士居士婦如上衣者十種衣如上求者有二種如上若比丘先不受自恣請便往求衣若得者尼薩耆波逸提不得衣者突吉羅比尼薩耆當捨與僧若衆多人若一人不得別衆捨若捨不成捨突吉羅捨時應往僧中偏露右肩脫革屣向上座禮右膝著地合掌作如是白大德僧聽我某甲比丘先不受自恣請便往求得好衣犯捨墮今捨與僧捨已當懺悔前受懺人當作是白大德僧聽此某甲比丘先不受自恣請便往求得好衣犯捨墮今捨與

僧若僧時到僧忍聽我受此比丘懺白如是作是白已然後受懺當語彼人言自責汝心彼比丘報言爾僧即應還彼比丘衣白二羯磨應如是與僧中當差堪能羯磨人如上作如是白大德僧聽此某甲比丘先不受自恣請便往求得好衣犯捨墮今捨與僧若僧時到僧忍聽僧今還此比丘衣白如是大德僧聽此某甲比丘先不受自恣請便往求得好衣犯捨墮今捨與僧僧今還此某甲比丘衣誰諸長老忍僧還此比丘衣者黙然誰不忍者說僧已忍還此比丘衣竟僧忍黙然故如是持彼比丘僧中捨衣竟不還者突吉羅若有人教言莫還者突吉羅若轉作淨施若遣與人若自作三衣若作波利迦羅衣若故壞若燒若作非衣若數數著一切突吉羅比丘尼尼薩耆波逸提式叉摩那沙彌沙彌尼突吉羅是謂爲犯不犯者先受自恣請往求知足減少求若從親里索從出家人索或爲他或他爲已或不索而得者不犯不犯者最初未制戒癡狂心亂痛惱所纏四二竟十

爾時佛在舍衛國祇樹給孤獨園時尊者難陀弟子善能勸化跋難陀語言汝今與我共人間行當與汝衣答言可爾跋難陀即先與衣餘比丘語言汝以何事共跋難陀人間行跋難陀癡人不知誦戒不知說戒不知布薩不知布薩羯磨彼比丘即答言審爾者我不復隨行後餘時跋難陀語言今可共人間行即答言汝自去我不能隨汝去跋難陀語言我先所以與汝衣欲共人間行汝今不欲去還我衣來比丘語言以見與衣不復相還時

跋難陀瞋恚即前強奪取衣比丘高聲言莫爾莫爾比房諸比丘聞聲盡來集聚問此比丘言汝何以高聲大喚時比丘以此因緣具向諸比丘說諸比丘聞其中有少欲知足行頭陀樂學戒知慚愧者嫌責跋難陀言云何與比丘衣瞋恚還奪取耶嫌責已往至世尊所頭面禮足在一面坐以此因緣具白世尊世尊集比丘僧訶責跋難陀汝所爲非非威儀非沙門法非淨行非隨順行所不應爲云何瞋恚還奪他衣以無數方便訶責已告諸比丘此癡人多種有漏處最初犯戒自今已去與比丘結戒集十句義乃至正法久住欲說戒者當如是說若比丘先與比丘衣後瞋恚若自奪若教人奪取還我衣來不與汝若比丘還衣彼取衣尼薩耆波逸提比丘義如上衣者十種衣如上若比丘先與比丘衣後瞋恚若自奪若教人奪取藏舉者尼薩耆波逸提若奪而不藏舉者突吉羅若著樹上牆上籬上橛上龍牙杙上衣架上若繩牀木牀上若小褥大褥上若机上若地敷上若取離處尼薩耆波逸提取不離處者突吉羅此尼薩耆應捨與僧若衆多人若一人不得別衆捨若捨不成捨突吉羅捨與僧時應往僧中偏露右肩脫革屣向上座禮右膝著地合掌作如是白大德僧聽我某甲比丘與比丘衣已後瞋恚還奪取犯捨墮今捨與僧捨已當懺悔前受懺人當作如是白大德僧聽此某甲比丘與比丘衣已後悔瞋恚還奪取犯捨墮今捨與僧若僧時到僧忍聽我受此比丘懺白如是作是白已然後受懺當語彼人言

自責汝心比丘答言爾僧即應還彼比丘衣作白二羯磨應如是與衆中當差堪能羯磨人如上作如是白大德僧聽此某甲比丘與比丘衣已後瞋恚還奪取犯捨墮今捨與僧若僧時到僧忍聽僧今還此某甲比丘衣白如是大德僧聽此某甲比丘與比丘衣後瞋恚還奪取犯捨墮今捨與僧僧今還此某甲比丘衣誰諸長老忍僧還此某甲比丘衣者默然誰不忍者說僧已忍還此某甲比丘衣竟僧忍默然故如是持若僧中捨衣竟不還者突吉羅若有人教莫還者突吉羅若轉作淨施若自作三衣若遺與人若作波利迦羅衣若故壞若燒若作非衣若數數著一切突吉羅比丘尼尼薩耆波逸提式叉摩那沙彌沙彌尼突吉羅是謂爲犯不犯者不瞋恚言我悔不與汝衣還我衣來若彼人亦知其人心悔即還衣若餘人語言此比丘欲悔還他衣若借他衣著他著無道理還奪取不犯若恐失衣若恐壞若彼人破戒破見破威儀若被舉若滅擯若應滅擯若爲此事命難梵行難如是一切奪取不藏舉不犯不犯者最初未制戒癡狂心亂痛惱所纏 二十五竟

四分律藏卷第九

音釋

綴 知衛切聯也 閾 雨逼切門限也 繀 先對切纖也 縷 力主切綫也 橛 其月切木段也 机 古矣切案屬

四分律藏卷第十

姚秦三藏佛陀耶舍共竺佛念譯

初分之十

爾時佛在舍衛國祇樹給孤獨園時諸比丘秋月風病動形體枯燥又生惡瘡世尊在閑靜處念言此諸比丘今秋月風病動形體枯燥又生惡瘡我今寧可方宜使諸比丘得服衆藥當食當藥如食飯乾飯不令麤現復作是念今有五種藥世人所識酥油生酥蜜石蜜聽諸比丘服此五種藥當食當藥如食飯乾飯不令麤現時世尊從靜室起以此因緣集比丘僧告言我於靜室中作是念今諸比丘秋月風病動形體枯燥又生惡瘡我今寧可方宜使諸比丘得服衆藥當食當藥如食飯乾飯不令麤現我作是念今有五種藥世人所識酥油生酥蜜石蜜聽諸比丘服當食當藥如食飯乾飯不令麤現是故聽服五種藥若比丘病因緣時應服時諸比丘得肥美食若得肉肉羹不能及時而食況得此五種藥而能及時食畜藥雖多病復不差形體枯燥又生惡瘡時世尊知而故問阿難此諸比丘何故形體枯燥又生惡瘡阿難白佛言此諸病比丘得好肥美食得肉肉羹不能及時食況復能隨時服五種藥藥雖衆多病亦不瘥是故形體枯燥又生惡瘡佛告阿難自今已去聽諸比丘時非時有病因緣服此五種藥時諸比丘得肥美飲食得肉肉羹不能及時食盡與看病人看病人足食已不食便棄之衆鳥諍食鳴喚爾時世尊知而故問阿難衆鳥何故鳴喚阿難白佛言諸病比丘得肥

美飲食得肉肉羹不能及時食盡與看病人看病人足食已不食便棄之衆烏諍食是故鳴喚佛告阿難自今已去聽諸病人食殘看病人足食不足食自恣食之時諸比丘朝受小食已入村乞食足食已還僧伽藍中以朝所受食與諸比丘諸比丘足食已不食便棄之衆烏諍食鳴喚時世尊知而故問阿難衆烏何故鳴喚阿難具以上因緣說之是故衆烏鳴喚佛告阿難自今已去若受早起小食已若足食已聽作餘食法食作餘食法者言彼德我足食已汝看是知是是爲作餘食法彼應語言止汝貪心應作如是餘食法食更有餘因緣事如波逸提餘食法中說不異故不復煩文故不出也爾時尊者舍利弗風病動醫教服五種脂熊脂魚脂驢脂猪脂摩竭魚脂聽服此五種脂時受時煮時漉如服油法時非時受非時煮非時漉若服者如法治

爾時世尊從舍衛國遊行人間與大比丘衆千二百五十人俱時世穀貴人民饑饉乞食難得時有五百乞人隨逐世尊後行時世尊往一樹下坐時有私訶毗羅嗏象師五百乘車載黑石蜜從彼道來時象師見道上有如來跡千輻輪現光相具足清淨明好見已尋跡求之遥見世尊在一樹下坐容顔端正諸根寂定得上調伏已得自在如調龍象亦如澄淵内外清淨見已發歡喜心於如來所至世尊前頭面禮足在一面坐時世尊無數方便爲象師說微妙法使發歡喜心時象師聞如來說法發歡喜心已供養諸比丘人別一器石蜜諸比丘不敢受之語言如來未聽比

丘受黑石蜜以此因緣具白世尊世尊告言自今已去聽諸比丘受黑石蜜佛語象師但一器量石蜜與諸比丘時象師受如來教已一器量石蜜與諸比丘已故有遺餘佛語象師汝更再三隨意足滿與之時彼象師受佛教即再三行之故有遺餘佛語象師汝今可持此殘石蜜與彼乞兒即與之故有遺餘佛復語象師可持此殘石蜜再三行與乞兒令滿足即復再三行故復有遺餘佛語象師汝今持此殘石蜜著淨地無蟲水中何以故我不見諸天魔梵沙門婆羅門及世人食此殘石蜜而能消化唯除如來一人時象師即持此殘石蜜著淨地無蟲水中時水中聲響震動烟出火然猶如燒大熱鐵著水中聲響震烈烟出火然以殘石蜜瀉著水中亦復如是

時象師見此變已身毛皆竪心懷恐怖往至世尊所頭面禮足在一面坐以向因緣具白世尊世尊爾時見象師恐怖即與說微妙法布施持戒生天之福訶欲不淨讚歎出離即於座上諸塵垢盡得法眼淨見法得法得果證已白佛言自今已去歸依佛法僧唯願世尊聽為優婆塞盡形壽不殺生乃至不飲酒時象師聞說法得歡喜開解已從座起禮佛足繞三帀而去時諸比丘入村乞食見作石蜜以雜物和之皆有疑不敢非時食佛告比丘聽非時食作法應爾得未成石蜜疑佛言聽食得薄石蜜聽食佛言聽食得濃石蜜佛言聽食得白石蜜聽食得雜水石蜜聽飲得甘蔗漿若未熟聽飲若熟不聽飲若飲如法治得甘蔗佛言聽時食爾時世尊從摩竭國

界人間遊行至羅閱城時畢陵伽婆蹉在此城中住而多有所識亦多徒衆大得供養酥油生酥蜜石蜜與諸弟子諸弟子得便受之積聚藏舉滿大甕君持瓨中篘中大鉢小鉢或絡囊中漉水囊中或著橛上或象牙曲鉤上或窻牖間處處懸舉溢出流漫房舍臭穢時諸長者來入房看見如是儲積衆藥狼藉皆譏嫌言沙門釋子不知止足多求無猒外自稱言我知正法如是何有正法乃作如是儲積諸藥如王瓶沙庫藏無異時諸比丘聞中有少欲知足行頭陀樂學戒知慚愧者嫌責畢陵伽婆蹉弟子云何儲積衆藥乃至處處懸舉溢出流漫嫌責已往至世尊所頭面禮足在一面坐以此因緣具白世尊世尊爾時以此因緣集比丘僧無數方便訶責畢陵伽婆蹉弟子言汝所為非非威儀非沙門法非淨行非隨順行所不應為云何多儲積衆藥乃至溢出流漫如王瓶沙庫藏無異世尊無數方便訶責已告諸比丘此癡人多種有漏處最初犯戒自今已去與諸比丘結戒集十句義乃至正法久住欲說戒者當如是說若比丘有病殘藥酥油生酥蜜石蜜齊七日得服若過七日服者尼薩耆波逸提比丘義如上病者醫教服爾所種藥也藥者酥油生酥蜜石蜜若比丘一日得藥畜二日三日四日乃至七日得藥畜八日明相出七日所得藥尼薩耆波逸提若比丘一日得藥二日不得三日得四日得如是乃至七日得藥至八日明相出六日中所得藥盡尼薩耆若比丘一日得藥二日得三日不得如是轉降乃至七日不得藥作

句亦如是若比丘一日得藥二日三日不得四日
得乃至七日得藥至八日明相出五日中所
得藥盡尼薩耆若比丘一日得藥二日得三
日四日不得五日得如是轉降乃至六日七日不得藥作句亦如是
若比丘一日得藥二日三日四日不得五日
得藥乃至七日得藥八日明相出四日中所
得藥盡尼薩耆若比丘一日得藥二日得三
日四日五日不得如是轉降乃至五日六日七日不得作句亦如是
若比丘一日得藥二日三日四日五日不得
六日七日得八日明相出三日中所得藥盡
尼薩耆若比丘一日得藥二日得三日四日
五日六日不得七日得如是轉降乃至四日五日六日七日不得
作句亦如是若比丘一日得藥二日三日四日五
日六日不得七日得至八日明相出二日所
得藥盡尼薩耆若比丘一日得藥二日得三

日四日五日六日七日不得如是轉降乃至三日四日五日
六日七日不得作句亦如是若比丘一日得藥二日三日
不得乃至七日不得至八日明相出一日中
所得藥尼薩耆若比丘一日得藥不淨施二
日得藥淨施三日得藥乃至七日得藥不淨
施至八日明相出六日中所得藥盡尼薩耆
若比丘一日得藥不淨施二日得藥三日得
藥淨施四日得藥不淨施如是轉降乃至七日得藥淨施不淨
施作句亦如上遣與人作句亦如上若失若故壞若作非
藥若作親厚意取若忘去作句亦如上盡尼薩耆
若犯捨墮藥不捨更貿易餘藥一尼薩耆一
突吉羅此尼薩耆當捨與僧若衆多人若一
人不得別衆捨若捨不成捨突吉羅捨與僧
時應往僧中偏露右肩脫革屣向上座禮右
膝著地合掌作如是白大德僧聽我某甲比

丘故畜餘藥過七日犯捨墮今捨與僧捨巳應懺悔前受懺人當作如是白大德僧聽此某甲比丘故畜餘藥過七日犯捨墮今捨與僧若僧時到僧忍聽我受某甲比丘懺白如是白巳然後受懺語彼人言自責汝心比丘報言爾僧即當還彼比丘藥彼比丘所有過七日酥油塗戶嚮蜜石蜜與守園人若至第七日所捨與比丘彼比丘應取食若減七日應還此比丘應作白二羯磨如是與僧中當差堪能羯磨人如上作如是白大德僧聽此某甲比丘故畜餘藥犯捨墮今捨與僧若僧時到僧忍聽還此比丘藥白如是大德僧聽此某甲比丘故畜餘藥犯捨墮今捨與僧僧今還此比丘藥誰諸長老忍僧還此某甲比丘藥者默然誰不忍者說僧巳忍還此某甲比丘藥竟僧忍故默然如是持此比丘取巳當用塗脚若然燈僧中捨巳不還者突吉羅若有人教言莫還者突吉羅若轉作淨施若遣與人若故壞若燒若作非藥若數數服一切突吉羅比丘尼尼薩耆波逸提式叉摩那沙彌沙彌尼突吉羅是謂爲犯不犯者若彼過七日藥若酥油塗戶嚮若蜜石蜜與守園人若至七日所捨與比丘食之若未滿七日還彼比丘彼當用塗脚若然燈無犯無犯者最初未制戒癡狂心亂痛惱所纏二十六竟

爾時佛在舍衛國祇樹給孤獨園時毗舍佉母請佛及比丘僧明日食即其夜辦具甘饍種種飲食明日晨朝遣婢往至僧伽藍中白時到時天大雨如象尿下爾時世尊告諸比丘汝等今日盡出在雨中浴此最後雨如今

閻浮提雨當知四天下雨亦如此時諸比丘聞佛教已各出屋倮形雨中浴時彼婢往僧伽藍門外遥見諸比丘盡倮形洗浴見已作是念無有沙門盡倮形外道還白毗舍佉母言大家當知僧伽藍中盡是倮形外道無有沙門毗舍佉母聰明智慧即作是念向者天雨諸比丘等或脱衣倮形雨中洗浴婢無知謂爲倮形外道復更勑速詣僧伽藍中白諸比丘今時已到即往僧伽藍門外時諸比丘浴訖著衣還入静室坐思惟婢在門外立見僧伽藍空寂無人復作是念今僧伽藍空無有比丘即還歸語毗舍佉母言大家當知僧伽藍中空無有比丘時毗舍佉母智慧聰明即念言諸比丘浴訖必入静室思惟而婢無知謂爲僧伽藍中無有比丘復重勑之速往

僧伽藍中高聲白言今時已到婢即至僧伽藍中高聲白言今時已到時世尊從静室出語彼婢言汝並前去我正爾往世尊語諸比丘著衣持鉢今時已到諸比丘受世尊教各持衣鉢世尊與大比丘僧千二百五十人俱譬如力士屈伸臂頃從祇洹精舍忽然不現在毗舍佉母舍就座而坐衣服不濕及比丘僧悉皆如是時婢在後晚乃到舍見世尊及比丘僧先已至舍次第而坐衣服不濕見已作是念世尊甚奇甚特有大神力在我後來而先我至時毗舍佉母以種種多美飲食供養佛及比丘僧食訖捨鉢更取卑牀在前而坐白佛言唯願世尊當與我願佛告毗舍佉母如來不與人過願毗舍佉母復白言大德若清淨可辦願與我佛告言隨意毗舍佉母

白世尊言或有諸客比丘從遠方來不知所
趣願世尊聽我與客比丘食盡形壽供給復
白世尊言欲遠行比丘或以食故而不及伴
願世尊聽我與遠行比丘食盡形壽供給復
白世尊言諸病比丘若不得隨病食便命終
若得隨病食便得除差唯願世尊聽我與病
比丘食盡形壽供給復白世尊言諸病比丘
不得隨病藥便命終若得隨病藥病得差願
世尊聽我與病比丘隨病藥盡形壽供給復
白世尊言瞻病比丘自求食故闕看病願世
尊聽我與看病人食盡形壽供給復白佛言
世尊聽阿那頻頭國諸比丘食粥若世尊當
聽比丘食粥者我當盡形壽供給復白世尊
言我晨朝遣婢至僧伽藍中白時到諸比丘
盡露形雨中浴願世尊聽我盡形壽供給比
丘雨浴衣復白世尊言我有小因緣至阿夷
羅跋提河邊見諸比丘尼倮形洗浴時有諸
賊女婬女往至比丘尼所語言汝等年少顏
貌端正腋下未有毛及今年壯何不習愛欲
老乃修習梵行於二宜無失其中年少比丘
尼便生不樂心願世尊聽我盡形壽與比丘
尼浴衣爾時佛語毗舍佉母汝以何利義故
求此八願耶毗舍佉母白佛言若有遠來比
丘至白世尊言有某甲比丘命過爲生何處
爾時世尊即爲記說於四道果中必當證成
須陀洹果若斯陀含果若阿那含果若阿羅
漢果我當問言彼命過比丘曾來至此舍衛
國不若我聞曾來時我復當作是念是客比
丘或當曾受我客比丘食若遠行比丘食若
病比丘食若病比丘藥若受瞻病人食若受

粥若受雨浴衣我聞是語已便發歡喜心既發歡喜心便捨衆惡身惡既除便得身樂以得身樂心則得定心既得定便能長夜修習根力覺意世尊歎言善哉善哉毗舍佉母此事如實何以故汝是聰明智慧信樂檀越時世尊爲毗舍佉母而說頌曰

歡喜施飲食　持戒佛弟子　布施於衆人
降伏慳嫉心　依樂受樂報　永得安隱樂
得天上處所　得無漏聖道　心樂於福德
快樂無可喻　得生於天上　長壽常安樂

爾時世尊與毗舍佉母種種方便說法勸令歡喜即從座起而去還至僧伽藍中以是因緣集比丘僧隨順說法無數方便讚歎頭陀嚴好樂出離者告諸比丘言自今已去聽與客比丘食遠行比丘食病比丘食病比丘藥及瞻病人食聽食粥聽受雨浴衣與比丘尼浴衣爾時毗舍佉母聞世尊聽諸比丘受客比丘食乃至與比丘尼雨浴衣即便盡形壽供給客比丘食乃至比丘尼雨浴衣時毗舍佉母聞世尊聽已即作衆多雨浴衣使人持往至僧伽藍中與諸比丘諸比丘分佛言不應分隨上座次與若不遍當憶行次若更得衣以次行令遍彼持貴價衣隨次與佛言不應爾應從上座次問若不須者然後隨次與若不遍應取僧中可分衣與令遍時六羣比丘聞佛聽比丘得畜雨浴衣即一切時春夏冬常求雨浴衣不捨雨衣便持餘用現有雨衣猶倮形而浴時諸比丘聞其中有少欲知足行頭陀樂學戒知慚愧者嫌責六羣比丘如來雖聽比丘得畜雨衣浴云何春夏冬常

求雨浴衣不捨雨衣便持餘用現有雨衣猶倮形而浴時諸比丘訶責已往世尊所頭面禮足在一面坐以此因緣具白世尊世尊以此因緣集比丘僧訶責六羣比丘汝所爲非非威儀非沙門法非淨行非隨順行所不應爲云何春夏冬常求雨浴衣以無數方便訶責已告諸比丘此癡人多種有漏處最初犯戒自今已去與比丘結戒集十句義乃至正法久住欲說戒者當如是說若比丘春殘一月在當求雨浴衣半月應用浴若比丘過一月前求雨浴衣過半月前用浴尼薩耆波逸提比丘義如上雨衣者比丘用雨中浴衣者有十種如上彼比丘三月十六日應求雨浴衣四月一日應用若比丘三月十六日前求衣四月一日前用者尼薩耆波逸提此尼薩耆當捨與僧若衆多人若一人不得別衆捨若捨不成捨突吉羅若欲捨與僧時應往僧中偏露右肩脫革屣向上座禮右膝著地合掌作如是白大德僧聽我某甲比丘過一月前求雨浴衣過半月前用犯捨墮今捨與僧捨已當懺悔前受懺人當作如是白大德僧聽此某甲比丘過一月前求雨浴衣過半月前用犯捨墮今捨與僧若僧時到僧忍聽我受彼比丘懺悔白如是白已然後受懺當語彼人言自責汝心比丘報言爾僧即當還彼比丘雨衣作白二羯磨應如是與僧中應差堪能羯磨人如上作如是白大德僧聽此某甲比丘過一月前求雨浴衣過半月前用犯捨墮今捨與僧若僧時到僧忍聽還彼某甲比丘雨衣白如是大德僧聽此某甲比丘過

一月前求雨浴衣過半月前用犯捨墮今捨與僧僧今還此某甲比丘雨浴衣誰諸長老忍僧還彼某甲比丘雨浴衣者默然誰不忍者說僧已忍還此比丘雨浴衣竟僧忍故默然如是持僧中捨雨衣竟不還者突吉羅還時有人教莫還者突吉羅若轉作淨施若遣與人若自作三衣若作波利迦羅衣若故壞若燒若數數用一切突吉羅比丘尼突吉羅式叉摩那沙彌沙彌尼突吉羅是謂爲犯不犯者三月十六日求四月一日用若捨雨衣已乃更作餘用若著浴衣浴若無雨衣若作浴衣若浣染若舉處染無犯無犯者最初未制戒癡狂心亂痛惱所纏二十七竟

爾時佛在毗蘭若夏安居佛告阿難曰汝往語毗蘭若婆羅門我受汝夏安居訖今欲人間遊行阿難承教往至毗蘭若婆羅門所語婆羅門言如來語汝我受汝請夏安居訖今欲人間遊行時毗蘭若婆羅門聞世尊如是語即憶念我無利無善利我無得無善得何以故我請沙門瞿曇及僧九十日中竟不供養時毗蘭若婆羅門與阿難俱往世尊所禮佛足却住一面時世尊漸與毗蘭若婆羅門說微妙法發歡喜心即白佛言唯願世尊及比丘僧於毗蘭若重受我九十日請佛語婆羅門我已受汝請夏安居九十日訖今欲遊行人間婆羅門重白言願世尊及僧受我明日請世尊默然受請婆羅門見世尊默然受請即從座起禮佛足三繞而去還其家即夜辦具種種好食明日白佛時到世尊著衣持鉢及比丘僧五百人俱往詣其家到已就座

而坐時婆羅門行種種好食飯佛及比丘僧悉令滿足食訖各自收鉢婆羅門以三衣施佛諸比丘各施二衣爲夏安居故時諸比丘不受衣即語施主言世尊未聽受夏衣時諸比丘以此因緣具白世尊佛告諸比丘聽受夏衣時六羣比丘聞世尊聽受夏衣春夏冬一切時常乞衣安居未竟亦乞衣亦受衣時跋難陀釋子在一處安居竟聞異處夏安居比丘大得利養衣即往彼安居處問諸人言所得安居衣爲分未耶答言未持來我與汝分復更至餘處如是非一皆問言汝得安居衣分未耶答言未持來我與汝分時跋難陀處處分衣大得衣分持來入祇洹精舍諸比丘見已語跋難陀言世尊聽畜三衣三衣外不聽畜長衣此是誰衣耶跋難陀答言處處有夏安居得衣我於彼得是分來諸比丘聞已中有少欲知足行頭陀樂學戒知慚愧者訶責六羣比丘跋難陀釋子云何如來聽受夏安居衣何以復春夏冬一切時常乞衣安居未竟亦乞衣亦受衣耶跋難陀釋子異處安居異處受衣時諸比丘往至世尊所頭面禮足在一面坐以此因緣具白世尊世尊爾時以此因緣集比丘僧種種訶責六羣比丘跋難陀釋子我聽比丘受夏安居衣汝云何一切時春夏冬常乞衣安居未竟亦乞衣亦受衣跋難陀釋子異處安居異處受衣耶世尊以無數方便訶責六羣比丘跋難陀釋子已告諸比丘不得一切時春夏冬常乞衣亦不得安居未竟亦乞衣亦受衣不得異處安居異處受夏衣分爾時世尊在舍衛國時波

斯匿王境内人民有反叛者時王遣二大臣名梨師達多富那羅王勑使征時二大臣作是念我等今當征未知爲得還不我等當衆僧夏安居竟爲僧設食及施衣今者安居未竟寧可辦食具并諸衣物如安居法施僧不耶諸長者自往僧伽藍中白諸比丘如是言明日欲設飯食并施安居衣願各屈意諸比丘報長者言但施食不須施衣何以故夏安居未竟不得受衣不得乞衣長者白言我等今爲波斯匿王遣征我等自念未知當得還不欲如先法夏安居訖飯食衆僧并施衣今者亦欲設食并施衣時諸比丘以是事往白佛佛言自今已去聽諸比丘受急施衣諸比丘若知是急施衣應受自今已去與比丘結戒集十句義乃至正法久住欲說戒者當如是說若比丘十日未竟夏三月諸比丘得急施衣比丘知是急施衣當受受已乃至衣時應畜若過畜者尼薩耆波逸提比丘義如上急施衣者受便得不受便失衣者有十種如上衣時者自恣竟不受迦絺那衣一月受迦絺那衣五月自恣十日在若比丘得急施衣知是急施衣應受受已即十日應畜到自恣竟不受迦絺那衣一月受迦絺那衣五月若自恣有九日在比丘得急施衣比丘知是急施衣應受受已即九日應畜到自恣竟不受迦絺那衣一月受迦絺那衣五月更增一月若自恣八日在比丘得急施衣比丘知是急施衣應受受已即八日應畜到自恣竟不受迦絺那衣一月受迦絺那衣五月更增二日若自恣七日在比丘得急施衣比丘知是急

施衣應受受已即七日應畜到自恣竟不受迦絺那衣一月受迦絺那衣五月更增三日若自恣六日在比丘得急施衣比丘知是急施衣應受受已即六日應畜到自恣竟不受迦絺那衣一月受迦絺那衣五月更增四日若自恣五日在比丘得急施衣比丘知是急施衣應受受已即五日應畜到自恣竟不受迦絺那衣一月受迦絺那衣五月更增五日若自恣四日在比丘得急施衣比丘知是急施衣應受受已即四日應畜到自恣竟不受迦絺那衣一月受迦絺那衣五月更增六日若自恣三日在比丘得急施衣比丘知是急施衣應受受已即三日應畜到自恣竟不受迦絺那衣一月受迦絺那衣五月更增七日若自恣二日在比丘得急施衣比丘知是急

施衣應受受已即二日應畜到自恣竟不受迦絺那衣一月受迦絺那衣五月更增八日若明日自恣比丘得急施衣比丘知是急施衣應受受已即今日應畜到自恣竟不受迦絺那衣一月受迦絺那衣五月更增九日若比丘得急施衣若過前過後尼薩耆波逸提此衣應捨與僧若衆多人若一人不得別衆捨若捨不成捨突吉羅若欲捨與僧者應往僧中偏露右肩脫革屣向上座禮胡跪合掌作如是白大德僧聽我某甲比丘得急施衣若過前若過後犯捨墮今捨與僧捨已當懺悔前受懺人白已然後受懺作如是白大德僧聽此某甲比丘得急施衣若過前若過後犯捨墮今捨與僧若僧時到僧忍聽我受某甲比丘懺白如是作是白已然後受懺受懺

者語其人言當自責汝心比丘報言爾僧即當還彼比丘衣白二羯磨與衆中當差堪能羯磨人如上作如是白大德僧聽此某甲比丘得急施衣過前過後犯捨墮今捨與僧若僧時到僧忍聽還此比丘衣白如是大德僧聽此某甲比丘得急施衣過前過後犯捨墮今捨與僧僧今還此比丘衣誰諸長老忍僧還此某甲比丘衣者默然誰不忍者說僧已還此比丘衣竟僧忍默然故如是持僧中捨衣竟不還者突吉羅若教言莫還突吉羅若轉作淨施若受作三衣及餘衣若遣與人若數數著一切突吉羅比丘尼尼薩耆波逸提式叉摩那沙彌沙彌尼突吉羅是謂爲犯不犯者得急施衣不過前不過後不犯若爲賊奪衣若失衣若燒衣若漂衣過前不犯作奪想失衣想燒想漂想若嶮難道路不通多諸賊盜惡獸難若河水大漲王者所執繫閉命難梵行難若彼受寄比丘或死或出行或捨戒或賊劫或爲惡獸所害或爲水漂過後無犯無犯者最初未制戒癡狂心亂痛惱所纏

二十八竟

爾時佛在舍衛國祇樹給孤獨園諸比丘夏安居訖後迦提一月滿在阿蘭若處住時多有賊劫奪比丘衣鉢坐具針筒什物兼打撲諸比丘諸比丘畏賊皆來趣祇洹精舍聚住爾時世尊知而故問阿難此諸比丘何故來趣祇洹精舍聚住耶阿難白佛言諸比丘夏安居訖後迦提一月滿在阿蘭若處住爲賊劫奪衣鉢坐具針筒什物又打撲諸比丘諸比丘畏怖故皆來趣祇洹精舍住佛告阿難

自今已去聽諸比丘在阿蘭若有疑多恐懼處住在如是阿蘭若處住比丘欲留衣三衣中若一一衣得留置舍内爾時六羣比丘聞佛聽阿蘭若處有疑恐懼處住在如是處住欲留衣三衣中若一一衣留置舍内即便留衣置舍内囑親友比丘已出行後親友比丘出衣日中曬諸比丘見已自相謂言世尊制戒聽比丘畜三衣不得長此是誰衣耶彼比丘言六羣比丘與我知識親友留衣在此出人間遊行是故我等爲曬衣時諸比丘聞已其中有少欲知足行頭陀樂學戒知慚愧者訶責六羣比丘言云何世尊聽諸比丘在阿蘭若處有疑恐懼處住於三衣中留一一衣著舍内汝等云何今多寄衣知識親友人間遊行而離衣宿時諸比丘往世尊所頭面禮足在一面坐以此因緣具白世尊世尊即以此因緣集比丘僧訶責六羣比丘汝所爲非非威儀非沙門法非淨行非隨順行所不應爲云何六羣比丘我聽諸比丘在阿蘭若有疑恐懼處住比丘在如是處住三衣中留一一衣著舍内汝等云何今多寄衣親友人間遊行離衣宿爾時世尊以無數方便訶責六羣比丘已告諸比丘此六羣比丘癡人多種有漏處最初犯戒自今已去與比丘結戒集十句義乃至正法久住欲說戒者當如是說若比丘夏三月竟後迦提一月滿在阿蘭若有疑恐懼處住比丘在如是處住三衣中欲留一一衣置舍内諸比丘有因緣離衣宿乃至六夜若過者尼薩耆波逸提比丘義如上阿蘭若處者去村五百弓遮摩羅國弓長四

肘用中肘量有疑處者疑有賊盜恐怖者中有恐怖賊盜舍內者村聚也三衣者僧伽梨鬱多羅僧安陀會衣者有十種如上說若比丘有因緣離衣宿彼六夜竟第七夜明相未出前若捨三衣若手捉衣若至擲石所及處若比丘六夜竟第七夜明相未出前不捨三衣不手捉衣不至擲石所及處住第七夜明相出離衣宿一切犯尼薩耆除三衣已離餘衣突吉羅此尼薩耆當捨與僧若衆多人若一人不得別衆捨若捨不成捨突吉羅若欲捨與僧者應往至僧中偏露右肩脫革屣右膝著地禮上座足胡跪合掌作如是言大德僧聽我某甲比丘離衣宿過六夜犯捨墮今捨與僧捨已當懺悔前受懺人白已然後受懺當作如是白大德僧聽此某甲比丘離衣宿過六夜犯捨墮今捨與僧若僧時到僧忍聽我受某甲比丘懺白如是如是白已然後受懺當語彼人言自責汝心比丘報言爾僧即應還彼比丘衣白二羯磨應如是與衆中當差堪能羯磨人如上作如是白大德僧聽此某甲比丘離衣宿過六夜犯捨墮今捨與僧若僧時到僧忍聽還彼比丘衣白如是大德僧聽此某甲比丘離衣宿過六夜犯捨墮今捨與僧僧今還彼比丘衣誰諸長老忍僧還此比丘衣者默然誰不忍者說僧已還彼比丘衣竟僧忍默然故是事如是持若比丘捨衣竟不還彼比丘衣者突吉羅若教不還者突吉羅若淨施若遣與人或受作三衣若作波利迦羅衣若數數取著一切突吉羅比丘尼突吉羅式叉摩那沙彌沙彌尼突吉羅

是謂爲犯不犯者已經六夜第七夜明相未出前到衣所若捨衣若手捉衣若至擲石所及處不犯若刧奪想失想漂想燒想不捨衣不捉衣不至擲石所及處不犯若船濟不通道路險難多諸盜賊有惡獸河水暴漲強力所執或爲繫閉或命難或梵行難不捨衣不捉衣不至擲石所及處一切無犯無犯者最初未制戒癡狂心亂痛惱所纏二十九竟

爾時佛在舍衛國祇樹給孤獨園時跋難陀釋子先有一居士恒好惠施意欲飯佛比丘僧兼布施好衣時跋難陀釋子聞彼居士欲飯佛比丘僧兼施好衣即往彼居士家問居士言審欲飯佛及比丘僧并施好衣耶居士報言爾跋難陀釋子語居士言衆僧有大善利有大威力有大福德施衆僧者多汝今食施衆僧衣可施我一人居士言可爾爾時長者便不復與僧辦具衣即其夜供辦種種多美飲食明日白僧時到時諸比丘僧著衣持鉢往居士家就座而坐時居士見長老比丘威儀具足發大聲言我云何爲如是嚴整衆僧衣而作留難時諸比丘問居士言何故作如是語時居士以實而荅時衆中有少欲知足行頭陀樂學戒知慚愧者訶責跋難陀釋子云何斷衆僧利而自入已諸比丘往世尊所頭面禮足在一面坐以此因緣具白世尊世尊爾時以此因緣集比丘僧無數方便訶責跋難陀釋子汝所爲非非威儀非沙門法非淨行非隨順行所不應爲云何斷衆僧利而自入已耶爾時世尊無數方便訶責跋難陀釋子已告諸比丘此癡人多種有漏處最

初犯戒自今已去與比丘結戒集十句義乃至正法久住欲說戒者當如是說若比丘斷僧物而自入已尼薩耆波逸提如是世尊與比丘結戒時諸比丘不知是僧物非僧物為許僧不許僧後乃知是僧物已許僧或有作尼薩耆波逸提懺悔或慚愧者不知不犯自今已去當如是說戒若比丘知是僧物自求入已者尼薩耆波逸提比丘義如上僧物者為僧故已與僧僧物者已許僧為僧者為僧故作未許僧已與僧者已許僧已捨與僧物者衣鉢坐具針筒下至飲水器若比丘知是僧物自求入已者尼薩耆波逸提若物許僧轉與塔者突吉羅若許塔轉與僧者突吉羅若物許四方僧轉與現在僧者突吉羅若物許現在僧轉與四方僧者突吉羅若物許比丘僧轉與比丘尼僧者突吉羅若許比丘尼僧轉與比丘僧者突吉羅許異處與異處突吉羅若已許作許想者尼薩耆波逸提若已許心疑突吉羅若未許作許想突吉羅若未許疑突吉羅此尼薩耆當捨與僧若衆多人若一人不得別衆捨若捨不成捨突吉羅若欲捨與僧者應往僧中偏露右肩右膝著地禮上座胡跪合掌作如是白大德僧聽我某甲比丘知是物已許僧而自入已犯捨墮今捨與僧捨已當懺悔前受懺人白已然後受懺當作如是白大德僧聽此某甲比丘知是物已許僧而自入已犯捨墮今捨與僧若僧時到僧忍聽我受某甲比丘懺白如是白已然後受懺當語彼人言自責汝心彼比丘答言爾僧即應還彼比丘所捨物應作白二羯

磨與衆中當差堪能羯磨人如上作如是白大德僧聽此某甲比丘知是物已許僧而自入已犯捨墮今捨與僧若僧時到僧忍聽還彼比丘所捨物白如是大德僧聽此某甲比丘知是物已許僧求自入已犯捨墮今捨與僧僧今還彼比丘所捨物誰諸長老忍僧還彼比丘所捨物者默然誰不忍者說衆僧已忍還彼比丘所捨物竟僧忍默然故如是持若捨與竟不還彼比丘所捨物者突吉羅若教人莫還者突吉羅若淨施若遣與人若受作三衣若作波利迦羅衣若數數用一切突吉羅比丘尼尼薩耆波逸提式叉摩那沙彌沙彌尼突吉羅是謂爲犯不犯者若不知若已許作不許想若許少勸令與多若許少人勸與多人欲許惡勸與好者或戲笑語若誤語或獨處語或眠中語欲說此乃說彼無犯無犯者最初未制戒癡狂心亂痛惱所纏十三事竟

四分律藏卷第十

音釋

危（章移切）　篔（徒黨切竹器）　倮（郎果切赤體也）　嶮（虛儉切危險也）　漲（知亮切水泛溢）

四分律藏卷第十一

姚秦三藏佛陁耶舍共竺佛念譯

初分之十一 九十事初

爾時佛在釋翅瘦迦維羅衛國尼拘類園中爾時釋種中有釋迦子字象力善能談論常與外道梵志論議若不如時便違反前語若僧中問是語時即復違反前語於衆中知而妄語諸梵志等譏嫌言沙門釋子無有慙愧常作妄語而自稱言我行正法如今有何正法論議不如時便違反前語於衆僧中問時復違反前語於衆中知而妄語諸比丘聞其中有少欲知足行頭陀樂學戒知慙愧者呵責象力釋子汝云何與梵志共論議設不如時便自違反前語於衆僧中問即復違反前語於衆僧中知而妄語耶時諸比丘往世尊所頭面禮足在一面坐以此因緣具白世尊世尊以此因緣集比丘僧呵責象力比丘汝所爲非非威儀非沙門法非淨行非隨順行所不應爲云何象力比丘與梵志共論議設不如時便違反前語於衆僧中問即復違反前語於衆中知而妄語耶爾時世尊無數方便呵責象力比丘已告諸比丘此癡人多種有漏處最初犯戒自今已去與比丘結戒集十句義乃至正法久住欲説戒者當如是説若比丘知而妄語者波逸提比丘義如上知而妄語者不見言見不聞言聞不觸言觸不知言知見言不見聞言不聞觸言不觸知言不知見者眼識能見聞者耳識能聞觸者三識能觸鼻識舌識身識法者意識能識不見者除眼識餘五識是不聞者除耳識餘五識

是不觸者除三識餘眼識耳識意識是不知者除意識餘五識是若不見不聞不觸不知彼如是言我見聞觸知知而妄語波逸提若不見不聞不觸不知是中見想聞想觸想知想彼便言我不見不聞不觸不知知而妄語者波逸提若不見不聞不觸不知意中生疑彼作是言我無有疑便言我見我聞我觸我知知而妄語者波逸提若不見不聞不觸不知意中有疑便言我是中不疑便言我不見不聞不觸不知知而妄語者波逸提若不見不聞不觸不知意中無復疑便言我有疑我見我聞我觸我知知而妄語者波逸提我不見我不聞我不觸我不知意中無疑便言我有疑我不見不聞不觸不知知而妄語者波逸提此應廣說本作是念我當妄語妄語時自知是妄語妄語已知是妄語故妄語波逸提本作是念我當妄語妄語時自知是妄語妄語竟不自憶作妄語故妄語波逸提本不作是念我當妄語妄語時知是妄語妄語竟知是妄語故妄語波逸提本不作妄語意妄語時知是妄語妄語已不憶是妄語故妄語波逸提所見異所忍異所欲異所觸異所想異所心異如此諸事皆是妄語於大衆中知而妄語波逸提說而了了者波逸提說而不了了者突吉羅說戒時乃至三問憶念罪而不說者突吉羅比丘尼波逸提式叉摩那沙彌沙彌尼突吉羅是謂爲犯不犯者不見言不見不聞言不聞不觸言不觸不知言不知見言見聞言聞觸言觸知言知意有見想便說者不犯不犯者最初未結戒癡狂心亂痛

惱所纏竟一

爾時佛在舍衛國祇樹給孤獨園時六群比丘鬬諍事種類罵比丘比丘慚愧忘失前後不得語諸比丘聞其中有少欲知足行頭陀樂學戒知慚愧者呵責六群比丘云何六群比丘鬬諍事種類罵比丘使慚愧忘失前後不得語爾時諸比丘往世尊所頭面禮足在一面坐以此因緣具白世尊世尊爾時以此因緣集比丘僧呵責六群比丘汝所爲非非威儀非沙門法非淨行非隨順行所不應爲云何六群比丘鬬諍事種類罵比丘使慚愧忘失前後使不得語爾時世尊以無數方便呵責六群比丘已告諸比丘往古世時得剎尸羅國婆羅門有牛晝夜餧飼刮刷摩捫時得剎尸羅國復有長者於城市街巷遍自唱言誰有力牛與我力牛共駕百車賭金千兩時婆羅門牛聞唱聲自念此婆羅門晝夜盡力餧飼我刮刷摩捫我今宜當盡力自竭取彼千兩金報此人恩時彼牛即語婆羅門汝今當知得剎尸羅國中有長者作是唱言誰有牛與我牛共駕百車賭金千兩主今可往至彼長者家語言我有牛可與汝牛共駕百車賭金千兩時婆羅門即往至長者家語言我有力牛可與汝牛共駕百車賭金千兩長者報言今正是時婆羅門即牽巳牛與長者牛共駕百車賭金千兩時多人觀看婆羅門於衆人前作毀呰語一角可牽時牛聞毀呰語即慚愧不肯出力與對諍競於是長者牛勝婆羅門牛不如輸金千兩時婆羅門語彼牛言我晝夜餧飼摩捫刮刷望汝當與我盡

力勝彼牛云何今日反更使我輸金千兩耶牛即語婆羅門言汝於衆人前毀呰我言一角可牽使我大慙愧於衆人是故不能復出力與彼競駕若能改往言者更不名字形相毀我者便可往語彼長者言能更與我牛共駕百車者更倍出二千兩金婆羅門語牛言勿復令我更輸二千兩金牛報婆羅門言汝勿復在衆人前毀呰我言一角可牽於衆人前當讚歎我好牽端嚴好角時婆羅門至彼長者家語言能更與我牛共駕百車者賭二千兩金長者報言今正是時時婆羅門牛與長者牛共駕百車賭二千兩金多人共看時婆羅門於衆人前讚歎牛言好牽端嚴好角牛聞此語即便勇力與彼競駕婆羅門牛得勝長者牛不如婆羅門得二千兩金爾時佛語諸比丘凡人欲有所說當說善語不應說惡語善語者善惡語者自熱惱是故諸比丘畜生得人毀呰猶自慙愧不堪進力況復於人得他毀辱能不有慙愧此六群比丘癡人斷諍事種類罵諸比丘使慙愧忘前失後使不得語爾時世尊以無數方便呵責六群比丘已告諸比丘此癡人多種有漏處最初犯戒自今已去與比丘結戒集十句義乃至正法久住欲說戒者當如是說若比丘種類毀呰語者波逸提比丘義如上說種類毀呰人者卑姓家生行業亦卑伎術工巧亦卑或言汝是犯過人或言汝多結使人或言汝禿盲人或言汝禿瞎人卑者旃陀羅種除糞種竹師種車師種卑姓者拘湊拘尸婆蘇晝迦葉阿提梨夜婆羅墮若本非卑姓習卑伎術即

是卑姓卑業者販賣猪羊殺牛放鷹鷂獵人網魚作賊捕賊者守城知刑獄卑伎者鍛作木作瓦陶作皮韋作剃髮作簸箕作犯者波羅夷僧伽婆尸沙波逸提波羅提提舍尼偷蘭遮突吉羅惡説結者從瞋恚乃至五百結盲瞎者盲瞎禿躄跛聾瘂及餘衆患所加若比丘罵餘比丘言汝生卑賤家汝業卑伎術卑汝犯汝結使汝瞎禿如是等若面罵若喻罵若自比罵面罵者言汝是旃陀羅家生除糞家生竹師種車師種拘湊拘尸婆蘇晝迦葉阿提梨夜婆羅墮種若本非卑姓者習卑伎術即是卑姓汝是販賣人殺牛猪羊人汝是作賊捕賊人汝是守城知刑獄人汝是鍛作木作瓦陶作皮韋作剃髮作人汝是犯波羅夷僧伽婆尸沙波逸提波羅提提舍尼偷蘭遮突吉羅惡説人汝是從瞋恚結使人乃至五百結人汝是盲瞎禿躄跛瘂聾及衆患所加人喻罵者汝似旃陀羅汝似除糞種汝似竹師種汝似車師種汝似拘湊汝似拘尸婆蘇晝種迦葉種汝似阿提梨夜種汝似婆羅墮種汝似販賣猪羊人汝似殺牛人汝似放鷹鷂人汝似網魚獵人汝似作賊者捕賊者汝似守城知刑獄人汝似鍛作人汝似木作人汝似瓦陶作人汝似皮韋作人汝似剃髮人汝似犯波羅夷人汝似犯僧伽婆尸沙人汝似犯波逸提人汝似犯波羅提提舍尼人汝似犯偷蘭遮人汝似犯突吉羅人汝似犯惡説人汝似結使人汝似盲瞎人汝似禿人汝似躄跛人汝似瘂聾人自比罵者我非旃陀羅種我非除糞種我非竹師種我非車

師種我非拘湊拘尸婆蘇晝迦葉阿提梨夜婆羅墮販賣猪羊殺牛人放鷹鷂人網魚獵人作賊人捕賊守城知刑獄人鍛作人木作人竹作師人車作人瓦陶作人皮韋作人剃髮人我非犯波羅夷人僧伽婆尸沙人波逸提人波羅提提舍尼偷蘭遮人突吉羅惡說人我非結使我非盲瞎禿跛躄瘂聾人若比丘如上說種類毀呰者波逸提若種類毀呰語了了者波逸提不了了者突吉羅若以說善法而面罵若作喻罵若自比罵說善法者阿蘭若乞食補衲衣乃至坐禪人說善法而罵者汝是阿蘭若乃至坐禪人喻罵者汝似阿練若乃至坐禪人自比罵者我非是阿練若乃至坐禪人若比丘說善法面罵人喻罵自比罵說而了了者突吉羅不了了者亦突吉羅比丘尼波逸提式叉摩那沙彌沙彌尼突吉羅是謂爲犯不犯者相利故說爲法故說爲律故說爲教授故說爲親厚故說或戲笑故說或因語次失口說或獨說或在夢中語或欲說此而誤說彼無犯無犯者最初未制戒癡狂心亂痛惱所纏二竟

爾時佛在舍衛國祇樹給孤獨園爾時六群比丘傳彼此語傳他此屛語向彼說傳彼屛語向此說如是不息遂至衆中未有鬭事而生鬭已有鬭事而不滅諸比丘各作是念衆僧以何因緣本無諍鬭而有此諍已有諍而不能滅耶諸比丘自知此六群比丘傳彼此語遂至僧中鬭諍先未有諍事而生諍事已有諍事而不能滅時衆中有少欲知足行頭陀樂學戒知慚愧者呵責六群比丘言云何

汝等傳彼此語遂至僧中鬭諍先未有諍事而生諍事已有諍事而不能滅諸比丘往至世尊所頭面禮足在一面坐以此因緣具白世尊世尊以此因緣集比丘僧呵責六群比丘云何汝等傳彼此語遂至僧中先未有諍事而生諍事已有諍事而不滅耶爾時世尊以無數方便呵責六群比丘已告諸比丘汝等當聽古昔有兩惡獸爲伴一名善牙師子二名善摶虎晝夜伺捕衆鹿時有一野干逐彼二獸後食其殘肉以自全命時彼野干竊自生念我今不能久與相逐當以何方便鬭亂彼二獸令不復相隨時野干即往善牙師子所如是語善牙善摶虎有如是語言我生處勝種姓勝形色勝汝力勢勝汝何以故我日日得好美食善牙師子逐我後食我殘肉

以自全命即說偈言

形色及所生　大力而復勝　善牙不能善

善摶如是說

善牙問野干言汝以何事得知答言汝等二獸共集一處相見自知爾時野干竊語善牙已便往語善摶虎言汝知不善牙有如是語而我今日種姓生處悉皆勝汝力勢亦勝何以故我常食好肉善摶虎食我殘肉而自活

爾時即說偈言

形色及所生　大力而復勝　善摶不能善

善牙如是說

善摶問言汝以何事得知答言汝等二獸共集一處相見自知後二獸共集一處瞋眼相視善牙師子便作是念我不應不問便先下手打彼

爾時善牙師子向善搏虎而說偈言

形色及所生　大力而復勝　善牙不如我
善搏說是耶

彼自念言必是野干鬬亂我等善搏虎說偈
答善牙師子言

善搏不說是　形色及所生　大力而復勝
善牙不能善　若受無利言　信他彼此語
親厚自破壞　便成於怨家　若以知眞實
當滅除瞋惱　今可至誠說　令身得利益
今當善降伏　除滅惡知識　可殺此野干
鬬亂我等者

即打野干殺爾時佛告諸比丘此二獸爲彼所破共集一處相見不悅況復於人爲人所破心能不惱云何六群比丘鬬亂彼此先無諍事而生諍事已有諍事而不能滅爾時世尊以無數方便呵責六群比丘已告諸比丘此癡人多種有漏處最初犯戒自今已去與比丘結戒集十句義乃至正法久住欲說戒者當如是說若比丘兩舌語波逸提比丘義如上說兩舌者比丘鬬亂比丘比丘尼式叉摩那沙彌沙彌尼優婆塞優婆夷國王及大臣外道異學沙門婆羅門比丘尼還鬬亂比丘尼式叉摩那沙彌沙彌尼優婆塞優婆夷國王及大臣外道異學沙門婆羅門比丘式叉摩那還鬬亂式叉摩那沙彌沙彌尼優婆塞優婆夷國王及大臣外道異學沙門婆羅門比丘比丘尼沙彌還鬬亂沙彌沙彌尼優婆塞優婆夷國王及大臣外道異學沙門婆羅門比丘比丘尼式叉摩那沙彌沙彌尼還鬬亂沙彌尼優婆塞優婆夷國王大臣外道

異學沙門婆羅門比丘比丘尼式叉摩那沙彌沙彌尼優婆塞還鬪亂優婆塞優婆夷國王及大臣外道異學沙門婆羅門比丘比丘尼式叉摩那沙彌沙彌尼優婆夷還鬪亂優婆夷國王及大臣外道異學沙門婆羅門比丘比丘尼式叉摩那沙彌沙彌尼優婆塞國王還鬪亂國王及大臣外道異學沙門婆羅門比丘比丘尼式叉摩那沙彌沙彌尼優婆塞優婆夷大臣還鬪亂大臣外道異學沙門婆羅門比丘比丘尼式叉摩那沙彌沙彌尼優婆塞優婆夷國王種種外道沙門婆羅門還鬪亂種種外道沙門婆羅門比丘比丘尼式叉摩那沙彌沙彌尼優婆塞優婆夷國王大臣鬪亂者某甲說是言汝是旃陀羅種除糞種竹師種車師種拘湊拘尸婆蘇晝迦葉阿提梨夜婆羅墮販賣猪羊殺牛放鷹網鳥獵師作賊捕賊守城知刑獄鍛作陶師皮師剃髮師汝犯波羅夷僧伽婆尸沙波逸提波羅提提舍尼偷蘭遮突吉羅惡說結使者從瞋恚乃至五百結禿盲瞎跛躄聾瘂若有比丘破皆是比丘鬪亂說而了了者波逸提說而不了了突吉羅比丘尼波逸提式叉摩那沙彌沙彌尼突吉羅是謂爲犯不犯者破惡知識破惡伴黨破方便壞僧者破助壞僧者破二人三人作羯磨者破若作非法羯磨非律羯磨者破若僧若塔若廟若和尚同和尚若阿闍黎同阿闍黎若知識若親友若數數語者無義無利欲方便作無利義破如是人者不犯不犯者最初未制戒癡狂心亂痛惱所纏三竟

爾時佛在舍衛國祇樹給孤獨園爾時尊者阿那律從舍衛國向拘薩羅國中路至無比丘住處村問言誰與我住處聞彼有一婬女家常安止賓客在門屋下住時阿那律即往至彼婬女家語言大姊欲寄止一宿可得爾不婬女答曰可住門下寬廣隨意止宿阿那律即入門下自敷草褥坐具結加趺坐一心思惟繫念在前爾時拘薩羅國諸長者有行緣之便亦投彼村求覓宿止處亦復聞彼婬女家常止賓客即便往其家求寄宿言欲於此寄一宿可爾不婬女答言我已先聽一沙門宿君可問彼沙門可得共宿者便可宿止其人即往阿那律所語言我向語主人求宿即見聽許今欲共宿不相妨耶阿那律答言我草褥敷竟門屋寬大可隨意宿勿疑也時諸長者即入門屋下長者伴多坐相逼近時婬女見已即生慈念心言此阿那律是豪貴子孫習樂來久不能忍苦今諸長者共相逼近尊者能入我舍內宿不即報言可爾時尊者阿那律即便入舍在其坐處結加趺坐繫念在前時婬女室中然燈燭竟夕不絕彼婬女於初夜來往阿那律所語言近有諸長者婆羅門種多諸財寶皆來語我言可與我作婦我即語彼諸長者言汝等醜陋不能為汝等作婦若是端正者我當為其作婦我觀尊者形貌端正可為我作夫耶時尊者阿那律雖聞此語默然不答亦不觀視何以故由是尊者得無上二俱解脫故到後夜未明相欲出時復語阿那律言諸婆羅門長者種皆多諸財寶語我言為我作婦我即不許然阿那

律顏貌端正可爲我作夫耶阿那律復默然不答亦不觀視何以故由是尊者得無上二俱解脱故爾時此婬女即脱衣來前捉之時阿那律以神足力勇身在空中婬女見之慙愧躶身蹲住即疾疾取衣著已叉手合掌仰向空中向阿那律言懺悔懺悔如是至三願尊者還本在本處坐阿那律即下在本處坐此女人禮阿那律足已卻坐一面阿那律爲說種種微妙法所謂施義戒義生天之義呵欲不淨度有漏縛稱讚出離爲樂增益解脱時婬女即於座上諸塵垢盡得法眼淨時婬女見法得法已唯願聽許爲優婆夷歸依佛法僧自今已去盡形壽不殺生乃至不飲酒願尊者今日受我請食阿那律默然受之彼婬女知阿那律默然受請已即辦具種種甘饍飲食而供養之食已取一小牀在阿那律前坐阿那律爲說種種法勸喻令其心喜爲說法已從座而去還僧伽藍中以此因緣具向諸比丘說時衆中有少欲知足行頭陀樂學戒知慙愧者譏嫌阿那律言云何阿那律與婦女同室宿耶諸比丘往至世尊所頭面禮足在一面坐以此因緣具白世尊世尊即以此因緣集比丘僧知而故問阿那律言汝實與女人獨同室宿不答言實爾佛無數方便呵責阿那律言汝所爲非非威儀非沙門法非淨行非隨順行所不應爲云何阿那律與婦女同室宿世尊以無數方便呵責阿那律已告諸比丘自今已去與諸比丘結戒集十句義乃至正法久住欲說戒者當如是說若比丘與婦女同室宿者波逸提比丘義如

上説婦女者人女有知命根不斷室者有四周牆壁障上有覆或前敞而無壁或有雖覆而不遍或有雖覆遍而有開處是謂室若比丘先宿婦女後至或婦女先至比丘後到或二人俱至若敧卧隨脇著地波逸提隨轉側波逸提若天女阿脩羅女若龍女夜叉女餓鬼女同室宿者突吉羅與畜生中女能變化不能變化者同室宿突吉羅若與黃門二根人同室宿突吉羅晝日婦女立比丘卧者突吉羅比丘尼波逸提式叉摩那沙彌沙彌尼突吉羅是謂爲犯不犯者若比丘不知彼室内有婦女而宿若比丘先至而婦女後至比丘不知若屋有覆而無四邊障或盡覆而半障或盡覆而少障或盡障而不覆或有盡障而少覆或半覆半障或少覆少障或不覆不障露地無犯此室中若行若坐無犯若頭眩倒地若病卧無犯或爲強力所捉若爲人所縳若命難淨行難無犯無犯者最初未制戒癡狂心亂痛惱所纏四竟

爾時世尊在曠野城六群比丘與諸長者共在講堂止住時六群中有一人散亂心睡眠無所覺知小轉側形體發露時有比丘以衣覆已復更轉側露形第二比丘復以衣覆之尋復轉側而形起時諸長者見已便生譏嫌大笑調弄時眠比丘心懷慙愧無顔諸比丘亦慙愧其中有少欲知足知慙愧行頭陀樂學戒者譏嫌此比丘言云何六群比丘與諸長者共止宿耶時諸比丘即往世尊所頭面禮足在一面坐以此因緣具白世尊世尊爾時以此因緣集諸比丘呵責六群比丘汝所

爲非非威儀非沙門法非淨行非隨順行所不應爲云何六群比丘與諸長者共止宿耶以無數方便呵責六群比丘已告諸比丘此六群比丘癡人多種有漏處最初犯戒自今已去與比丘結戒集十句義乃至正法久住欲説戒者當如是説若比丘與未受大戒人共宿波逸提如是世尊與比丘結戒爾時佛在拘睒毗國諸比丘如是言佛不聽我曹與未受大戒人共宿當遣羅云出去時羅云無屋住往廁上宿時佛知之往詣廁所作謦欬聲時羅云亦復謦欬世尊知而故問此中有誰羅云答言我是羅云復問汝在中作何等耶答言諸比丘言不得與未受具戒人共宿驅我出世尊即便言云何愚癡比丘無有慈心乃驅小兒出是佛子不護我意耶即便授指與之令捉將來自入住房共止一宿明日清旦集諸比丘告言汝等無慈心乃驅出小兒是佛子不護我意耶自今已去聽諸比丘與未受大戒人共二宿若至三宿明相未出時應起避去若至第四宿若自去若使未受戒人去自今已去當如是説戒若比丘與未受大戒人共宿過二宿至三宿波逸提比丘義如上説未受戒人者除比丘比丘尼餘未受大戒人是同室宿者如前説若比丘先至未受戒人後至未受戒人前至比丘後至或二人俱至若脇著地犯若小轉側亦犯若天男阿脩羅男乾闥婆男夜叉男餓鬼男及與畜生中能變化者不能變化者共過二宿三宿突吉羅比丘尼波逸提式叉摩那沙彌沙彌尼突吉羅是謂爲犯不犯者若比丘先不

知在彼住而未受戒人在後至若未受戒人在前至比丘後至若屋上有覆無四障或盡覆而半障或有盡障而少覆或半障半覆或少障少覆若空露地若坐若經行不犯若頭眩倒地若病卧或爲强力所執若爲繫閉若命難淨行難是爲不犯不犯者最初未制戒癡狂心亂痛惱所纏五竟

爾時佛在曠野城六群比丘與諸長者共在講堂誦佛經語聲高大如婆羅門誦書聲無異亂諸坐禪者時諸比丘聞已其中有少欲知足行頭陀樂學戒知慙愧者譏嫌六群比丘言云何與諸長者在講堂中共誦經如婆羅門誦書聲耶時諸比丘往至世尊所頭面禮足在一面坐以此因緣具白世尊世尊以此因緣集比丘僧呵責六群比丘汝等云何與長者共在講堂中誦經聲如婆羅門無異耶世尊以無數方便呵責六群比丘已告諸比丘此癡人多種有漏處最初犯戒自今已去與比丘結戒集十句義乃至正法久住欲說戒者當如是說若比丘與未受戒人共誦者波逸提比丘義如上說未受戒人者除比丘比丘尼餘者是句義非句義句味非句味字義非字義句義者與人同誦不前不後諸惡莫作諸善奉行自淨其意是諸佛教非句義者如一人說諸惡莫作未竟第二人抄前言諸惡莫作句味者二人共誦不前不後眼無常耳無常乃至意無常非句味者如一人未稱眼無常第二人抄前言眼無常字義者二人共誦不前不後阿羅波遮那非字義者如一人未稱言阿第二人抄前言阿法者佛

所說聲聞所說仙人所說諸天所說若比丘與未受戒人共誦一說二說三說若口授若書授若了了波逸提說而不了了突吉羅天子阿修羅子夜叉子龍子乾闥婆子畜生能變化者一說二說三說說而了了不了了者突吉羅若師不教言我說竟汝可說者師突吉羅比丘尼波逸提式叉摩那沙彌沙彌尼突吉羅是謂為犯不犯者我說竟汝說一人誦竟一人書若二人同業同誦或戲笑語或疾疾語或獨語或夢中語或欲說此乃說彼無犯無犯者最初未制戒癡狂心亂痛惱所纏六竟

爾時佛在羅閱城耆闍崛山中時有行波利婆沙摩那埵比丘在下行坐時六群比丘語諸白衣汝等知如許人在下行坐者不耶白衣報言我等不知六群比丘語言此等犯如是事犯如是事故衆僧罰使在下行坐有過比丘聞之慚愧餘比丘聞之亦慚愧中有少欲知足行頭陀樂學戒知慚愧者譏嫌六群比丘言云何比丘犯麤惡事乃向白衣說耶諸比丘往世尊所頭面禮足在一面坐以此因緣具白世尊世尊以此因緣集比丘僧呵責六群比丘言汝等云何知比丘犯麤惡事乃向白衣說耶以無數方便呵責已告諸比丘此癡人多種有漏處最初犯戒自今已去與比丘結戒集十句義乃至正法久住欲說戒者當如是說若比丘犯麤惡罪向未受大戒人說波逸提如是世尊與比丘結戒爾時比丘或不知麤惡不知不麤惡後乃方知麤惡或有作波逸提懺悔者或有畏慎者不知

無犯自今已去當如是說戒若比丘知比丘犯麤惡罪向未受大戒人說者波逸提如是世尊與比丘結戒爾時舍利弗爲衆所差在王衆中及諸人民衆中說調達過調達所作者莫言是佛法僧當知是調達所作舍利弗聞已便生畏慎心諸比丘知已往白世尊世尊告言衆僧所差無犯自今已去當如是說戒若比丘知他有麤惡罪向未受大戒人說除僧羯磨波逸提比丘義如上說未受戒者除比丘比丘尼餘者是麤惡罪者波羅夷僧伽婆尸沙僧者一羯磨一說戒若比丘知他有麤惡罪向未受戒人說除僧羯磨波逸提若說了了波逸提不了了者突吉羅除麤惡罪已更以餘罪向未受大戒人說者突吉羅自犯麤惡罪向未受大戒人說者突吉羅除比丘比丘尼以餘人麤惡罪向未受大戒人說者突吉羅麤惡罪麤惡想波逸提麤惡罪疑突吉羅非麤惡麤惡罪想突吉羅非麤惡疑突吉羅比丘尼波逸提式叉摩那沙彌沙彌尼突吉羅是謂爲犯不犯者若不知若衆僧差麤惡非麤惡想若白衣先已聞此麤惡罪無犯無犯者最初未制戒癡狂心亂痛惱所纏竟七

爾時佛在毗舍離獼猴池樓閣精舍以此因緣集比丘僧佛知而故問婆裘園比丘頗實爾耶白佛言實爾世尊佛言汝等癡人眞實猶不得向人說況不實世尊以無數方便呵責婆裘園比丘已告諸比丘此癡人多種有漏處最初犯戒自今已去與比丘結戒集十句義乃至正法久住欲說戒者當如是說若

比丘向未受戒人說過人法言我見是我知是實者波逸提比丘義如上說未受戒者除比丘比丘尼餘者是人法者人界人陰人入上人法者諸法出要自言得身念善思惟有戒有欲有不放逸有精進有定有正定有道有修行有智慧有見有得有果若彼眞實有此事向未受大戒人說了了者波逸提說而不了了者突吉羅若手印書若作知相遣人了了波逸提不了了突吉羅若天子阿脩羅子夜叉子乾闥婆子龍子餓鬼子畜生能變化者向說得上人法了了不了了突吉羅若實得上人法向受大戒人非同意者說突吉羅若自稱言我得根力覺道禪定解脫入三昧向人說者波逸提比丘尼波逸提式叉摩那沙彌沙彌尼突吉羅是謂爲犯不犯者若增上慢若自言是業報不言是修得若實得上人法向同意比丘說若說根力覺道解脫入三昧不向人說我得或戲笑語獨語若夢中語欲說此乃說彼無犯無犯者最初未制戒癡狂心亂痛惱所纏八竟

爾時佛在舍衛國祇樹給孤獨園爾時尊者迦留陀夷時到著衣持鉢詣一大長者家在姑前與兒婦耳語說法姑見已即問婦言向比丘說何等事耶婦報言與我說法姑語婦言若說法者當高聲說令我等聞云何乃耳中獨言耶其婦報言向者語如兄弟語無異更無餘過失時乞食比丘聞已即呵責迦留陀夷言云何尊者於姑前與兒婦耳語說法耶爾時乞食比丘還至僧伽藍中以此因緣具向諸比丘說其中有少欲知足行頭陀樂

學戒知慚愧者譏嫌迦留陀夷云何尊者在姑前爲他兒婦耳語說法耶諸比丘往世尊所頭面禮足在一面坐以此因緣具白世尊世尊即集比丘僧知而故問迦留陀夷汝實爾於姑前與他兒婦耳語說法耶答曰實爾爾時世尊以無數方便呵責迦留陀夷汝所爲非非威儀非沙門法非淨行非隨順行所不應爲汝云何於姑前爲他兒婦耳語說法耶呵責迦留陀夷已告諸比丘此迦留陀夷癡人多種有漏處最初犯戒自今已去與比丘結戒集十句義乃至正法久住欲說戒者當如是說若比丘與女人說法波逸提如是世尊與比丘結戒時有諸女人請諸比丘言唯願諸尊與我等說法時諸比丘各有畏慎心世尊制戒比丘不得與女人說法諸比丘以此因緣具白世尊世尊告曰自今已去聽諸比丘與女人五六語說法自今已去當如是說戒若比丘爲女人說法過五六語波逸提如是世尊與比丘結戒諸比丘復有畏慎心以無有知男子便休不與女人說法佛告諸比丘自今已去除有知男子聽過五六語與女人說法自今已去當如是說戒若比丘與女人說法過五六語除有知男子波逸提時有諸女人請諸比丘言大德願授我五戒時諸比丘有畏慎心以無有知男子便不與授五戒佛言自今已去聽無有知男子與女人授五戒時有女人請諸比丘大德爲我說五戒法時無有知男子比丘有畏慎心不與說五戒法佛告諸比丘自今已去聽諸比丘無有知男子與女人說五戒法時有諸女人

欲受八關齋法諸比丘有畏愼心以無有知男子不敢與受齋法佛告諸比丘自今已去聽諸比丘無有知男子與女人受八關齋法時諸女人請諸比丘大德爲我說八關齋法時無有知男子比丘畏愼心不與說八關齋法佛告諸比丘自今已去聽諸比丘無有知男子與女人說八關齋法爾時諸女人白諸比丘大德我等欲聞八賢聖道法時無有知男子比丘心有畏愼不與說八聖道法佛告諸比丘自今已去聽比丘無有知男子與女人說八賢聖道法時有諸女人白諸比丘言大德爲我說十不善法時無有知男子比丘心有畏愼不敢與說十不善法佛告諸比丘自今已去聽諸比丘無有知男子與女人說十不善法時有諸女人白諸比丘大德爲我等說十善法諸比丘有畏愼心無有知男子不與說十善法佛告諸比丘自今已去聽諸比丘無有知男子與女人說十善法時有諸女人來問諸比丘義比丘有畏愼心以無有知男子不答諸女人問義佛告比丘自今已去聽無有知男子答諸女人問義若不解當廣爲說自今已去欲說戒者當如是說若比丘與女人說法過五六語除有知男子波逸提比丘義如上說女人亦如上說五語者色無我受想行識無我六語者眼無常耳鼻舌身意無常有知男子者解麤惡不麤惡事若比丘爲女人說法過五六語除有知男子說而了了者波逸提不了了者突吉羅若天女阿脩羅女龍女夜叉女乾闥婆女餓鬼女畜生女能變化者爲說過五六語了了不了了

突吉羅畜生中有不能變化者爲說過五六語一切突吉羅比丘尼波逸提式叉摩那沙彌沙彌尼突吉羅是謂爲犯不犯者若五六語有知男子前過說若無有知男子前授優婆夷五戒及說五戒法與八關齋法說八齋法及說八聖道法爲說十不善法及女人問義如是無有知男子應答若不解得廣爲說若戲笑語疾疾語獨語夢中語欲說此乃說彼無犯無犯者最初未制戒癡狂心亂痛惱所纏九竟

四分律藏卷第十一

音釋

波逸提梵語也此云墮謂墮地獄也逸弋質切　餧飼餧於僞切飼祥吏切也　刮刷刮古滑切削也刷所滑切拭也　捫莫昆切摸也　[貝*爲]說僞切賭也　鍛丁貫切鍛鍊也　躄跛躄必益切足不能行也跛布火切足偏廢也　伺捕伺息利切候也捕薄故切捉也　黨多朗切朋也　褥而欲切　躶郎果切赤體也　拘睒毗梵語也正云憍賞彌睒失冉切　謦欬謦棄挺切欬口溉切謦欬逆氣聲也小曰謦大曰欬　眩黃絢切瞑眩也

四分律藏卷第十二

姚秦三藏佛陀耶舍共竺佛念譯

初分之十二

爾時佛在曠野城時六群比丘與佛修治講堂遶堂周帀自掘地時諸長者見譏嫌沙門釋子不知慚耻斷他命根外自稱言我知正法如今觀之有何正法而自掘地斷他命根諸比丘聞其中有少欲知足行頭陀樂學戒知慚愧者譏嫌六群比丘言云何爲佛修治講堂自掘地使諸長者譏嫌耶諸比丘往世尊所頭面禮足在一面坐以此因緣具白世尊世尊爾時以無數方便呵責六群比丘汝所爲非非威儀非沙門法非淨行非隨順行所不應爲云何自掘地使諸長者譏嫌耶世尊以無數方便呵責六群比丘已告諸比丘此癡人多種有漏處最初犯戒自今已去與比丘結戒集十句義乃至正法久住欲說戒者當如是說若比丘自手掘地波逸提如是世尊與比丘結戒爾時六群比丘修治講堂教人掘地言掘是置是時諸長者見已譏嫌云何沙門釋子不知慚愧教人掘地斷他命根無有慈心自稱我知正法如今觀之何有正法爾時諸比丘聞已其中有少欲知足行頭陀樂學戒知慚愧者譏嫌六群比丘云何修治佛講堂教人掘地言掘是置是使諸長者譏嫌耶呵責六群比丘已往世尊所頭面禮足在一面坐以此因緣具白世尊世尊即集比丘僧呵責六群比丘汝所爲非非威儀非沙門法非淨行非隨順行所不應爲云何修治講堂教人掘地言掘是置是使諸長者

譏嫌耶世尊以無數方便呵責已告諸比丘自今已去與比丘結戒若比丘自手掘地若教人掘者波逸提比丘義如上說地者已掘地未掘地若已掘地經四月被雨漬還如本若用鋤或以钁斲或以椎打或以鎌刀刺乃至指爪搯傷地一切波逸提打橛入地者波逸提地上然火波逸提地有地想波逸提若不教言看是知是突吉羅比丘尼波逸提式叉摩那沙彌沙彌尼突吉羅是謂爲犯不犯者若語言知是看是若曳材木曳竹若籬倒地扶正若反塼石取牛屎取崩岸土若取鼠壤土若除經行處土若除屋內土若來往經行若掃地若杖築地若不故掘一切不犯不犯者最初未制戒癡狂心亂痛惱所纏十竟

爾時佛在曠野城世尊以此因緣集諸比丘僧告言有一曠野比丘修治屋舍故自斫樹耶答曰實斫爾時世尊以無數方便呵責言汝所爲非非威儀非沙門法非淨行非隨順行所不應爲云何修治屋舍故自斫樹耶世尊以無數方便呵責已告諸比丘此癡人多種有漏處最初犯戒自今已去與比丘結戒集十句義乃至正法久住欲說戒者當如是說若比丘壞鬼神村波逸提比丘義如上說鬼者非人是村者一切草木是若斫截墮故名壞村有五種有根種枝種節生種覆羅種子子種根種者呵梨陀薑憂尸羅貿他致吒盧揵陀樓及餘根所生種者是枝種者柳舍摩羅婆醯陀及餘枝種等是節生種者蘇蔓那華蘇羅婆蒱醯那羅勒蓼及餘節生種者是覆羅種者甘蔗竹葦藕根及餘覆羅生種

者是子子種者子還生子者是若生生想自斷若教他斷若自炒教他炒自煑教他煑波逸提若生疑若自斷教他斷自炒教他炒自煑教他煑突吉羅生非生想若自斷教他斷乃至煑突吉羅非生生想若自斷教他斷乃至煑亦突吉羅非生疑若自斷教他斷乃至煑亦突吉羅草木七種色青黃赤白黑縹紫色生草木作生草木想若自斷教他斷乃至煑波逸提生草木疑若自斷教他斷乃至煑突吉羅生草木非生草木想若自斷教他斷乃至煑突吉羅非生草木生草木想若自斷教他斷乃至煑突吉羅非生草木疑若自斷教他斷乃至煑突吉羅若打橛著樹上波逸提若以火著生草木上波逸提若斷多分生草木波逸提斷半乾半生草木突吉羅若不言看是知是突吉羅比丘尼波逸提式叉摩那沙彌沙彌尼突吉羅是謂爲犯不犯者言看是知是若斷枯乾草木若於生草木上曳林曳竹正籬障若撥塹塼石若取牛屎若生草覆道以杖披遮令開若以瓦石柱之而斷傷草木若除經行地土若掃經行來往處地誤撥斷生草木若以杖築地撥生草木斷無犯無犯者最初未制戒癡狂心亂痛惱所纏

十一竟

爾時世尊在拘睒毗瞿師羅園中爾時尊者闡陀比丘犯罪諸比丘問言汝自知犯罪不耶即以餘事報諸比丘汝向誰語爲說何事爲論何理爲語我爲語誰耶是誰犯罪罪由何生我不見罪云何言我有罪時諸比丘聞其中有少欲知足行頭陀樂學戒知慙愧者

譏嫌闡陀比丘言汝云何自知犯罪餘比丘問乃以餘事報諸比丘汝向誰語爲說何事爲論何理爲我說爲餘人說誰犯罪罪由何生我不見罪云何言我有罪耶諸比丘往世尊所頭面禮足在一面坐以此因緣具白世尊世尊即集比丘僧呵責闡陀比丘汝所爲非非威儀非沙門法非淨行非隨順行所不應爲云何闡陀比丘汝犯罪諸比丘問言汝自知罪不即以餘語答諸比丘汝向誰語爲說何事爲論何理爲我說爲餘人說誰犯罪罪由何生我不見罪云何作如是語耶時世尊以無數方便呵責闡陀比丘已告諸比丘自今已去聽白已當名作餘語應如是白大德僧聽此闡陀比丘犯罪諸比丘問言汝今自知犯罪不即以餘事報諸比丘言汝向誰說爲說何事爲論何理爲我說爲餘人說誰犯罪罪由何生我不見罪若僧時到僧忍聽當名闡陀比丘作餘語白如是作是白已名作餘語自今已去與比丘結戒集十句義乃至正法久住欲說戒者當如是說若比丘餘語者波逸提如是世尊與比丘結戒爾時尊者闡陀比丘衆僧與制不得作餘語後便觸惱衆僧喚來不來不喚來便來應起不起不應起便起應語不語不應語便語時諸比丘聞其中有少欲知足行頭陀樂學戒知慚愧者譏嫌闡陀比丘言云何衆僧名作餘語已後故觸惱衆僧喚來不來不喚來便來應起不起不應起便起應語不語不應語便語諸比丘往世尊所頭面禮足在一面坐以此因緣具白世尊世尊以此因緣集比丘僧呵責

闡陀比丘汝所爲非非威儀非沙門法非淨行非隨順行所不應爲云何闡陀比丘衆僧與制名作餘語後故觸惱衆僧喚來不來不喚來便來應起不起不應起便起應語不語不應語便語世尊以無數方便呵責闡陀比丘已告諸比丘自今已去白已名闡陀比丘觸惱當作如是白大德僧聽闡陀比丘僧名作餘語已觸惱衆僧喚來不來不喚來便來應起不起不應起便起應語不語不應語便語若僧時到僧忍聽制闡陀比丘名作觸惱白如是如是白已名作觸惱自今已去當如是說戒若比丘妄作異語惱他者波逸提比丘義如上說餘語者僧未作白便作餘語汝向誰說爲說何事爲論何理爲我說爲餘人說我不見此罪如是語者盡突吉羅若作白已如是語者一切盡波逸提觸惱者若未白喚來不來不喚來便來應起不起不應起便起應語不語不應語便語一切盡突吉羅若白竟作如是語一切盡波逸提若上座喚來不來突吉羅比丘尼波逸提式叉摩那沙彌沙彌尼突吉羅是謂爲犯不犯者重聽不解前語有參差汝向誰說乃至我不見此罪若欲爲作非法羯磨非毗尼羯磨若僧若塔寺若和尚同和尚若阿闍黎同阿闍黎若親舊知識欲爲作無利益羯磨不與和合喚來不來不犯若欲爲作非法羯磨非毗尼羯磨若僧若塔寺若和尚同和尚阿闍黎同阿闍黎若親舊知識欲爲作無利益羯磨若欲知教言莫來便來不犯若一坐食若不作餘食法食若病喚起不起不犯或舍崩壞或燒或毒

虵入舍或遇賊或虎狼師子或爲強力將去或爲他所縛或命難或梵行難教莫起便起不犯若惡心問若問上人法汝說是不與說不犯若作非法羯磨非毗尼羯磨若僧若塔寺若和尚同和尚若阿闍黎同阿闍黎若親舊知識若欲爲作無利益教莫語便語不犯若小語若疾疾語若夢中語若獨語欲說此錯說彼無犯無犯者最初未制戒癡狂心亂痛惱所纏竟 十二

爾時世尊在羅閱城耆闍崛山中時尊者沓婆摩羅子爲衆僧所差知僧坐具及差僧食時慈地比丘其中間相去齊眼見耳不聞處自相謂言此沓婆摩羅子有愛有恚有怖有癡餘比丘語言此沓婆摩羅子爲衆僧所差知僧坐具及差僧食汝等莫說彼有恚有愛有怖有癡慈地比丘報言我等不面說在屏處譏嫌耳爾時諸比丘聞其中有少欲知足行頭陀樂學戒知慚愧者嫌慈地比丘言此沓婆摩羅子爲僧所差知僧坐具及差僧食云何汝等言彼有愛有恚有怖有癡時諸比丘往至世尊所頭面禮足在一面坐以此因緣具白世尊世尊即以此因緣集比丘僧呵責慈地比丘汝所爲非非威儀非沙門法非淨行非隨順行所不應爲云何慈地比丘沓婆摩羅子爲僧所差知僧坐具及差僧食汝等云何嫌責彼言有愛有瞋有怖有癡世尊以無數方便呵責慈地比丘已告諸比丘慈地比丘癡人多種有漏處最初犯戒自今已去與比丘結戒集十句義乃至正法久住欲說戒者當如是說若比丘譏嫌波逸提如是

世尊與比丘結戒慈地比丘後復更作方便齊沓婆摩羅子聞而不見處自相謂言此沓婆摩羅子有愛有瞋有怖有癡諸比丘語言佛不制戒言譏嫌波逸提耶慈地比丘報言我等不嫌是罵耳時有比丘聞中有少欲知足行頭陀樂學戒知慚愧者譏嫌慈地比丘言此沓婆摩羅子爲僧所差知僧坐具及差僧食汝等云何罵耶諸比丘呵責已往至世尊所頭面禮足在一面坐以此因緣具白世尊世尊即以此因緣集比丘僧呵責慈地比丘汝所爲非非威儀非沙門法非淨行非隨順行所不應爲沓婆摩羅子爲僧所差知僧坐具及差僧食汝等云何罵耶世尊以無數方便呵責慈地比丘已告諸比丘自今已去與諸比丘結戒若比丘嫌罵波逸提比丘義如上說若面見譏嫌若背面罵面見嫌者齊眼見不聞處言有愛有瞋有怖有癡背面罵者齊耳聞不見處言有愛有瞋有怖有癡比丘嫌罵比丘說而了了者波逸提不了了者突吉羅若上座教汝嫌罵若受教嫌罵突吉羅比丘尼波逸提式叉摩那沙彌沙彌尼突吉羅是謂爲犯不犯者其人實有其事而有愛有瞋有怖有癡恐後有悔恨語令如法發露便言有愛有瞋有怖有癡無犯若戲笑語獨語夢中語欲說此乃錯說彼無犯無犯者最初未制戒癡狂心亂痛惱所纏竟十三

爾時佛在舍衛國祇樹給孤獨園爾時舍衛城中有一長者欲請衆僧飯食時有十七群比丘取僧坐具在露地敷而經行望食時到時到已不收攝僧坐具便赴彼食僧坐具即

爲風塵土坌蟲鳥啄壞汙穢不淨諸比丘食已還至僧伽藍中見僧坐具風塵土坌蟲鳥啄壞汙穢不淨即問言誰敷僧坐具不收攝捨去耶乃使風塵土坌蟲鳥啄壞汙穢不淨答言十七群比丘取敷諸比丘聞其中有少欲知足行頭陀樂學戒知慙愧者譏嫌十七群比丘言汝云何敷僧坐具而不收攝使風塵土坌蟲鳥啄壞汙穢不淨耶諸比丘往世尊所頭面禮足在一面坐以此因緣具白世尊世尊即以此因緣集比丘僧呵責十七群比丘言汝所爲非非威儀非沙門法非淨行非隨順行所不應爲云何十七群比丘敷僧坐具不收攝而去使風塵土坌蟲鳥啄壞汙穢不淨世尊以無數方便呵責十七群比丘已告諸比丘此癡人多種有漏處最初犯戒自今已去與比丘結戒集十句義乃至正法久住欲説戒者當如是説若比丘取僧繩牀木牀若卧具坐褥露地敷若教人敷捨去不自舉不教人舉波逸提比丘義如上衆僧物者爲僧屬僧物者已捨與僧爲僧者爲僧作未捨與僧也屬僧者已入僧已捨與僧繩牀者有五種旋脚繩牀直脚繩牀曲脚繩牀入陛繩牀無脚繩牀木牀亦如是卧具者或用坐或用卧褥者用坐也若比丘以僧繩牀木牀卧具坐褥在露地敷若教人敷去後若彼有舊住比丘若摩摩帝若經營人當語言我今付授汝汝守護看若都無人者當舉著屏處而去若無屏處自知此處必無有破壞當安隱持麤者覆好者上而去若即時得還便應去若疾雨疾還不壞坐具者應往若中雨中

行及得還者應徃若少雨少行及得還者應徃彼比丘應次第作如是方便去若比丘不作如是方便而行初出門波逸提若一足在門外一足在門内意欲去而不去還悔一切突吉羅若二人共一繩牀木牀坐下座應收而去下座作如是意謂上座當收而上座竟不收而下座犯波逸提復以非威儀故突吉羅上座意謂下座當收而座不收上座犯波逸提若一人不前不後俱不收二俱波逸提及餘空繩牀木牀踞牀若几浴牀若卧具表裏若地敷若取繩索毳紵放在露地不收便去突吉羅若敷僧卧具在露地不收而入房坐思惟突吉羅比丘尼波逸提式叉摩那沙彌沙彌尼突吉羅是謂爲犯不犯者若取僧繩牀木牀踞牀若几卧具坐褥在露地自敷若教人敷去時應語舊住人若摩摩帝經營人言守護此物付授汝若無人者收著屏處而去若無屏處可安自知此處必無亡失不畏壞若以麤者覆好者上而去若即去即時還若暴風疾雨疾得還若中雨中行若少雨徐行得還者若次第作如是方便去無犯若爲力勢所縛若命難若梵行難不作次第而去不犯若二人共一繩牀坐下座應收諸餘空木牀繩牀踞牀若几浴牀若卧具表裏若地敷繩索毳紵敷在露地若收而去若在露地敷僧坐具收攝已入房思惟無犯無犯者最初未制戒癡狂心亂痛惱所纏十四竟

爾時佛在舍衛國祇樹給孤獨園爾時有客比丘語舊住比丘我在邊僧房中敷卧具宿後異時不語舊比丘便去僧卧具爛壞蟲嚙

色變時舊住比丘於小食大食時夜說法時說戒時不見客比丘舊住比丘作是念何以不見客比丘耶將不命過或能遠去或能反戒作白衣或能被賊或爲惡獸所食或爲水所漂彼即往到房見衆僧坐具爛壞蟲齧色變見已嫌彼客比丘所爲云何客比丘語我在邊房敷衆僧卧具宿不語我而去使衆僧坐具爛壞蟲齧色變爾時諸比丘聞其中有少欲知足行頭陀樂學戒知慙愧者譏嫌客比丘云何客比丘語舊比丘在邊房敷衆僧卧具宿不語而去使衆僧卧具爛壞蟲齧色變諸比丘往世尊所頭面禮足在一面坐以此因緣具白世尊世尊爾時集諸比丘僧呵責客比丘汝所爲非非威儀非沙門法非淨行非隨順行所不應爲云何在邊房敷衆僧卧具宿去而不語舊比丘使衆僧敷具爛壞色變世尊以無數方便呵責客比丘已告諸比丘此癡人多種有漏處最初犯戒自今已去與比丘結戒集十句義乃至正法久住欲說戒者當如是說若比丘於僧房中敷僧卧具若自敷若教人敷若坐若卧去時不自舉不教人舉波逸提比丘義如上說衆僧物者如上說卧具繩牀木牀卧褥坐具枕地敷下至卧氈彼比丘僧房中若敷衆僧卧具若自敷若教人敷若坐若卧去時不自舉不教人舉是中若有舊住比丘有經營人若摩摩帝當語言與我掌護牢舉於中若無人付授不畏失當移牀離壁高支牀脚持枕褥卧具置裏以餘卧具覆上而去若恐壞敗當取卧具氈褥枕舉置衣架上竪牀而去彼比丘當如

是作而去若比丘不作如是而去若出界外波逸提一脚在界外一脚在界內還悔而不去一切突吉羅若期去而不去突吉羅若即還不久二宿在界外至第三宿明相未出若自往到房中若遣使往若語摩摩帝若知事人語言汝掌護此物作摩摩帝若比丘出在外二宿至第三宿明相未出不自往至房中不遣使語言汝掌護此物者波逸提比丘尼波逸提式叉摩那沙彌沙彌尼突吉羅是謂爲犯不犯者若敷衆僧卧具若自敷若教人敷若坐若卧若彼去時是中有舊住人若摩摩帝若知事人語言汝守護是物於中作摩摩帝若無人付授應量宜不壞敗當舉牀離壁持卧具枕褥舉著牀上重覆而去若畏壞敗當舉卧具著衣架上竪牀而去作如是而去者無犯若房舍壞崩落火燒若毒蛇在內盜賊虎狼師子強力勢者所執若被繫若命難若梵行難若時還不久若二宿界外第三宿明相未出當自去若遣使語彼舊住人汝掌護此物作摩摩帝若水道留難若道路有賊虎狼師子若大水漲爲力勢所持若被繫若命難若梵行難二夜在界外第三宿明相出自不得往不得遣使語人掌護此物與我作摩摩帝無犯無犯者最初未制戒癡狂心亂痛惱所纏竟 十五

爾時佛在舍衛國祇樹給孤獨園爾時六群比丘及十七群比丘在拘薩羅國道路行向餘聚落至無比丘住處時十七群比丘語六群比丘言汝等先去求止住處六群比丘語言汝自去我何豫汝事六群比丘是十七群

比丘上座十七群比丘作如是語語六群比丘言汝是我等上座上座應先求住處我等後當求六群比丘報言汝等去我不求住處時十七群比丘即往求住處自敷卧具止宿時六群比丘知十七群比丘求得宿止處敷卧具竟往語言汝等起當以大小次第止彼住言我不與汝起六群問言汝等今者幾歲耶十七群報言諸長老實是我上座我等先已語長老可先求住處然後我等當求住處而今已住終不能復移時六群比丘強在座間敷坐具宿十七群比丘高聲稱言諸尊莫爾諸尊莫爾時諸比丘聞其中有少欲知足行頭陀樂學戒知慚愧者譏嫌六群比丘言云何六群比丘十七群比丘先得住處後來強於中間敷卧具而宿耶諸比丘往詣世尊所頭面禮足在一面坐以此因緣具白世尊世尊爾時集比丘僧呵責六群比丘汝所為非非威儀非沙門法非淨行非隨順行所不應為云何六群比丘十七群比丘先得住處後來強於中間敷卧具而宿耶爾時世尊以無數方便呵責六群比丘已告諸比丘此六群比丘癡人多種有漏處最初犯戒自今已去與諸比丘結戒集十句義乃至正法久住欲說戒者當如是說若比丘先比丘得住處後來強於中間敷卧具止宿念言若彼人嫌迮者自當去作如是因緣非餘非威儀波逸提如是世尊與比丘結戒時諸比丘不知是先住處非先住處後乃知是先住處或有作波逸提懺者或有畏慎者佛不知者無犯自今已去當如是說戒若比丘知先比丘住處

後來強於中間敷卧具止宿念言彼若嫌迮者自當避我去作如是因縁非餘非威儀波逸提比丘義如上說中間者若頭邊若脚邊若兩脇邊卧具者草敷葉敷下至地敷卧具若比丘知他比丘先得住處後來強於中間敷卧具止宿隨轉側脇著牀波逸提比丘尼波逸提式叉摩那沙彌沙彌尼突吉羅是謂爲犯不犯者先不知若語已住若先與開門若門寬廣不相妨礙若有親舊人親舊人教言但於中敷我自當爲語其主若倒地若病轉側墮上若爲力勢所持若被繫閉若命難若梵行難無犯無犯者最初未制戒癡狂心亂痛惱所纏十六竟

爾時佛在舍衛國祇樹給孤獨園爾時六群比丘及十七群比丘在拘薩羅曠野道中行至小住處時十七群比丘語六群比丘言長老去敷卧具六群報言汝自去我何豫汝事六群比丘是十七群比丘上座彼如是言長老是我等上座長老先去敷卧具我等當次第敷之六群報言汝但去我不敷十七群比丘淨潔自喜入寺裏掃灑房舍令淨敷好卧具於中止宿時六群比丘知十七群入寺掃灑房舍淨潔敷好卧具已即往入房語言長老起隨次坐語言我等不起六群即問言汝等今幾歳耶十七群比丘報言長老實是我等上座我先已語上座先敷我等後次第敷今已坐不能起今已逼暮但當盡共宿爾時六群比丘強牽瞋不喜驅出房時十七群比丘高聲言莫爾諸賢莫爾諸賢時比房比丘聞之即問言汝等何故高聲大喚時十七群

比丘具以此事說之其中有少欲知足行頭陀樂學戒知慙愧者嫌責六群比丘云何瞋不喜強牽十七群比丘驅出僧房時諸比丘往世尊所頭面禮足在一面坐以此因緣具白世尊世尊爾時以此因緣集比丘僧呵責六群比丘汝所爲非非威儀非沙門法非淨行非隨順行所不應爲云何六群比丘瞋不喜強牽十七群比丘驅出僧房耶世尊以無數方便呵責六群比丘已告諸比丘此癡人多種有漏處最初犯戒自今已去與比丘結戒集十句義乃至正法久住欲說戒者當如是說若比丘瞋他比丘不喜僧房舍中若自牽出教他牽出波逸提比丘義如上說僧物者如上若比丘瞋他比丘不喜在僧房舍中若自牽若教人牽隨所牽多少隨出房波逸提若牽多人出多户多波逸提若牽多人出一户多波逸提若牽一人出多户多波逸提若牽一人出一户一波逸提若持他物出突吉羅若持物擲著户外突吉羅若閉他著户外突吉羅比丘尼波逸提式叉摩那沙彌沙彌尼突吉羅是謂爲犯不犯者無恚恨心隨次第出若共宿二夜至三夜遣未受戒人出若破戒若破見破威儀若爲他所舉若爲他所擯若應擯以是因緣故有命難梵行難驅逐如此人等無犯無犯者最初未制戒癡狂心亂痛惱所纏十七竟

爾時佛在舍衛國祇樹給孤獨園諸比丘在重閣上住坐脫脚牀上坐不安庠閣下有比丘止宿閣薄牀脚脫墮下比丘上壞身血出時比丘仰向恚罵云何比丘在重閣上住坐

脫脚牀上坐不安庠使牀脚下脫打傷我身至令血出諸比丘聞之其中有少欲知足行頭陀樂學戒知慙愧者嫌責彼比丘言云何比丘乃在重閣上坐脫脚牀上坐不安庠牀脚下脫打破比丘身使血出諸比丘往世尊所頭面禮足在一面坐以此因緣具白世尊世尊即集比丘僧呵責彼比丘言汝所爲非非威儀非沙門法非淨行非隨順行所不應爲云何比丘在重閣上坐脫脚牀上坐不安庠令牀脚下脫打破比丘身傷血出耶世尊以無數方便呵責彼比丘已告諸比丘此癡人多種有漏處最初犯戒自今已去與比丘結戒集十句義乃至正法久住欲說戒者當如是說若比丘若房若重閣上脫脚繩牀木牀若坐若卧波逸提比丘義如上說舍者僧房若私房重閣者立頭不至上者是脫脚牀者脚入陛比丘在重閣上坐脫脚牀若坐若卧隨脇著牀隨轉側波逸提除脫脚牀已若在獨坐牀或一板牀或浴牀一切突吉羅比丘尼波逸提式叉摩那沙彌沙彌尼突吉羅是謂爲犯不犯者若坐旋脚繩牀直脚繩牀曲脚繩牀無脚牀若牀支大若脫脚牀安細腰若彼重閣上有板覆若刻木作華覆若重厚覆若反牀坐若脫牀脚坐無犯無犯者最初未制戒癡狂心亂痛惱所纏竟 十八

爾時世尊在拘睒彌國爾時尊者闡陀比丘起大屋以蟲水和泥教人和諸長者見嫌責言沙門釋子不知慙愧無有慈心害衆生命外自稱言我修正法如今觀之有何正法以蟲水和泥教人和害衆生命爾時諸比丘聞

其中有少欲知足行頭陀樂學戒知慙愧者嫌責闡陀言云何起房屋以蟲水和泥教人和害衆生命諸比丘往世尊所頭面禮足在一面坐以此因緣具白世尊世尊爾時即集比丘僧呵責闡陀言汝所爲非非威儀非沙門法非淨行非隨順行所不應爲云何闡陀起屋以蟲水和泥教人和耶世尊以無數方便呵責闡陀已告諸比丘此癡人多種有漏處最初犯戒自今已去與比丘結戒集十句義乃至正法久住欲說戒者當如是說若比丘以蟲水和泥若教人和波逸提如是世尊與比丘結戒爾時諸比丘未知有蟲水無蟲水後乃知有蟲或有波逸提懺悔者或有畏愼者不知無犯自今已去當如是說戒若比丘知水有蟲若自澆泥若草若教人澆者波逸提比丘義如上說若知水有蟲以草若土擲中者波逸提除水已若有蟲酪漿清酪漿若醋若漬麥漿以澆泥若草若教人者波逸提若以土若草著有蟲清酪漿中醋中水漬麥漿中若教人者波逸提若蟲水有水蟲想波逸提蟲水疑突吉羅無蟲水有蟲水想突吉羅無蟲水疑突吉羅比丘尼波逸提式叉摩那沙彌沙彌尼突吉羅是謂爲犯不犯者不知有蟲作無蟲想若蟲大以手觸水令蟲去若漉水灑地若教人灑者一切無犯無犯者最初未制戒癡狂心亂痛惱所纏十九竟

爾時世尊在拘睒毗國瞿師羅園中爾時尊者闡陀比丘起大房覆有餘草復更重覆故有餘草第三覆猶復有餘草在時彼作是念我不能常從檀越求索草爲更重覆不止屋

便摧破諸居士見嫌其所爲沙門釋子不知慙愧乞求無猒外自稱言我知正法如今觀之有何正法作此大舍重覆不止致使摧折崩破耶檀越雖與受者應知足時諸比丘聞之其中有少欲知足行頭陀樂學戒知慙愧者嫌責闡陀比丘云何起大房重覆不止而使摧折崩破諸比丘往世尊所頭面禮足在一面坐以此因緣具白世尊世尊爾時集比丘僧呵責闡陀比丘言汝所爲非非威儀非沙門法非淨行非隨順行所不應爲云何闡陀起大房重覆不止使摧折崩破耶世尊以無數方便呵責闡陀比丘已告諸比丘闡陀比丘癡人多種有漏處最初犯戒自今已去與比丘結戒集十句義乃至正法久住欲說戒者當如是說若比丘作大房舍戶扉窻牖及餘莊飾具指授覆苫齊二三節若過波逸提比丘義如上說大舍者多用物及餘莊飾者刻鏤彩畫覆者有二種縱覆橫覆彼比丘指授二節覆已第三節未竟當去至不見不聞處若比丘二節覆已第三節未竟不去至不見不聞處若第三節竟波逸提若捨聞處至見處捨見處至聞處一切突吉羅比丘尼波逸提式叉摩那沙彌沙彌尼突吉羅是謂爲犯不犯者指授覆苫二節竟至第三節覆未竟至不見不聞處水陸道斷賊難諸惡獸難水大漲或爲力勢所持若被繫若命難若梵行難指授覆二節至第三節未竟不去至不見不聞處一切無犯無犯者最初未制戒癡狂心亂痛惱所纏二十竟

爾時世尊在舍衛國祇樹給孤獨園與大比

丘衆五百人俱於中夏安居盡是衆所知識如舍利弗大目揵連尊者大迦葉尊者大迦旃延尊者劫賓那尊者摩訶拘絺羅尊者摩訶朱那尊者阿那律尊者離越尊者阿難尊者難陀尊者般陀如是等五百人俱爾時大愛道比丘尼差摩比丘尼蓮華色比丘尼提舍瞿曇彌比丘尼波黎遮羅夷比丘尼訴彌比丘尼數那比丘尼蘇羅比丘尼遮羅夷比丘尼婆遮羅比丘尼尸羅婆遮那比丘尼阿羅婆比丘尼摩羅毗比丘尼朱泥比丘尼婆泥比丘尼如是等五百比丘尼大愛道爲首於舍衛國王園中夏安居爾時大愛道往至世尊所頭面禮足在一面坐坐已白世尊言唯願世尊聽諸比丘與比丘尼教戒說法佛告大愛道瞿曇彌今聽諸比丘與比丘尼教戒與比丘尼說法爾時大愛道頭面禮足而去爾時世尊告阿難曰自今已去聽隨次差上座大比丘教戒比丘尼爲說法爾時阿難聞世尊教即往般陀比丘所語言長老爲比丘尼教戒說法般陀報阿難言我所誦唯一偈耳云何教戒比丘尼云何爲說法阿難復重語般陀長老教戒比丘尼爲說法般陀復報阿難言我所誦者唯一偈耳云何教戒比丘尼爲說法阿難第三語般陀比丘世尊有教差上座比丘教戒比丘尼與說法長老應教戒比丘尼與說法時尊者般陀默然受勑時六群比丘尼聞尊者般陀比丘當次當來教授自相謂言此愚闇般陀唯誦一偈說已當默然更何所說爾時尊者般陀明日清旦著衣持鉢入舍衛城乞食已還入僧伽藍中

整衣服將一比丘往詣王園中比丘尼安居所爾時諸比丘尼遥見尊者般陀來各前往迎有拂拭衣服者有捉鉢敷坐具者有辦淨水洗足器者爾時尊者般陀即就座而坐諸比丘尼等前禮足已在一面坐爾時大愛道白尊者般陀言今正是時可為諸比丘尼教戒說法爾時般陀即說偈言

入寂者歡喜　見法得安樂　世無恚最樂
不害於衆生　世間無欲樂　出離於愛欲
若調伏我慢　是為第一樂

爾時尊者般陀說此偈已即入第四禪時六群比丘尼各相向調戲言我先有此語般陀比丘癡人唯誦一偈若來為我等說已更何所說今者默然果如所言時諸羅漢比丘尼聞般陀所說皆大歡喜知般陀有大神力時大愛道復請尊者般陀為諸比丘尼教戒說法爾時般陀比丘即重說向者偈已入第四禪默然無言時大愛道復重請尊者般陀為諸比丘尼教戒說法般陀比丘即復重說向者偈已還入第四禪默然而止時六群比丘尼復自相謂言尊者般陀闇塞唯誦一偈若來為我等說者一說則已如今默然果如所言唯有阿羅漢比丘尼知般陀是阿羅漢有大神力時尊者般陀便作是念我今觀衆人心聞我向者所說為歡喜不爾時尊者般陀即觀諸比丘尼心或有喜者或有不喜者即復更念言我今寧可為其作悔恨相即昇虛空或現身說法或隱形而說法或現半身說法或不現半身而說法或身出烟焰或不現爾時尊者般陀在空中為諸比丘尼現此衆

變說法已即於空中而去爾時六群比丘遣信語六群比丘尼言我等次當與比丘尼教戒說法時六群比丘尼即白比丘尼僧六群比丘次當教授說法爾時六群比丘夜過已明日清旦著衣持鉢入舍衛城乞食乞食已還僧伽藍中更整衣服攝持威儀往詣王園至比丘尼安居所就座而坐時諸比丘尼禮足已各就座而坐時六群比丘教戒比丘尼乃說餘事不說戒定智慧解脫解脫知見少欲知足出要進業捨離趣善不處憒閙十二因緣論但說王者論人民論軍馬論鬪論大臣論騎乘論婦女論華鬘論酒會論婬女論牀卧論衣服論美飲食論浴池娛樂論作親里論別異論思惟俗事論入海論多入如是論中或笑或儛或鼓脣彈鼓簧或嘯或鼓口作吹貝聲或作孔雀鳴或作鶴鳴或並走或一脚跛行或干戰六群比丘尼見如是事極大歡喜言六群比丘作如是教授最是其宜羅漢比丘尼以恭敬心故默然無言爾時大愛道往世尊所頭面禮足在一面立須臾白世尊言六群比丘次教授比丘尼乃說餘事亦不與說戒論定論乃至不處憒閙十二因緣論但爲說王者論乃至思惟俗事入海論乃復戲笑或歌儛乃至一脚跛行干戰爾時大愛道白世尊說此事已頭面禮足而去爾時世尊以此因緣集比丘僧知而故問六群比丘言汝等審爾如是教誨比丘尼不時六群比丘報言實爾世尊世尊爾時呵責六群比丘言汝所爲非非威儀非沙門法非淨行非隨順行所不應爲云何汝等如是教授比

丘尼耶爾時世尊以無數方便呵責六群比丘已告諸比丘自今已去當衆僧中差教授比丘尼人白二羯磨當差堪能羯磨者如上作如是白大德僧聽若僧時到僧忍聽差某甲比丘教授比丘尼白如是大德僧聽此某甲比丘教授比丘尼誰諸長老忍僧差某甲比丘教授比丘尼者默然誰不忍者說僧已忍差某甲比丘教授比丘尼竟僧忍故默然如是持時六群比丘作是言僧不差我等教授比丘尼即出在界外更互相差教授比丘尼遣使語六群比丘尼爲我白尼僧言六群比丘僧差當來教戒比丘尼諸比丘聞其中有少欲知足行頭陀樂學戒知慚愧者嫌責六群比丘言僧不差汝教授比丘尼云何在界外更互相差教戒比丘尼遣使語比丘尼言僧已差我等教戒比丘尼耶時六群比丘尼即爲白比丘尼僧言衆僧已差六群比丘教戒比丘尼時大愛道聞此語已往至世尊所頭面禮足在一面立以此因緣具白世尊已頭面禮足而去爾時諸比丘往世尊所頭面禮足在一面坐以此因緣具白世尊世尊爾時集比丘僧知而故問六群比丘言汝等實出界外更互相差教授比丘尼僧不答言實爾世尊世尊以無數方便呵責六群比丘汝所爲非非威儀非沙門法非淨行非隨順行所不應爲云何癡人僧不差教授比丘尼出界外更互相差教授比丘尼遣使語六群比丘尼言爲我白尼僧言僧差我等教戒比丘尼我今當教授比丘尼世尊呵責已告諸比丘自今已去若有比丘成就十法者然後

得教授比丘尼戒律具足多聞誦二部戒利決斷無疑善能說法族姓出家顏貌端正比丘尼衆見便歡喜堪任與比丘尼衆說法勸令歡喜不爲佛出家而被法服犯重法若滿二十歲若過二十歲如此等可與比丘尼教戒自今已去與比丘結戒集十句義乃至正法久住欲說戒者當如是說若比丘僧不差教戒比丘尼者波逸提比丘義如上說僧者一說戒一羯磨差者僧中所差白二羯磨教授者八不可違法何等八百臘比丘尼見初受戒比丘當起迎逆問訊禮拜請令坐此法應尊重恭敬讚歎盡形壽不應違比丘尼不得罵比丘不得誹謗言破戒破見破威儀如此法應尊重恭敬讚歎盡形壽不應違比丘尼不得舉比丘罪言汝所作爾汝所作不爾

不得作自言不得遮他覓罪不得遮他說戒自恣比丘尼不得說比丘過失比丘得說比丘尼過失如此法應尊重恭敬讚歎盡形壽不應違已學於學式叉摩那從衆僧求受大戒如此法應尊重恭敬讚歎盡形壽不應違若比丘尼犯重法應半月在二部僧中行摩那埵如此法應尊重恭敬讚歎盡形壽不應違比丘尼於半月在二部僧中行摩那埵如此法應尊重恭敬讚歎盡形壽不應違比丘尼於半月當從衆僧中求索教授人如此法應尊重恭敬讚歎盡形壽不應違比丘尼不應在無比丘處夏安居如此法應尊重恭敬讚歎盡形壽不應違比丘尼夏安居訖當詣衆僧中求三事見聞疑自恣如此法應尊重恭敬讚歎盡形壽不應違於說戒時上座當

問比丘尼遣何人來耶若有即起白僧言比丘尼僧和合禮比丘僧足求索教戒說戒時上座應更問言誰爲教戒比丘尼若有者應差若教戒比丘尼者多應遣使語比丘尼僧此多有教戒人汝爲請誰耶若彼尼言我請此人若復報言我隨僧處分者僧應隨常教授比丘尼者次第差比丘僧應剋時到比丘尼亦剋時往迎若比丘剋時不至突吉羅比丘尼至時不迎亦突吉羅若聞教授師來比丘尼當出半由旬迎供給所須辦洗浴具爲作粥種種飯食不作如是供辦者突吉羅若僧不差或非教授日而往與說八不可違法突吉羅若僧不差而往與說法者波逸提若比丘僧病應遣人禮拜問訊若比丘不和合衆不滿足應遣人禮拜問訊若不突吉羅若比丘尼僧病亦應遣人禮拜問訊比丘僧若比丘尼衆不和合衆不滿足者亦當遣人禮拜問訊若不突吉羅比丘尼突吉羅式叉摩那沙彌沙彌尼突吉羅是謂爲犯不犯者衆僧差教授比丘尼說戒時上座問誰遣比丘尼來若有即應起白僧言比丘尼僧和合禮比丘僧足求教授比丘尼人上座當問言誰應教誨比丘尼耶若有應差教授若教授人多上座應問爲請誰教授耶若比丘尼言我正請某甲僧應隨所言差若比丘尼言一以任僧處分者爾時即當於常教授人中隨次差往衆僧當剋時而往比丘尼亦當剋時而迎時比丘尼聞教授師來當出半由旬迎安置坐處辦洗浴具辦粥種種飲食若衆僧所差至集會日與說八不違法應次往與說法

若衆僧病比丘尼遣信禮拜衆僧衆僧不滿別部不和合遣信禮拜若比丘尼病若衆不滿不和合亦遣信禮拜問訊衆僧若水道留難道路險難賊盜虎狼師子河水暴漲力勢所持若被繫閉命難梵行難不容遣人禮拜問訊如此等無犯無犯者最初未制戒癡狂心亂痛惱所纏二十一竟

四分律藏卷第十二

音釋

譏嫌譏居依切誚也嫌胡兼切慊也 钁斲钁居縛切大鉏也斲竹角切削也 鐮力兼切鍥也 搯苦洽切爪刺也 橛其月切木段也 斫截斫之若切斬也截昨結切斷也 蒱薄胡切 蓼力小切 炒初爪切 塹七豔切坑也 羯磨梵語也此云作法羯居謁切 坌蒲悶切塵坌也 毳紵毳充税切細毛也紵展呂切 齧倪結切噬也

四分律藏卷第十三

姚秦三藏佛陀耶舍共竺佛念譯

初分之十三

爾時佛在舍衛國祇樹給孤獨園時尊者難陀爲衆僧所差教授比丘尼教授比丘尼已黙然而住爾時大愛道語言尊者難陀我等欲得聞法願更與我等說爾時尊者難陀與說法已黙然而住大愛道復重請言我等欲得聞法願與我等說時尊者難陀好音聲爲說法聽者樂聞遂至日暮時比丘尼出祇桓精舍往舍衛城城門已閉不得入門便即依門外城壍中宿晨旦門開在前入城時諸長者見已皆言沙門釋子無有慙耻無清淨行自稱言我修正法如是有何正法汝等皆觀此比丘尼竟夜與比丘共宿晝便放還諸比丘聞衆中有少欲知足行頭陀樂學戒知慙愧者嫌責言云何難陀與比丘尼說戒乃至日暮使諸長者嫌責耶諸比丘往世尊所頭面禮足在一面坐以此因緣具白世尊世尊爾時以此因縁集比丘僧知而故問尊者難陀汝實與比丘尼教戒至日暮耶答曰實爾爾時世尊以無數方便呵責難陀言汝所爲非非威儀非沙門法非淨行非隨順行所不應爲云何難陀與比丘尼說法教戒乃至日暮耶呵責已告諸比丘此難陀癡人多種有漏處最初犯戒自今已去與比丘結戒集十句義乃至正法久住欲說戒者當如是說若比丘爲僧差教授比丘尼乃至日暮者波逸提比丘義如上僧者一教授一羯磨教授者衆僧中差白二羯磨彼比丘衆僧所差教授

比丘尼應乃至日未暮當還若比丘教授比丘尼乃至日暮者波逸提除教授若受經若誦經若問若以餘事乃至日暮突吉羅除比丘尼已若爲餘婦女誦經若受經若問若以餘事至日暮突吉羅若日暮日暮想波逸提日暮疑突吉羅日暮不日暮想突吉羅不日暮日暮想突吉羅不日暮疑突吉羅比丘尼突吉羅式叉摩那沙彌沙彌尼突吉羅是謂爲犯不犯者教授比丘尼日未暮便休除婦女已若爲餘人教誦經受經若問若以餘事不犯若船濟處說法比丘尼聽共與賈客共行夜說法若至比丘尼寺中說法若說戒日來在衆中請教授人值說法便聽無犯無犯者最初未制戒癡狂心亂痛惱所纏二十二竟

爾時佛在舍衛國祇樹給孤獨園時彼比丘尼聞教授師來半由旬迎安處房舍辦粥若飲食牀座具洗浴處爾時六群比丘作是念彼諸比丘不差我等教授比丘尼生嫉妬心彼諸比丘教授比丘尼無有眞實但爲飲食故教授比丘尼誦經受經若問時諸比丘聞其中有少欲知足行頭陀樂學戒知慚愧者嫌責六群比丘云何作如是語諸比丘不差我等教授比丘尼便生嫉妬心彼諸比丘教授比丘尼無有眞實但爲飲食故教授比丘尼若誦經受經若問諸比丘往世尊所頭面禮足已在一面坐以此因緣具白世尊世尊爾時集比丘僧呵責六群比丘言汝所爲非非威儀非沙門法非淨行非隨順行所不應爲云何六群比丘乃作是言彼諸比丘不差我等教授比丘尼便生嫉妬心彼諸比丘教

授比丘尼無有眞實但爲飲食故教授比丘尼若誦經受經若問世尊以無數方便呵責六群比丘已告諸比丘此癡人多種有漏處最初犯戒自今已去與比丘結戒集十句義乃至正法久住欲説戒者當如是説若比丘語諸比丘作如是語比丘爲飲食故教授比丘尼者波逸提比丘義如上彼比丘作是言諸比丘爲飲食故教授比丘尼爲飲食故教誦經受經若問説而了了者波逸提不了了者突吉羅比丘尼突吉羅式叉摩那沙彌沙彌尼突吉羅是謂爲犯不犯者其事實爾爲飲食供養故教授比丘尼爲飲食故教誦經受經若問若戲笑語獨處語夢中語欲説此乃錯説彼無犯無犯者最初未制戒癡狂心亂痛惱所纏三二十竟

爾時佛在舍衛國祇樹給孤獨園爾時舍衛城中有一乞食比丘威儀具足時有比丘尼見便生善心數請彼比丘比丘不受後於異時祇桓衆僧分衣物此比丘持衣分出祇桓門彼比丘尼方來入祇桓彼比丘念言此比丘尼數數請我而我不受我今寧可持此衣分用請彼彼必不取足以相遺時此比丘語比丘尼言大妹此衣是我分須者可取時比丘尼輒便受之此比丘嫌責比丘尼數數向人説言彼比丘尼數數請我以鉢中遺餘與我而我不取作如是念彼比丘尼數數請我以鉢中遺餘與我而我不取我今寧可持此衣分與彼比丘尼彼必不受足以相遺而彼便受之爾時諸比丘聞其中有少欲知足行頭陀樂學戒知慙愧者嫌責彼比丘言云何

比丘與比丘尼衣不捨而請他耶諸比丘往世尊所頭面禮足在一面坐以此因緣具白世尊世尊爾時集比丘僧呵責彼比丘汝所爲非非威儀非沙門法非淨行非隨順行所不應爲云何比丘與比丘尼衣不捨而請他以無數方便呵責彼比丘已告諸比丘此癡人多種有漏處最初犯戒自今已去與比丘結戒集十句義乃至正法久住欲說戒者當如是說若比丘與比丘尼衣波逸提如是世尊與比丘結戒其中有比丘畏慎不敢與親里比丘尼衣白佛佛言自今已去聽與親里比丘尼衣若與非親里比丘尼衣者波逸提如是世尊與比丘結戒爾時祇桓中二部僧共分衣物比丘衣分比丘尼得比丘尼衣分比丘得時比丘尼所得衣持來詣僧伽藍中白諸比丘大德持此衣共貿易耶比丘答言諸妹我曹不得與非親里比丘尼衣爾時諸比丘白佛佛言自今已去若貿易聽與非親里比丘尼衣自今已去當如是說戒若比丘與非親里比丘尼衣除貿易波逸提比丘義如上說非親里者亦如上說親里者亦如上衣者六十種如上說貿易者以衣易衣以衣易非衣以非衣易衣鍼貿刀若縷線下至藥草一片若比丘與非親里比丘尼衣除貿易波逸提比丘尼突吉羅式叉摩那沙彌沙彌尼突吉羅是謂爲犯無犯者與親里衣共相貿易與塔與佛與僧無犯無犯者最初未制戒癡狂心亂痛惱所纏二十四竟

爾時佛在舍衛國祇樹給孤獨園爾時有比丘尼欲作僧伽棃以作衣故來至僧伽藍中

語尊者迦留陀夷大德我持此衣裁欲作僧伽棃願尊者與我作迦留陀夷報言我不能作問言何故不與我作報言汝等喜數來相催促故不能作比丘尼報言我不數來相催隨作竟與我迦留陀夷報言可爾時比丘尼授衣與之而去迦留陀夷善知作衣法即與裁之作男女行婬欲像時比丘尼來至僧伽藍中問迦留陀夷言大德爲我成衣未耶答言衣已成比丘尼言衣若成者今可見與時迦留陀夷即襞衣授與之語言大妹當知此衣不得妄解披看亦莫示人若白時到當著此衣在比丘尼僧後行時比丘尼如其教亦不披衣看復不語人知後於異時白時到即著此衣在比丘尼僧後行諸居士見皆譏笑或拍手相向或打木或嘯或高聲大笑言汝等看此比丘尼所著衣汝等看此比丘尼所著衣時摩訶波闍波提比丘尼見已語此比丘尼言大妹速脫襞此衣即便襞之著肩上時摩訶波闍波提比丘尼食後還僧伽藍中語彼比丘尼言取汝向者衣來我欲看之即持出示之問言誰與汝作此衣報言是迦留陀夷作語言何不披看持示同學耶縫割好不牢不時比丘尼以迦留陀夷所勑事具向說之時比丘尼衆中有少欲知足行頭陀樂學戒知慙愧者嫌責迦留陀夷云何與比丘尼乃作如是衣爾時比丘尼白諸比丘諸比丘往白世尊世尊以此因緣集比丘僧知而故問迦留陀夷言汝實與比丘尼作如是衣耶答言實爾世尊以無數方便呵責迦留陀夷言汝所爲非非威儀非沙門法非淨行非

隨順行所不應爲云何乃與比丘尼作如是衣耶呵責迦留陀夷已告諸比丘此癡人多種有漏處最初犯戒自今已去與比丘結戒集十句義乃至正法久住欲說戒者當如是說若比丘與比丘尼作衣者波逸提如是世尊與比丘結戒時諸比丘畏愼不敢與親里比丘尼作衣往白佛佛言自今已去聽比丘與親里比丘尼作衣自今已去當如是說戒若比丘與非親里比丘尼作衣者波逸提比丘義如上說非親里親里者如上衣者有十種亦如上若彼比丘與非親里比丘尼作衣隨刀截多少波逸提隨一縫一鍼亦波逸提若復披看牽挽熨治以手摩捫若捉角頭挽方正安帖若緣若索線若續線一切突吉羅比丘尼突吉羅式叉摩那沙彌沙彌尼突吉羅是謂爲犯不犯者與親里比丘尼作與僧作若爲塔若借著浣染治還主無犯無犯者最初未制戒癡狂心亂痛惱所纏二十五竟

爾時世尊在舍衞國祇樹給孤獨園爾時尊者迦留陀夷顏貌端正偸蘭難陀比丘尼亦復顏貌端正與人有異迦留陀夷有欲意於偸蘭難陀比丘尼偸蘭難陀比丘尼亦有欲意於迦留陀夷爾時迦留陀夷清旦著衣持鉢往至偸蘭難陀所在門外共一處坐時諸居士見已皆共嫌之各自相謂言汝等觀此二人共坐猶如夫婦亦如鴛鴦爾時諸比丘聞其中有少欲知足行頭陀樂學戒知慙愧者嫌責迦留陀夷云何與偸蘭難陀比丘尼在門外共一處坐耶爾時諸比丘往世尊所頭面禮足在一面坐以此因緣具白世尊世

尊以此因緣集比丘僧知而故問迦留陀夷言汝實與偷蘭難陀比丘尼在門外共一處坐耶答言實爾爾時世尊以無數方便呵責迦留陀夷言汝所爲非非威儀非沙門法非淨行非隨順行所不應爲云何與偷蘭難陀比丘尼共在門外一處坐耶呵責迦留陀夷已告諸比丘此癡人多種有漏處最初犯戒自今已去與比丘結戒集十句義乃至正法久住欲說戒者當如是說若比丘與比丘尼在屏處坐者波逸提比丘義如上一處者一是比丘一是比丘尼屏障處者見屏處聞屏處見屏處者若塵若霧若烟雲若黑闇不見也聞屏處者乃至不聞常語聲障者若樹若牆若籬若衣若復以餘物障若比丘獨在屏處與比丘尼坐者波逸提若盲而不聾聾而不盲突吉羅立住者突吉羅比丘尼突吉羅式叉摩那沙彌沙彌尼突吉羅是謂爲犯不犯者若比丘有伴若有智人有二不盲不聾不聾不盲若行過卒倒地若病轉倒或爲力勢所持若被繫閉若命難梵行難無犯無犯者最初未制戒癡狂心亂痛惱所纏二十六竟

爾時世尊在舍衛國祇樹給孤獨園爾時六群比丘與六群比丘尼在拘薩羅人間遊行諸居士見皆共嫌之沙門釋子無有慙愧不修梵行外自稱言我修正法如是有何正法與比丘尼人間遊行若有所欲便下道諸比丘聞其中有少欲知足行頭陀樂學戒知慙愧者嫌責六群比丘言云何與六群比丘尼共人間遊行耶諸比丘往至世尊所頭面禮足在一面坐以此因緣具白世尊世尊以此

因緣集比丘僧呵責六群比丘言汝所爲非非威儀非沙門法非淨行非隨順行所不應爲云何六群比丘與六群比丘尼共在人間遊行耶世尊以無數方便呵責六群比丘已告諸比丘此癡人多種有漏處最初犯戒自今已去與比丘結戒集十句義乃至正法久住欲說戒者當如是說若比丘與比丘尼共行從一村乃至一村間者波逸提如是世尊與比丘結戒時諸比丘不先與比丘尼共期卒道路相遇畏愼不敢共行佛言若不期無犯自今已去應如是說戒若比丘與比丘尼共期同一道行乃至一村間波逸提如是世尊與比丘結戒爾時衆多比丘從舍衛國欲至毗舍離時衆多比丘尼亦從舍衛國欲至毗舍離諸比丘尼問比丘言大德欲何所至耶諸比丘報言我欲至毗舍離比丘尼言大德我亦欲往諸比丘報言大妹若欲往者當在前我等在後若我等在前大妹在後何以故世尊制戒不得與比丘尼同道行諸比丘尼言大德是我等上尊應在前我等在後時諸比丘尼在後爲賊所劫失衣鉢諸比丘以此事具白世尊世尊言自今已去若與估客行若疑畏怖無犯自今已去當如是說戒若比兵與比丘尼同期一道行從一村乃至一村除異時波逸提異時者與估客行若疑畏怖時是謂異時比丘義如上期者言共去至某村某城某國土有疑處者疑有賊劫盜恐怖者有賊劫盜道者村間有分齊行處是若比丘與比丘尼期同一道行乃至村間分齊處隨衆多界多少一一波逸提非村若空處

行乃至十里波逸提若減一村若減十里突吉羅若多村間同一界行突吉羅方便欲去共期莊嚴一切突吉羅比丘尼突吉羅式叉摩那沙彌沙彌尼突吉羅是謂爲犯不犯者不共期大伴行疑恐怖處若往彼得安隱若爲力勢者所持若被繫若命難梵行難無犯無犯者最初未制戒癡狂心亂痛惱所纏二十七竟

爾時佛在舍衛國祇樹給孤獨園爾時六群比丘與六群比丘尼共乘船上水下水時諸居士見皆共嫌之自相謂言沙門釋子不知慚愧不修梵行外自稱言我修正法如是何有正法與比丘尼共乘船上水下水若有所欲時便住船岸邊隨意爾時諸比丘聞其中有少欲知足行頭陀樂學戒知慚愧者嫌責六群比丘云何與六群比丘尼共乘船上水下水諸比丘往世尊所頭面禮足在一面坐以此因緣具白世尊世尊以此因緣集比丘僧呵責六群比丘汝所爲非非威儀非沙門法非淨行非隨順行所不應爲云何與六群比丘尼共乘船上水下水世尊呵責已告諸比丘此癡人多種有漏處最初犯戒自今已去與比丘結戒集十句義乃至正法久住欲說戒者當如是說若比丘與比丘尼共乘船上水下水者波逸提如是世尊與比丘結戒爾時諸比丘不期而畏慎佛言不期無犯自今已去當如是說戒若比丘與比丘尼共期同一船上水下水者波逸提如是世尊與比丘結戒爾時有衆多比丘欲渡恒水從此岸至彼岸爾時衆多比丘尼亦欲渡恒水從此

岸至彼岸諸比丘尼往問言大德欲何所至耶比丘報言我等欲渡恒水比丘尼言可得共伴渡不諸比丘報言諸妹在前我等在後若不爾者諸妹在後我等在前何以故世尊制戒不得與比丘尼同一船渡水是故不得比丘尼白言大德是我等所尊則應在前我等在後爾時夏月天大暴雨江水汎漲船到彼岸未還之間日已暮諸比丘尼即在彼岸邊宿夜遇惡賊劫奪爾時諸比丘往白佛佛言直渡至彼岸者無犯自今已去當如是結戒若比丘與比丘尼共期同乘一船上水下水除直渡者波逸提比丘義如上共期亦如上船者如上所說若比丘與比丘尼共期同一船上水下水除直渡若入船裏波逸提若一脚在船上一脚在地若方便欲入而不入若共期莊嚴一切突吉羅比丘尼突吉羅式叉摩那沙彌沙彌尼突吉羅是謂爲犯不犯者不共期若直渡彼岸若入船船師失濟上水下水若往彼岸得安隱或爲力勢者所持或被繫或命難梵行難無犯無犯者最初未制戒癡狂心亂痛惱所纏二十八竟

爾時世尊在舍衛國祇樹給孤獨園爾時舍衛城中有一居士請舍利弗目連與飯食彼即於夜辦具種種美食明日露地敷好坐具已白時到爾時偷蘭難陀比丘尼先是居士家比丘尼時偷蘭難陀明旦著衣持鉢詣彼居士家見居士在露地敷衆多好坐具已即問居士言敷此衆多坐具欲請諸比丘耶答言欲請比丘尼即問言請何等比丘耶報言我請舍利弗目連比丘尼語言居士所請者

盡是下賤人若先語我者我當爲居士請龍中之龍居士問言何者是龍中之龍比丘尼答言尊者提婆達三聞陀羅達騫䭾羅達婆瞿婆離迦留羅提舍是言語之頃舍利弗目連已至比丘尼見已語居士言龍中之龍已至居士即語比丘尼言汝向者言下賤人今云何言龍中之龍耶自今已去勿復來往我家爾時居士白舍利弗目連坐即就座而坐時居士出種種甘美飲食供養食已除去食器頭面禮足更取小牀在一面坐白言我欲得聞法時舍利弗目連爲說種種微妙法勸令歡喜與說法已從座而去還至僧伽藍中往世尊所頭面禮足在一面坐世尊知而故問舍利弗目連言汝等今日受請食爲得充足不耶舍利弗目連白佛言食雖充足我於居士家亦是下賤亦是龍中之龍佛問言何故爾耶爾時舍利弗目連以此因緣具白世尊言是提婆達提婆達部黨比丘尼爲作勸化供養彼受飲食爾時世尊以此因緣集比丘僧知而故問提婆達部黨比丘言汝等實遣比丘尼往歎譽勸化檀越得食不對曰實爾世尊以無數方便呵責提婆達部黨比丘言汝所爲非非威儀非沙門法非淨行非隨順行所不應爲云何汝等遣比丘尼勸化檀越受彼食耶呵責提婆達部黨比丘已告諸比丘言此癡人多種有漏處最初犯戒自今已去與比丘結戒集十句義乃至正法久住欲說戒者當如是說若比丘遣比丘尼勸化得食者波逸提如是世尊與比丘結戒爾時諸比丘不知有勸化無勸化後乃知或有作

波逸提懺者或有疑者先不知無犯自今已去當如是說戒若比丘知比丘尼教化得食者波逸提如是世尊與比丘結戒爾時羅閱城中有大長者是梨師達親友知識彼作是言若大德梨師達來至羅閱城者我等當爲梨師達初至故供養衆僧長者家比丘尼聞此語默然在懷於異時尊者梨師達來入羅閱城爾時比丘尼聞尊者梨師達來入城便往語長者言欲知不梨師達已來入羅閱城長者即遣信至僧伽藍中請之明日清旦願尊屈意幷及衆僧受我食爾時長者即其夜辦具種種甘美飲食清旦往白時到爾時諸比丘著衣持鉢往詣長者家就座而坐時長者往詣梨師達所語言正爲尊者故飯食衆僧時梨師達問長者言云何知我來至此也長者報言家所供養比丘尼見語梨師達語長者言若實爾者我不應食此食長者報言我亦不從此比丘尼語設此食我先有誓願若梨師達來者我設飯食供養衆僧梨師達復語長者言雖有此語我亦不應食此食時梨師達即止不食爾時諸比丘具白世尊世尊告言若檀越先意者無犯自今已去當如是說戒若比丘知比丘尼讚歎教化因緣得食食除檀越先有意者波逸提比丘義如上教化者阿練若乞食人著糞掃衣作餘食法不食一坐食一摶食塜間露地坐樹下坐常坐隨坐持三衣讚偈多聞法師持律坐禪也食者從旦至中得食彼比丘知比丘尼教化得食食咽咽波逸提除此飯食已教化得餘襯體衣燈油塗脚油一切突吉羅知教化教

化想波逸提教化疑突吉羅不教化教化想突吉羅不教化疑突吉羅比丘尼突吉羅式叉摩那沙彌沙彌尼突吉羅是謂犯不犯者若不知若檀越先意若教化無教化想若比丘尼自作若檀越令比丘尼經營若不故教化而乞食與無犯無犯者最初未制戒癡狂心亂痛惱所纏二十九竟

爾時佛在舍衛國祇樹給孤獨園時毗舍離嫁女與舍衛國人後與姑共諍還詣本國爾時阿那律從舍衛國欲至毗舍離國時彼婦女問尊者阿那律言尊者欲至何處耶答言我欲至毗舍離婦女即言可見將去不答言可爾爾時尊者阿那律便與此婦女同一道行爾時婦女夫主先行不在後日還家不見其婦即問母言我婦爲所在耶其母報言與我鬪競便逃走去不知所在爾時夫主速疾往逐之於道路得婦將詣阿那律所語言何故將我婦逃走耶時阿那律答言止止莫作此語我等不爾長者語言云何言不爾汝今現與同道行其婦語夫主言我與此尊者行如兄弟相逐無他過惡夫主報言此人今日將汝逃走豈可不作此言耶爾時其人即打阿那律幾斷命根爾時尊者阿那律即下道在一靜處結跏趺坐直身正意繫念在前入火光三昧時長者見已便生善心長者念言若此阿那律從三昧起者我當禮拜懺悔時尊者阿那律從三昧覺已長者即便懺悔唯願大德受我懺悔阿那律受其懺悔爾時長者禮足已在一面坐爾時阿那律爲長者說種種微妙法令發歡喜心與說法已即從坐

起而去爾時阿那律食已往到僧伽藍中以此因緣具向諸比丘說爾時諸比丘聞其中有少欲知足行頭陀樂學戒知慚愧者嫌責阿那律云何阿那律獨與婦女共一道行爾時諸比丘往世尊所頭面禮足在一面坐以此因緣具白世尊世尊爾時即集比丘僧知而故問阿那律言汝實共婦女同一道行耶答言實爾爾時世尊以無數方便呵責阿那律言汝所為非非威儀非沙門法非淨行非隨順行所不應為汝今云何與婦人共同一道行耶爾時世尊以無數方便呵責阿那律已告諸比丘此阿那律多種有漏處最初犯戒自今已去與比丘結戒集十句義乃至正法久住欲說戒者當如是說若比丘與婦女同一道行乃至村間波逸提如是世尊與比丘結戒時諸比丘不共期道路相遇有畏慎不敢共行佛言不期不犯自今已去當如是說戒若比丘與婦女共期同一道行乃至村間波逸提比丘義如上婦女者如上說共期者亦如上說道者亦如上說若比丘與婦女共期同一道行乃至村間隨衆多界分齊一一波逸提若無村若空寂處行十里波逸提若減一村減十里突吉羅若村裏一界共行者突吉羅若方便欲行而不行若共期莊嚴而不去一切突吉羅比丘尼突吉羅式叉摩那沙彌沙彌尼突吉羅是謂為犯不犯者先不共期事須往彼得安隱若為力勢所持若被繫閉若命難若梵行難無犯無犯者最初未制戒癡狂心亂痛惱所纏三十竟

爾時佛在舍衛國祇樹給孤獨園爾時拘薩

羅國有無住處村有居士為比丘作住處常供給飲食若在此住者當聽一食爾時有六群比丘欲往拘薩羅國無住處村至彼住處經一宿得美好飲食故復住第二宿復得美好飲食彼六群比丘作如是念言我所以遊行者正為食耳今者已得彼於此住處數數食者時諸居士皆共譏嫌此沙門釋子無有猒足不知慚愧外自稱言我知正法如是有何正法於比住處數數受食正似我曹常為此沙門釋子供給飲食我本為周給一宿住者耳爾時諸比丘聞已其中有少欲知足行頭陀樂學戒知慚愧者嫌責六群比丘言云何六群比丘於此住處數數受食爾時諸比丘往世尊所頭面禮足在一面坐以此因緣具白世尊世尊爾時以此因緣集比丘僧呵責六群比丘汝所為非非威儀非沙門法非淨行非隨順行所不應為云何於此住處數數受食爾時世尊以無數方便呵責六群比丘已告諸比丘言此六群比丘癡人多種有漏處最初犯戒自今已去與比丘結戒集十句義乃至正法久住欲說戒者當如是說若比丘一處住食應受一食若過一食者波逸提如是世尊與比丘結戒爾時舍利弗在拘薩羅國遊行詣此無住處村住一宿明日清旦得好食舍利弗於彼得病念言世尊制戒比丘一宿處應一食若過者波逸提即扶病而去病遂增劇爾時比丘往白佛佛言自今已去聽病比丘過受食自今已去當如是說戒若施一食處無病比丘應一食若過受者波逸提比丘義如上住處者在中一宿食者

乃至時食病者離彼村增劇者是若無病比丘於彼一宿處過受食咽咽波逸提除食已更受餘襯身衣燈油塗脚油盡突吉羅比丘尼波逸提式叉摩那沙彌沙彌尼突吉羅是謂為犯不犯者一宿受食病過受食若諸居士請大德住我當與食我等為沙門釋子故設此宿處供給飲食若不得沙門釋子亦當與餘人耳若檀越次第請食若兒若女若妹及兒婦次第請食無犯或今日受此人食或明日乃受彼人食或水瀑漲道路急難若有賊盜虎狼師子或為力勢者所持或被繫閉或命難梵行難過食者無犯無犯者最初未制戒癡狂心亂痛惱所纏三十一竟

四分律藏卷第十三

音釋

突吉羅梵語也此云惡作突陀沒切　數數並所角切頻也　鍼職深切與針同　襞必益切疊衣也　熨於物切　估公戶切論價也　分齊扶分切齊在詣切分齊限量也　劇奇逆切甚也

四分律藏卷第十四

姚秦三藏佛陀耶舍共竺佛念譯

初分之十四

爾時世尊在羅閱祇迦蘭陀竹園中世尊從羅閱城出遊行人間與大比丘衆千二百五十人俱爾時國界田殖不收米穀踊貴乞食難得人皆飢色時有五百乞人隨逐世尊後時有婆羅門名曰沙㝹有五百乘車載滿飲食經冬涉夏隨逐世尊後伺候空缺無食之日便欲設供爾時世尊從摩竭國界漸漸教化至阿那頻頭國界彼國人民競興供具飯佛及比丘僧無有空日時婆羅門終日伺候無有空缺不得設供即便往阿難所語阿難言我沙㝹有五百乘車載滿飲食經冬涉夏隨逐世尊伺候空缺無食之日便欲設供然我今者不得次供我等處俗多諸難故屬官使役至於斷事之日當應往赴兼復料理家業復供官財穀公私驅馳初無停息唯願尊者爲我白佛佛若有教我當奉行若佛及僧不得次食者我當以此五百乘車飲食布在道中令佛及僧脚蹈而過者則爲受我供養已阿難報言且小住我正爾當爲白佛時阿難往世尊所頭面禮足已在一面立以此因緣白世尊言沙㝹婆羅門來至我所作是說有五百乘車載滿飲食經冬涉夏隨逐世尊伺候空缺無食之日便欲設供然我今日不得次供我等處俗多諸難故屬官使役至於斷事之日當復往赴兼復料理家業公私無停唯願尊者爲我白佛佛若有教我當奉行若不得次供者我當以此五百乘車飲食布

在道中令佛及僧脚蹈上而去者則爲受我供養我向者報言可小住正爾當爲白佛是故啓尊爾時世尊告阿難汝可往語婆羅門明旦以此飲食具用作粥與諸比丘使食後當受時食爾時阿難受佛教即往婆羅門所語婆羅門言汝可以此飲食具用作粥與諸比丘使食後當受時食時婆羅門觀諸供養之者皆無有餅即其夜供辦種種美味酥油胡麻子乳淨水薑椒蓽鉢作種種粥及餅夜過已以此粥供養佛及比丘僧然諸比丘不敢受語婆羅門言世尊未聽比丘受酥油乃至三種藥作種種粥爾時諸比丘以此因緣具白世尊世尊爾時告諸比丘自今已去聽諸比丘受酥油乃至三種藥作種種粥食之食粥有五事善除飢除渴消宿食大小便調適除風患食粥者有此五善事時婆羅門復行餅比丘不敢受語婆羅門言世尊未聽比丘受餅即往白佛佛言自今已去聽諸比丘受餅食時阿那頻頭國諸居士聞世尊聽諸比丘食粥及餅皆大歡喜自相謂言我等快得作福供養已復有一少信大臣見佛及僧大得供養如是言此非是少福田者於穀貴中佛及比丘僧致如是供養我今寧可辦具種種肥美飲食人别一器肉爾時即遣人至僧伽藍中白言大德僧願受我明日請食即其夜嚴辦種種肥美飲食明日清旦往白時到爾時世尊自住僧伽藍中遣人請食時阿那頻頭諸居士先聞佛聽諸比丘食粥即其夜辦具種種粥如上明日送至僧伽藍中與諸比丘諸比丘先已受他請食復食此種種

濃粥然後往彼大臣家食爾時少信大臣與諸比丘僧種種飲食諸比丘言止止檀越稍稍著大臣語比丘僧言我故爲比丘僧辦具肥美飲食人別一器肉莫以我信心薄少故而不飽食諸大德但食我有信心耳諸比丘報言不爲此故不食也城中人民聞佛聽諸比丘食粥及餅即於其夜辦具種種酥油胡麻子乳淨水薑椒蓽鉢作粥明日送至僧伽藍中與諸比丘我等先食彼粥故今者不能復多食耳莫見恠也時少信大臣即便嫌之言我故爲衆僧作此種種好食人別一器肉者欲使衆僧盡食云何先食濃粥已方受我食時大臣瞋恨即便留種種餅肉美味唯施設羹及飯往世尊所頭面禮足在一面坐坐已白佛言向者所設供養衆僧者福多耶罪多耶佛告大臣汝所設供養者得福極多乃是生天之因諸比丘乃至受汝一摶食者其福無量

爾時世尊漸與說法布施持戒生天之法呵欲過惡及上有漏稱讚出離增益解脫爲說此法已即於坐上諸塵垢盡得法眼淨見法得法修於正法得增上果白佛言自今已去歸依佛法僧聽爲優婆塞盡形壽不殺生乃至不飲酒爾時世尊食後以此因緣集比丘僧知而故問諸比丘言汝等清旦食他濃粥已然後受大臣請耶答言實爾爾時世尊以無數方便呵責諸比丘言汝所爲非非威儀非沙門法非淨行非隨順行所不應爲云何汝等愚癡人先食彼濃粥然後受請耶不得先受請已食稠粥稠粥者以草畫之不合不

得食若食者當如法治爾時世尊從阿那頻頭國人間遊行與千二百五十比丘俱爾時國界米穀勇貴乞食難得人皆飢色然有五百乞人常隨逐世尊後爾時世尊於摩竭提國漸漸遊行還羅閱城時佛及衆僧多得供養時羅閱城中有一少信樂師見佛及比丘僧大得供養作是念言此非是少福田者於此穀貴中佛及比丘僧大得供養我今寧可以一年所出之物供辦種種肥美飲食人別肉一器施佛及僧耶於是即自往僧伽藍中白諸比丘言明日清旦受我請食供養即夜辦具種種好食已明日清旦往白時到爾時羅閱城中節會日諸居士競持飯麨乾餅魚及肉往詣僧伽藍中施諸比丘時諸比丘得而食已然後受請爾時樂師手自斟酌種種

飲食諸比丘言止止居士莫多著食彼樂師言我一年已來所出衆物故爲比丘僧辦種種肥美飲食人別肉一器莫以我少信故恐生不信而不多食願但食我有信樂耳爾時諸比丘答此樂師言我不以此事故不食以向先受王舍城諸人食是故今者食少耳更無餘心莫見恠也爾時少信樂師聞此語已即生譏嫌言云何我一歲之中所出物故爲衆僧辦具種種肥美飲食人別肉一器云何諸比丘先受他飯麨乾餅魚及肉然後乃受我食樂師瞋恨即便留種種肥美飲食止與羹飯而已往詣世尊所頭面禮足在一面坐坐已問佛言我向者所設飲食福多耶罪多耶佛告言汝今所施食者生天之因諸比丘乃至食一摶其福無量何況今者施設如是

此福不可量也爾時世尊為説妙法布施持戒生天之因呵欲過惡及上有漏爾時樂師聞此語已即於座上諸塵垢盡得法眼淨見法得法修於正法得增上果即白佛言自今已去願聽為優婆塞盡形壽不殺生乃至不飲酒

爾時世尊以此因緣集比丘僧知而故問諸比丘汝等審先受他請食五種食然後受此請食耶答曰實爾爾時世尊以無數方便呵責諸比丘言汝所為非非威儀非沙門法非淨行非隨順行所不應為云何癡人先受他五種食已然後受他請耶世尊以無數方便呵責諸比丘已告諸比丘不應先受他請食五種食已然後受他請自今已去與比丘結戒集十句義乃至正法久住欲説戒者當如是説若比丘展轉食者波逸提如是世尊與比丘結戒時諸病比丘所請食處無有隨病食隨病藥若有隨病美食及藥畏慎不敢食恐犯展轉食爾時諸比丘以此事往白佛佛告言自今已去聽病比丘展轉食自今已去當如是説戒若比丘展轉食除異時波逸提異時者病時也如是世尊與比丘結戒爾時有一居士請佛及比丘僧欲設飲食供養復有一居士亦請佛及比丘僧欲設飲食及衣供養即往僧伽藍中語諸比丘言我欲請佛及比丘僧供養飲食比丘報言我等先已受請居士白言大德我欲施好飲食及衣唯願衆僧受我請爾時諸比丘畏慎往白世尊世尊告言自今已去聽諸比丘布施衣時聽展轉食自今已去當如是説戒若比丘展轉食

除餘時波逸提餘時者病時施衣時是謂餘時比丘義如上展轉食者請也請有二種若僧次請別請也食者飯麨乾餅魚及肉病者不能一坐食好食令足施衣者自恣竟無迦絺那衣一月有迦絺那衣五月若復有餘時食及衣若今日得多請食應自受一請餘者當施與人如是施與言長老我應往彼今布施汝若比丘不捨前請受後請食咽咽波逸提不捨後請受前請食者咽咽突吉羅比丘尼突吉羅式叉摩那沙彌沙彌尼亦突吉羅是謂爲犯不犯者病時施衣時若一日之中有多請者自受一請餘者當施與人若請與非食或食不足或無請食者或食已更得食或一處有前食後食無犯無犯者最初未制戒癡狂心亂痛惱所纏三十二竟

爾時佛在羅閱祇耆闍崛山中爾時提婆達多教人害佛復教阿闍世王殺父惡名流布利養斷絕時與五比丘俱家家乞食三聞陀羅達多騫馱達婆拘波離迦留羅提舍爾時諸比丘聞提婆達多教人害佛復教阿闍世王殺父惡名流布利養斷絕與五比丘俱家家乞食爾時諸比丘往世尊所頭面禮足在一面坐以此因緣具白世尊世尊爾時以此因緣集比丘僧知而故問提婆達多言汝審與五比丘家家乞食耶對曰實爾世尊世尊爾時以無數方便呵責提婆達多言汝所爲非非威儀非沙門法非淨行非隨順行所不應爲云何提婆達多與五比丘家家乞食耶提婆達多我以無數方便利益慈愍諸白衣家云何提婆達多癡人與五人家家乞食耶

爾時世尊以無數方便呵責提婆達多已告諸比丘言此提婆達多癡人多種有漏處最初犯戒自今已去與比丘結戒集十句義乃至正法久住欲說戒者當如是說若比丘別衆食者波逸提如是世尊與諸比丘結戒時諸病比丘有請食處不得隨病食及藥有美好隨病食及藥畏愼不敢受恐犯別衆食世尊告諸比丘自今已去聽病比丘受別衆食自今已去當如是說戒若比丘別衆食除餘時波逸提餘時者病時如是世尊與比丘結戒時諸比丘自恣已迦提月中作衣時諸優婆塞作是念言此諸比丘自恣已於迦提月中作衣我今宜與衆僧作食何以故恐比丘不能得食疲苦彼來至僧伽藍中白諸比丘言願諸尊明日受我等請食諸比丘報言但請三人食我等不得別衆食彼優婆塞白諸比丘言我等諸人各有此念諸尊自恣竟於迦提月中作衣恐諸比丘不得食疲苦是故今日請衆僧欲飯食諸比丘復語言但請三人我等不應別衆食爾時諸比丘往白佛佛告言自今已去聽作衣時受別衆食自今已去當如是說戒若比丘別衆食除餘時波逸提餘時者病時作衣時是謂餘時如是世尊與諸比丘結戒爾時有居士欲施食及衣來至僧伽藍中白諸比丘言我欲施食願衆僧受我明日食諸比丘報言但請三人與食我等不得別衆食居士言大德我欲施食及衣願受我請彼比丘言但請三人我等不得別衆食爾時諸比丘往白佛佛告言自今已去聽諸比丘受施衣時別衆食自今已去當如

是說戒若比丘別衆食除餘時波逸提餘時者病時作衣時施衣時如是世尊與比丘結戒爾時衆多比丘與諸居士往詣拘薩羅國共同道行乞食時到語諸居士我欲詣村乞食少見留待還當共俱諸居士報言但逐我去當相與飲食諸比丘報言但與三人我等不得別衆食諸居士白言大德此道險難有疑恐怖但來我當供給飲食莫在後來汝曹人少諸比丘言但與三人我等不得別衆食時諸比丘即入村乞食伴便前進比丘在後不及爲賊所劫奪衣服諸比丘以此因緣具白世尊世尊爾時告諸比丘自今已去若險道中行聽比丘別衆受食自今已去當如是說戒若比丘別衆食除餘時波逸提餘時者病時作衣時施衣時道行時如是世尊與諸比丘結戒爾時有衆多比丘與諸居士乘船順流而去乞食時到語居士言小住船我等欲入村乞食還當共俱諸居士言但去我當供給飲食比丘報言但與三人我等不得別衆食諸居士言此岸上多有賊盜有疑恐怖處汝伴少莫在後爲賊劫奪但去我當供給飲食諸比丘報言但與三人我等不得別衆食諸比丘即上岸乞食船伴前去諸比丘後來悉爲賊所劫奪衣服時諸比丘以此因緣具白世尊世尊告言自今已去聽乘船時別衆食自今已去當如是說戒若比丘別衆食除餘時波逸提餘時者病時作衣時施衣時道路行時乘船時如是世尊與諸比丘結戒爾時衆多比丘從拘薩羅國遊行詣一小村諸居士念言衆僧多而村落少我等寧可與

衆僧作食耶勿令衆僧疲苦即來至僧伽藍中白諸比丘言大德受我明日食比丘報言但請三人我等不得別衆食諸居士言我等作是念衆僧既多村落又少恐不得飯食令衆僧疲苦耳比丘報言但請三人我等不得別衆食爾時諸比丘往白世尊世尊告言自今已去聽諸比丘大衆集時別衆食自今已去當如是說戒若比丘別衆食除餘時波逸提餘時者病時作衣時施衣時道行時乘船時大衆集時如是世尊與比丘結戒爾時瓶沙王姊子名曰迦羅爲諸沙門施食欲於外道異學中出家即往至瓶沙王所白言我已爲諸沙門設食已今欲出家王問言欲於何處出家答言欲於尼揵子中出家王復問言竟與我曹沙門設飯食不迦羅報言大王何者是沙門耶王告言沙門釋子是也迦羅報言我竟不與設食王告言汝今往與沙門釋子設食即往詣僧伽藍中白諸比丘言我今欲飯比丘僧願受我請諸比丘報言但與三人我等不應別衆食時迦羅語諸比丘我爲諸沙門設食欲於外道中出家即往瓶沙王所白言我已爲諸沙門設食已今欲出家王問我言於何處出家我答言欲於尼揵子中出家王復問我言與我曹沙門設食未時我報言大王何者是沙門耶王告我言沙門釋子是時我報王言我未與沙門釋子設食王告我言汝今到彼與沙門釋子設食然後聽行以此事故來詣僧伽藍中請諸大德大德願受我請爾時諸比丘聞是語已往白世尊佛告諸比丘自今已去聽沙門施食時得別

衆食自今已去當如是說戒若比丘別衆食除餘時波逸提餘時者病時作衣時施衣時道行時乘船時大衆集時沙門施食時此是時比丘義如上說別衆食者若四人若過四人食者飯麨乾餅魚及肉病者下至脚跟躄作衣時者自恣竟無迦絺那衣一月有迦絺那衣五月乃至衣上作馬齒一縫衣施者自恣竟無迦絺那衣一月有迦絺那衣五月及餘所施食及衣道行者下至半由旬內有來者有去者乘船行者下至半由旬內乘船上下大衆集者食足四人長一人爲患五人十人乃至百人長一人爲患沙門施食者在此沙門釋子外諸出家者及從外道出家者是若比丘無別衆食因緣彼比丘即當起白言我於此別衆食中無因緣欲求佛出佛言聽出若餘人無因緣亦聽使出若二人三人隨意食若四人若過四人應分作二部更互入食若比丘有別衆食因緣欲入尋即當起白言我有別衆食因緣欲求入佛言當聽隨上座次入若比丘別衆食者咽咽波逸提若有因緣不說者突吉羅比丘尼波逸提式叉摩那沙彌沙彌尼突吉羅是謂爲犯不犯者病時作衣時施衣時道路行時乘船時大衆集時沙門施食時若三人四人更互食若有因緣去無犯無犯者最初未制戒癡狂心亂痛惱所纏三十三竟

爾時佛在舍衛國祇樹給孤獨園時有一女人名伽若那先住大村來至鬱禪國中與人作婦經歷數月遂便有身即還父母家有諸比丘來至其家乞食者身自持食若果施諸

比丘後於異時其夫遣使呼婦還家其婦出報使言小留住我今方欲辦具飲食莊嚴衣服然後共往時有諸比丘來至其家乞食時女見之即復以所辦飲食盡施與比丘白言大德可食是食爾時諸比丘盡取食之無有遺餘其婦在後方更莊嚴未還之間其夫已更取婦遣使語其婦言我今已更取婦欲來不來便隨卿意伽若那父聞之往至僧伽藍中諸比丘見已語言汝女伽若那篤信好喜布施其父報言如尊者言實有篤信但為今日婦人所不喜者今日得之諸比丘問言何所得耶其父報言其夫已更取婦爾時波羅柰城門外眾多商賈車伴共止宿時有一乞食比丘到時著衣持鉢入此賈客營中乞食爾時彼比丘以次行乞漸漸往至一信樂商賈主前默然而住商主問言尊今何故在此比丘報言我乞食即語言過鉢來時比丘授鉢與賈客取鉢盛滿美好飯食與時乞食比丘持食出營未遠復有一乞食比丘來入車營乞食問得食比丘乞食可得不報言可得復問從誰得耶報言從某甲賈客所得爾時乞食比丘往至賈客前默然而立賈客問言何故在此比丘報言我今乞食賈客語言過鉢來時彼比丘即授鉢與賈客取鉢盛滿美飲食授與比丘比丘得已還出車營去營未遠復有一乞食比丘來詣車營乞食問言乞食可得不答言可得復問從誰得耶報言從某甲賈客所得如是相告乃至今他食盡時商主方入波羅柰城更市糴粮食諸伴已去在後不及道路為賊所劫諸比丘聞其中有

少欲知足行頭陀樂學戒知慙愧者嫌責諸比丘言云何比丘食他歸婦食商賈客道路食俱令盡無餘諸比丘至世尊所頭面禮足在一面坐以此因緣具白世尊世尊爾時集比丘僧呵責諸比丘汝所爲非非威儀非沙門法非淨行非隨順行所不應爲云何諸比丘食他歸婦食商賈道路粮令盡無餘爾時世尊以無數方便呵責彼比丘已告諸比丘此諸比丘癡人多種有漏處最初犯戒自今已去與比丘結戒集十句義乃至正法久住欲說戒者當如是說若比丘至白衣家請比丘與食若餅若麨飯比丘若須二三鉢應受受二三鉢已還至僧伽藍中分與諸比丘食若過兩三鉢受還至僧伽藍中不分與諸比丘食者波逸提如是世尊與諸比丘結戒爾時諸病比丘畏慎不敢過受食往白佛佛言自今已去聽諸病比丘過受食自今已去當如是說戒若比丘至白衣家請比丘與餅麨飯若比丘欲須者當二三鉢受還至僧伽藍中應分與餘比丘食若比丘無病過兩三鉢受持還至僧伽藍中不分與餘比丘食者波逸提比丘義如上說白衣家者有男有女病者不能一處坐食好食竟若比丘至白衣家請與餅麨食當問其主言爲是歸婦食爲是商賈道路粮若言歸婦食賈客道路粮者即應食已出還僧伽藍中白諸比丘某甲家有歸婦食有賈客道路粮若欲食者食已應出若欲持食還者齊二三鉢我今不持食來若持一鉢食來還至僧伽藍中與諸比丘共分食之當語餘比丘言某甲家有歸婦食商賈

道路粮若有至彼家者即於彼食若持食還者應取兩鉢我已持一鉢還若持兩鉢還應共餘比丘分食之復語諸比丘言某甲家有歸婦食商賈客道路粮若欲至彼家乞食者可即彼家食欲持來者應取一鉢還我今已持兩鉢還若盡持三鉢還到僧伽藍中分與諸比丘共食白餘比丘言今某甲家有歸婦食商賈道路粮若欲至彼家乞食者可即於彼食若欲持還者慎勿持還我已持三鉢來若比丘無病於彼家過兩三鉢受食還出彼門波逸提若一足在門內一足在門外方便欲去還住者一切突吉羅若不問歸婦食賈客道路粮而取食者突吉羅若持至僧伽藍中不分與餘比丘而獨食者突吉羅若不語餘比丘突吉羅比丘尼波逸提式叉摩那沙彌沙彌尼突吉羅是謂為犯不犯者兩三鉢受食病者過受食問歸婦商客道路粮還至僧伽藍中分與比丘共食白餘比丘使知村處若彼自送至僧伽藍中得受若復送至比丘尼寺中亦得受無犯無犯者最初未制戒癡狂心亂痛惱所纏三十四竟

爾時佛在舍衛國祇樹給孤獨園爾時世尊與諸比丘說一食法讚歎一食法爾時諸比丘聞世尊說一食法歎譽一食法諸比丘食佉闍尼食若食五種正食若飲漿若服藥便當一食更不食令形體枯燥顏色憔悴爾時世尊知而故問阿難言此諸比丘何故形體枯燥顏色憔悴阿難白佛言世尊無數方便與諸比丘說一食法歎譽一食法而諸比丘聞已即一座上噉佉闍尼食若食五種食若

飲漿若服藥便當一食更不食以是故形體枯燥顏色憔悴佛告阿難自今已去聽諸比丘於一座上食飽滿諸比丘聞世尊聽於一座上食乃至飽滿時諸比丘若食佉闍尼若食五種食若飲漿若服藥便令飽足更不復食諸比丘形體枯燥顏色憔悴爾時世尊知而故問阿難言此諸比丘何故形體枯燥顏色憔悴爾時阿難白佛言諸比丘聞世尊聽諸比丘於一座上食乃至飽足若食佉闍尼若食五種食若飲漿若服藥便令飽足更不復食以是故形體枯燥顏色憔悴爾時世尊告阿難言自今已去聽諸比丘食五種食若飯若麨若乾餅魚及肉令飽足於此五種食中一一食隨所得令飽足時諸病比丘雖得好食飯麨乾餅魚及肉不能一坐食形體枯燥顏色憔悴爾時世尊知而故問阿難言諸病比丘何故形體枯燥顏色憔悴爾時阿難白佛言世尊此病比丘雖得五種食不能一坐食是故形體枯燥顏色憔悴佛告阿難自今已去聽諸病比丘數數食病人無足食法時諸病比丘若得好美食食不能盡與瞻病人瞻病人足食已不敢食便棄之衆鳥競來爭食鳴喚世尊知而故問阿難言何故衆鳥鳴喚阿難白佛言此諸病比丘得好美飯食食不能盡餘殘與瞻病人瞻病人足食已不敢食棄之是故衆鳥爭食鳴喚佛告阿難自今已去聽瞻病者食病人殘食食病人殘食無餘食法爾時諸比丘清旦受食舉已入村乞食食已還取所舉食與諸比丘諸比丘足食已不敢食便棄之衆鳥爭食鳴喚世尊知

而故問阿難言此烏鳥何故鳴喚阿難白佛
言諸比丘清旦受食舉已入村乞食食已還
持所舉食與諸比丘諸比丘足食已不敢食
便棄之是故衆鳥爭食鳴喚佛告阿難自今
已去聽取所受食作餘食法應食作如是餘
食法言大德我足食已知是看是此作餘食
法彼比丘應取少許食已語彼比丘言隨意
取食應作如是餘食法食有一長老多知識
比丘入村乞食大得積聚一處共食即持餘
食來至僧伽藍中與諸比丘諸比丘足食已
不敢食遂棄之衆鳥爭食鳴喚爾時世尊知
而故問阿難衆鳥何故鳴喚阿難白佛言長
老多知識比丘入村乞食大得飲食積聚一
處共食持殘食來還與諸比丘諸比丘足食
已不敢食便棄之衆鳥爭食是故鳴喚佛告
阿難自今已去聽諸比丘從彼持食還當作
餘食法而食之當作如是餘食法言大德我
足食已知是看是此作餘食法彼應取少許
食已當語彼比丘言我止汝取食之彼比丘
當作如是餘食法食時舍衛國有一比丘貪
餮不知足食不足食不知餘食不餘食得便
食之時諸比丘聞其中有少欲知足行頭陀
樂學戒知慙愧者嫌責彼比丘云何貪餮不
知足食不足食不知餘食不餘食得便食之
時諸比丘往至世尊所頭面禮足在一面坐
以此因緣具白世尊世尊爾時集比丘僧知
而故問彼比丘言汝實爾貪餮不知足食不
足食不知餘食不餘食得便食之耶答言實
爾佛以無數方便呵責彼比丘汝所爲非非
威儀非沙門法非淨行非隨順行所不應爲

云何比丘貪餮如是耶世尊呵責已告諸比丘自今已去與比丘結戒集十句義乃至正法久住欲說戒者當如是說若比丘足食竟或時受請不作餘食法而食者波逸提比丘義如上說食者五種食飯麨乾餅魚及肉於五種食中若食一一食若飯若麨若乾餅若魚及肉令飽足有五種足食知是飯知持來知遮知威儀知捨威儀足食已捨威儀不作餘食法得而食之咽咽波逸提

爾時尊者優波離即從座起偏露右臂右膝著地合掌白佛言行比丘有幾處應足食佛告優波離有五處應足食云何爲五優波離比丘知行時知飯食知持來知遮知威儀知捨威儀知足食已捨威儀不作殘食法得而食之咽咽波逸提是中優波離比丘知行時知麨乾餅魚及肉知持來知遮知威儀知捨威儀足食已捨威儀不作餘食法得而食之咽咽波逸提是中優波離比丘知行時知麨食知持來知遮知威儀知捨威儀足食已捨威儀不作餘食法得而食之咽咽波逸提是中優波離比丘知行時知乾餅知魚及肉飯知持來知遮知威儀知捨威儀足食已捨威儀不作餘食法得而食之咽咽波逸提是中優波離比丘知行時知乾飯食知持來知遮知威儀知捨威儀足食已捨威儀不作餘食法得而食之咽咽波逸提是中優波離比丘知行時知魚及肉飯麨知持來知遮知威儀知捨威儀足食已捨威儀不作餘食法得而食之咽咽波逸提是中優波離比丘知行時知魚食知持來知遮知威儀知捨威儀足食

已捨威儀不作餘食法得而食之咽咽波逸提是中優波離比丘知行時知肉飯麨乾餅知持來知遮知威儀知捨威儀足食已捨威儀不作餘食法得而食之咽咽波逸提是中優波離比丘知行時知肉食知持來知遮知威儀知捨威儀足食已捨威儀不作餘食法得而食之咽咽波逸提是中優波離比丘知行時知飯麨乾餅魚知持來知威儀知捨威儀足食已捨威儀不作餘食法得而食之咽咽波逸提優波離是爲行比丘五處足食住坐卧亦如是佉闍尼食者有根佉闍尼食枝葉華果佉闍尼食油胡麻黒石蜜磨細末食彼比丘足食已不作餘食法得而食之咽咽波逸提若足食已爲他作餘食法不成餘食法突吉羅若知他足食已作餘食法不成餘食法突吉羅若比丘自手捉食作餘食法不成餘食法突吉羅若持食置地作餘食法不成餘食法突吉羅若比丘使淨人持食作餘食法不成餘食法突吉羅若比丘淨人前作餘食法突吉羅以不好食覆好食上作餘食法不成餘食法突吉羅若比丘受他餘食法盡持去不成餘食法突吉羅若足食足食想波逸提若足食疑突吉羅若比丘不足食足食想突吉羅不足食疑突吉羅比丘尼突吉羅式叉摩那沙彌沙彌尼突吉羅是謂爲犯不犯者食作非食想不受作餘食法非食不作餘食法自取作餘食法若不置地作餘食法乃至手及處若與他他與已作餘食法若病不作餘食法病人殘食不作餘食法若已作餘食法無犯無犯者最初未制戒癡狂心

亂痛惱所纏三十五竟

爾時佛在舍衛國祇樹給孤獨園時舍衛國中兄弟二人作比丘一比丘貪餮嗜食不知足食不足食餘食不餘食得而食之有異比丘語言未曾有如汝今貪餮嗜食者不知足食不足食餘食不餘食得而食之時彼比丘聞此語心懷恚恨於異時見彼比丘食已不作餘食法殷勤請與食彼即受食之貪餮比丘語言未曾有如汝貪餮如是不知足食不足食不知餘食不餘食得而食之不知猒足彼比丘報言我雖食而未足彼比丘語言汝食先已飽足彼比丘問言知我足食食耶答言知彼比丘問言汝知而故作耶答言知爾時彼比丘嫌責此比丘如是言云何知他比丘足食已殷勤請與食欲使他犯戒時諸比丘聞其中有少欲知足行頭陀樂學戒知慙愧者嫌責彼比丘云何知他足食已殷勤請與食欲使他犯也爾時彼比丘往至世尊所頭面禮足在一面坐以此因緣具白世尊世尊爾時以此因緣集比丘僧知而故問彼比丘汝審知他足食已殷勤請與食欲使他犯戒耶答言實爾世尊世尊爾時以無數方便呵責彼比丘汝所爲非非威儀非沙門法非淨行非隨順行所不應爲云何知他足食已殷勤請與食欲使他犯戒耶爾時世尊以無數方便呵責彼比丘已告諸比丘此癡人多種有漏處最初犯戒自今已去與比丘結戒集十句義乃至正法久住欲說戒者當如是說若比丘知他比丘足食竟殷勤請與食長老食是食以是因緣非餘欲令他犯戒波逸

提如是世尊與比丘結戒爾時諸比丘未知已食未食不知足食不足食後乃知已食已足食或作波逸提懺者或有畏愼者不知者無犯自今已去當如是說戒若比丘知他比丘足食已若受請不作餘食法殷勤請與食長老取是食以是因緣非餘欲使他犯波逸提比丘義如上食者五種亦如上請亦有五種亦如上彼比丘知他比丘足食已不作餘食法殷勤請與食言長老食是彼即受食之咽咽二俱波逸提若與令食前比丘不食棄之與者突吉羅若比丘與令食前人受而不食舉置與者突吉羅若比丘與令食前人受已轉與餘人與者突吉羅若比丘不作餘食法與前人作餘食而食之與者突吉羅若與病人食欲令他犯與者突吉羅持病人殘食與他欲令他犯與者突吉羅若作餘食法已與他欲使他犯與者突吉羅足食足食想波逸提足食疑突吉羅不足食足食想突吉羅不足食疑突吉羅比丘尼突吉羅式叉摩那沙彌沙彌尼突吉羅是謂爲犯不犯者若先不知足食不足食想若與令棄而食之若與令舉置而食之若使令遣與人取而食之若未作餘食法與令作餘食法而食之彼不作餘食法食之若持病人餘食與不令他犯作餘食法與不令他犯不犯不犯者最初未制戒癡狂心亂痛惱所纏三十六竟

爾時佛在羅閱城耆闍崛山中爾時羅閱城中人民節會作衆伎樂時難陀跋難陀二釋子到彼看伎樂難陀跋難陀釋子顏貌端正衆人皆共觀看時有一人語衆人言汝等空

看視沙門釋子何不供給飲食供養然後瞻看時衆人即與飲食時難陀跋難陀二釋子食訖故看伎樂向暮還至耆闍崛山諸比丘見即問言汝等何故逼暮行時難陀跋難陀以此因緣具向諸比丘說於時日暮迦留陀夷著衣持鉢入羅閱城乞食天陰闇至一懷姙婦女家乞此婦女持食出門值天雷電暫見其面時婦女怖稱言鬼鬼即墮身迦留陀夷語言大妹我非鬼我是沙門釋子婦女恚言沙門釋子寧自破腹不應夜乞食時迦留陀夷聞此語已還至僧伽藍中以此因緣向諸比丘說其中有少欲知足行頭陀樂學戒知慚愧者嫌責難陀跋難陀釋子及迦留陀夷云何難陀跋難陀迦留陀夷非時乞食幷觀伎樂耶時諸比丘往世尊所頭面禮足在一面坐以此因緣具白世尊世尊以此因緣集諸比丘僧無數方便呵責難陀跋難陀釋子及迦留陀夷汝所爲非非威儀非沙門法非淨行非隨順行所不應爲云何難陀跋難陀釋子及迦留陀夷非時乞食幷觀伎樂世尊以無數方便呵責難陀跋難陀釋子及迦留陀夷已告諸比丘自今已去不得觀伎樂觀伎樂者突吉羅自今已去與比丘結戒集十句義乃至正法久住欲說戒者當如是說若比丘非時受食食者波逸提比丘義如上時者明相出乃至日中案此時爲法四天下食亦爾非時者從日中乃至明相未出食者有二種佉闍尼食如上蒲闍尼五種食如上若比丘非時受食食咽咽波逸提若非時過非時波逸提七日過七日波逸提盡形壽藥

無因緣服者突吉羅非時非時想波逸提非時疑突吉羅非時時想突吉羅時非時想突吉羅時疑突吉羅比丘尼波逸提式叉摩那沙彌沙彌尼突吉羅是謂爲犯不犯者時有乞食比丘見他作黒石蜜中有罽尼畏慎不敢非時噉佛言聽噉無犯作法應爾時有病比丘服吐下藥比煑粥熟頃日時已過應煑麥令皮不破漉汁飲之無犯若喉中哯出還咽無犯無犯者最初未制戒癡狂心亂痛惱所纏三十七竟

爾時佛在羅閱城耆闍崛山中爾時尊者迦羅在中住常坐禪思惟若乞食時到迦羅著衣持鉢入羅閱城乞食爾時羅閱城中乞食易得時迦羅作如是念我何爲日日入城乞食疲苦我寧可食先得者後得食當持還後即如所念時諸比丘於小食大食上不見迦羅時諸比丘自相謂言我曹於小食大食上不見迦羅將不命終耶不遠行耶不休道耶不被賊耶不爲惡獸所害耶不爲水所漂耶後異時見迦羅問言汝昨來何處來於小食大食上不見汝我等謂汝命過若遠行若罷道若爲惡獸所害時迦羅以此因緣具向諸比丘説其中有少欲知足行頭陀樂學戒知慙愧者嫌責迦羅言云何藏舉宿食而食爾時諸比丘往至世尊所頭面禮足在一面坐以此因緣具白世尊世尊以此因緣集諸比丘僧知而故問迦羅汝實舉宿食而食耶答言實爾爾時世尊以無數方便呵責迦羅汝所爲非非威儀非沙門法非淨行非隨順行所不應爲云何迦羅舉宿食而食耶汝意雖

欲少欲知足後來衆生相法而行世尊呵責迦羅已告諸比丘此迦羅癡人多種有漏處最初犯戒自今已去與比丘結戒集十句義乃至正法久住欲説戒者當如是説若比丘殘宿食而食者波逸提比丘義如上宿食者今日受已至明日於一切沙門釋子受大戒者皆不清淨食有二種正食非正食非正食者根食乃至細末食正食者飯麨乾餅魚及肉若比丘舉宿食而食咽咽波逸提非時過非時食者波逸提受七日藥過七日食者波逸提盡形壽藥無病因緣而服者突吉羅宿作宿想波逸提宿疑突吉羅非宿宿想突吉羅非宿疑突吉羅比丘尼波逸提式叉摩那沙彌沙彌尼突吉羅是謂爲犯不犯者宿受食有餘與父母與塔作人與作房舍人計價與食直後異時乞食比丘從作人邊乞食得食鉢盂有孔罅食入中彼擿洗穿壞如法洗餘不出者無犯若宿受酥油脂用灌鼻若縮鼻時酥油隨唾出應棄之餘無犯無犯者最初未制戒癡狂心亂痛惱所纏三十八竟

四分律藏卷第十四

音釋

摶（度官切以手圜之也）麨（尺沼切乾糧也）跟（古痕切足踵也）賈（公户切坐販曰賈）燥（蘇到切乾也）憔悴（憔昨焦切悴秦醉切憔悴枯瘠也）啖（徒覽切食也）饕（他結切貪食也）嗜（常利切好也）罽（居刈切）哯（胡典切吐也）罅（呼訝切隙也）擿（他歷切挑也）

四分律藏卷第十五

姚秦三藏佛陀耶舍共竺佛念譯

初分之十五

爾時佛在舍衛國祇樹給孤獨園爾時舍衛城中有一比丘生如是念我今寧可常乞食著糞掃衣彼即如所念便行爾時舍衛城中諸居士爲命過父母及兄弟姊妹及夫婦男女於四衢道頭或門下或河邊樹下或在石邊或在廟中作飲食祭祀供養時彼乞食比丘自取食之諸居士見皆譏嫌之沙門釋子不知慚愧犯不與取外自稱言我修正法如是有何正法我等爲命過父母及兄弟姊妹作飲食祭祀供養而取食之如似我曹故爲沙門釋子飲食供養置如是處而我等乃爲命過父母乃至兄弟姊妹故設此飲食祭祀而自取食之爾時諸比丘聞中有少欲知足行頭陀樂學戒知慚愧者嫌責乞食比丘言云何乞食比丘舍衛城中諸居士爲命過父母乃至兄弟姊妹設飲食祭祀供養而取食之諸比丘往世尊所頭面禮足在一面坐以此因緣具白世尊世尊以此因緣集比丘僧以無數方便呵責彼比丘汝所爲非非威儀非沙門法非淨行非隨順行所不應爲云何乞食比丘自取食舍衛城居士祭祀飲食而食世尊以無數方便呵責彼乞食比丘已告諸比丘此乞食比丘癡人多種有漏處最初犯戒自今已去與比丘結戒集十句義乃至正法久住欲說戒者當如是說若比丘不受食若藥著口中波逸提如是世尊與比丘結戒時諸比丘於中生疑不敢自取楊枝淨水

佛言比丘自取楊枝淨水不犯自今已去當如是說戒若比丘不受食若藥著口中除水及楊枝波逸提比丘義如上不與者未受者是受者有五種受手與手受或手與持物受若持物授手受若持物授持物受若遥過物與與者受者俱知中間無所觸礙得墮手中是謂五種受復有五種受食若身與身受若衣與衣受若曲肘與曲肘受若器與器受若有因緣置地與是爲五種受食佉闍尼食者從根食乃至細末磨食食者飯麨乾餅魚及肉奢耶尼食者酥油生酥蜜石蜜若比丘不與食自取著口中除水及楊枝咽咽波逸提非時過非時食者波逸提受七日藥過七日食者波逸提盡形壽藥無因緣不受而食者突吉羅不受不受想波逸提不受疑突吉羅受作不受想突吉羅若受有疑突吉羅比丘尼波逸提式叉摩那沙彌沙彌尼突吉羅是謂爲犯不犯者取水及楊枝若不受酥油脂灌鼻與唾俱出餘者不犯若乞食比丘鳥銜食墮鉢中若風吹墮鉢中欲除去此食乃至一指爪可除去餘者無犯無犯者最初未制戒癡狂心亂痛惱所纏三十九竟

爾時佛在舍衛國祇樹給孤獨園時跋難陀釋子有一商主爲檀越時跋難陀釋子到時著衣持鉢詣彼商賈家語如是言我今欲得雜食商賈問言今有何患乃思此食報言無所患苦但意欲得雜食耳商賈報言我曹賈客常賣買生活猶尚不能得雜食況出家人時乞食比丘聞此語嫌責跋難陀釋子云何自爲身乞求如是美食時乞食比丘食訖還

至僧伽藍中以此因緣向諸比丘說其中有少欲知足行頭陀樂學戒知慙愧者嫌責跋難陀釋子云何自爲身乞如是美食諸比丘往世尊所頭面禮足在一面坐以此因緣具白世尊世尊以此因緣集比丘僧無數方便呵責跋難陀釋子汝所爲非非威儀非沙門法非淨行非隨順行所不應爲云何跋難陀自爲身乞求如是美食世尊以無數方便呵責已告諸比丘跋難陀癡人多種有漏處最初犯戒自今已去與比丘結戒集十句義乃至正法久住欲說戒者當如是說若有如是美食乳酪魚及肉若比丘如是美食自爲身索食者波逸提如是世尊與比丘結戒時諸病比丘聞此語已皆畏愼不敢乞不敢爲病比丘乞得已不敢食佛言自今已去聽病比丘乞彼人亦當爲病比丘乞乞得已聽食之自今已去當如是說戒若得好美飲食乳酪魚及肉若比丘如此美飲食無病自爲已索者波逸提比丘義如上美食者乳酪魚及肉病者乃至一坐間不堪食竟若比丘無病自爲身乞如此美食食咽咽波逸提比丘尼突吉羅式叉摩那沙彌沙彌尼突吉羅是謂爲犯不犯者病人自乞爲病人乞乞得而食或已爲他他爲已若不乞而得無犯無犯者最初未制戒癡狂心亂痛惱所纏四十竟

爾時佛將千二百五十弟子從拘薩羅國遊行來至舍衛國爾時諸檀越供養佛及衆僧大得餅食時世尊告阿難汝與衆僧分此餅阿難即受教以餅分與衆僧分已故有餘在世尊復告阿難以此餅與乞人阿難即受教

人與一餅時彼乞兒衆中有一躶形外道家女顔貌端正時阿難付餅餅黏相著謂是一餅與此女人女人即問傍人言汝得幾餅時彼報言我得一餅彼即復還問汝得幾餅報言我得二餅時彼婦人即語此女言彼與汝私通何得與汝二餅也時阿難聞此語即懷愁憂諸比丘聞亦復不樂時彼會中有一梵志在此食已便向拘薩羅國道逢一篤信瞻相婆羅門即問言汝從何來報言我從舍衛國來復問云何舍衛國中乞求飲食可得不復可得持行不報言所索可得復問從誰間得耶報言禿頭居士邊得復問何者是禿頭居士報言沙門瞿曇是婆羅門言汝是何人食他食已發此惡言彼婆羅門至僧伽藍中如所聞事語諸比丘諸比丘以此二因緣具白世尊世尊爾時以此因緣集比丘僧告言自今已去與比丘結戒集十句義乃至正法久住欲說戒者當如是說若比丘與躶形外道若男若女食者波逸提如是世尊與比丘結戒諸外道等皆有怨言一二外道有過我曹復有何過而不得食耶諸比丘白佛佛言自今已去若諸比丘欲與食者當置地與若使人與自今已去當如是說戒若比丘外道男外道女自手與食者皆波逸提比丘義如上外道者躶形異學人波私波羅闍者在此衆外出家者是佉闍尼食者根食乃至果食油食乃至磨細末食食者飯麨乾餅魚及肉若比丘躶形外道若男若女自手與食者波逸提若與而受者波逸提與而不受者突吉羅方便欲與而不與還變悔者一切突吉羅

比丘尼突吉羅式叉摩那沙彌沙彌尼突吉
羅是謂爲犯不犯者若捨著地與若使人與
若與父母與塔作人別房作人計作食價與
若力勢強奪無犯無犯者最初未制戒癡狂
心亂痛惱所纏四十一竟
爾時佛在舍衛國祇樹給孤獨園時舍衛城
中有一豪族長者與跋難陀釋子知舊親友
彼作如是念言若跋難陀釋子來入此城者
當爲跋難陀故飯食衆僧於異時跋難陀釋
子來入城中長者聞來至即遣人詣僧伽藍
中語諸比丘明日請食即於其夜辦具種種
甘饍飲食明日清旦往白時到時諸比丘到
時著衣持鉢詣長者家就座而坐諸比丘報
長者言衆僧已集飲食辦者可時施設長者
報言諸尊少坐須待跋難陀釋子至諸比丘
報言衆僧已集若飲食已辦者便可施設何
須留待日時晚過恐諸比丘不得具足滿食
時長者白諸比丘言我先有誓願若跋難陀
釋子來入此城者我當爲跋難陀釋子飯食
衆僧願諸尊少留待跋難陀爾時跋難陀小
食時乃更詣餘家日時垂欲過方來時諸比
丘見時欲過雖得飲食竟不滿足其中少欲
知足行頭陀樂學戒知慚愧者嫌責跋難陀
釋子云何跋難陀釋子小食時更詣餘家時
垂欲過乃來使諸比丘飲食不得滿足耶時
諸比丘往至佛所頭面禮足在一面坐以此
因緣具白世尊世尊以此因緣集比丘僧以
無數方便呵責跋難陀釋子汝所爲非非威
儀非沙門法非淨行非隨順行所不應爲云
何跋難陀釋子小食時到餘家時欲過方來

使諸比丘不得滿足食世尊以無數方便呵責已告諸比丘此癡人多種有漏處最初犯戒自今已去與比丘結戒集十句義乃至正法久住欲説戒者當如是説若比丘先受請小食時至餘家者波逸提如是世尊與比丘結戒爾時羅閱城中有一大臣與跋難陀釋子知舊親友時彼大臣於異時大得甘果即勑一人言跋難陀釋子是我知舊親友汝可持此果往至僧伽藍中示之語言我與汝知舊可持此果衆僧中分布時彼使人即持果詣僧伽藍中白諸比丘大德此是僧新果諸比丘語言若與衆僧者便可分之其人報言羅閱城中大臣勑我言汝將此果詣僧伽藍中示跋難陀釋子令分與僧今須跋難陀至當分與僧時跋難陀後食已方詣餘家時過乃還使衆僧不得食新果時諸比丘聞中有少欲知足行頭陀樂學戒知慚愧者嫌責跋難陀言云何後食已方詣餘家時過乃還使諸比丘不得食新果也諸比丘往世尊所頭面禮足已在一面坐以此因緣具白世尊世尊爾時以此因緣集比丘僧呵責跋難陀釋子汝所爲非非威儀非沙門法非淨行非隨順行所不應爲云何跋難陀釋子後食已更詣餘家時過乃還使諸比丘不得食新果世尊以無數方便呵責已告諸比丘自今已去當如是説戒若比丘先受請前食後食詣餘家者波逸提如是世尊與諸比丘結戒爾時羅閱城中衆僧大有請處諸比丘皆畏慎不敢入城受請白佛佛言自今已去聽諸比丘相囑授入城比丘不知當囑授誰佛言當囑

授比丘若獨處一房中當囑授比近住者自令巳去當如是說戒若比丘先受請巳前食後食詣餘家不囑者波逸提如是世尊與諸比丘結戒時病比丘先語檀越家作羮作粥作飯彼畏愼不敢入城恐犯食後至餘家白佛佛言聽病比丘不囑授得入自今巳去當如是說戒若比丘先受請前食後食至餘家不囑授餘比丘除時因緣波逸提是中時者病時如是世尊與比丘結戒時諸比丘作衣時到或須大釜或須小釜或須瓶或須杓或須瓨或須斧或須盂或須盆或須小椀或須銚或須繩或須衣懸或須伊尼延陀或須毛氀諸比丘皆畏愼不敢入城恐犯不囑授入村佛言自今巳去聽諸比丘作衣時不囑授入村自今巳去當如是結戒若比丘先受他請前食後食詣餘家不囑授餘比丘除餘時波逸提餘時者病時作衣時如是世尊與比丘結戒時諸比丘施衣時到或有巳得施衣處或有方當求索彼畏愼不敢入城恐犯不囑授入城佛言自今巳去聽諸比丘布施衣時不囑授入城自今巳去當如是說戒若比丘先受請巳前食後食詣餘家不囑授餘比丘除餘時波逸提餘時者病時作衣時施衣時是謂時比丘義如上前食者明相出至食時是後食者從食時至日中是家者有男女所居也餘比丘者同一界共住也病者如上作衣時者自恣竟無迦絺那衣一月有迦絺那衣五月乃至衣上作馬齒縫是也施衣時者自恣後無迦絺那衣一月有迦絺那衣五月除此巳餘時勸化作食并施衣者是也若

比丘囑授欲詣村而中道還失前囑授後若欲去者當更囑授若比丘囑授欲詣村不至所囑授處乃更詣餘家失前囑授若欲往應更囑授而去若囑授至白衣家乃更至庫藏處乃聚落邊房若比丘尼僧伽藍中若即白衣家還出失前囑授應更囑授而往若比丘先受請已前食後食詣餘家不囑授比丘入村除餘時波逸提若一脚在門內一脚在門外方便莊嚴欲去而不去一切突吉羅比丘尼波逸提式叉摩那沙彌沙彌尼突吉羅是謂爲犯不犯者病時作衣時施衣時囑授比丘若無比丘不囑授至庫藏聚落邊房若至比丘尼僧伽藍至所囑白衣家若衆多家敷坐具請比丘若爲勢力所持或命難梵行難無犯無犯者最初未制戒癡狂心亂痛惱所纏四十二竟

爾時佛在舍衛國祇樹給孤獨園爾時尊者迦留陀夷本處俗時同友白衣婦顏貌端正名曰齋迦留陀夷亦復顏貌端正時迦留陀夷繫意在齋優婆私齋優婆私亦繫意在迦留陀夷所時迦留陀夷到時著衣持鉢往至齋優婆私家就座而坐時齋優婆私洗浴莊嚴其身夫主心極愛敬未曾相離夫主問迦留陀夷言欲須何等耶報言我須食其夫即語婦言出食與之婦即如言與食迦留陀夷食已坐住不去其夫語迦留陀夷言汝向者言須食已與汝食竟何以不去耶時齋優婆私現相令其不去時彼夫主瞋恚迦留陀夷言比丘妨我向言須食食已猶故不去更欲作何等我今捨汝出去隨汝在後欲何所作

時彼夫主瞋恚作如是語已便出去時有乞食比丘來至其家時乞食比丘復嫌責迦留陀夷言汝云何在食家中安坐爾時乞食比丘還出舍衛城到僧伽藍中以此因緣具白諸比丘諸比丘聞其中有少欲知足行頭陀樂學戒知慙愧者嫌責迦留陀夷言汝云何在食家中安坐爾時諸比丘聞是語已往世尊所頭面禮足在一面坐以此因緣具白世尊世尊以此因緣集比丘僧知而故問迦留陀夷言汝實在食家中安坐耶對曰實爾世尊以無數方便呵責迦留陀夷汝所爲非非威儀非沙門法非淨行非隨順行所不應爲云何在食家中有寶安坐爾時世尊以無數方便呵責迦留陀夷已告諸比丘此癡人多種有漏處最初犯戒自今已去與比丘結戒集十句義乃至正法久住欲說戒者當如是說若比丘在食家中有寶強安坐者波逸提比丘義如上食者男以女爲食女以男爲食故名爲食家者如上寶者硨磲碼碯眞珠琥珀金銀若比丘在食家中有寶舒手得及戶應坐若比丘在食家中有寶強安坐者波逸提盲而不聾者突吉羅聾而不盲者亦突吉羅立而不坐者突吉羅比丘尼波逸提式叉摩那沙彌沙彌尼突吉羅是謂爲犯不犯者若入食家中有寶舒手及戶處坐若有二比丘爲伴若有識别人或有客人在一處不盲不聾不聾不盲或從前過不住或卒病發倒地或爲力勢者所持或被繫閉或命難梵行難無犯無犯者最初未制戒癡狂心亂痛惱所纏四十三竟

爾時佛在舍衛國祇樹給孤獨園爾時尊者迦留陀夷本處俗人時有白衣同友婦名曰齋顔貌端正迦留陀夷亦顔貌端正時迦留陀夷繫意在齋優婆私齋優婆私亦繫意在迦留陀夷所爾時尊者迦留陀夷到時著衣持鉢往至齋優婆私家自念言世尊作如是語食家中有寶不應安坐應在舒手及户處坐即便在户扇後坐時迦留陀夷與齋優婆私共語時有乞食比丘來至彼家聞迦留陀夷語聲嫌責言云何在食家中有寶屏處坐令我等不知爲何所作時乞食比丘還出舍衛城到僧伽藍中以此因緣具白諸比丘諸比丘聞其中有少欲知足行頭陀樂學戒知慙愧者嫌責迦留陀夷言云何在食家中有寶屏處坐諸比丘往至世尊所頭面禮足在一面坐以此因緣具白世尊世尊爾時以此因緣集比丘僧知而故問迦留陀夷汝審在食家中有寶在屏處坐耶答言實爾世尊世尊爾時以無數方便呵責迦留陀夷汝所爲非非威儀非沙門法非淨行非隨順行所不應爲云何在食家中有寶在屏處坐呵責迦留陀夷已告諸比丘此癡人多種有漏處最初犯戒自今已去與比丘結戒集十句義乃至正法久住欲説戒者當如是説若比丘食家中有寶在屏處坐者波逸提比丘義如上説食者女是男食男是女食寶者硨磲碼碯眞珠琥珀金銀屏處者若樹牆壁籬柵若衣障及餘物障彼比丘入食家中有寶屏處坐使舒手得及户令乞食比丘見若比丘食家中有寶在屏處坐者波逸提盲而不聾突吉

羅聾而不盲突吉羅立而不坐突吉羅比丘尼波逸提式叉摩那沙彌沙彌尼突吉羅是謂爲犯不犯者若在食家中有實坐舒手得及户使乞食比丘見若有二比丘爲伴若識别人在邊或客人在一處不盲不聾或從前過不住或卒病倒地力勢者所持或被繫閉或命難梵行難不犯不犯者最初未制戒癡狂心亂痛惱所纏四十四竟

爾時佛在舍衛國祇樹給孤獨園爾時尊者迦留陀夷本處俗時有白衣親友婦名曰齋顔貌端正迦留陀夷亦顔貌端正時迦留陀夷繫意在齋優婆私所齋優婆私亦繫意在迦留陀夷所爾時尊者迦留陀夷到時著衣持鉢往至齋優婆私家在露地共一處坐語有一乞食比丘來至其家見迦留陀夷與齋優婆私共一處坐語即嫌責尊者迦留陀夷云何與齋優婆私露地共一處坐語耶時乞食比丘還僧伽藍中以此因緣語諸比丘諸比丘聞其中有少欲知足行頭陀樂學戒知慚愧者嫌責迦留陀夷言云何在齋優婆私家露地共一處坐語諸比丘往至世尊所頭面禮足在一面坐以此因緣具白世尊世尊以此因緣集比丘僧知而故問迦留陀夷汝實與齋優婆私露地共一處坐語耶答言實爾世尊世尊爾時以無數方便呵責迦留陀夷汝所爲非非威儀非沙門法非淨行非隨順行所不應爲云何迦留陀夷在齋優婆私家露地共一處坐語呵責迦留陀夷已告諸比丘此癡人多種有漏處最初犯戒自今已去與比丘結戒集十句義乃至正法久住欲

說戒者當如是說若比丘獨與女人露地坐波逸提比丘義如上女人者有智命根不斷獨者一女人一比丘屏處者見屏處聞屏處見屏處者若塵霧黑闇不見面聞屏處者常語不聞聲彼比丘獨與女人露地共一處坐波逸提若盲不聾突吉羅若聾不盲突吉羅若立不坐突吉羅比丘尼波逸提式叉摩那沙彌沙彌尼突吉羅是謂爲犯不犯者有二比丘爲伴若有識別人在邊或有客人在一處不盲不聾不聾不盲或從前過不住或卒病倒地或力勢所持或被繫閉或命難梵行難不犯不犯者最初未制戒癡狂心亂痛惱所纏四十五竟

爾時佛在舍衛國祇樹給孤獨園時跋難陀釋子與餘比丘共鬪欲求懺悔跋難陀結恨在心後於異時跋難陀語彼比丘言汝隨我行到村中當與汝食比丘報言爾爾時跋難陀到時著衣持鉢與彼比丘俱入舍衛城將至無食處周迴遍行餘有少時跋難陀念言若此比丘出舍衛城至祇桓中日時已過跋難陀語彼比丘言未曾有汝是大惡人比丘問言我作何等過跋難陀報言今由汝故并使我不得食長老速去我共汝若坐若語不樂我獨坐獨語樂跋難陀語此比丘已便入舍衛城中有食家而食時彼比丘出舍衛城到祇桓精舍日時已過不得食乏極諸比丘聞其中有少欲知足行頭陀樂學戒知慙愧者嫌責跋難陀釋子云何語餘比丘言將汝至聚落與汝食竟不與比丘食便語言汝速去我共汝若坐若語不樂我獨坐獨語樂遣

彼比丘還祇桓中日時過竟不得食乏極時諸比丘往至世尊所頭面禮足在一面坐以此因緣具白世尊世尊以此因緣集比丘僧呵責跋難陀釋子汝所爲非非威儀非沙門法非淨行非隨順行所不應爲云何將餘比丘言與汝食竟不與食便語言汝速去我共汝若坐若語不樂我獨坐獨語樂使彼比丘入祇桓中日時過不得食乏極耶爾時世尊以無數方便呵責跋難陀釋子已告諸比丘此癡人多種有漏處最初犯戒自今已去與比丘結戒集十句義乃至正法久住欲說戒者當如是說若比丘語餘比丘如是語大德共至聚落當與汝食彼比丘竟不教與是比丘食語言汝去我與汝一處若坐若語不樂獨坐獨語樂以此因緣非餘方便遣去波逸提比丘義如上村者四種村如上食者時食彼比丘語此比丘言至聚落間與汝食彼竟不與比丘食便語汝去我與汝若坐若語不樂我獨坐獨語樂彼方便遣去捨見處聞處波逸提捨見處至聞處突吉羅捨聞處至見處突吉羅方便遣去自捨見聞處波逸提捨見處至聞處捨聞處至見處突吉羅比丘尼波逸提式叉摩那沙彌沙彌尼突吉羅是謂爲犯不犯者與食遣去若病若無威儀人見不喜者語言汝去我當送食至僧伽藍中彼若破戒破見破威儀若衆中所舉若被擯若應擯若見命難淨行難方便遣去不以嫌恨若遣去不犯不犯者最初未制戒癡狂心亂痛惱所纏四十六竟

爾時佛在釋翅搜迦維羅衛尼拘律園中爾

時摩訶男釋種請衆僧供給藥彼恭敬上座施與好者求者亦與不求亦與時六群比丘自相謂言此摩訶男釋子請衆僧供給藥彼恭敬上座施與好者於我等無恭敬心惡者施我等求索猶不見與況不求而得自相謂言我等當往詣其家求索難得所無有藥於是即往詣其家語言我等須如是如是藥摩訶男報言若我家中有者當相與若無者當爲詣市求買相給六群比丘報言汝家中可無如是如是藥耶摩訶男報言我家有者當相與無者當爲詣市求索相與時六群比丘復語言汝請衆僧供給藥恭敬上座與好者求者與之不求者亦與與下座惡者又不慇勤恭敬求索而不見與況不求而得汝家中所無有而請衆僧與藥汝有愛又復妄語摩訶男報言我先有誓要請衆僧家中所有者隨供給之若無者當詣市買索與汝今云何言我有愛是妄語人無有至誠耶長老去我自今已往不復能供給衆僧藥也爾時諸比丘聞其中有少欲知足行頭陀樂學戒知慙愧者嫌責六群比丘言摩訶男釋子信樂恭敬好樂布施常供給衆僧藥云何汝等罵詈言他有愛妄語使斷衆僧藥耶時諸比丘往世尊所頭面禮足在一面坐以此因緣具白世尊世尊爾時以此因緣集比丘僧呵責六群比丘言汝所爲非非威儀非沙門法非淨行非隨順行所不應爲云何摩訶男釋子有信心好樂布施常供給衆僧藥而汝等罵詈有愛妄語使斷衆僧藥耶世尊以無數方便呵責六群比丘已告諸比丘言此癡人多種

有漏處最初犯戒自今已去與比丘結戒集十句義乃至正法久住欲說戒者當如是說若比丘應受四月因緣請與藥若過受者波逸提如是世尊與比丘結戒時諸病比丘有畏慎心不敢過受藥白佛佛言自今已去聽諸病比丘過受藥自今已去當如是說戒若比丘無病受四月請與藥過受波逸提如是世尊與比丘結戒時諸居士常請諸比丘與藥諸比丘有畏慎心不敢受常請供給藥白佛佛言自今已去聽諸比丘受常請供給藥自今已去當如是說戒若比丘無病受四月請與藥若過受除常請者波逸提如是世尊與比丘結戒時摩訶男釋種復作是念我今不可以一人二人故斷衆僧藥耶今故當應更請衆僧供給藥作是念已即便至僧伽藍中請諸比丘言願諸大德僧受我請供給藥諸比丘各各心有畏慎不敢受更請與藥白佛佛言自今已去聽諸比丘受更請藥諸比丘便計前日數白佛佛言不應計前日數應從斷藥還與已來日從此爲數自今已去當如是說戒若比丘無病受四月請與藥過受除常請更請波逸提如是世尊與比丘結戒時諸居士請比丘與分藥諸比丘畏慎不敢受白佛佛言自今已去聽諸比丘受分藥自今已去當如是說戒若比丘無病受四月請與藥若過受除常請更請與分藥波逸提如是世尊與比丘結戒爾時諸居士請比丘與盡形壽藥諸比丘畏慎不敢受盡形壽藥白佛佛言自今已去聽諸比丘受盡形壽藥如是世尊與比丘結戒請比丘四月與藥無病

比丘應受若過受除常請更請分請盡形壽請波逸提比丘義如上四月者夏四月因緣者藥請也病者醫所教服藥也常請者其人作如是言我常與藥更請者斷已後復更與請與分藥者持藥至僧伽藍中分與盡形壽請者其人言我當盡形壽與藥請者有四種或有請夜有限齊藥無限齊或有請藥有限齊夜無限齊或有請藥有限齊夜亦有限齊或有請夜無限齊藥無限齊云何請夜有限齊藥無限齊彼作夜分齊不作藥分齊我與如許夜藥是謂請夜有分齊藥無分齊云何請藥有分齊夜無分齊彼作藥分齊不作夜分齊作如是言我與如是藥是爲請藥有分齊夜無分齊云何請夜有分齊藥有分齊彼作夜分齊藥分齊如是言爾許夜與如是藥是謂請夜有分齊藥有分齊云何請夜無分齊藥無分齊彼不作夜分齊藥分齊作如是言我請汝與藥是謂請夜及藥無分齊是中請夜有分齊藥無分齊夜有分齊藥有分齊應夏四月受請是中藥有分齊夜無分齊夜無分齊藥無分齊應隨施時受彼比丘無病應受夏四月與藥若過受除常請更請分請盡形壽請咽咽波逸提比丘尼波逸提式叉摩那沙彌沙彌尼突吉羅是謂爲犯不犯者受四月請與藥病者過受請常請更請分請盡形壽請無犯無犯者最初未制戒癡狂心亂痛惱所纏四十七竟

爾時佛在舍衛國祇樹給孤獨園時王波斯匿土境人民反叛時王自領六軍征伐時六群比丘往至軍中觀看軍陣時波斯匿王言

諸尊在此軍中欲何所爲六群報言我無所作來看軍陣耳時波斯匿王聞巳心甚不悅王復問言今者欲何所至耶六群報言我等欲詣舍衛國見佛時王語言若至舍衛國者持我名禮拜問訊世尊言起居輕利遊步康強教化有勞耶令持此一裹石蜜奉上世尊以此因緣具白世尊爾時六群比丘即往舍衛城詣祇桓精舍禮世尊足在一面坐即稱波斯匿王名言禮拜問訊世尊起居輕利遊步康強教化有勞耶以此一裹石蜜奉上世尊以此因緣具白世尊世尊爾時以此因緣呵責六群比丘汝所爲非非威儀非沙門法非淨行非隨順行所不應爲云何汝等癡人乃觀王者軍陣勢力世尊以無數方便呵責六群比丘已告諸比丘此癡人多種有漏處最初犯戒自今巳去與比丘結戒集十句義乃至正法久住欲說戒者當如是說若比丘往觀軍陣波逸提如是世尊與比丘結戒爾時波斯匿王土境人民反叛有大臣兄弟二人兄名梨師達弟名富羅那王使此二人領軍征伐此二人渴仰欲見比丘即遣使往請比丘大德來我欲相見諸比丘皆有畏愼心言世尊制戒若比丘往觀軍陣者波逸提時諸比丘往白世尊世尊告言若須有所白若有請喚者聽往自今巳去當如是說戒若比丘往觀軍陣除餘時因緣波逸提比丘義如上陣者若戲若鬬軍者或一軍二軍三軍四軍一軍者一象軍一馬軍一車軍一步軍若純有馬軍純象軍步軍車軍也二軍者二象二馬二車二步或有象馬或象車或象步或

馬車或馬步或車步三軍者三象三馬三車三步或象馬車或象馬步或馬車步四軍者四象四馬四車四步或象馬車步彼比丘往觀軍陣從道至道從道至非道從非道至道從下至高從高至下去而見者波逸提不見者突吉羅若方便莊嚴欲觀而不去者一切突吉羅若比丘先在道行軍陣後至比丘應下道避若不避者突吉羅比丘尼波逸提式叉摩那沙彌沙彌尼突吉羅是謂爲犯不犯者若比丘有事往若彼請去或力勢者將去若先前行軍陣後至下道避若水陸道斷賊難惡獸難水大長若爲力勢所繫縛去或命難梵行難不下道無犯無犯者最初未制戒癡狂心亂痛惱所纏四十八竟

爾時佛在舍衛國祇樹給孤獨園爾時六群比丘有時因緣至軍中宿時諸居士見自相謂言我等爲恩愛故在此宿耳而此沙門復在此何爲耶爾時諸比丘聞中有少欲知足行頭陀樂學戒知慚愧者嫌責六群比丘言世尊制戒有時因緣乃得至軍中汝等云何乃於軍中止宿耶諸比丘往世尊所以此因緣具白世尊世尊以此因緣集比丘僧呵責六群比丘汝所爲非非威儀非沙門法非淨行非隨順行所不應爲云何六群比丘有時因緣得至軍中汝等何事乃在軍中宿耶世尊以無數方便呵責六群比丘已告諸比丘此癡人多種有漏處最初犯戒自今已去與比丘結戒集十句義乃至正法久住欲說戒者當如是說若比丘有因緣聽至軍中二宿三宿過者波逸提比丘義如上若比丘有因

緣欲至軍中得二宿住至第三宿明相未出時應離聞處見處彼比丘軍中二宿已至第三宿明相未出不離聞見處明相出波逸提若離見處至聞處突吉羅離聞處至見處突吉羅比丘尼波逸提式叉摩那沙彌沙彌尼突吉羅是謂為犯不犯者得二宿已第三宿明相未出離聞見處若水陸道斷若惡獸難盜賊難水大長為力勢者所執留或被繫閉或命難梵行難得二宿軍中住至三宿明相出不離聞見處不犯不犯者最初未制戒癡狂心亂痛惱所纏四十九竟

四分律藏卷第十五

音釋

肘陟柳切臂節也　灌古玩切溉也　唾湯卧切　黏女切相著也　釜奉甫切鑊屬　杓市若切挹抒之器　巩下江切長頸罌也　銚徒弔切　氀力朱切毛布也　柵楚革切編木為柵也　擯必刃切斥也　匿女力切　叛薄半切背也

四分律藏卷第十六

姚秦三藏佛陀耶舍共竺佛念譯

初分之十六

爾時佛在舍衛國祇樹給孤獨園爾時六群比丘聞世尊制戒聽比丘有時因緣二宿三宿軍中住彼在軍中住觀軍陣鬪戰觀諸力人象馬時六群比丘中有一人以看軍陣故爲箭所射時同伴比丘即以衣裹之轝還諸居士見已問比丘言此人何所患耶報言無患向往觀軍陣鬪爲箭所射時諸居士皆共譏嫌言我等爲恩愛故興此軍陣汝等出家人往軍中何所作耶諸比丘聞已其中有少欲知足行頭陀樂學戒知慙愧者嫌責六群比丘言世尊制戒聽比丘有時因緣至軍中應二宿三宿住彼往軍中二宿三宿住已云何乃往觀軍陣鬪戰而爲箭所射諸比丘往世尊所頭面禮足在一面坐以此因緣具白世尊世尊爾時以此因緣集比丘僧呵責六群比丘言汝所爲非非威儀非沙門法非淨行非隨順行所不應爲云何六群比丘世尊聽比丘有時因緣往軍中二宿三宿住而汝等往軍中二宿三宿住乃觀軍陣鬪戰爲箭所射耶爾時世尊以無數方便呵責六群比丘已告諸比丘此癡人多種有漏處最初犯戒自今已去與比丘結戒集十句義乃至正法久住欲說戒者當如是說若比丘二宿三宿軍中住或時觀軍陣鬪戰若觀遊軍象馬力勢者波逸提比丘義如上鬪者若戲鬪若眞實鬪軍者一種軍乃至四種軍或有王軍賊軍居士軍力勢者第一象力第一馬力第

一車力第一步力陣者四方陣或圓陣或半月形陣或張甄陣或函相陣象王馬王人王彼比丘往觀軍陣鬬戰象馬勢力者從道至道從道至非道從非道至道從高至下從下至高往而見者波逸提往而不見者突吉羅方便莊嚴欲往而不往者一切突吉羅若比丘先在道行軍陣後至應避不避者突吉羅比丘尼波逸提式叉摩那沙彌沙彌尼突吉羅是謂爲犯不犯者有時因緣若有所白若請喚若爲力勢所持去或命難或梵行難若先前行軍陣後至下道避若水陸道斷盜賊惡獸水大長或被強力所執繫或命難或淨行難不避道無犯無犯者最初未制戒癡狂心亂痛惱所纏 五十竟

爾時佛在支陀國與大比丘衆千二百五十人俱時尊者娑伽陀爲佛作供養人爾時娑伽陀下道詣一辮髮梵志住處語梵志言汝此住處第一房我今欲寄止一宿能相容止不梵志答言我不惜可宿耳但此中有毒龍恐相傷害比丘言但見聽或不害我辮髮梵志答言此室廣大隨意可住爾時長老娑伽陀即入其室自敷草蓐結加趺坐繫念在前時彼毒龍見娑伽陀結加趺坐即放火烟娑伽陀亦放火烟毒龍恚之復放身火娑伽陀亦放身火時彼室然如似大火娑伽陀自念言我今寧可滅此龍火令不傷龍身耶於是即滅龍火使不傷害時彼毒龍火光無色娑伽陀火光轉盛有種種色青黃赤白緑碧玻瓈色時娑伽陀其夜降此毒龍盛著鉢中明日清旦持往詣辮髮梵志所語言所云毒龍

者我已降之置在鉢中故以相示爾時拘睒彌主在辮髮梵志家宿彼作如是念未曾有世尊弟子有如是大神力何況如來即白娑伽陀言若世尊來至拘睒彌時願見告勑欲一禮覲娑伽陀報言大佳爾時世尊從支陀國人間遊行至拘睒彌國時彼國主聞世尊將千二百五十弟子至此國即乘車往迎世尊遥見世尊顔貌端正諸根寂定其心息滅得上調伏如調龍象猶若澄淵見已篤信心生以恭敬心即下車至世尊所頭面禮足在一面住爾時世尊無數方便説法勸化令得歡喜時拘睒彌主聞佛無數方便説法勸化心大歡喜已顧看衆僧不見娑伽陀即問諸比丘言娑伽陀今爲所在耶諸比丘報言在後正爾當至爾時娑伽陀與六群比丘相隨在後至時拘睒彌主見娑伽陀來即往迎頭面禮足在一面立時娑伽陀復爲種種方便説法勸化令心歡喜時拘睒彌主聞娑伽陀種種方便説法勸化得歡喜已白言何所須欲可説之娑伽陀報言止止此即爲供養我已彼復白言願説何所須欲六群比丘語彼言汝知不比丘衣鉢尼師壇鍼筒此是易得物耳更有於比丘難得者與之彼即問言於比丘何者難得六群比丘報言欲須黒酒彼報言欲須者明日可來取隨意多少時彼禮娑伽陀足遶已而去明日清旦娑伽陀著衣持鉢詣拘睒彌主家就座而坐時彼拘睒彌主出種種甘饍飲食兼與黒酒極令飽滿時娑伽陀食飲飽足已從座起去於中路爲酒所醉倒地而吐衆烏亂鳴爾時世尊知而故

問阿難衆烏何故鳴喚阿難白佛言大德此娑伽陀受拘睒彌主請食種種飲食兼飲黑酒醉卧道邊大吐故使衆烏亂鳴佛告阿難此娑伽陀比丘癡人如今不能降伏小龍況能降伏大龍佛語阿難凡飲酒者有十過失何等十一者顏色惡二者少力三者眼視不明四者現瞋恚相五者壞田業資生法六者增致疾病七者益鬭訟八者無名稱惡名流布九者智慧減少十者身壞命終墮三惡道阿難是謂飲酒者有十過失也佛告阿難自今已去以我爲師者乃至不得以草木頭内著酒中而入口爾時世尊以無數方便呵責娑伽陀比丘已告諸比丘此娑伽陀癡人多種有漏處最初犯戒自今已去與比丘結戒集十句義乃至正法久住欲說戒者當如是說若比丘飲酒者波逸提比丘義如上酒者木酒粳米酒餘米酒大麥酒若有餘酒法作酒者是木酒者梨汁酒閻浮菓酒甘蔗酒舍樓伽菓酒蕤汁酒蒲萄酒梨汁酒者若以蜜石蜜雜作乃至蒲萄酒亦如是雜酒者酒色酒香酒味不應飲或有酒非酒色酒香酒味不應飲或有酒非酒色非酒香酒味不應飲或有酒非酒色非酒香非酒味不應飲非酒酒色酒香酒味應飲非酒非酒色酒香酒味應飲非酒非酒色非酒香酒味應飲非酒非酒色非酒香非酒味應飲彼比丘若酒酒煑酒和合若食若飲者波逸提若飲甜味酒者突吉羅若飲酢味酒者突吉羅若食麴若酒糟突吉羅酒作酒想波逸提酒疑波逸提酒無酒想波逸提無酒有酒想突吉羅無酒疑

突吉羅比丘尼波逸提式叉摩那沙彌沙彌尼突吉羅是謂爲犯不犯者若有如是如是病餘藥治不差以酒爲藥若以酒塗瘡一切無犯無犯者最初未制戒癡狂心亂痛惱所纏五十一竟

爾時佛在舍衛國祇樹給孤獨園爾時十七群比丘在阿耆羅婆提河水中嬉戲從此岸至彼岸或順流或逆流或此没彼出或以手畫水或水相澆漬爾時波斯匿王與末利夫人在樓觀上遥見十七群比丘在此河水中嬉戲從此岸至彼岸或順流逆流或此没彼出或以手畫水或水相澆漬見已即語末利夫人言看汝所事者時末利夫人報王言此諸比丘是年少始出家者在佛法未久或是長老癡無所知時末利夫人即疾下樓語那陵迦婆羅門言汝持我名往至祇洹中問訊世尊遊步康強教化有勞耶以此一裹石蜜奉上世尊以此因縁具白世尊時彼婆羅門即受夫人教往詣世尊所問訊已在一面坐白世尊言末利夫人故遣我來問訊世尊遊步康強起居輕利教化有勞耶今奉此一裹石蜜以向因縁具白世尊世尊爾時以此因縁集比丘僧以無數方便呵責十七群比丘言汝所爲非非威儀非沙門法非淨行非隨順行所不應爲云何十七群比丘在阿耆婆提河水中嬉戲從此岸至彼岸或順流逆流或此没彼出或以手畫水或水相澆漬爾時世尊呵責十七群比丘已告諸比丘此癡人多種有漏處最初犯戒自今已去與比丘結戒集十句義乃至正法久住欲說戒者當如

是說若比丘水中嬉戲者波逸提比丘義如上水中戲者放意自恣從此岸至彼岸或順流或逆流或此沒彼出或以手畫水或水相澆灒乃至以鉢盛水戲弄一切波逸提除水已若酪漿若清酪漿若苦酒若麥汁器中弄戲者突吉羅比丘尼波逸提式叉摩那沙彌沙彌尼突吉羅是謂爲犯不犯者若道路行渡水或從此岸至彼岸或水中牽材木若竹若箄順流上下若取石取沙若失物沉入水底此沒彼出或欲學知浮法而浮擢臂畫水灒水一切無犯無犯者最初未制戒癡狂心亂痛惱所纏五十二竟

爾時佛在舍衛國祇樹給孤獨園爾時六群比丘中有一人擊攊十七群比丘中一人乃令命終諸比丘聞其中少欲知足行頭陀樂學戒知慚愧者嫌責六群比丘言云何擊攊十七群比丘乃令命終耶諸比丘往世尊所頭面禮足在一面坐以此因緣具白世尊世尊爾時以此因緣集比丘僧呵責六群比丘言汝所爲非非威儀非沙門法非淨行非隨順行所不應爲云何六群比丘汝等擊攊十七群比丘乃令命終世尊以無數方便呵責已告諸比丘此癡人多種有漏處最初犯戒自今已去與比丘結戒集十句義乃至正法久住欲說戒者當如是說若比丘以指相擊攊者波逸提比丘義如上指者手有十脚有十若比丘以手脚指相擊攊者一切波逸提除手脚指已若杖若戶鑰若拂柄及一切餘物相擊攊者一切突吉羅比丘尼波逸提式叉摩那沙彌沙彌尼突吉羅是謂爲犯不犯

者若不故擊攊若眠觸令覺若出入行來若掃地誤觸誤以杖頭觸無犯無犯者最初未制戒癡狂心亂痛惱所纏五十三竟

爾時佛在拘睒毗國瞿師羅園中爾時闡陀欲犯戒諸比丘諫言汝莫作此意不應爾時闡陀不從諸比丘諫即便犯諸比丘聞其中有少欲知足行頭陀樂學戒知慚愧者嫌責闡陀言云何闡陀欲犯戒諸比丘諫而不從語便犯耶時諸比丘往世尊所頭面禮足在一面坐以此因緣具白世尊世尊爾時以此因緣集比丘僧呵責闡陀言汝所為非非威儀非沙門法非淨行非隨順行所不應為云何闡陀諸比丘諫而不從語便犯戒耶以無數方便呵責闡陀已告諸比丘此癡人多種有漏處最初犯戒自今已去與比丘結戒集十句義乃至正法久住欲說戒者當如是說若比丘不受諫者波逸提比丘義如上不受諫者若他遮言莫作是不應爾然故作犯根本不從語突吉羅若自知我所作非然故作犯根本不從語者波逸提比丘尼波逸提式叉摩那沙彌沙彌尼突吉羅是謂為犯不犯者若無智人來諫報言汝可問汝師和尚學問誦經知諫法然後可諫若諫者當用若戲笑語若獨處語若在夢中語若欲說此乃錯說彼一切無犯無犯者最初未制戒癡狂心亂痛惱所纏五十四竟

爾時佛在波羅棃毗國爾時尊者那迦波羅比丘常侍世尊左右供給所須佛語那迦波羅汝取雨衣來我欲至經行處經行即受教取雨衣授與世尊世尊爾時受雨衣已至經

行處經行爾時釋提桓因化作金經行堂已合掌在世尊前白言我世尊經行我善逝經行諸佛常法若經行時供養人在經行道頭立爾時那迦波羅比丘在經行道頭立知前夜已過白世尊言初夜已過可還入房爾時世尊默然時那迦波羅知中夜後夜過明相已出衆鳥覺時天欲明了白世尊言初中後夜已過明相出衆鳥覺時天欲明了願世尊還入房爾時世尊默然時那迦波羅心自念言我今寧可恐怖佛使令入房爾時那迦波羅即反被拘執來至佛所作非人恐怖聲沙門我是鬼世尊報言當知此愚人心亦是惡時釋提桓因白佛言衆中亦有如此人耶佛告釋提桓因言衆中有如此人語釋提桓因言此人於此生中當得清淨之法爾時釋提桓因以偈讚佛

聖獨步不放逸　若毀呰不移動
聞師子吼不驚　如風過草無礙
引導一切諸衆　決定一切人天

爾時世尊以偈報言

天帝謂我怖　故說此言耶

爾時釋提桓因即禮佛足隱形而去爾時世尊夜過已清旦集比丘僧以此因緣具向諸比丘說之此那迦波羅癡人乃欲恐怖我爾時世尊以無數方便呵責六群比丘已告諸比丘此癡人多種有漏處最初犯戒自今已去與比丘結戒集十句義乃至正法久住欲說戒者當如是說若比丘恐怖他比丘者波逸提比丘義如上恐怖若以色聲香味觸法恐怖人云何色恐怖或作象形馬形或作鬼

形鳥獸形以如是形色恐怖人令彼見若恐怖若不恐怖波逸提以如是形色恐怖人前人不見者突吉羅云何聲恐怖人或貝聲鼓聲波羅聲象聲馬聲駝聲啼聲以如是聲恐怖令彼人聞恐怖不恐怖波逸提若以如是聲恐怖人彼不聞突吉羅云何香恐怖人若根香薩羅樹香樹膠香皮香膚香葉香華香果香若美香若臭氣若以此諸香恐怖人彼人齅香若怖以不怖波逸提若以如是香恐怖人前人不齅者突吉羅云何味恐怖人若以味與人若醋若甜若苦若澀若鹹若袈裟味以如此味恐怖人令彼人嘗味怖已不怖波逸提若作如是味恐怖人彼不嘗者突吉羅云何觸恐怖人若以熱若冷若輕若重若細若麤若滑若澀若軟若堅以如是觸恐怖人令彼人觸怖已不怖波逸提以如是觸恐怖人彼人不觸者突吉羅云何以法恐怖人語前人言我見如是相若夢汝當死若失衣鉢若罷道汝師和尚阿闍黎亦當死失衣鉢若罷道若父母得重病若命終以如是法恐怖人令彼知怖已不怖波逸提若以如是法恐怖人彼人不知者突吉羅若比丘以色聲香味觸法恐怖人若說而了了者波逸提說而不了了者突吉羅比丘尼波逸提式叉摩那沙彌沙彌尼突吉羅是謂爲犯不犯者或闇地坐無燈火或大小便處遥見謂言是象若賊若惡獸便恐怖若至闇室中無燈火處大小便處聞行聲若觸草木聲若謦欬聲而怖畏若以色示人不作恐怖意若以聲香味觸與人不作恐怖意若實有是事若見如是

相或夢中見若當死或罷道若失衣鉢若和尚師當死失衣鉢罷道若父母重病當死便作如是語語彼言我見汝如是諸變相事若戲語若疾疾語若獨語夢中語欲說此乃錯說彼一切無犯無犯者最初未制戒癡狂心亂痛惱所纏五十五竟

爾時佛在羅閱祇迦蘭陀竹園中有池水爾時摩竭國瓶沙王聽諸比丘常在中洗浴時六群比丘於後夜明相未出時入池水洗浴爾時瓶沙王於後夜明相未出與婇女俱詣池欲洗浴聞六群比丘在池洗浴聲即問左右言此中誰洗浴答言是比丘王言莫大作聲勿使諸比丘不及洗浴而去彼六群比丘以種種細末藥更相洗浴乃至明相出時瓶沙王竟不得洗浴而去時諸大臣皆共嫌恚自相謂言此沙門釋子不知慙愧外自稱言我修正法如是有何正法於後夜中相將入池水以種種末藥更相洗浴乃至明相出使王竟不得洗浴而去時諸比丘聞其中有少欲知足行頭陀樂學戒知慙愧者嫌責六群比丘言云何於後夜中入池水以種種細末藥更相洗浴乃至明相出使王不得洗浴諸比丘往世尊所頭面禮足在一面坐以此因緣具白世尊世尊爾時以此因緣集比丘僧呵責六群比丘言汝所爲非非威儀非沙門法非淨行非隨順行所不應爲云何汝等於後夜中入池水以種種細末藥更相洗浴乃至明相出使王不得洗浴而去耶爾時世尊以無數方便呵責六群比丘已告諸比丘此癡人多種有漏處最初犯戒自今已去與比

丘結戒集十句義乃至正法久住欲說戒者當如是說若比丘半月應洗浴若過波逸提如是世尊與比丘結戒爾時諸比丘盛熱時身體皰痱出汗垢臭穢畏愼不敢洗浴恐犯過半月洗浴諸比丘白佛佛言聽諸比丘熱時數數洗浴自今已去應如是說戒若比丘半月應洗浴除餘時若過波逸提餘時者熱時如是世尊與比丘結戒其中諸病比丘身體皰痱出汗垢臭穢或大小便吐汙不淨畏愼不敢洗浴恐犯過半月洗浴諸比丘白佛佛言聽諸病比丘數數洗浴自今已去當如是說戒若比丘半月應洗浴不得過除餘時波逸提餘時者熱時病時如是世尊爲諸比丘結戒諸比丘作時身體汗垢臭穢諸比丘有畏愼心不敢洗浴白佛佛言聽諸比丘作時數數洗浴自今已去當如是說戒若比丘半月洗浴不得過除餘時波逸提餘時者熱時病時作時如是世尊與比丘結戒時諸比丘風雨中行身體皰痱汗出塵坌汙穢不淨有畏愼不敢洗浴白佛佛言聽諸比丘風雨時數數洗浴自今已去當如是說戒若比丘半月洗浴不得過除餘時波逸提餘時者熱時病時作時風雨時如是世尊與比丘結戒時諸比丘道行身熱皰痱出汗垢塵土汙穢不淨畏愼不敢洗浴白佛佛言聽諸比丘道行時數數洗浴自今已去當如是說戒若比丘半月洗浴無病比丘應受不得過除餘時波逸提餘時者熱時病時作時風雨時道行時此是時比丘義如上熱時者春四十五日夏初一月是熱時病者下至身體臭穢是謂

病時作時者下至掃屋前地風雨時者下至一旋風一滴雨著身道行者下至半由旬若來若往者是也若比丘半月洗浴除餘時若過一遍澆身波逸提若水澆半身亦波逸提若方便莊嚴欲洗浴不去一切突吉羅比丘尼波逸提式叉摩那沙彌沙彌尼突吉羅是謂爲犯不犯者半月洗浴熱時病時作時風時雨時道行時數數洗浴若爲力勢所持強使洗浴無犯無犯者最初未制戒癡狂心亂痛惱所纏五十六竟

爾時世尊在曠野城時六群比丘自相謂言我等在上座前不得隨意言語即出房外在露地拾諸柴草及大樹株然火向炙時空樹株中有一毒蛇得火氣熱逼從樹孔中出諸比丘見已皆驚言毒蛇毒蛇即取所燒薪散擲東西迸火乃燒佛講堂比丘聞之其中有少欲知足行頭陀樂學戒知慙愧者嫌責六群比丘言汝等云何自相謂言我等在上座前不得隨意言語出房外拾諸草木大樹株在露地然火向空樹孔中有毒蛇出驚怖取所燒薪散擲東西使迸火乃燒佛講堂諸比丘往世尊所頭面禮足在一面坐以此因緣具白世尊世尊爾時以此因緣集比丘僧呵責六群比丘言汝所爲非非威儀非沙門法非淨行非隨順行所不應爲云何六群比丘自相謂言我等在上座前不得隨意言語出房外拾諸草木大樹株在露地然火向有毒蛇出驚怖取所燒薪散擲東西使迸火燒佛講堂耶爾時世尊以無數方便呵責六群比丘已告諸比丘此癡人多種有漏處最初犯

戒自今已去與比丘結戒集十句義乃至正法久住欲說戒者當如是說若比丘爲自炙故露地然火若教人然波逸提如是世尊與比丘結戒爾時病比丘畏慎不自然火不教人然比丘白佛佛言聽病比丘露地然火及教人然自今已去當如是說戒若比丘無病爲自炙故在露地然火教人然者波逸提如是世尊與比丘結戒爾時諸比丘欲爲病比丘煑粥若羮飯若在溫室若在廚屋若在浴室中若熏鉢若淶衣若然燈若燒香諸比丘皆畏慎不敢作佛言如此事聽作自今已去當如是說戒若比丘無病自爲炙故在露地然火若教人然除時因緣波逸提比丘義如上病者若須火炙身若比丘無病爲自炙故在露地然火若然草木枝葉紵麻芻摩若牛屎糠糞掃爇一切然者波逸提若以火置草木枝葉紵麻牛屎糠糞掃爇中然者一切波逸提若被燒半燋者擲著火中者突吉羅若然炭突吉羅若不語前人言汝看是知是者突吉羅比丘尼波逸提式叉摩那沙彌沙彌尼突吉羅是謂爲犯不犯者語前人言看是知是若病人自然教人然有時因緣看病人爲病人煑糜粥羮飯若在廚屋中若在溫室中若在浴室中若熏鉢若煑淶衣汁然燈燒香一切無犯無犯者最初未制戒癡狂心亂痛惱所纏　五十七竟

爾時佛在舍衛國祇樹給孤獨園時有居士請衆僧明日食即於其夜辦具種種肥美飲食明日清旦往白時至爾時十七群比丘持衣鉢坐具針筒著一面經行彷徉望食時到

時六群比丘伺彼經行背向時取其衣鉢坐
具針筒藏舉彼聞白時到即看言我等衣鉢
坐具針筒在此誰持去餘比丘問言汝等何
處來答言我等在此持衣鉢坐具針筒置一
面經行望食時到六群比丘在前調弄餘比
丘察之見六群比丘調弄必是其人取衣鉢
藏之諸比丘聞其中有少欲知足行頭陀樂
學戒知慙愧者嫌責六群比丘言云何汝等
取十七群比丘衣鉢坐具針筒藏之耶諸比
丘往世尊所頭面禮足在一面坐以此因緣
具白世尊世尊爾時以此因緣集比丘僧呵
責六群比丘言汝所爲非非威儀非沙門法
非淨行非隨順行所不應爲云何六群比丘
伺十七群比丘經行背向時取他衣鉢坐具
針筒藏耶爾時世尊以無數方便呵責六群

比丘已告諸比丘此癡人多種有漏處最初
犯戒自今已去與比丘結戒集十句義乃至
正法久住欲說戒者當如是說若比丘藏比
丘衣鉢坐具針筒若自藏教人藏下至戲笑
者波逸提比丘義如上彼比丘藏他比丘衣
鉢坐具針筒若教人藏下至戲笑者波逸提
比丘尼波逸提式叉摩那沙彌沙彌尼突吉
羅是謂爲犯不犯者若實知彼人物相體悉
而取舉若在露地爲風雨所飄漬取舉若物
主爲性慢藏所有衣鉢坐具針筒放散狼藉
爲欲戒勑彼故而取藏之若借彼衣著而彼
不收攝恐失便取舉之或以此衣鉢諸物故
有命難梵行難取藏之一切無犯無犯者最
初未制戒癡狂心亂痛惱所纏五十八竟
爾時佛在舍衛國祇樹給孤獨園爾時六群

比丘眞實施親厚比丘衣已後不語主還取著諸比丘聞其中有少欲知足行頭陀樂學戒知慚愧者嫌責六群比丘言云何汝等先持衣施親厚比丘已後不語主還取著耶諸比丘往世尊所頭面禮足已在一面坐以此因緣具白世尊世尊爾時以此因緣集比丘僧呵責六群比丘汝所爲非非威儀非沙門法非淨行非隨順行所不應爲云何六群比丘先持衣施親厚比丘已後不語主還自取著耶爾時世尊以無數方便呵責六群比丘已告諸比丘此癡人多種有漏處最初犯戒自今已去與比丘結戒集十句義乃至正法久住欲說戒者當如是說若比丘與比丘比丘尼式叉摩那沙彌沙彌尼衣後不語主還取著波逸提比丘義如上衣者有十種如上

說與衣者淨施衣也淨施衣有二種一者眞實淨施二者展轉淨施眞實淨施者言此是我長衣未作淨今爲淨故與長老作眞實淨展轉淨施者此是我長衣未作淨今爲淨故與長老彼應如是語長老聽長老有如是長衣未作淨今與我爲淨故我便受受已當問言欲與誰耶應報言與某甲彼應作如是語長老有是長衣未作淨今與我爲淨故我便受受已與某甲比丘此衣是某甲所有汝爲某甲故守護持隨意用是中眞實淨施者應問主然後取著展轉淨施者語以不語隨意取著若比丘眞實施衣不語主而取著者波逸提比丘尼波逸提式叉摩那沙彌沙彌尼突吉羅是謂爲犯不犯者若眞實淨施語主取著展轉淨施語以不語取著無犯無犯者

最初未制戒癡狂心亂痛惱所纏五十九竟
爾時世尊在舍衛國祇樹給孤獨園時六群比丘著白色衣行時諸居士見皆共譏嫌此沙門釋子不知慙愧受取無厭外自稱言我修正法如今觀之有何正法云何著新白色衣行如似王王大臣諸比丘聞已其中有少欲知足行頭陀樂學戒知慙愧者嫌責六群比丘言云何汝等著白色新衣行諸比丘往世尊所頭面禮足在一面坐以此因緣具白世尊世尊爾時以此因緣集比丘僧呵責六群比丘言汝所爲非非威儀非沙門法非淨行非隨順行所不應爲云何六群比丘著白衣行爾時世尊以無數方便呵責六群比丘已告諸比丘此癡人多種有漏處最初犯戒自今已去與比丘結戒集十句義乃至正法久住欲說戒者當如是說若比丘得新衣應三種壞色一一色中隨意壞若青若黑若木蘭若不壞色著餘新衣波逸提比丘義如上新者若是新衣若初從人得者盡名新衣衣者有十種衣如上壞色者染作青黑木蘭也彼比丘得新衣不染作三種色青黑木蘭更著餘新衣者波逸提若有重衣不作淨而畜者突吉羅若輕衣不作淨者突吉羅若非衣鉢囊革屣囊針線囊禪帶腰帶帽襪攝熱巾裹革屣巾不作淨畜者突吉羅若以未染衣寄著白衣家突吉羅比丘尼波逸提式叉摩那沙彌沙彌尼突吉羅是謂爲犯不犯者若得白色衣染作三色青黑木蘭若重衣作淨畜若輕衣亦作淨畜若非衣鉢囊乃至裹革屣巾皆作淨畜若染衣寄著白衣家若衣色

脫更染無犯無犯者最初未制戒癡狂心亂痛惱所纏六十竟

爾時佛在舍衛國祇樹給孤獨園爾時尊者迦留陀夷不喜見烏作竹弓射烏射之不止大殺衆烏僧伽藍中遂成大積時諸居士來入僧伽藍中禮拜見此大積死烏各共嫌之自相謂言沙門釋子不知慙愧無有慈心殺衆生命外自稱言我修正法如今觀之有何正法射殺衆烏乃成大積時諸比丘聞其中有少欲知足行頭陀樂學戒知慙愧者嫌責迦留陀夷言云何汝射殺衆烏乃成大積耶時諸比丘往世尊所頭面禮足在一面坐以此因縁具白世尊世尊爾時以此因縁集比丘僧知而故問迦留陀夷汝實不喜見烏而以竹弓射殺衆烏而成大積不答曰實爾爾時世尊以無數方便呵責迦留陀夷汝所爲非非威儀非沙門法非淨行非隨順行所不應爲云何迦留陀夷射殺衆烏以成大積耶呵責迦留陀夷已告諸比丘此癡人多種有漏處最初犯戒自今已去與比丘結戒集十句義乃至正法久住欲說戒者當如是說若比丘斷畜生命者波逸提如是世尊與比丘結戒時諸比丘坐起行來多殺細小蟲中或有作波逸提懺或有畏愼者諸比丘往白佛佛言不知不犯自今已去當如是說戒若比丘故殺畜生命者波逸提比丘義如上畜生者不能變化者斷其命若自斷若教人斷若遣使若往來使殺若重使殺若展轉遣使殺若自求使若教人求使若自求持刀人教人求持刀人若以身相若口語若身口若遣使

教若遣書教若遣使書教若安坑陷殺若安刀著常所倚住處若毒藥若安殺具在前作如是方便若復有餘所欲殺畜生若殺者波逸提方便欲殺而不殺突吉羅比丘尼波逸提式叉摩那沙彌沙彌尼突吉羅是謂爲犯不犯者不故殺或以瓦石刀杖擲餘處而誤斷命若比丘經營作房舍手失瓦石而誤殺若土墼杖木若屋柱櫨棟椽如是手捉不禁墮而殺者若扶病起而死或還卧而死若洗浴時死若服藥時死將入房時死出房時死或將日中坐時死或在陰處而死作如是衆事無有害心而死者無犯無犯者最初未制戒癡狂心亂痛惱所纏六十一竟

爾時世尊在舍衛國祇樹給孤獨園時六群比丘取雜蟲水而飲用諸居士見已皆譏嫌言此沙門釋子無有慈心殺害蟲命外自稱言我修正法如今觀之何有正法乃取雜蟲水用時諸比丘聞其中有少欲知足行頭陀樂學戒知慚愧者嫌責六群比丘言云何汝等無有慈心乃飲蟲水以害其命耶諸比丘往世尊所頭面禮足在一面坐以此因緣具白世尊世尊爾時以此因緣集比丘僧呵責六群比丘言汝所爲非非威儀非沙門法非淨行非隨順行所不應爲云何汝等飲用雜蟲水以害其命耶爾時世尊以無數方便呵責六群比丘已告諸比丘此癡人多種有漏處最初犯戒自今已去與比丘結戒集十句義乃至正法久住欲說戒者當如是說若比丘飲用雜蟲水者波逸提如是世尊與比丘結戒爾時諸比丘不知有蟲無蟲後乃知或

作波逸提懺或有畏慎者白佛佛言不知者無犯自今已去當如是說戒若比丘知水有蟲飲用波逸提比丘義如上彼比丘知是雜蟲水飲用者波逸提除水已若雜蟲漿苦酒清酪漿漬麥汁飲用波逸提有蟲水有蟲想波逸提有蟲水疑突吉羅無蟲水有蟲水想突吉羅無蟲水疑突吉羅比丘尼波逸提式叉摩那沙彌沙彌尼突吉羅是謂為犯不犯者先不知有蟲無蟲想若有麤蟲觸水使去若漉水飲者無犯無犯者最初未制戒癡狂心亂痛惱所纏六十二竟

四分律藏卷第十六

音釋

辮薄典切交也 甤如佳切與蕤同葳蕤藥名 酢倉故切與醋同 麴丘六切酒媒也 澆灒澆堅堯切沃也灒則旰切灑也 簰蒲皆切桴也 擊郎狄切擊也 䦾弋灼切與鑰同關下牡也 皰疿皰普教切疿方未切熱疿也 迸北諍切散也 麨與職切麥麨也 漬疾智切浸也 㡌莫報切帽同 襪亡發切 積子智切聚也 墼古歷切未燒土墼也 櫨龍都切枅也

四分律藏卷第十七

姚秦三藏佛陀耶舍共竺佛念譯

初分之十七

爾時佛在舍衞國祇樹給孤獨園爾時十七群比丘往語六群比丘長老云何入初禪第二第三第四禪云何入空無相無願云何得須陀洹果斯陀含果阿那含果阿羅漢果耶時六群比丘報言如汝等所說者則已犯波羅夷法非比丘時十七群比丘便往上座比丘所問言若有諸比丘作如是問云何入初禪二禪乃至四禪空無相願須陀洹乃至阿羅漢果爲犯何罪上座報言無犯十七群比丘言我等向者詣六群比丘所問言云何入初禪乃至四禪空無相願云何得須陀洹乃至阿羅漢果彼即報言汝等自稱得上人法犯波羅夷非比丘彼比丘即察知此六群比丘與十七群比丘作疑惱爾時諸比丘聞其中有少欲知足行頭陀樂學戒知慚愧者嫌責六群比丘云何汝等與十七群比丘作疑惱諸比丘往世尊所頭面禮足在一面坐以此因緣具白世尊世尊爾時以此因緣集比丘僧呵責六群比丘汝所爲非非威儀非沙門法非淨行非隨順行所不應爲云何汝等與十七群比丘作疑惱爾時世尊以無數方便呵責六群比丘已告諸比丘此癡人多種有漏處最初犯戒自今已去與比丘結戒集十句義乃至正法久住欲說戒者當如是說若比丘與他作疑惱波逸提如是世尊與比丘結戒爾時衆多比丘集在一處共論法律有一比丘退去退去者心疑作是言彼諸比

丘與我作疑諸比丘白佛佛言不故作者無犯自今已去當如是結戒若比丘故惱他比丘令須臾間不樂波逸提比丘義如上疑惱者若爲生若爲年歲若受戒若爲羯磨若爲犯若爲法也爲生時疑者即問言汝生來幾時耶報言我生來爾所時問言汝不爾所時生汝如餘人生非爾所時生是謂問生時疑云何問年歲時疑問言汝幾歲報言我爾所歲語言汝非爾所歲如餘受戒者汝未爾所歲是謂問年歲時生疑云何問受戒生疑問言汝受戒既年不滿二十又界内別衆是謂問受戒時生疑云何問羯磨生疑問言汝受戒時白不成羯磨不成非法別衆是謂問羯磨生疑云何於犯生疑語言汝犯波羅夷僧伽婆尸沙波逸提波羅提提舍尼偷蘭遮突吉羅惡說是謂於犯生疑云何於法生疑汝等所問法者則犯波羅夷非比丘是謂於法生疑若比丘故爲比丘作疑若以生時若歲時乃至法時疑說而了了者波逸提說而不了了者突吉羅比丘尼波逸提式叉摩那沙彌沙彌尼突吉羅是謂爲犯不犯者其事實爾不故作彼非爾許時生恐有後疑悔無故受他利養受大比丘禮敬便語言汝非如許時生如餘人生知汝非如許時生其事實爾彼無爾許歲恐後有疑悔無故受他利養受大比丘禮敬便語言汝無爾許歲如餘比丘歲汝未如許歲其事實爾若年不滿二十界内別衆恐後有疑悔無故受他利養受大比丘禮敬令彼知還本處更受戒故便語言汝年不滿二十界内別衆其事實爾白不成羯

磨不成非法別衆恐後有疑悔無故受他利養受大比丘禮敬語彼令知還本處更受戒故便語言汝白不成羯磨不成就非法別衆其事實爾犯波羅夷僧伽婆尸沙波逸提波羅提提舍尼偷蘭遮突吉羅惡說恐後疑悔無故受人利養受持戒比丘禮敬欲令彼知如法懺悔故便語言汝犯波羅夷乃至惡說有復若彼爲性麤踈不知言語便言如汝所說自稱上人法犯波羅夷非比丘行或戲笑語或疾疾語或獨語或夢中語或欲說此錯說彼無犯無犯者最初未制戒癡狂心亂痛惱所纏（六十三竟）

爾時佛在舍衛國祇樹給孤獨園時跋難陀釋子與一比丘親厚然跋難陀釋子數數犯罪向彼比丘說長老我實犯如是如是罪汝勿語人彼比丘報言可爾復於餘時跋難陀釋子與彼比丘共鬭時彼比丘向餘比丘說跋難陀釋子犯如是如是罪諸比丘問彼比丘言汝云何知耶比丘報言跋難陀釋子向我說諸比丘問言汝何不向餘比丘說耶彼比丘報言我先忍便不說今不忍故說時諸比丘聞其中有少欲知足行頭陀樂學戒知慙愧者呵責彼比丘言云何汝等覆藏跋難陀釋子罪諸比丘往世尊所頭面禮足在一面坐以此因緣具白世尊世尊爾時以此因緣集比丘僧呵責彼比丘言汝所爲非非威儀非沙門法非淨行非隨順行所不應爲云何比丘覆跋難陀釋子罪耶爾時世尊以無數方便呵責彼比丘已告諸比丘此癡人多種有漏處最初犯戒自今已去與比丘結戒

集十句義乃至正法久住欲說戒者當如是說若比丘覆藏餘比丘麤罪波逸提如是世尊與比丘結戒彼比丘不知犯麤不犯麤後乃知麤罪或有作波逸提懺者或疑者佛言不知無犯自今已去應如是結戒若比丘知他比丘犯麤罪覆藏者波逸提比丘義如上麤罪者四波羅夷僧伽婆尸沙彼比丘知他比丘犯麤罪小食知食後說者突吉羅食後知至初夜說突吉羅初夜知至中夜說突吉羅中夜知至後夜欲說而未說明相出波逸提除麤罪覆餘罪者突吉羅自覆藏麤罪突吉羅除比丘比丘尼覆餘人麤罪突吉羅麤罪麤罪想波逸提麤罪疑突吉羅非麤罪麤罪想突吉羅非麤罪疑突吉羅比丘尼波逸提式叉摩那沙彌沙彌尼突吉羅是謂爲犯

不犯者先不知麤罪不麤罪想若向人說或無人可向說發心言我當說未說之間明相已出若說或有命難梵行難不說無犯無犯者最初未制戒癡狂心亂痛惱所纏六十四竟

爾時世尊在羅閱城迦蘭陀竹園爾時羅閱城中有十七群童子先爲親友最大者年十七最小者年十二最富者八十百千最貧者八十千中有一童子名優波離父母唯有此一子愛念未曾離目前父母念言我等教此兒當學何伎術我等死後令快得生活無所乏短即自念當教先學書我等死後快得生活無所乏短不令身力疲苦復作是念教兒書亦有身力疲苦耳更當學何伎術我等死後快得生活無所乏短身力不疲苦念言今當教此兒學算數伎術我等死後快得生活

無所乏短身不疲苦父母念言今教兒學算數亦有身力疲苦耳今當更教此兒學何伎術我等死後令快得生活無所乏短身力不疲苦今當教此兒學畫像伎術我等死後令快得生活無所乏短復念今教學畫恐令兒眼力疲勞當教此兒更學何伎術我等死後令快得生活無所乏短眼不疲苦即自念言沙門釋子善自養身安樂無衆苦惱若當教此兒於沙門釋子法中出家爲道我等死後令快得生活無所乏短身不疲苦後於異時十七群童子語優波離童子言汝可隨我等出家爲道答言我何用出家爲汝自出家十七群童子第二第三語優波離言可共出家爲道來何以故如我等今共相娛樂於彼亦當如是共相娛樂嬉戲時優波離童子語諸童子言汝等小待須我往白父母優波離童子即往父母所白言我今欲出家爲道願父母見聽父母報言我等唯有汝一子心甚愛念乃不欲令死別而況當生別優波離童子如是再三白父母言唯願聽我出家父母亦如是報言我等唯有汝一子心甚愛念乃不欲令死別況當生別爾時父母得優波離童子再三殷勤便作是念我等先已有此意當教此兒學何伎術我等死後令兒快得生活無所乏短令身力不疲苦即作是念若教學書乃至畫像我等死後快得生活無所乏短令身力不疲苦而恐勞兒身力眼力以致疲苦念言唯有沙門釋子善自養身無衆苦惱若令此兒在中出家者快得生活無有衆苦時父母即報兒言今正是時聽汝出家時優

波離童子還至十七群童子所語言我父母已聽我出家汝等欲去者今正是時諸童子即往僧伽藍中白諸比丘言大德我等欲出家學道願諸尊見度爲道爾時諸比丘即度令出家受大戒時諸童子小來習樂不堪一食至於夜半患饑高聲大喚啼哭言與我食來與我食來諸比丘語言小待須天明若衆僧有食當共食若無食者當共乞何以故此間先都無作食處爾時世尊夜時在靜處思惟聞小兒啼聲知而故問阿難何等小兒夜半啼聲爾時阿難以此因緣具白世尊世尊告阿難不應授年未滿二十者大戒何以故若年未滿二十者不堪忍寒熱饑渴暴風蚊虻毒蟲及不忍惡言若身有種種苦痛不能堪忍又復不堪持戒不堪一食阿難當知年滿二十堪忍如上衆事

爾時世尊夜過已集比丘僧以此因緣告諸比丘自今已去與比丘結戒集十句義乃至正法久住欲說戒者當如是說若比丘年滿二十當受大戒若年未滿二十受大戒此人不得戒彼比丘可呵癡故波逸提如是世尊與比丘結戒彼比丘不知年滿二十不滿二十後乃知不滿二十或作波逸提懺者或有疑者佛言不知者無犯自今已去當如是結戒年滿二十應受大戒若比丘知年不滿二十受大戒此人不得戒彼比丘可呵癡故波逸提比丘義如上其受戒人年不滿二十和尚知年不滿二十衆僧及受戒人亦知不滿二十於衆中問汝年滿二十未受戒人報言或滿二十或不滿二十或疑或不知年數或

默然或衆僧不問和尚波逸提衆僧突吉羅其受戒人年未滿二十和尚知年未滿二十衆僧及受戒人謂年滿二十衆中問汝年滿二十未受戒人報言或滿二十或未滿或疑或不知或默然僧或不問和尚波逸提衆僧無犯其受戒人年未滿二十和尚知年未滿二十衆僧及受戒人疑衆中問言汝滿二十未受戒人報言或滿二十或不滿二十或疑或不知或默然僧或不問和尚波逸提衆僧突吉羅其受戒人年未滿二十和尚亦知年未滿二十衆僧及受戒人不知衆中問言汝年滿二十未受戒人報言或滿二十或不滿二十或疑或不知或默然僧或不問和尚波逸提衆僧無犯其受戒人年未滿二十和尚謂年滿二十衆僧及受戒人知年未滿二十衆中問言汝年滿二十未受戒人報言或滿二十或不滿二十或疑或不知或默然僧或不問和尚無犯衆僧突吉羅及受戒人年未滿二十和尚謂年滿二十衆僧及受戒人謂年滿二十衆中問言汝年滿二十未受戒人報言或滿二十或未滿二十或疑或不知或默然僧或不問和尚無犯衆僧亦無犯其受戒人年未滿二十和尚謂年滿二十衆僧及受戒人疑衆中問言汝年滿二十未受戒人報言或滿二十或不滿或疑或不知或默然衆或不問和尚無犯衆僧突吉羅其受戒人年未滿二十和尚謂年滿二十衆僧及受戒人不知衆中問言汝年滿二十未受戒人報言或滿二十或不滿二十或疑或不知或默然衆或不問和尚及衆僧無犯其受戒人年

未滿二十和尚疑衆僧及受戒人知不滿二十衆中問言汝年滿二十未受戒人報言或滿二十或不滿或疑或不知或默然衆或不問和尚波逸提衆僧突吉羅其受戒人年未滿二十和尚疑衆僧及受戒人謂年滿二十衆中問言汝年滿二十未受戒人報言或滿或未滿或疑或不知或默然衆或不問和尚波逸提衆僧無犯其受戒人年未滿二十和尚疑衆僧及受戒人亦疑衆中問言汝年滿二十未受戒人報言或滿二十或未滿或疑或不知或默然衆或不問和尚波逸提衆僧突吉羅其受戒人年未滿二十和尚疑衆僧及受戒人不知衆中問言汝年滿二十未受戒人報言或滿二十或未滿或疑或不知或默然衆或不問和尚波逸提衆僧無犯其受戒人年未滿二十和尚不知衆僧及受戒人知年未滿二十衆中問言汝年滿二十未受戒人報言或滿二十或未滿二十或疑或不知或默然衆或不問和尚無犯衆僧突吉羅其受戒人年未滿二十和尚不知衆僧及受戒人謂年滿二十衆中問言汝年滿二十未受戒人報言或滿二十或未滿或疑或不知或默然衆或不問和尚及衆僧無犯其受戒人年未滿二十和尚不知衆僧及受戒人疑衆中問言汝年滿二十未受戒人報言或滿二十或未滿或疑或不知或默然衆或不問和尚無犯衆僧突吉羅其受戒人年不滿二十和尚不知衆僧及受戒人亦不知衆中問言汝年滿二十未受戒人報言或滿二十或未滿或疑或不知或默然衆或不問和尚衆

僧無犯彼比丘知年未滿二十授大戒三羯磨竟和尚波逸提白已二羯磨竟和尚三突吉羅白已一羯磨竟和尚二突吉羅白竟和尚一突吉羅白未竟和尚突吉羅若未白爲作方便若剃髮若欲集衆和尚一切突吉羅若衆僧集和尚突吉羅比丘尼波逸提式叉摩那沙彌沙彌尼突吉羅是謂爲犯不犯者先不知信受戒人語若傍人證若信父母若受戒已疑佛言當聽數胎中年月數閏月若數一切十四日說戒以爲年數者無犯無犯者最初未制戒癡狂心亂痛惱所纏六十五竟

爾時佛在舍衛國祇樹給孤獨園時六群比丘鬭諍如法滅已後更發起作是言汝不善觀不成觀不善解不成解不善滅不成滅令僧未有諍事而有諍事起已有諍事而不除滅時諸比丘作如是念言何故衆僧未有諍事而有諍事起已有諍事而不除滅時諸比丘即觀察知六群比丘諍事如法滅已後更發起作如是言汝不善觀不成觀不善解不成解不善滅不成滅令僧未有諍事而有諍事起已有諍事而不除滅諸比丘聞其中有少欲知足行頭陀樂學戒知慙愧者嫌責六群比丘言汝等云何鬭諍事如法滅已後更發起言汝不善觀不成觀乃至不成善滅令僧未有諍事而有諍事已有諍事而不除滅諸比丘往至世尊所頭面禮足在一面坐以此因縁具白世尊世尊爾時以此因縁集比丘僧呵責六群比丘汝所爲非非威儀非沙門法非淨行非隨順行所不應爲云何鬭諍事如法滅已後更發起言汝等不善觀不成

觀乃至不成善滅令僧未有諍事而有諍事已有諍事而不除滅世尊以無數方便呵責六群比丘已告諸比丘此癡人多種有漏處最初犯戒自今已去與比丘結戒集十句義乃至正法久住欲說戒者當如是說若比丘鬬諍如法滅已後發起者波逸提如是世尊與比丘結戒爾時諸比丘不知諍事如法滅不如法滅後乃知如法滅或有作波逸提懺者或有疑佛言不知者無犯自今已去當如是結戒若比丘知諍事如法懺悔已後更發起者波逸提比丘義如上如法者如法如毗尼如佛所教諍者有四種言諍覓諍犯諍事諍彼比丘知諍事如法滅已後更發起作如是言不善觀不成觀不善解不成解不善滅不成滅說而了了者波逸提不了了者突吉羅除此諍已若作餘鬬諍罵詈者後更發起一切突吉羅若自發起已鬬事者突吉羅除比丘比丘尼已共餘人鬬諍罵詈後更發起者突吉羅觀作觀想者波逸提觀疑者突吉羅不成觀有觀想突吉羅不成觀疑突吉羅比丘尼波逸提式叉摩那沙彌沙彌尼突吉羅是謂爲犯不犯者若先不知若觀作不觀想若事實爾不善觀不成觀不善解不成解不善滅不成滅便作是言不善觀乃至不成善滅若戲笑語若疾疾語若夢中語欲說此錯說彼無犯無犯者最初未制戒癡狂心亂痛惱所纏 六十六竟

爾時佛在舍衛國祇樹給孤獨園有衆多比丘從舍衛國欲至毗舍離時有賈客伴欲私度關不輸王稅時賈客問諸比丘言大德欲

何所至比丘報言欲至毗舍離賈客言我等可得與諸尊共伴不諸比丘報言可爾爾時諸比丘與此賊賈客共伴行私度關時守關人捉得即將至波斯匿王所白王言此人等私度關而不輸稅王即問言此賈客私度關不輸稅此沙門復有何事守關人報言與此人爲伴王復問諸比丘言大德實與此賈客爲伴耶報言實爾復問言諸尊知此人不輸王稅不報言知王言若實知者法應死時王自念言我今作水澆頂王種豈當殺沙門釋子耶時王無數方便呵責諸比丘已於衆人前勑傍人放比丘令去受教即放時王衆中皆大聲稱言沙門釋子犯王重法罪應入死然王直小小呵責而放爾時諸比丘聞其中有少欲知足行頭陀樂學戒知慙愧者嫌責六群比丘汝等云何與賊賈客共伴行諸比丘往至世尊所頭面禮足已在一面坐以此因縁具白世尊世尊爾時以此因縁集比丘僧呵責諸比丘言汝等云何與賊賈客共伴行以無數方便呵責諸比丘已告諸比丘此癡人多種有漏處最初犯戒自今已去與比丘結戒集十句義乃至正法久住欲說戒者當如是說若比丘共賊伴同道行乃至一村間者波逸提如是世尊與比丘結戒諸比丘不知賊以非賊共伴行後乃知是賊伴或有作波逸提懺者或疑者佛言不知者無犯自今已去當如是說戒若比丘知是賊伴共同道行乃至一村間波逸提如是世尊與比丘結戒彼比丘不結要疑佛言不結要不犯自今已去應如是結戒若比丘知賊伴結要共

同道行乃至一村間波逸提比丘義如上賊伴者若作賊還若方欲去結要者共要至城若至村道者村間處處道若比丘知是賊伴共要同道行至村間處處道行至一一道波逸提無村空曠無界處共行至十里者波逸提若共行村間半道突吉羅減十里突吉羅村間一道行者突吉羅方便欲去而不去共要去而不去一切突吉羅比丘尼波逸提式叉摩那沙彌沙彌尼突吉羅是謂爲犯不犯者若先不知不共結伴逐行安隱有所至若力勢所持若被繫縛將去若命難梵行難無犯無犯者最初未制戒癡狂心亂痛惱所纏六十七竟

爾時佛在舍衛國祇樹給孤獨園爾時有比丘字阿梨吒有如是惡見生我知世尊說法其有犯婬欲非障道法時諸比丘聞阿梨吒比丘有如是惡見生我知世尊說法犯婬欲非障道法時諸比丘聞欲除去阿梨吒比丘惡見即往阿梨吒所恭敬問訊已在一面坐諸比丘語阿梨吒比丘言汝審知世尊說法犯婬欲非障道法耶阿梨吒報言我實知世尊說法犯婬欲非障道法時諸比丘欲除阿梨吒惡見即殷勤問之阿梨吒莫作如是語莫謗世尊謗世尊者不善世尊不作如是語阿梨吒世尊無數方便說法教斷欲愛知欲想教除愛欲斷愛欲想除愛欲所燒度於愛結世尊無數方便說欲如大火坑欲如炬火亦如果熟欲如假借欲如枯骨欲如段肉如夢所見欲如利刀欲如新瓦器盛水著日中欲如毒蛇頭欲如捉利刀欲如利戟世尊作

如是說欲阿梨吒世尊如是善說法斷欲無欲去垢無垢調伏渴愛滅除巢窟出離一切諸結縛愛盡涅槃佛如是說法汝云何言犯婬欲非障道法時諸比丘殷勤問阿梨吒如是說時阿梨吒比丘堅持惡見審定而言此是眞實餘皆虛妄爾時諸比丘不能除阿梨吒比丘惡見往世尊所頭面禮足在一面坐以此因緣具白世尊世尊爾時告一比丘汝持我言往速喚阿梨吒比丘來彼比丘受教即往阿梨吒比丘所語言世尊有教喚汝時阿梨吒比丘聞世尊喚即往世尊所頭面禮足在一面坐佛問阿梨吒比丘言汝實有是語我知佛所說法行婬欲非障道法耶阿梨吒答言大德實有如是言佛告阿梨吒汝云何知我所說如是我無數方便說斷欲愛法

如上所說爾時世尊以無數方便呵責阿梨吒比丘已告諸比丘聽衆僧爲阿梨吒比丘作呵諫捨此事故白四羯磨應如是諫衆中應差堪能羯磨者如上作如是白大德僧聽此阿梨吒比丘作如是語我知佛所說法行婬欲非障道法若僧時到僧忍聽僧今與阿梨吒比丘作呵諫捨此事故阿梨吒汝莫作是語莫謗世尊謗世尊者不善世尊不作是語世尊無數方便說婬欲是障道法若犯婬欲即是障道法白如是大德僧聽此阿梨吒比丘作如是語我知佛所說法犯婬欲非障道法僧今與作呵諫捨此事故阿梨吒莫作是語莫謗世尊謗世尊者不善世尊不作是語世尊無數方便說婬欲是障道法若犯婬欲即是障道法誰諸長老忍僧爲阿梨吒比

丘作呵諫捨此事故默然誰不忍者說是初羯磨第二第三亦如是說僧已爲阿梨吒比丘作呵諫竟僧忍默然故是事如是持應作如是呵責阿梨吒比丘捨此事故白四羯磨諸比丘白佛佛言若有餘比丘作如是言我知佛所說行婬欲者非障道法衆僧亦應呵諫白四羯磨自今已去與比丘結戒集十句義乃至正法久住欲說戒者當如是說若比丘作如是說我知佛所說法行婬欲非障道法彼比丘諫此比丘言大德莫作是語莫謗世尊謗世尊者不善世尊不作是語世尊無數方便說犯婬欲是障道法彼比丘諫此比丘時堅持不捨彼比丘乃至三諫捨此事故若再三諫捨者善不捨者波逸提比丘義如上彼比丘作如是言我知佛所說法行婬欲

者非障道法彼比丘諫此比丘言汝莫作是語莫謗世尊謗世尊者不善世尊不作是語世尊無數方便說行婬欲是障道法汝今可捨此事莫爲僧所呵更犯罪若受語者善不隨語者應白白已當語言我已白竟餘有羯磨在汝可捨此事莫爲衆僧所呵責更犯罪若隨語者善不隨語者作初羯磨作初羯磨已當語言我已白初羯磨竟餘有二羯磨在汝當捨是事莫爲僧所呵責犯罪若隨語者善不隨語者當作第二羯磨第二羯磨已當語言已作白二羯磨竟餘有一羯磨在汝可捨是事莫爲衆僧所呵犯罪若隨語者善不隨語者唱三羯磨竟波逸提作白已二羯磨竟捨者三突吉羅作白已一羯磨竟捨者二突吉羅白已捨者一突吉羅若白未竟捨者

突吉羅若未作白作是語我知佛所説行婬欲者非障道法一切突吉羅彼比丘諫此比丘時餘比丘遮若比丘尼遮者若有餘人遮汝莫捨此事衆僧諫以不諫遮者一切突吉羅比丘尼波逸提式叉摩那沙彌沙彌尼突吉羅是謂爲犯不犯者初語時捨若非法别衆諫若非法和合諫法别衆法相似别衆法相似和合非法非毗尼非佛所教若無諫者無犯無犯者最初未制戒癡狂心亂痛惱所纏六十八竟

爾時佛在舍衛國祇樹給孤獨園時阿梨吒比丘惡見衆僧呵諫而故不捨時諸比丘聞其中有少欲知足行頭陀樂學戒知慚愧者嫌責阿梨吒比丘言云何汝惡見衆僧呵諫而故不捨時諸比丘往世尊所頭面禮足在一面坐以此因縁具白世尊世尊爾時以此因縁集比丘僧呵責阿梨吒比丘言汝所爲非非威儀非沙門法非淨行非隨順行所不應爲云何阿梨吒惡見衆僧呵諫而故不捨世尊以無數方便呵責阿梨吒比丘已告諸比丘自今已去衆僧與阿梨吒比丘作惡見不捨舉白四羯磨應如是作爲阿梨吒比丘作舉作憶念已與罪衆中應差堪能羯磨者如上作如是白大德僧聽此阿梨吒惡見衆僧呵諫而故不捨若僧時到僧忍聽僧今與阿梨吒比丘作惡見不捨舉羯磨白如是大德僧聽此阿梨吒比丘惡見衆僧呵諫而故不捨僧今爲阿梨吒比丘作惡見不捨舉羯磨誰諸長老忍僧爲阿梨吒比丘作惡見不捨舉羯磨者默然誰不忍者説是初羯磨第

二第三亦如是說僧已忍與阿棃吒比丘作惡見不捨舉羯磨竟僧忍默然故如是持時阿棃吒比丘僧作惡見不捨舉羯磨六群比丘供給所須共同羯磨止宿言語時諸比丘聞其中有少欲知足行頭陀樂學戒知慚愧者呵責六群比丘阿棃吒比丘僧與作惡見不捨舉羯磨云何供給所須共止宿言語諸比丘往世尊所頭面禮足在一面坐以此因緣具白世尊世尊爾時以此因緣集比丘僧呵責六群比丘言汝所爲非非威儀非沙門法非淨行非隨順行所不應爲云何六群比丘阿棃吒比丘僧爲作惡見不捨舉羯磨而供給所須止宿言語世尊以無數方便呵責六群比丘已告諸比丘此癡人多種有漏處最初犯戒自今已去與比丘結戒集十句義

乃至正法久住欲說戒者當如是說若比丘與如是語人未作法有如是見不捨供給所須共同羯磨止宿言語波逸提如是世尊與比丘結戒時諸比丘不知有如是語不如是語後乃知有如是語或有作波逸提懺或有疑者佛言不知者無犯自今已去當如是說戒若比丘知如是語人未作法如是邪見而不捨供給所須共同羯磨止宿言語者波逸提比丘義如上如是語者作如是語我聞世尊說法行婬欲者非障道法未作法者若被舉未爲解如是見者作如是見知世尊所說法非障道法不捨惡見者衆僧呵諫而不捨惡見供給所須者有二種若法若財法者教修習增上戒增上意增上智學問誦經財者供給衣服飲食牀卧具病瘦醫藥同羯磨者

同說戒止宿者屋有四壁一切覆或一切覆不一切障或一切障不一切覆或不盡覆不盡障若比丘先入屋後有如是語人來若如是語人先入比丘後來若二人俱入宿隨脇著地一切波逸提比丘尼波逸提式叉摩那沙彌沙彌尼突吉羅是謂爲犯不犯者比丘不知便入宿若比丘先在屋如是語人後來入屋比丘不知若屋一切覆無四障或一切覆而半障或一切覆少障或一切障而無覆或一切障而半覆或一切障少覆或半覆半障或少覆少障或不覆不障或露地如是一切不知無犯若病倒地若病轉側若爲力勢所持或被繫閉或命難梵行難無犯無犯者最初未制戒癡狂心亂痛惱所纏六十九竟

爾時佛在舍衞國祇樹給孤獨園時跋難陀釋子有二沙彌一名羯那二名摩睺迦不知慚愧共行不淨爾時羯那摩睺迦自相謂言我等從佛聞法其有行婬欲非障道法時諸比丘聞其中有少欲知足行頭陀樂學戒知慚愧者嫌責二沙彌言云何汝等自相謂言我從佛聞法行婬欲非障道法諸比丘往世尊所頭面禮足在一面坐以此因緣具白世尊世尊爾時以此因緣集比丘僧呵責此二沙彌言汝所爲非非威儀非淨行非隨順行所不應爲云何汝等自相謂言我從佛聞法其行婬欲者非障道法爾時世尊以無數方便呵責此二沙彌已告諸比丘自今已去與此二沙彌作呵諫捨此事故白四羯磨應如是作呵諫立此二沙彌於衆僧前眼見不聞處衆中當差堪能羯磨者如上作如是白大

德僧聽彼二沙彌自相謂言我從世尊聞法行婬欲者非障道法若僧時到僧忍聽呵責彼二沙彌捨此事故沙彌莫作是語莫誹謗世尊誹謗世尊者不善世尊不作是語沙彌世尊無數方便說行婬欲是障道法白如是大德僧聽彼二沙彌自相謂言我從世尊聞法行婬欲者非障道法僧今與彼二沙彌作呵諫令捨此事故汝沙彌莫誹謗世尊誹謗世尊者不善世尊不作是語世尊無數方便說婬欲是障道法誰諸長老忍僧今呵責二沙彌令捨此事者默然誰不忍者說是初羯磨第二第三亦如是說衆僧已忍呵責二沙彌竟僧忍默然故如是持彼二沙彌衆僧呵責而故不捨此事時諸比丘聞其中有少欲知足行頭陀樂學戒知慙愧者嫌責二沙彌

云何汝等僧呵責而故不捨惡見諸比丘往世尊所頭面禮足在一面坐以此因緣具白世尊世尊以此因緣集比丘僧呵責二沙彌言汝所爲非非威儀非沙門法非淨行非隨順行所不應爲云何汝等二沙彌衆僧呵責而故不捨惡見世尊以無數方便呵責二沙彌已告諸比丘衆僧應與此二沙彌作惡見不捨滅擯白四羯磨應如是作將二沙彌至衆前立著見處不聞處衆中當差堪能羯磨者如上作如是白大德僧聽此二沙彌衆僧呵責故不捨惡見若僧時到僧忍聽僧今爲二沙彌作惡見不捨滅擯自今已去此沙彌不應言佛是我世尊不得隨逐餘比丘如諸沙彌得與比丘二宿三宿汝等不得汝出去滅去不應住此白如是大德僧聽此二沙彌

衆僧呵責故不捨惡見衆僧今與二沙彌作
惡見不捨滅擯羯磨自今已去此二沙彌不
得言佛是我世尊不應隨逐餘比丘如諸沙
彌得與比丘二宿三宿汝今不得汝出去滅
去不應住此誰諸長老忍僧爲二沙彌作惡
見不捨滅擯者默然誰不忍者說是初羯磨
第二第三亦如是說僧已忍與二沙彌作惡
見不捨滅擯竟僧忍默然故如是持時六群
比丘知僧爲此二沙彌作惡見不捨滅擯羯
磨而便誘將畜養共止宿諸比丘聞其中有
少欲知足行頭陀樂學戒知慙愧者嫌責六
群比丘言云何汝等知僧爲此二沙彌作惡
見不捨滅擯羯磨而誘將畜養共止宿諸比
丘往世尊所頭面禮足在一面坐以此因緣
具白世尊世尊以此因緣集比丘僧呵責六
群比丘言汝所爲非非威儀非沙門法非淨
行非隨順行所不應爲云何汝等知僧爲此
二沙彌作惡見不捨滅擯羯磨而誘將畜養
共止宿世尊以無數方便呵責六群比丘已
告諸比丘此癡人多種有漏處最初犯戒自
今已去與比丘結戒集十句義乃至正法久
住欲說戒者當如是說若沙彌作是言我知
世尊所說法行婬欲非障道法彼比丘諫此
沙彌如是言汝莫作是語莫誹謗世尊誹謗
世尊者不善世尊不作是語世尊無數方便
說行婬欲法是障道法彼作如是諫時此沙
彌堅持不捨彼比丘應乃至再三呵諫令捨
此事故若乃至三諫而捨者善不捨者彼比
丘當語彼沙彌言汝自今已去不得言佛是
我世尊不得隨逐餘比丘如諸沙彌得與比

丘二三宿汝今無是事汝出去滅去不應住此若比丘知如是衆中被擯沙彌而誘將畜養共止宿者波逸提如是世尊與比丘結戒彼二沙彌城中擯出便往外村城外擯出還入城中爾時諸比丘亦不知此是滅擯不滅擯後乃方知是滅擯或作波逸提懺者或有疑者佛言不知者無犯自今已去應如是說戒若比丘知沙彌作如是言我從佛聞法若行婬欲非障道法彼比丘諫此沙彌如是言汝莫誹謗世尊謗世尊者不善世尊不作是語沙彌世尊無數方便說婬欲是障道法彼比丘諫此沙彌時堅持不捨彼比丘應乃再三呵諫令捨此事故乃至三諫而捨者善不捨者彼比丘應語彼沙彌言汝自今已去不得言佛是我世尊不得隨逐餘比丘如諸沙彌得與比丘二三宿汝今無是事汝出去滅去不應住此若比丘知如是衆中被擯沙彌而誘將畜養共止宿者波逸提比丘義如上滅擯者僧與作滅擯白四羯磨畜養者若自畜若與人誘者若自誘若教人共宿者如上說若比丘先入宿滅擯者後至若滅擯先入比丘後至或二人俱至隨脇著地轉側波逸提比丘尼波逸提式叉摩那沙彌沙彌尼突吉羅是謂爲犯不犯者先不知若比丘先至滅擯者後至比丘不知若房四方無障上有覆廣說如上露地無犯若顛發倒地若病動轉或爲力勢所持被繫閉命難梵行難無犯無犯者最初未制戒癡狂心亂痛惱所纏七十竟

四分律藏卷第十七

音釋

呵責（呵呼何切怒言也責側革切誚也）偷蘭遮（偷蘭梵語也此云大遮者謂遮障善道也蘭郎干切）蚊虻（蚊無分切虻莫耕切）毗舍離（梵語也此云廣博嚴淨毘頻脂切）吒（陟駕切）誘（與久切引也）

四分律藏卷第十八

姚秦三藏佛陀耶舍共竺佛念譯

初分之十八

爾時佛在拘睒毗國瞿師羅園中爾時闡陀比丘餘比丘如法諫時作如是言我今不學此戒當問餘智慧持律比丘時諸比丘聞其中有少欲知足行頭陀樂學戒知慙愧者嫌責闡陀比丘言云何諸比丘如法諫時便作如是言我今不學此戒當問餘智慧持律比丘諸比丘往世尊所頭面禮足在一面坐以此因緣具白世尊世尊爾時以此因緣集比丘僧呵責闡陀比丘言汝所爲非非威儀非沙門法非淨行非隨順行所不應爲云何闡陀比丘餘比丘如法諫時作如是語我今不學此戒當問餘智慧持律比丘以無數方便呵責闡陀已告諸比丘此癡人多種有漏處最初犯戒自今已去與比丘結戒集十句義乃至正法久住欲說戒者當如是說若比丘餘比丘如法諫時如是語我今不學此戒當難問餘智慧持律比丘者波逸提若爲知爲學故應難問比丘義如上如法者如法如律如佛所教彼比丘如法諫此比丘時此比丘作如是語我今不學此戒當難問餘智慧持律比丘若說而了了波逸提不了了者突吉羅比丘尼波逸提式叉摩那沙彌沙彌尼突吉羅是謂爲犯不犯者彼比丘癡不解故此比丘作如是語汝還問汝和尚阿闍黎汝可更學問誦經若其事實爾或戲笑語或疾疾語或獨語夢中語或欲說此錯說彼無犯無犯者最初未制戒癡狂心亂痛惱所纏 十七竟

爾時佛在舍衛國祇樹給孤獨園爾時有衆多比丘共集在一處誦正法誦毗尼時六群比丘自相謂言此比丘等集在一處誦正法誦毗尼彼諸比丘誦律通利必當數數舉我罪我今寧可往語彼比丘長老何用此雜碎戒爲若欲誦者當誦四事若必欲誦者當誦四事十三事餘者不應誦何以故汝等若誦者使人懷疑憂惱時六群比丘便往語彼比丘言長老何用學此雜碎戒爲若欲誦者當誦四事若必誦者當誦四事十三事餘者不應誦何以故說是戒時令人懷疑憂惱餘比丘即觀察此六群比丘欲滅法故作是語耳諸比丘聞其中有少欲知足行頭陀樂學戒知慙愧者嫌責六群比丘言云何汝等欲滅法故作如是語諸比丘往世尊所頭面禮足在一面坐以此因緣具白世尊世尊爾時以此因緣集比丘僧呵責六群比丘言汝所爲非非威儀非沙門法非淨行非隨順行所不應爲云何汝等欲滅法故作如是語耶世尊以無數方便呵責六群比丘已告諸比丘此癡人多種有漏處最初犯戒自今已去與比丘結戒集十句義乃至正法久住欲說戒者當如是說若比丘說戒時作是語大德何用說是雜碎戒爲說是戒時令人惱愧懷疑輕呵戒故波逸提比丘義如上彼比丘若自說戒時若他說時若誦時作如是語長老何用誦此雜碎戒爲若欲誦者當誦四事若必誦者當誦四事十三事何以故若誦是戒時令人懷疑惱愧說而了了者波逸提不了了者突吉羅毀呰毗尼者波逸提毀呰阿毗曇者

突吉羅及餘契經毀呰者突吉羅比丘尼波逸提式叉摩那沙彌沙彌尼突吉羅是謂爲犯不犯者若語言先誦阿毗曇然後誦律先誦餘契經後誦律若有病者須差然後誦律當勤求方便於佛法中得四沙門果然後當誦律不欲滅法故作是語或戲笑語或疾疾語或夢中語或獨語欲說此乃錯說彼無犯無犯者最初未制戒癡狂心亂痛惱所纏十七竟二

爾時佛在舍衛國祇樹給孤獨園時六群比丘中有一比丘當說戒時犯罪自知罪障恐清淨比丘發舉便先詣清淨比丘所語言我今始知是法戒經所載半月半月說戒經來諸比丘察知六群比丘布薩時犯戒自知罪障恐清淨比丘發舉便先詣清淨比丘所語言我今始知此法戒經所載半月說戒經來諸比丘聞其中有少欲知足行頭陀樂學戒知慙愧者嫌責六群比丘言云何汝等說戒時犯罪而自知罪障恐清淨比丘發舉便先詣清淨比丘所語言我今始知此法戒經所載半月說戒經來諸比丘往世尊所頭面禮足在一面坐以此因緣具白世尊世尊爾時以此因緣集比丘僧呵責六群比丘言汝所爲非非威儀非沙門法非淨行非隨順行所不應爲云何說戒時犯罪自知罪障恐清淨比丘發舉便先詣清淨比丘所語言我今始知此法戒經所載半月說戒經來爾時世尊以無數方便呵責六群比丘中一比丘已告諸比丘言此愚癡人多種有漏處最初犯戒自今已去與比丘結戒集十句義乃至正法

久住欲說戒者當如是說若比丘說戒時作如是語我今始知此法戒經所載半月半月說戒經來餘比丘知是比丘若二若三說戒中坐何況多彼比丘無知無解若犯罪應如法治更重增無知罪語言長老汝無利不善得汝說戒時不用心念不一心攝耳聽法彼無知故波逸提比丘義如上彼比丘若自說戒時若他說時若誦戒時作如是語長老我今始知是法戒經所載半月說戒經來餘比丘知是比丘二三在布薩中坐何況多彼比丘無知無解隨所犯罪如法治應重增無知罪長老汝無利不善得說戒時不善用意思惟一心聽法無知故重與波逸提若不與者彼突吉羅比丘尼波逸提式叉摩那沙彌沙彌尼突吉羅是謂爲犯不犯者未曾聞說戒今始聞若未曾聞廣說今始聞若戲笑若疾疾語若獨語夢中語欲說此錯說彼無犯無犯者最初未制戒癡狂心亂痛惱所纏七十三竟

爾時佛在羅閱城耆闍崛山中爾時尊者沓婆摩羅子比丘衆中差令典衆僧床座卧具及分飲食彼以僧事以塔事故外人有爲初立寺初立房初作池井而設會布施不得往衣服破壞垢膩不淨於異時有人施衆僧貴價衣衆僧自相謂言此尊者沓婆摩羅子比丘衆僧差典床座卧具及分飲食彼以僧事塔事故外人有初立寺初立房初作池井而設會布施不得赴彼請衣服破壞垢膩不淨我等宜可以此衣與之時衆僧白二羯磨已以衣與之當白羯磨時六群比丘亦在衆中既與衣已便作是語此諸比丘隨所親以衆

僧衣與之時諸比丘聞其中有少欲知足行頭陀樂學戒知慙愧者嫌責六群比丘言云何汝等共在衆中作羯磨施與彼衣後方言諸比丘逐所親以衆僧衣與之諸比丘往世尊所頭面禮足在一面坐以此因縁具白世尊世尊爾時以此因縁集比丘僧呵責六群比丘言汝所爲非非威儀非沙門法非淨行非隨順行所不應爲云何汝等共集一處作白羯磨以衣與彼既與衣已後方言諸比丘逐所親以衆僧衣與之世尊以無數方便呵責六群比丘已告諸比丘此癡人多種有漏處最初犯戒自今已去與比丘結戒集十句義乃至正法久住欲說戒者當如是說若比丘共同羯磨已後如是言諸比丘隨親厚以衆僧物與者波逸提比丘義如上親厚者同和尚同阿闍黎坐起言語親厚者是僧物者如上所說物者衣鉢針筒尼師壇下至飲水器彼比丘先共衆中作羯磨已後悔言諸比丘逐親厚以僧衣物與之說而了了波逸提不了了突吉羅比丘尼波逸提式叉摩那沙彌沙彌尼突吉羅是謂爲犯不犯者其事實爾隨親厚以僧物與之無犯或戲笑語或疾疾語或獨處語或夢中語或欲說此乃錯說彼一切無犯無犯者最初未制戒癡狂心亂痛惱所纏七十四竟

爾時佛在舍衛國祇樹給孤獨園時有衆多比丘集在一處共論法毗尼時六群比丘自相謂言看此諸比丘共集一處似欲爲我等作羯磨即從坐起而去諸比丘語言汝等且住勿去有僧事而故去不住其中有少欲知

足行頭陀樂學戒知慙愧者嫌責六群比丘言衆僧集欲論法事云何便從坐起去諸比丘往至世尊所頭面禮足在一面坐以此因縁具白世尊世尊爾時以此因縁集比丘僧呵責六群比丘言汝所爲非非威儀非沙門法非淨行非隨順行所不應爲云何汝等衆僧集欲論法事從坐起而去世尊以無數方便呵責已告諸比丘此癡人多種有漏處最初犯戒自今已去與比丘結戒集十句義乃至正法久住欲說戒者當如是說若比丘衆僧斷事未竟起去者波逸提如是世尊與比丘結戒諸比丘或營僧事或營塔事或瞻視病比丘事疑佛言自今已去聽與欲自今已去當如是說戒若比丘衆僧斷事未竟不與說而起去波逸提比丘義如上僧者一說戒一羯磨事者有十八破僧事法非法乃至說不說若比丘僧斷事未竟而起去動足出戶外波逸提一足在戶外一足在戶內方便欲去而不去若期欲去而不去一切突吉羅比丘尼波逸提式叉摩那沙彌沙彌尼突吉羅是謂爲犯不犯者有僧事塔寺事有瞻視病人事與欲無犯若口噤不能與欲若非法羯磨非毗尼羯磨或爲僧事或爲塔寺事或爲和尚同和尚阿闍黎同阿闍黎或爲知識親厚方便爲作損減無利作無住處羯磨如是不與欲去一切無犯無犯者最初未制戒癡狂心亂痛惱所纏七十五竟

爾時佛在舍衛國祇樹給孤獨園時六群比丘中有犯事者恐衆僧彈舉六人便共相隨至大食小食上若衆僧大集說法時若說戒

時六人共俱不相離使諸比丘無由得與作羯磨後於異時六群比丘作衣諸比丘自相謂言此六群比丘今在此作衣欲作羯磨者今正是時即遣使喚言汝等來衆僧有事六群比丘報言僧有何事我等停作衣不得往僧報言汝等若不得來可令一二比丘持欲來六群比丘即令一比丘受欲來爾時衆僧即與此一比丘作羯磨作羯磨已即還至彼六群比丘所彼問言衆僧何所作爲此比丘報言於我身無利問言以何事於汝身無利報言衆僧與我作羯磨六群比丘前與欲已後便誨言彼作羯磨者非爲羯磨羯磨不成我以彼事故與欲不以此事諸比丘聞其中有少欲知足行頭陀樂學戒知慙愧者嫌責六群言云何汝等與欲已後自悔言我以彼事與欲不以此事諸比丘往世尊所頭面禮足在一面坐以此因緣具白世尊世尊以此因緣集比丘僧呵責六群比丘言汝所爲非非威儀非沙門法非淨行非隨順行所不應爲云何前與欲已後自悔言我以彼事與欲不以此事耶世尊以無數方便呵責六群比丘已告諸比丘此癡人多種有漏處最初犯戒自今已去與比丘結戒集十句義乃至正法久住欲說戒者當如是說若比丘與欲已後悔者波逸提比丘義如上若比丘與欲已後悔作是言汝等作羯磨非羯磨羯磨不成我以彼事故與欲不以此事說而了了者波逸提不了了突吉羅比丘尼波逸提式叉摩那沙彌沙彌尼突吉羅是謂爲犯不犯者其事實爾非羯磨羯磨不成故便作是言非羯

磨羯磨不成不犯若戲笑語疾疾語獨處語夢中語欲說此乃錯說彼一切無犯無犯者最初未制戒癡狂心亂痛惱所纏七十六竟

爾時佛在舍衛國祇樹給孤獨園時六群比丘聽諸比丘闘諍言語已而向彼人說令僧未有諍事而有諍事已有諍事而不除滅諸比丘作如是念以何因緣令僧未有諍事而有諍事已有諍事而不除滅諸比丘即察知之是六群比丘聽諸比丘闘諍語言已而向彼說故耳爾時諸比丘聞其中有少欲知足行頭陀樂學戒知慚愧者嫌責六群比丘言汝等云何聽諸比丘闘諍已而向彼說令僧未有諍事而有諍事已有諍事而不除滅諸比丘往世尊所頭面禮足在一面坐以此因緣具白世尊世尊爾時以此因緣集比丘僧呵責六群比丘言汝所爲非非威儀非淨行非隨順行所不應爲云何汝等聽諸比丘諍已而向彼說令僧未有諍事而有諍事已有諍事而不除滅世尊以無數方便呵責已告諸比丘此癡人多種有漏處最初犯戒自今已去與比丘結戒集十句義乃至正法久住欲說戒者當如是說若比丘比丘共闘諍已聽此語向彼說波逸提比丘義如上闘諍有四種言諍覔諍犯諍事諍聽者屏聽他語若比丘往聽他諍比丘語從道至道從道至非道從非道至道從高至下從下至高往而聞波逸提不聞突吉羅若方便欲去而不去若共期去而不去一切突吉羅若二人共在闇地語當彈指若謦咳驚之若不爾突吉羅若二人隱處語亦當彈指謦咳若不突吉羅若

在道行有二人在前共語亦當彈指謦欬若不突吉羅比丘尼波逸提式叉摩那沙彌沙彌尼突吉羅是謂爲犯不犯者若二人在闇處共語謦欬彈指若二人在屏處語彈指謦欬在道行二人在前行共語若後來謦欬彈指若欲作非法羯磨非毗尼羯磨若爲衆僧若爲塔寺若爲和尚同和尚若阿闍黎同阿闍黎親厚知識欲作損減無利無住處如是等羯磨欲得知之而往聽無犯無犯者最初未制戒癡狂心亂痛惱所纏七十七竟

爾時佛在舍衛國祇樹給孤獨園爾時六群比丘中有一比丘瞋恚打十七群比丘其被打人高聲大喚言止止莫打我時比房比丘聞即問言汝何故大喚時被打比丘答言向爲彼比丘所打時諸比丘聞其中有少欲知足行頭陀樂學戒知慙愧者嫌責六群比丘言云何以瞋恚乃打十七群比丘時諸比丘往世尊所頭面禮足在一面坐以此因緣具白世尊世尊爾時以此因緣集比丘僧呵責六群比丘言汝所爲非非威儀非淨行非隨順行所不應爲云何汝等乃打十七群比丘世尊以無數方便呵責六群比丘已告諸比丘此癡人多種有漏處最初犯戒自今已去與比丘結戒集十句義乃至正法久住欲說戒者當如是說若比丘瞋恚故不喜打比丘者波逸提比丘義如上打者若手若石若杖若比丘以手石杖打比丘者一切波逸提除杖手石若餘户鑰曲鉤拂柄香爐柄挃者一切突吉羅比丘尼波逸提式叉摩那沙彌沙彌尼突吉羅是謂爲犯不犯者若有病須人

椎打若食噎須椎脊若共語不聞而觸令聞若睡時以身委他上若來往經行時共相觸若掃地時杖頭誤觸一切無犯無犯者最初未制戒癡狂心亂痛惱所纏七十八竟

爾時佛在舍衛國祇樹給孤獨園時六群比丘以手搏十七群比丘其被搏人高聲大喚言止止莫爾比房比丘聞即問言汝何故大喚報言此比丘以手搏我故大喚諸比丘聞其中有少欲知足行頭陀樂學戒知慙愧者嫌責六群比丘言汝云何以手搏十七群比丘諸比丘往世尊所頭面禮足在一面坐以此因緣具白世尊世尊爾時以此因緣集比丘僧呵責六群比丘言汝所爲非非威儀非淨行非隨順行所不應爲云何汝等以手搏十七群比丘世尊以無數方便呵責六群比丘已告諸比丘此癡人多種有漏處最初犯戒自今已去與比丘結戒集十句義乃至正法久住欲說戒者當如是說若比丘瞋恚不喜以手搏比丘者波逸提比丘義如上手者兩手彼比丘瞋恚以手搏比丘者波逸提除手已若戶鑰拂柄香爐柄挃一切突吉羅比丘尼波逸提式叉摩那沙彌沙彌尼突吉羅是謂爲犯不犯者若他欲打舉手遮若象來若盜賊來若惡獸來若持刺來舉手遮無犯若渡水若欲從溝瀆泥水處過相近舉手招喚餘比丘觸彼無犯若彼不聞語手挃令聞若眠時若行來入出若掃地若以杖誤觸不故作一切無犯無犯者最初未制戒癡狂心亂痛惱所纏七十九竟

爾時佛在舍衛國祇樹給孤獨園爾時六群

比丘瞋恚故以無根僧伽婆尸沙謗十七群比丘時諸比丘聞已其中有少欲知足行頭陀樂學戒知慙愧者嫌責六群比丘言汝云何瞋恚故以無根僧伽婆尸沙謗十七群比丘諸比丘往世尊所頭面禮足在一面坐以此因緣具白世尊世尊爾時以此因緣集比丘僧呵責六群比丘言汝所爲非非威儀非淨行非隨順行所不應爲汝云何瞋恚故以無根僧伽婆尸沙謗十七群比丘世尊以無數方便呵責六群比丘已告諸比丘此癡人多種有漏處最初犯戒自今已去與比丘結戒集十句義乃至正法久住欲說戒者當如是說若比丘瞋恚故以無根僧伽婆尸沙謗者波逸提比丘義如上根者有三根見根聞根疑根見根者實見弄陰失精或見與婦女身相觸或見與婦女麤惡語或見於婦女前自歎譽身或見共相媒嫁時若餘人見從彼人聞者是謂見根聞根者聞弄陰失精或聞與婦女身相近或聞與婦女麤惡語或聞婦女前自歎譽身或聞共相媒嫁若彼人聞從彼聞是謂聞根疑根者有二因緣生疑見生疑聞生疑云何見生疑其人見共婦女出林時見入林時見或露身無衣不淨流出汙身或見與惡知識從事或共戲是爲見而生疑云何聞中生疑或聞處聞動床聲聞草蓐聲聞喘息聲聞語聲或聞交會聲或聞彼人自言我犯失精或言我與女人身相觸或言我與婦女麤惡語或言我於婦女前自歎說身或言我媒嫁男女聞如是等於中生疑除此三根已以餘謗者是爲無根若比丘瞋恚故

以無根僧伽婆尸沙謗說了了者波逸提不了了者突吉羅比丘尼波逸提式叉摩那沙彌沙彌尼突吉羅是謂爲犯不犯者見根聞根疑根若說其實欲令改悔而不誹謗若戲笑語疾疾語獨處語夢中語若欲說此錯說彼無犯無犯者最初未制戒癡狂心亂痛惱所纏竟八十

爾時佛在舍衛國祇樹給孤獨園時舍衛城中有一大姓婆羅門名耶若達多饒財寶生業無量田地穀食不可稱計金銀硨磲碼碯眞珠琥珀水精瑠璃象馬奴婢庫藏溢滿威相具足時有一婢名曰黃頭常守末羅園時彼婢常愁憂言我何時當免出於婢時彼婢晨朝得已食分乾飯持詣園中爾時世尊時到著衣持鉢欲入城乞食時黃頭婢遙見如來心自念言我今寧可持此飯施彼沙門或可脫此婢使即持飯施如來爾時世尊慈愍故爲受還精舍時黃頭婢即前進入末羅園中時波斯匿王嚴四種兵出外遊獵從人各各分張馳逐群鹿天時大熱疲乏遙見末羅園相去不遠即迴車往留車在外步入園中時黃頭遙見王波斯匿來即生念彼人來者行步舉動非是常人即前奉迎言善來大人可就此處坐即脫一衣敷之令王坐黃頭問言不審須水洗脚不王言可爾黃頭即以藕葉取水與王王自以水洗黃頭爲王揩脚黃頭復問王言欲洗面不王言可爾黃頭即更以藕葉盛水與王洗面黃頭復問王言欲飲不王言欲飲黃頭即詣池更洗手取好藕葉盛水與王飲黃頭復問王言不審欲小卧息

不王言欲卧息即復更脱一衣與王敷之令王卧息時黄頭見王卧已在前長跪按脚及處處支節解王疲勞黄頭身如天身細輭妙好王著細滑心念言未曾有如此女聰明我所不教而悉爲之王即問言汝是誰家女黄頭報言我是耶若達家婢使差我常守此末羅園如是語頃波斯匿王大臣尋王車迹來詣園中跪拜王足已在一面立王勑一人言汝速喚耶若達婆羅門來即受王教喚婆羅門將來詣王所跪拜王足已在一面立王問言此女人是汝婢耶婆羅門答言是王言吾今欲取爲婦汝意云何婆羅門報言此是婢使云何爲婦王言無苦但論價直婆羅門報言欲論價直百千兩金我豈可取王價令將奉上大王王言不爾我今取爲婦云何不與價王即出百千兩金與婆羅門已遣使詣宫取種種瓔珞衣裳服飾沐浴澡洗莊嚴女身同載入宫衆臣衛從時黄頭心自念言此非餘人乃是王波斯匿即得處宫裏習學種種伎術書筭印畫衆形像歌舞戲樂無事不知從末利園中將來故即葪之爲末利夫人年遂長大王甚愛敬復於異時王於五百女人中立爲第一夫人在高殿上便自念言我以何業報因縁得免於婢今受如是快樂復作是念將是我先以和蜜乾飯分施與沙門以此因縁故今得免婢受如是快樂耳即問左右人言舍衛城中頗有如此像貌沙門不答言有是如來無所著至眞等正覺夫人聞已歡喜便欲往至佛所即詣王波斯匿白言我欲見佛禮拜問訊王報言宜知是時末利夫

人即嚴駕五百乘車五百婇女侍從出舍衛城詣祇洹精舍到已下車步入園中遥見如來顔貌端正諸根寂定得上調伏如調象王又如澄淵清淨無穢見已歡喜來詣佛所頭面禮足在一面坐白佛言以何因緣受女人身顔貌醜陋見者不歡資財乏少無有威力復何因緣顔貌醜陋見者不歡資財無乏無有威力復何因緣顔貌醜陋見者不歡資財無乏大有威力復何因緣顔貌端正見者歡喜資財無乏大有威力爾時世尊告末利夫人或有女人心多瞋恚喜惱於人以少言現大瞋恚若以多言亦現大瞋恚亦不布施沙門婆羅門貧窮孤老來乞求者衣服飲食象馬車乘香華瓔珞房舍卧具燈燭一切皆不施與若見他得利養而生嫉心是故末利女人多瞋恚故顔貌醜陋見者不歡以不布施故資財乏少見他得利養生嫉妬故無有威力若末利女人心多瞋恚喜惱於人以少言現大瞋恚以多言亦現大瞋恚而能布施沙門婆羅門貧窮孤老來乞求者衣服飲食象馬車乘香華瓔珞房舍卧具皆給與之見他得利養而生嫉妬是故女人多瞋恚故顔貌醜陋以布施故資財無乏心生嫉妬故無有威力若末利女人心多瞋恚喜惱於人以少言現大瞋恚以多言亦現大瞋恚而能布施沙門婆羅門貧窮孤老來乞求者衣服飲食華香瓔珞乃至房舍卧具燈燭皆給與之見他得利養者心不嫉妬是故女人以瞋恚故顔貌醜陋布施故資財無乏以見他得利養不生嫉妬故有大威力若末利女人無有瞋

恚不惱於人若聞少言多言亦不現大瞋恚而能布施沙門婆羅門貧窮孤老來乞求者象馬車乘衣服飲食乃至燈燭皆給與之見他得利不生嫉妬是故末利女人不瞋恚故顏貌端正以布施故資財無乏不嫉妬故有大威力如是末利以此因緣故女人顏貌醜陋資財乏少無有威力以此因緣女人顏貌醜陋資財無乏無有威力以此因緣女人顏貌醜陋資財無乏有大威力以此因緣女人顏貌端正資財無乏有大威力爾時末利夫人重白佛言大德我前世時多瞋恚喜惱於人少言而現大瞋恚以多言亦現大瞋恚何以故而今我受形醜陋人不好喜以是故知大德我前世能行布施沙門婆羅門貧窮孤老來乞求衣服飲食乃至燈燭皆給與之是故我今日資財無乏大德我前世見他得利養不生嫉妬心故今日有大威力而此波斯匿王宮中五百女人皆是刹利種姓而我於中尊貴自在大德我自今已去不復瞋恚惱於他人不以少言多言而現大瞋恚常當布施沙門婆羅門貧窮孤老來乞求者衣服象馬車乘乃至燈燭皆給與之若見他得利養心不生嫉妬大德我自今已去盡形壽歸依佛法僧聽爲優婆私自今已去不殺生乃至不飲酒爾時世尊與末利夫人無數方便說法開化勸令歡喜所謂法者說施說戒說生天之法呵欲爲過欲爲不淨有漏纏縛讚歎出離解脫爲樂即於座上諸塵垢盡得法眼淨見法得法已得果證時夫人重白佛言我今第二第三歸依佛法僧聽爲優婆私自今已

去盡形壽不殺生乃至不飲酒即從座起頭面禮佛足遶三帀而去還至宮中勸喻波斯匿王令得信樂王既信樂已便聽諸比丘入出宮閤無有障礙時迦留陀夷到時著衣持鉢往入波斯匿王宮時王與夫人晝日共眠夫人遥見迦留陀夷來即起披衣以所披大價衣拂拭床座令坐時夫人失衣墮地形露慙愧而蹲時迦留陀夷見已尋還出宮王問夫人向者比丘見汝形耶夫人白王言雖見如兄弟姊妹無異此事無苦時迦留陀夷還至僧伽藍中語諸比丘波斯匿王第一寶者我今悉見比丘問言汝見何等寶耶迦留陀夷答言我見末利夫人形露悉得見之諸比丘聞其中有少欲知足行頭陀樂學戒知慙愧者嫌責迦留陀夷言云何乃入王宮至婇女間諸比丘往世尊所頭面禮足在一面坐以此因緣具白世尊世尊爾時以此因緣集比丘僧知而故問迦留陀夷汝實入王宮乃至婇女間耶答言實爾世尊世尊以無數方便呵責迦留陀夷言汝所爲非非威儀非淨行非隨順行所不應爲云何乃入王宮婇女間世尊以無數方便呵責迦留陀夷已告諸比丘此癡人多種有漏處最初犯戒自今已去與比丘結戒集十句義乃至正法久住欲說戒者當如是說若比丘剎利水澆頭王種王未出未藏寶而入若過宮門閾者波逸提

比丘義如上王剎利水澆頭種者取四大海水取白牛右角收拾一切種子盛滿中置金輦上使諸小王輿王與第一夫人共坐輦上大婆羅門以水灌王頂上若是剎利種水灌

頂上作如是立王故名爲刹利王水澆頭種若是婆羅門種毗舍首陀羅種以水灌頂作如是立王亦名爲刹利王水澆頭種未出者王未出婇女未還本處未藏寶者金銀真珠硨磲碼碯水精瑠璃貝玉一切衆寶瓔珞而未藏舉若比丘王刹利水澆頭種王未出未藏寶若入王宮過門閾者波逸提若一足在外一足在内發意欲去若共期而不去者一切突吉羅除王刹利種若入餘粟散小王豪貴長者家入過門閾者一切突吉羅比丘尼式叉摩那沙彌沙彌尼突吉羅是謂爲犯不犯者若王已出若婇女還本處所有金寶瓔珞已藏舉若有所奏白若被請喚或爲力勢所執持去若命難梵行難一切無犯無犯者最初未制戒癡狂心亂痛惱所纏八十一竟

爾時佛在舍衛國祇樹給孤獨園爾時有外道弟子居士從拘薩羅國在道行道邊止息忘千兩金囊而去時有衆多比丘亦從彼道行後來亦止息道邊見此金囊在地自相謂言爲且持去若有主識者當還即持而去時彼居士忘此金囊前行數里乃憶疾疾而還諸比丘遥見自相謂言此人來者行疾必是金主諸比丘即問言欲何所至居士報言汝自去何須問我爲諸比丘言見語所往處何若報言我乃於某處止息忘千兩金囊故今往彼取之諸比丘即出金囊示之言是汝物非耶居士報言是我囊耳但此中物何故少諸比丘言我等實正得爾許耳居士即詣官了之時王波斯匿身自在座斷事遣信喚諸比丘諸比丘往問言大德此事云何如彼人

語不諸比丘白王言我等所得止有此耳更無時居士言我所有物者乃至若干王即勑人如彼所説斤兩取庫中金來盛著此囊中即如教取金盛之其囊不受王語居士言此非汝物汝更自求去即治其罪更稅家財物并此金一切入官爾時諸比丘聞其中有少欲知足行頭陀樂學戒知慚愧者嫌責諸比丘言云何自手捉金銀使居士爲官治罪并稅家財物盡没入於官諸比丘往世尊所頭面禮足在一面坐以此因緣具白世尊世尊爾時以此因緣集比丘僧呵責諸比丘言汝所爲非非威儀非淨行非隨順行所不應爲云何汝等自手捉金銀使王罰讁居士并財物没入於官世尊無數方便呵責諸比丘已告諸比丘言此癡人多種有漏處最初犯戒自今已去與比丘結戒集十句義乃至正法久住欲説戒者當如是説若比丘捉寶若寶莊飾自捉若教人捉者波逸提如是世尊與比丘結戒爾時舍衛城中世俗常法諸女人節會日毗舍佉母自莊嚴瓔珞從祇洹邊過而彼得信樂心復作是念我何用女人節會爲我今寧可往世尊所禮拜問訊彼即迴還入祇洹精舍心自念言我不宜著瓔珞莊嚴具往見世尊今當先脱却然後乃見禮拜世尊時將從在一樹下脱身寶衣瓔珞積置樹下乃成大積往世尊所頭面禮足在一面立爾時世尊即與方便説法開化歡喜時毗舍佉母聞如來説法已甚大歡喜前禮佛足遶已而去心存於法直出祇洹門忘取瓔珞寶衣嚴身具還家乃憶作是念言若我遣信往

取衣脱取不得便能辱諸比丘即止不遣使往取有一比丘見毗舍佉毋入祇洹詣樹下時又見出時竟不詣此樹下彼比丘便往樹所見諸寶衣瓔珞積在一處見已心疑不敢取念言世尊制戒若比丘捉寶若寶莊飾自捉若教人捉波逸提彼比丘往白世尊世尊告言自今已去聽在僧伽藍內見有遺物為不失堅牢故當取舉之自今已去當如是說戒若比丘捉金寶若寶莊飾自捉若教人捉除僧伽藍中波逸提如是世尊與比丘結戒

爾時有衆多比丘從拘薩羅國在道行下道至一無住處村問彼人言此中何處有空房舍可止宿處諸人語言此有某甲巧師家有空房舍可往止宿諸比丘往巧師舍語言我欲寄宿可爾不報言可爾諸比丘即入其舍內敷草蓐而坐正身正意繫念在前爾時巧師有已成金未成金已成未成金已成銀未成銀已成未成銀置舍內而捨去時諸比丘為守護故竟夜不眠恐人盜此金銀去夜過已巧師來入屋問訊諸比丘言諸尊夜得安眠不比丘報言不得眠即問言何故不得眠比丘報言汝留此雜物置屋中我等竟夜為守護故不得眠時諸比丘以此因緣具白世尊世尊告曰自今已去聽諸比丘在他家止宿時若屋中有物為不失堅牢故應收舉自今已去當如是說戒若比丘若寶及寶莊飾自捉若教人捉除僧伽藍中及寄宿處波逸提若比丘在僧伽藍中若寄宿處捉寶若以寶莊飾自捉教人捉當作是意若有主識者當取作如是因緣非餘比丘義如上寶者金

銀真珠琥珀硨磲碼碯瑠璃貝玉生象金寶莊飾者銅鐵鉛錫白鑞以諸寶莊飾也若比丘在僧伽藍内若舍内若寶若寶莊飾自捉若教人捉當識囊器相識裹相識繫相應解囊器看知幾連綴幾未連綴幾方幾圓幾故幾新若有求索者應問言汝物何似若相應應還若不相應語言我不見如是物若有二人俱來索應問言汝物其形何似若言相應者應還若不相應當語言我不見如是物若二人語俱相應應持物著前語言是汝等物各取若比丘在僧伽藍内若舍内若寶若寶莊飾若自捉若教人捉若不識囊裹相繫相突吉羅若解囊不看幾連綴幾未連綴幾方幾圓幾新幾故一切突吉羅比丘尼波逸提式叉摩那沙彌沙彌尼突吉羅是謂為犯

不犯者若至僧伽藍内若宿處若寶若寶莊飾若自捉若教人捉識囊相裹相繫相解囊看知幾連綴幾未連綴幾方幾圓幾新幾故若二人俱來索問言汝物形何似若語相應者應還若不相應當語言我不見如是物若二人語俱相應者當持物著前語言是汝物者持去若是供養塔寺莊嚴具為堅牢故收舉如是一切無犯無犯者最初未制戒癡狂心亂痛惱所纏 八十二竟

四分律藏卷第十八

音釋

呰 將几切口毀也 阿毗曇 梵語也此云無比法曇徒含切 沓 徒合切 噤 巨禁切閉也 抶 陟栗切擊也 噎 一結切食窒氣不通也 溝瀆 溝 古侯切水注谷曰溝 瀆 徒谷切水注澮曰瀆 喘 昌兗切疾息也 閾 雨逼切門限也 讁 陟革切責也 綴 陟衛切聯也

四分律藏卷第十九

姚秦三藏佛陁耶舍共竺佛念譯

初分之十九

爾時佛在舍衛國祇樹給孤獨園時跋難陁釋子非時入村與諸居士共樗蒱比丘勝諸居士不如居士以慳嫉故便言比丘晨朝入村為乞食故非時入村為何事耶時諸比丘聞其中有少欲知足行頭陀樂學戒知慚愧者嫌責跋難陁釋子云何非時入村與諸居士共樗蒱戲諸比丘往至世尊所頭面禮足在一面坐以此因縁具白世尊世尊爾時以此因縁集比丘僧呵責跋難陁釋子汝所為非非威儀非沙門法非淨行非隨順行所不應為云何跋難陁釋子非時入村與諸居士而共樗蒱戲世尊無數方便呵責跋難陁釋子已告諸比丘此癡人多種有漏處最初犯戒自今已去與比丘結戒集十句義乃至正法久住欲說戒者當如是說若比丘非時入聚落波逸提如是世尊與比丘結戒其中比丘或有僧事或塔寺事或瞻視病人事佛言自今已去聽諸比丘有事縁囑授已入聚落諸比丘不知囑授何人佛言當還囑比丘若獨處一房當囑授比房自今已去當如是說戒若比丘非時入聚落不囑比丘者波逸提比丘義亦如上時者從明相出至中時非時者從中後至明相未出村聚落者四種村如上有比丘者同住客得囑及處若比丘非時入村有比丘不囑授動足初入村門波逸提一脚在門内一脚在門外方便欲去不去若共期不去一切突吉羅比丘尼波逸提式叉

摩那沙彌沙彌尼突吉羅是謂爲犯不犯者若比丘營衆僧事塔寺事瞻病人事囑授比丘若道由村過若有所啓白若爲喚若受請或爲力勢所執或被繫縛將去或命難梵行難無犯無犯者最初未制戒癡狂心亂痛惱所纏八十三竟

爾時佛在舍衛國祇樹給孤獨園時尊者迦留陀夷預知世尊必從此道來即於道中敷高好牀座迦留陀夷遥見世尊來白佛言世尊看我牀座善逝看我牀坐佛言當知此癡人內懷弊惡爾時世尊以此因緣集比丘僧告諸比丘此癡人迦留陀夷敷高廣大牀但自爲已爾時世尊以無數方便呵責迦留陀夷已告諸比丘此癡人多種有漏處最初犯戒自今已去與比丘結戒集十句義乃至正法久住欲説戒者當如是説若比丘作繩牀木牀足應高如來八指除入陛孔上截竟若過者波逸提比丘義如上牀者五種牀如上若比丘自作繩牀木牀足應高八指截竟過者波逸提作而不成突吉羅若教人作過八指截竟波逸提作而不成突吉羅若爲他作成不成一切突吉羅比丘尼波逸提式叉摩那沙彌沙彌尼突吉羅是謂爲犯不犯者若作足高八指若減八指若他施已成者截而用之若脱脚却無犯無犯者最初未制戒癡狂心亂痛惱所纏八十四竟

爾時佛在舍衛國祇樹給孤獨園時六群比丘作兜羅綿貯繩牀木牀大小褥諸居士見皆共嫌之自相謂言此沙門釋子不知慚愧無有慈心斷衆生命外自稱言我修正法作

兜羅綿貯木牀及繩牀大小褥如似國王亦如大臣如是有何正法諸比丘聞其中有少欲知足行頭陀樂學戒知慙愧者嫌責六群比丘云何作兜羅綿貯繩牀木牀大小褥時諸比丘往至世尊所頭面作禮在一面坐以此因縁具白世尊世尊爾時以此因縁集比丘僧呵責六群比丘汝所爲非非威儀非沙門法非淨行非隨順行所不應爲云何作兜羅綿貯繩牀木牀大小褥令居士嫌也呵責六群比丘已告諸比丘此癡人多種有漏處最初犯戒自今已去與比丘結戒集十句義乃至正法久住欲說戒者當如是說若比丘作兜羅綿貯繩牀木牀大小褥成者波逸提

比丘義如上兜羅者白楊樹華楊柳華蒲臺華木牀有五種如上繩牀有五種如上大褥者爲坐卧故小者爲坐故若比丘以兜羅綿貯繩牀木牀大小褥若自作成者波逸提不成者突吉羅若教他使作成者波逸提不成突吉羅若爲他作成不成一切突吉羅比丘尼波逸提式叉摩那沙彌沙彌尼突吉羅是謂爲犯不犯者若鳩羅耶草文若草娑婆草若以毳劫貝碎弊物若用作支肩物作輿上枕無犯無犯者最初未制戒癡狂心亂痛惱所纏八十五竟

爾時佛在羅閱城耆闍崛山中時有信樂工師爲比丘作骨牙角針筒以是故令此工師廢家事業財物竭盡無復衣食時諸世人皆作此言此工師未供養沙門釋子時多財饒寶自供養沙門釋子已來居家貧匱無所食故所以供養者望得其福而反得殃時諸比

丘聞其中有少欲知足行頭陀樂學戒知慙愧者嫌責諸比丘汝等云何使彼工師作骨牙角針筒廢家事業財物竭盡諸比丘往至世尊所頭面禮足在一面坐以此因緣具白世尊世尊爾時以此因緣集比丘僧呵責諸比丘汝所爲非非威儀非沙門法非淨行非隨順行所不應爲云何諸比丘使工師作骨牙角針筒財物竭盡世尊以無數方便呵責諸比丘已告諸比丘此癡人多種有漏處最初犯戒自今已去與比丘結戒集十句義乃至正法久住欲說戒者當如是說若比丘作骨牙角針筒刳刮者波逸提比丘義如上若比丘骨牙角自刳作而成者波逸提不成者突吉羅若教他作而成者波逸提不成者突吉羅若爲他作成不成一切突吉羅比丘尼突吉羅式叉摩那沙彌沙彌尼突吉羅是謂爲犯不犯者若鐵若銅若鉛錫若白鑞若竹若木若葦若舍羅草用作針筒不犯若作錫杖頭鏢鑽若作傘蓋子及斗頭鏢若作曲鉤若作刮汙刀若作如意若作玦紐若作匙若作杓若作鉤衣鉤若作眼藥篦若作刮舌刀若作摘齒物若作挑耳篦若作禪鎮若作熏鼻筒如是一切無犯無犯者最初未制戒癡狂心亂痛惱所纏八十六竟

爾時佛在舍衛國祇樹給孤獨園時世尊不受請檀越送食諸佛常法若不受請遍行房舍見異處以衆僧臥具敷在露地不淨所汙時天大暴雨世尊即以神力令衆僧臥具不爲雨漬諸比丘還世尊以此因緣集比丘僧告言我向者遍行房舍看見有異處敷衆僧

卧具在露地不淨汙時天大雨我以神力使
雨不漬當知此汙是有欲人非是無欲人是
瞋恚人非是無瞋恚人是癡人非是無癡人
也若離欲外道仙人離欲者無有此事況阿
羅漢若比丘念不散亂而睡眠者無有此事
況阿羅漢自今已去聽諸比丘爲障身障衣
障卧具故作尼師壇世尊既聽作尼師壇六
群比丘便多作廣長尼師壇時諸比丘見問
言世尊制戒聽畜三衣不得過長此是何人
衣六群比丘報言是我等尼師壇諸比丘聞
其中有少欲知足行頭陀樂學戒知慚愧者
嫌責六群比丘言云何汝等多作廣長尼師
壇諸比丘往世尊所頭面禮足在一面坐以
此因緣具白世尊世尊爾時以此因緣集比
丘僧呵責六群比丘言汝所爲非非威儀非
沙門法非淨行非隨順行所不應爲云何汝
等廣大作尼師壇世尊以無數方便呵責六
群比丘已告諸比丘言此癡人多種有漏處
最初犯戒自今已去與比丘結戒集十句義
乃至正法久住欲說戒者當如是說若比丘
作尼師壇當應量作是中量者長佛二搩手
廣一搩手半過者裁竟波逸提如是世尊與
比丘結戒時尊者迦留陀夷體大尼師壇小
不得坐知世尊從此道來便在道邊手挽尼
師壇欲令廣大世尊見迦留陀夷手挽尼師
壇已知而故問言汝何故挽此尼師壇答言
欲令廣大是故挽耳爾時世尊以此事與諸
比丘隨順說法讚歎頭陀少欲知足樂出離
者告諸比丘自今已去聽諸比丘更益廣長
各半搩手自今已去當如是說戒若比丘作

尼師壇當應量作是中量者長佛二搩手廣一搩手半更增廣長各半搩手若過裁竟波逸提比丘義如上尼師壇者敷下坐若比丘作尼師壇長中過量廣中不過量若廣中過量長中不過量廣長俱過量自作成者波逸提不成者突吉羅教他使作成者波逸提不成者突吉羅爲他作成不成突吉羅比丘尼突吉羅式叉摩那沙彌沙彌尼突吉羅是謂爲犯不犯者應量作或減量若從他得已成者裁割如量若疊作兩重無犯無犯者最初未制戒癡狂心亂痛惱所纏八十七竟

爾時佛在舍衛國祇樹給孤獨園時諸比丘患癰瘡疥種種瘡病膿血流出汙身汙衣汙卧具諸比丘往白佛佛言自今已去聽諸比丘畜覆瘡衣時諸比丘覆瘡衣麤多毛著瘡舉衣患痛比丘白佛佛言自今已去聽諸比丘以大價細輭衣覆瘡上著涅槃僧若至白衣家請坐時應語言我有患若主人語言但坐當褰上涅槃僧以此衣覆瘡而坐時六群比丘聞世尊聽作覆瘡衣便多作廣長覆瘡衣諸比丘見即問言世尊制戒畜三衣不得過長此是何衣六群比丘報言是我等覆瘡衣諸比丘聞嫌責六群比丘云何汝等多作廣長覆瘡衣時諸比丘往世尊所頭面禮足在一面坐以此因緣具白世尊世尊爾時以此因緣集比丘僧呵責六群比丘言汝所爲非非威儀非沙門法非淨行非隨順行所不應爲云何汝等多作廣長覆瘡衣爾時世尊以無數方便呵責六群比丘已告諸比丘言此癡人多種有漏處最初犯戒自今已去與

比丘結戒集十句義乃至正法久住欲説戒者當如是説若比丘作覆瘡衣當應量作是中量者長佛四磔手廣二搩手裁竟過者波逸提比丘義如上覆瘡衣者有種種瘡病持用覆身若長中應量廣中不應量長中不應量廣中應量若廣長俱不應量自作成者波逸提不成者突吉羅教人作成者波逸提不成突吉羅若爲他作成不成者盡突吉羅比丘尼突吉羅式叉摩那沙彌沙彌尼突吉羅是謂爲犯不犯者應量作或減量作若從他得裁割如量若疊作兩重無犯無犯者最初未制戒癡狂心亂痛惱所纏八十八竟

爾時佛在舍衛國祇樹給孤獨園爾時毗舍佉毋聞如來聽諸比丘作雨浴衣即大作雨浴衣遣人持詣僧伽藍中與諸比丘諸比丘得便分佛言此衣不應分自今已去若得雨浴衣隨上座付與若不足者憶次更得續次與使遍彼時得貴價衣續次與佛言不應爾應與上座易之以上座先得者轉次與下座若不遍者當以僧可分衣物與令遍時六群比丘聞如來制聽諸比丘作雨浴衣輙自多作廣大雨浴衣諸比丘見已即問言如來制戒畜三衣不得過長此是誰衣六群比丘報言是我等雨浴衣諸比丘聞其中有少欲知足行頭陀樂學戒知慚愧者嫌責六群比丘言汝等云何乃多作廣大雨浴衣諸比丘往世尊所頭面禮足在一面坐以此因緣具白世尊世尊爾時以此因緣集比丘僧呵責六群比丘汝所爲非非威儀非沙門法非淨行非隨順行所不應爲云何汝等多作廣大雨

浴衣以無數方便呵責六群比丘已告諸比丘此癡人多種有漏處最初犯戒自今已去與比丘結戒集十句義乃至正法久住欲說戒者當如是說若比丘作雨浴衣應量作是中量者長佛六磔手廣二磔手半過者裁竟波逸提比丘義如上雨浴衣者諸比丘著在雨中洗浴若比丘作雨浴衣長中不應量廣中應量若廣中不應量長中應量若廣長俱不應量自作而成波逸提不成突吉羅若教人作成波逸提不成突吉羅若爲他人作成不成盡突吉羅比丘尼突吉羅式叉摩那沙彌沙彌尼突吉羅是謂爲犯不犯者應量作減量作若從他得裁割如量若疊作兩重無犯無犯者最初未制戒癡狂心亂痛惱所纏八十九竟

爾時佛在釋翅搜尼拘類園中爾時尊者難陀短佛四指諸比丘遙見難陀來皆謂是佛來即起奉迎至乃知是難陀諸比丘皆懷慚愧難陀亦慚愧爾時諸比丘以此因緣具白世尊世尊告諸比丘自今已去制難陀比丘著黑衣時六群比丘與如來等量作衣或過量作諸比丘聞其中有少欲知足行頭陀樂學戒知慚愧者嫌責六群比丘汝等云何與如來等量作衣或過量作時諸比丘往至世尊所頭面禮足在一面坐以此因緣具白世尊世尊爾時以此因緣集比丘僧呵責六群比丘言汝所爲非非威儀非沙門法非淨行非隨順行所不應爲云何六群比丘與如來等量作衣或過量作無數方便呵責六群比丘已告諸比丘此癡人多種有漏處最初犯

戒自今已去與比丘結戒集十句義乃至正法久住欲說戒者當如是說若比丘與如來等量作衣或過量作者波逸提是中如來衣量者長佛十磔手廣六磔手是謂如來衣量比丘義如上衣者十種衣如上若比丘等如來衣量長中不應量廣中應量廣中不應量長中應量若廣長中俱不應量自作成者波逸提不成突吉羅若教他作成波逸提不成突吉羅若爲他作成不成亦突吉羅比丘尼突吉羅式叉摩那沙彌沙彌尼突吉羅是謂爲犯不犯者從他得成作衣當裁割如量若不裁割疊作兩重無犯無犯者最初未制戒癡狂心亂痛惱所纏九十竟

四提舍尼法

爾時佛在舍衛國祇樹給孤獨園時世儉穀貴人民飢餓死者無限乞求難得爾時蓮華色比丘尼到時著衣持鉢入舍衛城乞食所得初日食持與比丘得二日食若三日食亦與比丘蓮華色比丘尼復於異時著衣持鉢入舍衛城乞食時有長者乘車將從往問訊波斯匿王從者驅人避道時蓮華色比丘尼見已避道墮深泥中面掩地而卧長者見之慈愍即止車勑左右人扶出長者問言阿姨有何患苦報言我無所患飢乏故爾耳長者問言何故飢乏乞求難得耶答言易得耳我得初日食持與比丘二日三日食持與比丘故飢耳時長者嫌言沙門釋子受無猒足不知慙愧外自稱言我知正法如是何有正法受此比丘尼所得食不知義讓施雖無猒受應知足時長者即將此比丘尼還家浣濯衣

服爲作酥粥供給所須語言自今已去可常在我家食勿復餘去若外有所得者隨意與人時諸比丘聞其中有少欲知足行頭陀樂學戒知慙愧者嫌責彼比丘言云何汝等於比丘尼邊受食爾時諸比丘往世尊所頭面禮足在一面坐以此因緣具白世尊世尊爾時以此因緣集諸比丘僧呵責彼比丘言汝所爲非非威儀非沙門法非淨行非隨順行所不應爲云何受彼蓮華色比丘尼食不知止足以無數方便呵責已告諸比丘此癡人多種有漏處最初犯戒自今已去與比丘結戒集十句義乃至正法久住欲說戒者當如是說若比丘入村中自受比丘尼食食者彼比丘應向餘比丘說大德我犯可呵法所不應爲今向大德悔過是法名悔過法如是世尊與比丘結戒爾時諸比丘皆有疑不敢取親里比丘尼食佛言自今已去聽受親里比丘尼食時諸病比丘復有疑不敢受非親里比丘尼食佛言自今已去聽病比丘受非親里比丘尼食時諸比丘復有疑非親里比丘尼持食置地不敢取或使人授與亦不敢取佛言自今已去聽諸比丘受如是食自今已去當如是說戒若比丘入村中從非親里比丘尼若無病自手取食食者是比丘應向餘比丘悔過言大德我犯可呵法所不應爲我今向大德悔過是法名悔過法比丘義如上說非親里親里亦如上病者亦如上食者二種食亦如上彼比丘入村中從非親里比丘尼若不病而自手受如是食食咽咽波羅提提舍尼比丘尼突吉羅式叉摩那沙彌沙彌

尼突吉羅是謂爲犯不犯者受親里比丘尼食若有病若置地與若使人授與若在僧伽藍中與若在村外與若在比丘尼寺内與如是授取食無犯無犯者最初未制戒癡狂心亂痛惱所纏一竟

爾時佛在舍衛國祇樹給孤獨園時衆多比丘與六群比丘在白衣家内共座食時六群比丘尼爲六群比丘索羹飯語言與此羹與此飯而捨中間不與乃越次與六群比丘而食之時諸比丘聞其中有少欲知足行頭陀樂學戒知慙愧者嫌責六群比丘言云何汝等食六群比丘尼所索羹飯而食諸比丘往世尊所頭面禮足在一面坐以此因緣具白世尊世尊爾時以此因緣集比丘僧呵責六群比丘言汝所爲非非威儀非沙門法非淨行非隨順行所不應爲云何汝等食六群比丘尼所索羹飯而令中間比丘不得食以無數方便呵責六群比丘已告諸比丘此癡人多種有漏處最初犯戒自今已去與比丘結戒集十句義乃至正法久住欲説戒者當如是説若比丘至白衣家内食是中有比丘尼指示與某甲羹與某甲飯比丘應語彼比丘尼如是言大姊且止須比丘食竟若無一比丘語彼比丘尼如是言大姊且止須比丘食竟者是比丘應悔過言大德我犯可呵法所不應爲我今向諸大德悔過是法名悔過法

比丘義如上家内者有男女者是食者如上説彼比丘於白衣家内食是中有比丘尼指示與某甲羹與某甲飯彼比丘當語言大姊小止須諸比丘食竟若無一比丘語言大姊

小止須諸比丘食竟而食者咽咽波羅提提舍尼比丘尼突吉羅式叉摩那沙彌沙彌尼突吉羅是謂爲犯不犯者若語言大姊且止須諸比丘食竟若比丘尼自爲檀越若檀越設食令比丘尼處分若不故作偏爲與此置彼如是無犯無犯者最初未制戒癡狂心亂痛惱所纏竟二

爾時佛在羅閱城耆闍崛山中時有居士家夫婦俱得信樂爲佛弟子諸佛見諦弟子常法於諸比丘無所愛惜乃至身肉若諸比丘至家者常與飯食及諸供養故令其貧窮衣食乏盡比居諸人皆作此言彼家先大富多財饒寶從供養沙門釋子已來財物竭盡貧窮乃爾如是恭敬供養乃反得貧弊爾時諸比丘聞其中有少欲知足行頭陀樂學戒知慚愧者嫌責諸比丘言汝等云何數至居士家受飲食供養而不知足使彼居士財物竭盡乃爾時諸比丘往至世尊所頭面禮足在一面坐以此因緣具白世尊世尊爾時以此因緣集比丘僧呵責諸比丘言汝所爲非非威儀非沙門法非淨行非隨順行所不應爲汝等云何數至居士家受供養飲食乃令彼家窮悴如是以無數方便呵責諸比丘已告諸比丘自今已去聽僧與居士作學家白二羯磨作如是與衆中當差堪能羯磨者如上當作如是白大德僧聽此羅閱城中一居士家夫婦得信爲佛弟子財物竭盡若僧時到僧忍聽僧今作學家羯磨諸比丘不得在其家受食食白如是大德僧聽此羅閱城中一居士家夫婦得信爲佛弟子財物竭盡僧今

與作學家羯磨諸比丘不得在其家受食食誰諸長老忍僧與彼居士作學家羯磨者默然誰不忍者說僧已忍與彼居士作學家羯磨竟僧忍默然故是事如是持自今已去與諸比丘結戒集十句義乃至正法久住欲說戒者當如是說若比丘知是學家僧與作學家羯磨竟而在其家受飲食食當向餘比丘悔過言大德我犯可呵法我今向大德悔過是法名悔過法如是世尊與比丘結戒其中比丘先受學家請皆有疑不敢往佛言聽先請者往時病比丘疑不敢受學家食佛言自今已去聽諸病比丘受學家食食時諸比丘見施食者置地與疑不敢取若使人與亦不敢受佛言聽受自今已去當如是說戒若先作學家羯磨若比丘於如是學家先不請無病自手受食食是比丘應向餘比丘悔過言我犯可呵法所不應爲我今向大德悔過是法名悔過法比丘義如上學家者僧與作白二羯磨居士家者如上病者亦如上若比丘如是學家僧先與作學家羯磨已比丘先不請又無病於如是學家中自手受飲食者咽咽波羅提提舍尼比丘尼突吉羅式叉摩那沙彌沙彌尼突吉羅是謂爲犯不犯者若先受請若有病若置地與若從人受取若學家施與後財物還多無犯彼學家財物還多從僧乞解學家羯磨諸比丘白佛佛言若彼學家財物還多從僧乞解學家羯磨者僧應與作白二羯磨解衆中應差堪能羯磨者如上當作如是白大德僧聽此羅閱城中有一居士夫婦得信爲佛弟子好施財物竭盡僧先

與作學家羯磨令財物還多從僧乞解學家羯磨若僧時到僧忍聽僧今解學家羯磨白如是大德僧聽此羅閱城中一居士家夫婦得信爲佛弟子好施財物竭盡僧先與作學家羯磨令財物還多從僧乞解學家羯磨僧今與彼居士解學家羯磨誰諸長老忍僧與彼居士解學家羯磨者默然誰不忍者說僧已忍與彼居士解學家羯磨竟僧忍默然故是事如是持時諸比丘皆疑不敢受已解學家羯磨居士食白佛佛言自今已去聽諸比丘受食無犯無犯者最初未制戒癡狂心亂痛惱所纏三竟

爾時佛在釋翅搜國迦維羅衛尼拘類園中舍夷城中諸婦女俱梨諸女人持飲食詣僧伽藍中供養時諸盜賊聞之於道路嬈觸時諸比丘聞往白世尊世尊言自今已去諸比丘應語諸婦女莫出道路有賊恐怖若已出城應語言莫至僧伽藍中道路有賊恐怖自今已去與比丘結戒集十句義乃至正法久住欲說戒者當如是說若比丘在阿蘭若有疑恐怖處住僧伽藍外不受食僧伽藍內受食而食當向餘比丘悔過言大德我犯可呵法我今向大德悔過是法名悔過法如是世尊與諸比丘結戒時諸檀越先知有疑恐怖而故持食來諸比丘疑不敢受食佛言自今已去聽諸比丘受如是食時諸病比丘亦疑不敢受如是食佛言自今已去聽諸病比丘受如是食時有施主以食置地與若教人與諸比丘疑不敢受佛言自今已去聽諸比丘受如是食自今已去當如是說戒若比丘在

阿蘭若逈遠有疑恐怖處若比丘在如是阿蘭若處住先不語檀越若僧伽藍外不受食在僧伽藍內無病自手受食食者應向餘比丘悔過言大德我犯可呵法我今向大德悔過是法名悔過法比丘義如上阿蘭若處者去村五百弓遮摩羅國弓量法也有疑恐怖者疑有賊盜恐怖病者如上說若阿蘭若比丘在如是逈遠處住若先不語檀越於僧伽藍外不受食僧伽藍內無病自手受食食咽咽波羅提提舍尼比丘尼突吉羅式叉摩那沙彌沙彌尼突吉羅是謂爲犯不犯者若先語檀越若有病若置地與若教人與若來受教勅聽法時比丘自有私食令授與者無犯無犯者最初未制戒癡狂心亂痛惱所纏四竟

式叉迦羅尼法梵音曰王應言式叉迦羅尼者有讚寫者應正從此式叉迦羅尼不能一一就文治故班辯之耳

爾時佛在舍衛國祇樹給孤獨園時六群比丘著涅槃僧或時下著或時高著或作象鼻或作多羅樹葉或時細攝諸居士見已皆譏嫌言此沙門釋子無有慙愧外自稱言我知正法如是有何正法云何著涅槃僧或時下著或時高著或時作象鼻或作多羅樹葉或時細攝如似國王長者大臣居士如似節會戲笑俳說人著衣時諸比丘聞其中有少欲知足行頭陀樂學戒知慙愧者嫌責六群比丘言云何汝等著涅槃僧或時下或時高或時作象鼻或作多羅樹葉或時細攝耶諸比丘往世尊所頭面禮足在一面坐以此因緣具白世尊世尊爾時以此因緣集比丘僧呵責六群比丘言汝所爲非非威儀非沙門法

非淨行非隨順行所不應爲云何汝等著涅槃僧或時下著或時高著或作象鼻或作多羅樹葉或時細𧜟以無數方便訶責已告諸比丘言此癡人多種有漏處最初犯戒自今已去與比丘結戒集十句義乃至正法久住欲說戒者當如是說當齊整著涅槃僧式叉迦羅尼比丘義如上是中不齊整者或時下著或時高著或作象鼻或作多羅樹葉或時細𧜟下者繫帶在齋下高者褰齊膝象鼻者垂前一角多羅樹葉者垂前二角細𧜟者繞腎𧜟𦁛若比丘高著下著涅槃僧或作象鼻或作多羅樹葉或時細𧜟故作犯應懺突吉羅以故作故犯非威儀突吉羅若不故作突吉羅比丘尼突吉羅式叉摩那沙彌沙彌尼突吉羅是謂爲犯不犯者或時有如是病齋中生瘡下著若脚蹲有瘡高著若僧伽藍內若村外若作時若在道行無犯無犯者最初未制戒癡狂心亂痛惱所纏一竟

爾時佛在舍衞國祇樹給孤獨園時六群比丘所著衣或高著或下著或作象鼻或作多羅樹葉或細𧜟諸長者見已皆譏嫌言此沙門釋子不知慚愧外自稱言我知正法如是有何正法云何著衣或高著或下著或作象鼻或作多羅樹葉或時細𧜟如似國王大臣長者居士種諸比丘聞其中有少欲知足行頭陀樂學戒知慚愧者嫌責六群比丘言云何汝等著三衣或高著或下著或作象鼻或作多羅樹葉或時細𧜟時諸比丘往世尊所頭面禮足在一面坐以此因緣具白世尊世尊爾時以此因緣集比丘僧訶責六群比丘

言汝所爲非非威儀非沙門法非淨行非隨順行所不應爲云何汝等著衣或高著或下著或作象鼻或多羅樹葉或時細襵耶以無數方便呵責已告諸比丘此癡人多種有漏處最初犯戒自今已去與比丘結戒集十句義乃至正法久住欲說戒者當如是說當齊整著三衣式叉迦羅尼比丘義如上是中不齊者或高著或下著或作象鼻或作多羅樹葉或時細襵下著衣者下垂過肘露膝高著衣者過脚蹲上象鼻者下垂一角多羅樹葉者垂前兩角後褰高也細襵者細襵已安緣若比丘故作高著下著衣作象鼻或作多羅樹葉或時細襵故作犯應懺突吉羅以故作故犯非威儀突吉羅若不故作突吉羅比丘尼突吉羅式叉摩那沙彌沙彌尼突吉羅是謂爲犯不犯者或時有如是病或時肩臂有瘡下著或時脚蹲有瘡高著若僧伽藍內若村外若在道行作時無犯無犯者最初未制戒癡狂心亂痛惱所纏二竟

爾時佛在舍衛國祇樹給孤獨園時六群比丘反抄三衣行入白衣舍諸居士見皆譏嫌言此沙門釋子不知慚愧外自稱言我持正法如是有何正法云何反抄衣入白衣舍如似國王大臣長者居士種諸比丘聞其中有少欲知足行頭陀樂學戒知慚愧者呵責六群比丘言云何汝等反抄衣入白衣舍諸比丘往世尊所頭面禮足在一面坐以此因緣具白世尊世尊爾時以此因緣集比丘僧呵責六群比丘言汝所爲非非威儀非沙門法非淨行非隨順行所不應爲云何汝等反抄

衣入白衣舍以無數方便呵責已告諸比丘此癡人多種有漏處最初犯戒自今已去與比丘結戒集十句義乃至正法久住欲說戒者當如是說不得反抄衣入白衣舍式叉迦羅尼比丘義如上白衣舍者村落也反抄衣者或左右反抄衣著肩上若比丘故左右反抄衣著肩上入白衣舍故作犯應懺突吉羅以故作故犯非威儀突吉羅若不故作犯突吉羅比丘尼突吉羅式叉摩那沙彌沙彌尼突吉羅是謂爲犯不犯者或時有如是病脇肋邊有瘡若僧伽藍内若村外若在道行若作時無犯無犯者最初未制戒癡狂心亂痛惱所纏竟三

不得反抄衣入白衣舍坐式叉迦羅尼如上竟四

爾時佛在舍衛國祇樹給孤獨園爾時六群比丘以衣纏頸入白衣舍諸居士見已皆譏嫌言此沙門釋子不知慙愧乃衣纏頸入白衣舍如似國王大臣長者居士種時諸比丘聞其中有少欲知足行頭陀樂學戒知慙愧者嫌責六群比丘言汝等云何衣纏頸入白衣舍諸比丘往世尊所頭面禮足在一面坐以此因縁具白世尊世尊爾時以此因縁集比丘僧呵責六群比丘言汝所爲非非威儀非沙門法非淨行非隨順行所不應爲云何汝等衣纏頸入白衣舍以無數方便呵責已告諸比丘此癡人多種有漏處最初犯戒自今已去與比丘結戒集十句義乃至正法久住欲說戒者當如是說不得衣纏頸入白衣舍式叉迦羅尼比丘義如上纏頸者總捉衣

兩角著左肩上故作衣纏頭入白衣舍犯應懺突吉羅以故作故犯非威儀突吉羅若不故作犯突吉羅比丘尼突吉羅式叉摩那沙彌沙彌尼突吉羅是謂爲犯不犯者或時有如是病肩臂有瘡若僧伽藍内若村外或作時或在道行無犯無犯者最初未制戒癡狂心亂痛惱所纏五竟

不得衣纏頭入白衣舍坐式叉迦羅尼亦如是六竟

爾時佛在舍衛國祇樹給孤獨園爾時六群比丘以衣覆頭入白衣舍諸居士見已皆譏嫌言此沙門釋子不知慚愧外自稱言我知正法如是有何正法衣覆頭行如盜賊時諸比丘聞其中有少欲知足行頭陀樂學戒知慚愧者嫌責六群比丘言汝等云何持衣覆頭入白衣舍諸比丘往世尊所頭面禮足在一面坐以此因緣具白世尊世尊爾時以此因緣集比丘僧呵責六群比丘言汝所爲非非威儀非沙門法非淨行非隨順行所不應爲云何汝等衣覆頭入白衣舍以無數方便呵責六群比丘已告諸比丘此癡人多種有漏處最初犯戒自今已去與比丘結戒集十句義乃至正法久住欲說戒者當如是說不得覆頭入白衣舍式叉迦羅尼比丘義如上白衣舍者村落也覆頭者若以樹葉若以碎段物若衣覆頭行入白衣舍故作犯應懺突吉羅以故作故犯非威儀突吉羅若不故作犯突吉羅比丘尼突吉羅式叉摩那沙彌沙彌尼突吉羅是謂爲犯不犯者或時有如是病或患寒或頭上瘡生命難梵行難覆頭而

走無犯無犯者最初未制戒癡狂心亂痛惱所纏七竟

不得覆頭入白衣舍坐式叉迦羅尼亦如是八竟

四分律藏卷第十九

音釋

刳苦胡切虛其中也　鏢鑣鏢匹燒切鑣作管切　玦珇玦居穴切王佩也珇女久切印鼻也　鐑乎刮切　篦邊迷切竹器　搩陟華切手度物也

癰於容切癰癤也　疥古隘切小痒瘡也　褰去乾切扱衣也　襵陟葉切衣襵也

俳步皆切俳優也　皺側救切蹙也　𪗉徂奚切與臍同　蹲市兗切腨腸也

脇肋脇虛業切腋下也肋盧則切脇骨也

四分律藏卷第二十

姚秦三藏佛陀耶舍共竺佛念譯

初分之二十

爾時佛在舍衛國祇樹給孤獨園爾時六群比丘跳行入白衣舍諸居士見皆譏嫌言此沙門釋子不知慚愧外自稱言我知正法如是有何正法跳行入室似如鳥雀諸比丘聞其中有少欲知足行頭陀樂學戒知慚愧者嫌責六群比丘言汝等云何跳行入白衣舍諸比丘往世尊所頭面禮足在一面坐以此因緣具白世尊世尊爾時以此因緣集比丘僧呵責六群比丘言汝所為非非威儀非沙門法非淨行非隨順行所不應為云何汝等跳行入白衣舍以無數方便呵責已告諸比丘此癡人多種有漏處最初犯戒自今已去與比丘結戒集十句義乃至正法久住欲說戒者當如是說不得跳行入白衣舍式叉迦羅尼比丘義如上白衣舍者如上跳行者雙脚跳若比丘故作跳行入白衣舍犯應懺突吉羅以故作故犯非威儀突吉羅若不故作犯突吉羅比丘尼突吉羅式叉摩那沙彌沙彌尼突吉羅是謂為犯不犯者或時有如是病若為人所打若有賊若有惡獸若有棘刺或渡渠或渡坑塹或渡泥跳過者無犯無犯者最初未制戒癡狂心亂痛惱所纏九竟

不得跳行入白衣舍坐式叉迦羅尼亦如是十竟

爾時佛在舍衛國祇樹給孤獨園時有居士請衆僧欲設飲食即其夜辦具甘饍好食晨朝往白時到時諸比丘到時著衣持鉢詣居

士家就座而坐時六群比丘在白衣舍內蹲坐比坐比丘以手觸之即時却倒露形體諸居士見之譏嫌言此沙門釋子不知慙愧外自稱言我知正法如是有何正法蹲在舍內似如裸形婆羅門耶諸比丘聞其中有少欲知足行頭陀樂學戒知慙愧者嫌責六群比丘言汝等云何在白衣舍內蹲坐諸比丘往世尊所頭面禮足在一面坐以此因緣具白世尊世尊爾時以此因緣集比丘僧呵責六群比丘言汝所爲非非威儀非沙門法非淨行非隨順行所不應爲云何汝等在白衣舍內蹲坐以無數方便呵責已告諸比丘此癡人多種有漏處最初犯戒自今已去與比丘結戒集十句義乃至正法久住欲說戒者當如是說不得白衣舍內蹲坐式叉迦羅尼比丘義如上白衣舍者如上蹲坐者若在地若在床上尻不至地若比丘故作蹲坐在白衣舍內者犯應懺突吉羅以故作故犯非威儀突吉羅若不故作犯突吉羅比丘尼突吉羅式叉摩那沙彌沙彌尼突吉羅是謂爲犯不犯者或時有如是病或尻邊生瘡若有所與若禮若懺悔若受教誡無犯無犯者初未制戒癡狂心亂痛惱所纏竟十一

爾時佛在舍衛國祇樹給孤獨園時六群比丘手叉腰行入白衣舍時諸居士見皆譏嫌言沙門釋子不知慙愧外自稱言我知正法如是有何正法如似世人新婚娶得志憍奢諸比丘聞其中有少欲知足行頭陀樂學戒知慙愧者嫌責六群比丘言汝等云何如是手叉腰行入白衣舍時諸比丘往世尊所頭

面禮足在一面坐以此因緣具白世尊世尊爾時以此因緣集比丘僧呵責六群比丘言汝所爲非非威儀非沙門法非淨行非隨順行所不應爲云何汝等手叉腰行入白衣舍以無數方便呵責已告諸比丘此癡人多種有漏處最初犯戒自今已去與比丘結戒集十句義乃至正法久住欲説戒者當如是説不得叉腰行入白衣舍式叉迦羅尼比丘義如上白衣舍如上叉腰者以手叉腰匡肘若比丘故作叉腰行入白衣舍犯應懺突吉羅以故作故犯非威儀突吉羅若不故作犯突吉羅比丘尼突吉羅式叉摩那沙彌沙彌尼突吉羅是謂爲犯不犯者或時有如是病脇下生瘡若僧伽藍内若村外若作時若在道路行無犯無犯者初未制戒癡狂心亂痛惱所纏十二竟

不得手叉腰入白衣舍坐式叉迦羅尼手叉腰匡肘白衣舍妨比坐亦如是十三竟

佛在舍衞國祇樹給孤獨園爾時六群比丘搖身行入白衣舍時諸居士見譏嫌言此沙門釋子不知慚愧外自稱言我知正法如是有何正法搖身行入白衣舍如似國王大臣諸比丘聞其中有少欲知足行頭陀樂學戒知慚愧者嫌責六群比丘言汝等云何搖身行入白衣舍諸比丘往世尊所頭面禮足在一面坐以此因緣具白世尊世尊爾時以此因緣集比丘僧呵責六群比丘言汝所爲非非威儀非沙門法非淨行非隨順行所不應爲云何汝等搖身趍行入白衣舍以無數方便呵責已告諸比丘此癡人多種有漏處最

初犯戒自今已去與比丘結戒集十句義乃至正法久住欲説戒者當如是説不得摇身行入白衣舍式叉迦羅尼比丘義如上白衣舍如上摇身者左右戾身趍行若比丘故作摇身左右戾身趍行入白衣舍犯應懺突吉羅以故作故犯非威儀突吉羅若不故作犯突吉羅比丘尼突吉羅式叉摩那沙彌沙彌尼突吉羅是謂爲犯不犯者或時有如是病或時爲人所打迴戾身避杖或惡象來或被賊師子惡獸所觸或逢擔棘刺人如是事戾身避或渡坑渠泥水處於中摇身過或時著衣迴身看衣齊整不犯高下耶不象鼻多羅樹葉細襵耶作如是迴身看者無犯無犯者初未制戒癡狂心亂痛惱所纏竟十四

不得摇身行入白衣舍坐式叉迦羅尼亦如是竟十五

爾時世尊在舍衛國祇樹給孤獨園時六群比丘掉臂行入白衣舍時諸居士見皆譏嫌言此沙門釋子不知慙愧外自稱言我知正法如是有何正法今掉臂入白衣舍似如國王大臣長者居士種時比丘聞其中有少欲知足行頭陀樂學戒知慙愧者嫌責六群比丘言汝等云何掉臂行入白衣舍呵責已往世尊所頭面禮足在一面坐以此因縁具白世尊世尊爾時以此因縁集比丘僧呵責六群比丘言汝所爲非非威儀非沙門法非淨行非隨順行所不應爲云何汝等掉臂行入白衣舍爾時世尊以無數方便呵責六群比丘已告諸比丘此癡人多種有漏處最初犯戒自今已去與比丘結戒集十句義乃至正

法久住欲說戒者當如是說不得掉臂行入白衣舍式叉迦羅尼比丘義如上掉臂者垂臂前却也若比丘以作掉臂行入白衣舍犯應懺突吉羅以故作故犯非威儀突吉羅若不故作犯突吉羅比丘尼突吉羅式叉摩那沙彌沙彌尼突吉羅是謂爲犯不犯者或時有如是病或爲人所打舉手遮或值暴象來或師子惡獸盜賊或逢擔棘刺人來舉手遮或浮渡河水或跳渡坑壍或泥水或共伴行不及以手招喚無犯無犯者最初未制戒癡狂心亂痛惱所纏竟十六

坐亦如上竟十七

爾時佛在舍衛國祇樹給孤獨園時六群比丘不好覆身行入白衣舍時諸居士見皆譏嫌言此沙門釋子不知慙愧所著衣服不好覆身行入白衣舍如似婆羅門時諸比丘聞其中有少欲知足行頭陀樂學戒知慙愧者嫌責六群比丘言汝等云何不好覆身行入白衣舍諸比丘往世尊所頭面禮足在一面坐以此因緣具白世尊世尊爾時以此因緣集比丘僧呵責六群比丘言汝所爲非非威儀非沙門法非淨行非隨順行所不應爲云何汝等著衣不好覆身行入白衣舍爾時世尊以無數方便呵責已告諸比丘此癡人多種有漏處最初犯戒自今已去與比丘結戒集十句義乃至正法久住欲說戒者當如是說好覆身入白衣舍式叉迦羅尼比丘義如上白衣舍者村落也不好覆身處處露現若比丘故作不好覆身行入白衣舍犯應懺突吉羅以故作故犯非威儀突吉羅若不故作

犯突吉羅比丘尼突吉羅式叉摩那沙彌沙彌尼突吉羅是謂爲犯不犯者或時有如是病或時被縛若風吹衣離體無犯無犯者最初未制戒癡狂心亂痛惱所纏竟十八

坐亦如是竟十九

爾時佛在舍衞國祇樹給孤獨園爾時六群比丘左右顧視行入白衣舍諸居士見皆譏嫌言此沙門釋子不知慙愧受取無猒外自稱言我知正法如是有何正法此六群比丘如似盜竊人左右顧視行入白衣舍時諸比丘聞其中有少欲知足行頭陀樂學戒知慙愧者嫌責六群比丘言汝等云何左右顧視行入白衣舍耶爾時諸比丘往世尊所頭面禮足已在一面坐以此因緣具白世尊世尊爾時以此因緣集比丘僧呵責六群比丘言汝所爲非非威儀非沙門法非淨行非隨順行所不應爲云何汝等左右顧視行入白衣舍以無數方便呵責六群比丘已告諸比丘言此癡人多種有漏處最初犯戒自今已去與比丘結戒集十句義乃至正法久住欲說戒者當如是說不得左右顧視行入白衣舍式叉迦羅尼比丘義如上白衣舍者村落也彼左右顧視者處處看若比丘故作左右顧視行入白衣舍犯應懺突吉羅以故作故犯非威儀突吉羅若不故作犯突吉羅比丘尼突吉羅式叉摩那沙彌沙彌尼突吉羅是謂爲犯不犯者或時有如是病或仰瞻日時節或命難梵行難左右處處伺求方便道欲逃走無犯無犯者最初未制戒癡狂心亂痛惱所纏竟二十

坐亦如是二十一竟

爾時佛在舍衛國祇樹給孤獨園爾時六群比丘高聲大喚行入白衣舍時諸居士見皆譏嫌言此沙門釋子不知慙愧受取無猒外自稱言我知正法如是有何正法高聲大喚似如婆羅門衆時諸比丘聞其中有少欲知足行頭陀樂學戒知慙愧者呵責六群比丘言汝等云何高聲入白衣舍諸比丘往世尊所頭面禮足在一面坐以此因縁具白世尊世尊爾時以此因緣集比丘僧呵責六群比丘言汝所為非非威儀非沙門法非淨行非隨順行所不應為云何汝等高聲入白衣舍以無數方便呵責六群比丘已告諸比丘比癡人多種有漏處最初犯戒自今已去與比丘結戒集十句義乃至正法久住欲說戒者當如是說靜默入白衣舍式叉迦羅尼比丘義如上是中不靜默者高聲大喚若囑授若高聲施食若彼故作高聲大喚犯應懺突吉羅以故作故犯非威儀突吉羅若不故作犯突吉羅比丘尼突吉羅式叉摩那沙彌沙彌尼突吉羅是謂為犯不犯者或時有如是病若聾不聞聲須高聲喚或高聲囑授若高聲施食若命難梵行難高聲而走無犯無犯者最初未制戒癡狂心亂痛惱所纏二十二竟

坐亦如是二十三竟

爾時佛在舍衛國祇樹給孤獨園時六群比丘戲笑行入白衣舍時諸居士見皆譏嫌言此沙門釋子不知慙愧受取無猒外自稱言我知正法如是有何正法戲笑行入白衣舍似如獼猴時諸比丘聞其中有少欲知足行

頭陀樂學戒知慚愧者嫌責六群比丘言云何汝等戲笑行入白衣舍時諸比丘往世尊所頭面禮足在一面坐以此因緣具白世尊世尊爾時以此因緣集比丘僧呵責六群比丘言汝所爲非非威儀非沙門法非淨行非隨順行所不應爲云何汝等戲笑行入白衣舍以無數方便呵責六群比丘已告諸比丘此癡人多種有漏處最初犯戒自今已去與比丘結戒集十句義乃至正法久住欲說戒者當如是說不得戲笑行入白衣舍式叉迦羅尼比丘義如上戲笑者露齒而笑若比丘故作戲笑行入白衣舍犯應懺突吉羅以故作故犯非威儀突吉羅若不故作犯突吉羅比丘尼突吉羅式叉摩那沙彌沙彌尼突吉羅是謂爲犯不犯者或時有如是病或脣痛不覆齒或念法歡喜而笑無犯無犯者最初未制戒癡狂心亂痛惱所纏二十四竟

坐亦如是二十五竟

爾時佛在舍衛國祇樹給孤獨園爾時有居士請衆僧供設飲食即其夜辦具種種美食晨朝往白時到爾時諸比丘著衣持鉢詣居士家就座而坐居士手自斟酌種種飲食六群比丘不用意受食捐棄羹飯時居士見已自相謂言此沙門釋子不知慚愧受取無猒外自稱言我知正法如是有何正法云何不用意受食貪心多受如穀貴時時諸比丘聞其中有少欲知足行頭陀樂學戒知慚愧者嫌責六群比丘言汝等云何不用意受食諸比丘往世尊所頭面禮足在一面坐以此因緣具白世尊世尊爾時以此因緣集比丘僧

呵責六群比丘言汝所爲非非威儀非沙門法非淨行非隨順行所不應爲云何汝等不用意受食而捐棄羹飯以無數方便呵責已告諸比丘此癡人多種有漏處最初犯戒自今已去與比丘結戒集十句義乃至正法久住欲說戒者當如是說用意受食式叉迦羅尼比丘義如上彼不用意受食者棄羹飯食若比丘故作不用意受食犯應懺突吉羅以故作故犯非威儀突吉羅若不故作犯突吉羅比丘尼突吉羅式叉摩那沙彌沙彌尼突吉羅是謂爲犯不犯者或時有如是病或鉢小故食時棄飯或還墮案上無犯無犯者最初未制戒癡狂心亂痛惱所纏二十六竟

爾時佛在舍衞國祇樹給孤獨園時有居士請衆僧設食即其夜辦具飲食晨朝往白時到爾時諸比丘到時著衣持鉢往居士家就座而坐時居士手自斟酌羹飯六群比丘溢鉢受食捐棄羹飯時居士見已皆譏嫌言此沙門釋子無有慙愧受取無猒外自稱言我知正法如是何有正法受食溢鉢似如饑餓之人貪多時諸比丘聞其中有少欲知足行頭陀樂學戒知慙愧者嫌責六群比丘言汝等云何溢鉢受食棄捐羹飯耶諸比丘往世尊所頭面禮足在一面坐以此因緣具白世尊世尊爾時以此因緣集比丘僧呵責六群比丘言汝所爲非非威儀非沙門法非淨行非隨順行所不應爲云何汝等受食溢鉢棄捐羹飯以無數方便呵責六群比丘已告諸比丘此癡人多種有漏處最初犯戒自今已去與比丘結戒集十句義乃至正法久住欲

說戒者當如是說當平鉢受食式叉迦羅尼比丘義如上不平鉢者溢滿若比丘故作不平鉢受食犯應懺突吉羅以故作故犯非威儀突吉羅若不故作犯突吉羅比丘尼突吉羅式叉摩那沙彌沙彌尼突吉羅是謂爲犯不犯者或時有如是病或時鉢小或時還墮案上無犯無犯者最初未制戒癡狂心亂痛惱所纏二十七竟

爾時佛在舍衞國祇樹給孤獨園時有居士請衆僧欲設飲食即於其夜供辦食具明日往白時到時諸比丘著衣持鉢往居士家就座而坐時居士手自斟酌種種飲食羹飯六群比丘取飯過多不容受羹時諸居士見之皆譏嫌言此沙門釋子不知慚愧受取無猒外自稱言我知正法如是何有正法受飯過多不容受羹似如饑餓貪食之人諸比丘聞其中有少欲知足行頭陀樂學戒知慚愧者嫌責六群比丘言云何汝等受飯食過多不容受羹諸比丘往世尊所頭面禮足在一面坐以此因緣具白世尊世尊爾時以此因緣集比丘僧呵責六群比丘言汝所爲非非威儀非沙門法非淨行非隨順行所不應爲云何汝等受飯過多不容受羹以無數方便呵責六群比丘已告諸比丘言此癡人多種有漏處最初犯戒自今已去與比丘結戒集十句義乃至正法久住欲說戒者當如是說平鉢受羹式叉迦羅尼比丘義如上彼比丘故作不平鉢受羹犯應懺突吉羅以故作故犯非威儀突吉羅若不故作犯突吉羅比丘尼突吉羅式叉摩那沙彌沙彌尼突吉羅是謂

爲犯不犯者或時有如是病或時鉢小墮食案上若等受無犯無犯者最初未制戒癡狂心亂痛惱所纏二十八竟

爾時佛在舍衛國祇樹給孤獨園時有居士請衆僧供設飯食即夜辦具種種甘饍晨朝往白時到時諸比丘到時著衣持鉢往居士家就座而坐居士手自斟酌種種飲食及羹時居士下飯已入内取羹比取羹還比丘食飯已盡居士問言飯在何處比丘報言我已食盡時居士與羹已復還取飯比取飯還食羹已盡居士問言羹在何處報言我已食盡時居士即嫌言沙門釋子不知慚愧受無猒足外自稱言我知正法如是有何正法飯至羹未至飯已盡羹至飯未至羹已盡似如饑餓之人諸比丘聞其中有少欲知足行頭陀樂學戒知慙愧者嫌責六群比丘言汝等云何受飯羹未至飯已盡羹至飯未至羹已盡諸比丘往世尊所頭面禮足在一面坐以此因緣具白世尊世尊爾時以此因緣集比丘僧呵責六群比丘言汝所爲非非威儀非沙門法非淨行非隨順行所不應爲云何汝等受飯羹未至飯已盡羹至飯未至羹已盡無數方便呵責六群比丘已告諸比丘言此癡人多種有漏處最初犯戒自今已去與比丘結戒集十句義乃至正法久住欲說戒者當如是說羹飯等食式叉迦羅尼比丘義如上彼不等者飯至羹未至飯已盡羹至飯未至羹已盡若比丘故作不等羹飯食者犯應懺突吉羅以故作故犯非威儀突吉羅若不故作犯突吉羅比丘尼突吉羅式叉摩那沙彌

沙彌尼突吉羅是謂爲犯不犯者或時有如是病或時正須飯不須羹或時正須羹不須飯或日時欲過或命難梵行難疾疾食無犯無犯者最初未制戒癡狂心亂痛惱所纏二十九竟

爾時佛在舍衛國祇樹給孤獨園時有居士請衆僧供設飯食即夜辦具種種多美飯食晨朝往白時到時諸比丘著衣持鉢詣居士家就座而坐時居士手自斟酌飲食時六群比丘不次第取食食時諸居士見已皆譏嫌言此沙門釋子不知慚愧受取無猒外自稱言我知正法如是有何正法不次第受食食譬如猪狗食亦如牛驢烏鳥食時諸比丘聞其中有少欲知足行頭陀樂學戒知慚愧者嫌責六群比丘言汝等云何不次第受食諸比丘往世尊所頭面禮足在一面坐以此因緣具白世尊世尊爾時以此因緣集比丘僧呵責六群比丘言汝所爲非非威儀非沙門法非淨行非隨順行所不應爲云何汝等不次第食以無數方便呵責六群比丘已告諸比丘此癡人多種有漏處最初犯戒自今已去與比丘結戒集十句義乃至正法久住欲說戒者當如是說以次食式叉迦羅尼比丘義如上彼不次第者鉢中處處取食食彼比丘故爲不次第取食食者犯應懺突吉羅以故作故犯非威儀突吉羅若不故作犯突吉羅比丘尼突吉羅式叉摩那沙彌沙彌尼突吉羅是謂爲犯不犯者或時有如是病或時患飯熱挑取冷處食若日時欲過若命難梵行難如是疾疾食無犯無犯者最初未制戒

癡狂心亂痛惱所纏竟三十

爾時佛在舍衛國祇樹給孤獨園爾時有居士請衆僧欲供設種種美食即夜供具辦明日往白時到諸比丘著衣持鉢往詣其家就座而坐居士手自斟酌種種飯食時六群比丘受食當挑鉢中而食令現空時居士譏嫌言此沙門釋子不知慚愧受取無猒外自稱言我知正法如是有何正法受食似如牛驢駱駝猪狗似如烏鳥食無異時諸比丘聞其中有少欲知足行頭陀樂學戒知慚愧者嫌責六群比丘言云何汝等當挑鉢中而食時諸比丘往世尊所頭面禮足在一面坐以此因縁具白世尊世尊爾時以此因縁集比丘僧呵責六群比丘言汝所爲非非威儀非沙門法非淨行非隨順行所不應爲云何汝等受食當挑鉢中而食無數方便呵責六群比丘已告諸比丘言此癡人多種有漏處最初犯戒自今已去與比丘結戒集十句義乃至正法久住欲說戒者當如是說不得挑鉢中而食式叉迦羅尼比丘義如上彼挑者置四邊挑中央至鉢底若比丘故爲挑鉢中食者犯應懺突吉羅以故作故犯非威儀突吉羅若不故作犯突吉羅比丘尼突吉羅式叉摩那沙彌沙彌尼突吉羅是謂爲犯不犯者或時有如是病若患食熱開中令冷若日時欲過若命難梵行難疾疾刮鉢中食者無犯無犯者最初未制戒癡狂心亂痛惱所纏竟三十一

爾時佛在舍衛國祇樹給孤獨園爾時有居士請衆僧欲供設種種好食即夜辦具已晨朝往白時到諸比丘著衣持鉢詣居士家就

座而坐爾時居士手自斟酌種種美食爾時六群比丘自為已索食如饑餓時諸居士見已皆譏嫌言此沙門釋子不知慙愧受取無猒外自稱言我知正法如是有何正法時諸比丘聞其中有少欲知足行頭陀樂學戒知慙愧者嫌責六群比丘言汝等云何自為已索食諸比丘往世尊所頭面禮足在一面坐以此因緣具白世尊世尊爾時以此因緣集比丘僧呵責六群比丘言汝所為非非威儀非沙門法非淨行非隨順行所不應為汝等云何自為已索食無數方便呵責六群比丘已告諸比丘此癡人多種有漏處最初犯戒自今已去與比丘結戒集十句義乃至正法久住欲說戒者當如是說不得自為已索羹飯式叉迦羅尼如是世尊與比丘結戒時諸病比丘皆有疑不敢自為已索食亦不敢為他索若他索食與亦不敢食佛言自今已去聽病比丘自為已索食為他索若他為已索得食自今已去當如是說戒若比丘不病不得自為已索飯羹式叉迦羅尼比丘義如上彼比丘不病故自為已索羹飯犯應懺突吉羅以故作故犯非威儀突吉羅若不故作犯突吉羅比丘尼突吉羅式叉摩那沙彌沙彌尼突吉羅是謂為犯不犯者若病者自索若為他他為已索若不求而得無犯無犯者最初未制戒癡狂心亂痛惱所纏三十二竟

爾時佛在舍衛國祇樹給孤獨園爾時有居士請衆僧供設種種羹飯即夜辦已晨朝往白時到諸比丘著衣持鉢往居士家就座而坐居士手自斟酌羹飯時居士與一六群比

丘羹巳食次更取羹比丘於後即以飯覆羹居士還問言羹在何處比丘默然時居士即嫌言此沙門釋子不知慙愧受取無猒外自稱言我知正法以飯覆羹如似饑餓人如是有何正法時諸比丘聞巳皆嫌責六群比丘言汝等云何受食以飯覆羹更望得耶爾時諸比丘往世尊所頭面禮足在一面坐以此因緣具白世尊世尊爾時以此因緣集比丘僧呵責六群比丘言汝所爲非非威儀非沙門法非淨行非隨順行所不應爲云何汝等以飯覆羹更望得耶以無數方便呵責六群比丘巳告諸比丘此癡人多種有漏處最初犯戒自今巳去與比丘結戒集十句義乃至正法久住欲說戒者當如是說不得以飯覆羹式叉迦羅尼如是世尊與比丘結戒時有比丘請食羹汙手汙鉢汙衣手巾戒疑不敢以飯覆羹佛言自今巳去聽請食無犯自今巳去欲說戒者當如是說不得以飯覆羹更望得式叉迦羅尼比丘義如上若彼比丘故爲以飯覆羹更望得者犯應懺突吉羅以故作故犯非威儀突吉羅若不故作犯突吉羅比丘尼突吉羅式叉摩那沙彌沙彌尼突吉羅是謂爲犯不犯者或時有如是病若請食或時正須羹有時正須飯無犯無犯者最初未制戒癡狂心亂痛惱所纏三十三竟

爾時佛在舍衞國祇樹給孤獨園爾時有居士請諸比丘欲設羹飯弁種種好食即夜辦具巳晨朝往白時到諸比丘著衣持鉢往詣居士家就座而坐時居士手自斟酌羹飯種種好食時六群比丘中一比丘得食分少見

比坐分多即語居士言汝今請僧與食自恣欲與多者便與多欲與少者便與少汝居士有愛居士報言我平等相與耳何故言我有愛耶爾時諸比丘聞其中有少欲知足行頭陀樂學戒知慙愧者呵責六群比丘言汝云何左右視比坐鉢中諸比丘往世尊所頭面禮足在一面坐以此因緣具白世尊世尊爾時以此因緣集比丘僧呵責六群比丘言汝所爲非非威儀非沙門法非淨行非隨順行所不應爲云何汝等左右視比坐鉢中多少以無數方便呵責六群比丘已告諸比丘此癡人多種有漏處最初犯戒自今已去與比丘結戒集十句義乃至正法久住欲說戒者當如是說不得視比坐鉢中式叉迦羅尼比丘義如上是中視比坐鉢中者誰多誰少耶若彼比丘故爲視比坐多少者犯應懺突吉羅以故作故犯非威儀突吉羅若不故作犯突吉羅比丘尼式叉摩那沙彌沙彌尼突吉羅是謂爲犯不犯者或時有如是病若比坐病若眼闇爲看得食不得食淨不淨受未受如是無犯無犯者最初未制戒癡狂心亂痛惱所纏三十四竟

爾時佛在舍衛國祇樹給孤獨園爾時有居士請比丘僧供設種種好食即夜辦具已晨朝往白時到諸比丘著衣持鉢往詣居士家就座而坐居士手自斟酌種種飲食有六群比丘受羹飯已左右顧視不覺比坐比丘取其羹藏之彼自看不見羹問言我向受羹今在何處比坐比丘言汝何處來耶彼答言我在此置羹在前左右看視而今無爾時諸比

丘聞其中有少欲知足行頭陀樂學戒知慙愧者嫌責六群比丘言云何汝受羹左右顧視諸比丘往世尊所頭面禮足在一面坐以此因緣具白世尊世尊爾時以此因緣集比丘僧呵責六群比丘言汝所爲非非威儀非沙門法非淨行非隨順行所不應爲云何汝等受羹飯而左右顧視無數方便呵責六群比丘已告諸比丘此癡人多種有漏處最初犯戒自今已去與比丘結戒集十句義乃至正法久住欲說戒者當如是說當繫鉢想食式叉迦羅尼比丘義如上不繫鉢想者左右顧視也若比丘故作不繫鉢想食犯應懺突吉羅以故作故犯非威儀突吉羅若不故作犯突吉羅比丘尼式叉摩那沙彌沙彌尼突吉羅是謂爲犯不犯者或時有如是病或比坐比丘病若眼闇爲受取瞻看淨不淨得未得受未受或看日時或命難梵行難欲逃避左右看視者無犯無犯者最初未制戒癡狂心亂痛惱所纏三十五竟

爾時佛在舍衛國祇樹給孤獨園時有居士請諸比丘欲設種種多美飲食即夜辦具已晨朝往白時到諸比丘著衣持鉢往居士家就座而坐時居士手自斟酌飲食六群比丘大摶飯食令口不受居士見譏嫌言沙門釋子不知慙愧受取無猒如似猪狗駱駝驢牛烏鳥食時諸比丘聞其中有少欲知足行頭陀樂學戒知慙愧者嫌責六群比丘言云何大摶飯食乃如是也諸比丘往世尊所頭面禮足却坐一面以此因緣具白世尊世尊爾時以此因緣集比丘僧呵責六群比丘言汝

所爲非非威儀非沙門法非淨行非隨順行所不應爲云何汝等大摶飯食以無數方便呵責已告諸比丘此癡人多種有漏處最初犯戒自今已去與比丘結戒集十句義乃至正法久住欲說戒者當如是說不得大摶飯食式叉迦羅尼比丘義如上大摶者口不容受若比丘故作大摶飯食犯應懺突吉羅以故作故犯非威儀突吉羅若不故作犯突吉羅比丘尼乃至沙彌沙彌尼突吉羅是謂爲犯不犯者或有如是病或日時欲過或命難梵行難疾疾食無犯無犯者最初未制戒癡狂心亂痛惱所纏三十六竟

爾時佛在舍衛國祇樹給孤獨園時有居士請諸比丘欲供設種種好食即夜辦具明日往白時到諸比丘著衣持鉢詣居士家就座而坐居士手自斟酌飯食六群比丘受食食未至先大張口居士見已譏嫌言沙門釋子不知慚愧受取無厭云何食未至先大張口如似猪狗駱駝牛驢烏鳥時諸比丘聞其中有少欲知足行頭陀樂學戒知慚愧者嫌責六群比丘言汝等云何大張口待食諸比丘往世尊所頭面禮足在一面坐以此因緣具白世尊世尊爾時以此因緣集比丘僧呵責六群比丘言汝所爲非非威儀非沙門法非淨行非隨順行所不應爲云何汝等大張口待食無數方便呵責六群比丘已告諸比丘此癡人多種有漏處最初犯戒自今已去與比丘結戒集十句義乃至正法久住欲說戒者當如是說不得大張口待飯食式叉迦羅尼大張口者飯摶未至先大張口待若比丘

故作大張口待飯者犯應懺突吉羅以故作故犯非威儀突吉羅若不故作犯突吉羅比丘尼乃至沙彌沙彌尼突吉羅是謂爲犯不犯者或時有如是病或日時欲過或命難梵行難疾疾食無犯無犯者最初未制戒癡狂心亂痛惱所纏三十七竟

爾時佛在舍衛國祇樹給孤獨園時有居士請衆僧欲設美飯種種好食即夜辦具已明日往白時到諸比丘著衣持鉢往居士家就座而坐居士自手斟酌飯食供養時六群比丘受食含飯語居士見已譏嫌言此沙門釋子不知慚愧受取無猒云何含飯語似如猪狗駱駝烏鳥食時諸比丘聞中有少欲知足行頭陀樂學戒知慚愧者嫌責六群比丘言汝等云何含飯語諸比丘往白世尊世尊爾時以此因緣集比丘僧呵責六群比丘言汝所爲非非威儀非沙門法非淨行非隨順行所不應爲云何汝等含飯語無數方便呵責六群比丘已告諸比丘此癡人多種有漏處最初犯戒自今已去與諸比丘結戒集十句義乃至正法久住欲說戒者當如是說不得含飯語式叉迦羅尼彼含飯語者飯在口中語不可了令人不解若比丘故作含飯語者犯應懺突吉羅以故作故犯非威儀突吉羅若不故作犯突吉羅比丘尼乃至沙彌沙彌尼突吉羅是謂爲犯不犯者或時有如是病或時噎而索水或命難梵行難作聲食無犯無犯者最初未制戒癡狂心亂痛惱所纏三十八竟

爾時佛在舍衛國祇樹給孤獨園爾時有居

士請諸比丘設羹飯種種好食供食即夜辦具明日往白時到諸比丘著衣持鉢往至其家就座而坐居士手自斟酌飲食六群比丘摶飯遥擲口中居士見已譏嫌言此沙門釋子不知慙愧受取無猒如似幻師時諸比丘聞中有少欲知足行頭陀樂學戒知慙愧者嫌責如上已往世尊所頭面禮足在一面坐以此因緣具白世尊世尊爾時以此因緣集比丘僧如上呵責六群比丘乃至最初犯戒自今已去與諸比丘結戒集十句義乃至正法久住欲說戒者當如是說不得摶飯遥擲口中式叉迦羅尼若比丘故作遥擲飯摶口中者犯應懺突吉羅以故作故犯非威儀突吉羅若不故作犯突吉羅比丘尼乃至沙彌沙彌尼突吉羅是謂爲犯不犯者或時有如是病若被繫縛擲口中食者無犯無犯者最初未制戒癡狂心亂痛惱所纏三十九竟

爾時佛在舍衛國祇樹給孤獨園爾時有居士請諸比丘欲設羹飯種種好食供養即夜辦具明日往白時到諸比丘著衣持鉢往其家就座而坐居士手自斟酌飯食時六群比丘受食不如法手把飯摶齧半食居士見已嫌言此沙門釋子不知慙愧受無猒足食如似猪狗駱駝驢牛烏鳥時諸比丘聞中有少欲知足行頭陀樂學戒知慙愧者嫌責已往世尊所頭面禮足在一面坐以此因緣具白世尊世尊爾時以此因緣集比丘僧無數方便如上呵責六群比丘乃至最初犯戒已告諸比丘自今已去與比丘結戒集十句義乃至正法久住欲說戒者當如是說不得遺落

飯食式叉迦羅尼是中遺落者半入口半在手中若比丘故作手把飯摶食半留半者犯應懺突吉羅以故作故犯非威儀突吉羅若不故作犯突吉羅比丘尼乃至沙彌沙彌尼突吉羅是謂爲犯不犯者或時有如是病噉薄餅燋飯或時噉肉若瓜甘蔗噉菜菴婆羅果梨閻蔔果蒲蔔藥葉心不犯不犯者最初未制戒癡狂心亂痛惱所纏四十竟

四分律藏卷第二十

音釋

跳徒聊切躍也 棘刺棘紀力切荆棘也刺七自切芒刺也 裸郎果切赤體也 尻苦刀切脊梁盡處曰尻 戾郎計切曲戾也 掉臂掉徒弟切搖也臂甲義切腕也 齧五結切噬也 閻蔔閻余廉切蔔蒲此切